乐论艺

黄中骏文论集

黄中骏 著

湖北省文联重点文艺扶持项目

长江出版社
CHANGJIANG PRESS

图书在版编目（CIP）数据

评乐论艺 ： 黄中骏文论集 / 黄中骏著 . -- 武汉 ：
长江出版社，2024. 9. -- ISBN 978-7-5492-9774-0

Ⅰ . I206.7-53

中国国家版本馆 CIP 数据核字第 20240Y9D91 号

评乐论艺：黄中骏文论集

PINGYUELUNYI：HUANGZHONGJUNWENLUNJI

黄中骏　著

责任编辑： 胡紫妍　龚妍薇
装帧设计： 蔡丹
出版发行： 长江出版社
地　　址： 武汉市江岸区解放大道 1863 号
邮　　编： 430010
网　　址： https://www.cjpress.cn
电　　话： 027-82926557（总编室）
027-82926806（市场营销部）
经　　销： 各地新华书店
印　　刷： 武汉市首壹印务有限公司
规　　格： 787mm × 1092mm
开　　本： 16
印　　张： 23.75
字　　数： 438 千字
版　　次： 2024 年 9 月第 1 版
印　　次： 2024 年 12 月第 1 次
书　　号： ISBN 978-7-5492-9774-0
定　　价： 128.00 元

目录

CONTENTS

民族音乐研究

乐艺佳作评论

乐海艺坛悟道

民族音乐研究

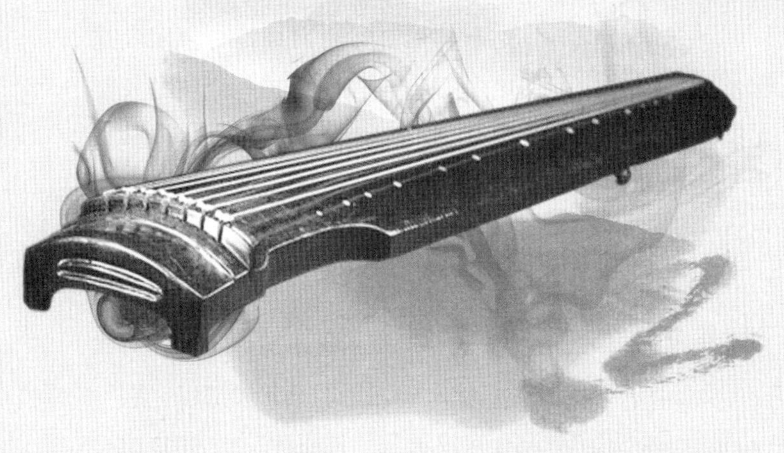

湖北传统乐舞的文化价值简论

摘　要：文章以文化学的学科视阈，从中华传统文化南北二元耦合的角度，阐述湖北传统乐舞在中华民族艺术宝库中的价值；从地域文化生成背景的角度，阐述湖北传统乐舞在长江流域传统文化中的价值；从文化历史构成、发展的角度，阐述湖北传统乐舞在古代荆楚文化中的价值；从国际历史文化大背景的角度，阐述湖北传统乐舞在国际艺术圣殿中的价值。

关键词：湖北传统乐舞；文化价值；音乐舞蹈学；简论

关于湖北传统乐舞概念的内涵

湖北传统乐舞，指的是一种地域性的、具有古朴形态特征的、为出土文物和史料典籍记载所证实的、经由历史传承下来的音乐舞蹈形式。

湖北传统乐舞的地域性，是从其地域范围方面对研究、分析对象进行界定。这个特定概念相对于“中华传统乐舞”或相对于与这个特定概念属于同一流域的长江流域其他地域的传统乐舞，是特指在湖北这个特定地域范围内的传统乐舞。就地域范围，从狭义理解，主要是指在现今湖北省的行政区划范围。从广义理解，它还应该包括现今尚存的湖北传统乐舞在其发生、发展过程中所必然涉及到的、各个历史时期的不同疆域范围。

湖北疆域，历经变迁。自“禹分天下为九州”（《尚书·禹贡》）以来，湖北大部分属荆州，东周时期为楚国疆域的主要部分。秦统一中国后，湖北大部以“荆”或“荆楚”称之。西汉湖北主要部分属荆州刺史部，东汉末属“荆州牧”。三国时期，湖北分属吴魏。两晋南北朝时期，仍称荆州，后一度称鄂州。唐时，湖北曾分属山南、江南、淮南、黔中道。宋代，湖北属荆湖北路。元朝，曾分属湖广、河南、四川、陕西行省。明代，属湖广省。清时，属湖广左布政使司，后改名为湖北省，沿袭至今。因此，我们应该把对湖北传统乐舞地域性问题的理解，升华为一种地域性文化形态、文化精神以及文化影响来认识。这表明，湖北传统乐舞的地域性概念既显示了它的独特性——此地非彼地，也蕴含着不可忽视的相对性——地域范围确有历史变迁因素。

湖北传统乐舞的古朴形态特征，是从其形态特征方面对研究、分析对象进行界定。所谓古朴形态，是指那些或源发于民间的、原始的、未经修饰的，或具有悠长发展历程与历史价值的乐舞形态。对湖北传统乐舞这个特定概念形态特征方面的界定，表明我们的研究对象在形态上既具有原发性，又具有继承性。它是从人民群众的实际生活中萌生、创造，又长期在人民群众中流传、发展的。

湖北传统乐舞应为出土文物和史料典籍记载所证实，是从其历史发展方面对研究、分析对象进行界定。传统，是历史积淀的产物，对传统的研究、分析，实际上是对一种历史积淀物的认识。在这个意义上说，对湖北传统乐舞的研究、分析就是对其发生、发展途程的追根寻源。史料典籍中对与湖北传统乐舞有关的记载，是湖北传统乐舞发生、发展历程之链的注脚，而出土文物，则更是湖北传统乐舞发生、发展历程的实证。透过史料典籍的记载，可以判断湖北传统乐舞的形态在其发展途程的不同时期的存在状态；透过出土文物的实证，可以确定湖北传统乐舞某一形态实际存在的年代、文化内涵……从而分析、把握其发展脉搏，对其发展历史进行阶段性的研究。

湖北传统乐舞应为经由历史传承下来的，是从其存在方式方面对研究、分析对象进行界定。传承，是传统乐舞存在方式的最主要形式。通过出土文物的实证和史料典籍的记载，传承给后人的是“死资料”；通过类似民俗等“传统习惯势力”和民族传统审美意识等精神文化因素而在人民群众的实际生活中遗存的乐舞形式，则是传承给后人的“活化石”，它们都是湖北传统乐舞存在、发展方式的重要载体。

湖北（及长江流域）传统乐舞在中华民族艺术宝库中的价值

文化起源的多元说——长江流域、黄河流域都是具有悠久历史的中华民族文化的发祥地，即中华文化南北二元耦合的观点，已被越来越多的专家、学者所认可。对以长江、黄河两大母亲河流域文化为代表的中华民族南北文化的比较研究，也成果颇丰，且认识日趋统一。从新石器时代直到当世，中国文化中就一直存在着一系列南北方不同的文化现象和文化精神，如农作物方面的南稻北粟，生活用品方面的南釜北鬲，穿着方面的南丝北皮，住宿方面的南“巢”北“穴”，交通方面的南舟北车，始祖方面的南炎北黄，信仰方面的南凤北龙，宗教方面的南道北儒，文学方面的南《骚》北《诗》，以及南北经学、南北禅宗、南北语言、南北风俗、南北气质等。正如文化学者张正明先生指出的：“从楚文化形成之时起，华夏文化就分成了北南两支：北支为中原文化，雄浑如触砥柱而下的黄河；南支即楚文化，清奇如穿三峡而出的长江。这北南两支华夏文化是上古中国灿烂文化的表率，而与时代大

致相当的古希腊和古罗马的文化遥相呼应。”（参见“中国文化史丛书”之张正明著《楚文化史》上海人民出版社 1987 年 8 月第 1 版）在传统艺术方面也是如此。

对长江、黄河两大母亲河文化的研究，是对作为地域文化研究之拓展结果的流域文化的研究，虽要以地域文化研究的成果作为基础，却有比地域文化研究更宏观的意义。长江、黄河两大流域的传统乐舞，由于其产生的诸背景（如地理、语言、社会、民族、民俗，尤其是早期古代文化等）因素存在着许多差异，所以，两大流域传统乐舞形态特征和风格特色迥然不同，实际上形成了各自纷繁、绚丽多彩的体系。诸多著作、文论对此均有揭示。就传统乐舞这个命题来讲，南北差异也是明显存在的。仅在传统乐舞音调方面，南北差异就显现得很明晰。学界一般性的共识是：从风格讲，南方细腻委婉，北方粗犷奔放；从音列讲，南方多用五声，北方多用七声；从旋法特征讲，南方多级进，北方多跳进；从传统乐舞音调在一定流传范围形成的音调特色讲，南方变异多，故而地方音调特色区丰富多彩，北方变异少，故而地方音调特色区也较为统一。

滋生、发展于湖北（及长江流域）这块特定土壤的传统乐舞，仅在其音调的形态特征方面，与黄河流域传统乐舞的音调形态特征相比，就有以下四个方面应当重视。

一是湖北（及长江流域）传统乐舞音调较之黄河流域传统乐舞音调在旋律骨干音选择方面更显得多样。

究竟是什么原因使湖北（及长江流域）的先民们在五声音列的范围内，创造了比黄河流域七声音列范围更丰富的传统乐舞音调风格特色呢？旋律骨干音选择的多样，是其中一个重要原因。

传统乐舞音调创腔的即兴性和自由性特点是众所周知的。传统乐舞音调的创造者在即兴、自由地进行创腔编曲过程中，往往有各自不同的音选择习惯，当各地形成较为统一的音选择习惯，就形成各地不尽相同的旋律骨干音构成形态。各种不同旋律骨干音所构成的不同音程关系，就形成各地在行腔编曲中相异的腔格样式。所以，旋律骨干音（腔格）结构样式的多样或单一，往往带来传统乐舞音调风格、特点、韵味的丰富或统一。

湖北（及长江流域）传统乐舞音调旋律骨干音（腔格）选择的多样，一是表现为该地（流）域传统乐舞音调中，以单一三音构成的旋律骨干音（腔格）结构样式丰富。如（La、Do、Re）、（Sol、La、Do）、（Do、Re、Mi）、（Do、Mi、Sol）等等。二是表现为同一音列、同一调式的传统乐舞音调，其创造者喜用不同的旋律骨干音（腔格）选择。三是表现为传统乐舞音调的创造者在创腔编曲过程中，将两种（或两种以上）旋律骨干音（腔格）结构样式交替运用。

以三音构成的旋律骨干音（腔格）为基础的民间歌曲音调，是民间歌曲音调创造与传承的起点。仅《中国民间歌曲集成·湖北卷》（人民音乐出版社 1988 年 12 月版）收载的自然形态的 71 首三音民歌，按其自然音列的排列及各音与最低音之间的音程关系，就呈现出 11 种旋律骨干音（腔格）型和 13 种音列样式。如下表：

腔格名称	音列样式	终止音状况					首数
		DO	Re	Mi	Sol	La	
小三纯四型	La Do Re	4	4			17	25
大二纯四型	Sol La Do	3			8	2	13
大二大三型	Do Re Mi	7	5	1			13
小三减五型	La Do ь Mi	2				3	5
大三纯五型	Do Mi Sol	4		1			5
纯四大六型	Sol Do Mi	1			1		2
大二纯五型	Sol La Re					2	2
	Do Re Sol	1					1
纯四纯五型	Sol Do Re	1					1
	La Re Mi					1	1
小三纯五型	La Do Mi			1			1
纯四小六型	Mi La Do	1					1
小三小六型	Mi Sol Do			1			1
合计		24	9	4	9	25	71

从理论上讲，以旋律骨干音相互间音程关系为基础的腔格样式远不止这些，然而上表列出的 11 种腔格型和 13 种音列样式已经表明，以三音构成的旋律骨干音（腔格）为基础的民间歌曲音调，已具备了较明晰的调式、调性观念，具备了可以被称作音调的那种表现力。之所以未对其中某些音程跨度较大的音列作转位处理，而原原本本地作自然形态下的分析归类，是因为某些音列经音转位处理后，与自然形态具有不同的意韵。如（Do、Mi、Sol）与（Mi、Sol、Do）、（Sol、Do、Mi）；（La、Do、Mi）与（Mi、La、Do）；（Sol、Do、Re）与（Do、Re、Sol）等，各自在创腔编曲中所起的作用，所具有的特性和色彩，所带来的不同意韵，其区别是明白无误并很容易分辨的。

如此一来，就导致了湖北（及长江流域）传统乐舞音调在五声音阶范围内以三度叠置为主的级进型乐汇在创腔编曲中占据了主导地位，导致了湖北（及长江流域）

同音列、同调式的传统乐舞音调具有了不同的风格、特色、韵味。如同为〔Sol、La、Do、Re〕四声音列的徵调式音调，其创造者可选择（Sol、La、Do）为旋律骨干音（腔格），渲染一种较为暗淡的音乐气氛；也可选择（Sol、Do、Re）为旋律骨干音（腔格），营造一种较为明朗的音乐景象；还可以选择（La、Do、Re）为旋律骨干音（腔格），让人们领略一种调式对比、调式游移的感受。

在湖北（及长江流域）传统乐舞音调中，交替运用多样的旋律骨干音（腔格），使得该流域传统乐舞的音调更为丰满、多彩。以湖南民歌《洗菜心》为例：

这首民歌实际上是采用了（La、Do、Mi）与（Do、Mi、Sol）两个旋律骨干音结构的交替手法，同时借助徵（Sol）音的功用，从而形成了一种独具韵味和特色的羽调式。

二是湖北（及长江流域）传统乐舞音调较之黄河流域传统乐舞音调在调式思维方面更显得多彩。

调式特性、色彩及其体系建构的问题，是音乐形态特征分析中的一个关键问题。长江流域、黄河流域传统乐舞音调，虽均以我国传统的五音（Do、Re、Mi、Sol、La）、五声（宫、商、角、徵、羽）作为调式特性、色彩及体系建构的基础，但长江流域传统乐舞音调则表现出更丰富的多彩特色。这一是因为湖北（及长江流域）传统乐舞创造者创腔编曲中多种旋律骨干音（腔格）结构的选择和交替运用，会给调式的相互渗透带来影响而使调式思维呈多彩特色。二是因为湖北（及长江流域）各地各具特色的调式分布及用音习惯；三是因为湖北（及长江流域）传统乐舞音调的创造者自发运用调式交替与调式转换的手法。

从调式运用情况看，徵调式是湖北（及长江流域）传统乐舞音调的大家族，各地都运用它。但长江下游地区宫调式明显增多，且角调式也相比其他地区居突出地位，在创腔编曲中更钟情于 Mi（角）音。而长江上游地区羽调式地位显赫，商调式也倍受青睐，在创腔编曲中更热衷于 La（羽）音。如江苏民歌《茉莉花》：

这是在徵调式中钟情运用 Mi 角音的代表作，使它与其他徵调式音调有了不同的韵味。又如云南民歌《小河淌水》：

这是一首热衷于 La（羽）音的代表作。再如风靡全国的《紫竹调》：

这首根据江苏南部民歌音调特点形成的民间乐曲，共有六句，第一句结于 Do，第二、三句结于 Sol，第四句半终止于 Do，第五、六句连连终止于 La。Do（宫）、La（羽）色彩间的这种转换，使全曲旋律的调式色彩别具一格。

三是湖北（及长江流域）传统乐舞音调较之黄河流域传统乐舞音调在曲体结构方面更显得纷繁。

湖北（及长江流域）传统乐舞音调的曲体结构样式，极大地丰富了中华民族民间音乐文化的宝库。尤其值得重视的曲体结构有：

（1）四句头体。这种由四个乐句构成起、承、转、合特定关系的曲体，反映了传统乐舞音调创造者音乐逻辑思维的对称特色，在艺术上达到了相当完美的程度。它成为长江流域传统乐舞中广泛流传的一种曲体模式，成为该流域某些歌种（如小调、渔歌等）的典型曲体。

（2）五句子体。这类曲体往往由两个上下句加一个尾句组成。一般由尾句点明主题。这种曲体在结构上打破了句式平衡，实现了结构模式方面的一种突破式超越。因此具有很高的价值。

（3）赶五句体。是否运用长短句本是湖北（及长江流域）传统乐舞与黄河流域传统乐舞的区别之一。赶五句体的特点在于，将五句子体的中间句（第三或第四句）改唱为成串的双声叠韵式歌词。头几句为散唱，抒咏性很强，而赶句段则是对称、规整、热烈、紧凑的叙诵。其曲体结构体现了散与整、慢与快、唱与诵、抒情性与戏剧性之间的强烈对比，体现了曲体变异的深刻表现意义。

（4）穿号子体。这是一种以五言四句一组的词与七言五句一组的词穿插演唱而形成的一种互相对比、互相依存、水乳交融的曲体样式。其艺术特色在于巧穿妙插，在于在统一性的基础上展示对比性，在对比性的发展中求得统一性。

（5）套曲体。湖北（及长江流域）各地流传的传统乐舞大型套曲，往往以板式变化、速度变化作为其建构前提和基础。由于套曲体民歌结构宏大，包容量宽广，表现力丰富，加之具有悠久的发展历史，与我国历史上有名的唐燕乐大曲、汉相和大曲乃至《楚辞》《诗经》的体式结构都有诸多内在联系，所以它成为湖北（及长江流域）传统乐舞音调曲体结构集大成之代表。

四是湖北（及长江流域）传统乐舞音调较之黄河流域传统乐舞音调在歌种样式方面更显得纷呈。

传统乐舞源于劳动。生产方式、生产内容的不同，使不同地区传统乐舞体裁、品种及风格而异。属传统乐舞音调体裁范畴的歌种，对传统乐舞音调音乐形态的影响也是十分明显的。湖北（及长江流域）传统乐舞音调音乐形态方面的特色，是与该流域歌种样式的纷呈分不开的，其独具特色的代表性歌种有以下几个方面。

湖北（及长江流域）属稻种区，全流域范围内普遍流传着多种多样的田歌品种。田歌大家族中，既有随心所欲由劳作者自己演唱的栽田歌、插秧歌、薅草歌、车水歌等，也有由歌师傅领唱、劳作者众和，用锣鼓伴奏，且带有简单舞蹈动作的大型套曲结构的栽田锣鼓、插秧锣鼓、薅草锣鼓、车水锣鼓等。

湖北（及长江流域）江河湖泊星罗棋布，以舟代车、伴随着船工生活而生的船工号子成为该流域的代表性歌种；以水运木，使反映放簰过程和簰工生活的放簰号子应运而生；以渔为生，使反映渔民生活的渔歌品种在该流域得以广泛流传；防汛抗洪，修堤筑坝，使与各种硪型（石硪、滚硪、木夯等）及各种打硪方式（抬硪、飞硪、头遍硪、三遍硪、快硪、慢硪等）紧密相连的打硪号子形成为庞繁的“硪歌体系”。

长江流域的上游和中游的部分地区，山亘丘陵连绵，茶山甚多。伴随种茶、采茶等劳动，反映茶农生活内容的茶歌也得到了突出发展。与茶歌一样在山野演唱的山歌，在该流域分布面更广，并或按声腔（高腔、平腔、矮腔），或按曲体结构（三句子、四句子、五句子、赶句子、穿号子等），或按劳作内容（放牛歌、放羊歌、狩猎歌、打杵歌、斫柴歌等）集结成颇具特色的歌种家族。

湖北（及长江流域）自古民间祭祀之风甚盛。伴随着各种民俗活动而兴的风俗歌也成为该流域代表性的歌种，其中尤以由“哭嫁”、“陪十弟兄”、“陪十姊妹”、“撒帐”等组成的、反映民间嫁娶生活内容的婚事歌和由坐丧、转丧、跳丧、打待尸、孝歌等组成的反映民间丧事活动内容的丧事歌最具特色。

长江、黄河两大流域文化及传统乐舞的上述差别，证明了两个流域文化及传统乐舞的不可替代性，证明了两个流域文化及传统乐舞在中华民族文化艺术宝库中的同等重要地位。众所周知，相对于黄河流域文化，作为整体的长江流域文化实际上是青、藏、滇、黔、川、鄂、湘、赣、皖、苏、沪等以现代省（自治区、直辖市）命名的地域文化的综合体系。通过以上分析，我们可以看到相对于黄河流域而作为一个整体的长江流域传统乐舞，其形态特征的综合风貌。其实，当我们把这种综合风貌作为宏观背景，参照以现代行政省（区、市）为范围的地域文化研究所取得的微观成果，而对长江流域传统乐舞作中观分析时，会发现长江流域传统乐舞尤其是其音调，在基本底色相统一的情势下，西、中、东部之间建构于相互融合基础上的差异和区别也是应当重视的。因此，在从宏观上把握我国以长江、黄河两大流域为代表的南北文化差异的同时，也要注意从微观上分析构成两河流域文化的不同地域文化之间的联系与区别。就长江的流向而言，即还要重视分析该流域文化中，东西

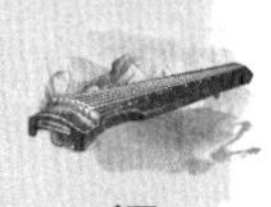

地域文化间的联系与区别，从而更好地把握湖北传统乐舞在中华民族文化艺术宝库中的价值。

湖北传统乐舞在长江流域传统文化中的价值

传统乐舞是长江流域传统文化的重要组成部分，文物考古中的众多发现，雄辩地证明了长江流域的先民们曾创造了令人叹为观止的灿烂文化篇章。而萌发于原始时代又在后世分布极广的传统乐舞所具有的鲜明地域性特征，是交融于每一件作品中的“自然属性”，是通过不同地域传统乐舞的风格特色表现出来的。因此，当前文综合分析了长江流域传统乐舞音调的综合性形态特征之后，有必要对其内部具有地域特点的风格特色作如下简要的归纳。

长江流域西部，是长江的上游，除四川盆地外，大多是高原和山地。高山峡谷，相互连接，延绵不断。这里流传最广的歌种是山歌、田歌（薅草锣鼓），还有地域特点极浓的、被称之为“花灯”的民间歌舞小曲。船工号子也以其音乐富于变化、性格鲜明、气质雄浑、结构庞大而成为该范围的代表性歌种。该范围除五声徵调式外，最突出的是四、五声羽调式，且商调式也较长江流域中部、东部地区为多。该范围传统乐舞音调以清新、甜美、细腻的特质为总体风格。

长江流域东部，是长江的下游，几乎全为平原和湖区，河道纵横，物产丰富，是典型的“江南水乡”。这里流传最广的歌种是体现稻作区特色的田歌，体现渔作区特色的渔歌，还有以优雅、婉转、清丽而著称、达到了很高艺术水平的小调。该范围以五声徵调式为主导，然宫调式较长江流域西部、中部突出。且在创腔编曲中，角音较突出。该范围的角调式也较全国其他地方为多。该范围传统乐舞音调具有均匀、整齐、内在、洒脱的气质，体现出曼丽婉曲的总体风格。

长江流域中部，是长江的中游，属上下江、南北方的中枢。平原、丘陵交错，湖泊、河港交织。长江西部上游音乐文化的泻入，长江东部下游音乐文化的顶托，使该范围成为长江流域音乐文化的聚宝盆。该范围传统乐舞音调旋律骨干音（腔格）选择形态之多，调式思维特色之丰，曲体结构形式之繁，歌种类别之众，均为长江流域传统乐舞音调之最。该范围的传统乐舞音调，具有广泛阔大的趣味，直捷、明快的格调，拙朴、爽朗的性格，流畅、跌宕的特点，具有极强的融合性风格特色。

传统乐舞不是一种孤立的文化现象，它的形态特征和风格特色的生成背景，和所有传统文化一样，都是异常复杂的。分析、考察传统乐舞音调的形态特征和风格特色时，应当考虑到它与其植根的“土壤”（即文化背景）是一个不可分割的整体。长江流域传统乐舞在风格特色方面之所以形成西、中、东三大片格局，是因为地理、经济、社会、民族、民俗、方言等诸多因素，以及信仰、感情、审美情趣等心理素质共同影响的结果。因此，传统乐舞的形态特征和风格特色也就具有了传统文化含蕴。

湖北（及长江流域）传统乐舞形态特征和风格特色三大片格局昭示人们：地理因素中的江河对传统文化起着重要的交融作用，而山脉对传统文化有着不可忽视的阻隔作用。因浩瀚长江的沟通，长江流域传统乐舞有了区别于黄河流域传统乐舞的统一“底色”；然由于巫山山脉、大别山脉的南北分切，导致了长江流域传统乐舞音调风格特色西（上游）、中（中游）、东（下游）三大片格局的形成。另外，地形地貌给各地传统乐舞形态特征和风格特色也带来影响：如长江下游地区，以江河湖港平原为主，其传统乐舞形态特征和风格特色，具有更多的统一性；而长江上游地区，以山岭沟壑为主，传统乐舞形态特征和风格特色，则具有更多的差异性。至于介于长江上下游之间过渡地带，地形、地貌复杂的中游（湖北及其毗邻）地区，其传统乐舞形态特征和风格特色，就更显多样和丰富了。这种过渡地区的传统乐舞，往往在差异性基础上体现出形态特征和风格特色的交融性趋向。

现以长江中下游北部的江淮地区传统乐舞音调为例。由于该地处于长江中下游平原与华北平原的交界处，且有淮河和大运河的沟通，所以该地区传统乐舞音调形态特征、风格特色具有维系南北传统乐舞音调交融的过渡性特点。从音乐形态上看，这个地区也以五声音阶为主——这是它作为长江流域传统乐舞家族一部分的象征，但较其他的地方而言，这个地区传统乐舞音调中可以找到数量可观的在五声音阶基础上加有“变宫”、“变徵”、“清角”的六声音阶音调的现象，这显然与黄河流域传统乐舞音调盛行的七声音阶既有联系又有区别。

如安徽东北部民歌《治淮小调》：

从创腔编曲习惯上看，这个地区虽以长江流域普遍存在的五声级进型乐汇为主，然在不少传统乐舞音调中，也时有五、六度的跳进音型出现。这显然与黄河流域传统乐舞音调创腔编曲特色的跳进进行有联系。从音乐风格上看，这个地区传统乐舞音调以向细腻、缠绵、婉转、柔美的长江流域传统乐舞音调风格特色的方向转变为主，或者说，在奔放、明快之中，透露出一种清丽、洒脱之气，而距黄河流域及我国北方传统乐舞音调那种奔放、高亢、热烈、质朴的风格特色，相去渐远。

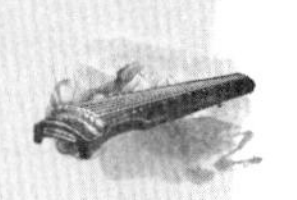

又如江苏民歌《拔根芦柴花》：

很明显，这个地区的民歌距黄河流域及我国北方民歌那种奔放、高亢、热烈、质朴的风格特色，相去甚远。

湖北（及长江流域）传统乐舞形态特征和风格特色三大片格局也昭示人们：语言因素对传统乐舞音调风格特色的形成有重要影响，但同时也要纠正方言因素决定传统乐舞风格特色的歧见。总的来说，长江流域的方言较黄河流域复杂，所以，表现在传统乐舞音调风格特色方面，长江流域也较黄河流域复杂。长江流域上游的滇、黔、川地区方言属西南官话区，一般分作四个声调，且声调变化幅度不大，无论升降均不超出二度。这无疑影响到该地区传统乐舞音调旋律进行形成音域较窄、起伏较小、感情表现较为单纯质朴的风格特征。而长江流域下游的沪、苏、浙及皖之部分地区方言属吴语区，一般有五六个声调，且声调平幅多于升降，加之古全浊声母字不论声调，全读清声母，不分尖团。这无疑也影响到该地区传统乐舞音调旋律进行形成以五声音阶级进乐汇为主，顺畅、流利，感情表现细腻、柔婉、秀丽的风格特征。

语言（方言）与传统乐舞音调风格特色有如此紧密的关联，是因为传统乐舞音调的创造者总是以方言来创腔编曲的，形成了传统乐舞音调按方言所占有的空间而存在与传播的情况。方言特色与音调特色常有的这种共生性特征，使传统乐舞风格特色含蕴了语言（方言）学研究的价值。然而，方言作为其使用和流传范围内人们传递信息的重要工具，传统乐舞作为其特定流传范围的群体中一种特别交流手段，它们间的共生性特征和相互影响，并不表明一方决定另一方。同处长江中游的鄂、湘、赣地区，就方言而论，分属西南官话之一部分、湘语区、赣语区可谓方言复杂多变，而该区传统乐舞音调总体风格特色则如前述，较为统一，成为区别于长江上、下游两区的又一特色鲜明的地区。这生动地证明了方言分析虽可作为传统乐舞音调风格特色研究的借鉴，但传统乐舞风格特色的形成并非全由方言因素“决定”，它也有自己发生、发展的规律。传统乐舞音调具有的抽象性特征和表现性意义，使之占有了比方言更为广阔的传播空间。

湖北（及长江流域）传统乐舞形态特征和风格特色三大片格局还昭示人们：古代文化背景是传统乐舞风格特色形成的巨大传承力量。考古成果表明，远在新石器时代，长江流域著名的有代表性的古文化遗址计有：四川东部的大溪文化、湖北中部的屈家岭文化、江苏淮安的青莲岗文化、浙江余姚的河姆渡文化以及上海青浦崧泽文化、浙江嘉兴马家浜文化和良渚文化，等等。长江流域的这些古代文化类型，与黄河流域的仰韶文化、大汶口文化、龙山文化等，均有着自己的典型特征，有着自己不同的来源和生存空间。它们之间的并行关系，成为各区域不同风格特色的民间艺术滋生、发展的土壤。这也是我们分析传统乐舞形态特征和风格特色的古代文化背景。长江下游的河姆渡文化等，为后来的吴越文化开了先河；长江中游的屈家岭文化等，为后来的荆楚文化奠定了基础；长江上游的大溪文化等，对后来的巴蜀文化产生着影响。在长江流域这片多种古代文化类型土壤里滋生、发展起来的传统乐舞，尤其是名载史册的吴歌、楚歌、西曲歌、竹枝歌等，之所以在中华民族艺术宝库里具有特殊的价值，是因为作为先民遗音传承下来的传统乐舞音调，其形态特征及风格特色，必然折射着不同古代文化类型的光环。如果说考古发现对我们研究不同古代文化类型具有固态展示的实证意义，那么，对传统乐舞形态特征和风格特色的分析，对我们研究不同古代文化类型就具有了动态传承的补充作用，也将使湖北（及长江流域）传统乐舞的文化价值得以更加鲜明地凸显。

湖北传统乐舞在荆楚传统文化中的价值

通过上节论析可以得知，按我国历史分期，吴越文化、巴蜀文化、荆楚文化，都是上古时期并开在长江流域的区域文化之花。作为广义的文化内涵，它们既包含有当时的物质文化，也包含有当时的精神文化。由于湖北在上古时期为楚国的属地，荆楚文化也因楚国和楚人而得名，因此，我们论析的湖北传统乐舞，无疑属于荆楚文化中精神文化的范畴。我们探讨它在荆楚文化中的地位，既是对其独特形态的论析，也是对整个荆楚文化精神的弘扬。

就作为中华民族艺术宝库明珠的荆楚文化而言，至少包含六大要素，或称着构成荆楚文化的“六根支柱”。即青铜冶铸工艺、丝织工艺和刺绣工艺、髹漆工艺、老子和庄子的哲学、屈原的诗歌和庄子的散文、美术和乐舞。这六大构成要素或“六

根支柱”中，前三项属于物质文化的范畴，后三项属于精神文化的范畴。两者相依相存，携手发展，共同构成了博大精深的荆楚文化的完整体系。（参见“中国文化史丛书”之张正明著《楚文化史》，上海人民出版社 1987 年 8 月第 1 版）

构成荆楚文化精神文化范畴的三个部分，其精义可概括成为三个字：巫、道、骚。鉴于楚国巫、道、骚所体现的高度成就，张正明先生将其升华称为巫学、道学、骚学。“所谓巫学，当然不限于巫术、巫法、巫技、巫风。也就是说它不全是原始的宗教，其中也荟萃着早期的科学和早期的艺术。所谓早期的科学，主要是天文、历数、医药。所谓早期的艺术，主要是诗歌、乐舞、美术。”“春秋晚期以后，楚文化进入鼎盛期，巫学开始分流，其因袭罔替者仍为巫学，其理性化者转为道学，其感性化者转为骚学。”“道家把巫师的宇宙观抽象化、逻辑化，骚人把巫师的宇宙观具象化、艺术化，而巫师依然故我。”“凡巫师皆有为，他们的自我感觉总是良好的。凡道家皆无为，他们参透了天地的奥秘，力求返璞归真，物我两忘。骚人则以有为始而以无为终，美好的愿望总是落空。”（详情参见《楚文艺论文集》载张正明文《巫、道、骚与艺术》湖北美术出版社 1991 年 12 月第 1 版第 2 页、第 3 页、第 4 页）战国中期的后半和战国晚期的前半，是楚艺术的极盛期。这时，“楚艺术的特色和异彩，楚艺术的风韵和魅力，都源于巫、道、骚。”拿已经形成公认的楚艺术中饱含着浪漫主义的精神来说，楚艺术的浪漫主义来自“巫的怪想，道的妙理，骚的绮思，”巫、道、骚三者交融，“以至迷离恍惚，汪洋恣肆，惊采绝艳”，形成为一种具有独特内涵的浪漫主义。所有这些论析均表明，湖北传统乐舞，具有体现荆楚文化精神的重要意义，是荆楚文化精神文化范畴中不可割裂的重要组成部分，在整个荆楚文化中具有重要地位。

许多史料文献均记载，楚人崇巫，楚人“淫祀”，巫，在楚人心目中，是社会的精英。《国语・楚语》记观射父说：“民之精爽不携贰者，而又能齐肃衷正，其智能上下比义，其圣能光远宣朗，其明能光照之，其聪能听彻之，如是则明神降之，在男曰觋，在女曰巫。”《国语・楚语》记楚昭王时期，其大夫王孙圉论“国之宝”时，首推“能作训辞，以行事于诸侯”的观射父；二推博通三坟、五典、八索、九丘，“能道训典，以叙百物，以朝夕献善败于寡君”的倚相。而观射父和倚相均为巫学大师。由此可见巫及巫学，当时在社会上和人们心目中的地位。而源于荆楚文化的湖北传统乐舞，在自己漫长的历史发展途程中，其乐舞活动的组织者、传播者、表演者，都被历代的人们认为是当时当地“德高望重的人”、“有水平、有能力的人”、“有本事的人”甚或“能通神的人”等，这不正好从一个侧面反映出湖北传统乐舞所具有的、作为荆楚文化精神文化重要组成部分的巫及巫学遗风吗？

为两件出土的稀世珍宝已经显示出音乐中的宫、商、角、徵、羽等阶名竟与天象中的宫、商、角等星宿名不谋而合。

“大乐与天地和”，1970年，当中国制造的第一颗人造地球卫星腾空升起、遨游太空的时候，正是用从楚墓中出土的、具有楚地域乐律特点的、2400年以前的编钟，演奏出了中华民族的美妙乐曲，使沉睡在地下的古乐，得以在天地间回响，实现了天体与音乐完美的和谐。

经用现代测音技术手段对出土编钟测音所得出的数据，与出土钟磬铭文所明载的湖北传统乐舞乐律体系对照，使得中国音乐史及世界音乐史的某些结论不得不加以修改。主要内容如下。

由出土编钟所实证了的“湖北传统乐舞乐律体系”的高度成就，确认了“三分损益法”产生十二律不是战国末期由希腊传入，而是在中国历史上的春秋时代就已存在的理论；确认了至少在中国历史上的战国时期，中国就已采用了七声音阶，并有可能将其依“同均三宫”而结构；确认了至少在中国历史上的战国早期，中国就已存在精确的绝对音高概念并被运用于音乐实践之中；确认了至少在2400年以前，中国就已具有了旋宫、移调的乐学规范并在音乐实践中有所运用；确认了至少在2400年以前，中国就已存在一种对十二半音具有独特见解的十二律位及十二阶名体系；确认了至少在2400年以前，中国就已有阳声六律及阴声六吕的阴阳概念；确认了至少在2400年以前，中国就已有了宫徵商羽的四宫实践及（做古字“甫页”）低曾高的纯律思维；确认了至少在2400年以前，中国就已有了相当于最大音差及普通音差等律学含义的异律同位的思想；确认了至少在2400年以前，中国人就已在音乐实践中意识到大、小三度具有一定程度的和谐性质；确认了至少在2400年以前，中国的音乐实践中就已经具有了八度分组、变化音名、等音转换，以及相当于近现代乐理的中音及重中音循环等等概念……这些在2400年以前就处于当时世界上艺术领域领先地位的学科价值，至今仍为世人所瞩目。

如果说在人类的上古时期，以古希腊文化为代表的西方文化与以中国历史上东周时期的华夏文化或其南支荆楚文化为代表的东方文化，从文化的总体成就来比较，在许多方面大致相当、各领风骚、难分轩轾的话，那么，在作为传统乐舞重要组成部分的音乐方面，显然是荆楚音乐（湖北传统乐舞中的音乐部分）领先。这得益于曾侯乙编钟——这颗人类上古文明之巅的明珠，以其无与伦比的乐律成就，使湖北传统乐舞在国际艺术殿堂中放射出的夺目光彩。

（此文系依据2021年5月在荆楚文化大讲堂上的讲座内容整理）

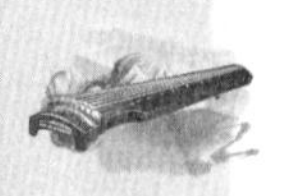

田野中的荆楚民间歌曲

一

在音乐这座艺术殿堂里，各类音乐作品都放射着自己璀璨的光芒。荆楚传统音乐艺术，正是以自己独特的神韵，在这座殿堂中占有重要的位置。荆楚传统音乐中具有基础地位和作用的民间歌曲，也浩如烟海，是一个庞大而又完整的体系。这样一个庞大而又完整的体系，又是在荆楚民间歌曲（音乐）自己从无到有、从少到多、从低到高，历经千百年的发展历程而形成的。民间歌曲这种历千百年而不衰的强大生命力，使其中有代表性的作品成为艺术家们学习的源泉，成为研究家们探论、研究的对象，成为音乐艺术殿堂中夺目的宝珠。荆楚民间歌曲在荆楚传统音乐中占有重要地位。

二

民间歌曲从何而来？哪些因素促成了民间歌曲的产生？民间歌曲的主要价值何在？

民间歌曲是人民群众经由历史传承下来的。

民间歌曲是人民群众在劳动生产、社会生活中创造出来的。

民间歌曲是人民群众心灵的家园、情感的窗口。

民间歌曲的价值主要在于它的原生性甚或原始性形态。

大家常说一个时代有一个时代的歌，一个民族有一个民族的歌，一个地方有一个地方的歌，这体现了歌曲具有历史性、民族性、地方性。不同时代、不同民族、不同地方的民歌，都有自己形成、发展的渊源因素。比方说历史的、社会的、民族的、地理的、经济的、文化的、情感的以及审美心理的各方面因素，都使各地民歌形成自己的风格特点。荆楚传统音乐中的民间歌曲也是一样。

湖北民间歌曲（音乐）的风格特点，根据上边提到的不同形成因素，一般可以分为五个风格特色区，即鄂东北区、鄂东南区、鄂中南区、鄂西南区、鄂西北区。

三

我们从对代表性的荆楚民间歌曲分析研讨入手，以原生性（即“田野状态”）为基础，从多视角切入，逐步领悟荆楚民间歌曲的整体风采。

例 1：鄂中南潜江打麦歌《嚯咚嚯》（谱例见人民音乐出版社 1988 年版《中国民间歌曲集成·湖北卷》592 页）

《嚯咚嚯》是一首湖北潜江的打麦号子。这首打麦号子以一把扇子为兴，反映农村男女青年之间的情趣生活，歌词具有浓烈的生活气息和叙事性。全曲以富有鄂中南音调特色的【Do、Mi、Sol】三个音为骨干音行腔，往返回旋，巧妙变化。歌曲节奏紧密地伴随着人们打麦劳动中打连枷的动作，一起一伏，强弱分明。似说似唱的口语化旋律，使全曲清新甜美，富有特点，充满了生活气息。加上领唱与和唱有规律地此起彼伏，显得热闹非凡，给人们绘声绘色地描述了一幅生动的打麦劳动场面。

打连枷号子又叫“打麦号子”、“打麦歌”，有的地方有时用于打谷，亦称“打谷号子”。连枷，是一种长 60 ~ 70 厘米、宽约 3.5 ~ 6 厘米、中间留有空隙的竹制打麦工具。麦熟之后，割下的麦子摊晒在禾场上，农民冒着烈日，手持连枷，面对面地列成两排队形，随着清脆明亮的打麦歌的均匀节奏，挥舞翻转着连枷，有进有退，一起一落，呈现出热烈的劳动场面。

打连枷号子从唱词上可分为两种：一种是纯号子型的，如从头到尾都唱衬字、衬词的“嚯咚嚯”等，另一种是领唱部分为有一定情节的唱词，和唱部分仍为一般衬词衬句的。

打连枷号子的节奏性很强，紧密地配合打麦劳动，依劳动速度，唱腔上有慢号子（高腔）、中号子（打麦号子）和紧号子三种。一般以慢号子、中号子开场，紧号子多在休息或劳动结束之前用来掀一个高潮。在持续的劳动中，下午多用慢号子。

打连枷号子的旋律，以大跳音型配合强烈的节奏为特点。在荆州市的打连枷号子中，多见穿号子体的结构。

民歌与生产劳动有不解之缘。多种多样的号子、田歌等等，都产生于人民的生产劳动之中。

号子乃举重劝力之歌，具有指挥生产、统一步调、调节人们情绪的社会功能。在民歌中，号子是一个歌种繁多的大歌类。其歌种主要有：打硪号子、放排号子、搬运号子、船工号子以及伴随各类专业性劳动生产的修铁路号子、石膏矿号子、榨油号子、打捞号子等等。一般来讲，号子类民歌的节奏感强烈，铿锵有力，活泼灵巧。

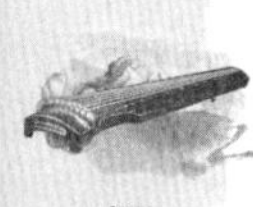

例 1《嗺咚嗺》是号子类民歌这些特点的代表之作。

四

民间歌曲不仅与人民群众的劳动生产紧密相连，更与人民群众的社会生活密切相关。不同的生活环境催生了不同的民间歌曲种类——这表明民间歌曲产生具有地理环境因素。

山歌是指人们在山上唱的歌。它在民歌中是一个大家族。山里人性情爽直、开朗。山歌也多为民歌手喜怒哀乐情绪的自我抒发。其题材广泛，曲调质朴，节奏自由，歌声高亢悠扬。

例 2：鄂东南通山山歌《要来惊动海龙王》（谱例见人民音乐出版社 1988 年版《中国民间歌曲集成·湖北卷》420 页）

这首五句子山歌旋律悠扬，节奏自由，且韵味十足。但这首歌的真正价值，在于它的所有乐句，都是由【La、 Do、 Re】三个音组成的。群众把这种由三个音组成的山歌，叫做三音歌。民族音乐理论家们把它称作“三声腔”民歌。根据人类对事物认识遵循从低到高、从浅到深、从简单到复杂、从现象到本质的规律，可以推论，以三音行腔为歌的习惯，至今至少有千百年的历史了，很可能是自古流传下来的某地、某种民歌的行腔习惯。三声腔民歌的存在，证明了民间音调历史的久远，证明了民间艺术形式相对的稳定性，证明了传统文化的强大生命力和深厚的根基。

从旋律类型角度分析，山歌多属于腔的旋律类型。被歌手们称之为腔的音调，实际上是指由先辈传承并在某一个地方流传的音调运转习惯，实质上是指各地民歌旋律组织中的骨干音，且大多与各地习惯性的乐句起迄音有关。湖北民歌中，腔类型的旋律，在骨干音的组合方式方面，也是形态各异的，从目前已有的实证资料看，最古老、最简洁的、由三个音构成的腔类型旋律，至少有十一种腔格（含十三种）组合样式。（关于腔格的组合样式，参见拙文《湖北民歌宫调分析》，载于《黄钟——武汉音乐学院学报》1990 年第 3 期）

情感是音乐的灵魂。山歌则正具有情感抒发的特长。

例 3：鄂西南利川山歌《盼红军》：（谱例见人民音乐出版社 1988 年版《中国民间歌曲集成·湖北卷》791 页）

这是一首在传统民歌基础上改编的革命民歌。这首歌以犀牛望月的形象比喻，以充满深情的商调式旋律进行，表现了人民与红军的鱼水相依之情。歌曲开头的一声衬字拖腔，凝结着无尽的思念和急切的期盼。曲中节奏紧凑的回忆、叙述，贴切地表现了往事历历在目。随着难以言状的拖腔之再现，那切分节奏的安排，更是准确地表现了对红军最衷心的祝福。这是一首情真意切的民歌精品。

这首歌在曲体上被称作连八句，而实际上有十句（或十一句）词。但是，这首歌的前两句词是被作为号头看待的。而后八句词是基本上连起来演唱的。这当中，在第七句与第八句中间穿插演唱了号头的第二句，这从创腔编曲上来讲，是为全曲终止进行过渡。从词意上看，穿插进来演唱的词，与全曲结束语的词意也完全一致。穿插体民歌在对比性的基础上实现统一性，在统一性的基础上追求对比性，由对此曲的评点中可见一斑。

田野中山歌的唱法也是很有特点的。民间歌手在不同的场合、不同的地点、不同的情绪等景况下，会用不同的方式演唱同一首词或同一音调的民歌。有“昂颈歌”、“隔山丢”、“过岭歌”、“喊歌”、“甩腔”、“吟唱”等方法，有“滚音”、“闪音”、“滑音”等技巧。“隔山丢”、“过岭歌”、“昂颈歌”等，它们的调门高，音域宽广、旋律起伏较大，节奏自由，拖腔（甩腔）很长，所用衬词很多，感情奔放，歌手在山巅用假嗓（歌手们亦称着“边音”）歌唱。

五

民歌也往往与民间的各种民俗活动紧密相连。湖北民间有在春节、元宵等喜庆日子里进行传统表演活动的习惯。人们把各种载歌载舞的表演形式统称为“玩灯”，民间歌曲中的灯歌类也就随之产生。可以说，有多少玩灯形式就有多少灯歌歌种。比如花灯、采莲船、高跷、推车、花挑、狮子龙灯、抛彩球、打莲湘等等。灯歌曲风活泼、粗犷、诙谐、风趣，曲调流畅，节奏跳跃，好唱易记，多以一领众和或以对唱的形式为主，内容以反映人们对已有成果的欢欣和对美好未来的向往为多。

例 4：鄂东北应城灯歌《绣荷包》（谱例见人民音乐出版社 1988 年版《中国民间歌曲集成·湖北卷》210 页）

这是流传于湖北应城的一首灯歌，原为踩高跷时演唱。

高跷俗称“踩高跷”。是在湖北全省广泛流传、深受群众欢迎的一种民间歌舞。据宋代陈旸著《乐书》说高跷在汉代已有了，而较早的文献记载见于《列子》。《列子·说符》上说；“宋有兰子者。……其技以双枝长倍其身，属其胫，并驰并驱，弄七剑，跌而跃之，五剑常在空中。”六朝“百戏”中称其为“长跷伎”，宋代叫“踏跷”，清代始称“高跷”。清人李调元《童山诗集》中有首《观高跷行》，诗中说：“正月十四坊市开，神泉高跷南村来。锣鼓一声庙门出，观者如睹声如雷。双枝续足履平地，楚黄州人善此技。般演亦与俳优同，名虽为灯白日至。”可见当时玩高跷之盛。

高跷的表现，技艺性很强，要求演员具有很好的武功基础。舞者踩的木跷高矮

不一，因人的高矮、技艺而定，一般高约1米，高达2米，甚至3米余。高跷表演时需要靠手臂的甩动、腰部的扭动来调节身体重心的平衡，一般还分为文、武两种：文高跷着重于踩和扭，动作舒展、文雅，以静衬动，以表演人物情节、民间故事、戏剧片段为主，如《扑蝶》、《拉犟驴》、《大头和尚戏柳翠》等；武高跷主要是特技表演，如单跳腿、肩上驮人等，要求“静如水，动如风，耸肩屈膝略含胸，腰腿叫力向上蹦”。高跷表演中的丑角动作要求为“送胯扭腰左右摇”。有的还将其他灯歌形式，如“扇子花”、“竹马”等在高跷上表演。可在广场演出，也可在街头边唱边舞行进，有锣鼓伴奏。

《绣荷包》这首歌在明快的节奏进行中，以环绕商调式主音上下级进而形成的、富有起伏、欢快、活泼的旋律线，向人们传达着明朗的气氛和欢欣的情绪。很容易使人们与歌者一起投入喜庆节日的氛围中去。

《绣荷包》这首歌在曲体结构方面，歌词与音调的结合很有意思。歌词是三句，由于重复演唱第三句词，而形成四句唱的实际效果。曲调则因为衬词的介入，形成为三句不等长的共22小节（8+8+6）的乐句。这种分节歌式的曲体结构，能容纳反复演唱多段歌词。原曲共有12段词，表现了12个月中不同的情景，这里只选用了其中三段。歌词与曲调巧妙地结合所构成的形式，完成了内容表现的需要，确实体现了民歌手艺术思维的高妙。

六

如果说民歌中山歌、田歌具有长于抒情的特点，那么，灯歌和小调就具有长于叙事的功能。

小调，主要是指流传在民间的、具有一定叙事性功能的短小曲调。小调一般可分为生活小调、坐唱小调两项。

生活小调主要是指人们以自己的劳动生活为题，在干轻松活或妇女做针线活时歌唱的抒情小调。这类小调曲风质朴，旋律多与当地传统音调有密切的联系，富有各地的风俗，生活气息较浓。有的歌声甚为悲切，动人心魄，具有细腻描绘事物和抒发内在情感的功能。曲调易唱易记，适应性强，便于填词演唱。

生活小调的演唱形式比较单一，多为独唱，曲体也较定型，多为较完整的上下句式或四句式的分节歌形式。

坐唱小调亦称“丝弦小调”、“小曲”。主要是指流传在城镇山庄的民间小调。这类小调旋律柔和细腻，优美绵缠，多以叙述历史故事和民间传说为主题，也有不少描述男女双方真挚爱情的内容。歌词往往以第三人称的手法来叙事歌唱。其腔调往往被人们当曲牌，以词配歌，老曲新唱。

坐唱小调的曲体亦呈较完整的分节歌形式，且词的音节韵脚、平仄抑扬与旋律结合较紧，歌词较长，因多有丝弦伴奏，故称为“丝弦小调”。

小调一般具有曲体方整、旋律优美动听、节奏比较平稳的特点，所以小调类的民歌，往往集中体现了民间歌曲在自己发展历程中的艺术价值，它的传唱面也比较广。

例 5：鄂西南鹤峰小调《绣香袋》（谱例见人民音乐出版社 1988 年版《中国民间歌曲集成 · 湖北卷》864 页）

这类生活小调往往是农村妇女在房前屋后做家务、做针线活，或在做轻微农活（撕苞谷、选种子、喂养家禽等）时“吟唱”、“哼唱”的。

《绣香袋》这首歌收集于二十世纪五六十年代。这首歌以女青年为自己的情人绣香袋为情节，用欢快跳跃的旋律，层层深入地表达了一个少女对自己情人的爱慕之心。在五声羽调式且音域不宽的旋律进行中，音调有连有断，画面动静结合，人物心理活动丰富。第一句音调的明快及对旋律的细腻处理，是十分突出的特点。而歌曲的中部，则以鲜明的节拍、节奏变化和速度对比，伴之以韵味十足的演唱，准确地揭示了少女无限深情、略带羞涩的内心世界，其生活气息的浓郁，是很容易让人感受到的。

与这种旋律性很强的小调相对比的，是一种音调口语化相对较强的小调。

例 6：鄂东南大冶小调《五爱大脚》：（谱例见人民音乐出版社 1988 年版《中国民间歌曲集成 · 湖北卷》321 页）

这是作曲家、音乐教育家邱刚强于二十世纪六十年代初收集、整理的一首在传统小调基础上改编的、五声音阶徵调式民歌。

从大量的田野调查得知，民间歌曲的编创、传承手法基本上可以归纳为，词与曲的同步传承与异步传承两种。同步传承是说词和曲同时传承；异步传承是说传词不传曲，或传曲不传词。实际情况是，词的传承远远多于曲的传承。民间歌手中的“歌王”、“歌师傅”等，民间对歌中的胜利者们，往往是歌词掌握得多的人，往往是用各地的传统音调演唱众多不同歌词的人。

歌词的编创也有“套路”。数列方式是运用得较多的，如十月、十唱、十想、十劝、十爱、十望、十叹等等。还有五更、五行、五方、五色等等和十二月、二十四节气等等。

《五爱大脚》这首歌以反映妇女投身革命洪流为题材。它的歌词充满浓郁的生活气息，叙事性特点鲜明，实话实说的风格体现了朴实无华的艺术追求。旋律精练、

对称，节奏明快、活泼，特别是以语调为基础的韵白似演唱，情趣幽默。

例 7：鄂中南京山民歌《小女婿》（谱例见人民音乐出版社 1988 年版《中国民间歌曲集成 · 湖北卷》644 页）

京山民歌《小女婿》的产生及传承过程如下：

邓万禄于清光绪二十二年（1896 年）生于杨集新场村，是项明伦的舅侄，盲艺人，以算命卜卦为生。

项明伦结婚第二年（约为 1914 年）夏天，邓万禄到项家玩，看到鸦鹊（八哥）在树上叫个不停，二人就将这个情景编一首歌唱。联想到当地小女婿（通常女大男 10 岁）的故事，二人根据京山民歌《对面的黄土岗》的曲调，用了两天时间，编出 5 段歌词，然后用胡琴拉着唱了出来。

《小女婿》编创出来不久，邓万禄就在京山、天门、沔阳（今仙桃）等地边算命边演唱。其他艺人也跟着学唱，使这首歌慢慢在社会上传开了。项明伦于 1935 年自己组织了"项幺戏班"，在京山、钟祥、随州、安陆、应城、天门等地演戏时，也常常演唱《小女婿》和其他京山民歌，使《小女婿》在更大范围内传唱起来。

新中国成立后，小女婿这种封建时代的陋习也随之销声匿迹。1952 年，供职于县新华书店的项明伦到石龙水库建设工地售书，为工地演出，经常演唱《小女婿》，引起了省民歌采风小组吴群等专家的注意，并进行了记录整理。后经天门歌手蒋桂英演唱，迅速流行全国。1988 年，《小女婿》被收入《中国民间歌曲集成 · 湖北卷》上卷第 644 页，由人民音乐出版社出版。后来又被加载于湖北省第二批非物质文化遗产名录。

这首歌的产生及传承经历雄辩地表明，民间歌曲是集体创造的结晶，尤其是其音调是历史传承的结果，依字行腔、倚声填词是民间歌曲传承发展的重要手段。

与生活小调略有不同的是，坐唱小调的曲风优雅，旋律婉转，表现手法也更为细腻。

例 8：《幸福歌》（谱例见上海文艺出版社 1980 年版《中国民歌 1》391 页）

二十世纪五六十年代，被称作是"演唱湖北民歌第一人"的歌唱家蒋桂英根据湖北天门民间歌曲音调创编了脍炙人口的《幸福歌》。

蒋桂英 1935 年出生于天门县一个贫苦农民的家庭，从小在父母逃荒逃难时挑的箩筐中长大。六七岁时就跟着父母卖唱乞讨，学唱民间歌曲。直到新中国成立，她才获得翻身解放，1952 年，中共中央宣传部发布《关于搜集整理民间民族文化艺术遗产的通知》，当时下乡搞调研（田野调查）的省文化部门的领导（郑思），中央派下来搞调研的民间音乐调查组的专家（蔡静仪、苏 ××，另一位不详），省里的三位专家（樊骏业、张三育、彭南）和乾驿区文化站站长孙启康发现了蒋桂英，并引荐到县、地区、省参加文艺会演。后来蒋桂英留省参加文艺工作，到音乐院校进修，最终成长为一位歌唱家。

1958 年，蒋桂英参加了全国民间音乐、曲艺会演。她表演了民歌、小曲、大鼓、三棒鼓四个品种的节目，得到了“多才多艺”的盛赞。当年 8 月 11 日，她被选拔到中南海怀仁堂向中央首长作汇报演出。她演唱的《回娘家》《火烧粑》得到了中央首长们的好评。周总理等领导接见演员时对她说：“在学校当研究生，好嘛！要好好学习，努力工作啊！”蒋桂英从北京参加会演回来后，从学校借调到省文化巡回辅导团进行全省性的演出和辅导工作。其间，吸取了湖北各地的民间音乐养分，编创了一批湖北民间歌曲。《幸福歌》就是其中的代表作之一。

蒋桂英偶然看到何伙（李继尧）创作的一首词：

太阳一出笑呵呵，
开口就唱幸福歌。
天上的星星千万颗，
社里的新事比星多。
呀吙衣吙，呀吙衣吙，
呀吙衣吙吙。

太阳一出笑呵呵，
人人唱的跃进歌。
娃娃年小学着唱，
婆婆无牙也唱歌。
呀吙衣吙，呀吙衣吙，
呀吙衣吙吙。

太阳当顶笑呵呵，
社里粮食收得多。
天天吃的白米饭，
谷子堆得如山坡。
呀吙衣吙，呀吙衣吙，
呀吙衣吙吙。

太阳落土又落坡，
收工也要唱山歌。
唱得河水上山岭，
唱得肥堆结云朵。
呀吙衣吙，呀吙衣吙，
呀吙衣吙吙。

蒋桂英觉得歌词中包括一种革命浪漫主义情怀，当时她特别想唱出来，但一时又哼不出合适的调子来。后来，当她随巡回辅导团来到自己的家乡——天门县的时候，听到天门民歌《打湖草》的旋律，勾起了她难以忘怀的音调记忆。她吸收这种薅草歌的音乐语言，把江汉平原传承的两种特性音调（【Sol、Do、Re、Do、Sol】和【Re、Sol、La、Sol、Mi】）糅合在一起，配上何伙的词，唱给大家听，获得了大家的赞同。作曲家方光诚还建议加上帮腔的衬词——呀吙衣吙。这样一来，一首旋律新颖、地方特色浓郁，体现那个时代自豪、喜悦、幸福精神状态的歌曲就诞生了。

《幸福歌》具有典型的鄂中南传统民间歌曲音调的风韵，其旋律表现出细腻、婉转、流畅、抒情的特点，具有浓郁的江汉平原民歌的风格。其节奏明朗、跳跃，含有欢快的情感和具有动力感。穿插在歌曲主词中演唱的衬词“呀吙衣吙”，特别具有人们情感宣泄方式的地域性特征。尤其是歌曲所采用的、具有荆楚地域传统的“一领众和”演唱形式，生动表现了人民群众生活在社会主义祖国怀抱中的幸福感。演唱这首歌时，要求声音甜美、明亮；衬词与装饰音要准确、流畅。要特别注意重复演唱“呀吙衣吙”的“呀”字时由轻到强，将幸福喜悦的心情表现出来。咬字上要注意“出”唱“qú”，“歌”唱“guō”，“土”唱“tǒu”。

一时间《幸福歌》风靡全国，被收录进中国唱片社《湖北民歌》专辑，选入湖北省中小学音乐教材，逐渐成为中国几代歌唱家的保留曲目。1960年，这首歌还在武汉为毛泽东主席演唱过。蒋桂英也因此获得了“演唱湖北民歌第一人”的称号。

这首歌的编创产生、传承过程，基本符合传统民间歌曲的编创产生、传承方式。歌手为主体的集体创作；依字行腔与倚声填词的方式；即兴性基础上的创新性（对传统音调的运用、创新、发展）。

由于小调所具备的艺术性，特别是由于它所具备的叙事性功能和情感表现功能，所以小调常常被人拿来填词演唱。吟诵性的小调和抒咏性的小调，都为曲艺和戏曲音乐的发展奠定了一定基础。

七

风俗歌也是民间歌曲中的一个重要歌类。风俗歌，是指民间在具有地方特色的古老祭祀礼仪活动中所演唱的歌。各地民俗活动的多样性，带来了风俗歌歌种的多样化。如农历五月初五划龙船就产生了龙船号子；在婚嫁迎娶活动中的陪十姊妹歌、陪十弟兄歌、哭嫁歌；在各种被人们称作“闹丧”的丧事活动中的孝歌、跳丧鼓、坐夜歌，以及红白喜事请客时的酒宴歌、祝寿歌等等。目前已经在《中国民间歌曲集成·湖北卷》中收集有龙舟号子、婚事歌、祝贺歌、丧事歌、神歌、傩愿歌，共6个歌种。风俗歌在很大程度上保留着古朴的乐风，具有较高的历史价值。

例9：鄂西南鹤峰土家族的风俗歌《柑子树》（谱例见人民音乐出版社1988年版《中国民间歌曲集成·湖北卷》836页）

这是一首婚事歌。婚事歌包括哭嫁歌、陪十弟兄、陪十姊妹、撒帐和闹新房歌等。

哭嫁歌，也称作出嫁歌。

在湖北农村，不论土家族或汉族，普遍流传着一种乡间习俗，每逢婚嫁，在那山野村廓中人们喜庆祝贺、开怀畅饮的欢笑声中，都会隐隐听到妇女们的悲切的哭声。一句句长歌当哭，真是又喜又悲。

传统的哭嫁，一般要哭半月甚至一月之久。母女姊妹间用它来互相嘱咐、祝愿，叙述父母养育之恩的难分难舍之情。哭嫁的内容很广泛。一般情况下，亲属以哭嫁为主，乡邻以劝嫁为主，或表示分离的痛苦，或祝贺新人、夸新郎、赞嫁妆、道吉祥，或诉说妇女买卖婚姻的不幸命运。阳新县白沙区还以百样花为兴来哭。由于内容丰富，所以，可以说哭嫁歌是长诗结构的抒情歌，具有较强的文学性。那充满悲切凄苦的意境，包含有神话、传说、历史故事的内容。生动准确、充满乡土风味的语言、高妙的比兴、拟人、对比、重复等艺术手法，都是值得人们高度重视和学习继承的。

哭嫁歌多采用对哭、对唱形式，哭嫁姑娘哭唱一句，母亲或陪嫁嫂、陪嫁姐亦哭唱一句，到姑娘出嫁的当天，哭嫁亦达到高潮。

哭嫁歌的调腔，多为各地传统音调与口语的结合，地方特色很浓。有时两人相对哭唱还产生一种自然的二部旋律。节奏较自由。

陪十姊妹歌是在姑娘出嫁前一天晚上，由未出嫁的姑娘9人，连同新娘共10人围席而坐，通宵饮酒祝贺时唱的歌。陪十姊妹风俗，在土家族地区较盛行。

在陪十姊妹时，新娘头上搭着红帕子，由两个姑娘牵至堂前三拜九叩礼毕之后，便座席中间，牵新娘的人挨新娘左右坐，其余人按长幼亲疏坐齐。大方的新娘有时自己唱开台歌，否则就请歌师傅开台，然后依次唱或对唱，其胜者享用糕点糖食，

负者罚酒。有时一首歌唱完，即齐呼“喜啊”之类贺词。

陪十姊妹歌的唱腔柔美婉转，是一种很优美的抒情曲。演唱形式有独唱、对唱，也有领唱和唱的。有的地方还加有唢呐或丝弦伴奏。

陪十弟兄歌是一种在男子结婚前一天或前几天晚上，由未婚男子 9 人、连同新郎共 10 人围席而坐，通宵饮酒祝贺时唱的歌。陪十弟兄风俗在土家族地区较盛行。

陪十弟兄时，在酒宴上设一“令杯”。当令杯放在谁的面前，谁就先唱，然后依次进行。嗓子好的、唱得好的就都向他“敬菜”，否则就要“罚酒”。

陪十弟兄歌的内容一般都是吉利、喜庆、祝贺之类，既有四言八句的通俗白话诗，亦有《千家诗》里的古诗雅词，还有互相挖苦的俗词俚语。歌唱时，有不少人围观，直至兴尽人散。

陪十弟兄歌曲调优美流畅，具有浓郁的乡土味。多为独唱、对唱，在“喊诗”时，亦有一领众和。有的地方还加有唢呐或丝弦伴奏。

闹新房歌是在新郎把新娘接过门的当晚，举行了隆重的拜天地、拜父母及长辈的“交拜仪式”之后，进入洞房开始“闹房”时唱的歌。乡间有“结婚三天无大小”的说法，所以闹房男女老少、长老年幼，均可参加。先是儿童们在新娘床上连铺打滚，抢吃喜饼喜糖，再行娱乐。有与新郎新娘逗趣的，也有新郎新娘相互表示亲爱和好、美满幸福的。

闹新房歌是由客亲们向新郎新娘表示恭贺新禧而唱的，伴有锣鼓和欢呼声，喜气洋洋，通宵达旦。

孝感市的闹新房歌，还有专门的锣鼓、乐器班子，被称为“乐土班子”，一般是4—6 人组成。有唢呐、笛、箫、小喜锣、八音锣之类的乐器。他们有时为礼宾先生配伴奏，有时奏迎宾送客乐曲。

闹新房歌一般多为一领众和的形式，亦有独唱的形式。

民间把结婚迎娶那天，在洞房里向新婚夫妇身上或床上撒糖果、花生、栗子、五谷杂粮等，边念边唱向他们表示祝贺颂词、由傧相所唱的歌谓之“撒帐”。

傧相，一般为年长并有一定学识的人来担任。他们读过诗书，并能出口成章、即兴编词演唱。

撒帐的词曲，原先有较严格的规定和要求，通过长期的流传和发展，到现在则多为即兴所编了。内容一般为吉语良言。演唱形式为一领众和，增添了新婚的喜庆气氛。

《柑子树》就是一首陪十姊妹歌。鄂西南时兴姑娘出嫁前，娘家要邀没出嫁的姑娘九人，连同新娘共十人围席而坐，通宵饮酒唱歌，以示对父母亲友惜别与对新娘表示祝贺的习俗，因而流传着陪十姊妹歌。

这首陪十姊妹歌以当地的特产柑子为兴，采用当地流行的羽调式，节奏运用灵活，尤其是第三、四、五和第九小节运用的一字多音手法，表现了骨肉姐妹既为新娘高兴，也有难分难舍之情的矛盾心理。

例 10：鄂西南建始的风俗歌《黄四姐》（谱例见人民音乐出版社 1988 年版《中国民间歌曲集成·湖北卷》914 页）

《黄四姐》源于鄂西南建始县群众打喜花鼓的风俗，虽经漫长的历史传承，但始终全面保持了它的原生状态。这首以边歌边舞为表演形式的民间爱情歌曲，以欢快活泼的徵调式曲调，以风趣幽默的对唱形式，向人们展示了“人逢喜事精神爽”的生活画面。这首歌的调式色彩具有鄂西南传统民歌调式的风格特色：由于调式主音【Sol】在整首歌中仅出现五次，而【La】、【Do】两音在旋律创编中却异常突出，围绕【La、Do】两音的旋律运转，使人感到这首徵调式民歌，具有了较浓的羽的特性和色彩。这首歌节奏欢快热烈，歌词风趣，音调与口语化的唱词结合十分贴切，韵调式的旋律特点很突出，边歌边舞中插有的数板式韵白，更突出了这首歌的生活气息和喜庆气氛。方言演唱这首歌，在咬字上要注意歌词中的“那”念作“niè”，“哥”念作“guō”等。对歌曲说白部分，声调要做适度的夸张处理，以充分体现出人物的内心活动和形象。

需要特别指出的是，风俗歌的各个歌种，往往都与民俗仪式紧密相连。所以，我们在欣赏风俗歌的时候，还应当理解民间歌曲（风俗歌）在民俗仪式中所具有的功能作用。这些功能作用可归纳为：通过民俗仪式中的民间艺术形式（音声景观），①营造民俗仪式秩序；②维系宗族思想系统；③带领群体宣泄情感（群体情感连接民俗仪式的媒介）；④张扬群体思想、精神、意识方面“崇神、恶鬼、慰灵、娱人”的内容（人与神之间沟通的连接点）；⑤启引群体构建想象力基础上的意象世界；⑥引导群体思考人的生与死之重大终极问题的思想内涵等。

八

民歌具有很强的自由性、即兴性特点，具有浓厚的生活气息和丰厚的文化积淀。有的民歌音调很原始古朴，具有很高的历史价值；有的民歌音调经过歌手的精心编创，也具有很高的艺术价值。利川民歌《龙船调》、天门民歌《车水情歌》可以称作是民歌中的精品，它们体现出民歌手具有很高的音乐旋律编创水平和很复杂的音乐调式、调性思维能力。

例 11：《龙船调》（《种瓜调》）（谱例见人民音乐出版社 1988 年版《中国民

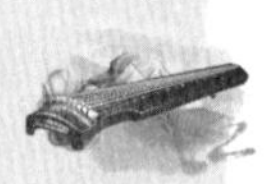

间歌曲集成·湖北卷》841 页）

蜚声全国的《龙船调》是 20 世纪 50 年代中期，由湖北省的基层音乐工作者——当时在利川县柏杨镇文化站工作的周叙卿、黄业威收集到的一首民间歌曲，最初因为唱词的内容是“种瓜”而被称作《种瓜调》。周、黄二位记谱的《种瓜调》只是一首单乐段上下两句的民歌。其记录的歌词是十段：

正月是新年（哪，衣哟喂），瓜（呀）子才进园（哪喂）。
二月是春分（哪，衣哟喂），瓜（呀）子才定根（哪喂）。
三月是清明（啊，衣哟喂），瓜（呀）子成了林（哪喂）。
四月是立夏（呀，衣哟喂），瓜（呀）儿上了架（呀喂）。
五月是端阳（啊，衣哟喂），瓜（呀）儿把新尝（啊喂）。
六月三伏天（呀，衣哟喂），瓜（呀）儿正吃得（呀喂）。
七月秋风凉（啊，衣哟喂），瓜（呀）儿皮色黄（啊喂）。
八月中秋节（呀，衣哟喂），要（呀）把瓜儿摘（呀喂）。
九月是重阳（啊，衣哟喂），瓜（呀）儿已下场（啊喂）。
十月瓜完了（哇，衣哟喂），瓜（呀）子要留到（哇喂）。

由于是用一个曲调反复演唱十段词，显得单调、冗长。后来，恩施地区歌舞团集体，在《种瓜调》的基础上进行改编，并参加了在武汉举行的全省文艺会演。1960 年代，歌唱家刘家宜演唱的《龙船调》被灌制成唱片，歌唱家王玉珍又将《龙船调》唱到了日本。1980 年代，《龙船调》被联合国教科文组织评为世界 25 首优秀民歌之一。我国许多歌唱家都将《龙船调》作为经典民歌曲目演唱。近年来，著名歌唱家宋祖英将《龙船调》唱到悉尼歌剧院、维也纳金色大厅、美国肯尼迪艺术中心，以及我国台湾省小巨蛋演艺中心，使《龙船调》这首民歌经典成为了湖北的亮丽音乐名片，成为了中华民族音乐文化的瑰宝。

《龙船调》之所以有如此巨大的影响力，是因为这首民歌集中体现了鄂西南及武陵山地区传统民间歌曲的鲜明特色：以【Sol、La、Do、Re】四声音列作为传统五声音阶的基础，以【La、Do、Re】和【Sol、La、Do】为骨干音创腔编曲，歌曲主词形成的语调式旋律形态与歌曲衬词形成的腔式旋律形态形成对比，歌曲主词与衬词使整首歌曲自然形成了两大对比性段落的结构形态。整首歌曲旋律流畅，节奏明快，生动地表现了人们的生活情趣，体现了鄂西南民间歌曲的典型性音乐风格特色。

演唱这首歌时需注意把握这首歌的行腔特点：第一乐句是大二大三型腔格（Do、Re、Mi）与小三纯四型腔格（La、Do、Re）的并生；第二乐句是小三纯四型腔格（La、Do、Re）与大二纯四型腔格（Sol、La、Do）的并生；随之，在以纯四小六型腔格（Mi、La、Do）作短暂转换以后，构成第一、二句腔格并生的三种原生态音调结构融为一体，形成为难以分割的、流畅自如的新的音乐形态。这首灯歌具有山歌风格，尤其是第一、二乐句节奏自由舒展，演唱时要注意调整速度、节奏。这首歌的衬词部分音调密集，要注意保持弹性，突出轻松欢快的气氛，切忌气息上浮。在方言咬字上要注意歌词中的“正”、“是”、“稍”等字均为平舌音。念白部分要用方言来说，可以根据演唱者的音色和性格特点做或“羞涩”或“泼辣”或“直爽”等不同情绪的处理，同时可加入适当的身段表演来提高歌曲的艺术表现力。

例 12：鄂中南天门的田歌《车水情歌》：（谱例见人民音乐出版社 1988 年版《中国民间歌曲集成·湖北卷》670 页）

这首歌生动体现了民歌手复杂的音乐调式、调性思维能力。这首二十小节的民歌，经历了以（Sol、Do、Re）为骨干音的徵（第 1—4 小节和 9—18 小节）、以（La、Do、Mi）为骨干音的角（第 5—8 小节）、以（Do、Re、Mi）为骨干音的商（第 19—20 小节）的腔格及调式交替。特别是第 5—8 小节，由于降 Mi 音和降 Si 音的运用，明显地转入了新调，使这首民歌在调性上也很别致。它经历了由 F 徵到 F 角再到 F 徵最后到 C 商的演变。如此以腔格为核心，在旋律创编方面既有同主音调式转换，又有同宫音调式交替的民歌，确实令人耳目一新。

九

首先，以上代表性荆楚（湖北）民歌，彰显了荆楚（湖北）传统歌乐音调的旋法特色。

1. 简洁，是荆楚（湖北）传统歌乐音调旋法方面的重要特色。具体表现为用音少，三音列、四音列、五音列的荆楚（湖北）民间歌乐音调占了其数量的绝大多数就是明证。同时，最能体现音调旋律风格特点的腔格（旋律骨干音）在音调旋律的编创过程中也总是处于主导核心地位。

2. 级进，是荆楚（湖北）传统歌乐音调旋法进行的主要倾向。以上代表性荆楚（湖北）民歌的旋律骨干音（腔格），绝大多数为四度、五度音程所构成，这就为荆楚（湖北）传统歌乐音调的旋律以二度、三度的级进进行为主形成了一个总体性的框架。

3. 音域不宽，是荆楚（湖北）传统歌乐音调旋法特色的又一特点。以上代表性荆楚（湖北）民歌音调的音列，绝大多数都系不超过一个八度音域的“自然型音列”。这给整首歌曲的音域作出了宽度制约。

4. 高起低落，是荆楚（湖北）传统歌乐音调旋法特色所体现的旋律线特征。以

上代表性荆楚（湖北）民歌音调中起最主导作用的音列是（Sol、La、Do、Re、Mi）五声音列，同时又以不超过一个八度的“自然型音列”为主进行音调旋律的编创，所以，荆楚（湖北）传统歌乐音调往往具有乐句起音高，经过二度、三度为主的级进后，往低趋向于旋律音调终止音的下行线性特点。

其次，以上代表性荆楚（湖北）民歌，体现出了各种类荆楚（湖北）民歌的一般性特点，如民歌与劳动的不解之缘；民歌在情感抒发和情感表现方面的功能；方言语调对民歌音调地方性的影响；民歌腔调及民歌曲体结构源远流长的发展、衍变历史；还有号子的规整、简炼；山歌的自由、悠扬；田歌的高亢、热烈；灯歌的欢快、活泼；小调的流畅、婉转；风俗歌的生动、古朴等等。当我们把这一切看成是人与自然、与社会相融合的创造物时，当我们认识到这一切是人的生命力的本质力量表现时，我们对民歌作为艺术宝库中的璀璨明珠的价值，是不会产生怀疑的。

因此，唯有紧紧抓住民间歌曲（音乐）本体，努力对民间歌曲（音乐）做多视角的观照，在以音乐学、艺术学对其作为分析、研究的基础上，做多学科的综合分析、研究，我们才能对民间歌曲（音乐）知其然，更知其所以然，才能从更深的层面上认识民间歌曲（音乐）的价值，才能增强民间音乐、民族音乐的文化自信，增强弘扬民族民间音乐文化的自觉，促进发展民族民间文化的自为。

（此文依据 2020 年 7 月在湖北群文大讲堂上的讲座内容整理）

绚丽多彩的湖北曲艺音乐

一

曲艺，是以说、唱为手段来状物写景、倾诉感情、表达故事、刻画人物的一种独特的艺术形式，也被称为“说唱艺术”。

我们可以从先秦时代荀子的《成相篇》中，探寻到早期曲艺的概貌；（成相，系周代民间流行的长篇叙事歌曲。（“相”是一种击节乐器，其形制有两说，一说为舂牍“冲读”，另一说为搏拊，以手拊拍。成相的曲调，由六句组成一章，句式为三、三、七、四、四、三，或三、三、七、四、七。成相被比作是中国最古老的民间曲艺形态，为兼有叙事与抒情的民谣）也可以从两汉时期乐府诗歌中一些篇幅较长的叙事性歌曲如《焦仲卿妻》（通称《孔雀东南飞》）等中，看到曲艺艺术发展的轨迹；（因全诗的首句为孔雀东南飞而得后名。作为古代史上最长的一部叙事诗，其故事繁简剪裁得当，人物刻画栩栩如生，不仅塑造了焦仲卿、刘兰芝夫妇心心相印、坚贞不屈的形象，也把焦母的顽固和刘兄的蛮横刻画得入木三分。尤其是篇尾构思了焦刘死后双双化为孔雀的神话，寄托了人民群众追求恋爱自由和幸福生活的强烈愿望。）还可以从唐代“俗讲”、“变文”的流行中，领悟到曲艺艺术形式的大发展态势；（俗讲，是僧徒依经文为俗众讲佛家教义，“悦俗邀布施”的一种宗教活动。变文或简称变，系转变的底本。俗讲、变文的最突出特点是说唱相间，说为表白宣讲，唱为行腔咏歌。）更可以从宋代娱乐场所——瓦肆勾栏的出现和“诸宫调”（即一种说唱相间的大型曲艺音乐形式）的创立，感受到曲艺艺术形式的成熟。

曲艺音乐，系曲艺声腔音乐与曲艺伴奏音乐的统称，它伴随了曲艺艺术的全部发展历程。曲艺音乐是以叙述性为主，而又能使叙述性与抒情性互相转换、和谐统一、丰富多彩的音乐类型。同时也具有写景、状物、说理等艺术性能。

说、唱结合是曲艺音乐的基本特征。由于曲艺表演者是以说书人的身份来叙述故事、描绘情景、表现不同人物的思想感情的，所以“说”在曲艺音乐中起着重要作用。

曲艺艺术的“说”，有时是有节奏的念诵，有时是带有一定韵调的吟诵，是经过提炼而具有一定音乐性的，它与“唱”有机地结合起来，增强了曲艺艺术（说唱艺术）的生动性。曲艺艺术中的说具有艺术性、音乐性，如说的逻辑重音、节奏变异、

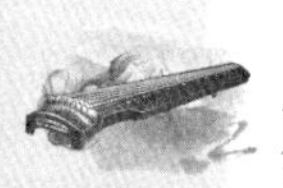

声调高低等等。

曲艺音乐的“唱”，是我国民族声乐传统的重要组成部分，它要求在民族语言、民间音调、民族心理状态和民族审美情趣的基础上，做到字正腔圆，声情并茂，并把韵味作为艺术追求。且由于曲艺艺术常常是一人身兼数角，既可以第三人称叙述故事，描绘情景，也可以第一人称刻画人物形象，甚至还可以游离于角色之外，用旁白来加强和衬托其思想感情的表现，这就要求曲艺演员运用声乐技巧对其作出不同的艺术处理。因此，曲艺艺术的“唱”，是具有很高要求的。

二

湖北（荆楚）曲艺音乐，是指在湖北（荆楚）地域范围内生长、存在的曲艺艺术形式的音乐形态。

湖北（荆楚）地域内的曲艺音乐，品种繁多，题材广泛，各具特色，是湖北（荆楚）传统音乐的重要组成部分。《中国曲艺音乐集成·湖北卷》（新华出版社 1992 年 11 月版）根据荆楚地域曲艺音乐的实际情况，并“对所选编之曲种，依其音乐的体式、表现形态的异同，以及曲种间在音乐上有无纽带联系”等的综合考量，将湖北（荆楚）曲艺音乐的 44 个品种，分为了丝弦小曲、渔鼓道情、鼓书鼓词、踏歌耍唱 4 种类型。

属于丝弦小曲类的曲种有：湖北小曲、碟子小曲、长阳南曲、恩施扬琴、郧阳曲子、文曲、襄阳小曲、利川小曲共 8 个曲种。它们的共性特征是，均采用曲牌联缀体结构，并佐以丝弦。这些曲种间，或有相同的声腔（如湖北小曲、长阳南曲及恩施扬琴中的【南曲】与【越调】，实为同出一源）；或在曲牌的联缀手法上存在着“惊人的类似”，（如多数曲种均采用主体曲牌分割使用的发展手法——将主要唱腔曲牌分割为【曲头】、【垛子】、【曲尾】，作为曲目音乐的“支架”，中间联缀其他曲牌或民间小调）；或具有相似的演唱形式（如演唱时均有丝弦伴奏托腔，多者可“八音”齐鸣，以打“围鼓”的形式，分角色递唱历史故事、民间传说，少者可一人操琴、一人击板（或击碟），二人搭班，既是乐手，又是演员）；或具有相近的演唱环境（如或“打街”沿门卖唱，或于茶楼酒肆坐馆）等。

属于渔鼓道情类的曲种有；湖北渔鼓、歌腔，公安道情，哦嗬腔渔鼓、金海渔鼓、大冶高腔渔鼓、宜城兰花筒、随州道情、保康渔鼓、郧阳道情、鄂西竹琴、走马渔鼓、长阳渔鼓、楠管、湖北道情、龙港道情共 16 个曲种。它们的共性特征是：各曲种的声腔音乐结构相似（如其主要唱腔，或称基本唱腔多为“上下句”式或“四句头”结构，少有脱离主腔之外的“板”、“腔”）；各声腔的发展手法相近（如主要依赖于曲种音乐内部的句式变换与调整，一般不过多使用或根本不使用外来曲牌作为补充）；

各曲种的伴奏乐器及演唱形式基本相同（如其早期多左手怀抱渔鼓筒兼执云板或竹简，右手四指交替拍击鼓面而歌。多为单档行艺，身背褡裢，走乡串户，沿门乞唱）；尤其是各曲种在声腔中最具特征的“甩腔”或“拖腔”部分，均保留着某些共有特征及其同源的可辨性。

属于鼓书鼓词类的曲种有：湖北大鼓、钢镰大鼓、说鼓子、汉川善书、东山番邦鼓、阳新说书、襄阳鼓书、随州大鼓、益阳大鼓共9个曲种。这类曲种的共性特征是：声腔音调多半都植根于当地的民歌及方言语调的基础之上，系用各地方言和地方音调说唱故事的结果；演唱形式相同，一般都在“打闹台”静场等候听众后，再按传统的程序（如先演唱“书帽”——即一段形式短小、内容风趣的开头语；或采用“加官”——即以福、禄、寿三星来祝颂户主及听众，次“纲鉴”——即说唱各朝之历史故事，再次“铺堂”——即一种触景生情的即兴说唱，最后进入正式曲目）演唱；声腔发展手法相似（一般在“头腔”、“起板”、“先腔”中都有较为悠长的音调润腔上板，然后再用口语化的“平板”、“平韵”铺展故事，并都有曲种特色的拖腔和甩腔）；对演唱的要求相近（如演唱正式曲目，都有“三分唱，七分说”的基本要求，多为以说为主，以唱为辅）等。

属于踏歌耍唱类的曲种有：跳三鼓、鼓盆歌、长阳旱龙船、三棒鼓、莲花落、打锣鼓、满堂音、当阳扇子戏、郧阳花鼓子、鄂西花鼓、讲书锣鼓共11个曲种。它们的共性特征是：这类曲种兼有山歌、灯歌、田歌、杂耍、歌舞、戏曲等民间艺术形式的多重色彩与属性，系不同民间艺术种类的衍变、融合；这类曲种的声腔，均多源于荆楚民间歌曲（如三棒鼓与江汉平原地区的民间歌曲“碟子曲”有不解之缘、随州打锣鼓保留了具有古代“郢中田歌”特点的【扬歌】音调的基本特征等）；这类曲种的表演形式多为具有悠长历史的、载歌载舞的“踏歌”形式，不少曲种所用的击节乐器（如碟、棒、刀、火把、连厢等），均为“耍唱”的道具，使这类曲种带有了相当成分的技艺性。

三

如此繁多的湖北曲艺音乐品种，均源自湖北音乐传统和民间艺术形式。总起来说，湖北曲艺音乐各品种的来源，出自于湖北民族民间音乐传统和湖北地域民间音乐两个方面。

湖北曲艺音乐，继承光大了湖北先民能歌善讴的湖北音乐传统。以说唱为基本艺术表演手段的曲艺音乐，是在传统民间歌唱的基础上孕育出来的。自古以来，湖北（荆楚）地域多有知音善讴者，是擅鼓瑶琴之伯牙，与渔父对歌之伍子胥、擅唱“蛮歌”

西曲之莫愁女这些古代乐人歌者，以及成百上千的“唱和者”，造就了发达的湖北（荆楚）音乐文化，给湖北（荆楚）曲艺音乐的衍生、发展奠定了厚实的基础。湖北（荆楚）曲艺音乐正是从传统民间歌唱中分蘖、衍生出来的，传统民间歌唱是湖北（荆楚）曲艺音乐的有机组成部分。湖北（荆楚）曲艺音乐还继承了中华传统音乐文化的成果，湖北（荆楚）曲艺艺术中属曲牌体结构的曲种，明显地继承、借鉴了《诸宫调》的传统。在许多湖北（荆楚）曲艺艺术曲种中，在声腔音调的发展方面，也都继承、借鉴了板腔体结构的方式、方法。

湖北（荆楚）曲艺音乐均源于湖北（荆楚）民间歌曲音调，是对湖北（荆楚）地域民间艺术形式的继承和发展。

例如《姐在园中薅黄瓜》（谱例见人民音乐出版社 1988 年版《中国民间歌曲集成·湖北卷》645 页）。这是一首流传于湖北天门的田歌。歌曲以劳动场景起兴，抒发青年男女的爱慕情怀。歌曲的正词似在叙述一个故事，又似在抒发一段情愫。这与曲艺艺术的基本要求十分近似。歌曲中段用两段有意义的衬句穿插于正词之中，具有增添生活情趣和点明歌曲主题的双重意义。歌曲音调与荆州花鼓戏的声腔特色十分接近，表明民间歌曲与地方戏曲在音乐方面的不解之缘。演唱这首歌时，要特别注意叙述性演唱与抒发性演唱的统一，要注意呼吸的连贯性，风格性的装饰音和滑音要表达准确，方言声调的吐字行腔要到位，衬词要唱得俏皮、活泼，这样才能表现出歌曲的风格特征和韵味。

湖北（荆楚）曲艺音乐都与湖北（荆楚）地域的不同方言紧密结合，形成、衍生了色彩缤纷、风格迥异的曲种形式。湖北（荆楚）曲艺音乐直接从湖北（荆楚）民间歌曲（如荆楚地域的山歌、田歌、风俗歌、灯歌、小调及古代“郢中田歌”等）中借鉴音调元素，促进自身曲种音调的丰富，所以，湖北（荆楚）民间歌曲被称为湖北（荆楚）曲艺音乐的先声。湖北（荆楚）曲艺音乐还借鉴荆楚民间歌舞的表演形式（如田歌中的击鼓唱歌形式、流传于湖北襄阳一带的“牵钩之戏”形式等），促进曲艺品种表演形式的发展。

四

曲艺艺术的基本表现手段是说与唱，所以就构成了以说、唱为核心的曲艺音乐的基本旋律类型。综观湖北（荆楚）曲艺音乐旋律的形态，可将其归纳为四种基本的旋律类型：语调的旋律、韵调的旋律、腔的旋律、调子的旋律。

语调的旋律，系指由语音声调引发的初始音调形态，多系表演者将一般的“说”改变为吟诵所致。在以“说”为主要艺术表现手段的曲种和相关段落中，这类旋律类型形态上较为原始，在音乐上表现为节奏性强于音调性，语音声调浓于音韵乐调，音乐旋律形态往往与表演者所用的语（方）言声调结合紧密，属语（方）言声调向音韵乐调的衍变。

韵调的旋律系指用韵白方式“说”，或用叙述性方式“唱”所引发的音调形态。这类旋律类型形态上最能体现曲种的地方特色，在音乐上表现为语音声调与音韵乐调融为一体，节奏匀称规范，音调起伏平缓。它往往被表演者用来演唱作品中节奏较统一的“快板式”段落和双声叠韵式句法，具有简洁、明快的艺术表现力。

腔的旋律系指用各曲种代表性音型构成的音调形态。这类旋律类型，形态上对曲种的旋律风格最具影响力，在音乐上表现为节奏较为宽广，音调起伏较大，语言与音调的结合上往往言少声多，语短调长，音调旋律的情绪较为高昂，表演者多用此类旋律作情感宣泄，或用此类旋律将作品表现引入高潮。

调子的旋律系指词曲结合比较固定，具有较强音乐性，表现力较强的音调形态。这类旋律类型形态上显得相对成熟、完整，在音乐上表现为音调委婉，节奏平和，风格细腻，曲体结构较为对称，具有较强的抒发性。因此，此类旋律类型多在以“唱”为主的曲种中被用作“基本腔”，曲牌联缀体的曲种所用的“曲牌”，均属于此类旋律类型。

五

曲艺音乐中“唱”的艺术表现功能体现在“唱”的音调特点和表演者的演唱技能两个方面。

曲种音调无论在表现中所占有比重多大，也无论其唱腔简单还是复杂，都是显示一个曲种风格特色以及曲种间彼此区别的重要标志。一个曲种若失去唱腔音调的特点，失去表演者独特的演唱风格，也就失去了曲种独立存在的价值。因此，曲艺音乐及其表演者历来重视唱功，重视本曲种音调的独特风格。

就唱功而言，虽然荆楚地域广阔，风俗各异，方言语调复杂，且不同的曲种有不同的音调声腔，不同的表演者有不同的风格，但在唱功方面，所有曲种却有着相同的要求。曲艺音乐的“唱”必须做到字正腔圆，先字而后声，做到调气、发声、报字、唱情、韵味等有机结合。

字正腔圆，就是要把唱词中每个字的声、韵、调都读（唱）得准确无误，在发音准确的基础上来行腔，把唱腔唱得圆润而又清晰有力。这里既要求曲艺唱腔的谱制注意按字行腔，具有本曲种的特色，恰当地表达唱词的内容，又要求演唱者对曲艺声乐技巧的纯熟运用，使声腔入耳动听，吸引听众。

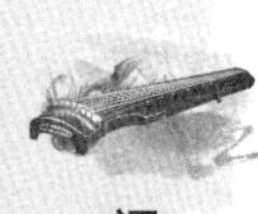

字正腔圆虽是各类曲种表演者在唱功方面必须遵守的法则，但因“九省通衢”的湖北（荆楚）故地“五方杂处”，不同地区有不同的方言及不尽相同的方言声调，表演者依方言“依字行腔”，就对曲种音调产生了制约与影响，甚至在同曲种中，因用不同方言演唱而形成同一曲种音调的不同风格、流派。鉴于字与腔的联系和区别，故在曲艺音乐表演者的实践中，往往腔多尾随于字之后，或字落腔起，或字起腔落，字是腔的基础，腔则是字的声调美化与外延。有的腔置于字，有的腔置于句，有的腔置于句尾，有的腔置于句间，灵活多变，不拘一格。

一般说来，鼓书鼓词类、渔鼓道情类曲种的腔多置于句前的哼腔吟唱及句尾段末虚词、衬字上的拖腔与甩腔（如湖北大鼓《丰收场上》）。其腔的长短、高低虽然也有一定的格局定式，但也有相当的随意性与可塑性，它的变化常与表演者的临场情绪及书场内的气氛有关。表演者对基本腔的韵腔称之为“叠卍字”。卍字的意思是，到处都是“拐拐儿”、“弯弯儿”，正如民谚所说的“小曲好唱难转弯”，叠卍字的巧与拙、转弯的灵活与否以及有无韵味，取决于表演者的演唱修养与技艺的高低，也是衡量表演者演唱技术高下的重要标尺。

丝弦小曲类曲牌的腔，其音高、节奏、起伏、旋律线等一般都比较稳定、规范。表演者往往根据不同的演唱内容及自身的嗓音条件、演唱能力，对曲牌（基本腔）给予不同的润色、装饰、发展、创新，都十分重视唱腔的轻重起伏、抑扬顿挫，及“子腔”的运用，使相同的曲牌（基本腔）显示出不相同的风格、韵味，进而创立独特的流派（如湖北小曲《选妃》、《南原突围》等）。尤其是丝弦小曲类曲种的盲人表演者，由于演唱时不能借助于其他辅助表演手段，所以也就倍加重视唱功，重视曲牌声腔的创新。

六

与所有曲艺曲种音乐的结构形式一样，湖北（荆楚）曲艺音乐各曲种的基本结构形式一般分为板式变化体、曲牌联套体和单曲体三种基本类型。

板式变化体系指以上下两句（或四句）旋律基本固定的唱腔为主体，采用板式变化的手段来演唱的曲种唱腔结构形式。构成主体的基本腔（主体旋律），是本曲种的音调旋律基础。在反复演唱中，这个作为基本腔（主体旋律）的音调旋律，不是简单地被重复，而是随唱词语言声调的不同而变化，随唱词所表达的感情、情绪的不同而起伏。板式的变化便于渲染气氛，根据曲情的需要而表情达意，同时也使这一类曲种易听、易记，具有较强的表现力。表演者运用加快或放慢速度，扩展或紧缩节拍、节奏（板、眼）以及变化调性等手法，使基本唱腔得到变化和发展，以适应故事情节和情感表现上的变化发展需要。采用板式变化的曲种，各自的板式连接、转换方式并不相同，但一般多是由慢到快。无论是在基本腔（主体旋律）重复时，还是对基本腔（主体旋律）进行扩展或紧缩的板式变化时，基本腔（主体旋律）的骨干音、各乐句的落音都不变。一些短的板腔变化体唱段由于所表达的内容或情感起伏不大，且多以 2/4 拍为主，板式变化也不大，显得平顺、委婉。而一些长的板腔变化体唱段，由于所表达内容或情感的丰富跌宕，且节拍、节奏等富于对比，板式变化丰富，音调旋律性较强，更能体现曲艺音乐声情并茂的艺术表现力。基于这些因素，板腔变化体的曲种音乐之总体特征是音调旋律的风格特色比较统一。

曲牌联套体，系指根据曲情需要，以能表达多种不同感情、情绪的曲牌来联缀演唱的曲种唱腔结构形式。曲牌，系传统填词制谱用的曲调调名之统称，是曲牌联套体曲种的基础，是曲体结构的基本构成单位。每支曲牌唱腔的曲调，都有各自的音调旋律、曲体结构、调式和调性，以及本曲基本的情趣和表现功能。根据表演内容的需要将曲牌联缀，是曲牌联套体曲种音调连接的基本方法。曲牌联套体的曲种多由曲头、曲尾，中间联缀若干曲牌来演唱。还往往将曲种的主要曲牌“拆分”为二，用作唱段的头、尾，中间插入若干曲牌这样一种“联曲体”的组合形式。很多曲种所用曲牌的曲牌名相似乃至相同，表明它们有共同的起源，多源于我国宋代就有的南北曲的曲牌和从明清两代流行的时调小曲发展而成的曲牌。这些曲牌在传承过程中由于各地方言的不同和在长期流变过程中所受影响的不同，音调旋律各异，具有各自的地方音乐特色。基于这些因素，曲牌联套体的曲种音乐之总体特征是音调旋律的风格特色丰富多样。

单曲体系指以一个基本曲调反复演唱的唱腔结构。单曲体的曲调多源于民间歌曲，尤其是源于民间歌曲中的生活小调和坐唱小曲。单曲体结构形式的曲种往往以演唱写景、抒情、咏唱人物故事的短段见长。在一些以曲牌联套体为主的曲种中也保存有一些单曲体的曲目。有些单曲体的曲种采取在基本曲调的基础上加垛子板的方法来演唱，在基本曲调的四个句子中加进无固定句数的“快板式”句式，形成 4/4 拍与 2/4 拍的交互变换，使音调既朴实流畅又华丽优美，从而丰富了曲艺音乐的唱腔。

在上述曲艺音乐结构形式基本类型之外，也有在板腔变化体的结构形式内插入曲牌或民歌小调表演的情况，或在曲牌联套体的结构形式中运用板腔变化的原则，使曲牌得以扩充、发展的手法，这就成为板腔变化与曲牌联套两者的综合体形式。综合体形式的出现促进了曲艺音乐的发展，增强了曲艺音乐的表现力。

七

伴奏音乐是曲艺音乐的重要组成部分。伴奏在曲艺音乐中的地位，可以从伴奏形式和伴奏所担当的任务、发挥的功能中得知。

曲艺音乐的伴奏形式是多种多样的。总的来说，湖北（荆楚）曲艺音乐伴奏形式的特点是简洁、有效。参与湖北（荆楚）曲艺音乐伴奏的乐器，大体上可以分为敲击乐器与丝竹乐器两大类。敲击类的有：鼓、板（云板或竹筒）、渔鼓筒以及碟、碗、杯等生活用品和钢镰、铜镰等生产工具。丝竹类的有：二胡、四胡、三弦（或小三弦）、扬琴、琵琶、碗琴、反胡（又称反弦）等。

曲艺音乐的伴奏也经历了“由简到繁”的过程。许多曲种的初始阶段，往往都是由表演者自我伴奏。表演者自己掌握鼓、板（云板或竹筒）、渔鼓筒等敲击类节奏乐器，或旁敲，或侧击；或轻打，或重锤；或书鼓连敲，或板鼓交击，打出无穷的变化来。有的还自己操琴，自行伴奏。这种伴奏形式，可以使表演者演唱时根据故事情节的发展和人物感情的变化，灵活自如地掌握曲目表演的节奏和速度。到后来，发展为表演者只是掌握鼓、板等击节乐器，另有一人或多人的乐师（乐队）伴奏的形式，这样就更增添曲艺伴奏的艺术表现力。

曲艺音乐伴奏的任务和功能主要是：细腻地烘托唱腔，渲染感情，以助表演者更好地表达曲目的内容。

托腔保调，是处理曲艺音乐伴奏与表演者演唱关系的基本要求。伴奏为表演者提供调高，如影随形地衬托表演者的演唱，增强了曲种声腔的艺术表现力。演唱进程中，伴奏可以有助于表演者掌握音高及节奏变化，还可以帮助表演者自如地交互使用代言和自述、对白等不同人称的语气。根据托腔保调的基本要求，伴奏者往往采用唱腔停弦、过门让板、点奏生花、高潮渲染的方法，与表演者默契配合。在乐器演奏中采用高音反拉、中音正拉、高音点奏、中音随腔的方法，保证伴奏乐器的“托保”效果。许多时候，伴奏会演奏“过门”，作为表演者演唱换气时的补垫及曲目段落与段落之间的过渡。

渲染气氛，是曲艺音乐伴奏承担的重要任务。伴奏演奏的“过门”，既是上一段落情绪、气氛的延续，也是下一段落情绪、气氛的先导，既为表演者的生动演绎提供铺垫，也为听众的情绪转换提供过渡。许多曲种往往在表演开始之前用“闹台”形式活跃场内的气氛，这一任务也多由参与伴奏的乐师（乐队）通过演奏相应的乐曲而完成。

曲艺音乐伴奏的作用，还体现在用特色乐器音色来凸显曲种风格特色上。不同乐器的不同音色，使曲艺音乐的伴奏给不同曲种带来不同的音响色彩，如渔鼓道情类曲种的伴奏乐器——渔鼓筒及其云板（或竹简），主要是通过表演者运用不同手指对鼓面的撞击或鼓与板的交替拍击，来得到音色及节奏变换的。有经验的表演者还可通过调节鼓面的松紧、变换唱腔调门的高低，使不同调高曲牌之间的连接得以协和。此外，不同的曲种还用不同的主奏乐器来凸显曲种风格特色，如湖北小曲以四胡为主奏乐器，长阳南曲、郧阳曲子以三弦为主奏乐器。有的曲种还用独特的色彩性乐器（如碗琴、反胡——又称反弦）伴奏，以从乐器音响色彩上给听众造成不同曲种的风格特色印象。

曲艺音乐伴奏的作用还体现在促进曲种声腔音调的创新上。为曲艺音乐担任伴奏的乐（琴）师往往都是表演者创造新的声腔的合作者。他们往往都熟谙各曲种的声腔、曲牌，以及声腔、曲牌的艺术表现功能，且知晓相关曲种声腔、曲牌的发生、衍展历程，还把握与之合作的表演者的艺术功力，所以，他们往往是表演者实现对前人的超越，在传统声腔基础上实现声腔创新和创立新的流派的最好合作者和有力支持者。

（此文依据2020年9月在湖北曲艺传承人培训班上的讲座内容整理）

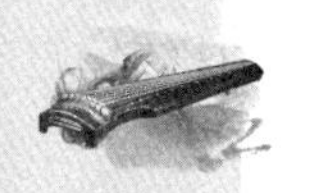

简议民间歌曲的传承与流变

一、民间歌曲传承与流变的概念内涵

由人民群众创造的、非物质文化形态的民间歌曲，是在历史沿传过程中积淀起来的一种音乐形态。按民间歌手们的话说，是前辈传下来的歌词和“行腔习惯”。

造成历史积淀而形成民间歌曲的因素是多方面的。如自然环境的因素、生产方式的因素、社会变革的因素……以及从艺术方面看的艺术形式相对稳定性的因素、艺术实践者素质高低的因素、自由创作时的情感因素、审美追求的变化快与慢的因素、传承方式的因素等等。在多种多样的因素中，起关键作用的是传承因素。

传承，即流传与承接。就民间歌曲的传承而言，它至少包括两个方面的内容：一为从前辈传给后辈，这是时间性的流传与承接；二为从此地传到彼地，这是空间性的流传与承接。这表明，传承本身就具有十分丰实的时空内涵。

与传承相关的另一面是流变。

流变，即流传中的变异。生物学认为，变异有两种情况。一种是因基因突变和染色体畸变（即遗传物质的改变）而引起的、不定向的、有遗传的变异；一种是遗传物质不改变，仅由环境条件直接引起的、定向的、不遗传的变异。民间歌曲的流变，也同样存在这两种变异状态。

由历史积淀而成的民间歌曲是自然扬弃、自由选择的产物。这本身就意味着民间歌曲的传承中含有了变异性。发展、进化本身就含有变异的意味——不论是有遗传的变异还是不遗传的变异。民间歌曲所经历的从无到有、由简到繁、从低到高的漫长发展历程，证明了民间歌曲也是在自然扬弃、自由选择的流变过程中形成并发展起来的。

二、民间歌曲传承的方式

民间歌曲属于口耳相传的艺术形式，它是人们依靠听觉、视觉，从具体的音乐音响中得到感受并嵌入记忆而不断传承的。从古到今，口传心授一直是民间歌曲得以传承的基本方式。一辈辈、一代代的民间艺人身体力行，以言传身教、口传心授的基本传承方式，将民间歌曲传接成不同的家族传承关系、师徒传承关系、群落传承关系等民间歌曲的传承谱系。口传心授的传承方式，符合民间歌曲依靠民间艺人即兴创作、口头传承的基本特点，便于表达民间艺人某时某地（或彼时彼地）的情感体验和其独到的艺术表现，也在某种程度上利于民间歌曲音调和歌词乃至风格、神韵的传播，更从宏观方面潜移默化地传承了民间歌曲的基本声腔（含民歌的旋律骨干音、乐句起落音、基本节奏形态、旋律线的基本运行方向、民歌的不同结构样态等）和演唱方式方法，以至民歌的风格特点。正因为如此，口传心授的传承方式经久不衰。

民间歌曲的另一种传承方式是“谱传”——通过人们对音乐记谱法的掌握而将歌曲用音乐符号记录、保存起来以促进传承的方式。谱传方式（乐谱）的出现，为当代人们认识、研究民间歌曲（含古代传统音乐）提供了“看得见”的证据。具有乐谱知识的民间艺人及广大音乐工作者在田野作业中保存、记录下来的民间歌曲曲谱，是对某首民歌于某地、某时、某人、某次演唱的记录，表明了某首民歌在音乐人采集当时的音乐形（状）态——这实际上是以“固化”的形式向人们展示了某首民歌的“历史（时）性”形态，从而起到促进民间歌曲在更宽广的范围进行传承的作用，更成为人们分析研究民间歌曲在传承中流变的宝贵历史资料。

口传心授的传承方式也好，谱传的方式也罢，两种传承方式的共同意义在于，它们都使民间歌曲可以被称之为“种”的“传统基因”得以保存、传播、扩展，使民间歌曲传承、展衍的“脉络”清晰可辨。

三、民间歌曲传承与流变的基本状态

民歌作为民间音乐与民间文学——即音调与词两个方面水乳交融的、有机的统一体，它的传承，是音调与词的传承；它的流变，是音调与词的流变。一些时候、一些条件下，民间歌曲音调与词的传承、流变呈同步状态——音调与词同时传承（或仅在传承中有少许变异）；在更多一些时候、更多一些条件下，民间歌曲音调与词的传承、流变呈异步状态——音调与词不同时传承，出现所谓“传词不传调”或“传调不传词”的情况。民间歌曲音调与词的同步传承、流变，体现了民歌在其发展历程中的渐变；民间歌曲音调与词的异步传承、流变，体现了民歌在其发展历程中某一方面（或音调或词）的骤变。显而易见，流变成为促进民间歌曲传承、展衍的动力和中心环节。

现实生活中，一方面，人们经常得见被群众誉为“三天三夜也唱不完”的“歌

篓子”之类的歌手们，他们往往能唱许许多多不同词的民歌，而所唱音调却大同小异，甚至民间还有大量根本没有曲调、仅有歌词的“抄本”在流传……；另一方面，人们也经常得见民歌传承中存在不少用较为固定的音调填上许许多多不同的歌词演唱的情况。这种“词多曲少”、“一曲多词”、“一调多词”的现象，证明了民间歌曲音调与词在传承、流变中的异步状态。

总之，各地传承的同音调、同词（或音调、词近似）的民歌，是民歌音调与词同步流传、展衍的结果；各地传承的同词异音调或同音调异词的民歌，是民歌音调与词异步流传、发展的表现。

四、民间歌曲传承、流变的原因

造成民间歌曲传承、流变的原因，主要有以下一些方面。

1. 环境因素给民间歌曲传承、流变带来影响。民间歌曲是人民群众对于劳动生活、社会生活反映的产物，它的传承与流变也自然而然地融入在其生活的环境之中。一个不争的事实是：各种不同的生产劳动、民俗礼仪活动、民间爱情生活等，构成了各地民间歌曲的主要题材内容，这表明民间歌曲的传承是始终伴随着人类的劳动生活、社会生活进行的。另外，在各类生产劳动环境基础上诞生了各种不同的劳动号子，田间环境的农事劳作催生了不同凡响的田歌类，高山峻岭的地理环境造就了自成一体的山歌类，各种民俗礼仪活动促进了风俗歌类的生成，人们情感抒发的需要推动了小调歌类的发展……这些都说明了环境因素与民间歌曲传承、流变的关系紧密。

2. 创腔编曲方式给民间歌曲传承、流变带来影响。众所周知，依字行腔和倚声填词是民间歌手创腔编曲的两种方式。

民间俗话称：“锣鼓不出乡，各有各的腔。”被歌手们称之为“腔”的东西，实际上是在某一地方广为流传的、为众多群众所熟悉并认可的、习惯性的音调。所谓依字行腔，是指歌手依照歌词的语言声调来行腔编曲。由于歌手们均是按各地不同的方言声调、以历史积淀而形成的“腔”为基础进行民歌的音调编创的，所以，当一首歌词流传到不同地方并被歌手们运用到创腔编曲的实践中时，歌词的传承就导致了音调的流变，同一首歌就会被插上许多不同的音乐翅膀，出现“词同（音）调异”的现象。

所谓依声填词，是指民间歌手依据比较成熟的、表现力较为丰富的曲调，填上新的歌词。当歌手们将依声填词方式运用到创腔编曲的实践中时，民歌音调的传承就导致了歌词的流变，同一首音调就会被填上许多不同的歌词，出现“（音）调同词异”的现象。

3. 即兴性、自由性特点给民间歌曲传承、流变带来影响。

民间歌曲中确有一些全新的词与音调是由歌手们即兴、自由地编创出来的，从而使其具有了即兴性、自由性特点。所谓民歌的即兴性、自由性特点，实则是民间歌手们根据此时、此地的情感、条件，依照某一流传的、特定的歌词即兴自由地行腔，或依照某一传统的、流传的音调即兴自由地填词。这种“双向”的即兴、自由，给民间歌曲传承、流变带来的影响也是显而易见的。即兴性、自由性特点在民间歌手的创腔编曲、选词编词方面给人们留下“随性”的鲜明印象。民间歌手们能主动地依据演唱环境，即兴、自由地将同词同曲、同词异曲、同曲异词的民歌演绎成号子、山歌、田歌、灯歌、风俗歌等不同歌种；也能真情地依据情感表现的需要，即兴、自由地将同词同曲、同词异曲、同曲异词的民歌演绎成或铿锵有力、或平缓宛转、或高亢激越、或哀伤低沉、或情意绵绵……的不同情感表现样式；还能即兴、自由地唤起民歌活动参与者的热情，调动民众在共同发挥民歌在民俗礼仪活动中的功能作用过程中，实现民歌的传承。大量资料表明，各地歌手“脱口而出”、“出口成章”的民歌，不仅促进了民间歌曲的传承，而且推动了民间歌曲的流变。

综上所述民间歌曲传承与流变的关系表明：民间歌曲就像是由许多溪流汇合而成的河流一样，既有源源不断的源头，也有常流常新的流变历程。传承可以使民间歌曲的“种”得以保存；流变则可以使民间歌曲的“种”不断成熟、优化。传承与流变，在民间歌曲的发展历程中各尽其力，相得益彰。然以民间歌曲的发展观来看，可以称之为“种”的民间歌曲形态的传承是相对的，而流变是绝对的。唯有顺着流变之链，抓住传承之环，才能正确把握民间歌曲的特质。

导致民间歌曲流变的因素当中，不遗传的变异——仅由环境因素直接引起变化的情况是很多的。最常见的乃是歌类、歌种的形成。民间歌曲的音调（即传统“行腔习惯”）因演唱场合不同而演变成号子、山歌、田歌、灯歌、小调、风俗歌等歌类的情形是众所周知的。在同一歌类中，民间歌曲音调（即传统“行腔习惯”）因运用场合不同而演变成打硪号子或搬运号子、薅草歌或车水歌、丧歌或祝寿歌等歌种的例子也可在各类民间歌曲资料中信手拈来。因此，对民间歌曲由环境条件直接引起的变异（即不遗传的变异）相当容易引起人们——尤其是研究者的注目，当然是无可非议的。

但是，人们决不能以不遗传的变异取代有遗传的变异——通过对遗传物质的改变而引起的变异。因为唯有有遗传的变异才是自然选择的结果，才体现民间歌曲基因的突变，才具有“发展”的价值。所以，应引起人们足够的重视。

民间歌曲流变过程中有遗传的变异形态往往呈现出缓慢、渐变时间长、变化不明显等特征，然而，只要我们以正确的时空观念作指导，抓住民间歌曲从无到有、由简到繁、从低到高的发展脉搏，是能够探寻出民间歌曲传统基因的突变因素和有“发展”意义的表现形态，把握民间歌曲有遗传的变异之流变趋势的。

（本文收录于2022年华中科技大学出版社出版的《湖北民间歌曲的传承与普及——利川建始民歌精选》一书中，系作者依据同年5月审校该书文稿时生发的认识而撰，其主要观点的论据曲例可在该书中对照查询）

革命历史民歌的基本特征及启示意义

——《历史回声——湖北革命历史民歌典藏》概述

革命历史民歌，是中国共产党领导全国各族人民进行打倒帝国主义、封建主义、官僚资本主义革命战争时期的文化成果，是这段红色历程的音乐记忆。

湖北被认为是“红色文化的繁盛地”。湖北省社会科学院文史所曾撰文指出：“在中国共产党的历史上，湖北是1920年全国最早创建共产主义小组的六个省市之一。董必武不仅是湖北党组织的创始人，也是全国党组织的创始人之一。1923年2月，以汉口江岸为中心的京汉铁路工人大罢工把中国工人运动的高潮推向了顶端。在轰轰烈烈的大革命时期，湖北工农运动狂飙突起，革命风暴席卷荆楚大地，随着国民政府和中共中央机关相继迁至武汉，湖北成为大革命的中心地区。1927年7月第一次国共合作破裂，在一片白色恐怖之中，中共中央在武汉召开了著名的‘八七会议’，确定了土地革命和武装反抗国民党反动派的总方针，开启了中国革命的第一次历史性转折。在八七会议精神的指引下，荆楚大地率先举行秋收暴动，相继创建了鄂豫皖、湘鄂西、湘鄂赣、鄂豫边、湘鄂川黔、鄂豫陕革命根据地，组建了红四方面军、红二军团、红三军团等主力红军，成为中国工农红军的摇篮。抗日战争爆发后，国共两党实现第二次合作，中共中央在武汉设立长江局，领导南方十三省党的工作，武汉成为全国抗日救亡运动的中心。1939年，李先念率部南下湖北，在武汉外围开展抗日游击战争，逐步开辟了以湖北为主体，横跨豫皖湘赣等省的抗日民主根据地，成为中原抗战的中流砥柱。1946年6月，中原军区部队在湖北大悟胜利突围，成为全国解放战争的胜利起点。1947年6月，刘邓大军千里跃进大别山，成为二十年来人民革命战争由战略防御转入战略进攻的转折点。随着鄂豫、江汉、桐柏等解放区的恢复和重建，湖北成为人民解放军‘解放全中国’的前进基地。”“为了中国革命的胜利，在整个新民主主义革命时期，湖北有700多万英雄儿女献出了宝贵生命。经历了血与火的战斗洗礼，湖北走出了235名人民解放军将领，产生了两位国家主席。作为中国近代重要的革命策源地之一，湖北人民为中国革命作出的重大贡献，永远值得我们骄傲和自豪！”（摘自湖北特色文化谈丛之《红色文化的繁盛地》湖北人民出版社2011年12月第1版）在湖北地域内传承的革命历史民歌，既是对这段红

色革命历程的音乐回响，也显现出革命历史民歌的基本特征。

革命历史民歌具有记载红色革命历程的史料性特征。一个时代有一个时代的歌。《历史回声》所收录的革命历史民歌，以反映苏区（革命根据地）军民战斗生活、反映苏区（革命根据地）军民关系、歌颂红色政权和革命新生活、宣泄苏区（革命根据地）军民革命激情和理想信念为主要内容，记录并再现着载入史册的人民革命中战火硝烟、腥风血雨、前仆后继、英勇献身的战斗场景；记录并再现着难以忘怀的为自由解放而战、为真理而战、为信仰理想而战的激情燃烧的岁月；是中国共产党领导人民革命战争红色历程的艺术记录，是历史事实的音乐回响。这些歌曲（歌谣）不仅在那个特殊的历史时期发挥了特殊的作用，而且在当今仍然显示着不可替代的价值，其中的重要原因是这些歌曲（歌谣）刻着时代的印记。

虽然歌曲创作所处的时代已经由争取人民革命胜利、实现人民翻身解放的战场转向了实现民族复兴、实现“两个一百年”奋斗目标的新时代，歌曲的社会作用也已经从革命战争时期团结教育民众、壮大革命力量为主转向了和平建设时期满足人民群众日益增长的精神文化需求、实现人的全面发展，但是，歌曲所必然带有的时代印记却没有也不可能转变。这是因为包括群众歌曲创作在内的所有作为观念形态的文艺创作，都是一定的社会生活在文艺家、音乐家头脑中反映的产物，都是反映时代精神、时代活力、时代内容、时代审美要求的；包括革命历史民歌在内的能载入史册的文艺作品，从来就是文艺家、音乐家对社会进程、人民生活寄予莫大的关注和深刻的体验，并热烈拥抱、深刻反映社会现实的佳作。

歌曲的时代印记特征，更明显地体现在歌曲的题材内容方面。收录于《历史回声》中的 392 首民歌，既是对当时社会生活的真实反映，也是对那个激情燃烧的岁月所特有的精神、风骨、神韵的把握、提炼和升华。这启示我们，在当今的群众歌曲创作中，在多样化题材内容选择的情势下，文艺家、音乐家们仍需要紧贴社会生活、紧扣时代发展脉搏、洞察社会现实的本质、把握时代精神的主流，创作出新的时代歌声。应当清醒地认识到，无论歌曲的创作者们是如何企图表现“人类永恒的主题”，他所描绘和表现的都总是某个历史时期的社会现象，都总是带有特定历史时期的社会生活和文化烙印。无视及泛化歌曲的时代性特征，是当今歌曲创作中应予引导和切实克服的倾向。

革命历史民歌具有承载红色革命历程中群体性情感的特征。收录于《历史回声》中的革命历史民歌，真切地反映、表现了那个难以忘怀的岁月中人民群众的心声和真情实感，成为那个历史时期人民群众共同追求、愿望、意志、憧憬、情感的群体性“音乐符号”。聆听、吟唱革命历史民歌，不仅可以使人回想起那段艰苦卓绝的斗争历程，更能使人感受到革命战争条件下壮气回肠般的情感冲击，受到精神洗礼。人们可以从这些以英雄壮气为基点的歌曲中，感受到激情燃烧的时代革命者和人民群众的壮烈之情、参与革命斗争的壮毅之心、前赴后继的壮烈之志、憧憬革命胜利的壮丽之景……从而穿越时空，生发出敬仰革命者的情感之波，激发出继承革命精神的情感之浪，激荡起为实现新时代新长征的壮美目标而奋斗不息的情感之涛。

抒群体性真情，是革命历史民歌的重要特点，是群体精神在那个历史时期富有新意的凝聚，是那个历史时期人们心灵与情感真谛的艺术提炼和真实表现。革命历史民歌承载的群体性情感特征启示我们，群众歌曲（特别是能得以传承、深受群众喜爱的歌曲）是群体性情感的迸发。所以，咏时代情怀，歌人民心声是音乐家们责无旁贷的光荣使命。当代歌曲的创作者们，唯有“坚持以人民为中心的创作导向”（习近平语），“自觉地在人民的生活中汲取题材、主题、情节、语言、诗情和画意”（邓小平语），真切地反映、表现当代人民群众的心声、感情，用最具情感表现力的歌曲形式，畅抒时代激情、历史豪情、人间真情，并在这些具有共性的情感抒发中展示歌曲的艺术魅力，展示当代歌曲创作者的艺术才华和艺术个性，才能真正创作出无愧于我们这个时代，同时又能历史传承的群众歌曲佳作。

在多样化文化背景下，群众歌曲创作要承载群体性情感，关键是要处理好群体性之“大我”与个体性“小我”的关系。诚然，一般说来，歌曲是其创作者（个体）内心对社会生活感受的一种表白，歌曲创作者（个体）的感情通过自己的作品表达出来后，再去感染千百万听众。但是，问题的要害是，艺术的真情实感来源于对真实生活情况的潜心体验，由于歌曲创作者对社会生活感受的角度、视野、切入点的不同，会导致对社会生活中感情提炼、升华程度的相异。完全个人化的“自我表现”，特立独行般的“个性张扬”，脱离社会生活根基的“个体情感宣泄”，“非理性”的“纯音响形式”的构建等，可能会导致歌曲创作与社会、与时代、与大众的脱离。正因为如此，当今歌曲的创作者们唯有在对当代社会生活的感受、认识中，切实以“人”（而不是以己）为本，把个人的理想追求与大众的需求有机结合起来，真诚地以人民大众为表现主体，真切反映和表现人民大众的心声和群体性情感，才能实现对优秀文艺传统的继承、创新和超越，创作出在当今立得住，作为历史传得下的歌曲佳作。

革命历史民歌彰显了红色革命历程中群众歌曲的艺术特征。收录于《历史回声》的革命历史歌曲，集中体现了人民革命时期红色歌曲具有战斗性和大众性的时代共性特征。就创作方式而言，这一时期的红色歌曲绝大多数采取“老瓶装新酒”的方式——以选曲填词方式为主，除采用原来传承下来的一些曲调（如古曲、学堂乐歌等）及国外（如英、法、苏联及日本等国）传入的一些歌曲的曲调外，更多的是采

用苏区（革命根据地）所属地域的山歌、小调、歌舞小戏和说唱音乐的曲调。应该说，这是在当时特定的历史条件下和文化环境中，红色歌曲（歌谣）的创作者、传播者们在歌曲形式方面的创新作为。从题材内容方面看，诸多革命历史歌曲均是对各苏区（革命根据地）所特有的革命斗争史实的记录和描写，为中国共产党领导的红色历程提供了具有地域性个性特征的史料，这对全面展示红色历程具有重要意义。从音调特征方面看，不少红色歌曲虽然在音调方面运用的是"老瓶"，但由于重新填入了具有革命意义的新词，以及在人民群众的广泛传唱过程中，在音乐上也逐渐发生了衍变，体现出鲜明的各苏区（革命根据地）传统音调的地域性特色，与自古传承至今的各地域传统民间音调相一致。即是一些明显是由外地革命者引入各地的革命历史歌曲，因在传唱过程中由各地民众传承，也使这些歌曲具有了向本地音调转化的趋向。革命历史歌曲对各地域性音调特征的张显，为中国革命音乐运动和新音乐建设提供了具有强烈地域性个性特征的史料，这对揭示我国音乐运动的发展变化，是具有十分重要意义的。从歌曲形式方面，也初步形成了那个时期代表性的两种歌曲形式：一是带有队列行进特点的红色军歌；二是既具有新的时代气质，又含蕴苏区（革命根据地）地域音乐文化特色的革命民歌。从艺术表现语言的风格特色方面看，革命历史歌曲具有简洁、明了、率真、铿锵的特点，具有呐喊般直抒胸臆和情感的特色，这是那个特定时代艺术表现语言的生动写照。

革命历史民歌彰显的红色革命历程中群众歌曲的艺术特征启示我们：群众歌曲创作一定要随着社会历史发展的主流、时代文化建设的主题、人民群众审美情趣的主导意识，不懈地追求艺术形式的创新，尤其应当在群众歌曲音调（旋律）表现语言、创作观念创新方面下大的功夫。

加强群众歌曲音调（旋律）表现语言的创新，主要是在创作实践中，力图凸显群众歌曲音调（旋律）表现语言的当代性、鲜明的民族性与突出的地域性特征。追求表现语言的当代性表现在：歌曲音调旋律在华美基础上的变异；歌曲节奏在强烈律动中的切换；歌曲调式、调性的变换更自由、随意；新的音响组合成为歌曲创作中创新的着力点；歌曲创作与现代科技、现代传媒等手段的结合越来越紧密……追求表现语言鲜明的民族性与突出的地域性特征具体表现在：对地域性传统音乐文化中核心腔格的运用、发展；对地域性传统音乐文化中习惯性音列的运用、拓展；对地域性传统音乐文化中调式、调性转移手法的弘扬；对地域性传统音乐文化中曲体结构方面的借鉴……

加强群众歌曲的创作观念创新，重点应解决对中华民族音乐传统观念中"表情说"的弘扬问题。中华民族音乐传统中"情动于中，故形于声"的"表情说"，提出"乐者，心之动也；声者，乐之象也；文采节奏，声之饰也”的命题，认为声音既是声音的艺术，又是感情的艺术，音乐的本质特征是以有“文采节奏”之饰的音响形式表现人的内心活动，认为声、音、乐三者既互相区别，又互相关联。音乐产生的过程是“物至—心动—情现—乐生”，所以“乐者，情之不可变者也”，“唯乐不可以为伪”。革命历史歌曲坚持革命现实主义的发展道路，坚定地为当时人民革命的任务服务，旗帜鲜明地以宣传革命主张、激发民众斗志为己任，抒发民众的真情实感，饱含鼓舞民众投身革命、催人奋进的艺术表现力和感染力，洋溢着昂扬之气、高亢之韵，散发着阳刚之美、崇高之美、理想之美，极为朴实、生动地体现了中华民族传统的音乐观念，这是值得我们在当今的群众歌曲创作中予以弘扬的。

历史是不能割裂的发展之链，革命的历史更是不能被遗忘和抹杀的。历史在旋律中流淌，初心在歌声里守望！让我们在对中国共产党百年历史的回顾中，在对革命历史歌曲的回味、体验、感召之中，去重温红色历程所含蕴的精神、信仰、理想、追求，赓续革命历史歌曲偾张的乐脉……从而焕发振兴中华的民族精神，为实现“两个一百年”奋斗目标、为中华民族伟大复兴不懈努力奋斗！

愿催人奋进的革命历史歌曲，永远回响在历史的天空。鉴于此，我热烈祝贺《历史回声——湖北革命历史民歌典藏》的出版。

（此文2021年5月完稿，收录于同年12月长江文艺出版社出版的《历史回声——湖北革命历史民歌典藏》）

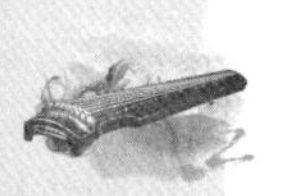

革命历史民歌的内在涵义、基本特征及价值取向

——在《历史回声——湖北革命历史民歌典藏》出版座谈会上的发言

《历史回声——湖北革命历史民歌典藏》的编纂出版，了却了我深藏已久的心愿。这心愿，萌生于我随母校到洪湖（湘鄂西革命根据地）进行采风、学习的20世纪60年代中期；发展于我在杨匡民教授指导下参与《中国民间歌曲集成·湖北卷》收集、整理、编辑、出版、研究工作的20世纪80年代初期；完成于自己退休十余年后，国家进入到中国特色社会主义新时代的21世纪20年代。在这本书正式出版的时刻，我要衷心感谢给予我民族音乐教育的母校和恩师！衷心感谢为这本书的资料收集、整理、编纂、出版做了大量工作的文联组织、文联领导及文联的相关同志！衷心感谢革命历史民歌的创造者及使这份珍贵的精神文化财富得以传承的人民大众！

对编纂出版这本书的意义、价值，应交由学术界的专家、学者去评估，更应交给历史和人民去评价。这本书在中国共产党百年华诞的时间节点中进行编纂，予以出版，增添了这本书的意义和价值。我作为这本书的主要参与者，想以一个“局中人”在编纂过程中的直观性认识，与大家作如下交流。

一、这本书的编纂出版，加深了我对于革命历史民歌内在涵义的理解

以民族音乐学学科理论为视角，革命历史民歌，是中国共产党领导全国各族人民进行打倒帝国主义、封建主义、官僚资本主义革命战争时期的文化成果，是这段红色历程的音乐记忆，是对这段革命壮举的历史回声。以文化学、人类学学科理论为视阈，革命历史民歌，是归于博大精深的中华民族文化体系中红色（革命）文化部分的、不可替代的组成内容，它传承着中华民族非物质文化遗产革命性基因。因此，编纂这本书，阅读这些歌，吟唱这些曲，是在进行革命历史的学习，是在经受革命传统的洗礼，是在接受红色文化的熏陶，是在赓续革命历史歌曲的乐脉。对革命历史民歌内在涵义理解的深浅，反映出人们思想境界的高低、学识修养的丰贫。

二、这本书的编纂出版，实证了革命历史民歌的基本特征

这本书编纂的392首湖北革命历史民歌，实证了革命历史民歌的三个基本特征。一是革命历史民歌具有记载红色革命历史的史料性特征。入编歌曲“以反映苏区（革命根据地）军民战斗生活、反映苏区（革命根据地）军民关系、歌颂红色政权和革命新生活、宣泄苏区（革命根据地）军民革命激情和理想信念为主要内容，记录并再现着载入史册的人民革命中战火硝烟、腥风血雨、前仆后继、英勇献身的战斗场景；记录并再现着难以忘怀的为自由解放而战、为真理而战、为信仰理想而战的激情燃烧的岁月；是中国共产党领导人民革命战争红色历程的艺术记录，是历史事实的音乐回响。”①二是革命历史民歌具有承载红色革命历程中群体性情感的特征。入编歌曲“真切地反映、表现了那个难以忘怀的岁月中人民群众的心声和真情实感，成为那个历史时期人民群众共同追求、愿望、意志、憧憬、情感的群体性‘音乐符号’。……使人感受到革命战争条件下壮气回肠般的情感冲击，受到精神洗礼。”②三是革命历史民歌彰显了红色革命历程中群众歌曲的艺术特征。入编歌曲“集中体现了人民革命时期红色歌曲具有战斗性和大众性的时代共性。”从题材内容、创作方式、音调特征、歌曲形式、艺术表现语言等方面，彰显出革命历史民歌“简洁、明了、率真、铿锵的特点”和“呐喊般直抒胸臆和情感的特色。”③

三、这本书的编纂出版，彰显了革命历史民歌鲜明的人民性价值取向

习近平《在中国文联十一大、中国作协十大开幕式上的讲话》中指出：“一百年来，党领导文艺战线不断探索、实践，走出了一条以马克思主义为指导、符合中国国情和文化传统、高扬人民性的文艺发展道路，为我国文艺繁荣发展指明了前进方向。”这凸显出：人民性是贯穿这篇重要文献的灵魂，表明了文艺价值取向的旨归。

革命历史民歌彰显了鲜明的人民性价值取向。①革命历史民歌源于人民。没有人民大众在血与火的革命实践中的民歌艺术创造，就没有革命历史民歌的产生；没有人民大众在长久的革命岁月里对革命历史民歌的传承及在传承基础上进行的集体加工、展衍，就不可能产生经得起历史检验的革命历史民歌经典。这表明：人民大众的集体创造，是革命历史民歌的本源，革命历史民歌属于人民。②革命历史民歌为了人民。革命战争时期，人民大众运用革命历史民歌，反映人民关注的主题，凝聚人民的意志，激发人民的激情，引发人民的共鸣，取得人民的认同。党及各级人民政权，为了人民的根本利益，运用革命历史民歌，达到团结、激励人民为实现自身的翻身解放而奋斗的目的。这都充分体现了革命历史民歌为人民所用的社会功能，

彰显了革命历史民歌鲜明的人民性价值取向。

总之，革命历史民歌旋律中流淌的是历史，歌声里守望的是初心。我们当在对革命历史民歌的回味、体验、感召之中，重温红色历程所含蕴的精神、信仰、理想、追求，赓续革命历史民歌偾张的乐脉……焕发实现中华民族复兴的精神，在实现“第二个百年”的宏伟目标新征程上不懈奋进！

（文中注①②③均引自拙文《革命历史民歌的基本特征及启示意义》详见长江文艺出版社2021年版《历史回声——湖北革命历史民歌典藏》）

（此文完稿于2022年3月）

实现民间礼俗音乐自在式传承向自为式衍展的跨越

非常高兴参加在宜昌市夷陵区鸦鹊岭镇召开的创建“中国民间礼俗音乐之乡”的考察评审工作会议。

参加这次会议的印象、感受之一是，鸦鹊岭镇创建“中国民间礼俗音乐之乡”的工作扎实、深入，富有成效，创建工作取得了拓展性成果。

首先是创建工作建立在民间礼俗音乐延续性传承的基础之上，建立在民间礼俗音乐的主体——宜昌丝竹（宜昌细乐）的基础之上。2006 年 5 月经国务院批准列入第一批国家级非物质文化遗产名录的“宜昌丝竹”，是长久传承于以宜昌市夷陵区鸦鹊岭镇为中心地域的独特乐种。自此以后的十二年多以来，宜昌市夷陵区尤其是鸦鹊岭镇，在保护、传承“宜昌丝竹”乐种方面做了大量工作：

1. 尽可能完整地保护了“宜昌丝竹”乐种的现状；

2. 尽力保护了“宜昌丝竹”乐种的传承人和传承乐班；

3. 尽力保护了“宜昌丝竹”乐种赖以生存发展的“文化生态”；

4. 收集、整理、出版了“宜昌丝竹”乐种曲谱集；

5. “宜昌丝竹”乐种的活态传承工作（向更大范围尤其是中小学青少年传承）取得了明显成效；

6. 推出了多篇评价、研讨“宜昌丝竹”乐种的新成果。

以上这些富有成效的保护、传承工作成绩，多次获得了相关部门的肯定，2010 年 10 月，湖北省民间文艺家协会给鸦鹊岭镇授予了“湖北省宜昌丝竹乐之乡”称号，这些都是可喜可贺的。

要强调的是，在非物质文化遗产保护、传承、发展工作日益推进的情势下，鸦鹊岭镇镇委、镇政府依据党的十八大、十九大精神，在承担“坚定文化自信，推动社会主义文化繁荣兴盛”的历史任务中，结合当地经济、政治、文化、社会、生态发展实际，提出了创建“中国民间礼俗音乐之乡”的地方文化发展目标，这应被称作充满智慧之举。这样一个地方文化发展目标的提出，使创建工作取得了拓展性成果。

其次是“中国民间礼俗音乐之乡”创建工作取得了拓展性成果。除上述六条成果在广度（范围）、深度（学术层面）方面均有大的进展外，还突出表现为以下几个方面：

1. 出版了当地民间礼俗音乐的主体——《宜昌丝竹传谱集》。

《宜昌丝竹传谱集》是上述保护、传承工作成果的延续，之所以说它是“拓展性新成果”，是因为《宜昌丝竹传谱集》将民间礼俗音乐的“口传心授”传承方式与“谱传”方式进行了“合体”式展示。

民间音乐属于口耳相传的艺术形式，它是人们依靠听觉、视觉，从具体的音乐音响中得到感受并嵌入记忆而不断传承的。从古到今，口传心授一直是民间音乐得以传承的基本方式。一辈辈、一代代的民间艺人，以口传心授的基本传承方式，传接成不同的家族传承关系、师徒传承关系、群落传承关系等民间音乐的传承谱系。口传心授的传承方式符合民间音乐依靠民间艺人即兴创作、口头传承的基本特点，便于表达民间艺人某时某地（或彼时彼地）的情感体验和其独到的艺术表现，也在某种程度上利于民间音乐风格、神韵的传播和继承。当地民间礼俗音乐的主体——“宜昌丝竹”乐种的传承亦是如此。所以，较长时间以来，人们注重了对包括“宜昌丝竹”乐种在内的民间礼俗音乐传承“现在时”状况的普查、调研，从当代民间艺人的“活态传承”中，收集、记录、整理、出版了一批民间礼俗音乐的代表性乐种——“宜昌丝竹”的“现在时”曲谱资料。这种抢救性保护、传承方式，向人们展示了“宜昌丝竹”乐种在一定历史时期内的“即时状态”，是应当予以肯定的。

民间音乐的另一种重要的传承方式是“谱传”——通过人们对音乐记谱法的掌握而将乐曲记录、保存起来以促进传承的方式。记谱法（谱传方式）的出现，为现在人们认识、研究民间音乐和古代传统音乐提供了有力的证据。

自20世纪80年代以来，音乐工作者们在对当地民间礼俗音乐的代表性乐种——“宜昌丝竹”田野普查的基础上，在广泛调研、收集、整理乐种资料的工作中，从该乐种的民间传承人那里收集到了宝贵的工尺谱资料。这些工尺谱资料，是“宜昌丝竹”乐种的传人们依照师傅嫡传的墨本、上辈祖传的曲本，辗转续抄而传承下来的。因此，这些工尺谱资料是“宜昌丝竹”乐种曲目在某一时期实际存在形态的记录性呈现，属于“宜昌丝竹”乐种曲目的活态传承，具有重要的历史价值，是包括“宜昌丝竹”乐种在内的民间音乐、传统音乐的宝贵财富。

在《宜昌丝竹传谱集》的编纂过程中，编纂者们将“宜昌丝竹”乐种传人们通过“口传心授”方式习得并演唱、演奏的“现在时”曲谱资料与工尺谱“谱传”资料一并纳入专著中，使人们能够通过对比，看到“宜昌丝竹”乐种曲目在传承中的变异，看到乐种传人们在曲目传承、展衍中发挥的作用，看到乐种“现在时”曲谱与“历史性”传谱的内在联系，从而更全面地认识“宜昌丝竹”这份珍贵的国家级非物质文化遗产。

2. 对民间礼俗音乐的认识具有较宽阔的视野，达到了一定的学术高度。

《宜昌丝竹传谱集》把对“宜昌丝竹”乐种的音乐形态学分析与对“民间礼俗活动中的宜昌丝竹乐”研究相融合，揭示了宜昌（主要是夷陵区鸦鹊岭镇）民间礼俗活动中“宜昌丝竹”乐种的“音声景观”。

收入《宜昌丝竹传谱集》的《宜昌丝竹概述》，以对“宜昌丝竹”乐种的音乐形态分析切入，结合“宜昌丝竹”在民间礼俗活动中所起的作用、功能，分析了“宜昌丝竹”乐种音乐（“音声景观”）的风格特点，介绍了“宜昌丝竹”乐班（乐器）的基本组合方式，评析了代表性曲目展衍的基本手法，向人们展现了“宜昌丝竹”乐种在民间礼俗活动中的“音声景观”概貌。

收入《宜昌丝竹传谱集》的《宜昌丝竹田野调查报告》，客观地记录了最新一次（2018 年 7 月）对当地民间礼俗音乐（主要是“宜昌丝竹”乐种）及多种民间艺术形式田野调查的情况，具有“宜昌丝竹”乐种保护、传承工作的实证性。该文阐明了宜昌丝竹在民俗礼仪活动中的地位：以丝弦乐器和竹管乐器为主奏的“宜昌丝竹”乐（民间俗称“细乐”），与以唢呐和打击乐器为主奏的“吹打乐”（民间俗称“粗乐”），都是当地民间礼俗活动中的民间器乐形式，两者在民间礼俗活动中发挥着相互配合的功能作用。该文通过对民间礼俗活动中“音声景观”的描述，重点揭示了“宜昌丝竹”乐种在民间礼俗活动中的作用和功能：①配合民俗礼仪活动程序和营造民俗礼仪活动的氛围；②维系宗族群体的思想观念；③启引群体的情感抒发与表现；④引导群体构建在想象力基础上的意象世界。

能从方法层面上将对“宜昌丝竹”乐种的音乐形态学分析与对“民俗礼仪活动中的宜昌丝竹乐”研究相融合，表明当地人们对民间礼俗音乐的认识、分析、研究具有比较宽阔的学术视野，他们以扎实的田野调查材料和具体的民间礼俗音乐形态分析，阐明了民间礼俗音乐是民俗性、仪式性、音乐（文艺）性相结合的产物，具有传统音乐学、民俗学、文化学、人类学、文化资源品牌等多种学科价值。

参加这次会议的印象、感受之二是，要致力于地域传统文化的创造性转化、创新性发展，实现民间礼俗音乐自在式传承向自为式衍展的跨越。

十九大报告明确指出，发展中国特色社会主义文化，要“坚持创造性转化，创新性发展”。地域传统文化更应按此推进。

从宏观层面来认识：地域文化传统不单单是在民族历史封闭体中形成的文化形态，而是既包括了近现代社会变革形成的新的文化成分，又包括了与外来文化相互作用而产生的新的、开放性的文化体系。因此，应当用宏观的、辩证的、发展的眼光看待地域文化传统，并紧密联系现实的社会历史发展，结合经济史、政治史、科

技史等方面来揭示地域文化传统的本质，鉴别地域文化传统对社会变革的价值。地域文化传统是历代先人在彼时彼地创新的结晶，而在当今社会、此时此地对地域文化传统的继承、创新则是地域文化传统在新时代的发展。

从创建“中国民间礼俗音乐之乡”的层面来思考，就是要解决在中国特色社会主义新时代，如何致力于地域传统文化的创造性转化、创新性发展，实现民间礼俗音乐自在式传承向自为式衍展跨越的问题。我的一孔之见有：

1. 充分借助群众喜闻乐见的民间礼俗音乐形式，实现民间礼俗音乐本体的自为式衍展。如：对现有民间礼俗音乐的曲目（曲牌）进行编创、衍展；以民间礼俗音乐的核心音调作素材（音乐动机）进行新曲目创作；将民间礼俗音乐的曲目（曲牌）及形式运用到其他艺术门类的艺术创作中去；进一步弘扬民间礼俗音乐所蕴含的文化精神（如追求音乐组合的多样性、重演奏法、重音色对比、重节奏组合等等），使民间礼俗音乐的功利性、艺术性、表现力、感染力得以提升。

2. 充分运用民间礼俗的传统形式，实现民间礼俗内容及民间礼俗音乐内容的自为式衍展。关键是要以社会主义核心价值观为指导，对民间礼俗活动内容予以创新。要在民间礼俗的传统形式中注入具有时代特点的鲜活故事，注入新的思想观念和先进的价值观。还可在建成小康社会、建设美丽乡村的过程中吸收、展示、凸显民间礼俗音乐所具有的艺术元素。民间礼俗内容的创新，必然会带动民间礼俗音乐内容的创新，催生新的民间礼俗音乐曲目，派生新的民间礼俗音乐的演奏形式。

3. 切实抓住创建“中国民间礼俗音乐之乡”评审验收工作的机遇，实现民间礼俗音乐功能作用的自为式衍展。要继续充分发挥民间礼俗传统形式及民间礼俗音乐维系群体思想观念、凝聚群体情感意志的功能。要在民间礼俗音乐的保护传承工作中实现民间礼俗音乐乐种演艺、培训、发展策划、制作等文艺业态的扩展性发展。特别要在传统农业产业转型升级的进程中适时发挥民间礼俗形式及民间礼俗音乐的“助力”作用：如在发展观光、休闲农业中，为民间礼俗音乐的传承、展示提供“平台”；在发展生态农业中，注入民间礼俗音乐传承、衍展的文化生态环境“基因”，使生态农业产业的发展与民间礼俗音乐传承、衍展所需的生态环境相得益彰、互促互补；在发展文创农业（即“将科技和人文要素融入农业生产，进一步拓展农业功能、整合资源，把传统农业发展为融生产、生活、生态为一体的现代农业”）中，可打民间礼俗音乐之乡（或国家级非遗名录“宜昌丝竹乐”之乡）牌，建立以此为主题的特色农庄（农园、农社）等，使农业产业和民间礼俗音乐均实现现代发展。

总之，鸦鹊岭镇在创建“中国民间礼俗音乐之乡”的工作中，对当地民间礼俗音乐的延续性保护、传承、发展工作成效斐然，对当地民间礼俗音乐的拓展性保护、传承、发展工作值得点赞，对当地民间礼俗音乐的创新性保护、传承、发展工作更令人期待。我相信，通过这次对创建工作的验收、评估，通过对地域传统文化的创造性转化、创新性发展，实现民间礼俗音乐自在式传承向自为式衍展的跨越，鸦鹊岭镇的民间礼俗音乐的保护、传承、发展工作，乃至鸦鹊岭镇的经济、政治、文化、社会、生态各方面的建设，一定会取得令人鼓舞的新成就！实现这个跨越，既是一种行动，更是一种标志，它意味着人们实现了从文化自信到文化自觉再到文化自为的飞跃。

预祝鸦鹊岭镇创建“中国民间礼俗音乐之乡”的工作圆满成功！

（此文依据2019年8月创建“中国民间礼俗音乐之乡”验收会议上的发言整理）

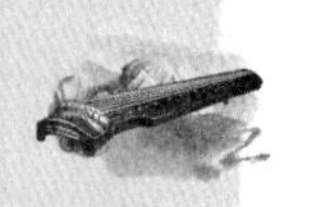

五句子歌的形态及艺术特点分析

一、前言

恩施州群艺馆举办这个培训班，很有必要，因为我感到对民歌这种属于非物质文化遗产范畴的民族传统文化，现今有些人的认识还存在不到位的情况，存在“身在宝山不识宝”的问题，存在“知其然而不知其所以然”的问题，存在对当地民族传统文化（地方特色文化）项目众说纷纭或说不清、说不全、说不准的问题，存在认为民族传统文化（地方特色文化）“俗气”、落后的问题，存在文化自信心不强，丢失文化语境，用外来文化语言体系阐释中华民族传统文化（地方特色文化）的问题，等等。所以，通过办培训班来提高大家对包括民歌在内的非物质文化遗产和民族文化传统的认识问题，确实很有必要。

围绕这次培训班的总题目，我有几个问题想与大家互动一下。比如：什么叫民歌？什么叫山歌？什么叫五句子歌？等等。

二、几个必须明晰的概念内涵

1. 关于民歌

（1）学术性的解释一：民歌是指每个民族在古代或者近代时期创作的带有自己民族风格特色的歌曲，是每个民族劳动人民的传统歌曲。每个民族的先民都有他们自古代已有的歌曲，这些歌绝大部分都不知道谁是作者，而以口头传播，一传十十传百，一代传一代传下去。

（2）学术性的解释二：民歌是指起源于或流传于一个国家或地区的老百姓中间并成为他们独特文化一部分的歌曲，属于民间文艺（文学）的一种。一般是由劳动人民口头创作，口头流传，并在流传过程中不断经过集体加工。民歌的特点是表达劳动人民的思想、感情、意志、要求和愿望，具有强烈的现实性，是各民族文艺中的一个重要组成部分。

（3）通俗性的解释：民歌是民众编创的歌曲、民间流传的歌曲、民族传承的歌曲。

基于上述各方面解释，应当明了民歌作为非物质文化遗产的典型特征是：它的传播、传承方式为口头传播、口头传承、口传心授。同时也应当明了民歌是一个庞大的体系，根据不同的分类角度（原则和标准），民歌体系中的各首民歌又可以划归到不同的歌类——歌曲类别和不同的歌种——歌曲品种之中。

2. 关于歌类、歌种

在探讨民歌的歌类、歌种问题时所坚持的分类角度（原则和标准）主要是：①民歌各种类所产生、形成的场合，即产生原因；②民歌各种类独特的存在形式、表演方式，即生存状态；③民歌各种类在其传承过程中其形态关系所实际存在的内在联系，尤其是衍变关系，即发展变化过程等。

所谓歌类，即指某首民歌所属的歌曲类别。

所谓歌种，即指某首民歌所属的歌曲品种。

就湖北的民歌体系而言，湖北民族音乐学界一般按上述三个角度（原则和标准）将湖北地域内的民歌分为八大歌类：

一是号子类。号子“乃举重劝力之歌”，具有指挥生产、统一步调、调节人们情绪的社会功能。号子几乎伴随着所有的人类生产劳动，有什么样的生产劳动形式，就有什么样的号子，因此号子成为了一个品种繁多的大歌类。

二是山歌类。山歌是指人们在山野里唱的歌，它多为其演唱者喜怒哀乐情绪的自我抒发。

三是田歌类。田歌是人们集体在田间（或旱地）劳作时所唱的歌。湖北地域属稻种区，田间劳作十分辛苦，人们以唱田歌的方式统一安排劳作时间、进度，调节劳动气氛，以求达到“一鼓催三工”的功效。

四是灯歌类。灯歌是指逢年过节、社火灯会期间，划地为台或灯宵舞队汇集各种“灯”沿村、沿街联歌载舞或杂耍表演歌唱的形式，是一个种类繁多的大歌类。与民间舞蹈形式紧密相连，喜庆欢快，是灯歌歌种的最大特色。

五是小调类。小调主要是指流传在民间的、具有一定叙事性功能的短小曲调。小调一般可分为生活小调、坐唱小调两项。生活小调主要是指人们以自己的劳动生活为题，在干轻松活或妇女做针线活时歌唱的抒情小调。这类小调曲风质朴，富有各地的风俗，生活气息较浓。旋律多与当地传统音调有密切的联系，演唱形式比较单一，多为独唱，曲体也较定型，多为较完整的上下句式或四句式的分节歌形式。曲调易唱易记，适应性强，便于填词演唱。有的歌声甚为悲切，动人心魄，具有细腻描绘事物和抒发内心情感的功能。坐唱小调亦称“丝弦小调”、“小曲”，主要是指流传在城镇山庄的民间小调。这类小调旋律柔和细腻，优美缠绵，多以叙述历史故事和民间传说为主题，也有不少描述男女双方真挚爱情的内容。歌词往往以第三人称的手法来叙事歌唱。坐唱小调的曲体亦呈较完整的分节歌形式，且词的音节

韵脚、平仄抑扬与旋律结合较紧，歌词较长，多有丝弦伴奏，其腔调往往被人们当曲牌，以词配歌，老曲新唱。

六是风俗歌类。风俗歌是指民间在具有地方特色的古老祭祀礼仪活动中所演唱的歌。湖北地域自古民间祭祀之风甚盛，伴随着各种民俗活动而兴的风俗歌就成为湖北民歌中的代表性歌类。其中尤以由“哭嫁”、“陪十姊妹”、“陪十兄弟”、“撒帐”等组成的、反映民间嫁娶生活内容的婚事歌和由坐丧、转丧、跳丧、打待尸、孝歌等组成的、反映民间丧事活动内容的丧事歌最具特色。

七是儿歌类。儿歌是指民间流传于儿童之间的一种民歌形式。儿歌类形式体现了非物质文化遗产隔代口头传承的突出特点，是民间歌曲音调得以传承的最有效途径，所以，民间歌曲中的儿歌具有重要的音乐形态学及传承学研究价值。

八是生活音调类。生活音调是指人们在日常社会生活、劳动生活中所发出的声音（不成歌腔的），包括“摇儿声”、“叫卖声”、“吟诵声”、“呼唤声”、“唤牛声”（调犁号子）、“猜拳声”（“划拳声”）、“喊彩声”、“哭腔”、“堂倌调”等。一般情况下，它们都是各地方腔调的原始雏形，都与当地的音阶旋法相一致。

以上的八大歌类又包含有多个不同的歌种。据目前有资料可查的情况，湖北民歌的歌种共有 67 种。

号子类有 21 种，分别是放簰号子、打硪号子、打夯号子、打桩号子、搬运号子、修铁路号子、石膏矿号子、船工号子、打捞号子、石工号子、榨油号子、抬轿号子、抬丧号子、打连枷号子、扯井水号子、提斗号子、锯木号子、拽犁号子、筛花生号子、打墙号子、铁匠号子。

山歌类有 7 种，分别是采茶山歌、斫柴歌、牧歌、赶骡马歌、赶仗歌、打杵歌、山歌。荆楚地域山亘丘陵连绵，茶山甚多，伴随种茶、采茶等劳动，反映茶农生活的茶歌得到了突出发展。与茶歌一样在山野里演唱的山歌，或按其声腔（高腔、平腔、矮腔），或按曲体结构（三句子、四句子、五句子、赶句子、穿句子等），或按劳作内容（放牛歌、放羊歌、打杵歌、斫柴歌等），集结成颇具特色的歌种家族。

田歌类的歌种也很丰富，但也可在同类当中划出两大项：①以锣鼓伴奏、由歌师傅领唱、众人接腔和唱的大型套曲。②由劳作者自己演唱的一般田间歌曲。具体的主要有 6 个歌种，分别是薅草锣鼓、薅草歌、栽秧歌、车水歌、打麻歌、渔歌。

灯歌类有 23 种，分别是花灯、花鼓子、万民伞、地花鼓、采莲船、高跷、推车、竹马、花挑、九莲灯、碗灯、龙凤灯、狮子灯、岔灯、打连厢、三棒鼓、抛彩球、戏蚌壳（戏金蟾）、干龙船、莲花落、九莲环、八十八行、滚灯。

小调类有 2 种，分别是生活小调、坐唱小调。

风俗歌类有 6 种，分别是婚事歌、龙舟号子、祝贺歌、丧事歌、神歌、傩愿歌。

儿歌类有 2 种，分别是儿歌、儿童游戏歌。

3. 关于山歌，五句子歌

（1）关于山歌

如按山歌产生、形成的场合角度来定义，山歌，是指人们在山野里唱的歌，它多为其演唱者喜怒哀乐情绪的自我抒发，是民歌体系中的一个大歌类。它可按演唱场合、劳作内容等分为采茶山歌、斫柴歌、牧歌、赶骡马歌、赶仗歌、打杵歌、山歌七个歌种。

如按山歌演唱的声腔划分，山歌可分为高腔山歌、平腔山歌、矮腔山歌等等。

如按山歌的句法结构方式——山歌的曲体句式结构划分，山歌可分为单句子，上下句子、三句子、四句子、五句子、赶句子、穿句子等多种形式。

（2）关于五句子歌

五句子歌就是按民歌的句法构成方式——曲体的句式结构划分出来的一个民歌歌种。所指的是由七字组成一句（所谓七言一句）、由五句组成一段（所谓七言五句）的民歌形式。

需要强调的是，五句子歌的句法构成方式——曲体句式结构，覆盖了整个民歌体系的八个歌类和绝大多数歌种，也就是说，民歌体系中的所有歌类和绝大多数歌种都存在五句子歌的形式。而五句子歌在山歌类中得到了最普遍、最广泛的运用，得到了集中的、代表性的展现。基于这样的一个原因，用“五句子歌”来表述这样一种结构形式的民歌，比用“五句子山歌”来表述，就显得更为精准，也避免了在名词、概念问题上的错位、重复、混淆运用。

三、原生性五句子歌的形态及艺术特点

1. 以两首《槐花几时开》为例：

《槐花几时开》之一：

高高山上一树槐，
手扳槐树望郎来。
娘问女儿望什么，
我看槐花几时开。

《槐花几时开》之二：

高高山上一树槐，
手扳槐树望郎来。

娘问女儿望啥子，
我看槐花几时开，
稀乎说出望郎来。

很明显，这两首歌都是表达相思之苦的普通情歌。仔细品味才能得出其中深意。情歌开头，女子登高望远、触景生情，思念情郎，沉浸在甜蜜的回忆中。母亲的严厉盘问，把女子拉回现实，心情顿时变得紧张，随机应变顺口一唱将此事敷衍过去。之二例的最后一句则既将女子差点失言的不安神情表现了出来，又让人隐约感受到思念的幸福。两首歌对女子的内心活动一字未提，但我们却能从歌词中感受到她由甜蜜到紧张再到幸福的情绪变化，从凝练精湛的语句中体会到女子情感的流动，一波三折，跌宕起伏，引起共鸣。

很明显，这两首歌体现出两种不同的句法构成方式——曲体句式结构。第一首是七言四句体，第二首是七言五句体。它们各自都可以独立成歌。第一首是二句加二句的句法构成方式，体现出一种对称性，表现出一种平衡、均势美的特点。第二首是二句加三句（或二句加二句加一句）的句法构成形态，体现出一种不对称性，表现出一种参差、对比美的特点。尤其是第二首五句子歌，由两个上下句加一个尾句组成。尾句犹如点睛之笔，道出了主人翁的心理真谛和点明了全曲的主题，尤其是从曲体结构上打破了句式平衡，实现了曲体结构样式方面的一种突破式超越。五句子山歌的第五句最有艺术魅力，它往往是意境升华、艺术情趣之所在，故有“五句山歌五句单，四句容易五句难”的说法。由此，五句子要求第四句要能结束，第五句要奇峰突起，画龙点睛。

对称与不对称，是艺术实践与艺术创作所体现出的、属于美学理论的一对基本范畴，对称是一种美，不对称也是一种美。这两首歌的编创者与传承者在自己的创腔编曲实践中，在民歌的曲体结构形式方面，也创造出了这样两种美。

五句子歌往往以反映和表现民众淳朴的爱情生活为题材内容，渗透了各地、各民族的历史、社会风情习俗，承载了人民大众勤劳、粗犷、纯朴、诚挚的情感，表现方式上以欢快直露、纯朴真挚见长。又多以自由对答、男女感情直接交流的形式，充满着男欢女悦之情。如例①：“高山岭上逗凤凰，大树脚下逗阴凉，楼房瓦屋逗燕子，三月青燕逗牛羊，十八幺姑逗情郎。”又如例②：“姐儿住在花草坪，身穿花衣花围裙，脚穿花鞋花上走，手拿花扇搧花人，花上加花爱死人。”还如例③：“高山顶上一口洼，郎半洼来姐半洼，郎的半洼种豇豆，姐的半洼种西瓜，她不缠我我缠她”。

这几首歌例主要是想说明，五句子歌中比喻与双关、粘连结合表现手法的运用显得别致、纷呈。歌例①前四句的比喻，都是为第五句的点题作铺垫。歌例②五句词层层推进，从花草、花衣、花裙、花鞋、花扇到花人，紧紧围绕花字展开，表现对于花姐的爱恋之情。歌例③巧妙地运用瓜豆缠藤之“缠”，顺势掂到郎姐相缠（相爱）上去，真是一语双关，妙不可言。

两首《槐花几时开》歌例也表明，由五个句式构成的民歌曲体结构形式，是湖北民歌中最普遍的曲体结构形式之一。五句子歌的歌词一般可分为两种结构类型：一是由五句并列的词组成，一是由两个上下句加一个尾句组成。而五句子歌音调旋律的句法构成则呈现纷繁的情况。有由两种旋律材料构成的：[A + B + A + B + B]、[A + B + A + B + B′]、[A + B + A + A + B]、[A + B + A′ + A′ + B]、[A + B + B′ + B + B′]、[A + A′ + A + A′ + B] 等；有由三种旋律材料构成的：[A + B + C + A + B]、[A + B + C + A′ + B′]、[A + B + C + B + B] 等；还有将 A、B 两种旋律材料各取一半融合成新的乐句在 A、B 或 A′、B′ 间穿插演唱的，等等。

2. 再以《要来惊动海龙王》为例（谱例见人民音乐出版社 1988 年版《中国民间歌曲集成·湖北卷》420 页）。

《要来惊动海龙王》这首由两段歌词组成的五句子山歌旋律悠扬，节奏自由，且韵味十足。但这首歌的真正价值在于它的所有乐句，都是由 La、Do、Re 三个音组成的。群众把这种由三个音组成的山歌叫做三音歌，民族音乐理论家们把它称作“三声腔”民歌。根据人类对事物认识遵循从低到高、从浅到深、从简单到复杂、从现象到本质的规律，可以推论，以三音行腔为歌的习惯至少有千百年的历史了，很可能是自古流传下来的某地、某种民歌的行腔习惯。三声腔民歌的存在，证明了民间音调历史的久远，证明了民间艺术形式的相对稳定性，证明了传统文化的强大生命力和深厚的根基。

3. 五句子歌的这种艺术特点所展现出的艺术魅力，深深地感动着、感染着专业音乐工作者，激励着他们用五句子歌的形式编创新的五句子曲目。

如根据传统民歌《槐花几时开》新编的歌曲《槐花开》（戴慧明词，方石曲，史倩演唱）：

高高山上一树槐
姐在树下望郎来
风儿不吹树不摇
太阳不出花不开
望穿双眼哥不来

太阳出来槐花开
手棒槐花望郎来
娘问女儿望什么
我望槐花几时开
差点说出望郎来

槐花开哟槐花开
我不招手哥不来
槐花开哟槐花开
太阳落了哥哥来

这首新编的《槐花开》，从词上看，这首歌的中间段是传统五句子歌歌词的完整显现，表明了编创者对五句子歌结构的坚持。在此基础上，编创者增写了内容上头尾相呼应的两个段落。“姐在树下望郎来”对应“我不招手哥不来”；“太阳不出花不开”对应“太阳落了哥哥来”；贴切地渲染和表现了情姐对情郎的思念之情。这首歌在音调上的展衍给人耳目一新的感受。第一段五个乐句以重复和变化重复的陈述方式，为全曲音调定下了民族民间风格（山歌风格，甚或我国南方民歌风格、鄂西川东民歌风格）的基调。中间段和连接演唱的第三段演唱了两次，音调的调式调性变化非常鲜明，动态感十足，给听者造成心波胸浪的冲击，十分具有表现力和感染力。

又如《要把妹娃引过来》（戴慧明词，方石曲，洪凯编曲，操奕恒演唱）歌词：

隔山隔岭隔个崖
五句子山歌唱起来

妹娃住在对门崖
时时望见她出来
早晨望见她挑水
黑哒望见她抱柴
恨不得狂风刮拢来

想不到妹娃我没得法
跳到那井里变蛤蟆

早晨她挑水我呱三声
晚上她挑水我三声呱
妹娃的心啊呱拢来

石板上栽花花儿黄
妹娃喊啊要丢郎
口喊丢郎就红了脸
你的心思不用讲
就用山歌来帮腔

隔山隔岭隔个崖
五句子山歌唱起来
唱的太阳下了山
唱的月亮爬上来
要把妹娃引过来

这首歌四个主段坚持运用五句子结构，具有浓郁的生活气息，歌词十分口语化，叙事性中蕴含着浓浓的相思情感。旋律编创方面，在运用保持传统音调特点的基础上，加强了音调的旋律性，尤其是节奏方面的变化成为音调发展的动力性因素，给人留下深刻印象。由于音调发展了，所以，虽然这首歌的歌词是五句子歌的形式，但音调上却衍生为多乐句的分节歌形式了。这是五句子歌在音调上所产生的变异。

四、变异性五句子歌的形态及艺术特点

所谓变异性五句子歌，是指在以五句子歌的句法构成方式——曲体句式结构基础上衍生出来的新的曲体结构形式。这种新的曲体结构形式主要表现在两个方向上。

变异性五句子歌表现方向之一——变异为“赶五句”等。

以《郎在山中唱山歌》为例：

郎在山中唱山歌，
姐在房中织绫罗。
山歌唱得那么好，
唱得我手软脚酸、脚酸手软、蹬不得踏板、拉不得羊角、抛不得梭，
眼泪汪汪听山歌。

类似这样歌曲句法构成方式——即曲体句式结构的歌，被称为【赶五句】，也有一些地方称着“赶句子”、“赶歌子”、“急口令”、“数板山歌”、“抢句子”、“急咕溜子”等。其一般性表现，是在五句子结构形式的基础上，将五句子歌的第三或第四句改唱成成串的、双声叠韵式歌词，俗称为“赶句”。这样，在句法方面，就形成头几句和后一句抒咏性很强的演唱与赶句段规整、热烈、紧凑的叙诵形成反差，打破了曲体结构形式的对称与均衡。另外，还有一些地方更是将五句子歌的每一句都用双声叠韵式的方法来演唱，这样，“急口令”式的感觉就更浓了。【赶五句】这种曲体结构形式的显著特点是：节奏紧凑、叙诵性强。【赶五句】歌在音调旋律布局上，头几句为散唱，抒咏性很强，而赶句段则是对称、规整、热烈、紧凑的叙诵。整个曲体结构，体现了散与整、慢与快、唱与诵、抒情性与戏剧性之间的强烈对比，听者在一泻千里般的真情倾诉中，感受到曲体变异的深刻表现意义。

（2）变异性五句子歌表现方向之二——变异为【穿插体】结构。

以《舀点凉水喝》为例：

第一组歌词为：一股清凉水，打姐田中过，摘匹精干叶，舀点凉水喝。

第二组歌词为：太阳落土四山阴，四山凉水冷冰冰；劝姐莫吃清凉水，吃了凉水冷了心，少喝凉水少得病。

这首歌的第一组词是五言四句，第二组词是七言五句。两组词在歌中是穿插演唱的。这样一种两组歌词交替演唱的民歌样式，是人民群众在漫长的民歌发展、衍变的途程中创造出来的，是湖北的音乐工作者于20世纪60年代，在民间音乐收集、整理过程中发现的。这种样式的民歌，被歌手们称为“穿号子”、“穿歌子”、“鸳鸯号子”等等，被民族音乐学者们定名为“穿插体”曲体结构的民歌。

从民族音乐学术上来讲，作为具有曲体结构意义的穿插体民歌指的是：在基于某一传统声腔、音调的基础上，以穿插演唱两组各自具有独立意义的歌词而形成的一种相互对比、相互依存、水乳交融的新的曲体结构。

需要强调的是，穿插体曲体结构形式，几乎覆盖了民歌体系的所有歌类、歌种，并非山歌类和五句子歌所独有。之所以把穿插体曲体结构形式的歌称之为“变异性五句子歌表现方向”，是因为大量的穿插体曲体结构形式，是在五句子歌的基础上加一个“号头”，并且将“号头”以穿插方式在五句子歌中演唱而形成的。

穿插体民歌具体的穿插方式是：穿插体民歌中的第一组歌词往往由五言四句组成，歌手们称之为“号头”、“梗子”。第一组歌词在整首歌曲中处于主导地位，它既有完整的陈述，又有巧妙的穿插，具有相对的稳定性。比如《舀点凉水喝》中的开头四句：“一股清凉水，打姐田中过，摘匹精干叶，舀点凉水喝。”就是典型的例证。穿插体民歌中的第二组歌词则往往由七言五句组成，歌手们称之为“词”、“叶子”。第二组歌词在整首歌曲中处于从属地位，是歌曲中十分活跃的因素。具有很大的灵活性和变异性。比如《舀点凉水喝》中间被穿插演唱部分的五句歌词：“太阳落土四山阴，四山凉水冷冰冰；劝姐莫吃清凉水，吃了凉水冷了心，少喝凉水少得病。”

穿插体民歌的两组歌词具体穿插演唱起来，其方式是千姿百态的。归纳起来，可分为三种穿插方式。第一种是“整句式的穿插”，就是在完整的演唱第二组歌词中（即“词”、“叶子”中）的一句词以后，穿插演唱第一组歌词中（即“号头”、“梗子”中）的一句词。第二种是“断句式的穿插”，就是将第二组歌词（即“词”、“叶子”中）的一句词分作二次或多次演唱，并在句中穿插演唱第一组歌词中（即“号头”、“梗子”中）的一句词。第三种是“综合式的穿插”，就是将上述两种穿插方式综合运用。

穿插体曲体结构的民歌，就是这样巧穿妙插、相映生辉而形成的。上述三种穿插方式各有什么特点呢?

用“整句式穿插”方式演唱的穿插体民歌，一般给人整体性和稳定性较强的感觉，对词意也较为容易明了，学唱、传播也较简单，其穿插体结构形式呈现较为原始的状态。

用“断句式穿插”方式演唱的穿插体民歌，一般给人灵活性和变异性较强的感觉，对词意连贯性的理解也要花费心机。特别是在穿插演唱中又揉进许多一般衬字衬词时，对词意连贯性的理解就更艰辛了。所以，学唱、传播也较困难，其穿插体结构形式也呈现出变化的状态。

用“综合式穿插”方式演唱的穿插体民歌，一般给人以民间艺术形式经逐步发展、日趋成熟的印象。歌手们以其高度的穿插技巧，随心所欲，纵情讴歌，巧穿妙插，编织成结构千差万别的穿插体民歌，这是人民群众艺术上长期追求、不断创新的成果，是中华民族审美观念在曲体结构方面的生动体现。

（此文依据 2021 年 10 月在恩施州“五句子民歌传承人培训班”上的讲座内容整理）

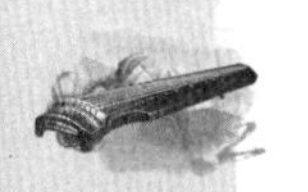

穿插体民歌的概念内涵

——访谈答问

一、穿插体民歌是怎么回事?

20世纪60年代，湖北音乐工作者在民间音乐收集、整理过程中，发现了一种两组歌词交替演唱的民歌样式。歌手们称为“穿号子”、“穿歌子”、“鸳鸯号子”等等。随着收集、整理、研究工作的深入进行，人们发现，湖北全省及四川东部的许多地方，这类样式的民歌比比皆是。由于它曲体结构特点鲜明、独具一格，民族音乐学的专家学者们就将其定名为“穿插体”曲体结构的民歌，并纠正了过去将这种曲体结构样式的民歌，仅根据歌手口音，误记为“川号子”的提法。

所以，作为具有曲体结构意义的穿插体民歌指的是：在基于某一传统声腔、音调的基础上，以穿插演唱两组各自具有独立意义的歌词而形成的一种相互对比、相互依存、水乳交融的新的曲体结构。

二、两组歌词是怎么穿插成为一首歌的呢?

穿插体民歌中的第一组歌词往往由五言四句组成，歌手们称之为“号头”、“梗子”。第一组歌词在整首歌曲中处于主导地位，它既有多次完整的陈述，又有巧妙的穿插，具有相对的稳定性。比如《舀点凉水喝》中的开头四句：“一股清凉水，打姐田中过，摘匹精干叶，舀点凉水喝。”就是典型的例证。穿插体民歌中的第二组歌词则往往由七言五句组成，歌手们称之为“词”、“叶子”。第二组歌词在整首歌曲中处于从属地位，是歌曲中十分活跃的因素。具有很大的灵活性和变异性。比如《舀点凉水喝》中间被穿插演唱部分的五句歌词：“太阳落土四山阴，四山凉水冷冰冰；劝姐莫吃清凉水，吃了凉水冷了心，少喝凉水少得病。”

穿插体民歌的两组歌词具体穿插演唱起来，其方式是千姿百态的。归纳起来，可分为三种穿插方式。第一种是“整句式的穿插”，就是在完整的演唱第二组歌词中（即“词”、“叶子”中）的一句词以后，穿插演唱第一组歌词中（即“号头”、

“梗子”）中的一句词。第二种是“断句式的穿插”，就是将第二组歌词（即“词”、“叶子”）中的一句词分作二次或多次演唱，并在句中穿插演唱第一组歌词（即“号头”、“梗子”）中的一句词。第三种是“综合式的穿插”，就是将上述两种穿插方式综合运用。

穿插体曲体结构的民歌，就是这样巧穿妙插、相映生辉而形成的。

三、这三种穿插方式各有什么特点呢？

用“整句式穿插”方式演唱的穿插体民歌，一般给人整体性和稳定性较强的感觉，对词意也较为容易明了，学唱、传播也较简单，其穿插体结构形式呈现较为原始的状态。

用“断句式穿插”方式演唱的穿插体民歌，一般给人灵活性和变异性较强的感觉，对词意连贯性的理解也要花费心机。特别是在穿插演唱中又糅进许多一般衬字衬词时，对词意连贯性的理解就更艰辛了。所以，学唱、传播也较困难，其穿插体结构形式也呈现出变化的状态。

用“综合式穿插”方式演唱的穿插体民歌，一般给人以民间艺术形式经逐步发展而日趋成熟的印象。歌手们以其高度的穿插技巧，随心所欲，纵情讴歌，巧穿妙插，编织成结构千差万别的穿插体民歌，这是人民群众在艺术上长期追求、不断创新的成果，是中华民族审美观念在曲体结构方面的生动体现。

（此访谈答问记录2022年10月收录于湖北省群众艺术馆《湖北民间音乐微视频项目·湖北民歌（二）资料汇编》）

利川、建始民歌体现的基本音乐特色

——访谈答问

一、请谈谈利川、建始民歌所体现的基本音乐特色

如果用一句话来概括利川、建始民歌体现的基本音乐特色，那就是：利川、建始民歌的音调呈现出很强的融合性特色。

二、你是怎么作出“融合性特色”这个判断的？

鉴于我们当今研究的传统民间音调是一种历史的积淀物，鉴于以传统民间音调的发展观来看，可以称之为“种”的传统民间音调形态的传承是相对的，而流变是绝对的，所以，我们探讨一个地方民歌的基本音乐特色时，必须关注、探讨传统民间音调在传承与流变中的不同状态。而对传统民间音调传承与流变中不同状态的探寻，必须坚持以传统民间音调的创造者——民间歌手的音乐思维与艺术实践为基础。

民间歌手的音乐思维与艺术实践呈现以下主要特征：

（1）音的作用和地位，是与民间歌手的主观能动性——歌手的自由选择和创腔编曲密切相关的。未经主观能动性选择的客观形态下的各音都处于一种平等的供选择地位；

（2）主音概念处于次要地位，这亦是音平等观念的折射；

（3）音观念浓于音列观念；

（4）以自然音列（即一个八度以内的音列）为主创腔编曲，且音列构成显现出多音思维状态；

（5）腔的特性和色彩决定调式的特性和色彩，而其中起决定作用的是腔格及其多种多样的腔格形式；

（6）民歌手的转调思维特点是将传统的腔特别是腔格在新的音高上建立起来。

民间歌手音乐思维与艺术实践中的这些主要特征明确昭示我们：建立在音平等观念基础上、在其音乐思维与艺术实践中起核心作用的腔格意识，是我们探寻传统民间音调在传承与流变中之不同状态的钥匙。

三、腔格概念的内涵是什么?

所谓腔格，以形成民间歌手传统行腔方式中的骨干音之相互音程关系为基础，是行腔骨干音所构成的某种形式。毫无疑义，腔格的形成，经历了相当漫长的自然选择过程。因为它的形成依赖于人们对作为腔格基石的音的认识及音之间音程关系的确立。而这只能在漫长的艺术实践中体验、总结出来。唯有人们（不论是自觉还是不自觉地）认识并掌握了音及音程关系，才能在其后的艺术实践中“积淀”出各种不同形式的腔格来，也才能进行不同地方和不同民族风格的传统民间音调的创造。由此可见，腔的形成，既是人们对音及音程关系认识并掌握的归属，又是传统民间音调之不同特色的起点。在这个意义上说，探寻传统民间音调在传承与流变中的不同状态，实际上是分析和研究腔格的形成及发展趋势。

四、腔格在传承与流变中有不同的形态吧?

我把传统民间音调腔格在传承与流变中的形态分为三种。

第一种是原生态，这是专指那种以三音构成的腔格为基础而形成的、具有传统民间音调“种”的意义的音调结构。其最大特征在于它腔格结构的单一性、独立性和不可替代性。它的形成，具有传统民间音调遗传基因的创生确立之意义。

第二种是并生态，是指那种以两种腔格样式编织而成的音调结构。其最大特征在于腔格结构的并存性和对比性。打破原生态传统民间音调的单一性，追求对比性，是并生态传统民间音调得以产生的心理因素。将两个具有“种”的意义的原生态音调结构合为一体，犹如将遗传基因的优势部分予以杂交，从而形成新的品种。因此，并生态传统民间音调实为传统民间音调的传承与流变过程中具有有遗传的变异形态、体现传统基因的突变、含蕴着发展价值的重要一环。

第三种是融生态，是指那些以三种或三种以上腔格样式融合而成的音调结构，其最大特征在于腔格结构的多样性和融合性。追求表现力的丰富多彩，是融生态传统民间音调得以产生的直接动力。将各具特色、各具表现力的原生态传统民间音调融为一体，充分体现了传统民间音调在传承中的发展、流传中的变异——而且是将多种遗传基因融合而生的有遗传的变异。融生态传统民间音调的产生，标志着民间歌手在传统民间音调编创方面的日趋成熟。

就传统民间音调的三种基本状态在其传承和流变过程中的地位来看，原生态是传统民间音调传承和流变的起点，并生态是其在传承和流变过程中实现流变的环节，

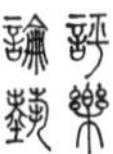

而融生态则是其在传承和流变过程中日趋成熟的成果。

五、腔格的三种形态归纳，对探讨民歌的基本音乐特色有什么意义呢？

通过对原生态、并生态、融生态状态下鄂西南土家族民歌的分析，我们可以从主导方面对鄂西南土家族民歌音调的融合性特色作出如下归纳：

（1）鄂西南土家族民歌音调的原生态之主导形态【La、Do、Re】以三度和二度作为结构基础，在音程关系上形成了小三度与大二度的融合。

（2）鄂西南土家族民歌音调的并生态，以小三纯四型结构【La、Do、Re】与大二纯四型【Sol、La、Do】的并生为主导，从而形成了以【Sol、La、Do、Re】为结构基础的主导音列样式。在这个主导型的音列样式中，构成了以小三度为核心、上下二度予以支撑的融合性结构形态。

（3）鄂西南土家族民歌音调以小三纯四型腔格【La、Do、Re】为主导，形成与其他各样式腔格的对比、并生和融合，促进民歌音调的融合性发展。

（4）鄂西南土家族民歌音调中，La、Re 两音一般都处于较重要地位，哪怕是在以 Sol 为终止的民歌中也是如此。因此，鄂西南土家族民歌音调的调式色彩为羽、商色彩浓、厚，徵色彩淡、软。这表明这个地方的民歌实现了调式色彩方面的融合。

（5）鄂西南土家族民歌音调的融生态，以五音音列【Sol、La、Do、Re、Mi】为主导。然而在融生过程中起重要作用的音列仍然是徵——商结构即【Sol、La、Do、Re】结构的音列。这表明这个地方的民歌实现了音列构成方面在腔格基础上的融合。

以上五点分析，从具体的音、骨干音、音列、音阶、调式方面，证明了对腔格的分析、归纳、把握对于探讨民歌的音乐特色所具有的重要意义。

（此访谈答问记录 2022 年 10 月收录于湖北省群众艺术馆《湖北民间音乐微视频项目·湖北民歌（二）资料汇编》）

利川、建始民歌彰显的民歌手基本艺术追求

——访谈问答

一、利川、建始民歌张显了民歌手怎样的艺术追求?

以往在对民间歌曲的研究方面，对民歌手艺术追求问题的探讨往往被淹没在“即兴性”、“自由性”、“自发地情感宣泄”等词语之中，在很大程度上忽视了对民歌手在每一次新的民歌艺术实践中所注入的创造性因子的研讨，忽视了对民歌手艺术追求问题的分析。这显然是应予改进的。

利川、建始民歌张显出的民歌手的基本艺术追求，至少具有张显整个鄂西南地区民歌手艺术追求的代表性。

用一句话来概括鄂西南地区民歌手的基本艺术追求，就是该地区民歌手在艺术实践活动中不懈追求对比与融合。

二、这种不懈追求对比与融合的精神具体表现在哪些方面?

这种基本的艺术追求具体体现在三个方面：

一是音选择习惯方面的对比与融合。民歌演唱中骨干音相互间的音程关系形成不同的腔格，民歌手在音选择习惯方面的对比与融合是通过其对腔格的选择和运用体现出来的。分析表明：鄂西南民歌手在创腔编曲实践中起主导作用的腔格是【La、Do、Re】——小三纯四型腔格；【Sol、La、Do】——大二纯四型腔格。这清楚地表明，民歌手的音选择习惯就孕育着大二度音程与小三度音程的对比性因子。这样，当民歌手同时运用两种腔格进行同一首民歌的创腔编曲时，两种腔格有主有次、交替显现，既对比又交融的现象就会呈现出来，这就在音选择习惯方面实现了对比基础上的融合。

二是调式的对比与融合。这主要表现在，包括利川、建始在内的鄂西南民歌，主要是【Sol】（徵）调式和【La】（羽）调式的对比与融合。具体表现在两个方面：一是这个区域内民歌【Sol】（徵）调式和【La】（羽）调式在流传中并行不悖、竞

相争艳，这两种调式的数量在该区域中是不相上下的。二是这个地区民歌的行腔编曲（即旋法）上的特点是【Sol】（徵）调式和【La】（羽）调式色彩的对比交融。如利川民歌《龙船调》，整首歌调式主音 Sol（徵），出现了十次，但八次系经过音，而民歌手创腔编曲时围绕 La（羽）、Re 商两音的运转，使这首民歌成为具有浓重的【La】（羽）、【Re】（商）调式色彩的、对比性强烈的【Sol】（徵）调式民歌。还如建始民歌《黄四姐》，这首民歌的调式主音 Sol（徵）在旋律中仅出现了五次，而整首民歌围绕 La（羽）、Do（宫）两音的运转，增添了【La】（羽）调式色彩与【Sol】（徵）调式色彩的对比，增加了音调的活力，也准确地表达了歌者欢快的情怀。

三是这个地区民歌在曲体结构上体现出的对比与融合主要体现在穿插体的民歌样式在该区域广泛流传，使人感到该区域内的民歌有“无穿不成歌”之感。穿插体民歌是指两组词穿插演唱的民歌曲体结构。一组词是五言四句的“号头”、“梗子”，另一组词是七言五句的“词”、“叶子”。这在词体句式上就具有强烈的对比意味。而将其巧穿妙插，使之相映生辉，形成相互对比、相互依存、水乳交融、别具一格的曲体结构，这是民歌手追求对比与融合的伟大发明。如建始民歌《舀点凉水喝》，在“号头”、“梗子”全面呈示后，“号头”、“梗子”在与“词”、“叶子”的穿插过程中始终按照呈示部分的音调再现，而“词”、“叶子”的音调则带有即兴性、随意性。这样一来，这首歌就在词体句式对比的基础上，又在音调层面上进行了再现性音调（即音调的稳定性和即兴性）与随意性音调（即音调的变异性）的对比。穿插体民歌在音调上呈现的这种鲜明、突变、双向型的状态，正是民歌手追求对比性艺术效果的写照。这类对比强烈的穿号子确已成为独树一帜的民歌曲体结构样式的事实，说明民歌手在对比基础上取得了将其融合的结果。

三、民歌手们这种追求对比与融合的艺术实践说明了什么？

民歌手在音选择方面、调式方面、曲体结构方面追求对比与融合的事实，至少表明了两点。第一点是表明鄂西南地域民歌手的艺术思维体现了辩证意味。对比，体现了两个（或更多）具有个性的因子之并存；融合，体现了新的统一体的诞生。对比，使各艺术因素争相竞艳，使艺术创作过程充满生机与活力；融合，使各艺术因素的精华相得益彰，使艺术成品独特与新颖。这都与民歌手艺术思维的辩证意味不无关系。第二点是表明鄂西南地域民歌手的艺术思维是一个开放的系统。在追求对比和融合这个基本心态的驱使下，这个地域的民歌手没有固守自己的“艺术城池”，而是兼容并蓄，取人之长，为我所用。该地域【Sol】（徵）调式的民歌以【La、Do、Re】为骨干音行腔而将调式主音置于次要地位，以及大量穿插体曲体结构的民歌流行，都为该地民歌手艺术思维的开放性写下了注脚。

（此访谈答问记录2022年10月收录于湖北省群众艺术馆《湖北民间音乐微视频项目·湖北民歌（二）资料汇编》）

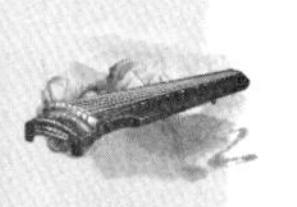

论民歌《龙船调》的历史传承、艺术特色和启示

摘　要：湖北经典民歌《龙船调》是一首反映劳动人民社会生活的民歌，有着很强的感染力和独特的艺术魅力。它在传承发展的过程中不断衍化，并产生了许多以《龙船调》的音乐及内容为素材的多种文艺作品，体现出民族音乐的创造性转化和创新性发展。本文以《龙船调》为例，梳理了其传承展衍历程，以民族音乐学方法探究《龙船调》蕴含的民族音乐传统基因，以文化学视阈阐释如何实现民族音乐传统的创造性转化、创新性发展。

关键词：《龙船调》　民族音乐　民歌　创造性转化和创新性发展　音乐评论

湖北利川的民歌《龙船调》产生于20世纪50年代。六十多年来，《龙船调》被一代又一代的歌唱家们作为民歌经典曲目演唱，很多民族传统音乐研究者不断地对《龙船调》进行多学科的深入研究。20世纪80年代，《龙船调》被联合国教科文组织评选为世界25首优秀民歌之一。如今，《龙船调》已成为最具影响力的湖北乃至中国的“音乐名片”。《龙船调》的传承展衍对在新时代如何实现民族音乐传统的创造性转化、创新性发展，具有现实的启示意义。

一、《龙船调》蕴含的民族音乐传统基因

《龙船调》源自湖北利川民歌《种瓜调》，产生于人民群众的劳动生活和社会生活之中。这首民歌旋律流畅、节奏明快，生动地表现了当地人们的生活情趣，集中体现了鄂西南及武陵山地区传统民间歌曲的鲜明特色，其蕴含的地域性民族音乐传统基因主要表现在以下几方面。

1. 音调方面

在歌曲的音列及旋律骨干音方面，《龙船调》是以【Sol（梭）、La（拉）、Do（多）、Re（来）】四声音列作为传统五声音阶的基础，以【La、Do、Re】和【Sol、La、Do】为骨干音创腔编曲。第一乐句为以【Do、Re、Mi】为骨干音向以【La、Do、Re】为骨干音的靠拢进行，歌曲的中间乐句为以【Mi、La、Do】为骨干音向以【La、Do、Re】为骨干音的靠拢进行。这些均为当地传统的行腔编曲习惯。在歌曲

的调式色彩方面，《龙船调》是一首终止于【Sol】（徵）调式的民歌。但是，由于其编创者受制于传统的行腔编曲习惯，以【La、Do、Re】为旋律骨干音创腔编曲，所以整首歌中调式主音Sol（徵）十次出现，但八次系经过音，而La（羽）、Re（商）两音在旋律中却非常突出，反复吟唱，给人留下这首【Sol】（徵）调式民歌含有【La】（羽）、【Re】（商）特性和色彩的鲜明印象。像这样具有浓郁的【La】（羽）、【Re】（商）特性和色彩的【Sol】（徵）调式的民歌，当地的人们可以信手拈来。

2. 音调节奏方面

音乐学界一般以音调进行中发音点的长短、疏密将民歌音调节奏分为四种类型：发音点平均的均分型节奏类型；发音点先长后短、先疏后密的顺分型节奏类型；发音点先短后长、先密后疏的逆分型节奏类型；发音点的长短密疏相错落的切分型节奏类型，《龙船调》从整体上是以逆分型节奏类型为主进行音调编创的，这与鄂西南及武陵山地区传统民间歌曲的节奏特点一致。

3. 曲体结构方面

在民歌演唱和编创中出现主词与衬词的交互运用是一种司空见惯的现象，然而，当主词、衬词各自形成一个段落的时候，主词段、衬词段的交替演唱、编创，就会带来歌曲结构的变化。当主词段、衬词段浑然一体、交融演唱编创的时候，歌曲结构的变化就会更大了。鄂西南及武陵山地区传统民间歌曲中，存在有大量主词段、衬词段交替演唱编创的对比性曲体结构形态，和大量主词段、衬词段交融演唱编创的穿插体曲体（当地俗称“穿歌子”）结构形态。综观《龙船调》的曲体结构，这首歌是交替演唱编创了歌曲的主词段与衬词段，使整首歌曲自然形成了两大对比性段落的结构形态。

4. 音调旋法方面

由于民歌的演唱编创是以各地方言为基础的，所以语调（尤其是方言声调）对地域性、民族性民间歌曲音调旋律的制约性因素是很大的。学界一般依语调与地域性、民族性民间歌曲音调的关系，将民间歌曲音调的旋律分作四种类型：①以用当地方言声调来念韵白句所产生的“语调的旋律”；②以用当地方言声调来歌唱双声叠韵式词句所产生的类似“快板腔”式的“韵调的旋律”；③以用各地普遍流传的、成为各地习惯性旋律骨干音选择样式来“依字行腔”演唱的“腔的旋律”；④以用具有较强音调性、词曲结合比较固定的“曲牌”来“倚声填词”演唱的“调子的旋律”。《龙船调》的旋律类型为：歌曲主词段所形成的“语调式旋律形态”与歌曲衬词段所形成的“腔式旋律形态”形成对比。

《龙船调》所蕴含的音调旋法方面的传统基因主要表现为：一是简洁，全曲用

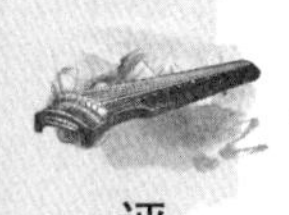

音少而精，【La、Do、Re】和【Sol、La、Do】作为旋律骨干音，在编创中处核心地位。二是级进，是《龙船调》旋法进行的主要倾向。它的旋律骨干音为其旋律以二度、三度的级进进行为主形成了总体框架。三是音域不宽，《龙船调》以不超过一个八度音域的“自然型音列”行腔编曲。四是高起低落，是《龙船调》所体现出的旋律线特征。它的音调往往具有乐句起音高，经过二度、三度为主的级进后，往低趋向于旋律音调终止音的下行线性特点。这些传统基因使其音调旋律具有了委婉、平和、柔美、略有起伏和旋律骨干音鲜明、突出的总体风格。

二、《龙船调》的传承展衍历程

深深扎根民间艺术沃土的《龙船调》，经历了长久的不断的传承展衍历程。《龙船调》从一枝山野奇葩展衍发展成为具有影响力的湖北乃至中国的“音乐名片”，彰显了其强大的艺术生命力和艺术魅力。

1.《龙船调》的传承展衍历程，体现出国家决策与倡导的巨大引领作用。

中华民族自古以来就有采风的传统。《诗经》中的《国风》篇，收录了周南、召南、邶、鄘、卫、王、郑、桧、齐、魏、唐、秦、豳、陈、曹共15个地区（“国”）的民歌160篇。《汉书·艺文志》载：“古有采诗之官，王者所以观风俗，知得失，自考正也。”《楚辞》亦记录了先秦时期代表性民风民俗。《汉乐府》记载的“相和歌”“西曲歌”等，唐代乐坊记载的“燕乐”“竹枝词”等，均为古代民俗民风中民歌的遗存。

中国共产党历来高度重视民族传统文化工作。单就音乐方面而言，在20世纪20—30年代的中华苏维埃时期，就大力倡导这项工作，产生了许多用民歌传统音调填词的“红色革命歌曲”，如《八月桂花遍地开》《十送红军》等。在20世纪40年代的延安时期，更是大力倡导和推动文艺工作者深入生活，深入人民大众向民族民间学习，在民族文化传统的传承、展衍方面取得了丰硕成果。1949年新中国成立后，党和政府立即将这项工作提上日程。1952年中共中央宣传部颁发了《关于搜集整理民族民间文化艺术遗产的通知》，随后在全国范围内开展了一直延续到20世纪60年代的民族民间文化遗产收集整理工作。在党和政府的决策、倡导下，于20世纪70年代末在全国开展的“十大民族民间音乐集成”的收集、整理、编辑、出版工作一直延续到21世纪初。21世纪以来，随着非物质文化遗产保护工作的深入开展，对民族传统文化的国家决策与倡导升华到国家法制层面，为这项工作的深入持久开展提供了法律保障。正是由于党和政府一系列英明决策和强有力的倡导所产生的巨大引领作用，包括《龙船调》在内的民族民间音乐艺术处于其传承展衍历程中的最好时期。

2.《龙船调》的传承展衍历程，体现出音乐和文艺工作者所贡献的强大推动力量。

国家决策与倡导的巨大引领作用，极大地激发了音乐工作者的积极性。20 世纪 50 年代中叶，基层音乐工作者周叙卿、黄业威慧眼识珠，在湖北利川柏杨坝发现并收集到了《龙船调》的前身——《种瓜调》，并将其整理记录成曲谱，这首原生态的口头传承音调有了谱面形式。尔后，通过从县（市）级到州（专区、地区）级、从省级到国家级层面的音乐工作者们不懈的倾情演绎，通过一批又一批专业音乐工作者的“二度创作”甚至“多度再创造”，终使《龙船调》成为民歌经典，登上国际舞台，充分体现出音乐工作者在民歌经典《龙船调》的传承展衍历程中所贡献出的强大推动力量。

各级音乐工作者在《龙船调》以歌曲形式传承展衍方面所作贡献的标志性事件有：1958 年，恩施地区歌舞团文艺工作者毛中明、杨玉钧等人为参加“建国十周年湖北省民间音乐舞蹈汇演”，开始对《种瓜调》进行改编。1959 年 9 月，恩施地区歌舞团的杨玉钧、向彪、谭少平、汤成华等 10 人以《种瓜调》改编成的《龙船调》参加了“湖北省庆祝中华人民共和国成立十周年民间音乐舞蹈会演”，随后湖北省组团赴京进行了汇报演出。20 世纪 60 年代中，歌唱家刘家宜演唱的《龙船调》由中国唱片社制作成唱片。同期，歌唱家王玉珍将《龙船调》唱到了日本，《龙船调》首次走出国门。20 世纪 80 年代，《龙船调》被联合国教科文组织评选为世界 25 首优秀民歌之一。我国许多歌唱家都将《龙船调》作为经典民歌曲目演唱，使《龙船调》真正走出国门，走向世界。

专业音乐工作者在《龙船调》以音乐形式传承展衍方面所作贡献的标志性成果有：①以《龙船调》音调作为素材的音乐创作不断涌现，如方石创作的《新编龙船调》，体现出在代表性（核心）音调（即传统音乐基因）基础上的变异性创作。王原平创编的《新龙船调》以“嫁接式”编曲方式，以混融性的音调特点，体现出传统民歌音调的基本状态和在传承展衍中的渐变性等。②对《龙船调》歌曲表现形式进行了广泛开拓，在独唱基础上展衍成对唱、小组唱、表演唱、合唱等多种形式。如陈国权创编的合唱《龙船调》，在坚持民族音乐“母语”的基础上，对《龙船调》进行了多声部的音响渲染、多层次的情景表现、多角度的情感抒发，受到了合唱艺术界的高度评价。③以《龙船调》所蕴含的民族、地域音乐传统基因作为创作动机的音乐作品也多有问世，代表性作品有方石创作的小提琴协奏曲《龙船调》，整合了民歌《龙船调》的音乐元素，并参考该民歌所表现的内容及情节，采用主题变奏手法，运用具有“交响”性效果的纯音响形式，表现了土家妹娃的灵秀气质和淳朴性格以

及对爱情和美好生活的追求与渴望。该作品 2013 年由梅纽因国际青少年小提琴比赛获奖者小提琴家叶莎独奏，德国法兰克福室内乐团协奏并亮相于德国，受到了广泛好评。

专业文艺工作者在多个文艺门类中，运用不同的文艺形式，为《龙船调》的传承展衍贡献着智慧和力量。以《龙船调》为题材的文学作品有：王玲儿著的长篇纪实散文《龙船调——关于一首歌的非虚构记忆》，叶梅著的小说选《妹娃要过河》等。以《龙船调》为题材的歌舞作品有：情景歌舞《夷水丽川》（利川本土作品），民族风情歌舞诗《龙船调的故乡》（湖北民族歌舞团编创），双人舞《妹娃要过河》（徐小平编创），双人舞《哎呀我的哥》（李鸣曦等编创），情景歌舞《妹娃要过河》（《家住长江边》剧组编创），广场舞《新龙船调》（湖北省群众文化馆编）等。以《龙船调》为题材的影视作品有：电影音乐诗画《神话恩施》（湖北电视台贺沛轩）、电影《妹娃要过河》等。以《龙船调》为题材的戏剧作品有：黄梅戏《妹娃要过河》（湖北省地方戏曲剧院编创）等。这些不同艺术门类、不同文艺形式的作品，都极大地扩展了《龙船调》的传承展衍空间，充分体现了民间艺术的张力。

音乐理论评论工作者也不断地为《龙船调》的传承展衍贡献着自己的智慧。他们对《龙船调》音乐本体的分析研究，对《龙船调》产生、传承、展衍“文化空间”“文化生态”的分析研究，对《龙船调》多学科价值的分析研究，对《龙船调》体现的当地人民群众的基本艺术追求方面的分析研究，对《龙船调》所蕴含的文化产业价值的分析研究等，既是对《龙船调》传承展衍历程的承接，也是对其“现在时”状态的推进，更是对其“未来时”发展的前瞻，对《龙船调》的传承展衍作出了学理性贡献。

3.《龙船调》的传承展衍历程，体现出民间歌曲传承展衍规律的决定性力量。

民间歌曲传统音调的历史积淀，必然经历了从无到有、由简到繁、从低到高的漫长的历史发展途程。既说明了民间歌曲传统音调是自然扬弃、自由选择的产物，又说明民间歌曲传统音调在时空的传承中，也必然含有变异性。民间歌曲传统音调的传承，可以使民族音乐的“种”得以保存；民间歌曲传统音调的流变，则可以使民族音乐的“种”不断成熟、优化。传承与流变，在民族音乐的发展途程中各尽其力，相得益彰。

民间歌曲传统音调在传承展衍过程中的基本状态，可归结为原生态、并生态、融生态三种形式。原生态的民间歌曲传统音调，是指那种以三音构成的腔格为基础而形成的、具有民间歌曲音调“种”的意义的音调结构。它的特征在于其结构的单一性、独立性和不可替代性，它的萌生与形成，具有民间歌曲传统音调遗传基因的创生确立之意义。并生态的民间歌曲传统音调，是指那种以两种腔格样式编织而成的音调结构。它的特征在于其结构的并存性和对比性。并生态的民间歌曲传统音调，在四音音列的民间歌曲中最为常见。融生态的民间歌曲传统音调，是指那些以三种以上腔格样式融合而成的音调结构。它的特征在于其结构的多样性与融合性。民间歌曲传统音调的这三种状态，成为民间歌曲音调传承展衍的动力性因素。《龙船调》正是在这种“决定性力量”的推动下，经过一代又一代人的传承展衍而成为融生态状态的民歌经典。这充分说明唯有顺着流变之链，抓住传承之环，才能准确把握不同地域、不同民族音乐传统的特质。

三、如何实现民族音乐传统的创造性转化、创新性发展

习近平总书记在党的十九大报告中指出：“要坚持为人民服务、为社会主义服务，坚持百花齐放、百家争鸣，坚持创造性转化、创新性发展，不断铸就中华文化新辉煌。”这也是音乐工作者在新时代应当承担的历史使命。

1. 要坚定文化自信，在弘扬民族音乐传统特色的基础上创造创新。

不同地域、不同民族的音乐传统都具有原生性特点。因此，在整个人类的音乐文化体系中，也就具有了唯一性和不可替代性。《龙船调》之所以能唤起我们的文化自信，是因为《龙船调》所蕴含的民族音乐传统基因、所体现的艺术追求具有地域覆盖、传统音乐类别覆盖的广度，具有其悠长的发生、展衍、传承、发展的历史厚度，具有形态价值、观念价值、艺术价值、精神价值等多方面的学术高度。

在坚定文化自信，弘扬民族音乐传统的基础上创造、创新，就应当坚持“各美其美”，把握地域、民族音乐传统的精髓和神韵，把握民族音乐传统基因方面的统一性质的规定性，尽力做到“基本要素不变形，风格特点不走神”，在实现民族音乐传统基因与现代社会发展目标有机结合的过程中，丰富民族音乐传统的时代内涵，实现民族音乐传统的现代发展。

2. 要坚持开放性的思想观念和方法论，结合地域、民族音乐传统的实际创造创新。

既要“各美其美”，也要“美人之美”，要以开放性的思想观念和方法论，在多种文化共生、共存、共荣的情势下，在多样性文化交流、借鉴、融合之中，促进地域、民族音乐传统的创造性转化、创新性发展。

一是要具有民族音乐传统的发展意识。人类社会形态的变化会带来文化形态的改变，而人类文化形态的每一次阶段性跨越也都导致了包括民族音乐在内的艺术形态系统发生相应的嬗变，这嬗变本身就孕育了发展过程。我们不能以僵化的、封闭的眼光，去看待经历了千百年发展历程的民族音乐传统，而应以一种“动态”的眼光将我们今天面对的浩如烟海的不同“传统”形式，对位于其发生、展衍历程的发

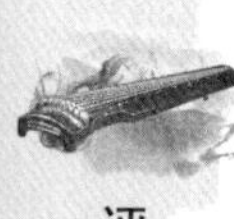

展链条之上。民族音乐不能仅仅停留在对“过去时形态”“原有模式”的“保存”上，也不能囿于“历史延留”下的“优胜劣汰”的“自然状态”之中。而只能在与社会接轨、与时代合拍、与当代人的审美情趣相适应的发展进程中，实现自己“涅槃”式的“新生”。

二是要树立民族音乐传统系统的、联系的观念，对民族音乐传统作多学科的全面“观照”。不仅要注重从音乐学、舞蹈学等学科方面对其进行研究、分析，还要从民俗学、民族学、历史学、地理学、文化学、美学、人类学等学科方面对其进行综合阐发。在具体方法上，要善于比较，善于借鉴。要通过对具有相同文化背景而又确属不同地域、民族音乐的比较，分析、研究“同中之异”，注意发现研究对象所具有的独特性“因子”“内核”，在阐发普遍性问题的同时，尤其注意揭示研究对象特殊性的一面。

三是要树立民族音乐传统开放式的发展、建设意识。不要认为民族音乐中某一种音调、某一个歌种、某一种形式因为生产、生活方式的变化及社会发展因素而“消失”，就是民族音乐传统的“灭亡”。要看到民族音乐的传统基因、传统精髓、传统风格、传统神韵、传统意识等，能作为“内核”“因子”，作为地域、民族音乐传统“质的规定性”，而“存活”在“当今”的音乐生活、音乐艺术实践之中。前文所列承载了《龙船调》音调及题材内容的各门类艺术新作品，证明了树立民族音乐传统开放式的发展、建设意识所取得的崭新成果。

3. 要坚持用中国音乐传统理论阐释中华民族传统音乐事象，提炼独特的民族音乐理论成果，促进民族音乐传统的创造创新。

虽然中外音乐理论中的一些概念是具有共通性的，但我国民族音乐传统中的一些独具特色的音乐艺术现象，如民族音乐调式构成的平衡原则、民族调式变化运用的“多可性”、某些特殊的曲体结构形态等，是需要用中华民族传统音乐理论来给予阐发的。因此，坚持民族音乐传统的“母语”语境十分重要。

当前，要重视改变在多样化音乐文化语境中民族音乐传统“语塞”甚至“失语”的现象。如将中国民族音乐中的徵调式划归大调，将中国民族音乐中的商、角调式划归小调；将中国戏曲唱段称之为西方歌剧的“咏叹调”；将传承于我国江湖河港中的“夜行船歌”称为“东方小夜曲”；将民俗丧事活动中的歌舞称为“东方迪斯科”等。这些现象说明我们很多人有时会自觉不自觉地“削足适履”，套用西方大小调理论体系的音乐概念和用语，解释我国民族音乐方面的一些问题。所以，无论是从对我国丰厚、悠久的民族音乐传统的弘扬来看，从外来音乐理论对我国民族音乐带来的促进、借鉴乃至冲击来看，还是从我国民族音乐传统在多样化音乐文化语境中应该具有的地位和应该发挥的作用来看，都需要我们坚持用中国传统文艺理论阐释中国民族传统音乐事象，促进民族音乐传统的创造、创新。

4. 要坚持弘扬中国传统音乐文化精神，实现民族音乐传统的创造性转化、创新性发展。

中国传统音乐文化精神是个博大精深的体系，其中包括的音乐思想、音乐观念等是值得我们在推进民族音乐传统的创造性转化、创新性发展工作中予以弘扬的。

（1）中国传统音乐文化中，贯穿有一个“和合”的思想脉络。“和”观念，是中国礼乐文化中的核心范畴之一。古代荀子的《乐论》，以及《国语·郑语》等文献中记载有“和而不同”“同而不和”“和实生物，同则不继”的名论。这表明，和而不同的思想蕴含了深层次的哲学方法论内涵，它说明系统内多种要素和合协调，而又相异互补，充满生机；而与和相对的同，表明事物同到单一，其结果是逐步走向衰亡。所以，把古代乐论中的和、同内涵上升到哲学认识论和方法论的高度来认识“和合”的思想脉络、和而不同的观念，就是提倡多样化，反对单一化。把古代乐论中的“和”观念运用于当代文艺创作中，可以发现，《龙船调》在其传承展衍过程中的混融，是当代文艺创作中富有创新意义的手法。所谓混融，从文艺形式层面讲，就是不同素材、不同形式、不同遗传基因、不同种群等相互混合交融而形成的新成果；从空间层面讲，就是对不同地域、民族的优秀文艺成果予以继承、综合、交流、扬弃、超越；从时间层面讲，就是在对文艺传统保存的基础上，促进其实现现代发展；从创作技法的层面看，混融是文艺创作实践的一种方式、手段；从创作结果层面看，混融是文艺创作实践所产生的一种新成果。采取混融方式形成的混融性文艺成果，具有既源于传统，又使之转化与激活、实现现代发展的特征；具有既有别于西方文艺理论体系，又借鉴西方优秀文艺成果之多元融聚的兼容性、开放性特征；具有高雅艺术大众化、大众艺术高雅化之雅俗趋同的时代性、先导性特征；具有依据社会发展情势促进文艺创作的追求和满足现代人审美情趣、价值取向与时俱进的创新性、自觉性特征。《龙船调》的传承展衍历程表明，在文艺创新方面，基于单一素材的发展和基于多种素材的混融，这两种方法都是可行的，但从实际效果看，综合性的混融方式要优于单一素材的发展方式。这是因为，依中国传统音乐文化“和”观念而产生的混融方式能以更多的文化信息量满足现代人的精神文化需求。

（2）就中国传统音乐文化精神而言，古代文献《乐记》中有“情动于中，故形于声”的“表情说”，提出了“乐者，心之动也；声者，乐之象也；文采节奏，声之饰也”的命题，认为音乐既是声音的艺术，又是感悟的艺术，音乐的本质特征是以有“文采节奏”之饰的音响形式表现人的内心活动，提出了音乐的产生过程是“物至—心动—

情现—乐生”。所以，“乐者，情之不可变者也”“唯乐不可以为伪”。可以推测，《龙船调》的产生，实现了“物至—心动—情现—乐生”的过程，在其传承、展衍历程中，也沉淀了一代又一代新的创造者、演绎者的真情厚意。《龙船调》这样的传承、展衍经历，对于克服和纠正当今音乐创作中存在的缺情少意、虚情假意甚至无情无意的现象，无疑是一剂良方。

（3）中国传统音乐文化精神中存在的重演奏法、重音色、重节奏组合的观念，其实早已蕴含了与当代音乐意识相吻合的气质。比如，中国传统音乐文化精神中重演奏法、重音色、重节奏组合的观念，与现代西方音乐观念所主张的音乐表现语言的主要构成要素已由“音高关系”变为“音色关系”“节奏关系”不谋而合。又比如，始终保持内在的节奏律动，被视为当代流行音乐的一大特征，节奏声部的“简约特征”是当代电子音乐的重要表现语汇，而这些特征也与我国民族音乐传统（尤其是那些套曲结构的民歌）中一以贯之并有形象性命名的鼓点节奏具有异曲同工之妙。还比如，西方传统的调性体系被“瓦解”后，十二音技术注重音的平等及音高进行的自由等观念，与我国民族音乐传统中的音平等观念，声、音、调、宫、均等乐学体系，调转换的自由意识等如出一辙。民族音乐传统中所具有的这些“现代气质”，正是民族音乐文化传统与当代音乐表现手段的交会点。中外音乐这些观念上的“殊途同归”启示我们，在对民族音乐传统的形态轨迹、文化定位和潜在魅力予以深度开掘的基础上，在对民族音乐素材使用、借鉴、嫁接的混融中，在对民族音乐学理论认识、把握、运用的实践中，在对民族音乐文化精神的学习、体验、感悟过程中，经过有目的、有追求、有意识的重构、整合、创造、创新，当代中国音乐创作的中华民族特色就一定会得以凸显，民族音乐传统的传承、展衍天地会拓展得更宽广。

综上所述，唯有紧紧抓住民族传统音乐本体，努力对民族传统音乐作多视角的审美观照，在以音乐学、艺术学对其作深入分析、研究的基础上，作多学科的综合分析、研究，我们才能对民族音乐传统知其然，更知其所以然，才能真正把握民族传统音乐的“基因”、精神、神韵，才能从更深的层面上认识民族音乐传统的价值，才能增强民族音乐传统的文化自信，增强弘扬民族音乐传统文化的自觉，促进发展民族音乐传统的自为，在新的时代实现民族音乐传统的创造性转化、创新性发展。

（本文根据作者 2019 年 5 月在“中国文艺评论家协会赴湖北利川送欢乐下基层志愿服务活动”中举办的文艺讲座的内容整理，后刊发于《中国文艺评论》2019 年第 10 期）

《龙船调》(《种瓜调》)何以成为民歌经典

——访谈答问

出自湖北利川的民歌《龙船调》为什么被称为是最具影响力的湖北乃至中国的"音乐名片"？这首民歌为什么能被一代又一代的歌唱家们作为民歌经典曲目演唱?《龙船调》为什么能被联合国教科文组织评为世界25首优秀民歌之一？为什么那么多民族传统音乐的研究者不断地对《龙船调》进行多学科的深入研究?《龙船调》的传承、展衍历程，对在新时代如何实现民族音乐传统的创造性转化、创新性发展有何启示意义？这都是值得人们深思、探究的现实问题。这次访谈将从对相关问题的思考中，对这些问题给予带启示意义的回答。

一、民歌经典《龙船调》的产生实证了什么？

1.《龙船调》的产生，实证了人民的劳动生活、社会生活是音乐（文艺）经典的源头。

《龙船调》源自湖北利川的民歌《种瓜调》，原本唱的歌词内容"种瓜"，生动地体现出这首歌产生于人民群众的劳动生活，产生于人们通过劳动而获得的对劳作知识的认知。而且，这首歌演唱的环境（文化空间），扎根于当地民俗节庆活动之中，表明它产生于人们社会生活的某种形式之中。正如毛泽东《在延安文艺座谈会上的讲话》中说："一切种类的文学艺术的源泉究竟是从何而来的呢？作为观念形态的文艺作品，都是一定的社会生活在人类头脑中的反映的产物。……人民生活中本来存在着文学艺术原料的矿藏，这是自然形态的东西，是粗糙的东西，但也是最生动、最丰富、最基本的东西；在这点上说，它们使一切文学艺术相形见绌，它们是一切文学艺术的取之不尽、用之不竭的唯一的源泉。"经典民歌《龙船调》的产生实证了这一论断的真理性。

2.《龙船调》的产生，实证了人民群众既是物质财富、物质文明的创造者，也是精神财富、精神文明的创造者。

人民群众在劳动中创造了丰富的物质财富、物质文明，同时，也在社会生活中创造了灿烂的精神财富、精神文明。《龙船调》（前为《种瓜调》），在已有记录

资料之前，就已经在人民群众中广为流传。现有资料记录的演唱者为农民群众王鸿儒，这种传承史实和有记录的资料表明，《龙船调》（前为《种瓜调》）系人民群众的集体创造。

3.《龙船调》的产生，实证了民歌经典所具有的“三大特征”。

一是民歌经典具有的集体性特征。民歌经典均是由一代又一代人们不间断的传承、展衍而形成的，是集体创造的产物，都经历了由简至繁、由浅入深的历史积淀过程。二是民歌经典具有的原生性特征。民歌的产生方式，一为“依字行腔”，二为“倚声填词”。从《龙船调》的产生过程看，因运用“依字行腔”的方式演唱《种瓜》的歌词，产生了《种瓜调》的腔（音调），尔后，又以“倚声填词”的方式，运用《种瓜调》的声（音调），填了《龙船》的词。从而实证了民歌经典的原生性特征。三是民歌经典具有的即兴性特征。《种瓜调》也罢，《龙船调》也好，乃至所有民间歌曲，其初始阶段，都是人民群众随情而唱、随兴而歌、见景生情、随口而编的即兴创造，经传唱逐步形成为一种“公认的形式”，并随之“固化”下来。这种即兴性体现了人民群众无与伦比的创造性。而对这种“公认形式”的认可、传承以及在此基础上的创新，体现了人民群众所认可的民间歌师傅们“超强的记忆力、创造力”。

二、民歌经典《龙船调》蕴含了哪些民族音乐传统基因？

《龙船调》之所以有如此巨大的影响力，是因为这首民歌集中体现了鄂西南及武陵山地区传统民间歌曲的鲜明特色，其蕴含了鄂西南及武陵山地区传统民间歌曲音调、节奏、曲体结构及音调旋法等多方面的传统基因。（详论请参见拙文《论民歌〈龙船调〉的历史传承、艺术特色和启示》，见本书第 页）。

三、民歌经典《龙船调》体现了什么样的基本艺术追求？

《龙船调》所体现的其创造者的基本艺术追求是：追求混融——对比融合。这种基本艺术追求，鲜明地体现在：

1.《龙船调》行腔编曲的主导原生形态为“小三纯四型”结构【La、Do、Re】和“大二纯四型”结构【Sol、La、Do】，这两种形态均以三度和二度作为结构基础，在音程关系上形成了小三度与大二度的对比与融合——混融。这体现了其创造者在音选择习惯方面追求对比与融合——混融。

2.《龙船调》以“小三纯四型”结构【La、Do、Re】与“大二纯四型”结构【Sol、La、Do】的并生为主导，从而形成了以【Sol、La、Do、Re】为结构基础的主导音列样式。在这个主导型的音列样式中，构成了以小三度为核心、上下二度予以支撑的对比与融合——混融性结构形态。这体现了其创造者在音列创造方面追求对比与融合——混融。

3.《龙船调》“小三纯四型”腔格【La、Do、Re】和“大二纯四型”腔格【Sol、La、Do】为主导，形成与其他各样式腔格（如大二大三型【Do、Re、Mi】、纯四小六型【Mi、La、do】的对比、并生和融合，促进民间歌曲音调的发展，实现了音调在对比与融合中的混融。这体现了其创造者在音调编创中追求对比与融合——混融。

4.《龙船调》的音调中，【La、Re】两音处于较显要位置，但最终却是以【Sol】为终止。因此，这首歌的调式色彩为【La】（羽）、【Re】（商）色彩浓、厚，【Sol】（徵）色彩淡、软。这体现了其创造者在音乐调式色彩方面追求对比与融合——混融。

5.《龙船调》音调的对比与融合——混融，以五音音列【Sol、La、Do、Re、Mi】为主导。但在其中起重要作用的音列，仍然是徵——商结构即【Sol、La、Do、Re】结构的音列。这体现了其创造者是在中华民族音乐传统统一架构下，在地域性、民族性的音调编创中追求对比与融合——混融。

四、什么是使《龙船调》成为民歌经典的决定性力量?

传承，是使《龙船调》成为民歌经典的决定性力量。

《龙船调》的传承、展衍历程证明：民间歌曲音调，是在历史沿传过程中积淀起来的一种音乐形态，传承是其中的关键因素。就民间歌曲音调的传承而言，它一是表现为从前辈传给后辈，这是时间性的流传与承接；二是表现为从此地传到彼地，这是空间性的流传与承接。因此，传承本身就具有十分丰实的时空内涵。

民间歌曲传统音调的历史积淀，必然经历了从无到有、由简到繁、从低到高的漫长历史发展途程。这证明了民间歌曲传统音调是自然扬弃、自由选择的产物，又明示了民间歌曲传统音调在时空的传承中，也必然含有了变异性。经对《龙船调》产生地的民间歌曲音调分析表明：民间歌曲传统音调在传承、展衍途程中的基本状态，可归结为原生态、并生态、融生态三种形式。

所谓原生态的民间歌曲传统音调，是指那种以三音构成的腔格为基础而形成的、具有民间歌曲音调“种”的意义的音调结构。其最大特征，在于它腔格结构的单一性、独立性和不可替代性。

所谓并生态的民间歌曲传统音调，是指那种以两种腔格样式编织而成的音调结构。其最大特征，在于腔格结构的并存性和对比性。并生态的民间歌曲传统音调，在四音音列的民间歌曲中最为常见。

所谓融生态的民间歌曲传统音调，是指那些以三种或三种以上腔格样式融合而

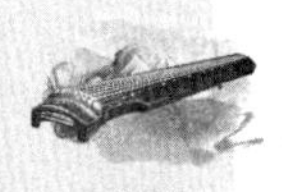

成的音调结构。其最大特征，在于腔格结构的多样性与融合性。融生态的民间歌曲传统音调，在四声及四声以上音列的民间歌曲中很容易见到。

民间歌曲传统音调的这三种状态，成为民间歌曲音调传承、展衍的动力性因素。《龙船调》正是在这种“决定性力量”的推动下，经过一代又一代人的传承、展衍，而形成为融生态状态的民歌经典。这告知人们，唯有顺着流变之链，抓住传承之环，才能准确把握不同地域、不同民族音乐传统的特质。

（此访谈答问记录2022年10月收录于湖北省群众艺术馆《湖北民间音乐微视频项目·湖北民歌（二）资料汇编》）

元宵佳节话——灯歌

灯歌，是指在逢年过节、社火灯会期间，划地为台或灯宵舞队汇集各种“灯”沿村、沿街联歌载舞或杂耍表演歌唱的形式。将灯歌作为传统民间歌曲中一个独立的类别，是因为灯歌及其所含各歌种，①具有其不同的产生、形成的场合，即产生原因；②具有其独特的存在形式、表演方式，即生存状态；③具有在其传承过程中其形态关系所实际存在的内在联系，尤其是衍变关系，即发展变化过程等缘由。

对灯歌的表演形态分析，主要应由舞蹈专业的研讨者进行。下面仅就对被称之为民族民间歌舞表演形式灵魂的灯歌音乐，从表演、旋法、调式、节奏、结构、伴奏等不同视角，对灯歌的多方面形态特点作简要分析介绍。

一、灯歌在表演方面的形态特点是：乐舞合一，相和为歌

与民间舞蹈形式紧密相连，是灯歌歌种的最大特色。没有一个灯歌歌种是只舞不唱或只唱不舞的。舞蹈性强、边舞边唱、乐舞合一，是灯歌表演形态的最突出特色。在这一点上，灯歌传承了原始歌舞呈歌、舞、乐并举、融为一体的重要特征。而灯歌的唱，几乎都采用了一领众和或独唱、对唱形式。这种灯歌的主要表演者领唱，群众演员及观众帮腔和唱相呼应的形式，具有悠长的历史渊源，它源自《尚书·尧典》所载“八音克谐，无相夺伦，神人以和”，还使人联想到它与汉乐府相和歌之间的联系。

二、灯歌在音调旋法方面的形态特点是：音节短促，曲风活泼

灯歌的曲调，一般都较轻松活泼，不乏风趣。其音调旋律，一般都音域不宽，级进较多，而且具有乐句起音高，经过二度、三度为主的级进后，往低趋向于音调终止音的“高起低落”式下行线性特点。由于受语调（尤其是方言声调）对灯歌演唱的制约性影响，灯歌的曲调往往音节都较短促。灯歌领唱部分的旋法呈现出以用当地方言声调来念韵白句所产生的“语调的旋律”，和以用当地方言声调来歌唱双声叠韵句所产生的类似“快板腔”式的“韵调的旋律”两种形态特点。灯歌的和唱部分，则呈现出以用各地普遍流传的、已成为各地习惯性旋律骨干音选择样式来“依字行腔”演唱的“腔的旋律”形态特色。所以，在音调旋法方面，灯歌的实际演唱效果，给人留下的深刻印象是“语调的旋律”、“韵调的旋律”与“腔

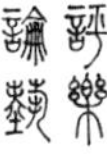

的旋律”的交替、应和。

三、灯歌在音乐调式方面的形态特点是：“底色”统一，腔格渗透

灯歌音调所体现出的调式色彩形态是“底色”比较统一。所谓“底色”，是说各地灯歌所用调式，均与各地流传的其他民歌歌种所呈现出的调式色彩相一致，都是以徵、羽调式为主体。但是这并非指灯歌调式色彩单调。这是因为，灯歌中各不同“腔格”的渗透，给徵、羽“底色”统一的调式色彩，带来了不同的韵味。所谓“腔格”，是指以形成灯歌音调中的旋律骨干音之间相互的音程关系为基础，由旋律骨干音所构成的某种形式。如同为徵调式的灯歌，分别用【Sol、La、Do】、【La、Do、Re】、【Sol、Do、Re】的腔格来演唱，就会给同一调式带来不同的韵味和色彩。特别是在同一首灯歌中，采用不同腔格的渗透或混融，其给同一调式带来的色彩变异将会是更大的。

四、灯歌在节奏方面的形态特点是：明快轻松，错落有致

喜庆欢快气氛是灯歌的主轴。灯歌表演中舞得轻松活泼，灯歌的旋律也优美动听，与之相伴的节奏也就自然显得明快轻松。绝大多数灯歌的节奏形态，领唱部分以先短后长、先密后疏性的“逆分型节奏”为主，和唱部分以长短疏密为同一时值的“均分型节奏”为主。在一些舞蹈性较强的灯歌歌种中，也凸显出与舞蹈动作相协调的、长短疏密错落有致的“切分型节奏”。“逆分型节奏”，往往是演唱作为叙事性功能的“正词”在先，演唱具有抒发性功能的“衬词”在后。“均分型节奏”，则往往体现出对某些字、词的刻意突出。

五、灯歌在曲体结构方面的形态特点是：简洁明了，规整有序

灯歌一般为一曲多用，多以一个曲调反复吟唱多段歌词，多为单曲体结构，给人以简洁明了的深刻印象。这种简洁明了的单曲体灯歌，在实际演唱过程中又被演绎成对称性结构形式和非对称性结构形式两种样式，所以，各种不同的单曲体，又是规整有序的。灯歌中单曲体类对称性结构的曲目，以二句子、四句子为基础，其最大特色是对称、方整。它们或以二个乐句一句上扬，一句下抑，实现前后呼应；或以四个乐句呈现出起、承、转、合的结构状态，表现出一种平衡、均势之美。而灯歌中单曲体类非对称性结构的曲目，以单句子、三句子、五句子为基础，或用一个乐句反复演唱不同句法结构的歌词；或用三个乐句演唱长短不同的歌词；或以两到三个相异的旋律材料演唱五句并列的歌词等等，表现出一种参差、对比之美。

六、灯歌在伴奏方面的形态特点是：鼓乐增色，气氛热烈

灯歌在演唱过程中是有鼓乐伴奏的。鼓乐伴奏一般出现在乐句与乐句中间，或乐段的结尾处，也有相当一部分与民众的和腔一并出现。鼓乐伴奏的出现，增添了灯歌的喜庆色彩和热烈气氛，同时也具有统一和腔节奏、速度的作用。所以，“锣鼓家业”班子的指挥者，往往就是灯歌演唱的组织者。正是在为灯歌演唱增色的基础上，逐步发展出来具有独立表现意义且牌子名称多样、变化繁多、技巧性强、结构更为复杂的民间器乐乐种——“花灯锣鼓”。

（2023 年 2 月完稿，发布于“湖北文艺网”）

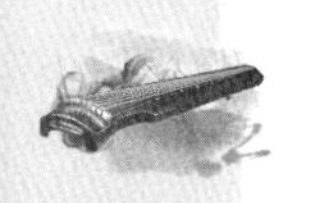

风俗歌的概念内涵

——访谈问答

一、请简要介绍什么是风俗歌

风俗歌是民间歌曲体系中的一个重要歌类，它是在具有民族地方特色的古老民俗礼仪活动中演唱的。它在很大程度上保留着古朴的乐风，具有较高的历史价值。

将风俗歌划定为民间歌曲体系中的一个歌类，是湖北民族音乐学家们对民间歌曲分类作出的理论贡献。按传统的民间歌曲分类观点，是将民间歌曲分为号子、山歌、小调三类。湖北的民族音乐学家们根据掌握的湖北（及大量其他地方）民间歌曲资料和在“田野作业”中获取的大量信息，认为传统的民间歌曲分类观点，难以准确地包括湖北以及我国南方地域民间歌曲的客观状况。进而提出应当按照民间歌曲产生的环境和人们的生产方式、生活方式给民间歌曲分类。

这种按民间歌曲产生的环境和人们的生产方式、生活方式划分民间歌曲类、种的方法，坚持了民间歌曲的原生性、客观性原则，坚持了民间歌曲与其创造者生产方式、生活方式紧紧相连的观念，是唯物史观在民间歌曲研究中的具体运用，也实现了对传统民间歌曲分类方法的突破，因而得到了学界的肯定。在这种民间歌曲的分类原则和方法的指导下，人们将湖北的民间歌曲分为号子、山歌、田歌、灯歌、小调、风俗歌、儿歌、生活音调八大类，并在“歌类”概念下，依照具体民歌的演唱场合及得以产生的生产、生活条件，细分为七十多个“歌种”。

前面说道，风俗歌是在具有民族地方特色的古老民俗礼仪活动中演唱的，由于各地民俗活动的多样化，根据不同风俗歌不同的演唱场合及它们得以产生的不同条件，风俗歌类又可以细分为不同的歌种：如五月初五划龙舟产生了龙船号子等；在民间婚嫁迎娶活动中产生了婚事歌——陪十姊妹歌、陪十弟兄歌、哭嫁歌、撒帐歌等；在各种被称作“闹丧”的丧事活动中产生的丧事歌——含孝歌、跳丧鼓、转丧鼓、坐夜歌、闹灵歌等；在各项红白喜事活动中产生的酒宴歌、祝寿歌、喜花鼓等。

二、风俗歌在民族地域音乐上有哪些特点？

风俗歌在民族地域音乐上保留着古朴的乐风。民歌手们一般都运用歌师傅那里学来的，在当地传承下来的习惯性音调“依字行腔”。所以，作为当地民歌音调旋律骨干音的“三音歌”（即只用三个音来行腔编曲的歌），在风俗歌这个歌类中比较多，这也从一个方面显现出风俗歌保留着古朴的乐风。这是一。其二，是演唱风俗歌的歌手们多用“语调的旋律”形态接“腔的旋律”形态来进行风俗歌的创腔编曲，往往先用“语调的旋律”将“正词”演唱（表达）完后，接用“腔的旋律”演唱“衬词、衬句”或进行帮腔唱和。第三，从总起来讲，风俗歌的节奏运用变化多样，但节奏主体还是以“先短后长”、“先紧后松”、“先密后疏”的“逆分型节奏”为多见。另外短长、紧松、密疏错落有致的“切分型节奏”也在一些舞蹈或技艺性动作较多的风俗歌中得以凸显。第四，风俗歌的曲体结构形式也十分多样，除分节歌式的单曲体结构形式外，配合民俗仪式程序，在穿插体曲体结构基础上展衍而成的联曲体套曲形式，也是很夺目的特点。第五，分节歌式的单曲体结构的风俗歌，音域不宽，一般用真嗓演唱，歌手的演唱讲究表情达意的真实、真切。而穿插体结构和联曲体套曲形式的风俗歌，音域宽广，篇幅宏大，一般用真假嗓并用的方式演唱，歌手的演唱追求气氛的营造和意境的展现。

三、风俗歌与民俗礼仪活动紧密相连，它在人们的生活中发挥了哪些功能作用呢？风俗歌的价值何在？

中国被认为是“礼乐之邦”，以礼和乐来安邦治国，历经了千百年的历史进程。在古代文献中，礼和乐，具有两个词的含义。礼，是由当时仪轨、规范、制度所代表的社会政治的等级秩序；乐，则是当时最主要的文化艺术形式的教育手段，其根本功能是灌输礼的意识和保障礼的实践。礼把不同等级的人区别开来，乐则把不同等级的人在礼所规定的秩序下结合起来、凝聚起来。两者相辅相成，共同为社会的发展发挥各自的功能、作用。

把古代的两个词（礼和乐）并为一个词来用，称为“礼乐”，其内涵是否应该理解为是“礼仪活动中的音乐”？鉴于风俗歌，都是在民间风俗礼仪活动中演唱的，所以，我们将风俗歌作为“民俗礼仪活动中的音乐”来理解。

风俗歌在人们的生活中发挥了哪些功能作用是一个大题目，大文章，内容太丰富了。我结合自身的感受，说几个要点吧。

风俗歌在民俗礼仪活动中发挥的功能作用主要表现在：①风俗歌配合民俗礼仪

活动程序和营造民俗礼仪活动的氛围，风俗歌都是按照民俗礼仪活动的严格程序，其歌乐声营造出或喜或悲、或急或缓、或浓或淡等民俗活动的氛围是很容易让人体会到的。②风俗歌维系民俗礼仪活动参与者的群体性思想观念，参与民俗礼仪活动的多为有血亲、乡情关联的民众，乡规民约等意识通过风俗歌在宗族群体中得以传播，起到凝聚民俗礼仪活动参与者思想观念的作用。③风俗歌启引民俗礼仪活动参与者的情感抒发与表现，风俗歌一领众和、众人参与的演唱形式，使民俗礼仪活动的参与者融入到群体性的情感抒发与表现之中，实现参与者的个体情感宣泄。④风俗歌引导民俗礼仪活动参与者构建在想象力基础上的意象世界，风俗歌用歌词和音响构建出的意象世界，给民俗礼仪活动参与者拓展艺术想象力提供了无限大的“平台”和空间，给人以向上向善的启引。⑤风俗歌承载了、呈现了民俗礼仪活动中的“音声景观”，风俗歌的歌声、音响，已然成为乡村中一道靓丽的景观，人们在风俗歌的歌声、音响中，体味着乡间民俗风情，回忆着乡村民俗韵味，强化着民族传统音乐之“根苗”，激发着民族传统文化之活力。

风俗歌具有多学科的价值。从艺术学、音乐学方面看，它具有独特性、唯一性、不可替代性等价值，具有其音乐形态产生、展衍、传承、流变、发展的史学研究价值。还具有其所承载的族群、区域人们情感、精神、审美需求等内容的文化学价值、人类学价值、美学价值。还有其蕴含的文化资源、文化产业、文化品牌价值等等。总之，风俗歌的价值连城，需要深度开掘。

四、你认为当下的时代背景中风俗歌应该如何更好地进行传承与传播？

我认为在当下的时代背景下，更好地进行风俗歌的传承、传播，就应当努力实现风俗歌从自在式传承向自为式衍展的跨越。从思想上树立在中国特色社会主义新时代，致力于传统文化的创造性转化、创新性发展的观念。我的一孔之见有：

（1）充分借助群众喜闻乐见的风俗歌（民俗礼仪）音乐形式，实现风俗歌（民俗礼仪）音乐本体的自为式衍展。如：对现有风俗歌（民俗礼仪）音乐的曲目（曲牌）进行编创、衍展；以风俗歌（民俗礼仪）音乐的核心音调作素材（音乐动机）进行新曲目创作；将风俗歌（民俗礼仪）音乐的曲目（曲牌）及形式，运用到其他艺术门类的艺术创作中去；进一步弘扬风俗歌（民俗礼仪）音乐所蕴含的文化精神（如追求音乐组合的多样性、重演奏法、重音色对比、重节奏组合等等），使风俗歌（民俗礼仪）音乐的功利性、艺术性、表现力、感染力得以提升。

（2）充分运用风俗歌（民俗礼仪）的传统形式，实现风俗歌（民俗礼仪）内容及民俗礼仪音乐内容的自为式衍展。关键是要以社会主义核心价值观为指导，对风俗歌（民俗礼仪）活动内容予以创新。要在风俗歌（民俗礼仪）的传统形式中，注入具有时代特点的鲜活故事，注入新的思想观念和先进的价值观。还可在建成小康社会、建设美丽乡村、实现乡村振兴的过程中，吸收、展示、凸显风俗歌（民俗礼仪）音乐所具有的艺术元素。风俗歌（民俗礼仪）内容的创新，必然会带动风俗歌（民俗礼仪）音乐内容的创新，催生新的风俗歌（民俗礼仪）音乐曲目，派生新的风俗歌（民俗礼仪）音乐的演奏形式。

（3）切实抓住传统农业产业转型升级、建设社会主义新农村、美丽乡村等机遇，实现风俗歌（民俗礼仪）音乐功能作用的自为式衍展。要继续充分发挥风俗歌（民俗礼仪）传统形式及风俗歌（民俗礼仪）音乐维系群体思想观念、凝聚群体情感、意志的功能。要在风俗歌（民俗礼仪）音乐的保护传承工作中，实现风俗歌（民俗礼仪）音乐乐种演艺、培训、发展策划、制作等文艺业态的扩展性发展。特别要在传统农业产业转型升级的进程中，适时发挥风俗歌（民俗礼仪）形式及风俗歌（民俗礼仪）音乐的“助力”作用：如在发展观光、休闲农业中，为风俗歌（民俗礼仪）音乐的传承、展示提供“平台”；在发展生态农业中，注入风俗歌（民俗礼仪）音乐传承、衍展的文化生态环境“基因”，使生态农业产业的发展与风俗歌（民俗礼仪）音乐传承、衍展所需的生态环境相得益彰、互促互补；在发展文创农业（即“将科技和人文要素融入农业生产，进一步拓展农业功能、整合资源，把传统农业发展为融生产、生活、生态为一体的现代农业”）中，可打风俗歌（民俗礼仪）音乐之乡（或国家级非遗名录之乡）牌，建立以此为主题的特色农庄（农园、农社）等，使农业产业和风俗歌（民俗礼仪）音乐均实现现代发展。

（此访谈答问记录2022年10月收录于省群众艺术馆《湖北民间音乐微视频项目·湖北民歌（二）资料汇编》，后又收录于华中科技大学出版社出版的《湖北民间歌曲的传承与普及——利川建始民歌精选》）

《黄四姐》的旋法（音调）特点及传承经历

《黄四姐》是一首被当地群众称为打喜花鼓的风俗歌，其以欢快活泼的【Sol】(徵）调式曲调，以风趣幽默的对唱形式，特别是用方言语调道出的数板式韵白，以及吟唱出的“语调的旋律”“韵调的旋律”形态，使这首歌的音调与口语化的唱词结合十分贴切，向人们展示了“人逢喜事精神爽”和民俗生活画面。这首民歌的调式主音【Sol】（徵）在旋律中仅出现了五次，而整首民歌围绕【La】（羽）、【Do】（宫）两音的运转，增添了【La】（羽）调式色彩与【Sol】（徵）调式色彩的对比，增加了音调的活力，准确地表达了歌者欢快的情怀，突出了这首歌的生活气息和喜庆气氛。

这首歌经历了长期的传承、展衍过程。其早期曾叫做《货郎歌》或《黄师姐》，源于建始县三里乡老村黄家老屋场。《黄四姐》走出建始，迈向全国始于20世纪50年代，最早由三里乡老村严钦秀、张前香等民间艺人将《黄四姐》唱响恩施山城。建始县文艺工作者王华英、孙友维、张建东、崔珍珍、崔应涛等在不同年代对《黄四姐》进行了悉心整理和改编，使这首民歌演唱版本不断翻新，几十年来一直在民间和专业文艺团体中被歌手作为保留曲目演唱。此歌1959年参加中南五省文艺调演，1979年收录于湖北恩施行政专员公署文化局编辑的《恩施地区民歌集》（下册），由当地歌手周兴寿演唱，王华英记录。1980年被制作成录音带全国发行。1981年晋京参加文化和旅游部组织的“民歌调演”。2004年央视青歌赛民族唱法银奖获得者、建始籍歌手陈春茸在颁奖晚会上演唱《黄四姐》。土家族歌手陈涓自2005年在央视“星光大道”演绎了《黄四姐》后，多次在全国各种晚会和娱乐节目中演唱这首歌。2005年，恩施州政府将《黄四姐》的发源地三里乡老村定为全州20个“民族民间文化（喜花鼓）生态保护区”之一。2007年，被省人民政府公布为省级非物质文化遗产名录。中央电视台音乐频道在《民歌中国》专栏全面推介了《黄四姐》。2011年春节，《黄四姐》被省文联、省音协编进“梅花湖北”板块节目中，参加中国文联“百花迎春”晚会，由总政歌舞团歌唱家王丽达、汤子星演唱。2013年，申报为“湖北省一县一品群众文化品牌”。

（此文2022年10月收录于华中科技大学出版社出版的《湖北民间歌曲的传承与普及——利川建始民歌精选》）

民歌精品《盼红军》点评

《盼红军》是一首在传统山歌基础上衍展出来的歌曲。山歌，是指人们在山上唱的歌，它是民歌中的一个大家族。山里人性情爽直、开朗，山歌也多为民歌手喜怒哀乐情绪的自我抒发。山歌的题材广泛，曲调质朴，节奏自由，歌声高亢悠扬，具有情感抒发的特长。日常生活中，歌手们常常运用传承下来的山歌声腔，结合日常生活的内容，填进新的歌词，表现新的情感。《盼红军》就是在传统声腔基础上填入新词而产生的反映革命历史的民歌。

《盼红军》这首歌以犀牛望月的形象比喻，以充满深情的商调式旋律进行，表现了人民与红军的鱼水相依之情。歌曲开头的一声衬字拖腔，凝结着无尽的思念和急切的期盼。曲中节奏紧凑的回忆、叙述，贴切地表现了往事历历在目。随着难以言状的拖腔之再现，那切分节奏的安排，更是准确地表现了对红军最衷心的祝福。这是一首情真意切的民歌精品。

《盼红军》这首歌在曲体上被民歌手们称为“连八句”，而实际上有十句（或十一句）词。但是，这首歌的前两句是作为“号（歌）头”看待的。而后八句词是基本上连起来演唱的。这当中，在第七句与第八句中间，穿插演唱了“号（歌）头”的第二句，这从创腔编曲上来讲，是为全曲终止进行过渡。从词意上看，穿插进来演唱的词，与全曲结束语的词意也完全一致。这也充分体现出穿插体民歌在对比性基础上实现统一性，在统一性基础上追求对比性的艺术表现意义。我们应当从以上的点评中得到感性认知。

（此文2022年10月收录于省群众艺术馆《湖北民间音乐微视频项目·湖北民歌（二）资料汇编》）

答与天门潜江民歌相关三问

一、请简要介绍湖北民间歌曲在中华民族民间歌曲宝库中的地位

以中国民间歌曲的整体视阈来看，湖北民间歌曲是中华民族民间歌曲宝库中的明珠。

大家知道，依据文化起源的多元说，长江流域、黄河流域，都是具有悠久历史的中华民族文化的发祥地。对以长江、黄河两大母亲河流域文化为代表的中华民族南北文化的比较研究，虽要以地域文化研究的成果作为基础，却有比地域文化研究更宏观的意义。长江、黄河两大流域的民间歌曲，由于其产生的诸背景（如地理、语言、社会、民族、民俗，尤其是早期古代文化等）因素存在着许多差异，所以，两大流域民间歌曲形态特征和风格特色迥然不同，实际上形成了各自纷繁、绚丽多彩的体系。仅在其音调的形态特征方面，与黄河流域民间歌曲音调形态特征相比，处于长江流域中部的湖北民歌，就有以下四个方面应当重视：一是处于长江流域中部的湖北民歌音调，较之黄河流域民间歌曲音调在旋律骨干音选择方面更显得多样。二是处于长江流域中部的湖北民歌音调，较之黄河流域民间歌曲音调在调式思维方面更显得多彩。三是长江流域中部的湖北民歌音调，较之黄河流域民间歌曲音调，在曲体结构方面更显得纷繁。四是长江流域中部的湖北民歌音调，较之黄河流域民间歌曲音调，在歌种样式方面更显得纷呈。

以长江流域民间歌曲为视阈，审视长江上、中、下游的民歌，我们也会发现，地处长江中游的湖北民间歌曲，与长江上游、下游的民间歌曲，在歌种、音调以及风格特色方面也存在不少差异：

长江流域的上游，除四川盆地外，大多是高原和山地。这里传承最广的歌种是山歌、田歌（薅草锣鼓），还有地域特点极浓的、被称为“花灯”的民间歌舞小曲。船工号子也以其音乐富于变化、性格鲜明、气质雄浑、结构庞大而成为该范围的代表性歌种。该范围除五声徵【Sol】调式外，最突出的是四、五声羽【la】调式，且商【Re】调式也较长江流域中部、东部地区为多。该范围民间歌曲音调以清新、甜美、细腻的特质为总体风格。

长江流域的下游，几乎全为平原和湖区，是典型的“江南水乡”。这里传承最广的歌种是体现稻作区特色的田歌，体现渔作区特色的渔歌，还有以优雅、婉转、清丽而著称、达到了很高艺术水平的小调。该范围以五声徵【Sol】调式为主导，然宫【Do】调式较长江流域上游、中游突出。且在创腔编曲中，角【Mi】音较突出。该范围的角【Mi】调式也较全国其他地方为多。该范围民间歌曲音调具有均匀、整齐、内在、洒脱的气质，体现出曼丽婉曲的总体风格。

湖北所在的长江流域中游，属上下江、南北方的中枢。平原、丘陵交错，湖泊、河港交织。长江上游音乐文化的泻入，长江下游音乐文化的顶托，使该范围成为长江流域音乐文化的聚宝盆。该范围民间歌曲音调旋律骨干音选择形态之多，调式思维特色之丰，曲体结构形式之繁，歌种类别之众，均为长江流域民间歌曲音调之最。该范围的民间歌曲音调，具有广泛、阔大的趣味，直捷、明快的格调，拙朴、爽朗的性格，流畅、跌宕的特点，具有极强的兼容、融合性风格特色。

二、为什么在湖北民间音乐资源库的一期项目中，首先整理收集天门和潜江的民歌?

如果用一句话来概括，我要说：这是因为天门和潜江这两个地方的民间歌曲，具有湖北民间歌曲音调的代表性。

湖北民族音乐学界取得的共识是：由于各地自然环境、生产方式、生活方式、文化背景、风土人情、民俗习惯等方面的差异，导致了各地民歌音调，形成不同的地方性特点。这种地方性音调特点，又具体地体现在各地民歌的用音习惯、音列、音阶、调式、节奏等音思维、调思维等以及曲体结构布局等多要素之中。以这些导致民歌音调地方性特点的宏观方面原因和音乐方面的表现为出发点，人们将湖北民间歌曲分为鄂东北、鄂东南、鄂中南、鄂西南、鄂西北五个民歌地方音调特色区。

在对各个民歌音调特色区的深入研究过程中，人们还发现，各民歌音调特色区的核心区域内的民歌，最具各音调特色区的代表性。相距愈远，音调差距愈明显，音调特色犹如彩虹色彩般的逐渐变化。而潜江、天门两地，地处湖北中部，属于广袤的江汉平原地带，经济发达、交通便利，加上人口迁徙使得四方民歌音调的“涌入”，使包括潜江、天门两地在内的鄂中南地区，成为湖北民歌音调的“积沉地”、“集存地”。经研究发现，包括潜江、天门两地在内的鄂中南地区，传承着目前已知的十一种形态、十三种样式、原生性的“三声音列”民歌；传承着在民歌曲体结构方面具有“突破性”意义的“穿插体”曲体形式；传承着不少能体现民歌传承人音思维、调思维能力的调式交替、调性转换的民歌……凡此等等，使包括潜江、天门两地在内的鄂中南地区民歌，被称着是“湖北民歌的聚宝盆”。而且通过20世纪50年代以来，不断进

行的民间歌曲的普查、收集、整理、推广工作，天门、潜江两地的民歌，已经在全国乃至国际上都产生了重大影响。所以，将潜江、天门民歌作为湖北民间音乐资源库第一期的项目推出，是实至名归的。

三、请谈谈促进民歌传承发展的重要性及关键点

促进民歌传承、发展的重要性在于：民歌是人民群众创造出来的非物质文化形态的文化遗产，是中华优秀传统文化的重要组成部分，她凝结了我们民族的情感、精神，凝结了人民的意志、憧憬。在这个意义上讲，促进民歌的传承、发展，就是促进民族优秀传统文化、生生不息的民族精神，凝聚人心的民族情感的传承、发展，其重要意义不言而喻。

促进民歌传承发展的关键点是：在切实做好对民歌这项非物质文化遗产保护、传承的基础上，努力实现民间歌曲的创造性转化、创新性发展。

我们应当认识到，对民歌的保护，是一项对传统音乐的“保种护根”工作，促进民歌的传承，具有加长民歌遗产传承之“链”、扎紧民歌遗产传承之“环”的意义。而要做好民歌的创造性转化、创新性发展工作，更需要在四个方面着力：

一是坚定文化自信，在弘扬民族音乐传统特色的基础上创造、创新。应当充分认识民歌具有的音乐形态价值、观念价值、艺术价值、精神价值，坚持“各美其美”，把握民歌传统基因方面的统一性、质的规定性，尽力做到“基本要素不变形，风格特点不走神”，在实现民歌传统基因与现代社会发展目标有机结合的过程中，实现传统民歌的创造性转化、创新性发展。

二是坚持开放性的思想观念和方法论，结合传统民歌的实际创造、创新。要具有传统民歌的发展意识，树立传统民歌系统的、联系的观念，对传统民歌系统，做多学科的全面“观照”。民歌不能仅仅停留在对“过去时形态”、“原有模式”的“保存”上，也不能让其囿于“历史延留”下的“优胜劣汰”的“自然状态”之中。传统民歌只能在与现代社会接轨、与时代合拍、与当代人的审美情趣相适应的发展进程中，实现自己“涅槃”式的“新生”。

三是坚持提炼独特的民歌理论研究成果，促进传统民歌的创造、创新。应当重视用中国音乐传统理论阐释各地民歌事像，改变在多样化音乐文化语境中，传统民歌研究“语塞”甚至“失语”的现象，通过客观地总结各种具有地域性特点的民歌传承、发展规律，指导传统民歌在新时代实现创造性转化、创新性发展。

四是坚持弘扬中国传统音乐文化精神，实现传统民歌的创造、创新。我国传统音乐文化精神中存在的“和合”的思想脉络，“情动于中、故形于声”的“表情说”，

重演奏法、重音色、重节奏组合的观念等等，都应当在学习、体验、感悟过程中，经过有目的、有追求、有意识的继承、重构、整合，实现创造性转化、创新性发展。

总之，唯有紧紧抓住传统民歌的音乐本体，努力对民歌做多视角的审美观照，我们才能对民歌传统知其然，更知其所以然，才能增强对民歌传统的文化自信，增强弘扬民歌传统的文化自觉，促进发展民歌传统的文化自为，在新的时代，实现民歌传统的创造性转化、创新性发展。

（此访谈记录 2020 年 12 月收录于“湖北民间音乐资源库”）

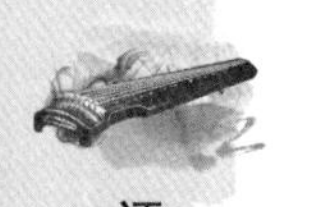

潜江民歌简介

一、潜江民歌产生的历史、地域和文化背景

潜江市位于湖北省中南部江汉平原腹地，因水而兴，域间河流纵横交错，湖泊星罗棋布，素有“水乡园林”的美誉。

潜江民歌经历了悠长的发展、衍变历程。中华历史上周代《诗经·周南》中的歌诗、战国时期屈原和宋玉作品中称述的《扬（阳）阿》、楚汉战争中的“四面楚歌”、汉代以“艳”为称的“楚歌”及魏晋时期的“西曲歌”等，都与现今仍在传承的潜江民歌有着渊源关系。

广袤的汉江平原和丰富的水文地理环境，是潜江民歌生成、发展的土壤。潜江古为云梦泽地域，是楚国“江南之梦”所在地。潜江民歌中大量的“硪号子”“栽秧歌”“薅草歌”“打麦歌”“踏车锣鼓”等歌种的产生与其地域自然环境有着天然联系。

“潜江民歌”受荆楚文化的影响。民间习俗中的祭祀文化根深蒂固，如风俗歌种“坐丧鼓”被认为是荆楚故地的“巫风遗韵”，而“跳丧鼓”中的“哭灵调”、“还魂腔”，被认为与道教音乐的传承具有关联。地处荆楚腹地的潜江，其民间歌曲既有荆楚（湖北）传统音乐文化的共性，也有鄂中南地域文化的个性。千百年来，劳动人民对潜江民歌的传承、展衍起着重要的推动作用。

2008年，“潜江民歌”被列为第二批国家级非物质文化遗产项目保护名录。潜江还被命名为“中国民间文化艺术之乡（民歌）”和“中国花鼓戏艺术之乡”。

二、潜江民歌的体裁形式和代表性歌种

按民歌体裁形式划分，潜江民歌包含有号子、山歌、田歌、灯歌、小调、风俗歌、儿歌、生活音调八大类，各大类中又含有各具特色的多个歌种。潜江民歌代表性的歌种有：号子类中的“打硪号子”、“打麦号子”。田歌类中的“薅草歌”、“栽秧歌”。小调类中的“生活小调”。

1. 号子，即“举重劝力之歌”，直接伴随着生产劳动产生。通常是在集体劳动时歌唱，其功能主要是指挥生产，协调动作，减轻疲劳。打硪号子是潜江民歌号子类的代表性歌种。潜江的硪，分石硪和木硪两种，呼喊的号子都有专门的曲调，如

开硪号子、慢硪号子、中硪号子、快硪号子等。演唱形式为一人领，众人和。

打麦号子是人们运用“连枷”作为工具，为麦子（或黄豆、菜籽、稻谷等）脱粒时，歌唱的劳动号子，它也是潜江民歌号子类中的大品种。演唱打麦号子时，劳作的动作伴随着歌声和一阵阵“噼啪噼啪”的连枷声，极富有节奏感和鼓动性。

2. 田歌，即劳动者在田间劳作时唱的歌，其歌种与劳作时的场景紧密结合。栽秧时有“栽秧歌”，薅草时有“薅草歌”，车水时有“车水歌”，打麦时有“打麦歌”。田歌类的各个歌种共同的特点是“劳者歌其事”，都具有消除疲劳，鼓舞干劲，提高劳动效率的社会功能。除许多反映劳作事项的、有多种句法结构的“独立”曲目外，也有不少按各地约定俗成的“连曲规则”，组合而成的“套曲”形式曲目。

3. 小调，即音乐结构比较规整，曲调委婉流畅的民间曲调，也称小曲、碟子曲。潜江民歌小调类的歌种有：由民众（主要是妇女）吟唱的反映日常生活内容、自我情感抒发性的“生活小调”，和结构比较成型、曲风比较优雅、叙事性较强的“坐唱小调”。潜江民歌小调类曲目，歌词一般以五字一句、七字一句为主体，也有一些字数参差的长短句式表现形式。其段落结构以四句一段或五句一段为最常见。

三、潜江民歌的音调特点

潜江民歌的音调，属于湖北民间歌曲体系中的鄂中南音调特色区，具有典型的江汉平原水乡地域特色，是湖北传统民间歌曲音调特色的交汇、积沉地。其音调特色主要表现在：

1. 潜江民歌具有多样的旋律骨干音构成形态：目前在潜江民歌的旋律骨干音中已存在的有【Sol、Do、Re】，【Mi、Sol、Do】，【Sol、La、Do】，【La、Do、Re】，【Do、Mi、Sol】等多种样式。

2. 潜江民歌常用的旋律音列形态特点是：超出八度音域的旋律音列较常见；旋律的用音常常超出“五正音”的范围；“偏音”、变化音的运用较湖北其他地区频繁。

3. 潜江民歌常用的音阶形态是：以【Sol、La、Do、Re】四音为框架，以【Sol、La、Do、Re、Mi】五声音阶为基础，亦有六声、七声音阶的运用。

4. 潜江民歌基本的旋法特征，一是简洁，表现为多种三音结构的旋律骨干音，在民歌的编创过程中处于主导地位。二是因其旋律骨干音绝大多数由四度、五度音程构成，这就使以二度、三度的级进进行成为潜江民歌旋法进行的主要倾向。三是有些潜江民歌音域较宽，为这类民歌旋法方面令人意外出现的跳进进行提供了条件。

5. 潜江民歌具有多彩的调式色彩。徵（Sol）调式民歌占有主导地位，使潜江民歌具有了统一的“底色”。宫（Do）调式的民歌也给人印象深刻。商（Re）、羽（La）

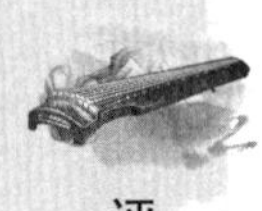

调式的民歌虽然也占有一定的比例，但更多的意义，是作为整体性民歌调式的色彩性予以凸显。由于多样的旋律骨干音的交替运用，和五声音阶中“偏音”、变化音在旋律编创中的“引入”，使其音调上呈现多种调式、调性并存、交融的特色。

6. 潜江民歌具有灵活多变的调式、调性变换手法。比如流传甚广的《催冬催》，就运用不同旋律骨干音的交替手法，导致了歌曲调式、调性色彩的对比。民歌《打猪草》，就运用中国五声音阶中“偏音”、变化音的“引入”，造成了歌曲调式、调性的“游移”。民歌《十许鞋》《薅黄瓜》以清角为宫、同主音调式转换、同宫音调式交替等传统手法的运用，体现了民间歌手所具有的音乐调式、调性思维的能力和素养。

四、潜江民歌的传承展衍

潜江民歌经过了漫长的传承、展衍历程，其传承、展衍方式可以从三个方面来看：

1. 潜江民歌的传统传承方式是口传心授。一代代、一辈辈、一茬茬的民间歌手，往往都是通过家族、宗族口传心授的方式，学习、传唱民歌的。这种传承方式，又往往表现为民歌词曲同步传承的形式，但有时也表现为“传词不传调”或“传调不传词”的词曲异步传承形式。

2. 政府的倡导，促进了潜江民歌的传承。二十世纪中叶以来，政府大力倡导保护、发展民族民间文化遗产工作，开展了多次民间歌曲的普查、收集、整理工作，有力地促进了民间歌曲的传承、展衍。七十余年来，潜江组织进行过三次大的民歌采风、搜集、记录和整理工作，精选出有代表性的潜江民歌 189 首。21 世纪后，潜江民歌的传承进入到“非物质文化遗产”保护、发展的常态化、规范性的轨道。2004 年，成立了“非遗”保护的专门机构，成立了“潜江民歌传习基地”，开展命名潜江民歌代表性传承人、出版《潜江民歌专辑》、编写潜江民歌乡土教材、潜江民歌进校园等多项工作，多渠道、多样式、多触角的开展潜江民歌的传承与普及，初步形成了“老、中、青、小”阶梯式的传承结构。2008 年，潜江民歌被列为第二批国家级非物质文化遗产代表性项目名录。

3. 音乐工作者的编创，促进了潜江民歌传承、展衍。具体表现在：

一是音乐工作者运用成熟的潜江民歌进行新曲目的创编。20 世纪 50 年代，音乐工作者就以潜江的原始民歌《看郎》为原型，新创编了《妹修塘来哥修塘》《喜坏我的妈妈吔》，70 年代又编创了《妈妈下乡来看我》，这几首歌基本保留了原生民歌的音调，但填进了适应不同时期社会发展要求的新词，使之在社会上流传开来，促进了潜江民歌的传承。

二是音乐工作者在潜江民歌特色音调基础上的编创。如新民歌《割早稻》就是音乐工作者于20世纪50年代后期，采用潜江传统民歌的音乐元素编创的。这首歌由于其特有的乡土韵味，一直传承至今。而新民歌《赶秧雀》，编创于20世纪80年代中期。其旋律运用大量的潜江民歌音乐元素，采用调式交替手法，拓展民歌音调的传承力度和表现内涵。

三是音乐工作者在把握潜江民歌神韵后的创新。如大型情景歌舞剧《江汉风》的音乐创作，就集中展现了潜江民歌所具有的独特神韵。再如传统民歌《薅黄瓜》改称为“西腔”（或“站墙调”），作为荆州花鼓戏的声腔；荆州花鼓戏中的主腔——高腔（包括悲腔、打锣腔）来源于潜江“薅草歌”音调；潜江民歌中的小调曲目成为江汉平原皮影戏唱腔中的曲牌；潜江民歌中的碟子曲、三棒鼓音调成为民间曲艺形式的固定曲牌等等，这些都有力的促进了潜江民歌的传承、展衍。

（此文2020年12月收录于湖北民间音乐资源库）

天门民歌简介

一、天门民歌产生的历史、地域和文化背景

天门市位于江汉平原中北部，南濒汉水与仙桃、潜江相望，西与荆门、钟祥、京山接壤，东邻汉川，北倚大洪山。天门古属云梦泽，春秋战国时为楚国竟陵邑，秦朝设置竟陵县。二千多年来，一直都有郡、府、州、路、县的建制。

天门历史悠久，文化灿烂。新石器时代石家河文化遗址就在天门境内。唐代茶圣陆羽著有世界首部茶学专著《茶经》。天门是晚唐著名现实主义诗人皮日休的故乡。明代竟陵派文学创始人钟惺、谭元春，他们合编的《唐诗归》、《古诗归》流传于世。天门是全国最大的内陆侨乡，旧时天门干驿、马湾地区地势低洼，十年淹九水。众多天门民众靠敲碟子唱小曲、丢三棒鼓卖唱为生，流浪他乡，漂泊海外，把天门民歌小曲唱到了东南亚、欧洲。

天门境内河流众多，湖泊密布赋予天门民歌以江汉平原湖区水乡的音乐特色。清宣统二年（1910 年），天门张港大兴堂书斋，已有《绊根子草》唱本出售。1926 年天门建立了碟子小曲行会“八音会”。1930 年前后，天门一带小曲活跃，出现一批善唱者，被人们誉为“四大天王”的喜枝（程德荣）、春枝、爱枝、冬枝的“枝枝班”，就是其中的杰出代表。20 世纪 50 年代至 70 年代，以天门籍歌唱家蒋桂英和周兰仙、宋明英、倪政华为代表的一批艺人将天门民歌《幸福歌》《小女婿》《月望郎》唱响湖北，唱到全国。1960 年，蒋桂英在武汉为毛泽东主席演唱了《幸福歌》后，受到了毛主席的好评。

天门的民间艺术丰富多彩，享有“民间文化之乡”的美誉。天门民歌、荆州花鼓戏、皮影戏、渔鼓、碟子小曲、杂技、木雕、扎纸花、糖塑等都享誉荆楚大地。

二、天门民歌的题材内容与体裁形式

按天门民歌的题材内容划分，可将其分为：

劳动歌，即反映人们生产劳动内容的歌。

生活歌，即反映人们社会生活内容的歌。

时政歌，即反映人们对社会时政问题看法内容的歌。

仪式歌，即人们在举行民间礼俗和祀典等仪式中唱的歌。

情歌，即反映民众爱情生活内容的歌。

儿歌，即传承于儿童中的、反映少年儿童生活情趣的歌。

按民歌体裁形式划分，天门民歌的主要歌类、歌种有：

1. 号子类，即直接伴随着生产劳动产生的歌。通常是在集体劳动时歌唱，其功能主要是指挥生产，协调动作，减轻疲劳。其主要歌种有：硪歌（按硪型分木硪、斤硪、石滚硪）、搬运号子、龙船号子、榨油号子（含撞榨、压榨、锤榨）等。

2. 田歌类，即劳动者在田间劳作时唱的歌，其歌种与农业劳作时的场景紧密结合。栽秧时有“栽秧歌”，薅草时有“薅草歌”，车水时有“车水歌”，打麦时有“打麦歌”。天门民歌田歌类的歌曲结构多样，既有多种句法结构的“独立”曲目，也有“连曲”形式的“套曲”曲目。

3. 小调类，即音乐结构比较规整，曲调委婉流畅的民间曲调，也称天门小曲、碟子小曲。天门民歌小调类的歌种有：由民众（主要是妇女）吟唱的反映日常生活内容、自我情感抒发性的“生活小调”，和结构比较成型、曲风比较优雅、叙事性较强的“坐唱小调”。

4. 灯歌类，即人们在逢年过节举行花灯会或庙会时，表演彩船、龙灯、打莲厢、玩灯耍花鼓、载歌载舞表演时所唱的歌。天门民歌灯歌类的歌种繁多，主要有：彩船、打莲湘、三棒鼓、花鼓等。

5. 风俗歌类，即人们在举行民间礼俗和祀典等仪式中唱的歌。天门民歌风俗歌类的歌种有：婚嫁歌，丧葬歌等。

6. 儿歌类，即传承于儿童中的、反映少年儿童生活情趣的歌。天门民歌儿歌类的歌种有：儿童游戏歌、童谣等。

三、天门民歌的音调特点

天门民歌的音调具有典型的江汉平原水乡地域特色，是湖北传统民间歌曲音调特色的交汇、积沉地，被认为是“湖北传统民歌音调的聚宝盆”。其音调特色主要表现在：

1. 天门民歌具有多样的旋律骨干音构成形态：目前在天门民歌的旋律骨干音中已存在的有【Sol、Do、Re】，【Mi、Sol、Do】，【Sol、La、Do】，【La、Do、Re】，【Do、Mi、Sol】等多种样式。

2. 天门民歌常用的旋律音列形态特点是：超出八度音域的旋律音列较常见；旋律的用音常常超出“五正音”的范围；偏音、变化音的运用较湖北其他地区频繁。

3. 天门民歌常用的音阶形态是：以【Sol、La、Do、Re】四音为框架，以【Sol、La、Do、Re、Mi】五声音阶为基础，亦有六声、七声音阶的运用。

4. 天门民歌基本的旋法特征，一是简洁，表现为多种三音结构的旋律骨干音，在民歌的编创过程中处于主导地位。二是因其旋律骨干音绝大多数由四度、五度音程构成，这就使以二度、三度的级进进行成为天门民歌旋法进行的主要倾向。三是有些天门民歌音域较宽，为这类民歌旋法方面令人意外出现的跳进进行提供了条件。

5. 天门民歌具有多彩的调式色彩。占比 60% 的徵调式民歌，使天门民歌具有了荆楚地域民歌调式的统一底色。宫调式的民歌也给人印象深刻。由于多样的旋律骨干音的交替运用，和五声音阶中偏音、变化音在旋律编创中的“引入”，使其音调上呈现多种调式、调性并存、交融的特色。

6. 天门民歌具有灵活多变的调式、调性变换手法。比如蜚声乐坛的《幸福歌》，就运用不同旋律骨干音的交替手法，导致了歌曲调式、调性色彩的对比。而《薅草歌》，就运用中国五声音阶中“偏音”、变化音的“引入”，造成了歌曲调式、调性的“游移”。《车水情歌》等民歌对同主音调式转换、同宫音调式交替等传统手法的运用，体现了民间歌手所具有的音乐调式、调性思维的能力和素养。

四、天门民歌的传承展衍

天门民歌经过了漫长的传承、展衍历程，其传承、展衍方式主要为：

1. 天门民歌的传统传承方式是口传心授。一代代、一辈辈、一茬茬的民间歌手，往往都是通过家族、宗族口传心授的方式，学习、传唱民歌的。口传心授的传承方式，又往往表现词曲同步传承的形式，但有时也表现为“传词不传调”或“传调不传词”这样词曲异步传承的形式。口传心授是一种典型的“非物质文化”形态的传承方式，它对民间歌手的记忆力和创造性具有很高的要求。

2. 政府的倡导促进传承：二十世纪中叶以来，政府大力倡导保护、发展民族民间文化遗产工作，多次出台得力措施，开展了对包括民间歌曲在内的民族民间文化遗产的普查、收集、整理等工作，有力地促进了民间歌曲的传承、展衍。20 世纪 50、60 年代，天门的文化部门就普查、收集、整理了传统天门民歌 800 余首，其中《薅黄瓜》就作为代表性曲目唱进了省城。从 20 世纪 80 年代初开始，天门的文化部门又一次组织了对天门民歌的普查、收集、整理、出版等工作，先后向《中国民间歌曲集成·湖北卷》《荆州民间歌曲集》推荐代表性天门民歌 100 多首。进入 21 世纪后，天门民歌的传承进入到“非物质文化遗产”保护、发展的常态化、规范性的轨道。2006 年收录了近 500 首歌曲的《天门民歌集萃》由中国文联出版社出版。2015 年，收录了 10 首经典天门民歌的《天门民歌》光碟出版发行。2011 年，《天门民歌》被国务院公布为第三批国家级非物质文化遗产代表性项目，周兰仙被认定为这个项目的代表性传承人。

3. 音乐工作者的编创促进了天门民歌传承、展衍。具体表现在：一是音乐工作者运用成熟的天门民歌进行新曲目的创作，如红色经典歌剧《洪湖赤卫队》中的曲目《洪湖水浪打浪》，就是根据在天门民歌《月望郎》的基础上创编成的《襄河谣》新创作而成的。二是音乐工作者在天门民歌特色音调基础上的编创，如毛泽东主席等中央领导都聆听过的《幸福歌》，就是词作家何伙（李继尧）创作出新词后，由歌唱家蒋桂英根据天门民歌的特色音调编创而成的。三是音乐工作者在把握天门民歌神韵后的创新。如传统民歌《薅黄瓜》改称为“西腔”（或“站墙调”），作为荆州花鼓戏的声腔；荆州花鼓戏中的主腔——高腔（包括悲腔、打锣腔）来源于天门“薅草歌”音调；天门民歌中的小调曲目成为江汉平原皮影戏唱腔中的曲牌；天门民歌中的碟子曲、三棒鼓音调成为民间曲艺形式的固定曲牌等等，这些都有力地促进了天门民歌的传承、展衍。

（此文 2020 年 12 月收录于湖北民间音乐资源库）

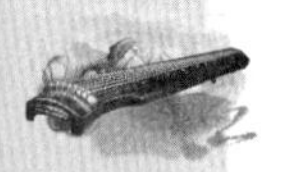

潜江民歌《打猪草》《十许鞋》《薅黄瓜》的音乐分析

潜江民歌中，有许多具有调式调性特点的歌曲，现仅对其中极具地方音调特色的三首歌进行分析，以利从“个别”中窥见“一般”。

一、对《打猪草》的音乐分析

《打猪草》的谱例如下：

打猪草

1=G $\frac{2}{4}$
♩=96

（各 打 各 各 | 仓 七 台 七 | 仓 七 台七台台 | 仓 另仓 乙另仓 | 乙仓乙另 仓）|

姐 妹 本 姓 陶（哇 呀 吙 伊 吙 呀 吔），上 山（啦） 打（吔） 猪

草（喂 伊 哟），（仓· 七 乙 七 仓） 昨 天 去 迟

了（喂 伊 哟）， 今 天 要 赶 早（哇 呀 吙 伊 哟 喂

哟 吙），今 天 要 赶 早（哇 呀 吙 伊 哟 哟 喂 哟）。 （火锤）

左 手 提 花 篮（啦 呀 吙 伊 吙 呀 吔）， 右 手

拿（吔 铁 铲 啦 伊 哟），（1· 1 1 1 1） 来 到 荒 郊

外（呀 伊 哟）， 铲 草 唱 歌 玩 乃（呀 吙 伊 哟 喂

哟） 铲 草 唱 歌 玩（那 呀 吙 伊 哟 哟 喂 哟）。

（吴汉高整理）

（一）潜江民歌《打猪草》的谱面分析

该曲谱面已经显示出，《打猪草》全曲依G宫调式记谱。旋律音列为【56 b 77（1）2356 b 7】。全曲除打击乐记录共38小节，可分四个乐段；各段落由不均衡的乐句组成。

第一乐段有八小节（1—8小节），可分为两个乐句。按谱面记录，其第一乐句（1—4小节），为A商调式色彩。但由于b 7音的加入，使这个乐句从实际音响效果上隐伏了A角（甚或D羽）调式的色彩。其第二乐句（5—8小节），为D徵调式色彩。

第二乐段有十一小节（9—19小节），可分为三个乐句。其第一乐句（9—11小节），为D徵调式色彩；第二乐句（12—15小节）为第一乐句的变化重复，亦为D徵调式色彩；第三乐句（16—19小节）为对第二乐句的变化展衍，由于结尾处b 7音的加入，和该乐段结束在Do（宫）音上，使这个乐段结束在G宫调式色彩上。（也使这个乐段的第三乐句，从实际音响效果上隐伏了G徵调式的色彩。）

第三乐段有八小节（20—27小节），可分为两个乐句。该乐段系在第一乐段音调基础上的变化重复，第一乐句（20—23小节），为A商调式色彩。但由于b 7音的加入，使这个乐句从实际音响效果上具有了A角（甚或D羽）调式的色彩。第二乐句（24—27小节）为D徵调式色彩。

第四乐段有十一小节（28—38小节），可分三个乐句。第一乐句（28—30小节），为D徵调式色彩；第二乐句（31—34小节）为经变化展衍的D徵调式色彩；第三乐句（35—38小节），为对全曲核心声腔的展衍，使全曲结束在G宫调式色彩上。但由于结尾处b 7音的加入，使全曲结束时的实际音响效果，隐伏着G徵调式的色彩。

（二）对民歌《打猪草》宫调分析的综合详述

该曲第一乐段经历了：G宫系统的A商调式（或F宫系统的A角（甚或D羽）调式）——G宫系统的D徵调式的变换。

该曲第二乐段经历了：G宫系统的D徵调式——G宫系统的G宫调式（或C宫系统的G徵调式）的变换。

该曲第三乐段经历了：G宫系统的A商调式（或F宫系统的A角（甚或D羽）调式）——G宫系统的D徵调式的变换。

该曲第四乐段经历了：G宫系统的D徵调式——G宫系统的G宫调式（或C宫系统的G徵调式）的变换。

按照谱面记录，全曲以统一的G宫系统分析，可清晰地看出，这首民歌的调性调式经历了：从G宫系统的A商调式——G宫系统的D徵调式——G宫系统的G宫调式——G宫系统的A商调式——G宫系统的D徵调式——G宫系统的G宫调式。

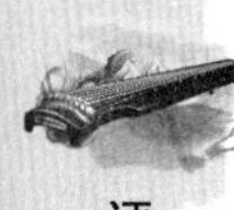

以上分析表明：这首民歌依序运用了同宫系统的商调式、徵调式、宫调式在创腔编曲中的综合思维方式。因此，对《打猪草》这首民歌的调式特点，可以按谱面记录，判断它是一首具有浓重徵、商色彩的宫调式民歌。也可以根据这首民歌流传地——江汉平原的民间音乐调式传承习惯，判断它是一首具有浓重商、宫色彩的徵调式民歌。

（三）作出如上分析判断的依据是

1. 徵调式、宫调式、商调式的调式主音，与鄂中南传统民歌传承广泛的纯四纯五型腔格（三音列）【Sol】【Do】【Re】完全吻合。

2. 判断这首民歌为宫调式（或徵调式），与对当地民歌调式的传承习惯相一致——据统计，江汉平原传承的民歌中，徵调式和宫调式占有大多数地位。

3. 根据中国传统乐学中同宫三阶、同均三宫理论对这首民歌进行分析，可得知此曲运用了同宫系统的【1、2、3、4、5、6、 b 7】（即中国传统音阶中的清商音阶，或称燕乐音阶、俗乐音阶）和【1、2、3、4、5、6、7】（即中国传统音阶中的下徵音阶，或称清乐音阶、新音阶）两种音阶（均省略了第四级音）。而 b 7 和 7 两个偏音在创腔编曲中的运用，给音调旋律的音程关系带来变化，也给调式增添了新的色彩。

二、对《十许鞋》的音乐分析

《十许鞋》的谱例如下：

十许鞋

1=D $\frac{2}{4}$ $\frac{3}{4}$

中速

2 4 2 1 2 3 | 6 6 6 | $\frac{3}{4}$ 2 6 5 2 | $\frac{2}{4}$ 2·2 6 1 6 5 | 6 5 2 2 |

1.正 月 立 春 雨 水（呀） 来 （呀）， 我 许 哥 哥 的 缎 子（呀）

5 – | 5·5 6 7 6 | 6·1 5 | 6 7 6 7 6 | 5 – | 2·3 1 2 |

鞋， 你 把 样 子 拿 起 来 （呀 喂 哟）， 鞋 子 许 到

2 3 6 6 2 1 | 6 6 2 | 1 – | $\frac{3}{4}$ 2 2 3 2 6 6 5 | 6·5 6 5 6 1 6 1 5 |

二（呀） 月 里（呀 喂 哟）。 2.二（呀） 月 里（呀） 惊 蛰 对 春 分（啊）

$\frac{2}{4}$ 5·5 6 5 | 6 1 2 6 5 | 6 1 6 5 2 5 | $\frac{3}{4}$ 6 1 6 5 3 2 | $\frac{2}{4}$ 5·6 2 5 |

索 子 线 儿 无（啊） 半 根（那） 我 的 哥（呀 哥 哎）， 鞋 子 许 到

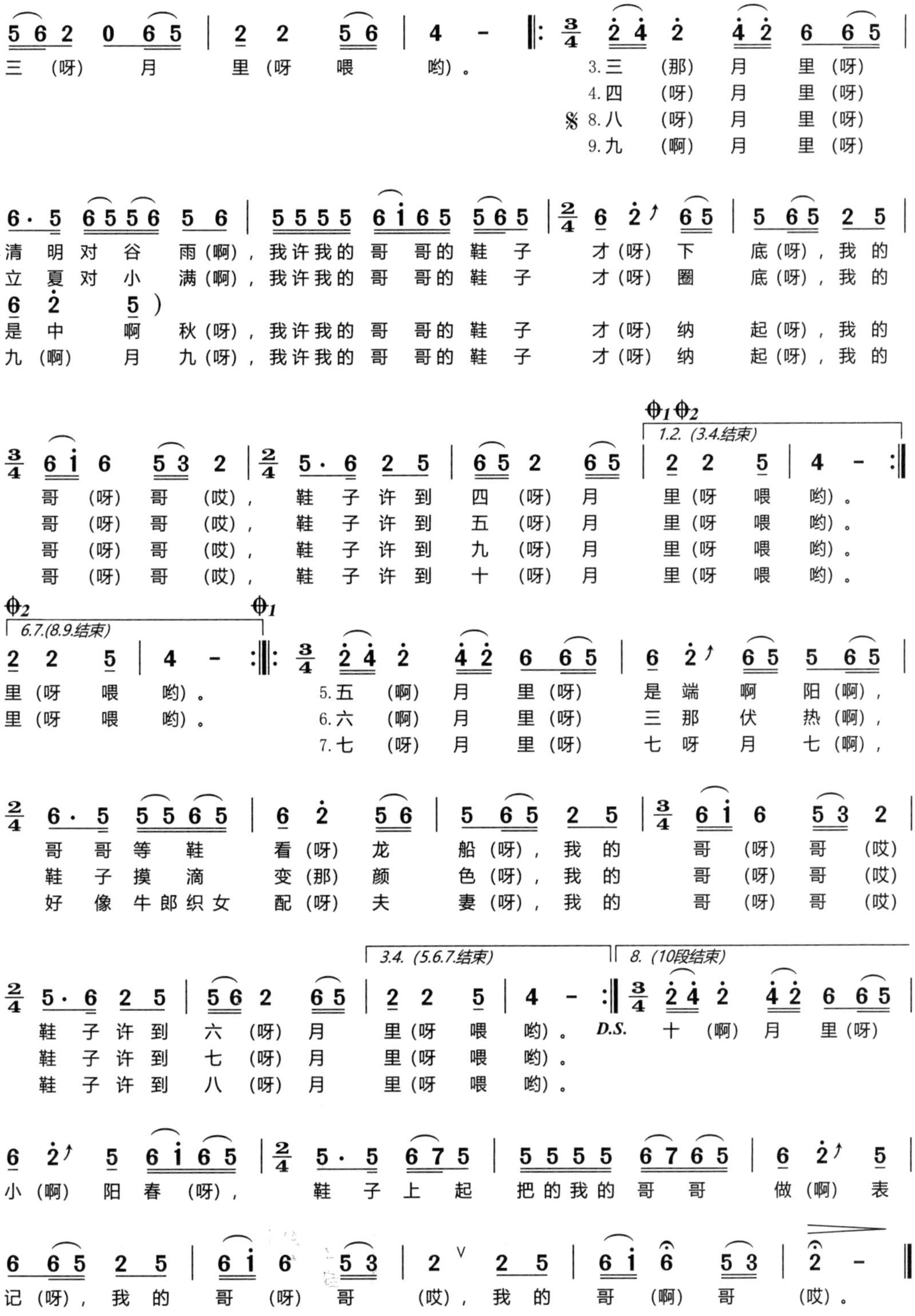

5 6 2 0 6 5 | 2 2 5 6 | 4 - 𝄆 3/4 2 4 2 4 2 6 6 5 |

三（呀） 月 里（呀 喂 哟）。 3.三 （那） 月 里（呀）

4.四 （呀） 月 里（呀）

𝄋 8.八 （呀） 月 里（呀）

9.九 （啊） 月 里（呀）

6·5 6556 5 6 | 5555 6165 565 | 2/4 6 2 65 | 5 65 2 5 |

清明对谷雨（啊），我许我的哥哥的鞋子才（呀）下底（呀），我的

立夏对小满（啊），我许我的哥哥的鞋子才（呀）圈底（呀），我的

6 2 5）

是中啊秋（呀），我许我的哥哥的鞋子才（呀）纳起（呀），我的

九（啊）月九（呀），我许我的哥哥的鞋子才（呀）纳起（呀），我的

Φ1 Φ2 1.2.（3.4.结束）

3/4 6 1 6 5 3 2 | 2/4 5·6 2 5 | 65 2 65 | 2 2 5 | 4 - 𝄇

哥（呀）哥（哎），鞋子许到四（呀）月里（呀 喂 哟）。

哥（呀）哥（哎），鞋子许到五（呀）月里（呀 喂 哟）。

哥（呀）哥（哎），鞋子许到九（呀）月里（呀 喂 哟）。

哥（呀）哥（哎），鞋子许到十（呀）月里（呀 喂 哟）。

Φ2 6.7.（8.9.结束） Φ1

2 2 5 | 4 - 𝄇𝄆 3/4 2 4 2 4 2 6 65 | 6 2 65 565 |

里（呀 喂 哟）。 5.五 （啊） 月 里（呀） 是端啊阳（啊），

里（呀 喂 哟）。 6.六 （啊） 月 里（呀） 三那伏热（啊），

7.七 （呀） 月 里（呀） 七呀月七（啊），

2/4 6·5 5565 | 6 2 56 | 5 65 2 5 | 3/4 6 1 6 53 2 |

哥哥等鞋看（呀）龙船（呀），我的哥（呀）哥（哎）

鞋子摸滴变（那）颜色（呀），我的哥（呀）哥（哎）

好像牛郎织女配（呀）夫妻（呀），我的哥（呀）哥（哎）

3.4.（5.6.7.结束） 8.（10段结束）

2/4 5·6 2 5 | 562 65 | 2 2 5 | 4 - 𝄇 3/4 2 4 2 4 2 6 65 |

鞋子许到六（呀）月里（呀 喂 哟）。 *D.S.* 十（啊）月里（呀）

鞋子许到七（呀）月里（呀 喂 哟）。

鞋子许到八（呀）月里（呀 喂 哟）。

6 2 5 6165 | 2/4 5·5 675 | 5555 6765 | 6 2 5 |

小（啊）阳春（呀），鞋子上起把的我的哥哥做（啊）表

6 65 2 5 | 6 1 6 53 | 2 ∨ 2 5 | 6 1 6 53 | 2 - ‖

记（呀），我的哥（呀）哥（哎），我的哥（啊）哥（哎）。

（刘钢整理）

（一）对《十许鞋》的具体音乐分析

1.《十许鞋》各乐段的旋律音列分析

《十许鞋》是一首用10段歌词依字行腔（即依方言声调、传统的腔格形式）编创的民歌小调。其音调旋律进行中展衍出的调式调性特点引人注目。

整首歌曲的谱面记录定为【Do】等于【D】，即D宫系统。

整首歌曲的旋律音列为【（2）3、4、5、6、7、1、2、3、4】。全曲终止于【Re】。

歌曲第一段的旋律音列为【2、5、6、7（1）2、3、4】，终止于【Do】。

歌曲第二段的旋律音列为【2、3（4）5、6、1、2、3】，终止于【Fa】。

歌曲第三段至第九段的旋律音列为【2、3（4）5、6、1、2、3、4】，终止于【Fa】。

歌曲第十段的旋律音列为【（2）3、5、6、7、1、2、4】，终止于【Re】。

以上旋律音列及终止音表明，歌曲第一段为【Do】终止。第二至九段为【Fa】终止。第十段为【Re】终止。

进一步分析此歌各乐段的旋律音列，可见各旋律音列中，均体现出以【Re（2）、Sol（5）、La（6）、Do（1）、Re（2）】为主框架。这个主框架，生动体现了潜江（甚或整个江汉平原区域）的传统行腔编曲习惯——即以纯四纯五型的腔格样式（如【Sol、Do、Re】【Re、Sol、La】【La、Re、Mi】等）来编曲行腔。

2.《十许鞋》各乐段的终止状态分析

进一步分析此歌各乐段的终止进行，可见各段均以小三纯四型的腔格【La、Do、Re】【Re、Fa、Sol】作收束性的终止（即以【La、Re、Do】或【Re、Sol、Fa】的进行作终止）。所以，此曲第一段的【La、Re、Do】进行式终止为此曲终止式的“原型”，而第二至九段的【Re、Sol、Fa】进行式终止为此曲终止式的“变型”。

结合全曲所定的是D宫系统，终止式的“原型”，就显示出此曲第一段为D宫调式的属性。终止式的“变型”，显示出此曲第二至九段出现了“偏音”【Fa】终止，鉴于“变型”终止式【Re、Sol、Fa】运用的也是与“原型”终止式一样的小三纯四型的腔格，结合中国传统乐学理论关于音乐调性转换中“清角为宫”的记载，可以将此曲的“变型”终止式的“偏音”【Fa】终止，作为经调性转换后的【Do】宫音看待——即将现在记谱中D宫系统中的“偏音”【Fa】终止，转换为G宫系统中的正音【Do】终止看待。这样，此曲第二至九段应分析为是G宫调式的属性。

此曲第十段终止于【Re】音上，显示出此段具有E商调式的属性。这既表明了民间歌手们行腔编曲的即兴性特点，也显示了民间歌手音乐调式思维的自由性特点。

3.《十许鞋》的调式调性分析

总起来说，《十许鞋》这首歌，民间歌手在较宽泛的十度音域（从中音2到高音4）

旋律音列中，以当地传承的【Re、Sol、La、Do、Re】为旋律音列的主框架，恪守当地以纯四纯五度腔格（【Sol、Do、Re】【Re、Sol、La】）行腔编曲的传统习惯，通过创腔编曲中“清角为宫”的实践，使整首歌曲经历了从D宫调式——G宫调式——E商调式的调式调性展衍。全曲既有同宫系统的调式交替（如歌曲的第一段D宫调式与第十段E商调式），也有异宫系统的调性转换（如歌曲第一段D宫调式与第二段的G宫调式）和异宫系统的调式交替（如歌曲第九段的G宫调式与第十段的E商调式）。

三、对《薅黄瓜》的音乐分析

《薅黄瓜》的谱例如下：

薅黄瓜

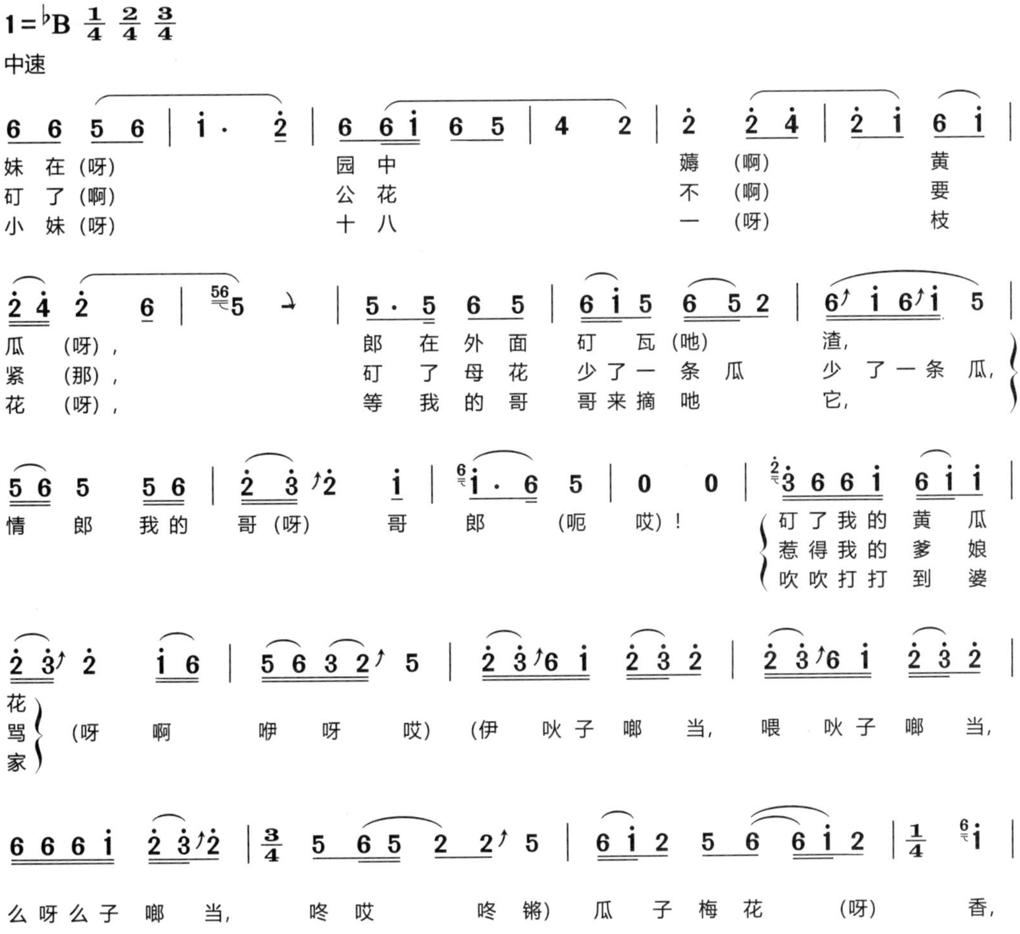

1=♭B $\frac{1}{4}$ $\frac{2}{4}$ $\frac{3}{4}$

中速

妹 在（呀） 园 中 薅（啊） 黄 瓜（呀），
矴 了（啊） 公 花 不（啊） 要 紧（那），
小 妹（呀） 十 八 一（呀） 枝 花（呀），

郎 在 外 面 矴 瓦（吔） 渣，
矴 了 母 花 少 了一 条 瓜 少 了一条 瓜，
等 我 的 哥 哥来摘 吔 它，

情 郎 我的 哥（呀） 哥 郎 （呃 哎）！
矴了我的 黄 瓜 花
惹得我的 爹 娘 骂
吹吹打打 到 婆 家

（呀 啊 咿 呀 哎）（伊 吙子 啷 当，喂 吙子 啷 当，

么呀么子 啷 当， 咚 哎 咚 锵）瓜 子 梅 花 （呀） 香，

音乐论艺

3/4 2 2 2 2 5 2 | 1/4 5 | 2/4 5 6 5 5 6 | 2 3 2 1 | 1 · 6 5 |
想 呀嘛 想 情 （哎）， 郎 情 郎 我 的 哥（呀）哥 郎 （呃）

0 0 | 1.2. 3 6 6 1 6 1 1 | 2 3 2 1 6 | 5 6 3 2 5 :‖ 3. 3 3 6 6 2 6 1 |
（哎）！ {矴了我的黄瓜花 / 惹得我的爹娘骂 / 吹吹打打到婆家} （呀 啊 咿 呀 哎） 吹吹打打到婆

2 · (1 2 2) | 6 1 1 2 1 2 6 1 | 6 1 2 1 2 | 5 · 3 2 | 3 6 1 2 3 2 | 2 0 0 ‖
家， 来 年抱个 胖 娃 娃（呀 呀吠 伊 哟） 胖 娃 娃。

（吴汉高整理）

（一）对《薅黄瓜》的具体音乐分析

《薅黄瓜》谱面记录，将全曲定位于【Do】等于 b B、即 b B 宫系统之上。

全曲的旋律音列为【2、3、4、5、6、1、2、3、4、5】，其中最后一个高音区 5 仅在结尾句中出现了一次。全曲终止于高音【Re（2）】上。其余各段（含各乐句）均终止于中音区【Sol（5）】上。

具体分析：第一乐句（1 至 8 小节）的旋律音列为【2、4、（5）、6、1、2、4】，其调式调性谱面分析为 b B 宫系统的 F 徵调式。从音响感受分析，亦可作为 b E 宫系统的 F 商调式看待。

第二乐句（9 至 14 小节）的旋律音列为【2、（5）、6、1、2、3】，其调式调性谱面分析为 b B 宫系统的 F 徵调式。

第三乐句（16 至 18 小节）的旋律音列为【2、3、（5）、6、1、2、3】，其调式调性谱面分析为 b B 宫系统的 F 徵调式。系第二乐句的音列稍稍扩展。

第四乐句（19 至 22 小节）的旋律音列为【2、（5）、6、1、2、3】，其调式调性谱面分析为 b B 宫系统的 F 徵调式。与第二乐句相同。

第五乐句（23 至 29 小节）的旋律音列为【2、（5）、6、1、2、3】，其调式调性谱面分析为 b B 宫系统的 F 徵调式。与第二乐句相同。

第六乐句即段落结尾句（31 至 33 小节）的旋律音列为【2、3、（5）、6、1、2、3】，其调式调性谱面分析为 b B 宫系统的 F 徵调式。系第二乐句的音列稍稍扩展。

全曲结束句（34 至 40 小节）的旋律音列为【6、1、（2）、3、5】，其调式调性谱面分析为全曲终止于 b B 宫系统的 C 商调式主音上。

综上分析内容，结论应当是：b B 宫系统的 F 徵调式系《薅黄瓜》这首民歌的主体色彩，而其终止方式是运用了同 b B 宫系统的调式交替（离调）方式，从 b B 宫系统的 F 徵调式转换到了 b B 宫系统的 C 商调式上。

附表：

同宫三阶，正声相同

	c	# CbD	D	# DbE	E	F	# F bG	G	# GbA	A	# A bB	B
a	1（宫）		2（商）		3（角）	4（和）		5（徵）		6（羽）		7（变）
b	1（宫）		2（商）		3（角）	4（和）		5（徵）		6（羽）	b7（闰）	
c	1（宫）		2（商）		3（角）		# 4（中）	5（徵）		6（羽）		7（变）

注

a：C 宫下徵音阶（或称清乐音阶、新音阶）

b：C 宫清商音阶（或称燕乐音阶、俗乐音阶）

c：C 宫雅乐音阶（或称古音阶、正声音阶）

同均三宫

“均”以律为标志，由五度链中的七个相邻的乐音（律）所构成。将传统三阶纳入异宫系统，就被称之为“同均三宫”，亦即将传统三阶纳入到相同的七声框架之中。

	C	D	E	# F	G	A	B
a	4（和）	5（徵）	6（羽）	7（变）	1（宫）	2（商）	3（角）
b	b 7（闰）	1（宫）	2（商）	3（角）	4（和）	5（徵）	6（羽）
c	1（宫）	2（商）	3（角）	# 4（中）	5（徵）	6（羽）	7（变）

注：以上 a 为 G 宫下徵音阶，b 为 D 宫清商音阶，c 为 C 宫雅乐音阶

（此文 2020 年 12 月收录于湖北民间音乐资源库）

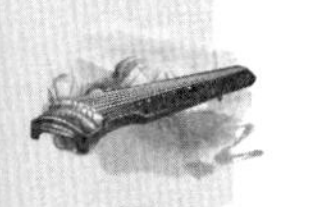

地域文化视阈下的黄梅民间歌曲

——《黄梅民间歌曲选集》序

呈现于大家面前的《黄梅民间歌曲选集》，是一本学术价值丰厚的专著，为我们深入认识具有悠长传承、展衍历史的黄梅民间歌曲，提供了宝贵的参阅资料。我热忱地庆贺这部专著的出版，郑重地向大家推介这部凝结着编著者心血的专著！

一、《黄梅民间歌曲选集》实证了黄梅民间歌曲具有的鲜明地域文化特征

号称"鄂东门户"的黄梅，地处鄂、赣、皖三省交界，北枕巍巍大别山，南襟万里长江水。东临安徽宿松，南望江西九江，西接湖北武穴，北连湖北蕲春，是湖北最早看到太阳升起的地方。在这块钟灵毓秀、物阜民丰的山水宝地之中，因域内有黄梅山、黄梅水，而于隋开皇18年（公元598年）以黄梅得名建县，距今已有1400多年的历史。中华民族的母亲河——长江水道在黄梅过境59.2公里，使这里成为长江经济带和京九经济带的交汇点，成为湘鄂赣"中三角"战略中鄂赣互联的黄金节点，成为武汉城市圈、皖江城市带和环鄱阳湖生态经济区的结合部。

独特的区位优势，促成了独特地域文化的形成。黄梅既是物产丰富的"鱼米之乡"，也是人文厚重的"千年古邑"。黄梅民间歌曲则是黄梅独特地域文化的重要组成部分。

以地域文化视阈对黄梅民间歌曲的文化现象进行观照，可以看出黄梅民间歌曲具有如下鲜明的地域文化特征：①从中华民族南北（黄河、长江流域）文化的宏观视阈观照，黄梅民间歌曲属于我国南方（长江流域）汉族文化范畴，具有长江中下游民间歌曲的和合（兼容）性特点。②从湖北省所管辖的市州、县（市）地域范围的中观视阈观照，黄梅民间歌曲属于湖北民间歌曲五个地方音调特色区中的鄂东北音调特色区，具有区别于鄂东南、鄂中南、鄂西南、鄂西北四个地方音调特色区的独特性文化基因。③从黄梅县从属的黄冈市所辖地域的微观视阈观照，黄梅民间歌曲属于黄冈市民间歌曲的重要组成部分，具有同一音调特色区内，各县（市）民间歌曲音调既相互联系——传承、又渐变衍展——流变的实证性脉络。④从黄梅所处位置的历史地理文化的历史视阈观照，黄梅民间歌曲音调因处于"楚尾吴头"的交

融之地，具有历史上荆楚文化与吴越文化的混融性特征。

二、《黄梅民间歌曲选集》展现了黄梅民间歌曲的基本概貌

《黄梅民间歌曲选集》，原生性地记录了黄梅民间歌曲的自然形态。编入本书的 77 首民间歌曲曲目，均出自地地道道的当地农民和基层群众之口，它雄辩地表明黄梅民间歌曲的音乐形式，与黄梅地域的自然风貌、地理环境，及人民群众的生产、生活方式，民间风俗习惯等之间所存在的千丝万缕的内在联系。同时，也生动地体现出黄梅民间歌曲的基本特征。这种“白描”式采风记录工作的价值，在于向人们提供了真实的、当然也是珍贵的黄梅民间歌曲的“第一手资料”，不加修饰地向人们袒露着黄梅民间歌曲最“原汁原味”的状态。这些曲目，还鲜明地告诉人们，黄梅民间歌曲至现今时代的实际传承状况、生存状况，告知了人们黄梅民间歌曲至现今时代“是一个什么样”的传承、展衍状况。这些经过艰辛的田野调查后整理记录的代表性曲目，纪实性地体现了黄梅民间歌曲的原始状况，人们既可以依照采风记录的成果（即本书编入的各首曲目），实现黄梅民间歌曲的进一步传承，更可以从这些曲目中，窥悟到带有本质性的、具有传统“基因”意味的黄梅民间歌曲的基本形态及独有的风格特征。因此，这项工作，对非物质文化遗产保护工作而言，具有“保种护根”的重大意义。本书编著者在这项具有重大意义的工作中所做出的奉献，是值得人们敬佩的。

《黄梅民间歌曲选集》，较全面地展现了黄梅民间歌曲的基本概貌。编入本书的 77 首民间歌曲曲目，基本涵盖了黄梅民间歌曲号子、山歌、田歌、船（渔）歌、灯歌、小调、风俗歌、儿歌及生活音调等各大门类。这既显示出本书所涵括内容的全面性、丰富性，也显示出本书的编著者们掌握黄梅民间歌曲知识面的丰厚及民间音乐传统艺术视野的宽泛。值得称道的是，在黄梅民间歌曲各大门类中，均收录了基本完整的、代表性歌种的代表性曲目，使人们能清晰地了解到黄梅民间歌曲的基本概貌，感受到黄梅民间歌曲具有的重要功能作用：如生产生活类民间歌曲形式——号子、山歌、田歌、船（渔）歌、小调等，所具有的催工、娱人、自我情感抒发等功能作用；如节庆类民间歌曲形式——灯歌、部分风俗歌等，所具有的营造欢庆氛围、愉悦人们情绪等功能作用；如民俗祭祀类民间歌曲形式——风俗歌、部分灯歌等，所具有的维系民间礼俗秩序、凝聚群体思想观念，启引群体情感抒发等功能作用。

《黄梅民间歌曲选集》，还为人们揭示了民间歌曲相关歌类产生、传承、展衍的“文化生态”。①本书实证了民间歌曲相关歌类、歌种的产生、传承、展衍与地理因素有关：黄梅民间歌曲中的山歌，主要产生、传承、展衍于黄梅境域的北部山区；

黄梅民间歌曲中的船（渔）歌，主要产生、传承、展衍于黄梅境域的南部江河湖汉地区；黄梅民间歌曲中的田歌，主要产生、传承、展衍于黄梅境域的农作田野地区等。②本书实证了民间歌曲相关歌类、歌种的产生、传承、展衍与民间风俗礼仪有关：黄梅民间歌曲中的灯歌，主要产生于黄梅境域的民间社火、节庆玩灯时节；黄梅民间歌曲中的风俗歌，主要产生、传承、展衍于黄梅境域的祭祀拜祖、婚丧嫁娶等民间礼俗活动中等等。

三、《黄梅民间歌曲选集》承载了黄梅民间歌曲蕴含的传统音乐基因

经对编入《黄梅民间歌曲选集》的民间歌曲曲目分析，黄梅民间歌曲所蕴含的地域性传统音乐基因主要表现在：

1. 黄梅民间歌曲蕴含了鄂东北民间歌曲音调方面的传统基因。以下是对编入《黄梅民间歌曲选集》77 首曲目旋律音列样式、终止音状况的统计情况一览表：

旋律音列样式	用音数	终止音状况					首数
		Sol	La	Do	Re	Mi	
Sol、La、Do、Re、Mi	5	10	2		1		13
Sol、La、Do、Re、	4	5	1				6
Sol、La、Do、Re、Mi、Sol	6	7		1			8
Sol、La、Do、Re、Mi、Sol、La、Do	8	8					8
Sol、La、Do、Re、Mi、Sol、La	7	3					3
Sol、La、Do、Re、Mi、Fa、Sol	7	1					1
Sol、La、Do	3	1					1
Sol、Re	2	1					1
Sol、La、Si、Do、Re、Mi	6	1					1
Sol、La、Si、Do、Re、Mi、Sol	7	1					1
Sol、La、Si、Do、Re、Mi、Sol、La、Do	9	1					1
Sol、La、bSi、Do、Re、Mi、#Fa	7		1				1
Mi、Sol、La、Do、Re	5	2					2
Mi、Sol、La、Do、Re、Mi	6	7					7
Mi、Sol、La、Do、Re、Mi、Sol	7	4					4
Mi、Sol、La、Si、Do、Re	6	3					3
Mi、Sol、La、Do、Re、Mi、Sol、La	8	1					1
Mi、Sol、La、Do、Re、Mi、Sol、La、Do	9	1					1
Mi、Sol、La、Do、Re、Mi、Sol、Do	8	1					1

续表

旋律音列样式	用音数	终止音状况					首数
		Sol	La	Do	Re	Mi	
Mi、Sol、La、Si、Do、Re、Mi、Fa、Sol	9	1					1
Mi、Sol、La、Si、Do、Re、Mi、Sol	8	1					1
Mi、Sol、La、Si、Do、Re、Mi、Sol、La	9	1					1
Mi、Fa、Sol、La、Si、Do、#Do、Re、Mi、	9	1					1
La、Do、Re	3		1	1			2
La、Do、Re、Mi	4	1					1
La、Do、Re、Mi、Sol、La、Do	7			1			1
La、Do、Re、Mi、Fa、Sol、La、Do	8		1				1
La、Si、Do、Re、Mi、Sol、La	7		1				1
Do、Re、Mi、Sol、La、Do、Re	7			1			1
Do、Re、Mi、Sol、La	5			1			1
Re、Mi、Sol、La、Do、Re、Mi	7	1					1
共计首数		64	7	5	1		77

备注：本表所列的旋律音列，是将本书编入的民歌曲目所有用音由低至高排列而成的自然形态。共 31 种旋律音列样式。其中 Sol 起头的旋律音列有 12 种样式，Mi 起头的旋律音列有 11 种样式，La 起头的旋律音列有 5 种样式，Do 起头的旋律音列有 2 种样式，Re 起头的旋律音列有 1 种样式。

上列表格表明：①黄梅民间歌曲是以【Sol、La、Do、Re、Mi】组成的五声音阶为主体框架，运用多样的旋律音列来编曲行腔的。收入本书的曲目，运用了 31 种旋律音列样式，而在绝大部分旋律音列样式中，均可看到【Sol、La、Do、Re、Mi】音阶的构成要素。②黄梅民间歌曲最具代表性的终止音（调式）形态为：【Sol】（徵）音（调式）终止。编入本书的 77 首民歌中，不管运用何种音列样式，【Sol】（徵）音（调式）终止有 64 首，占全部入选民歌的 83.1%。③黄梅民间歌曲原生性的腔格（即民间歌手们所称的行腔编曲的“旋律骨干音”）形态为：【Sol、La、Do】即大二纯四型腔格，【La、Do、Re】即小三纯四型腔格。经对黄梅民间歌曲音调的具体分析，发现在其以四声音列、五声音列的曲目中，大都是以【Sol、La、Do】即大二纯四型腔格为旋律骨干音行腔、编创的。因此，黄梅民间歌曲音调最具代表性的腔格形态应是【Sol、La、Do】即大二纯四型腔格。

以上归纳的黄梅民间歌曲蕴含的传统音调基因，使黄梅民间歌曲音调旋法上具有了简洁（即各首曲目用音少而精，能体现当地音调旋律风格特点的核心腔格【Sol、La、Do】在旋律的编创过程中处于主导地位）、级进（即各首曲目均以二度、三度

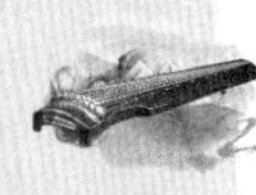

的级进进行形成总体性框架）、音域不宽（即绝大多数曲目以不超过一个八度音域的“自然型音列”行腔编曲）的突出特点。使黄梅民间歌曲音调呈现出主导动机（旋律骨干音）鲜明、突出，具有委婉、平和、柔美、略有起伏的总体风格。

2. 黄梅民间歌曲蕴含了鄂东北民间歌曲节奏方面的传统基因。

音乐学界一般以音调进行中发音点的长短、疏密，将民歌音调节奏分为：①发音点平均的均分型节奏类型，②发音点先长后短、先疏后密的顺分型节奏类型，③发音点先短后长、先密后疏的逆分型节奏类型，④发音点的长短密疏相错落的切分型节奏类型。

从本书编入的黄梅民间歌曲不难体会并分析出，黄梅民间歌曲从整体上是以逆分型节奏类型为主进行音调编创的，这与整个鄂东北地区传统民间歌曲的节奏特点相一致，这也体现了黄梅民间歌曲所蕴含的当地民歌音调节奏方面的传统基因。

3. 黄梅民间歌曲蕴含了鄂东北民间歌曲曲体结构方面的传统基因。

黄梅民间歌曲音调，以上下两个乐句及其依上下两个乐句展衍形成的四句式结构为曲体结构的基础。而最具特色的是五句子曲体结构、“急口令”曲体结构、穿插体曲体结构。

黄梅民间歌曲的五句子曲体结构，在内部形态上，又形成 2 + 2 + 1 句式、2 + 3 句式组合。五句子曲体结构的精到之处，在于从曲体结构上打破了起、承、转、合式的平衡，其尾句往往犹如点睛之笔，道出了歌曲主题，畅抒了人物的心理真谛，实现了结构形式的突破性跨越。

黄梅民歌中在五句子曲体结构基础上产生的“急口令”曲体结构形态，是将五句子的第三句（或第四句）词，改唱为成串的双声叠韵式的歌词（俗称“赶句”），从而使头几句抒咏性很强的散唱，与“赶句”段规整、对称、热烈、紧凑的叙诵形成鲜明的对比，使歌曲在散与整、慢与快、唱与诵、抒情性与对比性的撞击中，体现歌曲结构形态的艺术表现意义。

黄梅民间歌曲中的穿插体曲体结构形式，是因为在民歌演唱、编创中出现主词与衬词的交互运用的现象。当主词、衬词各自形成一个段落的时候，主词段、衬词段的交替演唱、编创，就带来了歌（乐）曲曲体结构的变化。当主词段、衬词段浑然一体、交融演唱、编创的时候，歌（乐）曲曲体结构的变化就更大了。穿插体曲体结构的艺术特色，是两组词及音调的巧穿妙插、相映生辉，在统一性的基础上展示对比性，在对比性的发展中求得统一性，是统一性与对比性的对立统一。

黄梅民间歌曲中存在的这些曲体结构形态，无疑证实了黄梅民间歌曲所蕴含的当地民歌曲体结构方面的传统基因。

4. 黄梅民间歌曲蕴含了鄂东北民间歌曲旋律类型上的传统基因。

由于民歌的演唱编创，是以各地方言为基础的，所以语调（尤其是方言声调），对地域性、民族性民间歌曲音调旋律的制约性因素是很大的。如果就语调（尤其是方言声调）与地域性、民族性民间歌曲音调的关系，来对地域性、民族性民间歌曲音调的旋律类型进行分析，一般将民间歌曲音调的旋律分作四种类型：①以用当地方言声调来念韵白句所产生的“语调的旋律”；②以用当地方言声调来歌唱双声叠韵式词句所产生的、类似“快板腔”式的“韵调的旋律”；③以用各地普遍流传的、已成为各地习惯性旋律骨干音选择样式来“依字行腔”演唱的“腔的旋律”；④以用具有较强音调性、表现力较强、词曲结合比较固定的“曲牌”来“倚声填词”演唱的“调子的旋律”。在这四类旋律类型中，“语调的旋律”最为原始，“韵调的旋律”最具地方特色，“腔的旋律”则对民间歌曲音调的旋律风格最具影响力，“调子的旋律”则显得相对成熟、完整和最具音调旋律的表现力。

就黄梅民间歌曲而言，在旋律类型方面存在着明显的混融现象，但不同的歌类则有不同的侧重。黄梅民间歌曲中的号子类、田歌类、灯歌类、风俗歌类的曲目侧重于“语调的旋律”与“腔的旋律”的结合。山歌类曲目则为以“语调的旋律”与“腔的旋律”的结合为主外，还有一些曲目存有“韵调的旋律”形态。船（渔）歌类既有“语调的旋律”、“腔的旋律”形态，更有“调子的旋律”形态。小调类的曲目，则全面性地显现出“调子的旋律”形态，尤其是属于坐唱小调歌种的曲目，更是呈现出“调子的旋律”之成熟的表现力和生动的感染力。

总之，以上所述黄梅民间歌曲所蕴含的传统音乐基因，使黄梅民间歌曲音调既具有荆楚地域民间歌曲的风格特色（如广泛、阔大的趣味，直捷、明快的格调，拙朴、爽朗的性格，流畅、跌宕的特点和兼容性、融合性等），也溢漫出吴越地域民间歌曲的风格特征（如均匀、整齐、内在、洒脱的气质，优雅、婉转、清丽、曼丽婉曲的特征等）。

四、《黄梅民间歌曲选集》体现了黄梅民间歌曲的当代传承展衍状态

长期以来，包括民间歌曲在内的民间音乐，都延续着“口传心授”的基本传承方式。这种口耳相传的传承形式，是人们依靠听觉、心（脑）觉，从具体的音乐音响中得到感受并嵌入记忆而不断传承的。一辈辈、一代代的民间艺人，以口传心授的基本传承方式，而传接成不同的家族传承关系、师徒传承关系、群落传承关系等民间音乐的传承谱系。口传心授的传承方式，尤其符合民间歌曲依靠民间歌手即兴创作、口头传承的基本特点，便于表达民间歌手某时某地（或彼时彼地）的情感体

验和其独到的艺术表现，也在某种程度上利于民间歌曲风格、神韵的传播和继承。所以，较长时间以来，人们注重了对黄梅民间歌曲传承“现在时”状况的普查、调研，从当代民间歌手的“活态传承”中，收集、记录、整理、出版了一些不同时期黄梅民间歌曲的曲谱资料。这种抢救性保护、传承方式，向人们展示了黄梅民间歌曲在一定历史时期内的“即时状态”，是应当予以肯定的。

包括民间歌曲在内的民间音乐的另一种重要的传承方式是“谱传”——通过人们对音乐记谱法的掌握而将乐（歌）曲记录、保存起来以促进其传承的方式。记谱法（谱传方式）的出现，为当代人们认识、研究包括民间歌曲在内的民间音乐提供了实证资料。《代表性黄梅民间歌曲赏析》的编著者们，既从 20 世纪 50、60 年代和 80 年代收集、整理的黄梅民间歌曲的曲谱资料中，挑选出了一些代表性曲目，更是于中国特色社会主义进入新时代后，花费大量精力，收集、整理了一批仍处于“活态传承”文化生态中的黄梅民间歌曲曲谱，从而使不同时期收集、整理、记录的黄梅民间歌曲曲谱得以在本书中同时展现在人们面前，使人们能够通过对比、分析、研究，看到黄梅民间歌曲在传承中的变异，看到黄梅民间歌曲传承人在曲目传承、展衍中发挥的作用，看到黄梅民间歌曲“现在时”曲谱与“历史性”传谱的内在联系，从而更全面地认识黄梅民间歌曲这份珍贵的非物质文化遗产的价值。《代表性黄梅民间歌曲赏析》的编著者们，将本是依靠“口传心授”为主要方式自然传承的“无形”文化遗产，转变成以曲谱形式促进黄梅民间歌曲自觉传承的“有形”文化资源，并与现代网络科技相结合，加入音频手段，将黄梅民间歌曲纳入文化资源共享平台，充分体现了黄梅民间歌曲在当代的传承展衍状态，有利于黄梅民间歌曲的保护、传承、发展，有利于黄梅民间歌曲在新时代实现创造性转换，创新性发展。

（此文 2019 年 9 月完稿，后收录于湖北教育出版社出版的《黄梅民间歌曲选集》）

地域音乐文化视阈下的咸宁民间歌曲

——读《咸宁民歌大家唱》随思

由刘智毅编纂的《咸宁民歌大家唱》，是继1981年12月油印成册的《咸宁地区民歌》（为《中国民间歌曲集成·湖北卷·咸宁地区卷》上、中、下册），和1983年3月铅印成册的《湖北民间歌曲集成·咸宁地区分卷》后，又一个有新价值的编纂成果。刘智毅以“易于唱、便于记、利于传、有特色”为编纂原则，收录了传承于现行咸宁行政区域内的六个县（市、区）的275首民歌，确实让人眼前一亮。尤其是刘智毅在编纂此书的过程中，发出了“咸宁民歌是什么？有什么？怎么办？”之问，为人们以地域音乐文化为视阈，深度认识、阐释咸宁民歌，同时在弘扬民族优秀文化传统的大环境中，如何推进咸宁民歌的创造性转化、创新性发展，提出了新的思考路径。

一、咸宁民歌“是什么”？

咸宁民歌，是咸宁民间歌曲的简称，是涵括咸宁民间文学和民间音乐的综合性民间艺术形式。其内涵的准确阐释是：咸宁民间歌曲，指的是一种地域性的、具有古朴形态特征的、为出土文物和史料典籍记载所证实的、经由历史传承下来的民间音乐体裁。

咸宁民间歌曲的地域性，是从其地域范围方面对其进行界定。就地域范围而言，本书对这个特定概念的狭义理解，主要是指在现今咸宁市所辖的行政区划范围。而对这个特定概念的广义理解，它还应该含括现今尚存的、在咸宁民间歌曲发生、发展途程中所必然涉及的、各个历史时期的不同管辖范围。因此，我们应该把对咸宁民间歌曲地域性问题的理解，升华作为一种地域性文化形态（体裁）、文化精神以及文化影响来认识。这表明，咸宁民间歌曲的地域性概念，既显示了它的独特性——此地非彼地，也蕴含着不可忽视的相对性——地域范围确有历史变迁因素。

咸宁民间歌曲的古朴形态特征，是从其形态特征方面对其进行界定。所谓古朴形态，是指那些或源发于民间的、原始的、未经修饰的，或具有悠长发展历程与历史价值的民间歌曲形态。对咸宁民间歌曲形态特征方面的界定，表明我们的研究对

象在形态上既具有原发性，又具有继承性。它是从人民群众的实际生活中萌生、创造，又长期在人民群众中流传、发展的。

咸宁民间歌曲应为出土文物和史料典籍记载所证实，是从历史发展方面对其进行界定。传统，是历史积淀的产物，对传统的研究、分析，实际上是对一种历史积淀物的认识。在这个意义上说，对咸宁民间歌曲的研究、分析，就是对其发生、发展途程的追根寻源。史料典籍中对与咸宁民间歌曲的有关记载，是咸宁民间歌曲发生、发展途程之链的注脚，而出土文物，则更是咸宁民间歌曲发生、发展途程的实证。透过史料典籍的记载，可以判断咸宁民间歌曲的形态在其发展途程中不同时期的存在状态；透过出土文物的实证，可以确定咸宁民间歌曲某一形态实际存在的年代、文化内涵……从而分析、把握其发展脉搏，对其进行发展历史阶段性的研究。

咸宁民间歌曲应为经由历史传承下来的，是从存在方式方面对其进行界定。传承，是咸宁民间歌曲存在方式的最主要形式。通过出土文物的实证和史料典籍的记载，传承给后人的是“死资料”；通过类似民俗等“传统习惯势力”和民族传统审美意识等精神文化因素而在人民群众的实际生活中遗存的咸宁民间歌曲形式，则是传承给后人的“活化石”，它们都是咸宁民间歌曲存在、发展方式的重要载体。

二、咸宁民歌“有什么”？

咸宁民间歌曲浩如烟海，在长期的传承、展衍、发展中，形成了富有地域性特色的内容体系，其主要方面包括：

1. 咸宁民间歌曲具有的鲜明地域文化特征

独特的区位优势，促成了独特地域文化的形成。咸宁地处湖北省东南部，长江南岸，幕阜山北麓，辖区内河（溪）流众多，铁路、公路交织。人称“桂花城”、“香城泉都”。古代咸宁属楚国的封地，出土有新石器时代文化、古瑶文化、三国赤壁古战场及商代铜鼓、铙等多处（样）古代文化遗址和器物。人们早就在这块土地上繁衍生息，在创造丰实的物质文明的同时，也创造了具有地域性特色的精神文明。咸宁民间歌曲则是咸宁独特地域文化的重要组成部分。

以地域文化视阈对咸宁民间歌曲进行观照，可以看出咸宁民间歌曲具有如下鲜明的地域文化特征：①从中华民族南北（黄河、长江流域）文化的宏观视阈观照，咸宁民间歌曲属于我国南方（长江流域）汉族文化范畴，具有长江中下游民间歌曲的和合（兼容）性特点。②从湖北省所管辖的市州、县（市）地域范围的中观视阈观照，咸宁民间歌曲属于湖北民间歌曲五个地方音调特色区中的鄂东南音调特色区，具有区别于鄂东北、鄂中南、鄂西南、鄂西北四个地方音调特色区的独特性文化基因。③从咸宁所辖地域的微观视阈观照，咸宁民间歌曲属于所辖县（市、区）民间歌曲的综合呈现，具有同一音调特色区内，各县（市、区）民间歌曲音调既相互联系——传承、又渐变衍展——流变的实证性脉络。④从咸宁所处位置的历史地理文化视阈观照，咸宁民间歌曲音调因处于鄂、湘、赣的交融之地，具有历史地域性文化的混融性特征。

2. 咸宁民间歌曲具有多样的歌类、歌种

自成体系的咸宁民间歌曲数量难以计数，大至全市，小至各所辖县（市、区），所传承的民间歌曲均覆盖了号子、山歌、田歌、灯歌、小调、风俗歌、儿歌、生活音调共八大歌类，并在各个歌类中呈现出纷繁的歌种状态。最具咸宁地域特色的代表性歌类、歌种有：

号子，即“举重劝力之歌”，具有指挥生产、调节生产过程的社会功能。有代表性的咸宁民间歌曲中号子类的歌种是：打硪号子（含平硪号子、飞硪号子、滚硪号子）、搬运号子、榨油号子、锯木号子等。

山歌，即民众在山野环境中唱的歌，具有抒发歌者情感的社会功能。有代表性的咸宁民间歌曲中山歌类的歌种是：高腔山歌（含过岭歌、昂颈歌）、平腔山歌、放牛歌、盘歌（含对山歌）、急口令山歌等，其中以高腔山歌和急口令山歌最富特色。从山歌类民歌的词体分析，咸宁民间歌曲中的山歌，以四句子、五句子词体最普遍，而以急口令（学界亦称为“赶五句”）词体形式最具独特性。

田歌，即民众在田（山）间劳作时唱的歌，具有指挥生产、鼓舞干劲、提高工效的社会功能。有代表性的咸宁民间歌曲中田歌类的歌种是：用于水田劳作时的套曲栽田鼓（含栽田锣鼓、田号等）、用于旱地劳作时的套曲挖山鼓（含挖地鼓、山鼓、斫柴歌等），以及一般农事劳作时唱的薅草歌、打麻歌、采茶歌、车水歌、耘禾歌等。其中，尤以田歌套曲最具咸宁民间歌曲的原生性音调特色。

灯歌，即民众在民间社火活动和民间礼仪活动中唱的歌，是一种载歌载舞的民间艺术形式。有代表性的咸宁民间歌曲中灯歌类的歌种是：花灯、打莲厢、彩莲船、双推车、扇子花、抛彩球、划旱船、莲花落等。尤以打莲厢、扇子花、抛彩球、划旱船、莲花落最具独特性。

3. 咸宁民间歌曲具有独特的传统音乐基因

民间歌曲是民众集体的艺术创造，系经由千百年“口传心授”的传承而形成的历史文化产物，其间承载着丰厚的传统音乐基因。通过对本书收录的 269 首歌曲的分析，咸宁民间歌曲所承载的传统音乐基因，可从下列表格中看出端倪。

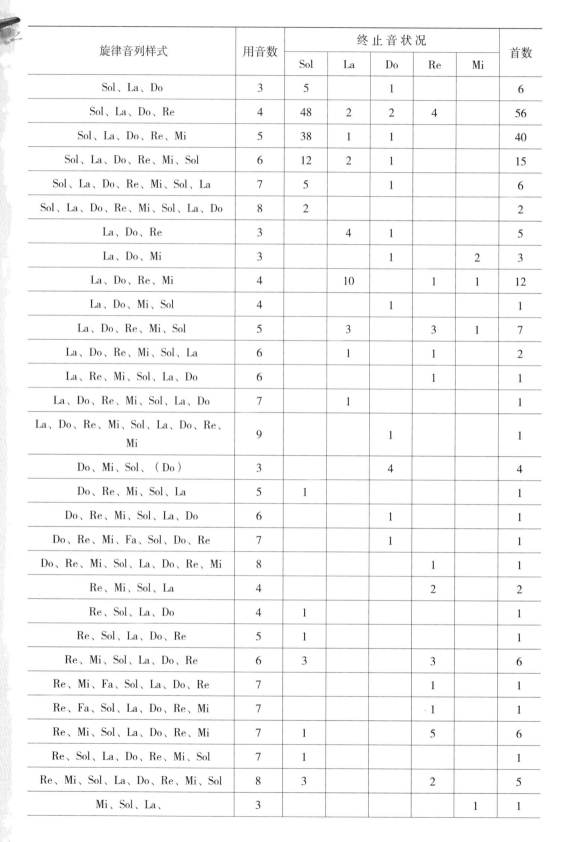

旋律音列样式	用音数	终止音状况					首数
		Sol	La	Do	Re	Mi	
Sol、La、Do	3	5		1			6
Sol、La、Do、Re	4	48	2	2	4		56
Sol、La、Do、Re、Mi	5	38	1	1			40
Sol、La、Do、Re、Mi、Sol	6	12	2	1			15
Sol、La、Do、Re、Mi、Sol、La	7	5		1			6
Sol、La、Do、Re、Mi、Sol、La、Do	8	2					2
La、Do、Re	3		4	1			5
La、Do、Mi	3			1		2	3
La、Do、Re、Mi	4		10		1	1	12
La、Do、Mi、Sol	4			1			1
La、Do、Re、Mi、Sol	5		3		3	1	7
La、Do、Re、Mi、Sol、La	6		1		1		2
La、Re、Mi、Sol、La、Do	6				1		1
La、Do、Re、Mi、Sol、La、Do	7		1				1
La、Do、Re、Mi、Sol、La、Do、Re、Mi	9			1			1
Do、Mi、Sol、（Do）	3			4			4
Do、Re、Mi、Sol、La	5	1					1
Do、Re、Mi、Sol、La、Do	6			1			1
Do、Re、Mi、Fa、Sol、Do、Re	7			1			1
Do、Re、Mi、Sol、La、Do、Re、Mi	8				1		1
Re、Mi、Sol、La	4				2		2
Re、Sol、La、Do	4	1					1
Re、Sol、La、Do、Re	5	1					1
Re、Mi、Sol、La、Do、Re	6	3			3		6
Re、Mi、Fa、Sol、La、Do、Re	7				1		1
Re、Fa、Sol、La、Do、Re、Mi	7				1		1
Re、Mi、Sol、La、Do、Re、Mi	7	1			5		6
Re、Sol、La、Do、Re、Mi、Sol	7	1					1
Re、Mi、Sol、La、Do、Re、Mi、Sol	8	3			2		5
Mi、Sol、La、	3					1	1

续表

旋律音列样式	用音数	终止音状况					首数
		Sol	La	Do	Re	Mi	
Mi、Sol、Do	3					1	1
Mi、La、Do、（Mi）	3					1	1
Mi、La、Do、Re	4		2				2
Mi、Sol、La、Do	4	4					4
Mi、Sol、La、Do、Re	5	21	2	1	1	1	26
Mi、Sol、La、Do、Re、Mi	6	26	3			2	31
Mi、La、Do、Re、Mi	5		1				1
Mi、Sol、La、Do、Re、Mi、Sol	7	6	2	1			9
Mi、Sol、La、Si、Do、Re、Mi、Sol	8			1			1
Fa、Sol、La、Do、Re		1					1
Fa、Sol、La、Do、Re、Mi、Sol		1					1
共计首数		180	34	19	26	10	269

备注：本表所列的旋律音列，是仅对编入本书的269首民歌曲目所有用音，由低至高排列而成的自然形态。共35种旋律音列样式。其中Sol起头的旋律音列有6种样式，La起头的旋律音列有9种样式，Do起头的旋律音列有5种样式，Re起头的旋律音列有9种样式。Mi起头的旋律音列有10种样式，Fa起头的旋律音列有2种样式。

上列表格雄辩地告知人们，咸宁民间歌曲所承载的独特传统音乐基因主要有：

（1）咸宁民间歌曲音调蕴含的传统音乐基因

腔格，即民间歌手们所称的行腔编曲的“旋律骨干音”，各种腔格体现出咸宁民间歌曲传统音调的原生性基本状态。咸宁民间歌曲的主要腔格形式是：各类各种民间歌曲，普遍以大二纯四型【Sol、La、Do】腔格或小三纯四型腔格【La、Do、Re】为主行腔编曲。在有些乡镇，有的民歌以大三纯五型【Do、Mi、Sol】或纯四大六型【Sol、Do、Mi】腔格行腔编曲，这种腔格则体现出某一部分民众对自己“习以为常”的原生性行腔编曲习惯的“坚守”，也体现了传统音乐基因的强大生命力。

上列表格在客观地呈现咸宁民间歌曲的旋律音列有35种样式的同时，也清楚地表明：咸宁民间歌曲的主要音列、音阶形式是：以【Sol、La、Do、Re】四声音列为基础，以【Sol、La、Do、Re、Mi】五声音阶为主体框架。

上列表格所显现的咸宁民间歌曲的主要终止音（调式）特点是：以徵【Sol】终止（调式）为统一底色，在计入分析的269首曲目中，不管运用何种音列样式，【Sol】

（徵）音（调式）终止有 180 首，占全部入选分析曲目的 66.9%。而以羽【La】（34 首占 12.6%）、商【Re】（26 首占 9.6%）、宫【Do】（19 首占 7.06%）、角【Mi】（10 首占 3.7%）终止（调式）依次递减。另外咸宁民间歌手在创腔编曲中偶尔出现的调式转换情况（如同一首歌的“双重终止”或将歌曲终止于“偏音”上等），则很明晰地表明了他们调式思维的自由性特色。

（2）咸宁民间歌曲节奏蕴含的传统音乐基因

音乐学界一般以音调进行中发音点的长短、疏密，将民间歌曲的音调节奏分为：①发音点平均的均分型节奏类型，②发音点先长后短、先疏后密的顺分型节奏类型，③发音点先短后长、先密后疏的逆分型节奏类型，④发音点的长短密疏相错落的切分型节奏类型。

经分析发现：绝大多数咸宁民间歌曲，以先短后长、先密后疏的逆分型节奏为主。在一些抒情性较强的山歌、田歌类歌种中，也存在先长后短、先疏后密的顺分型节奏形态。在急口令山歌中，人们可以领悟到发音点平均的均分型节奏类型。在歌舞性较强的灯歌类各歌种中，人们可以感受发音点的长短密疏相错落的切分型节奏风采。

（3）咸宁民间歌曲曲体结构蕴含的传统音乐基因

经研析可见：咸宁民间歌曲音调，虽以对称性、单曲体结构——即上下两个乐句及其依上下两个乐句展衍形成的四句式结构为曲体结构的基础。但却以不对称性单曲体结构——如五句子曲体结构、“急口令”曲体结构和不对称性联曲体结构——如穿插体曲体结构、套曲结构最具特色。

咸宁民间歌曲的五句子曲体结构，在内部形态上，又形成 2 + 2 + 1 句式、2 + 3 句式组合。五句子曲体结构的精到之处，在于从曲体结构上打破了起、承、转、合式的平衡，其尾句往往犹如点睛之笔，道出了歌曲主题，畅抒了人物的心理真谛，实现了结构形式的突破性跨越。

咸宁民间歌曲中在五句子曲体结构基础上产生的“急口令”曲体结构形态，是将五句子的第三句（或第四句）词，改唱为成串的双声叠韵式的歌词（俗称“赶句”），从而使头几句抒咏性很强的散唱，与“赶句”段规整、对称、热烈、紧凑的叙诵形成鲜明的对比，使歌曲在散与整、慢与快、唱与诵、抒情性与对比性的撞击中，体现歌曲结构形态的艺术表现意义。

咸宁民间歌曲中的穿插体曲体结构形式，是因为在民歌演唱、编创中出现主词与衬词的交互运用的现象。当主词、衬词各自形成一个段落的时候，主词段、衬词段的交替演唱、编创，就带来了歌（乐）曲曲体结构的变化。当主词段、衬词段浑然一体、交融演唱、编创的时候，歌（乐）曲曲体结构的变化就更大了。穿插体曲体结构的艺术特色，是两组词及音调的巧穿妙插、相映生辉，在统一性的基础上展示对比性，在对比性的发展中求得统一性，是统一性与对比性的对立统一。（详论参见拙文《论穿插体民歌的历史渊源及其统一性与对比性》载《时代音乐》杂志1987 年第 4 期）

咸宁民间歌曲，尤其是田歌类中的套曲结构形式，具有悠久的发生、发展历史，与古代文献中记录的古乐（诗）曲体形式遥相对应，具有展现古代形成的“三部性”曲体结构形式传承、衍变、发展的重要意义。（详论参见拙文《湖北田歌套曲与古代大曲的曲体结构比较探究》载《中国音乐学》杂志 1986 年第 4 期）

（4）咸宁民间歌曲旋律类型蕴含的传统音乐基因

音乐学界将地域性、民族性民间歌曲音调的旋律类型分作四种类型：①以用当地方言声调来念韵白句所产生的“语调的旋律”；②以用当地方言声调来歌唱双声叠韵式词句所产生的、类似“快板腔”式的“韵调的旋律”；③以用各地普遍流传的、已成为各地习惯性旋律骨干音选择样式来“依字行腔”演唱的“腔的旋律”；④以用具有较强音调性、表现力较强、词曲结合比较固定的“曲牌”来“倚声填词”演唱的“调子的旋律”。

咸宁民间歌曲，在旋律类型方面存在着明显的混融现象，但不同的歌类则有不同的侧重。其号子类、田歌类、灯歌类、风俗歌类的曲目，侧重于“语调的旋律”与“腔的旋律”的结合。山歌类曲目，则为以“语调的旋律”与“腔的旋律”的结合为主外，还有一些曲目存有“韵调的旋律”形态。小调类的曲目，则全面性地显现出“调子的旋律”形态，尤其是属于坐唱小调歌种的曲目，更是呈现出“调子的旋律”之成熟的表现力和生动的感染力。

需要重点指出的是：运用咸宁传统音调演唱如《双合莲》《钟九闹漕》《陆英姐》等长篇叙事篇章（民间称之为“长歌”），是咸宁民间歌曲的一个突出特点，是咸宁民间歌手进行的一项“有意义”的创造，是咸宁民间歌曲音调发展、节奏变换、曲体建构等的重要推动力。

三、如何推进咸宁民间歌曲的创造性转化、创新性发展？

在基本完成咸宁民间歌曲的收集、整理、编纂、抢救性保护等任务之后，在对咸宁民间歌曲的分析、研究取得阶段性成果之时，我们应当用宏观的、辩证的、发展的眼光看待具有地域文化特征的咸宁民间歌曲，并紧密联系当地现实的社会历史发展，结合当地经济史、政治史、科技史等方面，揭示咸宁民间歌曲的地域文化本质，

鉴别咸宁民间歌曲对当代社会变革、发展的价值，推进咸宁民间歌曲的创造性转化、创新性发展。说到底，就是要解决在中国特色社会主义新时代，如何致力于咸宁民间歌曲由自在式传承向自为式衍展跨越的问题。

实现咸宁民间歌曲由自在式传承向自为式衍展的跨越，至少可从五个方面着力：

一是在实现咸宁民间歌曲由自在式传承向自为式衍展跨越的过程中，要充分借助群众喜闻乐见的咸宁民间歌曲形式，实现咸宁民间歌曲本体的自为式衍展。如：对现有咸宁民间歌曲的题材、体裁进行编创、衍展；用咸宁民间歌曲的核心基因作素材进行新作品创作；将咸宁民间歌曲的特色形式，运用到其他文艺门类的创作中去；进一步弘扬咸宁民间歌曲所蕴含的文化精神（如追求音调特色的原生性、追求节奏的变化、追求曲体结构的变异、追求旋律发展统一性基础上的对比等），使咸宁民间歌曲的功利性、艺术性、表现力、感染力得以提升。

二是在实现咸宁民间歌曲由自在式传承向自为式衍展跨越的过程中，要充分运用咸宁民间歌曲的传统形式，实现咸宁民间歌曲内容的自为式衍展。尤其要以社会主义核心价值观为指导，对咸宁民间歌曲内容予以创新。要在咸宁民间歌曲的传统形式中，注入具有时代特点的鲜活故事，注入新的思想观念和先进的价值观。要在建成小康社会、建设美丽乡村、实现乡村振兴的过程中，吸收、展示、凸显咸宁民间歌曲所具有的传统音乐基因和地域性音乐元素。通过开展培育乡村文化品牌、创作乡村歌曲、打造乡村音乐采风创作基地、组织乡村文艺辅导、举办乡村文艺惠民演出等实效性工作，为咸宁民间歌曲内容的自为式衍展，提供机遇与平台。

三是在实现咸宁民间歌曲由自在式传承向自为式衍展跨越的过程中，要切实抓住推进咸宁民间歌曲“创造性转化、创新性发展”的机遇，实现咸宁民间歌曲功能作用的自为式衍展。要继续充分发挥咸宁民间歌曲形式在营造民间民俗活动氛围、维系群体思想观念、凝聚群体情感和意志、引导群体构建在想象力基础上的意象世界等功能。要在咸宁民间歌曲的保护传承工作中，实现咸宁民间歌曲演艺、培训、发展策划、制作等民间音乐业态的扩展性发展（如兴办咸宁民间歌曲传承人的讲习班、讲习所、工场、门店等）。特别要在传统农业产业转型升级的进程中，适时发挥咸宁民间歌曲形式的“助力”作用（如在发展观光、休闲农业中，为咸宁民间歌曲的传承、展示提供“平台”，在文化旅游景点中兴建咸宁民间歌曲的展示场所等）；在发展生态农业中，注入咸宁民间歌曲传承、衍展的文化生态环境“基因”，使生态农业产业发展与咸宁民间歌曲的传承、衍展所需生态环境相得益彰、互促互补（如兴办具有咸宁民间歌曲特色的村庄、乡镇等）；在发展文创农业（即“将科技和人文要素融入农业生产，进一步拓展农业功能、整合资源，把传统农业发展为融生产、生活、生态为一体的现代农业”）中，打好“咸宁民间歌曲之乡”牌，建立以此为主题的特色农庄（如咸宁民间歌曲农园、农社等），使农业产业和咸宁民间歌曲共同实现现代发展。

四是在实现咸宁民间歌曲由自在式传承向自为式衍展跨越的过程中，要注重提升、创新咸宁民间歌曲的表现（表达）能力。在较长的一段时间里，咸宁民间歌曲的表现（表达）方式，多为“旧瓶装新酒”——运用传统的艺术形式反映、表现新的社会、时代内容，使咸宁民间歌曲的传统艺术形式产生“渐变”；近些年来，咸宁民间歌曲的表现（表达）方式，采用了“醇酒装新瓶”——将经过深度挖掘的、具有当代意义的传统内容内涵，运用新的艺术形式予以反映、表现，使新的艺术形式得以“构建”。这两种方式，都体现出咸宁民间歌曲的表现（表达）方式的创造、创新。其成功的例子有：咸宁通山的莲湘曲改编为《荒山变成聚宝盆》及其后由原咸宁地区歌舞剧团创作演出的男声小合唱《闹春》；嘉鱼的田歌“和腔”改编成《铁手开创新世界》；根据崇阳、通城急口令山歌创编的《山区新貌唱不完》；根据通城拍打舞创作的歌舞节目；还有咸宁地区群众艺术馆编创的由提琴、呜嘟、脚盆鼓组合演奏的民间器乐合奏曲等。而咸宁市歌舞团创作演出的歌舞诗《梦寻咸宁》当可称为创新咸宁民间歌曲表现（表达）方式扛鼎之作。这些新作的创作、创新经验，是值得肯定与弘扬的。

五是在实现咸宁民间歌曲由自在式传承向自为式衍展跨越的过程中，尤其要注重在与当代高新科技、现代传媒平台的结合中，实现咸宁民间歌曲形式的创造、创新。以高新科技为支撑的现代传媒平台，为咸宁民间歌曲的传播、传承提供了无限大的空间。特别是互联网以极大的容量，通过手机、QQ、博客、播客、MSN 等即时通信手段和 5G、4K/8K 等超高清技术，成为包括咸宁民间歌曲在内的当代各文艺门类作品的重要载体和全方位展示平台。因此，咸宁民间歌曲应“在提高原创力上下功夫，在拓展题材、内容、形式、手法上下功夫，推动观念和手段相结合、内容和形式相融合、各种艺术要素和技术要素相辉映，让作品更加精彩纷呈、引人入胜。”在与当代高新科技、现代传媒平台的结合中，咸宁民间歌曲应当积极主动参与，决不能落伍、缺席、“失语”。

综上所述，对咸宁民间歌曲“是什么？有什么？”及如何推进其的创造性转化、创新性发展问题，我的总体认识是：要通过对咸宁民间歌曲传统音乐基因及所承载意识、观念的学习、继承，提高当代音乐人的音乐文化自信；要通过做好咸宁

民间歌曲传统音乐基因与当代音乐创作的连接、结合、混融，体现当代音乐人的音乐文化自觉；尤其要通过做好在当代音乐创作、音乐生活中体现咸宁民间歌曲传统音乐基因的特色，承继咸宁民间歌曲传统音乐基因的乐脉，展现当代音乐人的音乐文化自为；最终通过推进咸宁民间歌曲传统音乐基因的创造性转化、创新性发展，实现咸宁民间歌曲的文化自强。这些当是当代音乐人所应履行的义务，所应承担的使命。

祝贺《咸宁民歌大家唱》成功编纂、出版！期待咸宁民间歌曲在保护、传承、创造性转换、创新性发展中越唱越响亮！

（此文 2023 年 8 月完稿，11 月收录于《咸宁民歌大家唱》）

吕家河民歌音调的基本特色与多学科价值

吕家河民歌音调在音乐学方面的突出特点是统一底色基础上的包容性、融合性。

从我对吕家河民歌现场考察所获资料看，吕家河民歌音调的基本特色，还是属于湖北民歌音调五大特色区中的鄂西北民歌音调特色区，这是吕家河民歌音调的基本底色。所谓“基本底色一致”是指，包括吕家河民歌在内的鄂西北音调特色区的民间歌曲，音乐形态特征一般均表现为：①【Sol、La、Do、Re、Mi】五声音阶是其音调的主体架构；②【Sol、La、Do】三音列是其创腔编曲中的习惯性骨干音；③实际运用中存在多样的旋律音列样式；④旋法特征是以级进进行为主，偶尔有五度以上的跳进进行；⑤调式特征是徵调式占主体地位；⑥多样的曲体结构中，以“四句式”结构为常见，而以“五句子”、“穿号子”结构最具特色；⑦音调风格方面，有的旋律平缓、委婉，有的旋律音域宽广、高亢嘹亮，总体上具有直捷、明快、拙朴、爽朗的特点和兼容性、融合性风格特征。

在“基本底色一致”的基础上，吕家河村又是各方民歌的重要汇集区，是民歌文化的重要沉积地，从而体现出很强的包容性、融合性特点。这种汇集区、沉积地，包容性、融合性特点，又主要表现在四个方面：

一是吕家河民歌村的民歌，显现出不同地域民歌的积沉。现今收集到的资料表明，吕家河村不仅有鄂西北传统民歌的流传，还有陕、豫、川、皖、赣、苏、浙等地区民歌音调的传唱，呈五方音调杂陈之势。如《钉缸调》《孟姜女调》《五更调》等民歌，均是由原产地经流传展衍后，在吕家河积沉下来的。

二是吕家河民歌村的民歌，显现出不同区域民歌音调的积沉。现今收集到的资料表明，就湖北本省音调特色区来看，该村有鄂西南、鄂中南等代表性音调的运用，如该村存在以【La、Do、Re】（鄂西南代表性三音列）【Sol、Do、Re】（鄂中南代表性三音列）等行腔的音调句法进行。就地域民歌音调特色来分析，该村民歌中，时有豫、陕（秦音）、江南等地域特色音调的显现。如该村《战歌》音调中的五度以上跳进进行，就具有明显的豫、陕民间音调的进行特点；而各种“小调”类歌曲中，环绕旋律“骨干音”的级进进行，则具有江南地域民间音调的风韵。

三是吕家河民歌村的民歌，显现出不同风格的民歌的积沉。现今收集到的资料表明，该村民歌风格中，既有粗犷、刚劲之作，也有柔美、细腻之作；既有跳进跌

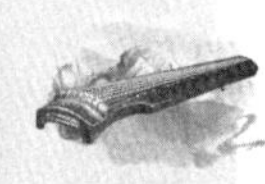

宕的旋律进行，也有级进委婉的抒情音调……既有一般民歌音调、节奏特点，也有具有曲艺、戏曲音乐特点的音调、板式进行。这些特色，在《薅草锣鼓》（阳锣鼓）《打待尸》（阴锣鼓）等长篇叙事性歌曲中，显现得尤为充分。

四是吕家河民歌村的民歌，显现出其他地区（地方）原生民歌的衍生、发展，与本地原生民歌形态的结合。其他地区（地方）的民歌在吕家河村积沉，表明该村具有民歌“聚宝盆”的地位。其他地区（地方）民歌的传入，并经当地人“改造”，显现了原生民歌衍生、发展的历史途程。其他地区（地方）民歌与吕家河本地民歌形态的融合过程，显现出民歌发展途程中所经历的原生态、并生态、融生态的变异阶段，显现出民歌“原种”与“新种”的形态内核因素。所谓原生态民歌音调，是指由单一三音列构成的民歌。所谓并生态民歌音调，是指由两个三音列构成的民歌。所谓融生态民歌音调，是指由三个以上三音列构成的民歌。总体上说，吕家河村民歌音调，是以融生态为其主体特征的，这是因为吕家河村是五方民歌音调的汇集区、沉积地，该村民歌具有包容性、融合性特点。这方面比较典型的例子是，河北民歌《小白菜》流传到吕家河之后，就与吕家河当地的音调融合了。具体到音乐形态上，河北的三四节拍的《小白菜》，在吕家河衍变成了二四节拍，音调上也多了一些过渡音的进行。从而使人们看到了民间歌曲的衍生、发展历程。

吕家河村男女老幼都能唱民歌，能唱几十数百首传统民歌的歌手大有人在，而且其民歌音调呈现出多样性的风格特色，这种文化现象令人叹为观止。我认为，在吕家河村围绕民歌问题而存在的人类行为，是具有展示多学科价值的文化现象。

从文化学的角度看，吕家河民歌村现象，具有展示地域文化、区域文化、流域文化的价值。它是属于武当山地区的，属于鄂西北民歌特色区的，也是属于汉江流域文化区的，当然它也属于汉民族文化圈。我们可以从各种文化层面上对其进行考察论证，得出这种文化现象在不同文化层面上所具有的意义。同时，吕家河民歌村的文化现象，还具有展示人类口头非物质文化遗产的价值，这种无形文化遗产与出土文物等有形文化遗产一样，具有揭示、证实人类自身发展历程的意义。而且，非物质文化遗产对人类精神文化的发展，具有更深刻地证实意义。

从文化生态学的角度看，吕家河民歌村现象，具有展示民歌生存状态、生存环境的价值。群山环抱中的吕家河村，其历史上随皇家兴建武当山而导致各地各方民众集聚的史实，以及相对封闭的交通状况和传统文化形式传播的相对稳定性等等，都向我们展示了吕家河民歌村现象得以存在的生存环境、条件、原因。

从民俗学的角度看，吕家河民歌村现象，具有揭示民风与文化关系的价值。吕家河民歌村的文化现象，是一种淳朴民风的自然体现，演唱民歌，成为该村群众日常生活中难以分割的习俗，“不唱山歌不快活”，林林总总的民歌所含蕴的民风民俗，对民俗学研究所具有的价值不言而喻。

从社会学的角度看，吕家河民歌村现象，具有揭示文化价值取向的意义。传统民歌的流传，体现了传统文化的传承力量，体现了文化传统的影响力，也显现了当地群众的文化价值取向。在过去对吕家河民歌村的考察中，有一件十分有趣的事情，当我们问当地群众喜不喜欢当代流行歌曲时，他们有些不以为然。当我们请他们唱一唱流行歌曲《纤夫的爱》时，一位歌手竟依这首歌的歌词，将当地音调融入了这首歌。

从传播学的角度看，吕家河民歌现象，具有揭示文化传播方式的意义。吕家河民歌村，至今仍保持着口传心授式的传统音调传承方式，这种原始的传承方式，使传统文化保留了较原始的状态。当我们从老一辈传给下一辈、后几辈的传统民歌中进行比较分析时，传统民歌在传播、传承中的发展变化的程度就显现出来了。这对传统文化的传播、传承中的发展、变异的研究是具有十分重要的意义的。另外，人们在吕家河村收集到数以千计的歌词（歌谣），和以百计的曲调，这个现象说明，民间歌手以“依字行腔”的方式，编创了民间歌曲的音调，造成了民歌声腔的产生与流传；同时他们也以“倚声填词”的方式，将难以计数的歌词（歌谣），填入到各地方流传的、相对稳定的“传统声腔”之中。这造成了民间歌曲词曲的“同步流传”远远少于词曲的“异步流传”现象，揭示出非物质形态的文化传播方式所具有的不凡意义。

从美学的角度看，吕家河民歌现象，具有展示人民群众审美观念的价值。从文艺与人民群众生活的关系，从文艺的起源方面，从文艺的功能、价值方面，吕家河民歌现象都可以给我们多方面的启示意义。如人民群众是文艺的创造者；文艺伴随着社会的发展而发展；民歌是一种精神追求的结果；求美是人追求的一种境界等等。

从文艺学的角度看，吕家河民歌现象，具有类别展示的意义。从歌谣而言，吕家河民歌无疑具有文学尤其是民间文学的价值。从民歌而言，吕家河民歌又是民间音乐与民间文学的综合体，具有独立的形态、类别的意义。我们对它的考察、分析、研究，不能脱离“综合体”这个基本形态，不能将其割裂，实行“单兵独进”。而只能对其进行综合比较分析研究。

从音乐学的角度看，吕家河民歌现象，具有展示其风格特色的价值。吕家河民歌音调所呈现的多样性风格特色，使音乐学家很容易以比较研究的方法，对传统民间音调的衍生发展问题进行专题研究，这对音乐形态特征的研究，是具有深入推进的意义的。

（此文依据 2019 年 9 月在“吕家河民歌研讨会”上的发言整理）

竹溪县向坝民歌音调考察分析报告

2019年9月10日，我对竹溪县文化馆提供的130首向坝民歌资料进行了考察分析，现将考察分析结果报告如下：

130首向坝民歌旋律音列样式、终止音状况的统计情况一览表：

旋律音列样式	用音数	终止音状况					首数
		Sol	La	Do	Re	Mi	
Sol、La、Do、Re、Mi	5	38					38
Sol、La、Do、Re、	4	23	1				24
Sol、La、Do、Re、Mi、Sol	6	15	2				17
Sol、La、Do、Re、Mi、Sol、La、Do	8	7					7
Sol、La、Do、Re、Mi、Sol、La	6	3					3
Sol、La、Do	3	1					1
Sol、La、Xi、Do、Re、Mi、Sol、La	8	1					1
Sol、La、Do、Re、Mi、Fa、Sol	7	1					1
Sol、La、Si、Do、Re、Mi、Sol	7	1					1
Sol、La、Si、Do、Re、Mi、Fa、Sol、La、Si、Do	11	1					1
Mi、Sol、La、Do、Re	5	2					2
Mi、Sol、La、Do、Re、Mi	6	6					6
Mi、Sol、La、Do、Re、Mi、Sol	7	2					2
Mi、Sol、La、Do、Re、Mi、Sol、La	8	2		1			3
Mi、Fa、# Fa、Sol、La、Do、Re	7	1					1
Mi、# Fa、Sol、La、Xi、Do、Re、Mi、	8	1					1
La、Do、Re、Mi、Sol、	5	1		1			2
La、Do、Re、Mi、Sol、La	6	2		1			3
La、Do、Re、Mi、Sol、La、Do	7	2					2
La、Do、Re、Mi、Fa、Sol、La、Si、Do	9	1					1
La、Do、Re、Mi、Sol、La、Si	7				1		1
La、Xi、Do、Re、Mi、Fa、Sol、La、Si、Do	10			1			1
La、Do、Re、Mi、Fa、Sol、La、Do	8			1			1

续表

旋律音列样式	用音数	终止音状况					首数
		Sol	La	Do	Re	Mi	
La、Do、Re、Mi、Sol、La、Do、Re、Mi	9			1			1
Do、Re、Mi、Sol	4				1		1
Do、Re、Mi、Sol、La、Do	6	1		4			5
Re、Mi、Sol、La、Do、Re、Mi	7			1			1
Fa、Sol、La、Do、Re	5	2					2
共计首数		114	3	11	2		130

备注：本表所列的旋律音列，是将130首向坝民歌曲目所有用音由低至高排列而成的自然形态。共28种旋律音列样式。其中Sol起头的旋律音列有10种样式，Mi起头的旋律音列有6种样式，La起头的旋律音列有8种样式，Do起头的旋律音列有2种样式，Re起头的旋律音列有1种样式，Fa起头的旋律音列有1种样式。

经对上列表格的分析表明：

1.130首向坝民歌中，歌手们运用了28种旋律音列样式。

2.【Sol、La、Do、Re、Mi】五声音阶是构成各旋律音列的主体架构。

3.【Sol、La、Do】三音音列——大二纯四型腔格，是向坝民歌手们编创民歌音调旋律时习惯性的骨干音。同时表明向坝民歌的旋法特征是以级进进行为主，偶尔会出现五度以上的旋律进行。

4.一览表表明：【Sol】（徵）终止为114首，占87.6％，【Do】（宫）终止11首，占8.5％，【La】（羽）终止3首，占2.3％，【Re】（商）终止2首，占1.5％，【Mi】（角）终止为零。数量上占绝对优势的【Sol】（徵）音终止，表明向坝民歌总体上的调式特征是徵调式。

（2019年9月11日完稿）

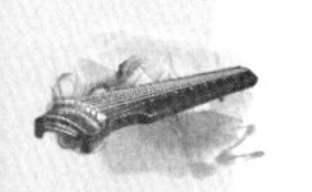

答《宜昌丝竹》相关事项之问

一、请介绍宜昌丝竹的音乐特征和乐器组合特点。

首先，要给宜昌丝竹这个乐种作一个明确定位。宜昌丝竹是宜昌地域内民间器乐的一个重要组成部分。

大家知道，中国民族民间音乐一般被分为五大类：民间歌曲、民族民间歌舞曲、民间器乐曲、曲艺音乐、戏曲音乐。宜昌丝竹是民间器乐曲中的一个乐种。准确地说，宜昌丝竹是宜昌地域内民间器乐曲类中的一个乐种。据调查了解，宜昌地域内的民间器乐有多个乐种，按演奏乐器的组合，可分为纯打击乐器演奏的锣鼓乐、以唢呐为主奏乐器的吹打乐、以丝竹乐器为主奏乐器的丝竹乐。所以说，宜昌丝竹是宜昌地域内民间器乐的一个重要组成部分。

先说说宜昌丝竹的乐器组合特点吧。顾名思义，演奏宜昌丝竹的主奏乐器，是按中国古代乐器分类的方式进行乐器组合的。笛子，属于竹类乐器，二胡、三弦、琵琶等属于丝弦类乐器。所以，我们说宜昌丝竹取名，从乐器组合的情况来看，就继承了我国古代乐器分类法的传统。当然，宜昌丝竹的乐器组合，在传承过程中也不是一成不变的。从乐班的组成上就可以看出这一点。乐班从三四个人发展到七八上十个人，乐器也由两三件（笛子、二胡、三弦）发展到六七件（加上了琵琶、秦琴、月琴、扬琴等），这体现出乐器组合方面的发展，体现了不同历史条件下的宜昌丝竹传承人们不同境况下的原生性艺术追求。

关于宜昌丝竹的音乐特征，我想说除了一般性的丝竹乐都所具有的特征（如柔：指乐队合奏音响柔润的特点；细：指演奏风格精致细腻的特点；轻；指乐曲侧重于表现轻快、愉悦的情趣）外，据我对宜昌丝竹相关资料的初略分析，就音乐形态而言，在音列方面，宜昌丝竹是以【Sol、La、Do、Re】为主体框架的传统五声音阶来编创曲牌的。在曲牌的调式方面，体现出羽、商调式与徵、宫调式的并行不悖。在曲牌展衍方面，宜昌丝竹有自己独特的曲牌展衍手法，即艺人们所说的“一曲生五曲，五曲生七调”。这句“行话”的意思是：同名曲牌，通过每一曲起落音的连接，形成五种不同的曲调。五种不同的曲调，又用七种调高（调性）来演奏。这是宜昌丝竹一个很重要的音乐特征。在宜昌丝竹的传承方面，目前的资料已经证明，它的传承，除了“口传心授”的传统方式外，另有“工尺谱”资料作为实证的“谱传”方式。两种传承方式相印证，使这个乐种的原生音乐形态更客观、更显性地展示在人们面前。另外，宜昌丝竹在传承过程中，也吸收了本地域内的其他民间音乐的相关因素，这也是应当引起传统音乐研究者们注意的音乐特征之一。

二、宜昌丝竹在演奏方面有些什么特点?

宜昌丝竹演奏特点之一，就是上面说到的它有“一曲生五曲，五曲生七调”之说，这是宜昌丝竹在演奏方面的重要特点。其演奏特点之二呢，就是由于有了这个“行话”之说，所以，在实际演奏中，艺人之间的即兴性、自由度是比较大的。他们可以根据曲谱，尤其是“工尺谱”，运用所谓“上带下连”方式，进行曲牌大框架统一基础上的“小自由”演奏。所谓“上带下连”，是指在一个乐音的上方或下方，进行级进型的“加花”演奏，从而为曲牌的展衍提供“动力”。演奏方面的第三个特点是，通过主奏乐器的确定，体现曲牌的“音色”特征。比如，有的曲牌定笛子为主奏乐器，有的曲牌定二胡为主奏乐器，给人们带来音色对比的听觉效果。演奏特点之四，是装饰音、下滑音等运用较多，尤其是徵音的实际音响效果微低，给人印象深刻。

三、你是什么时候知道、了解传承人黄太伯老人的?

我对宜昌丝竹这个项目的了解，比对这个项目的传承人黄太伯的了解要早得多。对宜昌丝竹这个项目的了解，始于 20 世纪 80 年代中期。20 世纪 70 年代末，我参加了全国民族民间音乐的收集、编辑、出版工作。从湖北民歌的收集、整理、编辑开始，对湖北省民族民间音乐的情况就有了了解。80 年代中期的时候，民间器乐曲集成湖北卷的编辑工作开始后，就知道了宜昌丝竹这个乐种。而对黄太伯的了解，则起于这个世纪的初期，2005 年左右吧。先是通过申报非物质文化遗产的名录和名录传承人的资料上了解的。后来，在好几次文艺采风活动中，在好几次基层的文艺展演活动中，在几次传统艺术的研讨活动中，进一步地了解到黄太伯这个人。

四、你怎么来评价黄太伯?

总体上讲，我认为黄太伯确是一位国家级非物质文化遗产项目——宜昌丝竹的传承人。

他的传承关系清晰。他的入门师傅是杨树柏。后又随冯玉亭学艺。甚至与冯玉亭的师傅胡运忠等也有过交往。他是同岁（辈）从艺人中所认可的“领头”人。他又新传承了一批批的新弟子。

他记忆力好，悟性强。他掌握的民间器乐技能比较全面，掌握了民间器乐各个类别（锣鼓乐、吹打乐、丝竹乐）的知识，算得上是当地的“民间器乐通”。就丝竹乐类而言，他熟悉的丝竹曲牌多，能参与演奏的乐器较全，会演奏笛子、二胡、秦琴等及各类打击乐器，会吹会打，会拉会弹。他熟悉丝竹演奏的各层面的程序，能较规范地主持一个乐班的演奏运行。他比较注重器乐演奏中的音色追求，他自制的一些乐器（如小鼓、梆子、中胡、低胡、秦琴等），表明他追求对宜昌丝竹民间演奏中音色单一状态的改变。

五、宜昌丝竹过去被称之为“礼乐”，你认为宜昌丝竹的价值和功能性有哪些？

中国被认为是“礼乐之邦”，以礼和乐来安邦治国，历经了千百年的历史进程。在古代文献中，礼和乐，具有两个词的含义。礼，是由当时仪轨、规范、制度所代表的社会政治的等级秩序；乐，则是当时最主要的文化艺术形式的教育手段，其根本功能是灌输礼的意识和保障礼的实践。礼把不同等级的人区别开来，乐则把不同等级的人在礼所规定的秩序下结合起来、凝聚起来。两者相辅相成，共同为社会的发展发挥各自的功能、作用。

把古代的两个词（礼和乐）并为一个词来用，称为“礼乐”，其内涵是否应该理解为是“礼仪活动中的音乐”？鉴于包括宜昌丝竹在内的民间器乐，都是在民间风俗礼仪活动中进行的，所以，宜昌地域内将宜昌丝竹称为“礼乐”，是有一定生活依据的。但是，如果要用准确的语言表达宜昌地域内所称的“礼乐”的含义，应该解释为此处所称的“礼乐”，乃“民俗礼仪活动中的音乐”。

宜昌丝竹的功能和价值问题是一个大题目，大文章，内容太丰富了。我结合自身的感受，说几个要点吧。

宜昌丝竹在民俗礼仪活动中的作用和功能主要表现在：①配合民俗礼仪活动程序和营造民俗礼仪活动的氛围；②维系宗族群体的思想观念；③启引群体的情感抒发与表现；④引导群体构建在想象力基础上的意象世界；⑤承载了、呈现了民俗礼仪活动中的“音声景观”。

宜昌丝竹具有多学科的价值。从艺术学、音乐学方面看，它具有独特性、唯一性、不可替代性等价值，具有其音乐形态产生、展衍、传承、流变、发展的史学研究价值。还具有其所承载的族群、区域人们情感、精神、审美需求等内容的文化学价值、人类学价值、美学价值。还有其蕴含的文化资源、文化产业、文化品牌价值等等。总之，其价值连城，需要深度开掘。

（此文依据 2019 年 8 月“非遗项目抢救工程”对“宜昌丝竹”的访谈内容整理）

为红安《荡腔锣鼓》的当代传承与发展建言

一、增强对《荡腔锣鼓》的文化自信

传承于湖北红安的民间吹打乐种——荡腔锣鼓，是湖北非物质文化遗产传统音乐类吹打乐中具有鲜明地方特色的一个品种。该乐种的传承历史久远，传承谱系明晰，群众基础雄厚，音乐资料丰富，艺术特色独到，尤其以荡气回肠的唱腔与民间吹打乐器的相互辉映为主要特色。2011 年被列入第三批湖北省非物质文化遗产名录后，红安县的文化部门和该乐种的民间社班，为该乐种的保护、传承、传播、研究等方面，做了令人称道的工作。从而使《荡腔锣鼓》成为湖北传统音乐器乐类（吹打乐、丝竹乐、锣鼓乐）中的重要组成部分。《荡腔锣鼓》在湖北传统音乐器乐类中具有的“不可替代”的特色和地位，为我们增强对《荡腔锣鼓》的文化自信，弘扬《荡腔锣鼓》的独到艺术特色，奠定了坚实的“根基”。

二、增添《荡腔锣鼓》的传承方式

要使《荡腔锣鼓》在“口传心授”传统传承方式上，向“谱式”传承方式转变。

“口传心授”式的传统传承方式，保留了民间锣鼓艺术的原生状态，对加强个人、群体的记忆、促进传承很有意义。但也容易造成因记忆衰退而导致的自生自灭。

记谱法的发现和运用，使“口传心授”的音乐从“无形”变为“有形”，使传承变得规范、“有谱可依”，便于“保存”。

将锣鼓乐用“锣鼓经”的方式记录下来，是中国人对世界上音乐、特别是打击乐记谱的重大贡献。

锣鼓经式的记谱，记录下不同音响的演奏方式，因此，锣鼓经中，代音响词汇的涵义一定要清晰、明了、准确。

锣鼓经式的记谱还可以且应当用“总谱”方式表示出来，这样就能更鲜明地表示音响效果是如何形成的，更能体现音响的音色效果，也就更具有科学性。

民俗活动中不同的曲牌（锣鼓经）的组合、连接形式（尤其是民间习惯性的连接形式），亦应当要在锣鼓乐的各种记谱方式中记录下来。这是一种组曲形式的记录，意义重大。

记谱中还要注意记下团队演奏时的乐器主次事项、主奏与次奏的关系、指挥（发头）者的手势、动作等重要内容。

各种乐器的演奏方式、持乐器方式、各乐器不同音色的演奏方式等，亦需做出记录。

三、增大演奏《荡腔锣鼓》的艺术表演力、感染力。

要明了、深掘《荡腔锣鼓》锣鼓经（曲牌）所具有的表现意义内涵。

在实际演奏中，应当有速度、力度等表现力方面的要求和追求。做到轻重缓急有对比，抑扬顿挫有张弛，音响（音色）组合有变化，内容表现有意味，情感抒发有节度，演奏姿态有讲究……

要能将《荡腔锣鼓》的原有曲牌（锣鼓经）结合当代生活实际、结合演奏群体的即时情感进行重新组合、连接，以表现新的生活、情感内容。实现创造性转化、创新性发展——这也是对文化传统的动态保护、保存。

要发挥锣鼓乐在当今社会活动中的功能作用，如：营造社会文化活动氛围；维系群体思想观念；启引群体情感抒发与表现；引导群体构建在想象力基础上的意象世界等。

（此要点依据 2021 年 5 月考察红安县“荡腔锣鼓”演奏后的即席发言整理）

民间歌手创腔编曲技法研究

民间歌曲是人民大众的艺术创造。这种艺术创造是如何实现的呢？民间歌手是运用什么样的创腔编曲方法实现民间歌曲音调创造的呢？我们应当从民间歌手的艺术实践活动中，尤其是从其艺术创造的成果（即现仍传承于现实生活中的浩如烟海的民间歌曲）中，探寻、学习其创腔编曲的基本方法。

一般认为，民间歌手是“依字行腔”、“倚声填词”来创腔编曲。但结合民间歌手创腔 编曲的实际成果（即民歌成品）分析，这种认识过于“笼统”。经对一些代表性民歌的具体分析研究，可资借鉴的民间歌手创腔编曲方法，可归纳为以下六种：

一、依腔编曲法——腔格展衍法

以湖北通山民歌《要来惊动海龙王》为例：

要来惊动海龙王

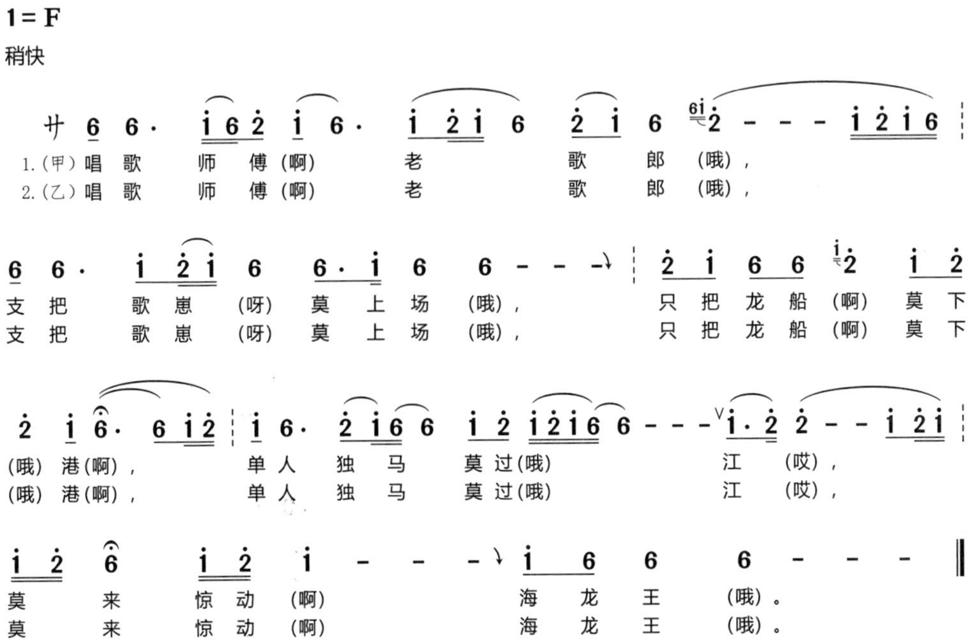

1＝F

稍快

1.（甲）唱 歌 师 傅（啊） 老 歌 郎 （哦），
2.（乙）唱 歌 师 傅（啊） 老 歌 郎 （哦），

支 把 歌 崽 （呀） 莫 上 场 （哦）， 只 把 龙 船 （啊） 莫 下
支 把 歌 崽 （呀） 莫 上 场 （哦）， 只 把 龙 船 （啊） 莫 下

（哦） 港（啊）， 单 人 独 马 莫 过（哦） 江 （哎），
（哦） 港（啊）， 单 人 独 马 莫 过（哦） 江 （哎），

莫 来 惊 动 （啊） 海 龙 王 （哦）。
莫 来 惊 动 （啊） 海 龙 王 （哦）。

（朱爱琴唱 黄中骏、傅文正记）

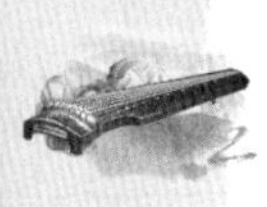

《要来惊动海龙王》这首五句子山歌旋律悠扬，节奏自由，且韵味十足。其真正价值，在于它的所有乐句，都是由【La、Do、Re】三个音组成的。群众把这种由三个音组成的山歌，称为“三音歌”。民族音乐理论家们把它们称作“三声腔”民歌。根据人类对事物认识遵循从低到高、从浅到深、从简单到复杂、从现象到本质的规律，可以推论，以三音行腔为歌的习惯，至今至少有千百年的历史了，很可能是自古传承下来的某地、某种民歌的行腔习惯。

分析研究发现，民间歌手所说的“腔”，是指由先辈传承、并在某一个地方流传的音调运转习惯，多指各地民歌旋律组织中的骨干音，且大多与各地习惯性的乐句起讫音有关。

“三声腔”的形成告诉我们，民间歌曲编创者们，具有朴素的“音平等”意识，具体表现：①在他们即兴创腔、随意编曲的民歌中，呈现出各音的独立性强于相互间倾向性的状况；②表现在他们创腔编曲的过程中，各音都处于平等的供选择地位，在他们的创腔编曲过程中，此时此地的旋律骨干音、中心音，在彼时彼地则可能成为辅助音、经过音，这表明：音的作用和地位，是与民歌手的主观能动性——即自由选择和创腔编曲密切相关的，未经主观能动性选择的客观形态下的各音，都处于一种平等的供选择地位；③表现在他们编创了多种多样的腔格样式。

所谓腔格，系指旋律骨干音所构成的某种形式。腔格以旋律骨干音相互间的音程关系为基础。

《中国民间歌曲集成·湖北卷》收录的71首自然型三声腔歌曲所呈现出的11种腔格型、13种腔格样式，如下表：

腔格名称	音列样式	终止音状况					首数
		DO	Re	Mi	Sol	La	
小三纯四型	LaDoRe	4	4			17	25
大二纯四型	SolLaDo	3			8	2	13
大二大三型	DoReMi	7	5	1			13
小三减五型	LaDo ♭ Mi	2				3	5
大三纯五型	DoMiSol	4		1			5
纯四大六型	SolDoMi	1			1		2
大二纯五型	SolLaRe					2	2
	DoReSol	1					1
纯四纯五型	SolDoRe	1					1
	LaReMi					1	1

续表

腔格名称	音列样式	终止音状况					首数
		DO	Re	Mi	Sol	La	
小三纯五型	LaDoMi			1			1
纯四小六型	MiLaDo	1					1
小三小六型	MiSolDo			1			1
合计		24	9	4	9	15	71

上表表明，以三音构成的旋律骨干音（腔格）为基础的民间歌曲音调，已具备了较明晰的调式、调性观念，具备了可以被称作音调的那种表现力。之所以未对其中某些音程跨度较大的音列作转位处理，而原原本本地作自然形态下的分析归类，是因为某些音列经音转位处理后，与自然形态具有不同的意韵。如【Do、Mi、Sol】与【Mi、Sol、Do】、【Sol、Do、Mi】；【La、Do、Mi】与【Mi、La、Do】；【Sol、Do、Re】与【Do、Re、Sol】等，各自在创腔编曲中所起的作用，所具有的特性和色彩，所带来的不同意韵，其区别是明白无误并很容易分辨的。

运用这种方法进行当代歌曲创作的成功例子很多，最典型的是王原平作曲的《三峡，我的家乡》：

三峡，我的家乡

熊　永 词
王原平 曲

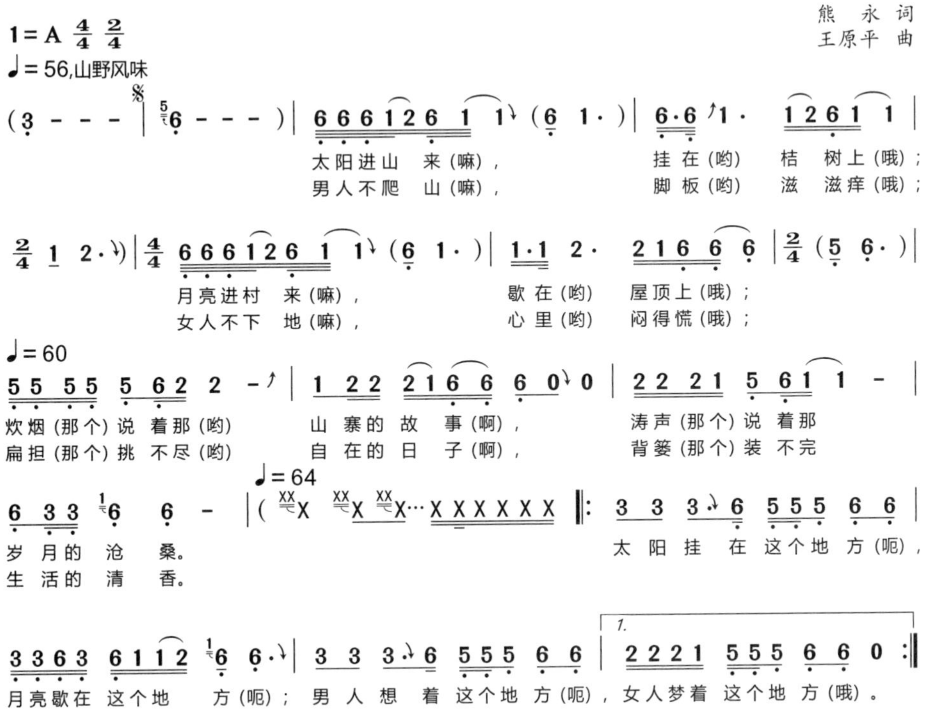

1＝A $\frac{4}{4}$ $\frac{2}{4}$
♩＝56，山野风味

太阳进山　来（嘛），挂 在（哟）　桔　树上（哦）；
男人不爬　山（嘛），脚 板（哟）　滋　滋痒（哦）；

月亮进村　来（嘛），歇 在（哟）　屋顶上（哦）；
女人不下　地（嘛），心 里（哟）　闷得慌（哦）；

♩＝60
炊烟（那个）说 着那（哟）　山 寨的 故　事（啊），　涛声（那个）说 着那
扁担（那个）挑 不尽（哟）　自 在的 日　子（啊），　背篓（那个）装 不完

岁 月的　沧　桑。
生 活的　清　香。

♩＝64
太 阳 挂　在 这个地　方（呃），

月亮歇在 这个地　方（呃）；男 人 想　着 这个地 方（呃），女人梦着 这个地 方（哦）。

2.
2221 555 6 ∨ 3232 | ↑2 - - 0 16 | 13 3112 6 0 ‖
女人梦着 这个地 方。(哦) (哦) 三 峡 我的家 乡。 D.S.

结束句
13 3112 6 ∨ ↑3 | 1 - - 551 | 6 - - - | 6 - 0 0 :‖
三 峡 我的家 乡，三 峡 我的家 乡。

《三峡，我的家乡》这首歌的歌词，自然、亲切、质朴、清新，会使人们感受到三峡地区人民“自在的日子” 和“生活的清香”。歌曲旋律以三峡地区传统的、最简约的原生“三声腔”【La、Do、Re】为基础编创，结合运用了【Mi、La、Do】的旋律骨干音进行，分三个段落层层推进，表现了当地民众乐观的生活态度及对家乡的挚爱。演唱者在二度创作中融入的颤音、倚音、滑音等，使歌曲的地方特色更为鲜明，娓娓道出了峡江情意，悠悠讲述了岁月沧桑。

以上实例体现出：在创腔编曲中，中国传统“横向音程关系（旋律骨干音、腔格形式）为主要思维方式”与西方所主张的“纵向和声进行关系（各调式、调性的主属、近远关系等）为主要思维方式”的区别。

二、音型变化法——动机对比法

以陕北民歌《东方红》为例：

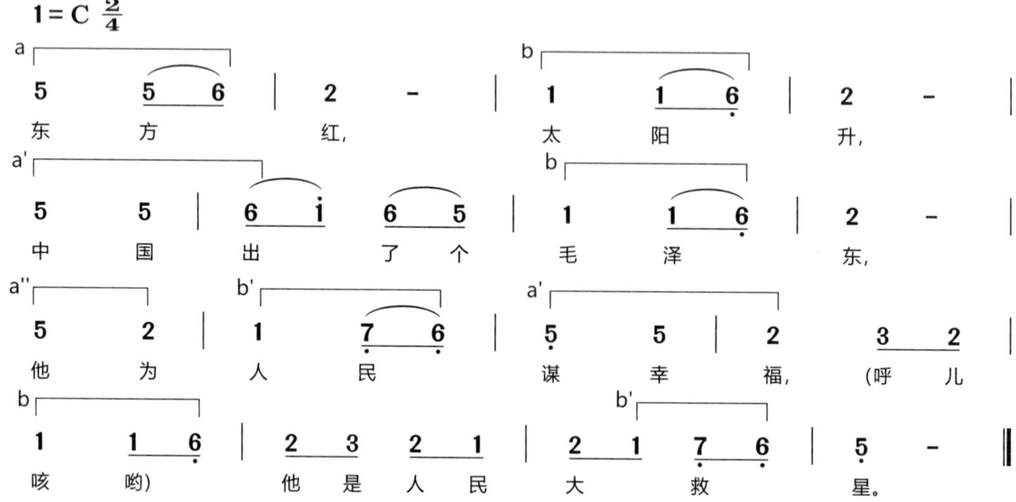

这首歌具有两个对比性的基本音型，a（曲谱第 1 小节）为上扬型，b（曲谱第 3 小节）为下抑型，a'（曲谱第 5、11 小节）及 a''（曲谱第 9 小节）为 a 的变体；b'

（曲谱第 10、15 小节）为 b 的变体。全曲在对比性的音型（及变体音型）的连接中完成，体现出很强的简约性特征。这与当代音乐（尤其是当代电子音乐中的“节奏声部”）追求“简约特征”的意识，是不谋而合的。

三、调式转换法

我国民族音乐形成了以五声徵、羽调式体系的传统，形成了我国民族音乐调式构成的平衡原则以及不同调式的表现性能与调式变化运用的“多可性”特点。我国的音阶体系中，有正音、偏音之分，尤其是，音阶中的宫、商、角、徵、羽五正音，均可以建立起以自己为主音的调式（即所谓民族音乐调式的“平衡原则”），从而形成“一阶五调”（即同一个音阶，形成五个调式）的奇妙现象（即不同调式的表现性能与调式变化运用的“多可性”特点）。

民间歌手的创腔编曲实践证明：他们的调式色彩思维特点往往是，以腔概念为核心，以多种多样的音列作为调式的素材，而使调式的特性和色彩表现出来。有些时候，调式特性和色彩的相互渗透十分明显。

在民间歌手创腔编曲的思维观念中，（1）腔（或腔格）的特性和色彩决定调式的特性和色彩。这是因为，在大小调体系的调式理论中，一个调中的音往往分为三层：一是调式主音；二是调式主音上下五度的属音、下属音；三是其他音。显然，在民间歌手的腔（或腔格）概念中的骨干音，与之有不同的意义。骨干音是民间歌手在创腔编曲实践中自由选择形成的，它不受调式音级关系的制约，也难以见到调式中各音主次关系的痕迹。因此，骨干音的选择及多样，带来了腔格的形成及丰富，也带来了调式特性和色彩的变异。

（2）腔格会对调式相互渗透带来影响。

因腔格不同而带来同一调式特性和色彩有异，从各调间的相互关系来讲，就是各调式特性和色彩的相互渗透。

例如湖北利川民歌《龙船调》：（谱例见下面）

从这首歌的调式色彩方面看，它是一首终止于（徵）调式的民歌。但是，由于其编创者受制于传统的行腔编曲习惯，以【La、Do、Re】为旋律骨干音创腔编曲，所以整首歌中，调式主音（徵）音十次出现，但八次系经过音，而（羽）、（商）两音在旋律中却非常突出，反复吟唱，给人留下这首（徵）调式民歌含有（羽）、（商）特性和色彩的鲜明印象。像这样具有浓郁的（羽）、（商）特性和色彩的（徵）调式的民歌，在当地可称作“比比皆是”，这体现出由于不同腔格的运用，会带来调式色彩的渗透。

龙船调

1=C 2/4

中速

女领　1.正月是新年（哪）　众（衣哟　喂），

女领　瓜（呀）子才进园（哪　喂）。　女领　金那银儿梭，

众　银那银儿梭，阳雀叫（哇）：　女领　八哥鹦（那）哥（哇）

众　八哥鹦（那）哥。　男领　妹儿娃要过河（哇），　女领　哪个来推我？

男领　我就来推你（嘛）！　女领　艄翁你把舵扳（那），

男领　妹儿娃（你）请上（啊）船（哪），（哦火　众　喂呀左哦火

喂呀左）将妹儿娃儿推过河（哇　喂）。

（3）民间歌手创腔编曲中的调式转换是很自由、随性的。

例如湖北大冶流传的民歌《十叹姑》：

十叹姑

1=♭B 2/4

稍慢

（郎且仓且｜郎且仓且｜郎且郎且｜仓且仓）

1.一叹（来）姑（啊）
2.三叹（来）姑（啊）
3.五叹（来）姑（啊）
4.七叹（来）姑（啊）
5.九叹（来）姑（啊）

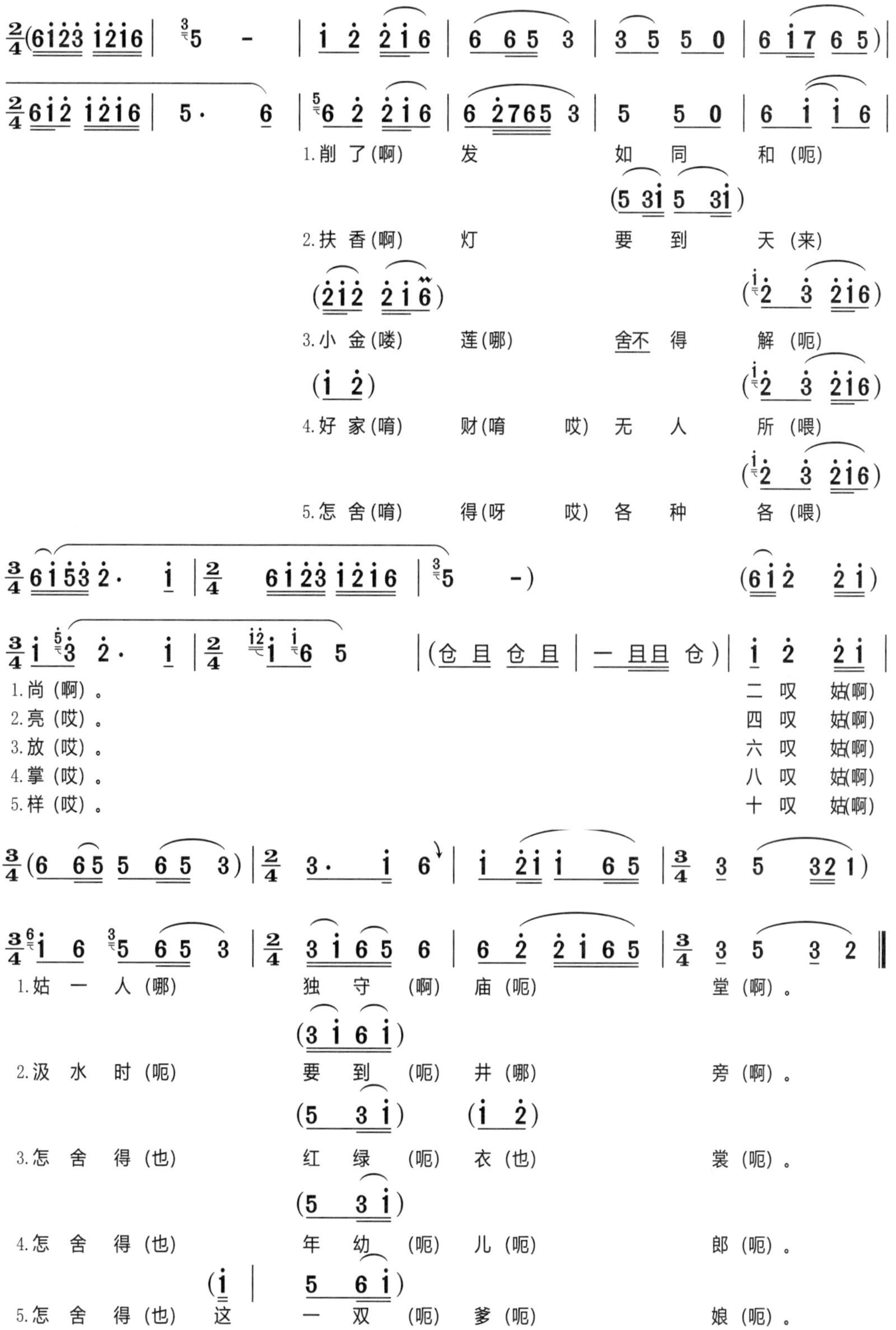

1.削 了(啊) 发 如 同 和(呃)

2.扶 香(啊) 灯 要 到 天(来)

3.小 金(喽) 莲(哪) 舍不 得 解(呃)

4.好 家(唷) 财(唷 哎) 无 人 所(喂)

5.怎 舍(唷) 得(呀 哎) 各 种 各(喂)

(仓 且 仓 且 | 一 且且 仓)

1.尚(啊)。 二 叹 姑(啊)

2.亮(哎)。 四 叹 姑(啊)

3.放(哎)。 六 叹 姑(啊)

4.掌(哎)。 八 叹 姑(啊)

5.样(哎)。 十 叹 姑(啊)

1.姑 一 人(哪) 独 守 (啊) 庙(呃) 堂(啊)。

2.汲 水 时(呃) 要 到 (呃) 井(哪) 旁(啊)。

3.怎 舍 得(也) 红 绿 (呃) 衣(也) 裳(呃)。

4.怎 舍 得(也) 年 幼 (呃) 儿(呃) 郎(呃)。

5.怎 舍 得(也) 这 一 双 (呃) 爹(呃) 娘(呃)。

(殷家银、袁汉云唱，驼传林、刘厚长、戴行记)

这是一首双重终止的民歌，既可以终止于【Re】，又可以终止于【Do】。其实这两重终止都不过是“软进行”式终止。因为这首歌的大部分音调，是以徵为特性和色彩为主导的。这首歌呈现的实际状况表明，它的调式特性和色彩，要么是宫、徵的相互渗透，要么是商、徵的相互渗透。

调式特性和色彩的相互渗透，很多时候给人留下一个感觉，就是许多民间歌曲的终止，似乎有“偏离”其前部分调式的情况。产生这种感觉的原因，是由于民间歌手受制于传统腔格而自由选择出来的创腔编曲之骨干音与通常调式理论所认为的调式音级关系存在着差异。这也启示我们，对民间歌曲的终止状况，应作必要的区分：对符合通常调式理论所认为的调式音级关系和符合人们“稳定”终止感觉的情况，可称之为“强进行”式终止。而对于又那些因受民间歌手腔格关系的影响，给人某种“偏离”终止感觉的情况，可称之为“软进行”式终止——如同太空飞行后的软着陆一样。无疑，“软进行”式终止给调式特性和色彩带来的变化要丰富得多，给人的感觉要清新得多。

（4）腔格与调式交替的关联。

两种或多种具有鲜明对比性的腔格如果同时出现在民歌手创腔编曲的调式思维中，就会带来同一首民歌的调式交替。

例如湖北天门民歌《车水情歌》：

车水情歌

1 = ♭B 2/4

中速

1
1 1 2 5 | 1 1 2 5 | 1· 5 1 5 | 1· 2 5 |
太 阳 （哎） 红 光 （哎） 照 （呀） 照 满 天 （哪），

5
1 1 1 1 ♭3 | 1 ♭3 1 ♭7 5 | 5 ♭7 1 7 5 4 5 | 5 1 ♭3 4 5 |
（衣 呀 呀 儿 唷 喂 呀 呀 儿 唷） 只 见 情 哥 （喂 呀 喂 子 唷）

9
5 5 3 | 5 5 3 | 5 6 5 3 5 | 1 1 2 5 |
到 （啊） 田 边 （哪）， （哎 哎） 情 哥 （呀），

1 2 | 1 2 5 5 | 5 1 | 3· 5 3 5 3 |
（嘿 嘿）， 幺 妹 （呀）， （哎 嘿） 我 搬 槽 筒

19
5 5 3 | 5 5 | 3 3 2 1 3 | 2 3 1 2 ‖
到 （哇） 涧 边 （哪）。 （衣 呀 呀得儿 衣 呀 哎）。

这首 20 小节的民歌，经历了以【Sol、Do、Re】为骨干音（纯四纯五型腔格）的徵【Sol】（第 1—4 小节和第 9—18 小节）、以【Mi、La、Do】为骨干音（纯四小六型腔格）的角【Mi】（第 5—8 小节）、以【Do、Re、Mi】为骨干音（大二大三型腔格）的商【Re】（第 19—20 小节）的腔格及调式交替。特别是这首歌的 5—8 小节，明显的转入了新调，使这首民歌在调性上也很别致，它经历了降 B 宫系统的 F 徵→降 E 宫系统的 F 角→降 B 宫系统的 F 徵→降 B 宫系统的 C 商的演变。如此以腔格为核心，既有同主音调式交替（F 徵与 F 角），又有同宫音调式转换（F 徵与 C 商）的民歌，确实令人耳目一新，顿生调式特性和色彩之丰富而又融合得如此贴切，生动地体现了民间歌手卓越的音乐调式、调性思维能力。

四、音列（音阶）通融法

（一）民间歌手在创腔编曲的实践中，对音列（音阶）的运用方式也是十分灵活、通融的

民间歌手在创腔编曲实践中，创造出多种多样的音列形式，体现出多音思维意识。

通常认为，传统民间音调的音列为【Do、Re、Mi、Sol、La】五音构成，并被称为五声调式结构体系。但依对《中国民间歌曲集成·湖北卷》所载民歌音列的统计分析，民间歌手以五音音列创腔编曲的曲目，占 60.6%。而运用四音、六音、三音、七音、甚至二音音列创腔编曲的曲目，占 39.4%。这表明民间歌手在创腔编曲中对音列（音阶）的运用是很宽泛的。

尤其是受“音平等”意识的影响，民间歌手在创腔编曲过程中，形成了两种音列类型。一种是音域不超过八度的“自然型音列”，一种是音域超过一个八度，需要进行音转位来分析的“移位型音列”。《中国民间歌曲集成·湖北卷》共收录“自然型音列”的民歌 931 首民歌属于范围，占全部 1333 首民歌的 69.8%；“移位型音列”的民歌 402 首，占全部 1333 首民歌的 30.2%。可见，荆楚民间歌手是以“自然型音列”创腔编曲为主的。

进一步研究分析，发现民间歌手“自然型音列”构成样式繁多。913 首“自然型音列”的民歌，其音列排列样式竟达 104 种之多（音列样式详情参见本书《荆楚民歌形态特征及在当代音乐创作中的运用》一文）。对 104 种音列样式的分析可以看出：

（1）根据音列起音为顺序排列，【Sol】为起音的音列样式有 23 种，占 22.1%；【La】为起音的音列样式有 24 种，占 23%；【Mi】和【Do】为起音的音列样式各有 18 种，均占 17.3%；【Re】为起音的音列样式有 10 种，占 9.6%；【Fa】（含 # Fa）为起音的音列样式有 8 种，占 7.8%；【Si】为起音的音列样式有 3 种，占 2.9%。仅音列

的起音，就已突破了人们通常所认为的五音范围。

（2）在104种音列样式中，用人们通常认为的由【Do、Re、Mi、Sol、La】各音构成的各种音列（含二音列、三音列、四音列、五音列）有42种，占40.4%。而含有其他通常认为的偏音、弯化音的各种音列（含三音列、四音列、五音列、六音列、七音列）有62种，占59.2%。这证明了荆楚民间歌手创腔编曲中所体现出的音思维，并不局限于五音，而是有非常广阔的领域的。

（3）在104种音列样式中，被用入各音列的音，除了Do、Re、Mi、Sol、La以外，还有Fa、Si、#Do、ьMi或#Re、#Fa、#Sol、ьSi。从宏观方面综合起来看，这在实际效果上已经形成了十二个半音俱全的音思维体系。这实证了荆楚民间歌手所用音列构成，显现出多音思维状态。

偏音及弯化音的用入，对音列构成及音列内的音程关系产生了巨大的影响。例如：六音列【#Fa、Sol、La、Do、Re、ьMi】、【#Fa、Sol、La、Do、Re、Mi】、【Sol、#Sol、La、Do、Re、Mi】，七音列【Mi、Sol、La、Si、Do、Re、#Re、Mi】、【Sol、La、ьSi、Si、Do、Re、Mi】、【Mi、Sol、La、ьSi、Si、Do、Re】，五音列【La、Do、Re、ьMi、Sol】，四音列【La、Do、ьMi、Fa】，三音列【La、Do、ьMi】等等。这类音列构成及所含的音和音之间所构成的音程关系，无疑极大地突破了通常人们认为的民歌音调所用音列及音和音程关系的样式，表明了民间歌曲音调的创造者与传承者，在音思维方面已经形成了多音思维状态。这些独特音列构成样式的存在，对某些传统音乐认识提出了挑战。

（二）民间歌手的创腔编曲实践，实证了民族传统乐论中的“同宫三阶，正声相同”判断

我国传统乐论明确记载：在同一宫调系统内，有三种结构不同的音阶（即同宫三阶），如下表：

名称	C	升C 降D	D	升D 降E	E	F	升F 降G	G	升G 降A	A	升A 降B	B
C宫下徵音阶	宫 （1）		商 （2）		角 （3）	和 （4）		徵 （5）		羽 （6）		变宫 （7）
C宫清商音阶	宫 （1）		商 （2）		角 （3）	和 （4）		徵 （5）		羽 （6）	闰 （降7）	
C宫正声音阶	宫 （1）		商 （2）		角 （3）		中 （升4）	徵 （5）		羽 （6）		变宫 （7）

此表表明，同宫系统内的三种音阶，其“正声”的位置相同。

以陕北民歌《蓝花花》为例：

蓝花花

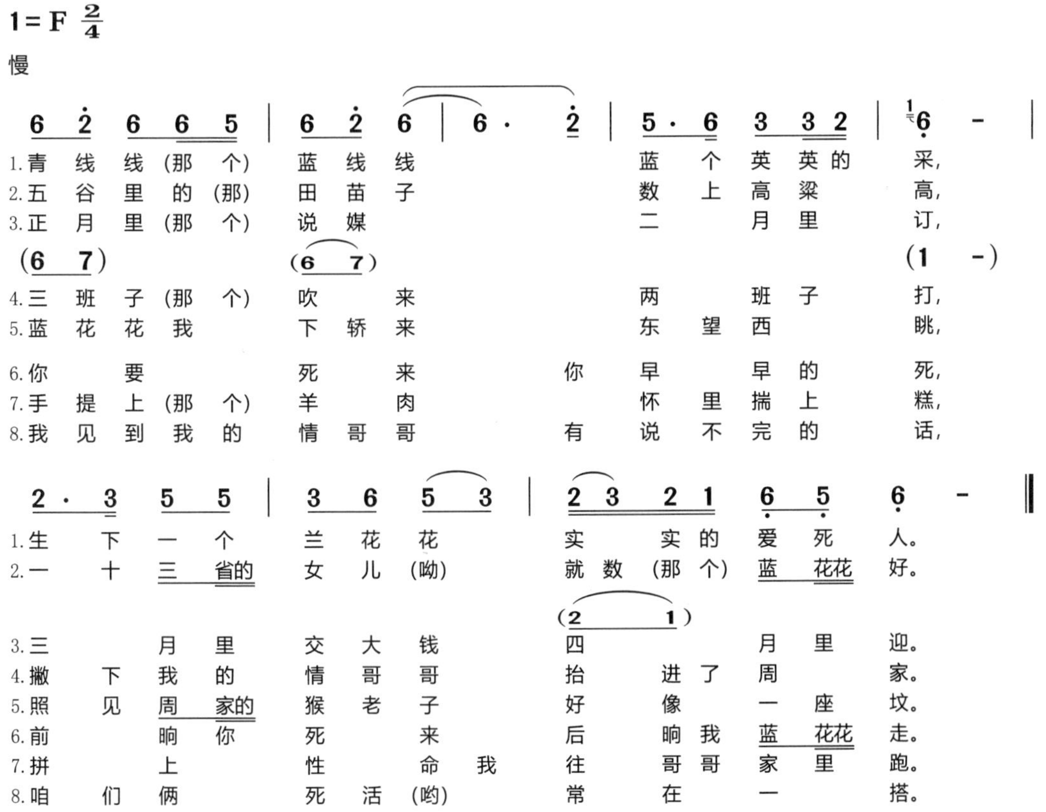

1=F 2/4

慢

6 2 6 6 5 | 6 2 6 | 6 · 2 | 5 · 6 3 3 2 | 6 - |

1.青线线（那个）蓝线线　蓝个英英的　采，
2.五谷里的（那）田苗子　数上高粱　高，
3.正月里（那个）说媒　二月里　订，
(6 7)　(6 7)　(1 -)
4.三班子（那个）吹来　两班子　打，
5.蓝花花我　下轿来　东望西　眺，
6.你要　死来　你早早的　死，
7.手提上（那个）羊肉　怀里揣上　糕，
8.我见到我的　情哥哥　有说不完的　话，

2 · 3 5 5 | 3 6 5 3 | 2 3 2 1 6 5 | 6 - ‖

1.生下一个　兰花花　实实的爱死　人。
2.一十三省的　女儿（呦）　就数（那个）蓝花花　好。
(2 1)
3.三　月里　交大钱　四　月里　迎。
4.撇下我的　情哥哥　抬进了周　家。
5.照见周家的　猴老子　好像一座　坟。
6.前　晌你　死来　后晌我蓝花花　走。
7.拼　上　性命我　往哥哥家里　跑。
8.咱们俩　死活（哟）　常在一　搭。

这首歌按上列谱面记谱，其旋律音列是【5（6）123562】，全曲系【宫商角徵羽】的五正声音列，终止于【La（羽）】音上，记谱标的C，表明这首歌是F宫的D【La】（羽）调式。准确地说，这首歌运用的是省略【Si】（变宫）、【Fa】（清角或称和）的下徵音阶；或是省略降闰、【Fa】（清角或称和）的清商音阶；或是省略【Si】（变宫）、[升【Fa】（变徵或称中）的正声音阶。

如果这首歌运用另一种方式记谱，如图：

蓝花花

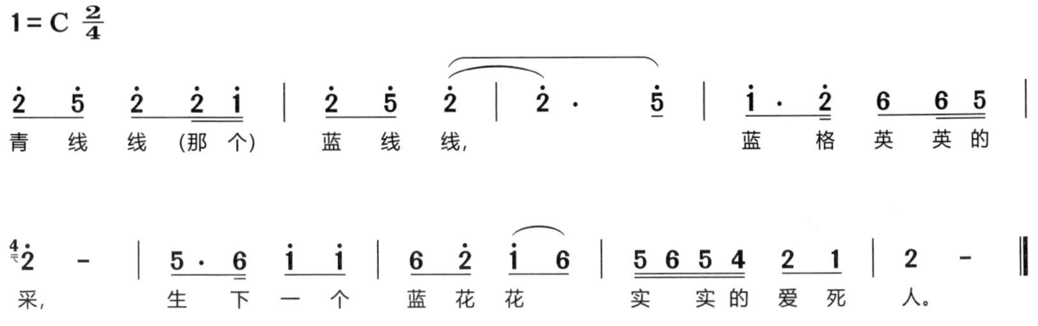

1=C 2/4

2 5 2 2 1 | 2 5 2 | 2 · 5 | 1 · 2 6 6 5 |

青线线（那个）　蓝线线，　蓝格英英的

2 - | 5 · 6 1 1 | 6 2 1 6 | 5654 2 1 | 2 - ‖

采，　生下一个　蓝花花　实实的爱死　人。

按这样记谱就使这首歌的旋律音列变成【1(2)456125】,全曲就成了省略【Si】(变宫)、【Mi】(角)两音的五声音列，终止于【Re(商)】音上，记谱标的【Do】1(宫)等于C，表明这首歌是C宫的D【Re】(商)调式。准确地说，这样记谱，这首歌所运用的音阶就或是省略【Si】(变宫)、【Mi】(角)的下徵音阶；或是省略【Mi】(角)、降【Si】(闰)的清商音阶。而与不含【Fa】(清角)而必含升【Fa】(变徵)的正声音阶搭不上边。

再以湖北民歌《绣荷包》为例：

绣荷包

1=C $\frac{2}{4}$

♩=85 幸福地

1.正 月 (哟 嗬 哟 嗬) 里 来 (哟 嗬 哟 嗬) 闹(呃) 元(咧) 宵 (哇)，(呀 嗬 咳 见 一 位 大 姐 绣(呃) 荷 包，团 圈 绣 个 花(呃) 围 到(哇)，(嗬 咳)，(呃 咳 咳 哟 嗬 哟 嗬)，团 圈 绣 个 花 (呃) 围 到 (哇)，(哎 咳)。

2.四 月 (哟 嗬 哟 嗬) 里 来 (哟 嗬 哟 嗬) 四(呃) 月(呃) 八 (呀)，(呀 嗬 咳)，缎 子 的 荷 包 满(呃) 插 花，绣 个 蝴 蝶 闹(呃) 金 瓜(哇)，(嗬 咳)，(呃 咳 咳 哟 嗬 哟 嗬)，绣 个 蝴 蝶 闹 (呃) 金 瓜 (哇)，(嗬 咳)。

3.九 月 (哟 嗬 哟 嗬) 里 来 (哟 嗬 哟 嗬) 菊(呃) 花(啦) 开 (啦)，(呀 嗬 咳)，缎 子 的 荷 包 逗(呃) 人 家，绣 个 巧 女 望(呃) 郎 来(哇)，(嗬 咳)，(呃 咳 咳 哟 嗬 哟 嗬)，绣 个 巧 女 望 (呃) 郎 来 (哇)，(哎 咳)。

(杨宗富唱，陈家声记)

绣荷包

1=F $\frac{2}{4}$

♩=85

正 月 (哟 嗬 哟 嗬) 里 来 (哟 嗬 哟 嗬) 闹 (呃)

元 (咧) 宵 (哇) (呀 吹 咳)，见 一 位 大 姐 绣 (呃) 荷

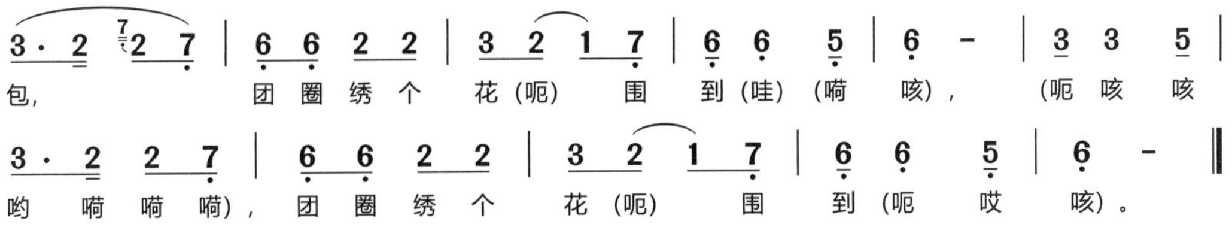

3· 2 ⁷2 7 | 6 6 2 2 | 3 2 1 7 | 6 6 5 | 6 - | 3 3 5 |
包，团圈绣个花（呃）围到（哇）（嗬 咳），（呃 咳 咳

3· 2 2 7 | 6 6 2 2 | 3 2 1 7 | 6 6 5 | 6 - ‖
哟 嗬 嗬 嗬），团圈绣个花（呃）围到（呃 哎 咳）。

这首歌用两种记谱方法导致形成两种谱面形态和两种调式、调性的分析结果。

谱面形态 1 表明：这首歌的旋律音列为：【1（2）3 4 5 6 1 2 3 5】，这显示该曲运用的是省略（【Si】、变宫）音的六声下徵音阶（或者是省略降【Si】、闰音的六声清商音阶）。全曲终止于（【Re】、商）音上，表明该曲为商调式。全曲定（【Do】1、宫）音的音高为 C，表明该曲的调性为 C 宫系统的 D 商调式。

而谱面形态 2 则表明：这首歌的旋律音列为：【5（6）7 1 2 3 5 6 7 2】，这显示该曲运用的是省略（【Fa】、和）音的六声下徵音阶（或者是省略升【Fa】、变徵音的正声音阶）。全曲终止于（【La】6、羽）音上，表明该曲为羽调式。全曲定（【Do】1、宫）音的音高为 F，表明该曲的调性为 F 宫系统的 D 羽调式。

综上两例，表明按不同的方式记谱，证明了不同的音列、音阶运用，体现不同的调式思维特征。这也实际上佐证了民族传统乐论中的“同均三宫”的判断，造成“异宫三阶”的听觉效果。

五、调性对比法

（一）民间歌手在创腔编曲实践中体现出的转调方（形）式及思维观念

民间歌手的转调思维，是以腔、特别是腔格概念为核心，将传统的腔、特别是腔格在新的音高上建立起来。其具体转调方式可归纳为四种：①传递式调关系转换——即依腔格音高关系或升或降的调关系变化。②回复式调关系转换——即腔格在新的音高转换已经建立的同时，又以前部分所强调和突出的音实现调式转换的调关系变化。③引入式调关系转换——即腔格不变，但在创腔编曲中由于引入新的音而引起的调关系变化。④调关系转换方式的综合运用——即将民间歌手的宫调实践中确已存在的上述三种调转换方式，综合运用于民歌的转调实践中。（关于民歌手转调方式的详论参见本书《荆楚民歌形态特征及在当代音乐创作中的运用》一文）。

另外，民间歌手的转调思维具有很强的自由性特点，有时会在短短的一、二个小节中就实现调关系的转移。湖北阳新民歌《庆祝成立苏维埃》终止于偏音【Fa】上就是例证。

庆祝成立苏维埃

1=♭B $\frac{2}{4}$

稍快

i6 i 65 | 5 3532 | i23 216 | i i 0 | 2 i2 3 23 | i2i6 5 |

1.打 扫 (那个) 桌 椅 (也) 喜 (也) 颜 开 (也)， 庆 祝 (外) 成 立 (也)
2.满 堂 (那个) 结 彩 (也) 又 (也) 铺 毡 (乃)， 两 边 (乃) 挂 起 (也)
3.无 产 (那个) 阶 级 (也) 掌 (哎) 政 权 (乃)， 实 行 (乃) 耕 者 (也)
4.没 收 (那个) 工 厂 (也) 和 (乃) 土 地 (乃)， 分 给 (也) 工 农 (也)
5.推 翻 (那个) 一 切 (也) 恶 (乃) 制 度 (乃)， 废 除 (也) 私 有 (也)
6.彻 底 (那个) 破 坏 (也) 旧 (乃) 社 会 (乃)， 打 倒 (也) 封 建 (也)
7.无 产 (那个) 阶 级 (也) 来 (也) 统 治 (乃)， 不 劳 (也) 动 者 (也)
8.宣 告 (那个) 反 动 (也) 的 (也) 死 刑 (乃)， 打 到 (也) 地 主 (外)
9.贯 彻 (那个) 我 们 (也) 的 (也) 主 张 (乃)， 推 翻 (也) 军 阀 (也)
10.保 障 (那个) 工 农 (也) 的 (也) 利 益 (也)， 政 权 (也) 归 于 (也)

‖: 5 6i 653 | 5 5 0 56 :‖: 5656 i i :‖ 5 i 6i56 | i·2 6·5 | 4 – ‖

1.苏(外) 维 埃(也 哎)， 苏(外) 维 埃 (呀)。
2.红(哎) 对 联(也 哎)， 红(哎) 对 联 (乃)。
3.有(外) 其 田(乃 哎)， 有(哇) 其 田 (乃)。
4.来(外) 管 理(乃 哎)， 来(呀) 管 理 (呀)。
5.归(外) 公 有(乃 哎)， (良呀良子 心 乃) 归(乃) 公 有 (哇)。
6.恶(外) 势 力(乃 哎)， 恶(呀) 势 力 (呀)。
7.不(也) 得 食(乃 哎)， 不(外) 得 食 (呀)。
8.和(也) 劣 绅(乃 哎)， 和(哇) 劣 绅 (乃)。
9.心(也) 欢 畅(乃 哎)， 心(呀) 欢 畅 (哎)。
10.工(也) 农 兵(乃 哎)， 工(哎) 农 兵 (乃)。

(费诚、潘世喜唱 朱传迪记)

这首十二小节的民歌，前十小节以【Sol、La、Do】为腔格的F徵调式色彩非常鲜明，但最后两小节，歌手突然来了一个【12654--】的进行，使全曲“软进行”式终止于【Fa】音上。按（首调）记谱，这首歌的旋律音列为降B宫系统的【3（4）561235】，如果从这首歌的终止音判断，就在通常流行的五声调式理论中找不到它的称谓了。上海文艺出版社出版的《中国民歌》第1卷收载这首歌时，编辑同志坚持要将这首歌从头到尾改记成降E宫系统的宫调式，如下谱例：

庆祝成立苏维埃

1=♭E $\frac{2}{4}$

53 5 56 | 2 7276 | 567 653 | 5 5 0 |

打 扫 (那 个) 桌 椅 喜 (呀 啊) 颜 开 (呀)，
满 堂 (那 个) 结 彩 又 (呀 啊) 铺 毡 (呀)，

6 56 7 67 | 5653 2 | 235 327 | 2 2 0 23 |

庆 祝 (哇) 成 立 (呃) 苏 (哇 啊) 维 埃 (呀)， (哎 嗨)
两 边 (哇) 挂 起 (呃) 红 (哇 啊) 对 联 (呀)， (哎 嗨)

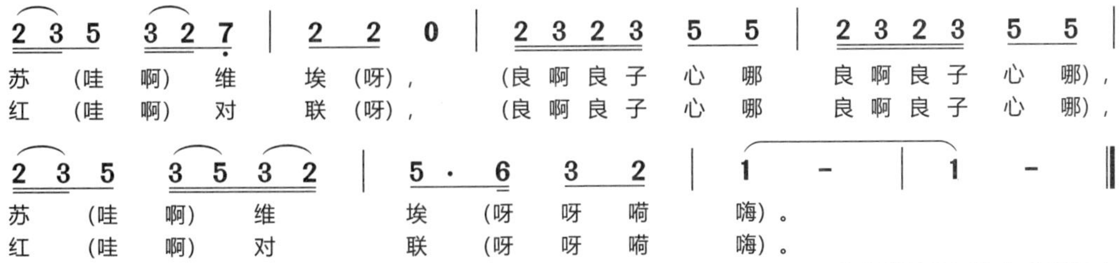

2 3 5 3 2 7 | 2 2 0 | 2 3 2 3 5 5 | 2 3 2 3 5 5 |
苏 （哇 啊） 维 埃 （呀）， （良 啊 良 子 心 哪 良 啊 良 子 心 哪），
红 （哇 啊） 对 联 （呀）， （良 啊 良 子 心 哪 良 啊 良 子 心 哪），

2 3 5 3 5 3 2 | 5 · 6 3 2 | 1 - | 1 - ‖
苏 （哇 啊） 维 埃 （呀 呀 嗬 嗨）。
红 （哇 啊） 对 联 （呀 呀 嗬 嗨）。

（费诚演唱 费杰成记录）

这样其旋律音列就改变成【7（1）235672】了，但这样记谱，虽然可以将此曲归结于传统五声调式理论中的"宫"调式上，但又使【Si】音在谱面上非常突出，演唱曲谱时，也不尽如五声调式观念强烈的传统意味。这首民歌以民间歌手调式思维从F徵跳入降E宫的突然性，既佐证了民间歌手转调思维的自由性特点，也应验了我国传统乐学里面的同均三宫——即在同一均中存在三个宫调系统的理论。

（二）同均三宫理论简述

在中国乐学的基本理论中，均、宫、调是三个不同层次的概念。均是统帅宫的，宫又是统帅调的。

"均"（读作yun，运）是第一核心层次的概念，它以律为标志，由五度链中的七个相邻的乐音（律）所构成。如下图：

C → G → D → A → E → B → #F

（黄钟）→（林钟）→（太簇）→（南吕）→（姑洗）→（应钟）→（蕤宾）

这可以从三个方面理解：

一是就音级而言，"均"是按五度关系派生的七个音级。"五声不成均"，"七声才成均"。第一均的始发律为该均的"均主"，十二律都可以作为始发律，所以有十二均，有十二个不同的均主。

二是就调高而言，均可能是同属某一宫的各种调式所共有的调高关系。中国音乐中"宫"的位置，取决于"均"的位置，或者反过来说，"均"一般以宫音的音高为准。这一现象，可称之为"宫均同律"。

三是就音阶而言，"均是音阶"高一层次的概念。具体地说，一均有可能包括三种音阶，因此，也可以说均是三种中国传统音阶的七声框架。此七声框架实际上是含有七个不同乐音的一个音列。要注意的是，一均虽然只有七个音，却可以将三种主要的中国传统音阶纳入此音列中。在乐调中，由"均"和调式所构成的"宫调"，无论"均"或调式，其中任何一个方面发生变化，就形成转调，故中国传统音乐理论将转调分为"旋宫"和"犯调"两大类。一旦出现了七声框架以外的音级而使七声框架的结构有所改变，则称为"犯调"。所谓"外则为犯"，实际上是指"均"

的改变。

总之，“均”是由七声构成的一种“调高”位置的总和。如下表：

名称	C	D	E	升F	G	A	B
C宫 正声音阶	宫 （1）	商 （2）	角 （3）	中（变徵） （升4）	徵 （5）	羽 （6）	变宫 （7）
G宫 下徵音阶	和 （4）	徵 （5）	羽 （6）	变宫 （7）	宫 （1）	商 （2）	角 （3）
D宫 清商音阶	闰 （降7）	宫 （1）	商 （2）	角 （3）	和 （4）	徵 （5）	羽 （6）

以陕北民歌《三十里铺》为例：

三十里铺

1=C $\frac{2}{4}$

中速

1̇ 2̇ 2̇ | 5 1̇ 6 | 5·6 5 2 | 5 - | 1̇ 2̇ 2̇ |

1.提 起 个 家 来 家 有 名， 家 住 在

2.三十 里 铺 来 有 大 路， 戏 楼

3.三 哥 哥 今 年 一 十 九， 四 妹 子

4.叫 一 声 凤 英 不 要 哭， 三 哥 哥

5.洗 了 (个) 手 来 和 白 面， 三 哥 哥

6.三 哥 哥 当 兵 坡 坡 里 下， 四 妹 子

5 1̇ 6 | 5·6 5 2 | 5 - | 1̇ 4 5 | 1̇ 1̇ 6 |

1.绥 德 三 十 里 铺 村， 四 妹 子 爱 见 那

2.拆 了 修 马 路， 三 哥 哥 今 年

3.今 年 一 十 六， 人 人 说 咱 二 人

4.走 了 回 来 哩， 有 什 么 话 儿 你

5.今 天 上 前 线， 任 务 摊 在 那

6.捡 畔 上 灰 塌 塌， 有 心 拉 上 个

5·6 5 2 | 5 - | 4·4 3 2 | 1 2 5 2 | 1 - ‖

1.三 哥 哥， 他 是 我 的 知 心 人。

2.一 十 九， 咱 们 二 人 没 盛 够。

3.天 配 就， 你 把 妹 妹 闪 在 半 路 口。

4.对 我 说， 心 里 不 要 害 急。

5.定 边 县， 三 年 二 年 不 得 见 面。

6.两 句 话， 又 怕 人 笑 话。

这首歌的旋律音列是【（1）23456125】，是省略【Si】（变宫）的六声音列，歌曲终止于【Do】（宫）音上，记谱标明【Do】（宫）等于C，表明这首歌系C宫系统的六声C宫调式。其所运用的音阶，或是省略【Si】（变宫）的下徵音阶；或是省略降【Si】（闰）的清商音阶。而与应当含有升【Fa】（变徵）音的正声音阶搭不上边。

如果这首歌运用另一种方式记谱，如图：

三十里铺

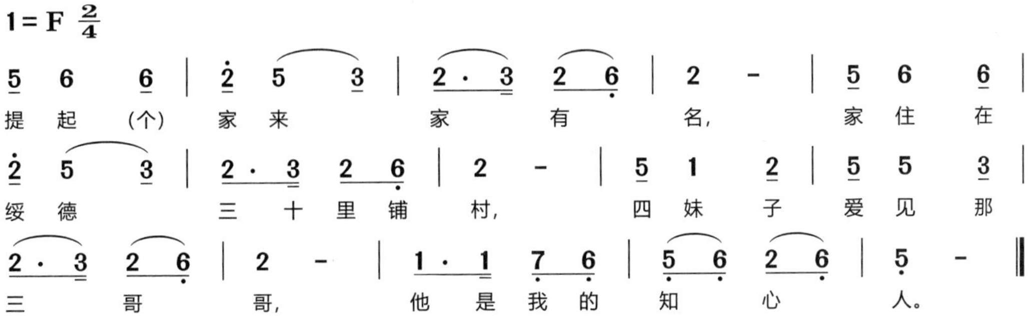

1＝F $\frac{2}{4}$

5 6 6 | 2 5 3 | 2·3 2 6 | 2 － | 5 6 6 |
提 起 （个） 家 来 家 有 名， 家 住 在

2 5 3 | 2·3 2 6 | 2 － | 5 1 2 | 5 5 3 |
绥 德 三 十 里 铺 村， 四 妹 子 爱 见 那

2·3 2 6 | 2 － | 1·1 7 6 | 5 6 2 6 | 5 － ‖
三 哥 哥， 他 是 我 的 知 心 人。

这样记谱就使这首歌的旋律音列变成【（5）67123562】，系省略【Fa】（清角）、升【Fa】（变徵）音的六声音列，歌曲终止于【Sol】（徵）音上，记谱标明【Do】（宫）等于F，表明这首歌系F宫系统的六声C徵调式，其所运用的音阶，或是省略【Fa】（清角或称和）的六声下徵音阶；或是省略升【Fa】（变徵）的六声正声音阶；而与必须含有降【Si】（闰）音的清商音阶无涉。

这首歌两种记谱方法告诉人们：运用不同的音列记谱，会带来调式、调性和所运用音阶的变异。这首歌所形成的【Do】（宫）、【Sol】（徵）调式的两种记谱样式，也导致了所运用音阶的相异。

再以陕北民歌《绣金匾》为例

绣金匾

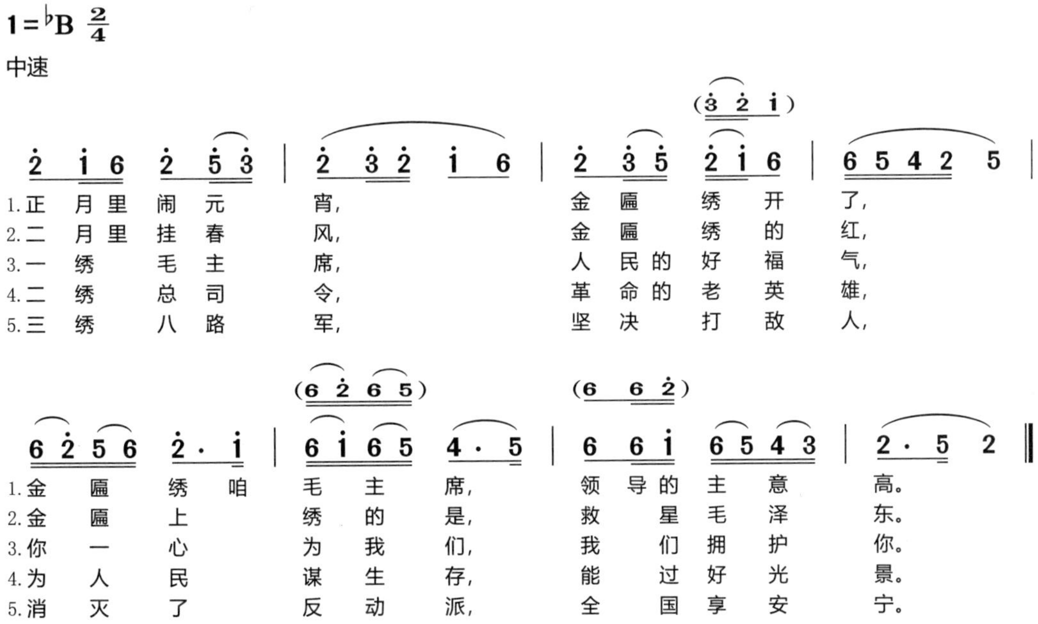

1＝♭B $\frac{2}{4}$

中速

（3 2 1）

2 16 2 53 | 2 32 1 6 | 2 35 216 | 65425 |
1.正 月里 闹 元 宵， 金 匾 绣 开 了，
2.二 月里 挂 春 风， 金 匾 绣 的 红，
3.一 绣 毛 主 席， 人 民的 好 福 气，
4.二 绣 总 司 令， 革 命的 老 英 雄，
5.三 绣 八 路 军， 坚 决 打 敌 人，

（6265） （6 62）

6256 2·1 | 6165 4·5 | 6 61 6543 | 2·5 2 ‖
1.金 匾 绣 咱 毛 主 席， 领 导的 主 意 高。
2.金 匾 上 绣 的 是， 救 星 毛 泽 东。
3.你 一 心 为 我 们， 我 们 拥 护 你。
4.为 人 民 谋 生 存， 能 过 好 光 景。
5.消 灭 了 反 动 派， 全 国 享 安 宁。

这首歌的旋律音列是【（2）34561235】，是省略【Si】（变宫）音的六声音列，歌曲终止于【Re】（商）音上，记谱标明【Do】（宫）等于降B，表明这首歌系降B宫系统的六声C商调式。其所运用的音阶，或是省略【Si】（变宫）音的下徵音阶；或是省略降【Si】（闰）音的清商音阶。而与应当含有升【Fa】（变徵）音的正声音阶搭不上边。

如果这首歌运用另一种方式记谱，如图：

绣金匾

1＝F $\frac{2}{4}$

6 5 3 6 2̇ 7 | 6 7 6 5 3 | 6 7 2̇ 7 6 5 | 3 2 1 6̣ 2 |

正 月 里 闹 元 宵， 金 匾 绣 开 了，

3 6 2 3 6 · 5 | 3 5 3 2 1 · 2 | 3 3 5 3 2 1 7̣ | 6̣ · 2 6̣ ‖

金 匾 绣 咱 毛 主 席， 领 导 的 主 意 高。

这样记谱就使这首歌的旋律音列变成【（6）71235672】，系省略【Fa】（变徵或称和）音的六声音列，歌曲终止于【La】（羽）音上，记谱标明【Do】（宫）等于F，表明这首歌系F宫系统的六声D【La】（羽）调式。其所运用的音阶，或是省略【Fa】（清角或称和）音的下徵音阶；或是省略升【Fa】（变徵）音的正声音阶；而与应当含有降【Si】（闰）音的清商音阶搭不上边。

这首歌的意义在于运用不同的音列记谱，会带来调式、调性和所运用音阶的变异。这首歌就形成了【Re】（商）、【La】（羽）调式的两种记谱样式，也导致了所运用音阶的相异。

尤其要指出：《三十里铺》《绣金匾》的不同记谱方式，在旋律音列、音阶方面虽有变化，但仔细分析，这种变化统一在“同一个均中”。

（三）运用“同宫三阶”、“同均三宫”理念创作的实例《布依女》分析

《布依女》的谱例：

布依女

张鸿毓 词
王原平 曲

1＝#F $\frac{4}{4}$

1
i̇ · i̇ i̇ i̇ 6 - 5 6 6 5 | 5 - - 1 2 2 1 | 1 6 - - - |

索 溜 溜 地 来 索 溜 溜 地 来 索 溜 溜 地 来

4
2 3 · 3 1 2 3 | 23 2 - - - | 2 3 · 3 1 2 3 |

哎 索 溜 地 来 哎 索 溜 地

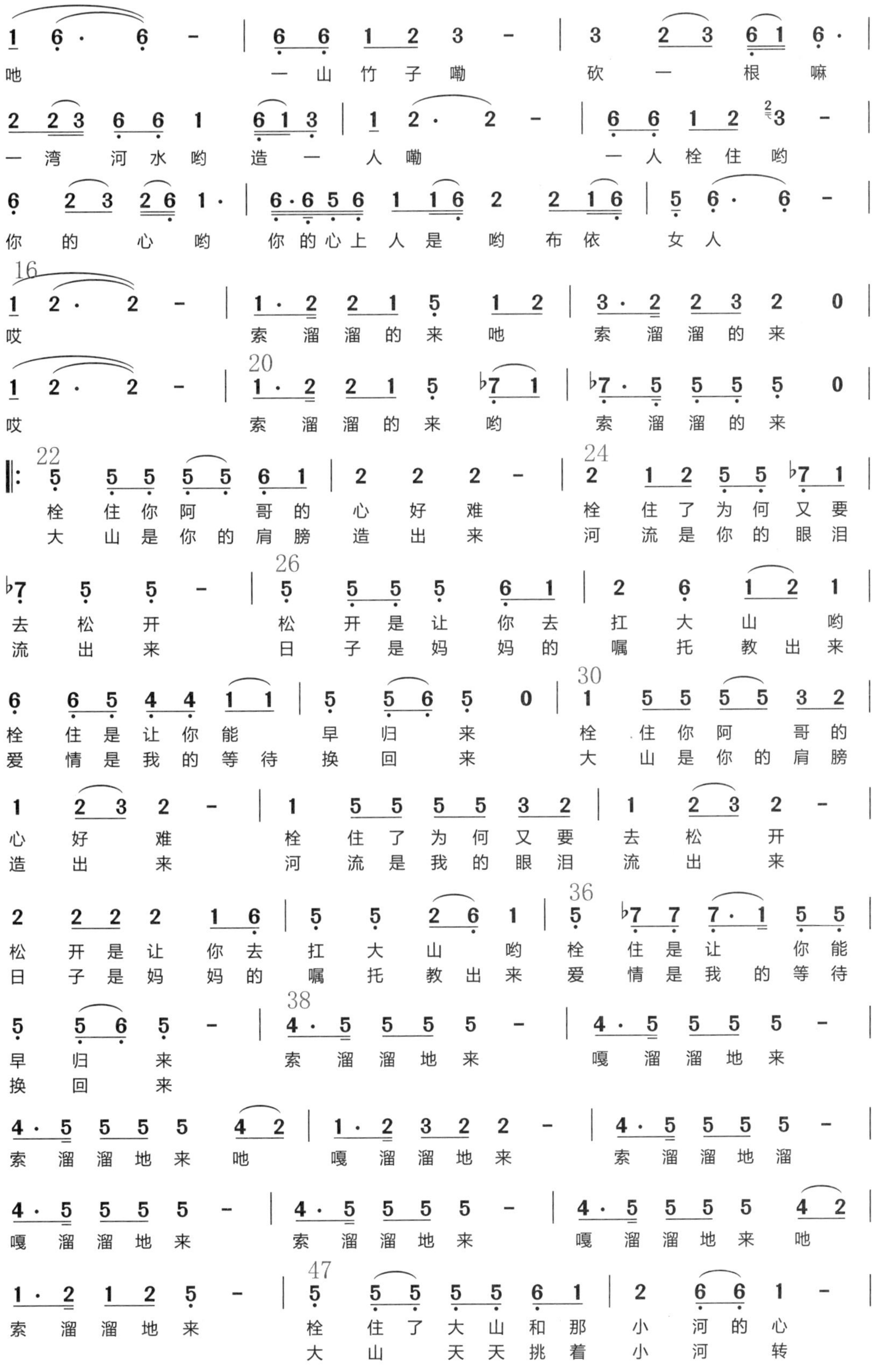

1 6· 6 - | 6 6 1 2 3 - | 3 2 3 6 1 6· |
吔 一山竹子嘞 砍一根嘛

2 2 3 6 6 1 6 1 3 | 1 2· 2 - | 6 6 1 2 3 - |
一湾河水哟造一人嘞 一人栓住哟

6 2 3 2 6 1· | 6·6 5 6 1 1 6 2 2 1 6 | 5 6· 6 - |
你的心哟 你的心上人是哟布依 女人

16
1 2· 2 - | 1·2 2 1 5 1 2 | 3·2 2 3 2 0 |
哎 索溜溜的来吔 索溜溜的来

20
1 2· 2 - | 1·2 2 1 5 ♭7 1 | ♭7·5 5 5 5 0 |
哎 索溜溜的来哟 索溜溜的来

22 24
‖: 5 5 5 5 5 6 1 | 2 2 2 - | 2 1 2 5 5 ♭7 1 |
栓住你阿哥的心好难 栓住了为何又要
大山是你的肩膀造出来 河流是你的眼泪

26
♭7 5 5 - | 5 5 5 5 6 1 | 2 6 1 2 1 |
去松开 松开是让你去 扛大山哟
流出来 日子是妈妈的 嘱托教出来

30
6 6 5 4 4 1 1 | 5 5 6 5 0 | 1 5 5 5 5 3 2 |
栓住是让你能 早归来 栓住你阿哥的
爱情是我的等待 换回来 大山是你的肩膀

1 2 3 2 - | 1 5 5 5 5 3 2 | 1 2 3 2 - |
心好难 栓住了为何又要 去松开
造出来 河流是我的眼泪 流出来

36
2 2 2 2 1 6 | 5 5 2 6 1 | 5 ♭7 7 7·1 5 5 |
松开是让你去 扛大山哟 栓住是让你能
日子是妈妈的 嘱托教出来 爱情是我的等待

38
5 5 6 5 - | 4·5 5 5 5 - | 4·5 5 5 5 - |
早归来 索溜溜地来 嘎溜溜地来
换回来

4·5 5 5 5 4 2 | 1·2 3 2 2 - | 4·5 5 5 5 - |
索溜溜地来吔 嘎溜溜地来 索溜溜地溜

4·5 5 5 5 - | 4·5 5 5 5 - | 4·5 5 5 5 4 2 |
嘎溜溜地来 索溜溜地来 嘎溜溜地来吔

47
1·2 1 2 5 - | 5 5 5 5 5 6 1 | 2 6 6 1 - |
索溜溜地来 栓住了大山和那 小河的心
大山 天天挑着 小河 转

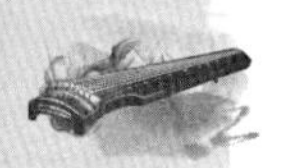

5 5 5 2 ♭7 7 5 5 | 5 5 5 0 | 51 [1. ♯1=2·2 2 2 ♭7 5· |
幸 福 才 到 布 依 女 的 心 中 来 索 溜 溜 地 来 吔

5·2 1 2 2 - | ♯1=2·2 2 2 1 2 6 | 5·6 5 6 5 - |
索 溜 溜 地 来 索 溜 溜 地 来 吔 索 溜 溜 地 来

♯1=2·2 2 2 3 2 3 | 1·6 6 5 6 - | 5·2 2 3 2 5 |
索 溜 溜 地 来 吔 索 溜 溜 地 来 索 溜 溜 地 来 吔

♭7·5 5 5 5· 0 :‖ 59 2 3· 3 1 2 3 | 2 - - - |
索 溜 溜 地 来 哎 索 溜 溜 来

1 2· 2 - | 6 6 1 2 3 - | 6 2 3 2 6 1· |
人 嘞 一 人 栓 住 哟 你 的 心 哟

6656 1 16 2 2 16 | 5 6· 6 - | 69 6656 1 16 2 2 16 |
你 的 心 上 人 是 哟 布 依 女 人 你 的 心 上 人 是 哟 布 依

5 6· 6 - | 2 3· 3 1 2 3 | 3 5 65 6 - | 6 - - - ‖
女 人 哎 索 溜 地 来 索 溜 地 来

对这首歌作具体分析：

歌曲的引子（1 至 3 小节）为单一的羽调式色彩。

歌曲的首段（4 至 15 小节）为具有浓重商音特点的羽调式色彩。

歌曲的连接段（16 至 21 小节）实现了从商调式色彩（16 至 19 小节）至羽调式色彩（20 至 21 小节）的转移。其关键之处为 b7（Si）音的运用，使之与 5（Sol）音构成了小三度的羽宫关系。

歌曲的中段（22 至 58 小节）调式色彩变换频繁，总体上仍为羽——商调式色彩的混融。其中：22 至 23 小节商调式色彩明晰，24 至 25 小节由于 b7（Si）音的引入，实际上实现了同主音的调式转换（前 2（Re）等于后 3（Mi）），从（#G）商转到了（#C）羽。26 至 29 小节则为调式的混融。30 至 35 小节回复到商调式色彩，36 至 37 小节则又游移到羽调式色彩。38 至 46 小节为羽或商调式色彩的移调进行。47 至 50 小节则为羽——商调式色彩的混融。51 至 58 小节亦然。

歌曲的尾段（59 至 73 小节）为首段的重复，为具有浓重商音特点的羽调式色彩。

歌曲的旋律音列为【3、4、5、6、b7、1、2、3、4、5、6、1】，这除了表明这首歌具有较宽的音域外，更表明了这首歌之所以具有调式色彩变异、丰富特点的缘由。

综上分析，可以说，《布依女》的总体调式色彩是羽——商调式色彩浓郁。

这首歌实践了我国传统乐学中的“同宫三阶”理论。这首歌实际上运用了两种我国传统的音阶，即由【1、2、3、4、5、6、7】组成的“下徵音阶”和由【1、2、3、4、5、6、b7】组成的“清商音阶”。这两种音阶结构方面的唯一区别是，“下徵音阶”是 7（Si），“清商音阶”是 b7（Si）。上面提到的这首歌的旋律音列正包括了这两种音阶所含的各音。这就使在同宫系统内进行调式转换提供了便利。

这首歌的原始素材来自布依族民歌。我国传统的五声性调式思维定势，决定了这首歌在调式特色方面的技术性途径。同一音阶的五个正声可以形成宫、商、角、徵、羽五种调式，使得调式色彩很容易相互渗透。所以这首歌的首、尾两段为具有浓重商音特点的羽调式色彩。而同一旋律音列中属于音阶中的“偏音”（如 4（Fa）——也叫清角，7（Si）——也叫变宫，b7（Si）——也叫闰等）的引入、运用，就会改变旋律中的音程关系，导致音阶结构的变化，形成调式游移或转换。这首歌的连接段和中段，由于 b7（Si）音和 4（Fa）音的引入、运用，改变了与 5（Sol）音的音程关系（与 b7（Si）音形成小三度，使人产生宫——羽进行的感受与印象；与 4（Fa）音形成大二度，使人产生宫——商或徵——羽进行的感受和印象。所以，在这首歌的 20 至 21 小节和 24 至 25 小节等处实际上形成了调式转移。而 38 至 46 小节则实现了调式色彩的移调进行。

这种技法的运用、实践，给传统音调素材带来了清新的活力，增添了歌曲的表现力和感染力。

六、曲体建构法

（一）曲体结构形式分析的意义

结构形式，是艺术理论范畴的重要组成部分，它与艺术作品的内容与形式的关系问题紧密相连。任何一种艺术的内容，都必须通过相应的艺术表现手段和一定的结构形式表达出来。各种艺术的表现手段，如果不在一定的结构形式中组织起来，它们就不可能获得明确性和完整性，也就不可能准确地、完整地、让接受者能予以理解地表达思想内容。正因为此，结构形式分析，及其结构形式所体现的美学价值，越来越引起人们的注目。中华民族文化中结构形式所蕴含的中华民族传统的审美意韵，更是受到人们的青睐。

与所有艺术的结构形式是丰富多样的一样，民族民间音乐的结构形式也是多姿多彩的。鉴于所有艺术的结构形式都是具有表现活力的，所以，当我们从不同角度来对各不相同的结构形式进行分析的时候，就会更深刻地发现、认识各种结构形式所蕴含的艺术表现意义。比如，1. 以结构形式是一种力量作为分析的出发点，我们

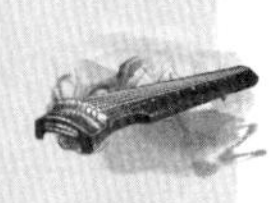

会感到：民族民间音乐的各种结构形式，是一种能够使民族民间音调围绕一种中心而凝聚起来的力量，曲体结构所具有的"结构力"是这种力量之源。2. 以结构形式是一种载体作为分析的出发点，我们会感到：民族民间音调的各种结构形式，承载了民族民间音调的一切形式要素，曲体结构成为民族民间音调所有艺术表现要素的集合体。3. 以结构形式是一种过程作为分析的出发点，我们会感到：民族民间音调的各种结构形式，已成为反映人类社会意识的音调运动的历时性过程，从而深刻体验作为时间艺术的音乐的本质特征。4. 以结构形式是一种符号作为分析的出发点，我们会感到：民族民间音调的各种结构形式，都含蕴有体现它们的本质、它们的发展规律、它们与人类各种活动的关系等独特内涵，从而深刻理解、把握曲体结构所具有的艺术表现意义。5. 以结构形式是一个系统作为分析的出发点，我们会感到：民族民间音调的各种结构形式，正是由相互联系、相互作用的若干音乐艺术表现要素结合而成的、具有特定功能的有机整体，从而更深入地领会结构形式所具有的生命活力。

就艺术形式与内容的关系而言，民族民间音调的结构形式，属于音乐结构形式的范畴。各种音乐结构形式的形成，在于音乐的各种表现手段，在有组织的和极为多样的有机结合中，按照某种适应于表现思想内容的音乐语言和乐思陈述方式的形成。一首音乐作品或乐曲的一部分，也是由各种各样的音乐语言（乐汇、乐节、乐句等）和乐思陈述方式，按照思想内容发展的需要，有机地前后连贯起来而形成的。音乐的各种表现手段之间的结合形式是无穷无尽的，这就使它们在结构形式的表现上具有无限的可能性。就内容与形式的关系而言，每件作品，既是适应每一个具体内容而形成其自身独特的结合形式，但这每一种具体的结合形式又都是为了表达某一特定内容服务的。这也就是我们常说的在内容的主导作用下形式和内容的完满统一。当然，我们在承认音乐的结构形式，与音乐对思想内容的表达有着十分密切关系的同时。也要指出，这并不意味着我们因为音乐的极为丰富多样的内容，就无法归纳、总结出若干基本的音乐结构形式。这是因为：内容与形式的关系问题上，有其统一的一面，也有其相对的一面，音乐结构形式有其服务于、甚或"依从"于内容的一面，但音乐结构形式也有其相对稳定、独立的一面。音乐和文学一样，在思想内容的发展和前后贯连的不间断性表达中，都同样存在有由具体的技术手段表达出来的结构形式的样式区分，而且，这些结构形式的样式是可以归纳、总结为不同的基本类型的。有许多音乐结构形式的基本类型或在音乐创作中被广泛使用，或在民族民间音乐的传承中经广泛流传，这实际上为我们分析、认识、归纳、总结音乐结构形式的基本类型提供了广泛的基础。

（二）民歌的基本曲体结构类型

民族民间音乐的结构形式即民族民间音乐的曲体结构的基本类型的划分，是传统音乐理论范畴的重要研究内容之一。其划分办法，多为从民族民间音乐的创造者与传承者的实践出发，根据民族民间音乐在其传承、发展中的习惯称谓，同时参照一般曲体（曲式）分析的惯用方法，按单曲体、联曲体两大类来作总体把握。对单曲体结构形式的分析，往往以对构成单曲体各结构形式的句法分析（即乐句分析）为基础。而对联曲体结构形式的分析，往往以对构成联曲体各结构形式的部分分析（即乐段分析）为基础。

经初步划分归纳，民族民间音乐的曲体结构形式中，单曲体类的多种结构形式又可划归为对称性结构形式和非对称性结构形式两大项。在单曲体类·对称性结构形式中，包括【二句子】（亦称上下句式）、【四句子】（即由四个乐句所构成的民族民间音调），以及在这两种结构形式基础上组合而成的【六句子】和【八句子】等曲体结构样式。曲体结构的对称性，表现出一种平衡、均势美。而在单曲体类·非对称性结构形式中，包括【单句子】（即由一个乐句构成的民族民间音调）、【三句子】（即由三个乐句构成的民族民间音调）、【五句子】（即由五个乐句构成的民族民间音调），以及【赶五句】（或称为【赶句子】、【赶歌子】、【急口令】、【数板山歌】、【抢句子】、【急咕溜子】）等曲体结构样式。曲体结构的非对称性，表现出一种参差、对比美。

在湖北民族民间音乐的联曲体类多种结构形式中，则以穿插体结构和大型套曲结构两大项最具特色。

（关于民歌基本曲体结构类型的详论，可参见长江文艺出版社 2001 年《湖北传统乐舞概论》第五章 154——191 页）

（三）对典型性曲体结构曲目的分析

1.《山区新貌唱不完》谱例：

山区新貌唱不完

1=C $\frac{5}{4}$

♩= 78,优美地

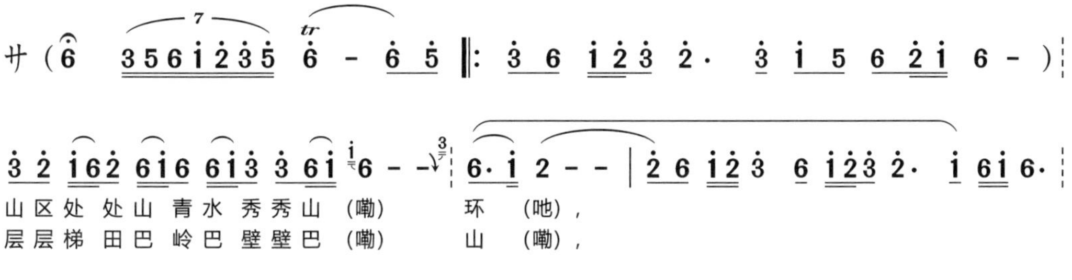

廿（6 3561235 6 - 6 5 ‖: 3 6 123 2· 3 1 5 6 21 6 - ）

3 2 162 616 613 3 61 6 - - 6· 1 2 - - | 2 6 123 6 1233 2· 1 61 6·

山区处处山青水秀秀山（嘞） 环（吔），

层层梯田巴岭巴壁壁巴（嘞） 山（嘞），

社员个个(哟) 心红心齐齐心(哟) 干 (啰)，
水库渠道(哟) 接河接港港接(哟) 湾 (啰)，

为了 (啊) 要使山区
今日 (啊) 高山脚下

渐快

面貌大干巧干山乡大变样 (嘞咳)， 向大山、小山、
多少新人新歌歌唱新面貌 (嘞咳)， 看稻子、麦子、

高山、矮山，尖山、平山、、圆山、扁山、土山、石山、石山、土山
荞子、草子、葫子、豆子、菜子、茶子、桃子、李子、李子、桃子

♩=72 中速

齐开 (吔 哟嗬) 战 (嘞)
大增 (吔 哟嗬) 产 (嘞)，

“三治”建设 (哟) 起狂澜 (啰)。
山区新貌 (哟) 唱不完 (啰)，

结束句

山区新貌 (哟) 唱不完 (啰)。

(通城县文体局记)

这是一首在【五句子】曲体结构基础上“改造”出来的、当地歌手称为【急口令】的歌曲。节奏紧凑、叙诵性强是这种曲体结构形式的显著特点。其一般性表现，是在五句子结构形式的基础上，将五句子体歌词的第三或第四句改唱成成串的双声叠韵式歌词，（俗称为“赶句”）。这样，在句法方面，就形成头几句和后一句抒咏性很强的演唱与“赶句段”规整、热烈、紧凑的叙诵形成反差，打破了曲体结构形式的对称与均衡。另外，还有一些地方更是将每一句歌词均用双声叠韵式的方法来演唱，这样，“急口令”式的感觉就更浓了。

这首歌是词体结构改变导致歌曲音调、曲体结构发展的范例。

2.《喇叭调》谱例：

喇叭调

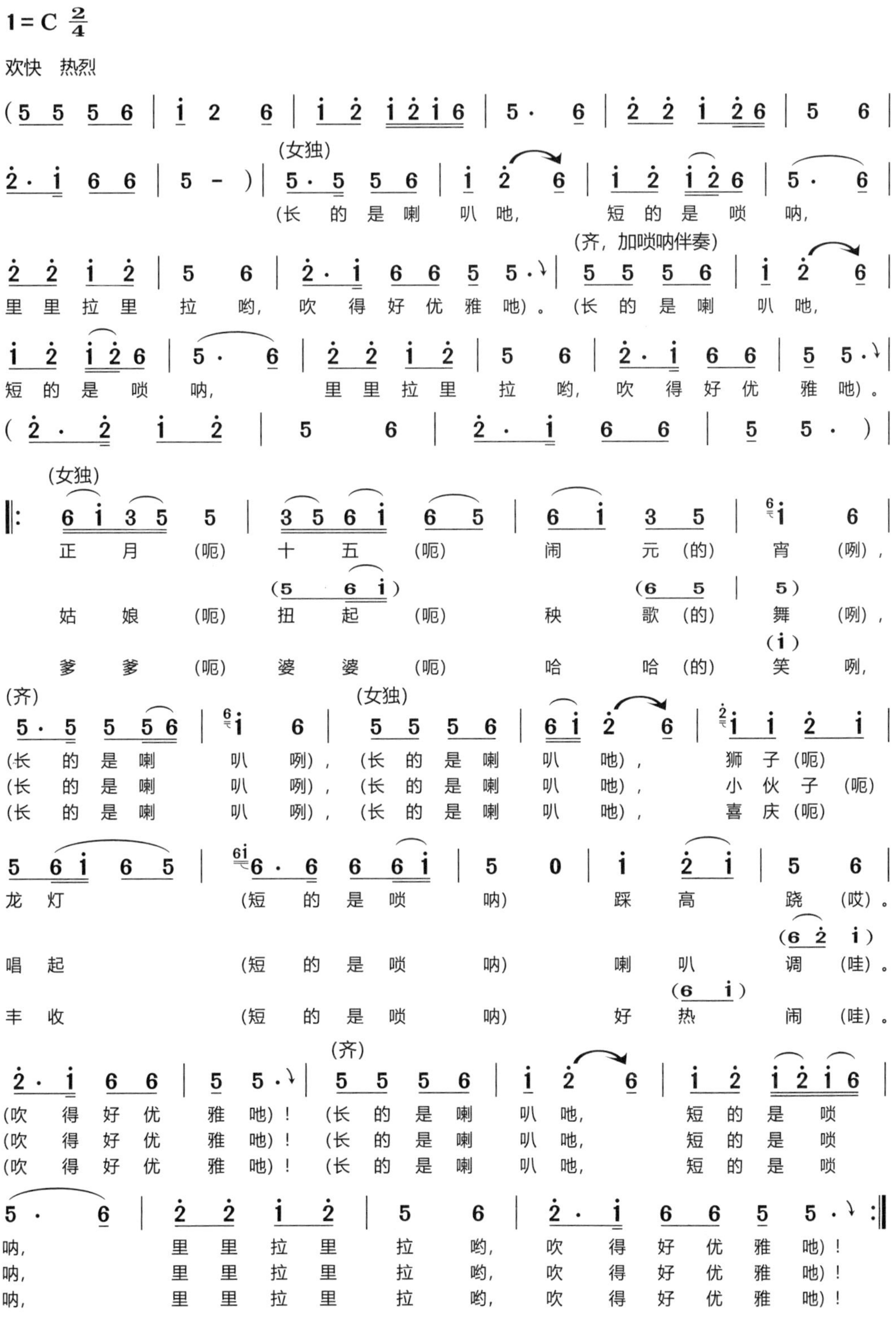

1＝C $\frac{2}{4}$

欢快　热烈

（女独）

（长的是喇叭吔，短的是唢呐，里里拉里拉哟，吹得好优雅吔）。

（齐，加唢呐伴奏）

（长的是喇叭吔，短的是唢呐，里里拉里拉哟，吹得好优雅吔）。

（女独）

正月（呃）十五（呃）闹元（的）宵（咧），

姑娘（呃）扭起（呃）秧歌（的）舞（咧），

爹爹（呃）婆婆（呃）哈哈（的）笑咧，

（齐）　　　　　　（女独）

（长的是喇叭咧），（长的是喇叭吔），狮子（呃）龙灯（短的是唢呐）踩高跷（哎）。

（长的是喇叭咧），（长的是喇叭吔），小伙子（呃）唱起（短的是唢呐）喇叭调（哇）。

（长的是喇叭咧），（长的是喇叭吔），喜庆（呃）丰收（短的是唢呐）好热闹（哇）。

（齐）

（吹得好优雅吔）！（长的是喇叭吔，短的是唢呐，里里拉里拉哟，吹得好优雅吔）！

（吹得好优雅吔）！（长的是喇叭吔，短的是唢呐，里里拉里拉哟，吹得好优雅吔）！

（吹得好优雅吔）！（长的是喇叭吔，短的是唢呐，里里拉里拉哟，吹得好优雅吔）！

（王兆珍唱 姚家松填词 赵斌文记）

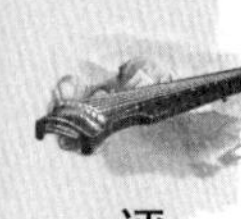

这是一首被民歌手称为"穿号子"、"穿歌子"、"鸳鸯号子"的穿插体结构的民歌。作为具有曲体结构意义的穿插体结构形式指的是：在基于某一传统声腔、音调的基础上、以穿插演唱两组各自具有独立意义的歌词而形成的一种互相对比、互相依存、水乳交融的新的曲体结构。它以巧穿妙插、相映生辉而引人注目。

这首民歌具备了穿插体曲体结构形式的典型特点：第一组唱词（A）在歌曲的穿插演唱中处于主导地位，它既有多次完整的陈述，又有巧妙的穿插。第二组唱词（B）在歌曲的穿插演唱中处于从属的地位，它是歌曲中十分活跃的因素。其总体曲体结构为：A + ‖ ：B + A ： ‖ 。各部分的曲体结构如下图：

第一部分（A）：

唱　　词：A1 + A2 + A3 + A4

音乐小节数：2 + 2 + 2 + 2

第二部分（B）：

唱　　词：B1 + A1 + [B2（上半句）+ A2] + [B2（下半句）+ A4]

音 乐小节数：4 + 4 + [2 + 2] + [2 + 2]

第三部分（A）：

唱　　词：A1 + A2 + A3 + A4

音乐小节数：2 + 2 + 2 + 2

穿插体民歌的艺术特色就是巧穿妙插，相映生辉，在统一性的基础上展示对比性，在对比性的发展中求得统一性，是统一性和对比性的对立统一。

见之于"词"方面的统一性主要表现在：两组词在内容上近似；绝大多数情况下，两组词的韵辙相同；第一组词作为主体在演唱中反复出现，成为穿插体民歌统一性的"骨架"。而见之于"词"方面的对比性主要表现在：第一组词相对稳定与第二组词灵活多变的对比；第一组词的样式（多为五言句式或长短句式）与第二组词的样式（多为七言整齐句式）的对比；两组词样式的对比，是穿插体民歌得以对比发展的动力性因素。

见之于"音调"方面的统一性主要表现在：两组词在演唱中旋律音列的一致或近似；行腔习惯与旋律骨干音相同；乐句长短（表现为乐句小节数）基本平衡；节奏特点基本近似；领、和双方均按在本地传承的民间音调行腔。传承在各地的传统民间音调是穿插体民歌在音乐上保持统一性的"魂"。而见之于"音调"方面的对比性主要表现在：演唱形式上一领与众和的对比；第一组词的旋律线的相对稳定与第二组词旋律线的富于变化的对比；演唱习惯上由慢趋快的速度对比。其中，旋律形态的对比，是最生动的对比性因素。根据第一组词一般情况下声多词少的音调特点，我们将其称作“腔调的旋律”；根据第二组词一般情况下词多声少、口语化强的音调特点，我们将其称作“韵调的旋律”。粗犷、朴素、直叙的“腔调的旋律”，与清新、生动、斑斓的“韵调的旋律”巧穿妙插，充分体现了穿插体民歌的对比性特点。

穿插体曲体结构的形成，实证了曲体建构是民间歌手创腔编曲、促进民族传统音调发展的重要方法，体现了民间歌手高超的艺术创造能力。

（此文系2023年8月在“音乐创作骨干培训班”上的讲稿）

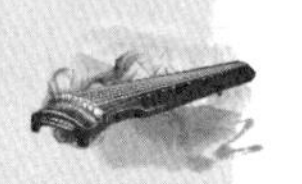

荆楚民歌形态特征及在当代音乐创作中的运用

一、荆楚文化中的民歌

文化起源的多元说，长江流域、黄河流域，都是具有悠久历史的中华民族文化的发祥地，即中华文化南北二元耦合的观点，已被越来越多的专家、学者所认可。从新石器时代直到当世，中国文化中就一直存在着一系列南北方不同的文化现象和文化精神，如农作物方面的南稻北粟，生活用品方面的南釜北鬲，穿着方面的南丝北皮，住宿方面的南"巢"北"穴"，交通方面的南舟北车，始祖方面的南炎北黄，信仰方面的南凤北龙，宗教方面的南道北儒，文学方面的南《骚》北《诗》，以及南北经学、南北禅宗、南北语言、南北风俗、南北气质等。正如文化学者张正明先生指出的："从楚文化形成之时起，华夏文化就分成了北南两支：北支为中原文化，雄浑如触砥柱而下的黄河；南支即楚文化，清奇如穿三峡而出的长江。这北南两支华夏文化是上古中国灿烂文化的表率，而如时代大致相当的古希腊和古罗马的文化遥相呼应。"（参见"中国文化史丛书"之张正明著《楚文化史》上海人民出版社1987年8月第1版）在传统艺术方面也是如此。

学界普遍认为：就作为中华民族艺术宝库明珠的荆楚文化而言，至少包含有六大要素，或称着构成荆楚文化的"六根支柱"。即：一、青铜冶铸工艺；二、丝织工艺和刺绣工艺；三、髹漆工艺；四、老子和庄子的哲学；五、屈原的诗歌和庄子的散文；六、美术和乐舞。这六大构成要素或"六根支柱"中，前三项属于物质文化的范畴，后三项属于精神文化的范畴。两者相依相存，携手发展，共同构成了博大精深的荆楚文化的完整体系。（参见"中国文化史丛书"之张正明著《楚文化史》上海人民出版社1987年8月第1版）我们今天所要谈论的荆楚民歌，就属于荆楚文化中的精神文化范畴。

荆楚民歌，指的是一种地域性的、具有古朴形态特征的、为出土文物和史料典籍记载所证实的、经由历史传承下来的音乐形式。

荆楚民歌的地域性，是从其地域范围方面对其进行界定。这个特定概念相对于"中华（国）民歌"或相对于与这个特定概念属于同一流域的长江流域其他地域的民歌，是特指在荆楚这个特定地域范围内的民歌。就地域范围而言，对这个特定概念的狭义理解，主要是指在现今湖北省的行政区划范围。而对这个特定概念的广义理解，它还应该含括现今尚存的、荆楚民歌在其发生、发展途程中所必然涉及到的、各个历史时期的不同疆域范围。这是因为：湖北疆域，历经变迁。自“禹分天下为九州”（《尚书·禹贡》）以来，湖北大部分属荆州，东周时期，为楚国疆域的主要部分。秦统一中国后，湖北大部以“荆”或“荆楚”称之。西汉湖北主要部分属荆州刺史部，东汉末属“荆州牧”。三国时期，湖北分属吴魏。两晋南北朝时期，仍称荆州，后一度称鄂州。唐时，湖北曾分属山南、江南、淮南、黔中道。宋代，湖北属荆湖北路。元朝，曾分属湖广、河南、四川、陕西行省。明代，属湖广省。清时，属湖广左布政使司，后改名为湖北省，沿袭至今。因此，我们应该把对荆楚民歌地域性问题的理解，升华作为一种地域性文化形态、文化精神以及文化影响来认识。这表明，荆楚民歌的地域性概念，既显示了它的独特性——此地非彼地，也蕴含着不可忽视的相对性——地域范围确有历史变迁因素。

荆楚民歌的古朴形态特征，是从其形态特征方面对其进行界定。所谓古朴形态，是指那些或源发于民间的、原始的、未经修饰的，或具有悠长发展历程与历史价值的民歌形态。对荆楚民歌这个特定概念形态特征方面的界定，表明我们的研究对象在形态上既具有原发性，又具有继承性。它是从人民群众的实际生活中萌生、创造，又长期在人民群众中流传、发展的。

荆楚民歌应为出土文物和史料典籍记载所证实，是从其历史发展方面对研究、分析对象进行界定。民歌是历史积淀的产物，对它的研究、分析，实际上是对一种历史积淀物的认识。在这个意义上说，对荆楚民歌的研究、分析，就是对其发生、发展途程的追根寻源。史料典籍中对与荆楚民歌有关的记载，是荆楚民歌发生、发展途程之链的注脚，而出土文物，则更是荆楚民歌发生、发展途程的实证。透过史料典籍的记载，可以判断荆楚民歌的形态在其发展途程的不同时期的存在状态；透过出土文物的实证，可以确定荆楚民歌某一形态实际存在的年代、文化内涵……从而分析、把握其发展脉搏，对其进行发展历史阶段性的研究。

荆楚民歌应为经由历史传承下来的，是从存在方式方面对其进行界定。传承，是荆楚民歌存在方式的最主要形式。通过出土文物的实证和史料典籍的记载，传承给后人的是“死资料”；通过类似民俗等“传统习惯势力”和民族传统审美意识等精神文化因素而在人民群众的实际生活中遗存的乐舞形式，则是传承给后人的“活化石”，它们都是荆楚民歌存在、发展方式的重要载体。

总之，从文化学的广义意义上来看，荆楚民歌的概念，是一个历史地理文化的概念，是一个传统音乐文化的概念，是一个地域音乐文化的概念。

二、荆楚民歌形态特征及所承载的意识、观念

任何艺术作品的价值和意义，都蕴含于自身构建的艺术形态之中，荆楚民歌亦不例外。我们应当在对荆楚民歌形态特征的分析中，揭示其所承载的意识、观念，所具有的独特价值和意义。

1. 荆楚民歌体现出独特的“腔”、“调”概念内涵。

荆楚民歌的编创者即民间歌手常说：“锣鼓不出乡，各唱各的腔”；民间歌手也常称：这是“五更调”、“瓜子仁调”、“绣荷包调”，那是“八段锦调”、“摆酒宴调”、“孟姜女调”……他们所说的“腔”和所称的“调”，是有其独特的概念内涵的。

分析研究发现，被民间歌手称谓的“腔”，往往都是与音高、情绪、地理方位等来命名的。如高腔、平腔、矮腔、哭腔、悲腔、西汉腔、湖腔、咸宁腔、黄梅腔等等。经过对这些被称之为“腔”的民歌音调的研究分析发现，民间歌手所说的“腔”，是指由先辈传承、并在某一个地方流传的音调运转习惯，多指各地民歌旋律组织中的骨干音，且大多与各地习惯性的乐句起迄音有关。由于各地民歌旋律组织中的骨干音的不尽一致，“腔”的地方特点差异就显现出来了，难怪民间歌手要说“各唱各的腔”了。所以，民间歌手所说的“腔”，具有明晰、简要的特点和鲜明的地方性。

分析研究发现，被民间歌手称谓的“调”，往往都是与歌曲内容联系在一起的。如“孟姜女调”，就是叙述孟姜女故事的“曲调”。“八段锦调”，就是讲述“八段锦”内容的“曲调”，等等。经过对一些被民间歌手冠之以“调”的民歌音调分析研究可以发现：“调”多系在“腔”的基础上，在民间流传的过程中，由各地歌手互相补充、完善、丰富，能动地创造出来的歌或曲，并多以该歌或曲基本成型时所叙述的那个故事或事件来命名。因此，民间歌手所称谓的“调”，一般具有含括力强的特点和较强的融合性。

2. 荆楚民歌体现出朴素的“音平等”意识。

荆楚民歌编创者们的创腔编曲实践表明，他们具有朴素的音平等意识。具体表现在他们即兴创腔、随意编曲的民歌中，呈现出各音的独立性强于相互间倾向性的状况，这实际上就是朴素的音平等意识的反映。

一是在他们创腔编曲的过程中，各音都处于平等的供选择地位。分析研究表明，民间歌手在作为“腔”的核心部分——旋律骨干音的选择上，最能体现他们朴素的音平等意识。他们在创腔编曲过程中，此时此地的旋律骨干音、中心音，在彼时彼地则可能成为辅助音、经过音，这表明：音的作用和地位，是与民歌手的主观能动性——即自由选择和创腔编曲密切相关的，未经主观能动性选择的客观形态下的各音，都处于一种平等的供选择地位。

二是主音概念居次要地位。民歌的终止音，往往被认为是音列、调式的“主音”。但荆楚民歌呈现出的状况却耐人寻味。下面是对《中国民间歌曲集成·湖北卷》所载五种音列 533 首民歌终止音状况的统计情况：

音列样式	终止音					总计
	Do	Re	Mi	Sol	La	
Do、Re、Mi、Sol、La、（Do）	12	3	1	3		19
Re、Mi、Sol、La、Do、（Re）		3		4		7
Mi、Sol、La、Do、Re、（Mi）	8	2	8	94	21	133
Sol、La、Do、Re、Mi、（Sol）	23	12		236	41	312
La、Do、Re、Mi、Sol、（La）	21	10	1		30	62
总计	64	30	10	337	92	533

这个统计表明，被通常认为标准的各调式音列中，终止于各调式主音的状况分别为：【Sol】（徵）调式占 75.6%，【Do】（宫）调式占 63.1%，【La】（羽）调式占 48.4%，【Re】（商）调式占 49.2%，【Mi】（角）调式占 6%。而在其他调式音列非主音终止的状况为：【Re】（商）终止占 90%，【Do】（宫）终止占 81.3%，【La】（羽）终止占 67.4%，【Sol】（徵）终止占 30%，【Mi】（角）终止占 20%。这正反两方面的数据证明，主音概念在民间歌手的音思维中处于次要地位，这也是音平等观念的折射。

三是音观念浓于音列观念。通常认为五声调式中，音的倾向性不甚尖锐的原因，是由于五声调式缺少半音和三整音的音程关系。但荆楚民歌体现出朴素的“音平等”意识证明，还有一个应予重视的内在原因是：组成五声音阶的各音，都能独立地建立起以自己为主音的调式音列，这个现象反映了构成五声调式的各音，其独立性必然强于倾向性。而音的独立性愈强，倾向性愈弱，其地位和作用则愈平等。荆楚民间歌手的创腔编曲实践表明，他们受制于“腔”、“调”概念的音观念，浓于音列观念，所以出现了如上表所列的同一音列中，主音概念居于较次要的地位，而在调式其他音上实现终止的现象。

3. 荆楚民歌体现出的多音思维意识。

通常认为，传统民间音调的音列为【Do、Re、Mi、Sol、La】五音构成，并被称为五声调式结构体系。但荆楚民歌手的创腔编曲实践，表明他们虽然在大多数情况下，确以五音音列为主，但也有很多时候并不如此。

音列所含音数	民歌首数	所占百分比
五　音	564	60.6%
四　音	203	21.8%
六　音	81	8.7%
三　音	71	7.6%
七　音	10	1.1%
二　音	2	0.2%
合　计	931	100%

受“音平等”意识的影响，荆楚民歌手在创腔编曲过程中，形成了两种音列类型。一种是音域不超过八度的“自然型音列”，一种是音域超过一个八度，需要进行音转位来分析的“移位型音列”。《中国民间歌曲集成·湖北卷》共收录民歌1380首，除开无音列、仅有歌词的民歌26首，转调民歌19首，两重终止民歌2首，余下1333首。上表所列931首民歌属于“自然型音列”范围，占1333首民歌的69.8%，未列入上表的402首民歌，属“移位型音列”范围，占1333首民歌的30.2%。可见，荆楚民歌手是以“自然型音列”为主创腔编曲的。

进一步研究分析，发现荆楚民歌手“自然型音列”构成样式繁多。913首“自然型音列”的民歌，其音列排列样式竟达104种之多。如下表：

Sol起头音列（共23种）

音列样式	用音数	终止音状况							共计首数
		Do	Re	Mi	Fa	Sol	La	Si	
Sol、La、Do、Re、Mi、Sol	5	15	8			117	21		161
Sol、La、Do、Re、Mi	5	8	4			119	20		151
Sol、La、Do、Re	4	4				84	19		107
Sol、La、Do	3	3				8	2		13
Sol、La、Si、Do、Re、Mi	6	2	1			7	1		11
Sol、La、Si、Do、Re、Mi、Sol	6	2	1			7	1		11
Sol、La、Si、Do、Re	5	1				6	1		8
Sol、La、Do、Re、Sol	4	1	1			2			4
Sol、La、Do、Mi	4					2	1		3
Sol、La、Do、Re、Mi、Fa、Sol	6					3			3
Sol、La、Do、Re、Mi、Fa	6					2			2
Sol、Do、Mi	3	1				1			2

音列样式	用音数	终止音状况							共计首数
		Do	Re	Mi	Fa	Sol	La	Si	
Sol、La、Si、Do、Re、Mi、Fa	7	1							1
Sol、La、Si、Do、Re、Mi、Fa、Sol	7	1							1
Sol、La、Si、Do、Re、Sol	5						1		1
Sol、La、Re	3						1		1
Sol、La、Re、Sol	3						1		1
Sol、Do、Re、Sol	3	1							1
Sol、La、Do、Mi、Sol	4					1			1
Sol、La、Do、Re、Fa、Sol	5					1			1
Sol、#Sol、La、Do、Re、Mi	6					1			1
Sol、La、♭Si、Si、Do、Re、Mi	7					1			1
Sol、La、♭Si、Do、#Do、Re、Mi、Sol	7	1							1
共计	23种	41	15	0	0	362	69		487

La起头音列（共24种）

音列样式	用音数	终止音状况							共计首数
		Do	Re	Mi	Fa	Sol	La	Si	
La、Do、Re、Mi	4	12	11	1			26		50
La、Do、Re、Mi、Sol	5	15	5	1			22		43
La、Do、Re	3	4	4				17		25
La、Do、Re、Mi、Sol、La	5	6	5				8		19
La、Si、Do、Re、Mi	5	3					5		8
La、Si、Do、Re、Mi、Sol	6	2	3				2		7
La、Do、♭Mi	3	2					3		5
La、Do、Re、Mi、Fa	5						2		2
La、Do、Re、♭Mi	4						2		2
La、Do、Re、♭Mi、Sol	5						2		2
La、Si、Do、Re	4	1							1
La、Si、Do、Re、Mi、Sol、La	6						1		1
La、Si、Do、Re、Mi、Fa、Sol、La	7	1							1

音列样式	用音数	终止音状况							共计首数
		Do	Re	Mi	Fa	Sol	La	Si	
La、Do、Re、Mi、Fa、Sol	6	1							1
La、Do、Re、Mi、#Fa、Sol	6						1		1
La、Do、Re、Mi、Fa、#Fa	6		1						1
La、Do、#Do、Re、Mi、Sol	6		1						1
La、Do、Re、Mi、La	4						1		1
La、Do、♭Mi、Fa	4	1							1
La、Do、Mi	3			1					1
La、Do、Re、Fa	4						1		1
La、Re、Mi	3						1		1
La、Do、Mi、Sol	4	1							1
La、♭Si、Do、Re、Mi、Sol	6	1							1
共计	24 种	50	30	3	0	0	94	0	177

Mi 起头音列（共 18 种）

音列样式	用音数	终止音状况							共计首数
		Do	Re	Mi	Fa	Sol	La	Si	
Mi、Sol、La、Do、Re、Mi	5	7	1	5		53	13		79
Mi、Sol、La、Do、Re	5	1	1	3		41	8		54
Mi、Sol、La、Do	4			2		3	2		7
Mi、Sol、La、Si、Do、Re	6			1		2	2		5
Mi、Sol、La、Si、Do、Re、Mi	6					4			4
Mi、Fa、Sol、La、Do、Re、Mi	6	1		1		2			4
Mi、La、Do、Re	4						4		4
Mi、La、Do、Re、Mi	4		1				3		4
Mi、Sol、La、Si、Do	5			1		1			2
Mi、Fa、Sol、La、Do	5					2			2
Mi、La、Do	3	1							1
Mi、Sol、Do、Mi	3			1					1
Mi、Sol、La、Do、Mi	4					1			1
Mi、#Fa、Sol、La、Do、Re	6					1			1
Mi、Sol、♭Si、Do	4					1			1

音列样式	用音数	终止音状况							共计首数
		Do	Re	Mi	Fa	Sol	La	Si	
Mi、Sol、La、Si、Do、Re、#Re、Mi	7			1					1
Mi、Sol、La、Si、Si、Do、Re、Mi	7	1							1
Mi、Fa、Sol、La、Do、Re	6					1			1
共计	18 种	11	3	15	0	112	32	0	173

Do 起头音列（共 18 种）

音列样式	用音数	终止音状况							共计首数
		Do	Re	Mi	Fa	Sol	La	Si	
Do、Re、Mi	3	7	5	1					13
Do、Re、Mi、Sol、La、Do	5	10	1	1		1			13
Do、Re、Mi、Sol	4	9							9
Do、Re、Mi、Sol、La	5	2	2			2			6
Do、Re、Mi、Fa、Sol、La、Do	6	3							3
Do、Mi、Sol、Do	3	2		1					3
Do、Re、Mi、Sol、La、Si	6		1			1			2
Do、Mi、Sol	3	2							2
Do、Re	2	1							1
Do、Re、Mi、Fa	4	1							1
Do、Re、Mi、Fa、Sol	5	1							1
Do、Re、Mi、Fa、Sol、La	6	1							1
Do、Re、Mi、Sol、La、Si、Do	6		1						1
Do、Re、Mi、Fa、Sol、La、♭Si、Do	7	1							1
Do、Mi、Sol、La	4	1							1
Do、Mi、Sol、La、Do	4	1							1
Do、Re、Sol	3	1							1
Do、Re、Sol、La、Do	4	1							1
共计	18 种	44	10	3	0	4	0	0	61….

Re 起头音列（共 10 种）

音列样式	用音数	终止音状况							共计首数
		Do	Re	Mi	Fa	Sol	La	Si	
Re、Mi、Sol、La、Do、Re	5		2			3			5

音列样式	用音数	终止音状况							共计首数
		Do	Re	Mi	Fa	Sol	La	Si	
Re、Mi、Sol、La、Si、Do、Re	6					3			3
Re、Mi、Sol、La、Do	5		1			1			2
Re、Mi、Sol、La、Si、Do	6			1		1			2
Re、Sol、La、Do、Re	4					1			1
Re、Fa、Sol、La、Si、Re	5					1			1
Re、Sol	2					1			1
Re、Mi、Fa、Sol、La	5		1						1
Re、Mi、Fa、Sol、La、Do、Re	6					1			1
Re、Mi、Fa、Sol、La、Si、Do、Re	7		1						1
共计	10 种	0	5	1	0	12	0	0	18

Fa（含 #Fa）起头音列（共 8 种）

音列样式	用音数	终止音状况							共计首数
		Do	Re	Mi	Fa	Sol	La	Si	
Fa、Sol、La、Do、Re、Mi	6					4			4
Fa、Sol、La、Do、Re	5					1			1
#Fa、Sol、La、Do、Re、Mi	6					1			1
Fa、Sol、La、Do、Re、Mi、Fa	6						1		1
Fa、#Fa、Sol、La、Si、Do	6					1			1
Fa、Sol、La、Si、Do、Re、Mi	7					1			1
Fa、Sol、La、Do、#Do、Re	6						1		1
#Fa、Sol、La、Do、Re、♭Mi	6	1							1
共计	8 种	1				8	2		11

Si 起头音列（共 3 种）

音列样式	用音数	终止音状况							共计首数
		Do	Re	Mi	Fa	Sol	La	Si	
Si、Do、Re、Mi、Sol、La	6	1	1						2
Si、Do、Re、Mi、Sol	5		1						1
Si、Do、Re、Mi、Fa、Sol	6	1							1
共计	3 种	2	2						4

从上列表中 104 种音列样式可以分析看出：

（1）根据音列起音为顺序排列，【Sol】为起音的音列样式有 23 种，占 22.1%；【La】为起音的音列样式有 24 种，占 23%；【Mi】和【Do】为起音的音列样式各有 18 种，均占 17.3%；【Re】为起音的音列样式有 10 种，占 9.6%；【Fa】（含【# Fa】）为起音的音列样式有 8 种，占 7.8%；【Si】为起音的音列样式有 3 种，占 2.9%。仅音列的起音，就已突破了人们通常所认为的五音范围。

（2）在 104 种音列样式中，用人们通常认为的由【Do、Re、Mi、Sol、La】各音构成的各种音列（含二音列、三音列、四音列、五音列）有 42 种，占 40.4%。而含有其他通常认为的"偏音"、"升降音"的各种音列（含三音列、四音列、五音列、六音列、七音列）有 62 种，占 59.2%。这证明了荆楚民歌音调体现出的音思维，并不局限于五音，而是有非常广阔的领域的。

（3）在 104 种音列样式中，被用入各音列的音，除了【Do、Re、Mi、Sol、La】以外，还有【Fa】、【Si】、【#Do】、【♭Mi】或【#Re】、【#Fa】、【#Sol】、【♭Si】。从宏观方面综合起来看，这在实际效果上已经形成了十二个半音俱全的音思维体系。这实证了荆楚民歌音列构成显现出多音思维状态。

"偏音"及"升降音"的用入，对音列构成及音列内的音程关系产生了巨大的影响。例如：六音列【#Fa、Sol、La、Do、Re、♭Mi】、【#Fa、Sol、La、Do、Re、Mi】、【Sol、#Sol、La、Do、Re、Mi】，七音列【Mi、Sol、La、Si、Do、Re、#Re、Mi】、【Sol、La、♭Si、Si、Do、Re、Mi】、【Mi、Sol、La、♭Si、Si、Do、Re】，五音列【La、Do、Re、♭Mi、Sol】，四音列【La、Do、♭Mi、Fa】，三音列【La、Do、♭Mi】等等。这类音列构成及所含的音和音之间所构成的音程关系，无疑极大地突破了通常人们认为的荆楚民歌音调所用音列及音和音程关系的样式，表明了荆楚民歌音调的创造者与传承者在音思维方面已经形成了多音思维状态。

4. 荆楚民歌体现出的调式思维特点

荆楚民歌手的创腔编曲实践证明：他们的调式色彩思维特点往往是，以腔概念为核心，以多种多样的音列作为调式的素材，而使调式的特性和色彩表现出来。有些时候，调式特性和色彩的相互渗透十分明显。

（1）腔的特性和色彩决定调式的特性和色彩。

通常认为，乐曲一般都终止在调式主音上，但鉴于前文已述的民间歌手创腔编曲实践中音观念浓于音列观念和主音概念在其音乐思维中处于次要地位这两个原因，如果单以终止音来判断某首荆楚民歌的调式特性和色彩，就显得过于简单了。

荆楚民歌的客观实际表明，各地传统行腔习惯——即民间歌手们称之的"腔"

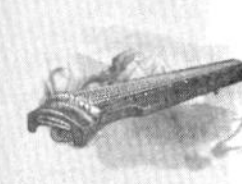

的特性和色彩，往往会给调式特性和色彩带来变化。因此，不能不注意民间歌手的腔概念及因腔概念而带来的多种多样的音列构成。

在大小调体系的调式理论中，一个调中的音往往分为三层：一是调式主音；二是调式主音上下五度的属音、下属音；三是其他音。显然，民间歌手腔概念中的骨干音，与之有不同的意义。骨干音是民间歌手在创腔编曲实践中自由选择形成的，它不受调式音级关系的制约，也难以见到调式中各音主次关系的痕迹。因此，骨干音的选择及多样，带来了腔格的形成及丰富，也带来了调式特性和色彩的变异。

（2）腔格及其多种多样的形式。

所谓腔格，系指旋律骨干音所构成的某种形式。腔格以旋律骨干音相互间的音程关系为基础。

民间歌手把用三个旋律骨干音演唱的民歌称为三音歌或三声腔。《中国民间歌曲集成·湖北卷》收录的自然形态的三音民歌共有71首，它们在很大程度上体现了“腔格”的样式。现按自然音列的排列及各音与最低音之间的音程关系列表如下：

腔格名称	音列样式	终止音状况					首数
		DO	Re	Mi	Sol	La	
小三纯四型	LaDoRe	4	4			17	25
大二纯四型	SolLaDo	3			8	2	13
大二大三型	DoReMi	7	5	1			13
小三减五型	LaDo ♭ Mi	2				3	5
大三纯五型	DoMiSol	4		1			5
纯四大六型	SolDoMi	1			1		2
大二纯五型	SolLaRe					2	2
	DoReSol	1					1
纯四纯五型	SolDoRe	1					1
	LaReMi					1	1
小三纯五型	LaDoMi			1			1
纯四小六型	MiLaDo	1					1
小三小六型	MiSolDo			1			1
合计		24	9	4	9	15	71

从理论上讲，以旋律骨干音相互间音程关系为基础的腔格样式远不止这些，然而上表列出的11种腔格型和13种音列样式已经表明，以三音构成的旋律骨干音（腔格）为基础的民间歌曲音调，已具备了较明晰的调式、调性观念，具备了可以被称

作音调的那种表现力。之所以未对其中某些音程跨度较大的音列作转位处理，而原原本本地作自然形态下的分析归类，是因为某些音列经音转位处理后，与自然形态具有不同的意韵。如【Do、Mi、Sol】与【Mi、Sol、Do】、【Sol、Do、Mi】；【La、Do、Mi】与【Mi、La、Do】；【Sol、Do、Re】与【Do、Re、Sol】等，各自在创腔编曲中所起的作用，所具有的特性和色彩，所带来的不同意韵，其区别是明白无误并很容易分辨的。

（3）腔格会对调式相互渗透带来影响。

因腔格不同而带来同一调式特性和色彩有异，从各调间的相互关系来讲，就是各调式特性和色彩的相互渗透。

以大家非常熟悉的湖北利川民歌《龙船调》为例（谱例见人民音乐出版社 1988 年版《中国民间歌曲集成·湖北卷》第 841 页），这首徵【Sol】调式的民歌，以【La、Do、Re】为旋律骨干音创腔编曲，整首歌中调式主音徵【Sol】虽十次出现，但八次系经过音，而羽【La】、商【Re】两音却非常突出，给人留下这首徵【Sol】调式民歌，含有羽【La】、商【Re】特性和色彩的鲜明印象。

还如湖北建始民歌《黄四姐》（谱例见人民音乐出版社 1988 年版《中国民间歌曲集成·湖北卷》第 914 页），这首徵【Sol】调式的民歌，其主音徵【Sol】在整首歌中仅出现了五次，而羽【La】、宫【Do】两音却异常突出。围绕羽【La】、宫【Do】两音的旋律运转，使感到这首徵【Sol】调式民歌，具有羽【La】、宫【Do】的特性和色彩。

（4）强进行终止与软进行终止。

调式特性和色彩的相互渗透，很多时候给人留下一个感觉，就是许多民歌的终止，似乎有“偏离”其前部分调式的情况。产生这种感觉的原因，是由于民间歌手受制于传统腔格而自由选择出来的创腔编曲之骨干音与通常调式理论所认为的调式音级关系存在着差异。这也启示我们，对民歌的终止状况，应作必要的区分。

对符合通常调式理论所认为的调式音级关系和符合人们“稳定”终止感觉的情况，可称之为“强进行”式终止。而对于又那些因受民间歌手腔格关系的影响，给人某种“偏离”终止感觉的情况，可称之为“软进行”式终止——如同太空飞行后的软着陆一样。无疑，“软进行”式终止给调式特性和色彩带来的变化要丰富得多，给人的感觉要清新得多。

（5）腔格与调式交替的关联。

两种或多种具有鲜明对比性的腔格如果同时出现在民歌手创腔编曲的调式思维中，就会带来同一首民歌的调式交替。

以湖北天门民歌《车水情歌》为例，这首 20 小节的民歌，经历了以【Sol、Do、Re】为骨干音（纯四纯五型腔格）的徵【Sol】（第 1——4 小节和第 9——18 小节）、以【Mi、La、Do】为骨干音（纯四小六型腔格）的角【Mi】（第 5——8 小节）、以【Do、Re、Mi】为骨干音（大二大三型腔格）的商【Re】（第 19——20 小节）的腔格及调式交替。特别是这首歌的 5——8 小节，明显的转入了新调，使这首民歌在调性上也很别致，它经历了降 B 宫系统的 F 徵→降 E 宫系统的 F 角→降 B 宫系统的 F 徵→降 B 宫系统的 C 商的演变。如此以腔格为核心，既有同主音调式交替（F 徵与 F 角），又有同宫音调式转换（F 徵与 C 商）的民歌，确实令人耳目一新，顿生调式特性和色彩之丰富而又融合得如此贴切，令人有愿反复品嚼之感。

5. 荆楚民歌体现出的转调思维形（方）式及观念

荆楚民歌手的转调思维，并不像教科书上记叙的那么深奥。既然民歌手的调式思维如上所述，是以腔、特别是腔格概念为核心，那么，民歌手的转调思维特点就是：将传统的腔、特别是腔格在新的音高上建立起来。

经对荆楚民歌手在不间断演唱过程中实现转调的民歌的分析，其具体转调方式可归纳为四种：

（1）传递式调关系转换

所谓传递式调关系转换，是指：依腔格音高关系或升或降的调关系变化。

如：武汉市流传的放簰号子《偏簰》，（谱例见人民音乐出版社 1988 年版《中国民间歌曲集成 · 湖北卷》第 82 页）三句唱转了三次调，其音列为：

这首歌经历了从 C 宫的 A 羽→降 E 宫的 C 羽→ F 宫的 D 羽的调性转换，其腔格（旋律骨干音）均为小三纯四型【La、Do、Re】。可见这是一首非常明显的分别从 A、C、D 三个音上建立起小三纯四型【La、Do、Re】腔格的转调民歌。特别有趣的是，三次转调的三个终止音 A、C、D，构成了与腔格型相吻合的状况，这表明：腔格型的稳定性不仅在民歌音调编织中起主导作用，而且也会对民间歌手朴素的调体系观念造成影响。这首号子音调、节奏等完全一致的三句唱（在简谱记谱法中尤其明白），在作为腔格（旋律骨干音）的音高上依次出现，就是腔格型对民间歌手朴素的调体系观念造成影响的注脚。

又如：湖北长阳流传的薅草锣鼓《赶号子》（谱例见人民音乐出版社 1988 年版《中国民间歌曲集成 · 湖北卷》第 1054 页），从 F 宫的 C 徵转到了 G 宫的 D 徵，其音列为：

这首民歌转调前后均为以“小三纯四型”腔格【La、Do、Re】行腔编曲的徵调式。但由于F宫的C徵部分作为旋律骨干音的G（简谱记谱中的Re）十分突出，从而导致演唱者在G宫的D徵部分以它（G）为音高构成了“小三纯四型”腔格【La、Do、Re】的旋律，从而实现了“传递式调关系转换”。

还如：湖北长阳流传的薅草锣鼓《急鼓溜子》（谱例见人民音乐出版社1988年版《中国民间歌曲集成·湖北卷》第1055页），从G宫转到了A宫，其音列为：

这首歌的演变过程与《赶号子》相同。

（2）回复式调关系转换

所谓回复式调关系转换，是指：腔格在新的音高转换已经建立的同时，又以前部分所强调和突出的音实现调式转换的调关系变化。

如：湖北长阳流传的薅草锣鼓《自穿号子》（谱例见人民音乐出版社1988年版《中国民间歌曲集成·湖北卷》第1061页），从G宫的E羽转到了A宫的E徵。其音列为：

其实，这首歌曲在转调前后，小三纯四型【La、Do、Re】腔格的“传递式调关系转换”是成功的、明确的。但是由于G宫的E羽部分E音在腔格中所具有的稳定地位，而造成E音音高的牵制力，使腔格虽在新的音高上建立起来，但仍有回复到原音高的要求，从而形成了前后两部分，同以E为主音的调式转换。即从G宫的E羽转到了A宫E徵。

（3）引入式调关系转换

所谓引入式调关系转换，是指：腔格不变，但在创腔编曲中由于引入新的音而引起的调关系变化。

如：湖北秭归县的船工号子《慢水桡号子》（谱例见人民音乐出版社1988年版《中国民间歌曲集成·湖北卷》第933页），从C宫的A羽转到了F宫的A角，其音列为：

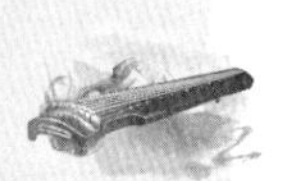

这首歌两个部分的腔格是完全一样的，均为小三纯四型，但前部分为 C 宫的 A 羽【La、Do、Re】，后部分为 F 宫的 A 角【Mi、Sol、La】，造成调关系转移印象的关键，是因为第二部分 F 音的引入。由于 F 音的引入，使原腔格中至关重要的 A 音下方有了一个在演唱中具有突出特点的大三度，而使人产生强烈的调转换印象。

（4）调关系转换方式的综合运用

所谓调关系转换方式的综合运用，是指：将民歌手的宫调实践中确已存在的上述三种调转换方式，综合运用于民歌的转调实践中。

如：湖北应城县流传的渔歌《大网号子》（谱例见人民音乐出版社 1988 年版《中国民间歌曲集成·湖北卷》第 200 页），调关系经历了 A 宫的升 F 羽→ F 宫的 D 羽→ A 宫→ G 宫的 E 羽的变化。其音列如下：

该曲第二部分（F 宫的 D 羽），对于第一部分（A 宫的升 F 羽），由于均运用“小三纯四型”【La、Do、Re】腔格，属“传递式调关系转换”。第三部分（A 宫）由于对 E 音的引入及强调，并在此基础上形成大二纯四型【Sol、La、Do】腔格，使其对于第二部分形成“引入式调关系转换”。第四部分（G 宫的 E 羽）由于在第三部分所强调和突出的 E 音上建立起第一、第二两个部分所用的“小三纯四型”【La、Do、Re】腔格，故形成了“回复式调关系转换”。

又如：湖北长阳流传的薅草锣鼓《叫歌子》（谱例见人民音乐出版社 1988 年版《中国民间歌曲集成·湖北卷》第 1073 页），从 D 宫转到了 A 宫。其音列为：

这首民歌前后两部分的腔格发生了由纯四纯五型【Sol、Do、Re】向小三纯四型【La、Do、Re】的变化，但由于升 F 音在第一、第二部分均占有不可忽视的地位，因此，此曲的调关系转换属于“引入式”为辅的“传递式”。

再如：武汉市的放簰号子《出船推车》，由 C 宫的 D 商→ D 宫的 A 徵→ D 宫的 B 羽。

其音列如下：

该曲第二部分（D 宫的 A 徵）的腔格为小三纯四型【La、Do、Re】，较之第一部分（C 宫的 D 商）的腔格小三纯四型【La、Do、Re】，实现了“传递式调关系转换”。但由于第二部分的终止音 A 与第一部分腔格中的 A 相合，故这样的“传递式调关系转换”具有了某些“回复式调关系转换”的意味，也从而使第三部分（D 宫的 B 羽）具有了对第二部分“传递式调关系转换”予以肯定的作用。值得注意的是该曲第一部分共 56 小节，从第 20 小节开始，就出现了引入升 F 音的连续进行，使得该曲第一部分的后半部分呈现出“引入式调关系转换”的倾向。民间歌手在这首歌中将“传递式”、“回复式”、“引入式”三种调关系转移方式综合运用了。

还如：湖北长阳县跳丧鼓《请出一对歌师来》（谱例见人民音乐出版社 1988 年版《中国民间歌曲集成 · 湖北卷》第 1213 页），前后经历了六次调关系转换，由 G 宫的 E 羽→降 B 宫的 F 徵→ G 宫的 E 羽→降 B 宫的 F 徵→降 A 宫的降 B 商→ B 宫的升 F 徵。其音列如下：

这首民歌的调关系转换频繁，是因为同腔格——小三纯四型【La、Do、Re】、【Mi、Sol、La】的终止音变动而引起的。此曲的第 1、3 两部分是以腔格【La、Do、Re】中的最低音【La】为终止的，第 2、4、6 三部分是以腔格【Mi、Sol、La】中的中间音【Sol】为终止的，第 5 部分是以腔格【La、Do、Re】中的最高音为终止的。加上第 2、4、6 三个部分对降 B 和 B 音的强调，给人以“宫音位置转移”印象。所以，这首民歌的调关系转移也是三种调转换方式的综合运用。既有“传递式”（如 1、3、5 与 2、4、6 之间的关系），也有“回复式”（如 1 经 2 至 3，2 经 3 至 4 等），还有“引入式”（如 2、4、6 中对降 B 和 B 音的强调而给人带来的“宫音位置转移印象”）。

总之，荆楚民歌手的转调思维具有很强的自由性特点，有时会在短短的一、二个小节中就实现调关系的转移。荆楚民歌手调式思维实践体现出的特点，也应验了

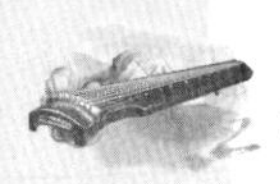

我国传统乐学理论中的许多观点。

如：湖北大冶流传的《十叹姑》（谱例见人民音乐出版社 1988 年版《中国民间歌曲集成·湖北卷》第 252 页），就被两位歌手演唱成两种终止形式的民歌，一位演唱者终止于商【Re】，一位演唱者终止于宫【Do】。但分析研究这首歌发现，这首歌的大部分音调，是以徵【Sol】的特性和色彩为主导的。民歌手的实践，应验了同阶（宫）五调——即用同一音阶，而终止（落）于不同的五正音调式上的观点。

又如：湖北阳新流传的《庆祝成立苏维埃》（谱例见人民音乐出版社 1988 年版《中国民间歌曲集成·湖北卷》第 522 页），是用降 B 宫系统记录的，全曲终止于清角（"偏音"）【Fa】上。而上海文艺出版社 1980 年 11 月出版的《中国民歌》选用这首歌时，是用降 E 宫系统记谱的，全曲终止于宫【Do】音上。同一首歌的两种记谱方法，应验了同均三宫——即在同一均中存在三个宫调系统的观点。

6. 荆楚民歌体现出的多样性节奏特点

节奏，被称着是音调旋律的骨架。节奏是单位时间中发音点的组织形式。单位时间中发音点的长短，形成节奏形式的强弱、快慢；单位时间中发音点的疏密，导致节奏形式的松紧、顿挫……正是不同长短、疏密的发音点组合，构成了各具特色的节奏类型。

对荆楚民歌的节奏分析，有微观分析与宏观分析两种方法。

对荆楚民歌节奏特色的微观分析，主要是对其音调旋律句法节奏特点的分析。以发音点时值长短组合样式为分析的出发点，荆楚民歌存在的基本节奏类型，与一般音调旋律所具有的节奏类型没有本质上的差别，即均存在有四种主要类型。

一是均分型。即单位时间中发音点的长短、疏密以同一时值为基点进行。如：× × | × × |或 ×××× | ×××× |等；

二是顺分型。即单位时间中发音点以先长后短、先疏后密为序进行。如 ×— | × × | ×××× |等；

三是逆分型。即单位时间中发音点以先短后长、先密后疏为序进行。如：×××× | × × | ×— |等；

四是切分型。即单位时间中发音点以长短、疏密相错落的形式进行。如：× × × |或 × × . |等。

与其他艺术形式一样，人类生产劳动的节奏，也成为荆楚民歌节奏的重要来源，这在荆楚民歌中的劳动号子、田歌品种中表现得更为突出。此外，语言因素对荆楚民歌节奏的影响也是很直接的。荆楚民歌存在的四种主要节奏类型，就都与其创造者与传承者在创腔编曲过程中"依字行腔"的方法有密切关系。

荆楚民歌的文字部分有正词、衬词之分，民间歌手们正是在“即兴”运用正词和衬词进行创腔编曲的过程中，显现出语言因素对荆楚民歌节奏的直接影响。比如，均分型的节奏类型，往往体现出对字、词的同等强调；而切分型的节奏类型，则往往体现出对某些字、词的刻意突出。顺分型的节奏类型，往往是演唱作为情感抒发性意义的衬词在先，演唱作为具有叙事性功能的正词在后；而逆分型的节奏类型，则正好相反，往往是演唱作为叙事性功能的正词的先，演唱具有情感抒发性意义的衬词在后。

就荆楚民歌音调旋律的乐句节奏特点分析而言，在上列四种节奏类型当中，逆分型的节奏类型，在荆楚民歌音调旋律中，占有绝对优势，起着主导作用。这是因为：荆楚民歌音调的创造者与传承者们，在绝大多数情况下，是用“均分”的形式，先将“达意”的正词演唱、传达以后，再用“长音”的形式，演唱“抒情”的衬词。顺分型的节奏类型，在荆楚民歌山歌类（尤其是急口令一类的山歌中）的音调旋律乐句中具有一定数量，这是因为：其编创者往往是先将迸发自内心的情感作了一番宣泄（即用衬词演唱长音或引子式的短乐句）后，再演唱具有叙述性的内容。切分型的节奏类型，在荆楚民歌灯歌类、风俗歌类的歌种中比较多见，这是因为：切分型的节奏类型，能吻合轻重错落的舞步和较为准确地表现人们或欢喜或悲切……的情感起伏。

对荆楚民歌节奏特色的宏观分析，则主要是对其曲体结构所具有的节奏意义的分析。

曲体结构的节奏意义分析，首先取决于荆楚民歌的乐句关系。从总体上讲，荆楚民歌各曲体结构形式，其音调旋律节奏，在各乐句关系上，最普遍、最常见的是重复，从而造成音调旋律各乐句节奏类型的相对统一，亦可称着各乐句间“节奏型”一以贯之。各乐句节奏类型的重复所导致的乐句节奏相对统一，致使曲体结构节奏意义的“均分”。所以，与对荆楚民歌节奏分析的微观分析中“逆分型节奏类型占绝对优势、起主导作用”的结论不同，在对荆楚民歌节奏分析的宏观分析中，均分型节奏成为了乐句节奏关系的主导。

曲体结构的节奏意义分析，其次取决于荆楚民歌的乐段关系。荆楚民歌中的一些大型套曲，往往由三个或更多乐段所组成。各乐段不同的篇幅、速度等，给大型套曲形式带来了宏观上的节奏表现意义。从总体上讲荆楚民歌大型套曲各乐段间的节奏表现特点，呈现出一种由散→慢→快的发展态势，这就是宏观节奏意义分析中的“顺分型”节奏类型样式，它从宏观上体现出了经呈示、发展、最后推向高潮的节奏表现特点。

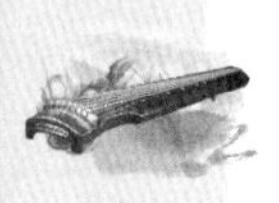

7. 荆楚民歌体现出的曲体结构意识

各种音乐结构形式的形成，在于音乐的各种表现手段，在有组织的和极为多样的有机结合中，按照某种适应于表现思想内容的音乐语言和乐思陈述方式的形成。音乐的各种表现手段之间的结合形式是无穷无尽的，这就使它们在结构形式的表现上具有无限的可能性。

荆楚民歌的结构形式即荆楚民歌的曲体结构基本类型的划分办法，多为从荆楚民歌手的创编实践出发，根据荆楚民歌在其传承、发展中的习惯称谓，同时参照一般曲体（曲式）分析的惯用方法，按单曲体、联曲体两大类来作总体把握。对单曲体结构形式的分析，往往以对构成单曲体各结构形式的句法分析（即乐句分析）为基础。而对联曲体结构形式的分析，往往以对构成联曲体各结构形式的部分分析（即乐段分析）为基础。

荆楚民歌的曲体结构形式中，单曲体类的多种结构形式又可划归为对称性结构形式和非对称性结构形式两大项；而其联曲体类的多种结构形式又以穿插体结构和大型套曲结构两大项最具特色。

（1）单曲体类・对称性结构形式

对称与不对称，是艺术实践与艺术创作所体现出的、属于美学理论的一对基本范畴，对称是一种美，不对称也是一种美。荆楚民歌手在荆楚民歌的曲体结构形式方面，也创造出了这样两种美。

荆楚民歌曲体结构的对称性，表现出一种平衡、均势美。在单曲体类的对称性结构形式方面，荆楚民歌主要有以下几种样式：

【二句子】

亦称着上下句式，即由两个乐句所构成的荆楚民歌，是荆楚民歌的基本曲体之一，其最大特点就是对称，两个乐句前后呼应。句法结构一般为：[A + A′] 或 [A + B]。音调旋律进行方面，一种是上句上扬，下句下抑；另一种是上句下抑，下句上扬。

【四句子】

即由四个乐句所构成的荆楚民歌，也是荆楚民歌的基本曲体之一。其基本特色是结构方整，大多数的四句子曲体结构形式，呈现出明晰的起、承、转、合状态。一般来说，其句法结构主要有：由两种旋律材料构成的 [A + A + B + A]、[A + B + A + B]、[A + A + B + B]；由三种旋律材料构成的 [A + A + B + C]、[A + B + C + C]、[A + B + B + C]、[A + B + C + B]；由四种旋律材料构成的 [A + B + C + D] 等。

【六句子】和【八句子】

这两种曲体结构形式是在上述两种基本曲体结构形式基础上的发展性组合。六句子一般由三对二句子（上下句式）所组成；而八句子一般由四对二句子（上下句式）或两对四句子所组成。

（2）单曲体类·非对称性结构形式

荆楚民歌曲体结构的非对称性，表现出一种参差、对比美。在单曲体类的非对称性结构形式方面，荆楚民歌主要有以下几种样式：

【单句子】

即由一个乐句构成的荆楚民歌。具体演唱起来，就是用一个乐句反复演唱不同句法结构的歌词。应当说，正如同单句子的音调旋律最能体现荆楚民歌旋律的原始形态一样，单句子的曲体结构形式，也是荆楚民歌所有曲体结构形式的发端。

【三句子】

即由三个乐句构成的荆楚民歌。从荆楚民歌音调三句子曲体结构的实际情况分析，这种曲体结构形式虽在数量上并不是很多，它往往是因为演唱长短不一的词而形成。如湖北京山流传的《十绣》（谱例见人民音乐出版社 1988 年版《中国民间歌曲集成·湖北卷》第 705 页），就是典型的例证。这首歌词由两个五言一句加一个七言一句组成，荆楚民歌手据词“依字行腔”，就形成了三句子的曲体结构形式。词体样式对曲体结构形式的形成之制约作用，由此可见一斑。

【五句子】

即由五个乐句构成的荆楚民歌，这种曲体结构形式是荆楚民歌中最普遍的曲体结构形式之一。五句子的歌词，一般可分为两种结构类型：一是由五句并列的词组成；一是由两个上下句加一个尾句组成。然其音调旋律的句法构成，则呈现纷繁的情况。有由两种旋律材料构成的：[A＋B＋A＋B＋B]、[A＋B＋A＋B＋B′]、[A＋B＋A＋A＋B]、[A＋B＋A′＋A′＋B]、[A＋B＋B′＋B＋B′]、[A＋A′＋A＋A′＋B] 等；有由三种旋律材料构成的：[A＋B＋C＋A＋B]、[A＋B＋C＋A′＋B′]、[A＋B＋C＋B＋B] 等；还有将 A、B 两种旋律材料各取一半融合成新的乐句在 A、B 或 A′、B′ 间穿插演唱的。

【赶五句】

也有一些地方称作“赶句子”、“赶歌子”、“急口令”、“数板山歌”、“抢句子”、“急咕溜子”等。节奏紧凑、叙诵性强是这种曲体结构形式的显著特点。其一般性表现，是在五句子结构形式的基础上，将五句子体歌词的第三或第四句改唱成成串的双声叠韵式歌词，俗称为“赶句”。这样，在句法方面，就形成头几句和后一句抒咏性

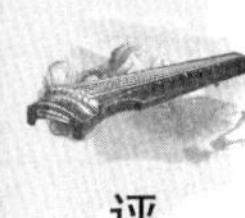

很强的演唱与赶句段规整、热烈、紧凑的叙诵形成反差，打破了曲体结构形式的对称与均衡。另外，还有一些地方更是将每一句歌词均用双声叠韵式的方法来演唱，这样，“急口令”式的感觉就更浓了。

（3）联曲体类·穿插体结构形式

穿插体结构形式的基本状况

衬字衬词的运用，在荆楚民歌中是屡见不鲜的。但一般衬字衬词的加入，仅仅是引起曲体变化的动因之一。作为具有曲体结构意义的穿插体结构形式指的是：在基于某一传统声腔、音调的基础上，以穿插演唱两组各自具有独立意义的歌词而形成的一种互相对比、互相依存、水乳交融的新的曲体结构。它以巧穿妙插、相映生辉而引人注目。

如在湖北江陵流传的《喇叭调》（谱例见人民音乐出版社 1988 年版《中国民间歌曲集成·湖北卷》第 604 页），这首歌中两组歌词的独立意义是十分明了的，两首词均可各自入歌。但是，荆楚民歌手却把它们巧穿妙插、融为一体了。

这首分为三个部分的田歌，第一、第三两个部分，是完整地演唱第一组唱词。第二部分是把第二组唱词分成三个层次，每层次两句，把第一组唱词穿插其间演唱。如果以 A、B 分别代表两组唱词，以阿拉伯数字代表各组唱词中的句数，这首田歌的曲体结构就可以用下列图式来表示：

第一部分（A）：

唱　　词：A1 + A2 + A3 + A4

音乐小节数：2 + 2 + 2 + 2

第二部分（B）：

唱　　词：B1 + A1 + [B2（上半句）+ A2] + [B2（下半句）+ A4]

音乐小节数：4 + 4 + [2 + 2] + [2 + 2]

第三部分（A）：

唱　　词：A1 + A2 + A3 + A4

音乐小节数：2 + 2 + 2 + 2

上列图式表明，这首民歌具备了穿插体曲体结构形式的典型特点：第一组唱词（A）在歌曲的穿插演唱中处于主导地位，它既有多次完整的陈述，又有巧妙的穿插。第二组唱词（B）在歌曲的穿插演唱中处于从属的地位，它是歌曲中十分活跃的因素。荆楚民歌手把在穿插体曲体结构中起主导作用的那一组词，称为“号头”、“梗子”，具有相对的稳定性；把在穿插体结构中处从属地位的那一组词称为“词”、“叶子”，具有极大的灵活性和变异性。民间对演唱穿插体曲体结构的民歌有“千歌头、万歌尾”的说法，意思是“号头”、“梗子”的变化，远远少于“词”、“叶子”的变化。同一组“号头”、“梗子”，可以穿插演唱许多不同的“词”、“叶子”。歌头仍是“号头”、“梗子”，歌尾却可以从天唱到地、从人唱到神。在已收集到的数以万计的荆楚民歌中，我们就发现了许多被称作《喇叭调》的、以上述谱例第一组唱词为“号头”、“梗子”，而以多种多样的内容为“词”、“叶子”的穿插体民间歌曲音调。

由于穿插体结构形式的两组歌词相互独立，所以其对比性非常强烈。音调、节奏的对比非常鲜明，其发展时常呈双向状态，有时给人以突变之感。在强烈对比基础上的多种多样的穿插方式和演唱方式，使穿插体结构形式的荆楚民歌在实际演唱中，呈现出热闹非凡的景象，给人以风采奇异的深刻印象。

（4）联曲体类·大型套曲结构形式

荆楚民歌中的套曲，系指各地按各自规定的较严格的组曲原则，由歌师傅击鼓（或锣鼓）演唱，由众人接腔和唱的成套民间歌曲音调。在荆楚民歌歌种中的田歌、风俗歌类中很普遍，尤以田歌套曲曲体结构最具代表性。

所谓田歌套曲，系指那种在集体农作时，有按各自规定的较严格的组曲原则、由歌师傅击鼓（或锣鼓）领唱、由劳作者接腔和唱的成套田歌。

荆楚民歌中的田歌套曲，有“套”、“号”、“番”之分。所谓“套”，一般是指由若干支“号”所组成的、规模宏大的联合曲体。所谓“号”，一般是指由若干“番鼓”组成的、具有相对独立意义的田歌曲体。它是组成“套”的主体，又是由“番”组成的综合体。所谓“番”，一般是指由若干乐句组成的、具有乐段功能的因素。“套”、“号”、“番”三者的关系是：由若干“番鼓”组成一支“号”；由若干支“号”组成一套田歌。由此可见，“号”是田歌套曲结构形式的关键因素。

套曲中“号”的曲体结构的共性特点可归纳为：①“号”一般都由三个部分组成。②“号”的基本曲体结构形式为三部性结构。③“号”的三个部分在速度上的特点是由慢到快，以至极快。节拍上的特点是由散板到规整节拍的慢速，进而渐快到快速。这种速度、节拍上的对比性，给音调的发展以动力，造成了音调的对比性。具体地说，第一部分速度自由、悠长，节拍上为散板，具有明显的渲染、烘托和呈示功能；第二部分速度较慢、节拍规整舒展，音调富于变化，具有较多的抒发性和明显的抒发功能；第三部分则速度明快紧凑，情绪热烈，音调也较单一，吟诵性较强，具有明显的宣泄功能。“号”的各部分、各段落明晰可辨，在音调、旋律方面往往都是基于同一传统音调的单线性发展，呈渐变、融合状态。④“号”的三个部分在实际运用中又呈现灵活多样的状态。

三、荆楚民歌在当代音乐创作中的运用

所谓当代音乐创作，指的是由当代湖北音乐人创编的音乐作品。

所谓荆楚民歌在当代音乐创作中的运用，是阐明二者的关系：荆楚民歌（传统音乐基因），是湖北当代音乐创作的根基；湖北当代音乐创作，是荆楚民歌（传统音乐基因）的创造性转化，创新性发展。

在湖北当代音乐创作中，对荆楚民歌（传统音乐基因）的创造性转化、创新性发展的方式有很多，而湖北音乐家们运用得比较多、比较成熟的方式主要有五种：

1. 将成熟的荆楚民歌音调作为当代音乐作品的创编素材，进行创造性转化、创新性发展。

例如：我国民族歌剧经典《洪湖赤卫队》中的《洪湖水浪打浪》（梅少山、朱本和、潘春阶、张敬安、杨会昭、欧阳谦叔词，张敬安、欧阳谦叔曲），就是依新民歌《襄河谣》、传统民歌《月望郎》为素材创作而成的。

这三首歌，都是以【Sol、La、Do、Re、Mi】五声音阶为框架的【Sol】徵调式，都以【Sol、Do、Re】为旋律骨干音行腔编曲，其节奏也都显得平缓、匀称，曲体结构也都呈现为依歌词句法而自然形成的分节歌的样式。这体现了这三首歌在其产生、衍展方面的内在联系和统一性。相比较起来，《月望郎》这首传承已久的、反映民众爱情生活的民间小调，其音调最为简洁、质朴，曲体结构也单一，体现出原生性质。作为反映人们新生活的《襄河谣》，在曲调的“润腔”方面、节奏的对比方面，曲体结构方面等，都有了一些推进性的变化。《洪湖水浪打浪》则对原生性的音调，进行了大幅度的发展，其音调在依照原民歌旋律骨干音——腔格的基础上，进行了富有起伏的细腻处理。在曲体结构方面，更是进行了创新发展，全曲由三个乐段组成，形成有变化发展的三段式曲体结构。尤其是第一乐段的独（齐）唱、第二乐段的对（重）唱、第三乐段的重唱，以不同的形式，对传统民歌音调基因做出了创造性转化、创新性发展。《洪湖水浪打浪》的创作，是将成熟的荆楚民歌音调作为当人音乐作品的创编素材，实现荆楚民歌传统音乐基因的创造性转化、创新性发展的范例。

2. 将荆楚民歌中的核心音调（旋律骨干音）作为当代音乐（歌曲）作品创作的“动机”进行创新。

这方面最为典型的例子，是二十世纪五六十年代，被称为“演唱湖北民歌第一人”的歌唱家蒋桂英，根据湖北天门民间歌曲音调创编的《幸福歌》（何伙词，蒋桂英编曲并演唱）。

《幸福歌》，运用鄂中南民间歌曲的核心音调（旋律骨干音）【Sol、Do、Re】

和【Mi、Sol、Do】作为歌曲的基本乐汇（“动机”）来推陈出新，使这首歌具有典型的鄂中南传统民间歌曲音调的风韵，其旋律表现出细腻、婉转、流畅、抒情的特点，具有浓郁的江汉平原民歌的风格。其节奏明朗、跳跃，含有欢快的情感和具有动力感。穿插在歌曲主词中演唱的衬词“呀吙衣嗬”，特别具有人们情感宣泄方式的地域性特征。尤其是歌曲所采用的、具有荆楚音乐传统基因的“一领众和”演唱形式，生动表现了人民群众生活在社会主义祖国怀抱中的幸福感。

还有一个具有典型性的例子是歌曲《三峡，我的家乡》（熊永词，王原平曲）。《三峡，我的家乡》这首歌的歌词，自然、亲切、质朴、清新，会使人们感受到三峡地区人民“自在的日子”和“生活的清香”。歌曲旋律以三峡地区传统的、最简约的原生“三声腔”【La、Do、Re】为基础编创，结合运用了【Mi、La、Do】的旋律骨干音进行，分三个段落层层推进，表现了当地民众乐观的生活态度及对家乡的挚爱。演唱者在“二度创作”中融入的颤音、倚音、滑音等，使歌曲的地方特色更为鲜明，娓娓道出了峡江情意，悠悠讲述了岁月沧桑。

3. 以荆楚传统民歌中的曲体结构样式，作为当代音乐（歌曲）作品创作的“框架”进行展衍。

在荆楚传统民歌中的曲体结构样式中，有一种被称为“穿插体”的曲体结构形式。所谓“穿插体”的曲体结构形式，是指在基于某一传统声腔、音调的基础上、以穿插演唱两组各自具有独立意义的歌词而形成的一种互相对比、互相依存、水乳交融的新的曲体结构。它以巧穿妙插、相映生辉而引人注目。

例如《夷陵情歌》，就是以鄂西南地区的特色音调（夷陵地方的号子、山歌音调）为“动机”，编创的穿插体曲体形式一首歌。这首歌是五言四句的号头（A 和 A’）和七言五句的正词（B）穿插演唱而形成的三段式穿插体曲体结构。第一和第三乐段为号头的呈示和再现。第二乐段是典型的穿插体形式。其总体曲体结构为：A ＋‖: B :‖ ＋ A’的三段体。

如果我们以 A、B 分别代表两组唱词，以阿拉伯数字代表各组唱词中的句数，这首歌第二乐段句法穿插的图式则为：

B1 +A1 +B2 + A2 + B3 +A3 +B4 + A0 +B5 +A4

音调小节数：4 + 2 + 4 + 2 + 4 + 2 + 4 + 2 +4 +2

上列两个图式表明，这首歌曲具备了穿插体曲体结构形式的典型特点：第一组唱词（A）在歌曲的穿插演唱中处于主导地位，它既有多次完整的陈述，又有巧妙的穿插。第二组唱词（B）在歌曲的穿插演唱中处于从属的地位，它是歌曲中十分活跃的因素。

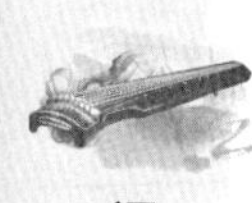

穿插体曲体结构的特色与表现意义是：由于穿插体结构形式的两组歌词相互独立，所以其互补性或对比性均比较强烈。音调、节奏的对比非常鲜明，其发展时常呈双向状态，有时给人以突变之感。

4. 在当代音乐（歌曲）作品创作中，以混融方式实现对荆楚传统音乐基因的创造性转化、创新性发展。

所谓混融，从形式层面讲，就是不同素材、不同形式、不同遗传基因、不同种群等，相互混合交融而形成的新成果。从时间（历史）层面讲，就是在对音乐传统保存的基础上，促进其实现现代发展。

就当代歌曲创作而言，对荆楚传统音乐基因的混融，包含了传统音乐基因的方方面面：如传统音调基因的混融、传统节奏基因的混融、传统曲体结构形式基因的混融、传统旋律表现风格的混融等等。湖北音乐人在这方面的创作实践中，也取得了丰硕的成就。

例如《土家情歌——直尕思得》（贺沛轩词，方石曲），具有鲜明的民族特色，浓郁的生活气息。坦诚、直白的歌词，以土家情歌为题，将土家人的生活状态、风情风俗以及民歌《黄四姐》《龙船调》所表现的典型情节等地域、民族文化元素巧妙提炼，有机整合，并以土家语“直尕思得”为鲜明的文化符号，从而充满了浓郁的土家味道，原汁原味的展现了迷人的土家族婚俗风情和情歌文化。歌曲音乐基调欢快、活泼，旋律朗朗上口，既具土家特色，又富时代气息，源于鄂西南土腔土韵【La、Do、Re】和【Sol、La、Do】为旋律骨干音的混融性音调，经火辣辣的演唱，充分展现了土家人豪放、洒脱的性格，彰显了土家女性质朴、爽朗的美好形象。歌曲旋律中几处游移式的调性处理，增添了歌曲清新的艺术表现力和感染力。

5. 在当代音乐（歌曲）作品创作中，以荆楚民歌体裁向其他音乐体裁形式展衍的方式，实现荆楚音乐传统基因的创造性转化、创新性发展。

这类的例子也很多，如我省音乐家创作的许多交响乐作品、民族管弦乐作品、歌剧作品、室内乐作品、舞蹈舞剧音乐、影视音乐，都是荆楚民歌体裁向其他音乐体裁展衍的例证。而由方石创作的小提琴协奏曲《龙船调》，极具代表性。这部作品，整合了民歌《龙船调》的音乐元素，并参考该民歌所表现的内容及情节，采用主题变奏手法，运用具有“交响”性效果的纯音响形式，表现了土家妹娃的灵秀气质和淳朴性格，以及对爱情和美好生活的追求与渴望。该作品 2013 年由梅纽因国际青少年小提琴比赛获奖者小提琴家叶莎独奏，德国法兰克福室内乐团协奏并亮相于德国，受到了广泛好评。

应当认识到，荆楚民歌向其他音乐体裁形式展衍的方式，实则是实现了对荆楚传统音乐基因“静态传承”基础上的“动态传承”。

四、荆楚民歌对当代音乐创作的意义

综上所述，荆楚民歌与当代音乐创作有无法割裂的“乐脉”联系，是当代音乐创作的资源库，对于当代音乐创作具有不可忽视的重要意义。

1. 荆楚民歌为当代音乐创作提供素材资源

在当今音乐创作中运用荆楚民歌传统丰厚而广博的素材资源，是促使荆楚民歌传统走向现代的问题，亦即荆楚民歌传统的现代发展问题。今天所讲的荆楚民歌形态特征，已经表明荆楚民歌可以从音调、调式、调性、节奏、结构等诸多方面，为当今音乐创作提供素材资源。从现当代音乐创作的实践看，对荆楚民歌素材的运用，也已经成为许多音乐家的“自觉”，也诞生了许多运用荆楚民歌素材的好作品。但是，也应看到，许多被运用的荆楚民歌素材本身在民族音乐传统中所隐含的生命力还没有被完全揭示、激发出来。荆楚民歌素材存在巨大的可供运用的空间。比如，就荆楚民歌音调特色区而言，当下人们对鄂西南、鄂中南地区的荆楚民歌素材的运用，远远多于对鄂东北、鄂东南、鄂西北地区。就对荆楚民歌的节奏特点借鉴而言，当下人们更多的热衷于对跳丧舞、摆手舞节奏的借鉴，而对其他（如薅草锣鼓、民歌中的打击乐等）一些节奏类型用之甚少。就借鉴荆楚民歌的曲体结构形式而言，单一性的曲体结构形式成为了借鉴“主宰”，荆楚民歌中极具特色的穿插体结构、三部性套曲结构等，则几乎无人涉猎。这些都造成了荆楚民歌传统资源的大量“闲置”，也不利于当代音乐创作所应体现出的民族文化立场和民族、地域音乐特色。

2. 荆楚民歌所表现的风格特征为当代音乐创作提供乐学资源

中国民族音乐传统中的乐学资源是十分丰厚并举世瞩目的，中国传统乐学资源，可供当代音乐创作借鉴、运用的资源，也是弥足珍贵且丰富无比的。荆楚民歌在自己漫长的历史发展途程中，也以自己深入的实践成果，应验了中国民族音乐传统乐学理论。今天通过对荆楚民歌形态特征分析而对其所表现的风格特征、所承载的意识观念进行的揭示，已经表明：一是荆楚民歌形成了以五声徵羽调式体系的传统，这与我国北方的五声宫羽调式体系是有风格特色上的区别的，与我们熟知并似乎成为某种思维定势的西方大小调体系更是不可同日而语，所以荆楚民歌五声徵羽调式体系丰富了中国传统乐学理论。二是荆楚民歌具有的调式构成的平衡原则以及不同调式的表现性能与调式变化运用的“多可性”特点，是与中国传统乐学理论完全一致的。（如腔格融合的例证，同一音列、音阶展衍成多种调式色彩的例证等），荆楚民歌调式色彩的丰富性远远高于西方大小调体系的调式色彩，这是献给在音乐创

作中追求音乐调式思维的多样性和调式色彩丰富性的当代音乐家们的最宝贵乐学资源。三是荆楚民歌以实践成果，应验了中国传统乐学理论中的“一阶五调”（一个音阶中存在宫、商、角、徵、羽五种调式），“同宫三阶”（同一个宫调系统含有“宫、商、角、变徵、徵、羽、变宫”的正声（古音、雅乐）音阶；含有“宫、商、角、和（清角）、徵、羽、变宫”的下徵（新、清乐）音阶；含有“宫、商、角、和（清角）、徵、羽、闰”的清商（燕乐、俗乐）音阶），“同均三宫”（亦称“异宫三阶”），即在同一均（最先生发的七律构成一均）中，由正声音阶引发的C宫，由清商音阶引发的D宫，由下徵音阶引发的G宫。这为当代音乐创作提供了非常宽阔的音乐思维天地，提供了调式调性思维的开放性舞台，这类资源是非常值得当代音乐家们在创作中学习、借鉴、运用、实践的。

3. 荆楚民歌所承载的意识、观念为当代音乐创作提供音乐观念资源

通过对荆楚民歌所承载的意识、观念的分析可得知，荆楚民歌承载的音乐意识、音乐观念，有许多方面都与中国传统音乐意识、音乐观念相同。联系当代音乐创作实际，有两个方面应予特别强调。一是作为中国传统音乐观念中非常重要的“和合”观念。中国传统音乐观念历来倡导“和而不同”，“和实生物，同则不继”。这生动地表明：和与同的差异在于，和乃多样与调和，同乃单一。这实际上含蕴了深层次的哲学方法论内涵，为我们从事当代音乐创作提供了思想启引资源。应当认识到：荆楚民歌所呈现的多音思维特点、多样的腔格形式和音列形式、多彩的调式色彩、奇妙的曲体结构形态等，正是中国传统音乐的“和合”观念在地域音乐文化中的体现。它启引我们在当代音乐创作中，要提倡多样化，反对单一化；要提倡音乐创作语言、风格、形式、技法等的丰富多彩，防止创作语言、风格、形式、技法等的单调。二是在中国传统音乐观念中有“情动于中，故形于声”的“表情说”。提出“乐者，心之动也；声者，乐之象也；文采节奏，声之饰也”的命题，认为音乐既是声音的艺术，又是感情的艺术，音乐的本质特征是以有“文采节奏”之饰的音响形式表现人的内心活动，认为声、音、乐三者既互相区别，又互相关联。主张音乐的产生过程则是“物至—心动—情现—乐生”，所以，“乐者，情之不可变者也”，“唯乐不可以为伪”。荆楚民歌手亲历“物至—心动—情现—乐生”的过程，以即兴、自由的方式，将他们某时某地、彼时彼地的充沛情感和真实心声，充注于得以传承至今的民歌音调之中，这是对中国传统音乐“表情说”观念的实践创造，是留传给后人的音乐观念资源。这些观念资源，对克服和纠正当代音乐创作中存在的缺情少意、虚情假意甚至无情无意的现象，无疑是一剂良方，是值得我们在当代音乐创作实践中予以坚持、着力身体力行的。

综上所述，对荆楚民歌形态特征及在当代音乐创作中的运用问题，我的总体看法是：要通过对荆楚民歌传统音乐基因及所承载意识、观念的学习、继承，提高当代音乐人的音乐文化自信；要通过做好荆楚民歌传统音乐基因与当代音乐创作的连接、结合、混融，体现当代音乐人的音乐文化自觉；尤其要通过做好在当代音乐创作中体现荆楚民歌传统音乐基因的特色，承继荆楚民歌传统音乐基因的乐脉，实现荆楚民歌传统音乐基因的创造性转化、创新性发展，展现当代音乐人的音乐文化自为。这是湖北当代音乐人所应履行的义务，所应承担的使命。

（此文系2022年11月在武汉音乐学院“中国音乐研究”学科团队建设项目讲座上的讲稿）

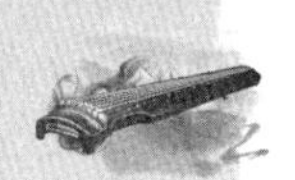

音乐论文写作与音乐分析

一、关于音乐论文写作运用的语体问题

1. 语体的类别

所谓语体，“是以语言交际功能为依据而建立的语言体式。它是适应不同的交际目的、内容、范围的需要所形成的。……语体在社会历史的发展过程中逐步形成，并随着历史的发展而变化。在某一历史时期里，语体具有相对的稳定性，制约着人们的语言交际活动。”（详论参见骆小所《修辞学导论》，云南人民出版社 1999 年版，第 105 页。）

我们今天在这里所说的，是运用汉字写作的音乐论文，即汉字的书面语。根据语法修辞学家的分类，汉语有四种基本语体：一是公文语体，具有应用性；二是政论语体，具有宣传鼓动性；三是文艺语体，具有艺术性；四是科学语体，具有理智性（亦称逻辑性）。四种语体各自具有不同的写作目的，音乐论文的写作当运用科学语体。

2. 科学语体的基本特征

汉字书面语中的科学语体，应当具有如下特征：一是概念准确，判断精密，推理严谨；二是大量运用单义性的专门术语，词汇较为抽象；三是多用逻辑性定语和复合句；四是修辞上基本不用夸张、想象之类的辞格。

关于科学语体，在人文社科界，修辞学家的表述则更为详尽：“科学语体的功能，是准确而系统地叙述自然、社会和思维现象，严密论证这些现象的规律性。……科学语体的特殊任务，要求它在用词上严格保证精确性。在概括现实现象，揭示概念内涵，论证事物规律时，科学语体要求运用含义精确而单一的专门术语，排斥含义未经精确规定的、多义的日常生活用语。科学语体术语多，强调语言要概括准确，结构紧密，层次分明，论证严谨，说理清楚。在句式选择上，要求句法具有完整性和严密性；所以，完整句多，省略句少，复句多，单句少。……科学语体对描绘性的修辞方式，具有很大的封闭性。像夸张、比拟、移就和比喻等修辞方式一般不用。”（详参骆小所《修辞学导论》，云南人民出版社 1999 年版，第 111 至 113 页。）

3. 科学语体的语言特点

科学语体的语言特点可简要归纳为三点：

第一，从概念上看，定义准确、精密，多运用单义性专门术语。所谓术语的"单义"是相对"多义"而言的，单义性术语一般是公认的，具有含义精确而不易产生歧义的特点。

第二，从句式上看，多用逻辑性定语和复合句，措辞严谨。务必对这一概念的内涵给出准确的定义，否则难以达到"论证严谨，说理清楚"的目的，因而作者多运用较为完整的复合句。

第三，从修辞上看，基本上不用夸张、想象的词格，表述较为客观。

例如，我对湖北民间歌曲所下的定义（或概念）为：湖北民间歌曲是一种地域性的、具有古朴形态特征的、经由历史传承下来的音乐形式。而对这个简短的定义（或概念）所包含的丰富内涵则可以引出下列三段文字。

湖北民间歌曲的地域性，是从其地域范围方面来对其进行界定。就地域范围而言，对这个特定概念的狭义理解，主要是指在现今湖北省的行政区划范围。而对这个特定概念的广义理解，它还应该含括现今尚存的、湖北民间歌曲在其发生、发展途程中所必然涉及到的、各个历史时期的不同疆域范围。湖北疆域，历经变迁。自"禹分天下为九州"（《尚书·禹贡》）以来，湖北大部分属荆州，东周时期，为楚国疆域的主要部分。秦统一中国后，湖北大部以"荆"或"荆楚"称之。湖北民间歌曲的地域性概念，既显示了它的独特性——此地非彼地，也蕴含着不可忽视的相对性——地域范围确有历史变迁因素。

湖北民间歌曲的古朴形态特征，是从其形态特征方面来对其进行界定，主要是指那些或源发于民间的、原始的、未经修饰的，或具有悠长发展历程与历史价值的音乐形态。对湖北民间歌曲这个形态特征方面的界定，表明湖北民间歌曲形态上既具有原发性，又具有继承性。

湖北民间歌曲应为经由历史传承下来的，是从其存在方式方面来对其进行界定。传承，是湖北民间歌曲存在、发展方式的最主要形式。如果说出土文物和史料典籍，传承给后人的是"死资料"，那么，通过类似民俗等"传统习惯势力"和民族传统审美意识等精神文化因素而在人民群众的实际生活中遗存的湖北民间歌曲形式，则是传承给后人的"活化石"。它们都是湖北民间歌曲存在、发展方式的重要载体。

这样才能算是对定义（或概念）有了明晰的表达，对定义（或概念）内涵有了明确的阐释。

4. 音乐论文的语言运用规则：

从总体上完整地说，音乐论文的语言系科学语体的学术语言。

有人提出学术论文的语言要具有：准确、严密、完整、实在、简练、规范 6 点要求（林文荀：《学位论文写作》北京宇航出版社 1997 年版 23 至 24 页）；也有人认为：简明性、准确性、严谨性是学术语言运用上的基本规则（周淑敏：《学术论文写作》北京中国建材工业出版社 1997 年版 131 至 139 页）；还有人认为学术语言运用应该：第一，要用专业语言进行表述；第二，要精确、严谨、简明、平易、庄重；第三，要有适当的文采（陈果安、徐新平：《大学文科毕业论文导写》长沙湖南师范大学出版社 1999 年版 187 至 193 页）。等等。

参考以上诸说，并结合音乐学界的实际情况和我自己的写作（编审）实践，将音乐论文科学语体的学术语言运用规则总结为五条：

①语言的准确性

准确性是指在音乐论文中对研究对象的表述，要有科学、客观、精确的特点。准确性要求语言表达最大限度地与客观实际相一致，把各类音乐事象的性质、结构、功能以及作者的见解和认识等等明白无误地表达出来。具体要求则为：A：概念表达准确；B：表达程度精确；C：表达分寸得当。

例如，我对腔格概念、腔格形态（样式）的表述：

所谓腔格，系指旋律骨干音所构成的某种形式，腔格以骨干音间相互的音程关系为基础。

民间歌手把用三个音演唱的民歌称为三音歌或三声腔。《湖北卷》收录了 71 首自然形态的三音民歌，构成了 11 种腔格形式 13 种音列样式。

小三纯四型【La、Do、Re】，大二纯四型【Sol、La、Do】，大二大三型【Do、Re、Mi】，小三减五型【La、Do、bMi】，大三纯五型【Do、Mi、Sol】，纯四大六型【Sol、Do、Mi】，大二纯五型【Sol、La、Re】和【Do、Re、Sol】，纯四纯五型【Sol、Do、Re】和【La、Re、Mi】，小三纯五型【La、Do、Mi】，纯四小六型【Mi、La、Do】，小三小六型【Mi、Sol、Do】。

②语言的规范性

规范性是指学术语言运用的统一性和标准性。语言是历史形成的，具有变异性；然而，语言也具有相对的稳定性和保守性。

具体要求则为：A：一般不用方言口语。尽管方言口语有灵活、生动、形象的特点，但有悖于学术语言严肃性和稳定性的基本要求。有时还由于不同“圈”内的同一口语有不同的内涵，因此也易产生理解上的歧义。

例 a、×× 火速蹿红的时候，没有人知道此人是何方神圣，竟能整出如此大的动静？

例 b、他的手指在琴键上快速地跑动，把这首曲子处理得很音乐。

例 c、×× 教授对学生要求非常严格，一般不让他们首先去啃大作品。

上例 a 中“蹿红”、“整出”即为方言。方言用于文艺作品会使其更具有地方特色，如果用在消息报道或音乐评论中倒也无妨；但是出现在学术论文中，就破坏了学术语言的规范性。例 b 中的“跑动”、“曲子”、“很音乐”，及例 c 中的“啃”都是音乐表演圈内常见的口语。将这些语言运用到学术论文中，也是不规范的做法。

B：慎用未定型词汇。

例 a：吕家河民歌是他们的最爱，一定要将其打造成地方音乐品牌。

例 b：×× 认为，×× 的成功在于他把既有的旋律样式操作出了新感觉。

例 c：最初是在一次派对上，×× 发现了她非同寻常的歌喉。

例 d：没想到他雷人的表演，让不少粉丝感到震惊。

以上的“最爱”、“打造”、“操作”、“派对”、“雷人”、“粉丝”等，即为未定型词汇。

C：注意数字用法

例：阿拉伯数字与中文数字的混用问题，中文数字的大小写问题等。

③语言的专业性

所谓语言的专业性，是指在语言上要正确运用本专业的名词、术语、概念等进行表述。

具体要求为：A：正确理解专业术语的内涵。

例 a：×× 从小就十分热爱家乡的民间音乐和戏曲音乐。

例 b：××× 教授的科研课题“唢呐与交响乐研究”，为我们开辟了一个全新的领域。

例 c：×× 音乐学院今后拟将编钟古乐器、音乐考古学作为学校的科研重点。

例 d：×× 鼓乐的唢呐曲牌，民间艺人大多习惯用 A 大调演奏。

例 e：××× 的琵琶演奏特点在于，他常将这一段转入属调，最后再回到原调。

例 f：在 ×× 木卡姆中，也存在着“花音”和“苦音”现象。

以上各例病句的问题是，出现了“民间音乐和戏曲音乐”、“唢呐与交响乐”、“编钟古乐器、音乐考古学”等不规范用法，从而把原本为种属关系的“戏曲音乐”和“民间音乐”，把作为乐器的“唢呐”和作为音乐体裁的“交响乐”，把作为研究对象的“编钟古乐器”和作为音乐学科的“音乐考古学”均看成是并列关系。另外，例 d、e 中

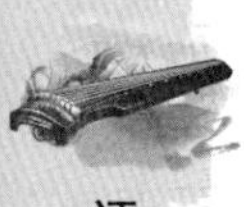

的“A 大调”、“属调”等，就是西方音乐的术语，用于解释中国音乐是不正确的。例 f 中的“花音”、“苦音”是汉族音乐概念，不宜用来解释少数民族音乐。

B：注意专业术语严肃、庄重的语境特征。这些术语大致包括当代学术性专著、历史文献、音乐作品、音乐家和乐器等等的名称；西方音乐家的名称往往较长，一般也不宜随意简称。特别是容易混淆的音乐家名。

C：尽可能运用公认的规范化术语。规范化的专业术语不同于一般词汇，有其单义性、专指性；另一方面，专业术语在一定“圈子”内又具有一定通约性，即在同行学者之间没有沟通上的障碍。

④语言的简明性

所谓简者，即言简意赅，文约旨丰；明者，清楚明白，干净清晰。既不晦涩难懂，又不不含糊其词。

具体要求为：A：要有清晰的思维。B：要注意语言的提炼。

⑤语言的时代性

语言的时代性是指语言在不同时代变异的一面。语言既是稳定的，同时语言也是在发展变化的。不同历史时期的语言自然也会打上特定时代的烙印。

具体要求为：要用规范的简体汉字和词汇。要慎用文言文。注意表述对象的时代特点。

二、关于音乐论文写作中的音乐分析问题

1. 音乐分析的多学科视阈

音乐论文的写作，有赖于研究方向的选择和研究立论的确立，实际上也是一个选题问题。音乐研究面临广阔的内容面向，音乐研究立论也面临多学科的视阈，所以，音乐论文写作中的音乐分析也面临多种形式的切入样态。

音乐分析的多学科视阈涉及到的方面有：

音乐人类学分析——分析、研究音乐与人、人类，人的行为、人类的行为的关系等。

音乐社会学分析——分析、研究音乐与社会的关系、音乐的社会功能、不同时期社会音乐景况等。

音乐民族学分析——分析、研究音乐与民族的关系等。

音乐民俗学分析——分析、研究民俗活动中的音乐现象、音乐文化；分析、研究民俗礼仪活动中的音声景观；分析、研究民俗礼仪活动中音乐的功能作用等。

音乐文化学分析——分析、研究音乐所含蕴的文化意义等。

音乐历史学分析——分析、研究音乐的历史发展；分析、研究古代音乐文献；分析、

研究音乐家身世成就等。

音乐考古学分析——分析、研究音乐的发展历程，从静态（音乐文物考古、音乐文献的把握）和动态（音乐形态的传承）两个方面进行等。

音乐地理学分析——分析、研究音乐与自然、地理环境的关系，如音调特色区的划分、音乐文化区理论等。

音乐美学分析——分析、研究音乐艺术的起源、传承、历史、价值、审美情趣、审美创造、审美心理等。

音乐传播学分析——分析、研究音乐传播、传承等。

音乐艺术学分析——分析、研究音乐与艺术的关系问题，解决音乐分析、研究中的宏观、中观、微观角度、视野问题等。

音乐形态学分析——分析、研究音乐的形态（即具体音乐作品的样式、调式、调性、节奏、和声、织体、结构、逻辑、内容……等）所有构成要素等。

还有音乐心理学分析、音乐医疗学分析、音乐与脑（智力）科学分析等等。

通过以上简介，得出以下三个重点提示：

①音乐论文写作中音乐分析的多学科视阈，要求写作者的选题、立论要侧重以某一学科理论为依据、参照。

②音乐论文写作一定要以音乐学分析研究作为本体，主体。

③音乐形态学分析研究，是音乐论文写作中音乐分析的基础内容。

2. 音乐形态分析的基本内容

既然音乐形态分析，是对音乐构成所有要素的分析研究，所以，音乐形态分析的基本内容就包括：

①音（宫）调分析（含音、音列、音阶、旋律线、节拍、节奏、调式、调性等内容）；

②和声、织体分析（含音调的纵向组织形式，声部、音调衍展等内容）；

③曲式（体）分析（含乐汇即音调动机、句式结构、乐段结构、全曲结构形态等内容）；

④表现意义分析（含作品表现的情感、意韵、形象，作品体现的风格特点等内容）；

⑤音乐技法分析（含作曲技法、演唱演奏技法等内容）；

⑥还有音乐（调）的发展历程分析、律学分析、声学分析等等。

在所有分析、研究中，最重要的是要坚持分析、研究语系、语境的统一性。

单就乐学理论来讲，主要是两种语系、语境的取向。一种是西方大小调体系的语系、语境。一种是中国传统乐学的语系、语境。两者间不可相互代替，不可混淆两者间乐学概念上的差异。要用各自乐学的基本理论、理念，阐释各自的音乐事象。

至于多学科的理论、方法借鉴，亦应根据自己所选论题（立论），运用所借鉴学科的基本理论、方法、语系、语境来构建论文框架、进行论文写作。

而在各种分析、研究方法中，比较分析是基本的方法。

下面，首先以对民歌经典《龙船调》为例，进行具体作品的音乐基因分析、研究演示。（详细内容从略，可参见本书《论民歌《龙船调》的历史传承、艺术特色和启示》一文中对该歌曲所蕴含的民族传统音乐基因一节）。

其次以对创作歌曲《布依女》为例，进行具体作品的调式、调性分析、研究演示。（详细内容从略，可参见本书《民间歌手创腔编曲方法研究》一文中对《布依女》调式调性分析一节）。

最后以对创作歌曲《夷陵情歌》为例，进行具体作品的曲体（式）结构分析、研究演示。

1. 为文章取名：《夷陵情歌》的曲体（式）结构分析

2. 对该作品作总体评价：《夷陵情歌》是一首以鄂西南地区的特色音调（夷陵地方的号子、山歌音调）为“动机”创作的穿插体曲体结构歌曲。

3. 简介穿插体结构形式的基本情况：

二十世纪六十年代初，湖北音乐工作者在民族民间音乐的收集、整理过程中，发现了一种两组歌词交替演唱的民间歌曲演唱样式。民族民间音乐的创造者与传承者们称之为“穿号子”、“穿歌子”、“鸳鸯号子”等等。从而纠正了过去惯用的“川号子”的提法。随着收集、整理、研究工作的深入进行，人们发现，湖北全省的许多地方，这类结构样式的民族民间音调比比皆是。《中国民间歌曲集成·湖北卷》就载有许多这类结构样式的民歌。由于它曲体结构鲜明，独具一格，引起了许多专家与学者的广泛重视。

4. 划定穿插体民歌的定义：

衬字衬词的运用，在民族民间歌曲中是屡见不鲜的。但一般衬字衬词的加入，仅仅是引起曲体变化的动因之一。作为具有曲体结构意义的穿插体结构形式指的是：在基于某一传统声腔、音调的基础上、以穿插演唱两组各自具有独立意义的歌词而形成的一种互相对比、互相依存、水乳交融的新的曲体结构。它以巧穿妙插、相映生辉而引人注目。

5. 对《夷陵情歌》曲体结构作具体分析：

《夷陵情歌》的第一组唱词（A）为：

号头：（男女声分别呈现）

郎住交战垭

姐在虾子沟

虽然隔得远

同天共日头

第二组唱词（B）为：

1.（男女声穿插对唱）

男：挨姐坐，对姐讲【郎住交战垭】

问姐想郎不想郎【姐在虾子沟】

女：丝瓜开花长相思【虽然隔得远】

豇豆开花想成双【鸳鸯号子叫几声】

哪有姐儿不想郎【同天共日头】

2.（男女声穿插对唱）

女：挨郎坐，对郎言【郎住交战垭】

问郎念我多少年【姐在虾子沟】

男：蜜蜂念花念到心【虽然隔得远】

莲花爱藕藕爱莲【鸳鸯号子叫几声】

念姐伴姐万万年【同天共日头】

3.（男女声和唱）

挨郎（姐）坐，对郎（姐）言

问郎（姐）许（念）我多少年

葛藤缠树缠到老

坡路盘山盘上巅

岩上刻字千万年

上述两组歌词的独立意义是十分明了的，两首词均可各自入歌。但是，在这首歌中它们却巧穿妙插、融为一体了。

《夷陵情歌》的总体曲体结构为：A＋‖: B :‖＋A

这首歌是五言四句的“号头”和七言五句的“正词”穿插演唱而形成的三段式穿插体曲体结构。第一和第三乐段为号头的呈示和再现。第二乐段是典型的穿插体曲体形式。

如果我们以 A、B 分别代表两组唱词，以阿拉伯数字代表各组唱词中的句数，第二乐段句法穿插的图式为：

B1 +A1 + B2 +A2 +B3 +A3 +B4 +A0 + B5 +A4

音调小节数：4 + 2+ 4 +2 + 4 + 2 +4 + 2 + 4 +2

这个图式表明，这首歌曲具备了穿插体曲体结构形式的典型特点：第一组唱词（A）在歌曲的穿插演唱中处于主导地位，它既有多次完整的陈述，又有巧妙的穿插。第二组唱词（B）在歌曲的穿插演唱中处于从属的地位，它是歌曲中十分活跃的因素。民间歌手将在穿插体曲体结构中起主导作用的那一组词，称为“号头”、“梗子”，具有相对的稳定性；将在穿插体曲体结构中处从属地位的那一组词称为“词”、“叶子”，具有极大的灵活性和变异性。民间对演唱穿插体曲体结构的民歌有“千歌头、万歌尾”的说法，意思是“号头”、“梗子”的变化，远远少于“词”、“叶子”的变化。同一组“号头”、“梗子”，可以穿插演唱许多不同的“词”、“叶子”。歌头仍是“号头”、“梗子”，歌尾却可以从天唱到地、从人唱到神。

6. 阐述民间传承的穿插体民歌的特色与表现意义：

由于穿插体结构形式的两组歌词相互独立，所以其互补性或对比性均比较强烈。音调、节奏的对比非常鲜明，其发展时常呈双向状态，有时给人以突变之感。在强烈对比基础上的多种多样的穿插方式和演唱方式，使穿插体结构形式的民歌在实际演唱中，呈现出热闹非凡的景象，给人以风采奇异的深刻印象。

综上所述，音乐论文写作与音乐分析，要在围绕、抓住一个“精”字下功夫，做到有精心的谋篇布局，以精深的学科理论为指导，以精湛的学识水准作后盾，通过精细的分析研究，进行精密的论（观）点提炼，把握精准的科学语体，选用精炼的遣词造句，运用精妙的学术表达，呈现精彩的学业成果。

（此文为2019年11月在华中师范大学音乐学院所作“音乐论文写作”讲座的题要）

乐艺佳作评论

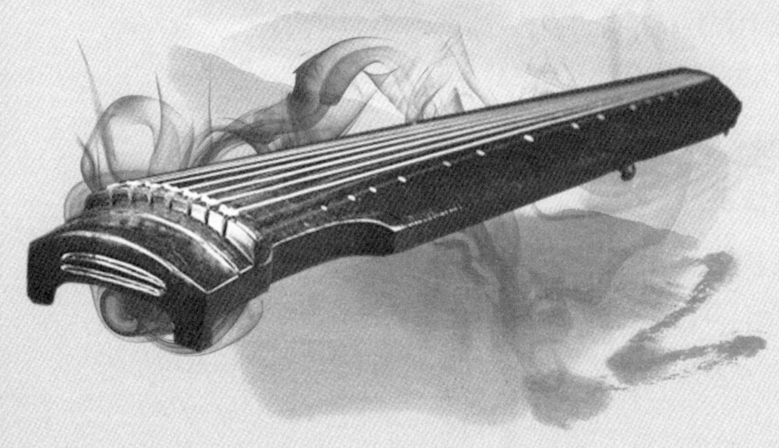

伟大壮举的音乐回响 民族精神的崇高礼赞

——聆听钢琴协奏曲《长征》随想

1935 年 12 月，中央红军到达陕北革命根据地不久，毛泽东曾精辟地阐明了长征的伟大意义："长征是历史记录上的第一次，长征是宣言书，长征是宣传队，长征是播种机。……长征是以我们的胜利、敌人的失败而告结束。"①1965 年，解放军原北京军区战友文工团在首都纪念八一建军节的音乐会上，首演了主题鲜明、内容丰富、形式新颖、风格独特的大型声乐套曲、红色经典作品《长征组歌》。2019 年，在新中国成立 70 周年之际，麻书豪、罗怡林依信仰追求、用激情、心灵创作出的新时代交响作品——钢琴协奏曲《长征》，对长征的伟大壮举做出了音乐回响，对长征所体现的民族精神做出了崇高礼赞。

如何运用"非语义性"的音乐形式，实现对长征伟大壮举的音乐回响？如何运用"纯音响"的器乐形式，实现对民族精神的崇高礼赞？钢琴协奏曲《长征》的创作者，通过不懈的艺术探索，为人们做出了具有启示意义的实践。

一、钢琴协奏曲《长征》，依经典音调元素提炼、衍展音乐主题，实现作品的创造性转化创新性发展

钢琴协奏曲《长征》，以具有鲜明意义指向且人们有认知共识的经典音调元素，作为协奏曲各部（段）的主题，并进行交响性衍展，从而通过人们的听觉感知，调动音乐审美的"联觉"机制，使人们最终认识作品所表现的内容，感悟作品所传达的情感。

钢琴协奏曲《长征》所表现的内容是历史的、具象的、史诗般的。聆听这部作品，人们通过感性听觉就能分辨出：协奏曲第一乐章（引子与奏鸣曲式）呈示部主部主题，运用了民歌经典《十送红军》的音调元素。副部主题采用了《长征组歌》中"突破封锁线"的音调元素。展开部则在主部、副部主题发展变化的基础上，整合、重构了《长征组歌》中"四渡赤水出奇兵"、"飞越大渡河"等的音调、音型元素。

---

① 《论反对日本帝国主义的策略》1935 年 12 月 27 日《毛泽东选集》一卷本第 135 至 136 页人民出版社 1964 年 4 月第一版。

协奏曲第二乐章（三部曲式），更是对《长征组歌》中“过雪山草地”的音调元素进行了创造性扩展。协奏曲第三乐章（回旋曲式与尾声）的“叠部”，以《长征组歌》“遵义会议放光芒”中“全军想念毛主席”的动机元素为主题，“插部”则运用了《长征组歌》中的“到吴起镇”、“报喜”的音调元素……这些历久弥新、具有鲜明内容指向的“音调符号”所构成的“音响潮流”，引导人们通过听觉感受，逐步在头脑中树立起红军在“长征”壮举中的不同形象：或与革命根据地民众的告别，或与敌对势力的激战，或在艰难环境中的跋涉，或与恶劣自然条件的抗争，或对理想信念的坚守，或对伟大胜利的欢呼……钢琴协奏曲《长征》的创作者，充分凸显了在这些音调元素的艺术张力和感染力，并对在这些音调元素基础上建立起来的各部（段）音乐主题，进行了创新性的衍展：或以旋律线的变化，作为各部（段）主题衍展的装饰；或以声部进行方向的对比，对各部（段）主题含蕴的显著特征进行挖掘；或以调式调性的变化来衍展各部（段）主题；或以和声语言、曲式结构以及管弦乐写作技巧方面的变化、创新来衍展各部（段）主题……这次成功的艺术实践表明：因为音乐可以代表一个时代中最核心与本质的感动，所以它是一种超越语义层面的表达形式，音乐、旋律本身所携带的那种饱含张力、热血与激情的音响叙事，能流淌成历史的、具象的、史诗般的“时间形塑”，为长征这样的伟大壮举做出音乐回响。

二、钢琴协奏曲《长征》，创新性器乐化的衍展各部（段）音乐主题，实现与人们的情感和心灵交融

钢琴协奏曲《长征》所表现的情感，是真切的、浓烈的、穿越时代的。聆听这部作品，可感受到其创作者那根“柔软的心弦”，已深切地被长征的历史壮举、长征中无以数计的感人故事、长征所蕴含的精神力量所拨动。带着创作者自己“被感动”的激情，创作者对协奏曲各部（段）主题做出自由地引申和发展，保证了整部作品宽广的音诗意境和充沛的情感生命力。协奏曲第一乐章呈示部的主部主题，是一个富于歌唱性、富有生气的主题，充满纯朴清新的气质。呈示部的副部主题，是一个蓬勃向上，充满活力的主题，洋溢着刚劲有力、高昂坚定的阳刚之气。第二乐章的 C 段主题，跌宕起伏，既深沉又奔放，充满了憧憬与向往色彩。第三乐章的“叠部”主题，嘹亮悠扬，具有召唤性，洋溢着欢呼讴歌之情。创作者还不时对协奏曲各部（段）主题，进行扩大音域宽度、加大节奏密度、加大旋律进行幅度、加大和声厚度等艺术处理，使激动奔放、具有强烈内在张力的音流一直冲向情感宣泄的顶端。聆听这部既有恢宏气势，也有感人情怀的交响作品，能感受到一种英雄壮气回肠般的情感冲击：第一乐章呈示部的主部主题，表现了红军长征的壮别之情；呈示部的副部主题，表现

了红军长征的壮烈之志；第二乐章的 C 段主题，表现了红军长征的壮毅之心；第三乐章的“叠部”主题，表现了红军长征胜利的壮丽之景……整部作品无处不以红军长征英雄壮气为基点进行情感刻画，使聆听者能穿越时空，生发出敬仰红军壮士的情感之波，激发出追寻长征壮举及其蕴含的长征精神的情感之浪，激荡起为实现新时代新长征的壮美目标而奋斗不息的情感之涛。作品的艺术感染力，在聆听者被作品召唤起来的情感震撼和心灵交融中，充分地释放了出来。

三、钢琴协奏曲《长征》，以缜密的音乐思维与结构布局，创造性地发挥交响性作品的冲击力与感染力，激励人们在新长征的途程中奋斗前行

钢琴协奏曲《长征》，具有紧扣协奏曲主题的缜密音乐思维和结构布局。就作品思想内容方面的布局而言，协奏曲创作者通过既有主题内容贯穿、又各自具有侧重表现意义的三个乐章，层层深入地展现了长征这“历史记录上的第一次”的宏伟画卷：第一乐章是对长征历史壮举的展现，第二乐章是对长征崇高精神的礼赞，第三乐章是对长征不朽意义的讴歌，这体现出创作者思维逻辑的缜密。在音乐表现语言方面的构思亦是如此。第一乐章呈示部的主部主题和副部主题，再现或变化再现于各个乐章之中，体现了该音乐主题在整个作品中的主导地位。第二乐章的 B 段旋律依该乐章 A 段主题动机发展而来，相得益彰地表现了红军战士们革命乐观主义精神和英勇顽强的大无畏精神。第三乐章的叠部主题与插部音调，则相互映衬了长征胜利的伟大意义和红军战士们的欢乐情怀。尤其是由第一乐章主部主题和第二乐章 A 段主题融合衍展而成的协奏曲总结段落，更是在恢宏的音乐高潮中，凸显了整部作品的主题思想，达到了作品内容表达逻辑与情感抒发逻辑的完美统一。聆听者可以在创作者缜密的音乐思维和结构布局所建构的音响空间里，发挥审美“联觉”机制的巨大功能，在想象世界中遨游：红军战士艰苦跋涉的进击形象，乐观开朗的精神风貌，英勇顽强的性格气度，以及因激烈战斗、缺医无粮而牺牲在长征途中，把棉衣留给战士、自己却冻死在雪山上的红军后勤部长，把自己的被窝，剪掉一半留给百姓的红军大姐……等感人的长征故事，都会在人们的心目中闪现。纪念长征胜利的壮观情景，继承长征精神、社会主义现代化建设强国的坚定步伐，在实现民族复兴的新长征中取得的各项伟大成就……也会一一在人们的脑海中浮现。这种“闪现”“浮现”，是聆听者对协奏曲震撼音响的积极回应，它激励人们在新长征途程中不断奋斗前行！

（2019 年 11 月完稿，后发布于“长征”音乐网站，《长江文艺评论》2020 年第 1 期刊载）

时代重大主题的音乐回响

——评组歌《苗寨的故事》

组歌《苗寨的故事》（金沙作词、孟勇作曲），是一部对时代重大主题作出音乐回响的作品。可以从四个维度阐述这样的评议：

一、这部作品体现出对扶贫开发时代主题提炼的高度

包括音乐在内的文艺作品都是“感于哀乐，缘事而发”的。所以，一般而言，一部优秀的音乐创作应该具备两个要素：一个是简洁的素材和生动的事件，一个是独特的创意和明晰的主题思想。音乐作品不能仅仅停留在对生活素材和事件的“反映”层面，而应当对“简洁的素材”和“生动的事件”进行“拓展”。而所谓“独特的创意和明晰的主题思想”，则是对作品表现对象（素材和事件）进行思维、判断、升华的结晶。新时代的音乐创作，尤其应当从仅仅书写“场上之曲”走向对时代的认知和人类的关怀，从音乐叙事技巧层面转向人类文化与思想的构建。组歌《苗寨的故事》的主创，以见证历史的“在场”姿态，从“一斑”窥“全豹”，从“个别”到“一般”，从“特殊”到“普遍”，从“小视角”到“大情怀”，对湘西苗寨践行习近平总书记关于精准扶贫的重要论述、摆脱贫困实现小康的生动素材和感人故事，进行了对扶贫开发时代主题的高度提炼。通过对作品的聆听、赏析，我联想到这部作品呼应了开展扶贫开发工作的紧迫性，记录了扶贫开发工作的艰辛历程，反映了古老苗寨在党的领导下发生的历史巨变，讴歌了扶贫开发工作的伟大成就，彰显了扶贫开发工作对于全球减贫事业作出的重大贡献，揭示了扶贫开发工作对于促进经济发展、政治稳定、民族团结和社会和谐发挥的重要作用，宣传了党和政府扶贫开发方针政策和多项得力举措，弘扬了中华民族扶贫济困传统美德、友善互助社会主义核心价值观和对幸福美好生活的不懈追求和奋斗精神……得力于这部作品的主创者对作品表现对象的存在情境及时代特质的有力刻画，对扶贫开发所蕴含时代主题的高度提炼，使这部作品凸显出民族复兴、乡村振兴、扶贫攻坚、消除贫困、脱贫致富、福荫人民、慈济天下的宏大历史画卷。

二、这部作品体现出对扶贫开发现实生活体验的深度

包括歌曲在内的音乐（文艺）创作具有明显的个体化、“主观性”特征，作品的产生往往要经历“物至—心动—情现—乐生”的过程，扶贫开发题材的音乐创作也概莫能外。这要求扶贫开发题材音乐作品的创作者，既要有对扶贫开发题材的“感性”“主观性”认知，更要有对扶贫开发题材的“理性”、“客观性”升华。这也要求扶贫开发题材音乐作品的创作者，对扶贫开发的现实生活具有深切的体验。因为“没有理性的感性”不深刻，“没有感性的理性”不感人，在文艺（音乐）创作中，感性与理性，是相互交织、难以绝对分割的。《苗寨的故事》的主创者，在文艺创作中，正确处理了个体与群体、感性与理性、主观性与客观性的关系，将创作之根深深植入到扶贫开发现实生活之中。从各类媒体所介绍的材料看，这部作品的主创者做到了深入作品表现对象的生活，能从作品表现对象那里挖掘创作“宝藏”，能将创作者的个体体验融入到作品表现对象的群体意识之中：既能将作品表现对象群体性的意志——脱贫奔小康进行创作者个体性的深切体验；也能将作品表现对象群体性的题材——脱贫奔小康，进行创作者个体化的艺术表达。正因为创作者对扶贫开发现实生活有了深切的体验，才有了前文所提到的对扶贫开发时代主题的高度提炼，才有了对扶贫开发情感的温情表达，从而使这部作品成为创作者深入扶贫开发现实生活的心血结晶，成为有心之歌、有根之曲，成为感人的艺术佳作。

三、这部作品体现出对扶贫开发群体性情感表达的温度

音乐是擅长抒情的。中国古代乐论认为，“乐者，情之不可变者也”，“唯乐不可以为伪”。这启示从事音乐作品创作者，在从事音乐作品创作的时候，要在对客观世界认识唯真、求是的基础上，进一步解决精神世界认识的崇善、求美问题，这样才能使作品具有催人泪下的艺术感染力。扶贫开发题材音乐作品的情感表现温度，来源于创作者对真实扶贫开发现实生活的深切体验而产生的真情实感。从对《苗寨的故事》这部作品的聆听、赏析中，我们可以体悟到创作者贯注于作品中的炽热、多样的情感：我们可以从作为三个乐章引子的围着火塘唱苗歌的形式，和《洁白的云雾》等歌曲中，体悟到思古之幽情；从《石板小路弯又弯》等歌曲中，体悟到对于贫穷、困苦境况的颤颤悲情；从《千年苗鼓咚咚响》等歌曲中，体悟到不同时期基层民众为摆脱贫困窘况而战天斗地之豪情；从《美丽的小阿妹》等歌曲中，体悟到脱贫致富进程中的甜甜爱情；从《桐子花开》等歌曲中，体悟到乡村振兴进程中

的戚戚亲情；从《鸟儿飞回来了》《悬崖上的修路号子》《黄桃花开一片海》等歌曲中，体悟到人民群众广开思路、门路，聚力扶贫开发的热情；从《春风从田野上吹起》《快乐的花喜鹊》《奔驰在祖国大地上》等歌曲中，体悟到扶贫开发给人民群众带来的生活激情……凡此被这部作品召唤出的情感体悟，均为作品创作者对扶贫开发群体性情感表达的炽热温度所使然，从而使这部作品引起听（观）众的共鸣，获得民众的认可。

四、这部作品体现出对扶贫开发时代主题进行艺术表达的精度

包括音乐作品创作在内的任何艺术作品创作，都要求其创作者，依据作品所要表现的主题，依据人民和社会的需求，依据人民大众的审美情趣，尽可能调动各种艺术表现手段，精准地进行艺术表达。在对扶贫开发时代主题进行精准艺术表达方面，《苗寨的故事》这部作品给我留下了三点突出印象：一是这部作品展现出富有深意的结构布局。整部作品由《云雾深处》《春风吹来》《太阳升起》三个乐章组成，这三个乐章寓意着作品表现对象的过去、当代、未来，使这部作品既有时间层面（历史纵向）的展现，更有空间层面（现实横向）的呈现。作品第二乐章在内容方面的丰盈和时长方面的突出，与相对均衡的第一、第三乐章形成对比，体现出创作者“立足当代、承接历史、面向未来”的深意。二是这部作品展现出富有创意的音乐表现形式。整部作品的 17 首歌曲，运用了独唱（男声、女声），重唱（男女声二重唱），齐唱，合唱（领唱与合唱、童声与合唱、混声合唱、无伴奏合唱），以及作为三个乐章引子的围着火塘唱苗歌原生形态等丰富多彩的声乐表现形式。不同的表现形式与作品各段落不同的表现内容相互融合、映衬，体现出创作者追求将传统形式与现代意识相结合的创意。三是这部作品展现出富有新意的音乐表现语言。整部作品注重运用具有民族、地域特色的代表性文化符号，作品的音乐主题，源自湘西的苗族传统音调（具体源自湘西花垣县麻栗场苗族高腔、苗族平腔、巴代音乐等）。作品反复使用了湘西苗族民歌的代表性衬词（“嗨咿哦”）。作品采用了浓郁的湘西苗族的原生性民族和声，同时借鉴西方和声手法，提高了作品的文化融入度。作品运用了多种湘西苗族乐器（苗鼓、苗锣、竹柝、银铃，以及用于击节的湘西苗寨河滩的鹅卵石等），增添了音色的表现力……作品创作者在音乐表现语言方面体现出来的新意，使人们能从这部作品中体悟出不同于滇、黔、桂、川、渝、鄂等地苗族音调的、具有独特韵味的湘西苗族传统音调风格，从而从文化层面实现音乐的民族性、地域性的双重认同。正是作品创作者这些有深意、创意、新意的艺术表达，使人们通过对这部作品的赏析、评鉴，进而为精准扶贫

“首倡地”的历史巨变而惊叹，为扶贫开发事业的发展和“第一个百年奋斗目标”的实现而欢呼！

期待这部作品进一步加强交响性、器乐化上再精益求精，更进一步丰富考量，使之臻于完善，更精细地处理乐队与声乐间的关系；更注重在发挥功能性和声的基础上突显民族性、地域性的和声色彩表现，更精心地突显作品的亮点、精彩点、高潮点，努力在“高原”上攀登、创造新“高峰”。

（2020 年 11 月完稿，后发表于 12 月 4 日的《中国艺术报》及该报微信公众号）

古楚之音的当代回响

——评民族管弦乐组曲《和鸣》

1978 年在湖北随州出土的曾侯乙编钟、多样（件）古乐器和自成体系的古代音乐文献，令世界惊奇、赞叹！40 多年来，对这旷世音乐宝藏所进行的研究，以及如何让这沉睡了两千四百多年的古代乐（礼）器发出新声的探寻，一直在不懈地进行，研究成果不断深入，创新作品不断涌现。2023 年 3 月 20 日，在武汉琴台音乐厅奏响的国家艺术基金大型舞台剧和作品创作资助项目——民族管弦乐组曲《和鸣》，是对多年来理论研究、创新作品成果的高水平集中展现。聆听整部作品，深深感到，民族管弦乐组曲《和鸣》，承续了古楚“乐脉”，是古楚之音的当代回响。

一、这部作品的命名，体现了古楚乃至中华音乐思想之精髓

古代乐论中的“和观念”，是中国传统音乐文化中最核心的范畴之一。荀子在《乐论》中说：“且乐也者，和之不可变者也。”《国语·郑语》中史伯说：“和实生物，同则不继。以他平他谓之和，故能丰长，而物归之……声一无听……”等等。古代乐论中的“和观念”，含蕴了深层次的哲学方法论内涵，它说明系统内多种要素和合协调，而又相异互补，则充满生机。

将六首民族管弦乐作品组合成一部有内在主题贯穿、有结构布局逻辑的组曲，并冠以《和鸣》的命名，表明了创作团队的所有成员，潜心进行着对古楚音乐文化内涵的新阐释：即中国古代分为“八音”（金、石、土、革、丝、木、匏、竹）类别，性能、音色各不相同的各类乐器，可同鸣共振；将“钟鼓谐鸣，雅俗共生，八方土风兼收并蓄而自成一体”古代楚国音乐“和而鸣之”；将两千四百多年前的编钟与现代民族乐器结合，奏出“古今和鸣”的时代新曲。这三个对古楚音乐文化内涵呈递进关系的新阐释，彰显了作品创作团队的所有成员，秉持着古楚乃至中华音乐思想之精髓——“和合观念”，从而实现了“打造出一台既能体现出中国传统文化特征和内涵，又与现代文明与科技紧密相连的多元化的音乐盛宴”的创作初衷。

组曲具有“有意义”的结构布局。第一曲《和鸣》（龚华华作曲）作为组曲的起始，明确呈示出整部作品的内容指向和创作意图。第二曲《楚宫夜宴》（胡晶莹

作曲）对古楚音乐中最上层的楚宫宴乐进行了“回望式”描绘。第三曲《桃花流水》（姬骅作曲）透过对古楚之地民景、民风的赞颂，用编钟奏响了来自楚地民间的音声。第四曲《楚腰》（吴霜作曲）以最具代表性的古楚乐舞为表现对象，勾勒出古楚王宫中“细腰”女子的翩翩舞姿。第五曲《穆商殇》（赵曦作曲）基于编钟研究理论成果布局全曲，同时运用经历史传承的琴曲《离骚》琴歌《竹枝词》作为主题材料，在不断的裂变和发展中，展现古楚音乐风貌。第六曲《编钟徊响》（徐昌俊作曲）作为整部组曲的终曲，与第一曲形成呼应，以钟、鼓、乐齐鸣、徊响击空的浩然声势，实现了《墨子·三辩》所云的“钟鼓之乐”、“竽瑟之乐”、“瓴缶之乐”的和鸣，使《和鸣》组曲成为古楚之音的当代回响。

二、这部作品体现了古楚音乐八音合鸣恢宏乐制的风貌

乐器是音乐表演的基础，乐器类别的全缺、品种的多寡、演奏方式的丰贫、组合形式的同异，都会给音乐表现带来影响。迄今已经出土的丰盈古楚乐器资源:《九歌》所记载的楚国乐器钟、鼓、竽、瑟、排箫（参差）、篪；《大招》所记的楚国乐器磬；《左传》《荀子·劝学》和《吕氏春秋·孝行览·本味》所记楚人所操之乐器琴；《吕氏春秋·慎大览·贵因》《七国考·楚音乐》所记楚国乐器笙；以及镈、钲、铎、铙、勾鑃、錞于、陶釜、筝（筑）等众多乐器。随曾侯乙墓出土的乐器已证明，古楚（曾）时期的乐器组合样式，大多是以鼓为纽带，形成金石类与非金石类乐器组合的两大型态。较为齐备的乐器及其不同的组合，加上独立的“甫页——曾”生（乐）律法体系，使古楚音乐形成八音合鸣的恢宏乐制。如《楚辞·招魂》所载：“肴羞未通，女乐罗些。陈钟按鼓，造新歌些。涉江采菱，发阳荷些。……二八齐容，起郑舞些。衽若交竿，抚案下些。竽瑟狂会，搷鸣鼓些。宫庭震惊，发激楚些。吴歈蔡讴，奏大吕些。……激楚之结，独秀先些。”“铿钟摇簴，揳梓瑟些。”《大招》载：“伏戏驾辩，楚劳商只。讴和阳阿，赵箫倡只。魂乎归徕，定空桑只。”多个古代文献中关于古楚时期狂歌劲舞、场面体制的描述，也引导人们体味古楚音乐钟磬交响、丝竹合鸣、高歌唱和、倩女群舞的壮观场面和恢宏乐制。

《和鸣》这部作品，在弘扬古楚音乐八音合鸣恢宏乐制优长的基础上，以具有两千多年悠久历史的古代礼乐重器——编钟为主导，与当代民族管弦乐队交相辉映，创造古代与现代乐器的组合形式，创新超越时空的音色音响，使曾一度成为“绝响”的古乐器和现代民族管弦一起，发出了时代新声。阅看这部作品的总谱，聆听这部作品的演奏，都令人深深地感受到，六首作品的配器、织体，显现出作曲家依据各自作品表现意图的不同，而采用的不同表达方式：音色、音响或密或疏，或浓或淡、

或明或暗、或虚或实，或空灵或深沉……不同乐器组别独特音色的突显与以编钟为主导的整个民族管弦乐队营造的崭新音色音响，使这部作品具有了古楚音乐的古朴气韵和悠长的历史感。

三、这部作品体现了古楚音乐五音繁会的乐思特色

《楚辞·九歌·东皇太一》记古楚音乐为“五音纷兮繁会”。《文选·宋玉对楚王问》也有古楚音乐“引商刻羽，杂以流徵”的记录。这都表明古楚音乐注重音调上的变化，注重音乐调式调性的发展，具有很高的艺术水准。诚然，古楚音乐的具体旋律形态早已逝于历史长河之中，但人们仍然可以从历史留存的音乐文献中，从考古发现的音乐文物中，从音乐艺术形式的“活态传承”中，寻觅到古楚声踪、音迹、乐印，从而在承续古楚“乐脉”的基础上，实现对古楚音乐的“创造性转化、创新性发展”。

聆听、分析《和鸣》组曲，可以发现，六个作品的创作者，都抓住了古楚音乐本体，从音乐的各构成要素入手，从不同层面张扬了古楚音乐五音繁会的乐思特色。六首作品或以“活态传承”留下的民族民间传统音乐为“素材”进行发展，如《桃花流水》（姬骅作曲）；或以具有古楚音乐特征的、简洁精当的“腔格”（旋律骨干音）为“动机”进行衍进，如《楚宫夜宴》（胡晶莹作曲），《楚腰》（吴霜作曲）；或以多姿多彩的音列（调式音阶）、自由变换的调性、自成体系的乐律为总体布局，如《穆商殇》（赵曦作曲）；或以对古楚音乐总体风格特征的把握、弘扬为贯穿，如《和鸣》（龚华华作曲），《编钟徊响》（徐昌俊作曲）；从而使整部作品达到了承古楚“乐脉”，创当代新声的目的。

四、这部作品通过二度创作——演奏，拓展了古楚音乐新声的艺术表现功能

这部作品 2023 年 3 月 20 日在琴台音乐厅的展现，是一次成功的二度创作。武汉音乐学院东方中乐团对作品的理解、演绎是精准的，乐团各声部及乐器组别的配合是默契无间的，演奏现场呈现的效果与作品蕴含的表现意图是协调吻合的。作品通过一度创作（谱面形式）到二度创作（演奏形式）的跨越，拓展了古楚音乐新声的艺术表现功能。

音乐是擅长于抒情的。“发愤以抒情”，亦是楚文艺优秀传统艺术观念。聆听《和鸣》，启引人们随着一首首作品“音流”的涌现，生怀古之幽情、发历史之豪情、抒当代之激情、思社会之真情、悟人间之深情……这是对作品“抒情”表现功能的拓展。

中国古代乐论称：艺术创作及其审美活动，要“观山则情满于山，观海则意溢于海”，聆听《和鸣》，令人随着一串串乐音的传扬，开动思维的“联觉”机制，感觉古楚音乐新声蕴含的意味，感会古楚音乐新声显露的意趣，感受古楚音乐新声描绘的意境，感怀古楚音乐新声独特的意韵，感悟古楚音乐新声深沉的意念……这是对作品“会意”表现功能的拓展。

音乐是用乐音运动（或声音组合）的方式来塑造艺术形象的。当音乐能够真切地表现出某种特定的情绪、场景或过程等，并能使听者在相应方面产生相关联想时，这种被表现的对象和所产生的联想，就叫做音乐的“形象”。聆听《和鸣》，令人在一阵阵“有意义”音响的感染下，展开审美活动中联想的翅膀，“看”到千百年前、一鸣惊人之楚国的辉煌；“看”到楚宫夜宴之庄重、典雅；“看”到楚王宫中“细腰”女子婀娜、婉约、灵动的舞姿；“看”到透过民景、民风视角表达出的对今日今时繁荣安定局面的赞颂；“看”到钟、鼓、乐齐鸣、徊响击空、声势浩然、古今音乐和鸣的壮美音声景观……这是对作品“塑形”表现功能的拓展。

为民族管弦乐组曲《和鸣》创作团队的所有成员，在高度音乐文化自觉前提下显示出来的音乐文化自信，和在强烈的创造、创新意识驱动下通过音乐文化自为取得的成果体现出来的音乐文化自强点赞！

（2023 年 3 月完稿，后发布于“湖北文艺网”和“武汉音乐学院”网站）

礼赞焦裕禄精神的音乐佳作

——聆听交响组曲《永远的焦裕禄》随思

2024 年 5 月 14 日是焦裕禄同志逝世 60 周年纪念日，由武汉音乐学院创作完成的大型原创交响组曲《永远的焦裕禄》在琴台音乐厅首演。笔者以为，交响组曲《永远的焦裕禄》是一部礼赞焦裕禄精神的音乐佳作。

一、交响组曲《永远的焦裕禄》表现出红色题材音乐创作的创新性传承

20 世纪 60 年代中期创作演出（1966 年）的交响诗《焦裕禄颂》与创作演出于新时代的交响组曲《永远的焦裕禄》，是同一题材的音乐作品。两部作品其间相隔近 60 年的岁月，这生动地体现了作品创作的组织单位、参与作品创作的所有成员，对于红色题材音乐创作的传承。这是十分可贵的。

之所以在这种可贵的传承前加上“创新性”的修饰语，是因为不同时期的创作，往往体现出不同时期对于作品表现对象、和作品力图突显的作品主题内涵的时代性特色。而这需要作品的创作者对作品表现对象、对作品力图突显的主题内涵有深刻的认识，深切的体验。交响组曲《永远的焦裕禄》在同题材创作传承方面的创新在于，在着力表现“亲民爱民、艰苦奋斗、科学求实、迎难而上、无私奉献”的“焦裕禄精神”中，突显出亲民、爱民，尤其是为民、利民的精神内核，从而将人民对焦裕禄的崇敬之心、拥戴之情，提升到“永远不忘初心、承担永恒使命”这些与党的宗旨、崇高目标紧密相连的新高度。使作品的主题，具有了体现新时代脉动的新内涵。

二、交响组曲《永远的焦裕禄》的整体布局，表现出缜密的乐思逻辑

整部作品紧紧围绕对焦裕禄事迹的崇敬之情，对永远弘扬、光大焦裕禄精神的铿锵之心的“红线”，使七首曲目，有机的组成为“焦裕禄精神”的音乐交响：序曲《我问星空你走去哪里》（领唱、合唱与管弦乐队），以宏观视角切入，引入性地讴歌了“走进人心”、扎根民意的“焦裕禄精神”。第一乐章《英雄意气》（管弦乐队），以意“塑形”，意象性的表现焦裕禄同志为人民奉献一切的崇高思想品格，塑造了时代楷模的音乐

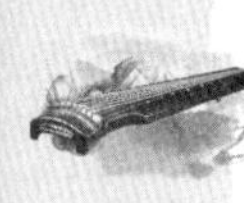

形象。第二乐章《焦桐成雨》（管弦乐队），托物寓意，赋予已成长为林的“焦桐树”深刻寓意，抒发焦裕禄同志亲民、爱民、为民、利民的情怀。第三乐章《只此沙丘》（领唱、合唱与管弦乐队），具实叙事，表现焦裕禄同志带领兰考人民斗风沙、治盐碱的战斗、工作场景，表现艰苦奋斗、迎难而上的焦裕禄精神内涵。第四乐章《霁月追思》（男中音、二胡与管弦乐队），寄景抒情，表现人们对焦裕禄这位好党员、好公仆、好丈夫、好父亲的深情缅怀。第五乐章《魂飞万里》（管弦乐队），以乐造境，表现英雄虽身先去，但焦裕禄事迹永传，焦裕禄精神不朽。终曲《初心使命永恒永远》（领唱、合唱与管弦乐队），以总括性视角切入，对作品力图表现的焦裕禄精神核心内涵——“初心使命永恒永远”，做出了就是“穿越所有时间，兑现所有誓言”的庄重判断。

还值得肯定的是：整部作品的七首曲目，出自六位作曲家之手，他们分别按照组曲的整体布局，承担各自领受的曲目创作任务。但是，从作品演出实际呈现出的音响来看，整部作品在音乐风格方面呈现出相对统一性。这从音乐创作的风格把握方面，展现出组曲创作者们（创作团队）的缜密乐思逻辑。

三、交响组曲《永远的焦裕禄》力图展现音乐表现语言的多重意义（功能）

交响组曲《永远的焦裕禄》各个曲目的创作者，或将音乐表现语言作为一种文化符号构思——如运用具有河南地方特色的传统音调（豫剧代表性声腔），体现作品表现对象的地域属性；运用《国际歌》的音调要素，张显作品表现对象的共产党人政治身份等；或将音乐表现语言作为一种文化情景铺设——如第三乐章《只此沙丘》第一乐段，器乐化营造出严酷的自然（沙丘、盐碱）环境，其后运用劳动号子的民歌体裁，营造斗风沙、治盐碱的战斗场景等；或将音乐表现语言作为一种文化意蕴刻画——如第四乐章《霁月追思》中，二胡主奏、男中音主唱的乐段，均刻画出一种难以言状的深沉追思、缅怀的意蕴等；或将音乐表现语言作为一种文化状态强化——如第五乐章《魂飞万里》，生动表现了英雄身去，精神不朽的文化状态等；或将音乐表现语言作为一种文化观念张扬——如在交响乐队中，运用二胡富有表现张力的音色，体现“重音色”、“重演奏法”的音乐文化观念；或将音乐表现语言作为一种文化风格彰显整部作品具有鲜明的中国特色神韵，通过音乐化表现焦裕禄精神永世传承的主题，奉献出建设中华民族现代文明中新的音乐佳作。

有必要指出，凝练而富有寓意内涵的文学（歌词）创作，给整部作品增添光彩。七个曲目的标题，言简意深，明示了各个曲目的表现内容，引导人们深切感悟曲目所营造的意境和所抒发的真情。三个曲目中的歌词创作，尤其是歌词中的“词核”（如《序曲》中你“走进民心里，走进心灵里”；《雾雨追思》中一系列“想你……想你……”），都极好地融入了整部作品的整体布局，对“非语义性”的音乐难以明确表达的作品主题思想，给予“语义性”阐发，这无疑增强了作品的艺术感染力。如终曲《初心使命永恒永远》（段晴、吴娟词，方石曲），这首呈三部性曲体（式）结构，经【第 1 部分 F 调】→【第 2 部分 F 调→降 A 调→C 调】→【第 3 部分 F 调】调性布局歌曲的歌词，紧扣整部作品永远弘扬光大“焦裕禄精神”的核心主题，在歌曲的第【1】(犹如设问)部分，发出“永远有多远？”的灵魂设问；在歌曲的第【2】(犹如寻答)部分，作出“像亲切一样远”，“像使命一样远”，“像思念一样远”，“像永恒一样远”的回答，在歌曲的第【3】（犹如答问）部分，作出“初心使命永恒永远”，就是“穿越所有时间，兑现所有誓言”的庄重判断。词曲相映生辉，融为一体，将创作者对焦裕禄事迹的崇敬之情，对永远弘扬、光大焦裕禄精神的铿锵之心，全都融入感人的“音流”之中。

（此文依据 2024 年 5 月 15 日在“2024 年度国家艺术基金大型舞台剧和作品创作资助项目——交响组曲《永远的焦裕禄》研讨会”上的发言整理。“湖北文艺”网站 5 月 16 日予以发布。“长江日报” 5 月 23 日刊发同时在“大武汉公众号”发布。）

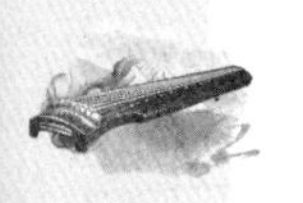

以全新的音响色彩表现社会情感与意志

——聆听室内乐《巍巍江汉关》随思

音乐属于直接呼唤、激发情感与意志的表现性、表情性艺术门类，所用的物质材料结构——声波振动，具有非语义性特点和抽象性特征。所以，音乐所反映的社会生活活动，既能表现社会成员对客观规律的理解和运用，又能展示社会成员主观上的情感和意志。音乐中的意志表现形式，起着组织与协调社会成员意志行为的作用；音乐中的情感表现形式，承担着传达与交流社会成员情感体验的职能。《巍巍江汉关——为钢琴与武汉锣、编钟等民族室内乐而作》的创作者，以开放的创作观念引导，以独到的视角切入，用全新的音响色彩，表现了人们当下的社会情感和意志。

这首作品的标题，具有寓意。对于室内乐体裁的音乐作品，标题是很具有引导性的。具有百余年历史的江汉关，是武汉开埠的见证者，而处于武汉中心地带的江汉关大楼，是一座具有希腊古典式和欧洲文艺复兴时期建筑风格的建筑物，是武汉沧桑经历的纪念碑。这首作品以具象的江汉关作为主标题，自然地把人们引入到作品表现对象的所在地之中。在曲名中嵌入“巍巍”二字，更令人产生对作品表现对象所在地的丰富联想，使人们自然对作品标题寓意作出升华：作品所表现的武汉，是一座历史之城，一座博大之城，一座包容之城，一座英雄之城，一座精神创立之城……富有寓意的作品主标题，已然为作品的接受者在聆听、品鉴这首作品时，预设了广阔的联觉、想象空间。而作品的副标题，则使作品的接受者在聆听、品鉴这首作品时，燃起对用全新音响色彩，表现人们对武汉这座城市的情感和意志的满心期待。

这首作品的音乐主题、音调展衍，具有创意。一是创作者将一个值得铭记的日期，机敏地转化为音乐中相对应的“DDCDE”音符作为作品的音乐主题，并对之进行重复、变化重复以及和声色彩、织体对位、乐器音色配置等多方面展衍，创意性的把某个历史时刻“音乐化”了，也寓意着全曲主题的统一性。二是创作者在对音乐主题进行展衍的过程中，创造性地融入了武汉及湖北地域内代表性的民族民间音乐体裁样式（如武汉地区的“开簰号子”、鄂东北地区的硪歌“伙计们都攒劲”、小调“送亲人”等）中的特色音调，寓意着作品主题的地域性。三是创作者创新性地运用“不间断演奏的组曲形式”进行作品结构布局，从作品第一部分重点表现人们面对危机时的惊悚、焦虑、悲伤情绪，到作品第二部分着力表现逆行者的“人城一体、家国同运”，“同舟共济、共克时艰”，坚韧、奋斗情怀，再到作品第三部分倾情营造的对英雄的缅怀、对失去生命人们的悼念氛围，继而归到作品第四部分擘画的充满希望的前景和取得重大战略成果后的感恩、惜别、喜极而泣……通过有机连接的“四个部分”，生动表现了人们的社会情感与意志。

这首作品的乐器组合、音响色彩，具有新意。创作者为这首作品构思、设计了一组全新的乐器组合样式：外国乐器与中国乐器，古代乐器与现代乐器相互“碰撞”；弹拨、拉弦、吹奏、打击乐器相互交融。虽然各种类乐器音响色彩不尽一致，但经过创作者精心的织体对位布局和演奏者彼此融合交相辉映的演奏，还是成功地让聆听者在对这别具一格的特殊音响色彩感悟、联觉中，体验到多种社会情感与意志的冲击力量。全新乐器组合样式的构建，为各种类乐器“优势”音色的展现提供了“平台”，使作为作品二度创作的演奏，为加强作品感染力增光添彩，促使二度创作者（演奏者）发挥自己的主观能动性而将乐器音色悠长予以凸显出来。演奏者的现场神态、体态与音色配合的冲击力，使听者对作品的感受更为强烈。钢琴作为作品的主奏乐器，牵引着整首作品情感与意志表现的走向。演奏者注重将传统的演奏技法与现代钢琴演奏技巧结合，时而模仿实体音效，再现各种自然音响；时而在中低音区如泣如诉的弹奏，抒发着缅怀、感恩、惜别的情感；时而在高音区运用“侧击”触键方式，表现因感动、感怀、感伤而“滴落的眼泪”……其他乐器在凸显其音色特点时候的演奏，也都准确表现出作品一度创作的内涵，并以富有创造力的深度演绎，拓展作品的艺术张力：如古编钟、武汉锣及其他打击乐器的敲击造成的音响震动，给聆听者带来撞开心门的感受；笛子运用丰盈的气息在高音区演奏出的带有“嘶沙”态的音色，给聆听者带来撕心裂肺的音响体验；二胡用富有力度的连弓演奏出的深沉饱满音色，给聆听者带来拨动那根最柔软心弦的听觉美感……总之，以室内乐体裁形式建构的社会情感与意志，被全新的乐器组合混融而成的音响色彩，器乐化的完整表现出来。

这首作品的创作观念、整体风格，具有深意。上文关于这首作品的“标题具有寓意”、“音乐主题、音调展衍具有创意”、“乐器组合、音响色彩具有新意”的分析和表述，已经使人们看到，作品创作者既承继了“和实生物，同则不继……声一无听……”（即和能生殖事物，同则使事物不能繁衍……单一的声音不动听）、“和而不同”等中国传统乐学理论中的创作观念，也秉持了“各美其美”、“美美与共”等已获得当代人们普遍共识的文化意识，作品做到了中国音乐观念和外国音乐观念

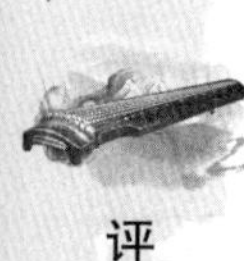

某种程度上的融合。作品创作者将重演奏法、重音色、重节奏组合等中国民族音乐的传统气质，与当代西方音乐观念中认为音乐的构成要素已由“音高关系”变为“音色关系”和“节奏关系”的主张，进行了重构、整合；将中国民族音乐传统中的音平等观念，声、音、调、宫、均等乐学体系，调转换的自由意识等，与西方传统的音乐调性体系被“瓦解”后，十二音技术注重音的平等及音高进行的自由、有调性及泛调性等观念，进行了混融、创造；对当代音乐中保持内在节奏律动、凸显节奏声部的“简约特征”予以借鉴……从而使这首作品体现出创作者弘扬“大音希声”的美学追求。人们从这首作品悠远、潜低、清新、和鸣的乐声中，不仅能耳闻丰富的音响色彩，还能体验音响色彩所承载的多样社会情感与意志，更能以审美主体的心境，感悟作品创作者力图传递的深层意蕴：人民至上，生命至上，大爱无言，知音有爱。

（2021年1月完稿，并发布于“新华网”，后又于2022年11月以《英雄之城的精神交响》为名，在“国家艺术基金资助项目——室内乐《巍巍江汉关》的验收会议上宣讲。收入本书时做了修订）

聚焦时代主题　畅抒人民情感

——获第 16 届“五个一工程”优秀作品奖的歌曲述评

诗言志，歌咏怀。将言志的词与咏怀的曲结合，形成了歌曲形式及其艺术魅力，也使歌曲成为民众喜闻乐见的艺术类型之一。在历届“五个一工程”优秀作品奖的评选中，歌曲都是不可或缺的部分。在第 16 届“五个一工程”评选中，又有 11 首歌曲获得优秀作品奖。聆听、阅看、分析、研究 11 首获奖的歌曲作品，深感这些作品，无愧是 2019 至 2022 期间难以计数的歌曲作品的代表，体现了这一时期歌曲创作的发展趋向，承载了这一时期歌曲创作者们的创作观念，彰显出这一时期歌曲创作聚焦时代主题、畅抒人民情感的总体特征。

11 首获奖歌曲证实了这一时期的歌曲创作者们，在歌曲的题材选择方面，注重以责任担当意识和多重观照视角，深刻反映时代主题和人民情感。

歌曲的时代性、人民性特征，决定了“一个时代有一个时代的歌”，这激励歌曲创作者自觉在自己的创作中，以高度的使命感和责任担当，既凸显作品题材的时代性特征，紧贴社会发展的“脉搏”，真实记录具有重大价值的史实，真切提炼最具社会本质特点的主流意识；又凸显作品的人民性旨归，深切体验、承载人民大众的群体性情感，抒时代激情、历史豪情、人间真情。从而使所创作的作品让人民群众爱听（即所谓“入耳”）、爱唱（即所谓“入口”）、受到感染和熏陶（即所谓“入心”）。

2019 至 2022 期间，时逢新中国成立 70 周年、中国共产党成立 100 周年、全面建成小康社会、扶贫攻坚取得全面胜利、北京冬奥会冬残奥会成功举办、中共召开“二十大”等等，大事多，喜事多。11 首获奖歌曲所涉及的题材内容，全面覆盖了这个时期的重大史实，成为这些重大时间节点和事件中人民所生发的多样情感的音乐记忆。

如《领航》，创作者准确把握了中国共产党团结带领全国人民，为实现中华民族伟大复兴的中国梦而不懈奋斗、不断进取的精神传承与伟大实践这个时代主题，着力展现中国共产党百年来走过的光辉历程，唱响了礼赞百年风华、奋斗崭新时代的昂扬主旋律。歌词凝练而内涵丰富。第一句“无论多久，你都在我们身旁，相依

相恋情深意长”；“无论多远，你都在我们身旁，信念永恒初心不忘”，把共产党具化为亲切的形象，言简意赅地赞颂了中国共产党执政为民的博大情怀，表达出党和人民风雨同舟、共同创造美好未来的时代强音。而后意境层层推进的歌词：“江山就是人民，绘成你胸中景象”；“人民就是江山，写就你使命担当”，颂扬了中国共产党坚持以人民为中心的执政理念和历史担当，传递出共产党人的豪迈情怀与远大抱负。紧接着，用“为了千秋伟业，为了时代华章，前赴后继，铸就辉煌”；“为了人民幸福，为了复兴理想，风雨兼程，不可阻挡”的词意，回望党的百年征程，赞颂党不忘初心理想，百折不挠、矢志不渝的精神力量。最后，具有召唤力的“伟大的中国共产党，乘风破浪，扬帆远航，领航中国在新时代新征程上”作为“词核”，犹如砥砺奋进的号角、迈向伟大复兴的战鼓，宣示了整首歌词的主题思想。

还如：《好儿好女好家园》以庆祝新中国成立 70 周年为节点，反映了新时代人们“万众同心创伟业”，“壮志乘风展宏图”的群体性意志。《春风十万里》表现了取得全面建成小康社会的历史成就，人们迈入“蓬勃勃”、“绿油油”、“甜蜜蜜”的崭新时代时的愉悦心境。《面朝东方》用“我将面朝东方，心中想你，安稳如常，飞花一季赢得百年留香。”“我将面朝东方，无限锋芒，无限风光，你的希望就是我的信仰”这般对国家对民族的衷情诉说，表达出人民与国家、与民族相融一体的强烈愿望。《我的答案》则以“为国为民就是我前行底气”，“公平正义就是我理想主义”，“红色大船载着我取一瓢蓝”，“总有人持灯一盏守这河山”，“纵前路遍布荆棘吾亦往矣”的铿锵话语，提升了“行业性职业”的社会意义，展现了各行各业人士都具有的为国、为民、为理想、为信仰的情怀。《一起向未来》作为北京冬奥会、冬残奥会主题口号推荐歌曲，诠释了更快、更高、更强、更团结的奥林匹克精神，倡导了追求团结、和平、进步、包容的共同目标，表达了世界需要携手走向美好未来的共同愿望，传递了人类对美好明天的憧憬、信心和希望。《前》作为香港特别行政区成立 25 周年主题曲，以对“我和你曾同不负众望”，“抬头望勇敢担当”，“同留在海港，同聚焦前方”，“寻梦者启程起跑线”，“愿香港同心一起创建”的激情吟唱，倾情表现了香港同胞与国家、与民族紧紧相连，共同追寻民族复兴中国梦的拳拳心愿。《少年》在党的百年华诞之时，对党发出了“少年初心从未改变”，“世纪少年使命永远放心间”，“征途漫漫唯有奋斗”，“砥砺前行我们要在一起”的誓言。《珞巴少年》中由雪域高原珞巴少年们唱出的对美丽家乡新生活的热爱之情，表达了所有怀念家乡之情的人之共同心声。《你笑起来真好看》以“你笑起来真好看，像夏天的阳光，整个世界全部的时光，美得像画卷”的个体性感受，传递了大众对美好生活想往的朴实之情。《可可托海的牧羊人》中“我酿的酒喝不醉我自己，你唱的歌却让我一醉不起。”“我愿意陪你翻过雪山穿越戈壁”，“心上人我在可可托海等你！”以富有哈萨克族音调特色的“独白”（唱吟）方式从心底流出，表现了对美好事物的守望，拨动了人们最柔软的那根心弦。

总之，11首获奖歌曲的创作者，对时代主题和人民情感进行了多重视角的观照、体验。他们或向时代主题和人民情感的主要任务“聚焦”，或向时代主题和人民情感的主体对象“聚焦”，或向时代主题和人民情感的主流意志“聚焦”，或向时代主题焕发出的群体情感“聚焦”……他们既对“群体性”、“客观性”、“理性表达”的时代主题和人民情感，进行“个体性”“主观性”“感性认知”的体验；又对时代主题和人民情感，进行“个性化”艺术表达。他们的创作实践启示人们：歌曲（甚或文艺）创作者，应当在对时代主题和人民情感全面观照、深切体验的基础上，发挥自己的艺术想象力和创造力，做到“群体性”、“客观性”、“理性表达”与“个体性”、“主观性”、“感性认知”的有机结合。他们以自己的实践成果，批评了这一时期歌曲创作方面尚存在的“概念化”、“同质性”、“应景式”、“标语口号式”、“作秀炫技般”的不良现象。

11首获奖歌曲证实了这一时期的歌曲创作者们，在歌曲的音乐表现方面，注重以新颖艺术表现语言，升华时代主题和人民情感。

歌曲作为词曲作家观照时代、社会、生活的反映的产物，是其创作者思想、情感的艺术流露和表现，所以“曲为心声”。音乐是擅长抒情的，歌曲作品由于有歌词的明示，再配上动听的旋律，其情感抒发功能更是得以强化，所以“乐为情至”。

旋律被称为歌曲的灵魂，旋律蕴藏的丰厚内涵，是音乐内容、风格的体现。旋律的每个音符在横向连接的起伏中，隐含着严谨的组织关系和深刻的表现意义，其中高、低、升、降各不相同的音与音之间的排列关系与固有倾向，以及不同音区之间音频振动的音响差异，都不同程度地暗示着旋律在发展中的情感趋向。因此，曲作者无一不把旋律的新、美，作为歌曲创作追求的至境。

11首获奖歌曲在音乐表现方面显现的总体特点是：创作者们坚持了以情感表现为旨归，曲为心声，乐为情至，努力为歌曲的音调旋律赋予当代气质，以新颖的艺术表现语言，在升华时代主题和人民情感中，表现个体体验心境中的群体性情怀。具体体现在以下五个方面：

一是大多数获奖歌曲，均用较宽广的音域、跳进性的旋律进行，升华时代主题内涵，抒发真情实感。较宽广的音域运用，给乐思的驰骋和歌曲旋律的跌宕起伏，“预留”下广阔的空间，使得歌曲的旋律线，有时犹如群山逶迤的山形，有时好像江河浩荡的水势，给人以大气、深沉之感。尤其是旋律中经常出现或上或下的“跳进”

进行（有时甚至是九度、八度、七度、六度的“大跳”），更是给人留下了歌曲旋律或激越前冲或深沉委婉的鲜明印象，用乐音塑造出歌曲表现对象既伟岸又柔情的动人形象。

二是大多数获奖歌曲，均运用重复（变化重复）、模进（上行模进）手法，不断增强歌曲情感宣泄的力度。曲作者往往在作出平缓、深情的叙述、铺陈之后，将作品的情感宣泄推向高潮之前，有意识地“设计”一个“渐进”式的过程，使得歌曲旋律方面递进式的重复（变化重复）、模进（上行模进）具有从“积蓄”到“释放”的情感表现意义，具有“一吐为快”“淋漓尽致”的艺术表现功能。

三是大多数获奖歌曲，都追求旋律节奏的新、奇。节奏被称为歌曲的骨骼，不同的节奏类型，在歌曲旋律中具有相异的表现意义。因此，曲作者往往在以“逆分型”（甚或无穷动式）节奏为主体的基础上，以连续性切分节奏的运用、歌词与音调逻辑重音的错落安排，营造歌曲情感宣泄的动力，表达歌曲的意韵志向。运用连续的切分节奏加强歌曲旋律发展动力的“前冲性”，是曲作者们对时代、社会生活节奏体验、把握、提炼的结果，既体现了对歌词所蕴含的群体意志的强调，又准确表现了飞扬在歌曲旋律中的激情。这种创作手法的运用，音乐化的应和了时代与社会前进的节奏鼓点，显现出对作品所力图表现的情感、志向、憧憬的升华。

四是获奖歌曲的创作者均致力于作品创作手法贴合当代大众的审美意识、审美情趣。大众的审美意识、审美情趣，是随时代的发展而不断变化、提高的。在多样文化相互争艳的情势下，如何满足人民大众日益增长的精神文化需求？如何适应人民大众不断变化、增强的审美意识、情趣？是致力于谱写当代歌曲作品创作者面临的新课题。获奖歌曲的创作者没有把大众审美趣味理解成为经典艺术趣味的某一低级层次或原始阶段，没有把所谓内容的通俗性、功能的娱乐性、形式的不完善性等性质，当作大众审美趣味的统一特征，而是尽力在创作手法上贴合当代大众的审美意识、审美情趣。从对获奖作品的聆听、分析、评鉴中人们可以感受到曲作者们追求歌曲表现语言的当代性意愿：或注重歌曲音调旋律（动机）的发展、变异；或注重歌曲节奏律动的切换、变化；或注重歌曲织体的丰满、充实；或注重歌曲编配手法的丰富和音响组合的新颖；或注重借鉴与其他音乐体裁形式（如爵士、摇滚、吟诵性方式等）的结合……这些实践和探索，生动地体现了歌曲创作者强烈的创新意识和与时俱进姿态，是值得提倡与弘扬的。

五是获奖歌曲注重借助现代传媒平台张显歌曲的价值和艺术张力。鉴于歌曲音调所用的物质材料结构（声波振动）的非语义性特点和抽象性特征，它往往需要通过各种渠道进行传播。传统平面媒体曾为歌曲的传播起到重要作用，广播电视媒体也给歌曲传播插上了跨越时空的翅膀，以高新科技为支撑的现代传媒平台，尤其是互联网以极大的容量，通过手机、QQ、博客、播客、MSN 等即时通信手段，更是为歌曲的传播提供了无限大的空间。11 首获奖歌曲全都搭上了现代传媒平台的“高速频道”，其中还有不少歌曲是首发于网上并在网上产生热烈反响的。大众自主的通过“点击率”表达对歌曲的喜好度，社会客观的通过“传唱面”来检视歌曲的影响力，歌曲作品也通过在无限时空中的传播，扩充了自身的价值和艺术张力。

（2022 年 12 月完稿，发布于“湖北文艺网”，《中国艺术报》2023 年 2 月 20 日刊载）

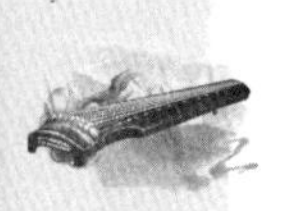

体现时代脉动的“有根之歌”“情至之乐”

——第12届“屈原文艺奖”获奖歌曲述评

诗言志，歌咏怀。将言志的词与咏怀的曲结合，形成了歌曲形式及其艺术魅力，也使歌曲成为民众喜闻乐见的艺术类型之一。在第12届“屈原文艺奖”的评选活动中，有13首创作于2021至2023时段的歌曲，获得了这项湖北省层级最高、综合性文艺奖项的殊荣。通过聆听获奖歌曲的音响，研析获奖歌曲的乐谱，感受到获奖歌曲“扩散”出的艺术魅力，感悟到获奖歌曲确系体现时代脉动的“有根之歌”，“情至之乐”。

一、获奖歌曲是对时代脉动的音乐回响

歌曲的时代性、人民性特征，决定了“一个时代有一个时代的歌”，这激励歌曲创作者自觉在自己的创作中，以高度的使命感和责任担当，既突显作品题材的时代性特征，紧贴社会发展的“脉搏”，真实记录具有重大价值的史实，真切提炼最具社会本质特点的主流意识；又彰显作品的人民性旨归，深切体验、承载人民大众的群体性情感，抒时代激情、历史豪情、人间真情。

2021至2023期间，时逢中国共产党成立100周年、中共召开“二十大”、国家和人民迈入建设中国式现代化新征程等等，大事多，喜事多。获奖歌曲所涉及的题材内容，覆盖了这一时期的重大史实，反映了人民在这一时期所生发的多样情感，使获奖歌曲，成为这一时期时代脉动的音乐回响。

如《听见中国》（亚芬词、洪凯曲），以人们的听觉感受切入，通过对“百鸟欢歌”、“蝴蝶起舞欢歌”、河边的“水流声”、哥哥的“喊山声”、大妈和姐姐的“话语声”、婆婆的“笑声”、小巷中的“琴声”……等一系列自然声音的描写，引人入胜地为人们绘制了山川壮丽、社会祥和、人民幸福的“音声景观”。进而揭示出“我听见了你，我的中国，一声一声温暖着我的心窝；我听见了你，我的中国，一声一声澎湃成长江黄河”的歌曲主题思想。这首歌的音调，具有强烈的对比性：前半部分音调，婉约深沉，“陈述”中带有抒发性，表现出对祖国的浓浓深情；后半部分音调，“迸发”中带有宣泄性，表现出对祖国的切切爱意！歌曲在前奏、间奏方面作出的“器乐化”处理，尤其显现出作曲者富有“匠心”的艺术追求。歌曲最后合唱的加入，增添了

中国声音响彻寰宇的感召力。

又如《九州》（王生宁词、刘思远曲），以“沿一路岁月蜿蜒，长江流心中；涉五千年的风雨，梦在那苍穹”，“沿一阶长城而登，紫气收眼中；看你如画九万里，山川沐欣荣”，抒发爱国情怀。以“我愿与你同行，和光共征程”；“盛哉，泱泱九州唯我华夏心，一脉赤诚不负热血不负青春”表露报国之志。这首歌的音乐创作，注重满足当代人们（尤其是青年）的审美趣味，在注重突显歌曲中华民族传统音乐风格意韵的同时，也力求歌曲旋律的流行性表达。而将代表性的民族乐器音色汇入作品编配（织体）中，则增添了歌曲的“国风”特色。

再如《放飞科技的春天》（陈汉武词、刘介华曲），以“火种点亮天际”、“神舟共舞嫦娥”、“追赶光的足迹”等科技发展史实，为生机盎然的我国科技事业立传。以“我们笑看宇宙”、“我们放眼世界”、“书写千古传奇”、“开创新的世纪”等科技工作实绩，为科技工作者点赞。以“揽九天，觅天机，绚丽画卷春作序”、“万里穹天任恣意”，“我们放飞科技的春天”等豪迈胸臆，表现科技工作者贯彻科技兴国重要思想的坚定意志。歌曲前半部分旋律流畅，基于主题乐句的模进和变化展衍，显现出歌曲音调的统一性特征。后半部分的旋律，在高音区的八度音域内起伏抑扬，表现出科技事业发展的万千气象。整首歌曲的节奏变化有序，具有很强的“动力感”、“前冲性”，寓意着科技事业具有美妙的发展愿景。

诸如①《壮丽新征程》（金获词、周曼丽曲），紧扣强国建设、复兴伟业的时代主题，采用交响乐队与混声合唱形式，通过乐队、女高音、钢琴在音乐中三位一体的呈现，描绘新时代的美好未来。②《你的故事里终于有了我》（袁晶词、李凯稠曲），以新颖的视角，温馨的旋律，分明的层次，描写年轻一代从爱党到入党的历程，表达了党的事业后继有人的深刻寓意。③《我能我能》（周立荣词、方石曲），以简约的音调、动感的节奏、易于传唱的旋律，对大型运动会的主题进行了深度挖掘，表现了积极向上、拼搏进取的中国精神、中国力量。④《爷爷的家》（梁少博词、刘翔曲），以弹唱的形式，通过对“爷爷的家”“青翠的家园，怀抱青砖和灰瓦”；“飘香的庭院，堆满收获和牵挂”；“彩蝶正在舞翩跹”等的具体描绘和娓娓道来，表达了“望得见山，看得见水，记得住乡愁”的愿景得以实现，展现出千千万万个“家”，随着乡村振兴的时代脉动得到兴旺发展的喜人景象，为新时代的乡村振兴留下了音乐印记。

二、获奖歌曲是体现时代脉动的“有根之歌”

时代的脉动，是歌曲题材内容创作之“根”；民族、地域传统音乐素材，是歌

曲音乐创作之“根”。获奖歌曲的创作者，紧紧把握歌曲创作之根本，将应和时代脉动之曲，谱写成“有根之歌”。

如《四季》（蔡呈词、洪凯曲），以列入人类非物质文化遗产代表作名录的“二十四节气”为灵感，运用蕴含古朴的农忙节气规律的歌词，唱春种夏长、秋收冬藏的四季变换，揭示出“节气歌里有万象”的自然规律，唤起人们对于大自然的热爱、对中华传统民族文化的热爱。这首歌音调的各构成要素（音调动机、骨干音、音列、调式、曲体结构等），均扎根于民族、地域音乐文化的传统“基因”，透射了武陵山地域民族传统音乐高亢、激越、拙朴、直捷的风格特色，延续了民族、地域传统乐脉的悠长传承轨迹。其创作者坚持守正创新，注重与当代人的现实生活和不断提高的审美情趣结合，将当下流行的明快、错落、新奇的节奏类型引入到曲目的节奏布局；将多声部音乐作品的写作技法、电子音乐的编配手法，融汇于曲目创作之中，以丰满的音响、多彩的音色、奇妙的织体、新颖的曲风……不断增强民族传统音调的艺术表现力和感染力，实现民族传统音乐的“创造性转化、创新性发展”。

又如《绿水青山》（段思思词、谭旋曲），以绿水青山环境中的惬意生活切入，用平实的语言文字，白描出“世外桃源”般的美好景象，传达了人与自然、人与社会、人与人和谐相处的理念。歌曲旋律建立在传统吴越民歌、黄梅戏传统声腔等中华民族传统音乐的基础上，经“不留痕迹”的精心展衍，体现出作品所蕴含的“曼丽婉曲”风格特征，十分贴切地应和了歌曲力图营造的生动意境。

再如《如水倾城》（许舞词曲），通过富有哲理性的音乐文学呈现楚文化的厚重与浪漫，含有沧浪文化（如词“谁将千古事，遗忘沧浪亭”）、知音文化（如词“忽又闻高山流水，琴瑟和鸣”）、治水文化（如词“大江奔流别无恙，归去来相逢”，“唯有清澈的世界，如水倾城”）等寓意。歌词的遣词造句显现出古朴之意与当代之新的结合，音调也体现出传统与现代的交融。富于起伏感的旋律线，经有变化的模进，为“水”与“光”“塑形”——一幅水光交融、波光粼粼的画面，通过聆听音响而激发出的“联觉”机制跃然眼前。二重唱的演唱形式使这种特色更为突显。编配上对古琴等乐器的运用，体现了对音响、音色方面的新追求。

还如《温若香泉》（钟云岳词曲），以“弹唱”形式，运用传统山歌音调和具有瑶族民间音调特色的“动机”，描绘了城镇化建设中家乡的山水、人文、历史、传说等的变化，抒发了对家乡的眷恋之情。基于音调“动机”的展衍，是这首歌在音乐写作上的亮点。

三、获奖歌曲是体现时代脉动的“情至之乐”

在中华民族音乐传统观念中，有“情动于中，故形于声”的“表情说”，提出“乐者，心之动也；声者，乐之象也；文采节奏，声之饰也”的命题，认为音乐的本质特征是以有“文采节奏”之饰的音响形式表现人的内心活动，音乐的产生过程是“物至—心动—情现—乐生”，所以，“乐者，情之不可变者也”，“唯乐不可以为伪”，得出“情者，歌之根也”的结论。获奖歌曲作为体现时代脉动的“情至之乐”，为这些重要观念，提供了具有新意的实证。

如《初心使命永恒永远》（段晴词、方石曲），这首歌系交响组曲《永远的焦裕禄》的曲目之一。整部交响组曲通过焦裕禄本人、同事、亲人、群众等视角，从亲情、友情、家国之情等角度，表现出“焦裕禄精神”代代相传。这首曲目紧扣整部作品永远弘扬光大“焦裕禄精神”的核心主题，对“永远有多远？”的灵魂提问，作出了“像亲切一样远”，“像使命一样远”，“像思念一样远”，“像永恒一样远”的回答，作出了“初心使命永恒永远”，就是“穿越所有时间，兑现所有誓言”的庄重判断。这首歌曲呈【1】（犹如设问）→【2】（犹如寻答）→【3】（犹如答问）的三部性（分）曲体（式）结构，呈【第1部分F调】→【第2部分F调→降A调→C调】→【第3部分F调】的调性布局。歌曲的起始【1】（犹如设问）部分，以舒缓的速度、逆分型的“动机”、模进的方式，在四个合唱声部中交替发出了“永远有多远？”的灵魂设问。接着【2】（犹如寻答）部分，由男高音、女中音、女高音、男中音领唱，以模进的方式，在不同音区对这一设问进行了“答题”。随后，歌曲经过对“答题”的两次调性变换，及合唱声部、领唱声部对“答题”的交替呈现，最后【3】（犹如答问）部分回复到歌曲起始时的调性上，各声部混融，重复合唱了全曲的核心主题词（乐）句，将歌曲在交响乐队丰满且富有变化的织体音响中，庄重地推向高潮。创作者对焦裕禄事迹的崇敬之情，对永远弘扬、光大焦裕禄精神的铿锵之心，全都融入感人的“音流”之中。

又如《丝路手牵手》（段晴词、曹冠玉曲），以“一带一路”倡议为主题，在歌词中运用代表性文化符号（如“草裙舞”、“山风管”、“欢乐颂”、“天鹅湖”、“阿拉丁的神灯”、“尼罗河的手”等），展现丝路沿线不同地区、不同地域、不同国度的文化关联；通过“小小的我和你组成这个地球，幸福安宁每一天是共同追求；山很高，海很大，我们需要一条路带着我们走，带上梦，牵起手，我们的星球飘起一条彩色的丝绸”的殷殷陈述，表现了人类聚焦互联互通，携手实现互利共赢、共

同发展，建设人类命运共同体的理念。这首歌的音调具有中国西部、亚洲中部乃至中东地区音调的融合性特征，节奏方面的地域性特征尤显突出。歌曲结尾部分音调对歌词“词眼”（即歌曲核心主题）的变化性重复，更使歌曲所要表达的核心主题得以突显。创作者对“一带一路”倡议的深刻领悟，对“各美其美”的丝路沿线不同地区、不同地域、不同国度文化的挚爱之情，对随着人类命运共同体的建设进程，实现互利共赢、共同发展的共同心愿，均融为一体地演化为具有当代气质的激情旋律，使这首作品成为体现时代脉动的“情至之乐”。

（2024年4月13日完稿，“湖北文艺网”及公众号4月18日发布，《长江文艺评论》刊发）

深掘主题内涵　着力艺术呈现

——简评歌曲《一起向未来》

获第16届“五个一工程”优秀作品奖的《一起向未来》，是一首宣扬2022北京冬奥会及冬残奥会主题的歌曲。这首歌紧扣《一起向未来》的主题口号，以直朴无暇、简洁精练的歌词，艺术性的揭示了北京冬奥会及冬残奥会主题口号的内涵。歌词中“雪花纷飞迫不及待入怀”，“天地洁白一片片存在”，是对冬奥会及冬残奥会现场特有景象的精练描写；“我舞晴空心花怒放表白”，“万丈彩虹一重重盛开”，是对冬奥会及冬残奥会举办国人民共同胸臆的动情抒怀；“世界越爱越精彩”，“未来越爱越期待”，是对人类大爱，即“爱世界”、“爱未来”的共有价值理念的升华；“我们都需要爱”，“大家把手都牵起来”，“我们都拥有爱”，“来把所有门全都敞开”，是对为实现“一起向未来”的共同目标发出的真情倡议。总之，这首歌深度开掘、艺术性地阐释了“一起向未来”这北京2022冬奥会和冬残奥会主题口号所含蕴的丰富内涵，诠释了更快、更高、更强、更团结的奥林匹克精神，倡导了追求团结、和平、进步、包容的共同目标，表达了世界需要携手走向美好未来的共同愿望，传递了人类对美好明天的憧憬、信心和希望。

这首歌以率真、平实而又富有象征性的曲调，为质朴无瑕、简洁精练的歌词插上音乐的翅膀。音调与语调的贴切结合，是这首歌旋律方面最为明显的特征。全曲以无过多修饰的、级进下行为主的旋律线，加上歌者从内心流出般的、吟诵式的演唱，更是突显了歌曲旋律的率真、平实特性。全曲以动感性极强的切分节奏为主导，运用歌词与音调逻辑重音的错落安排，加强歌曲旋律发展的“前冲性”，营造歌曲情感宣泄的动力，既表现了率真、平实音调所含蕴的丰厚情感内涵，也显现了曲调具有的象征性“塑形”功能：如连续级进下行的流畅音型，象征着雪花的飘逸；连续切分的节奏进行，象征着冰雪运动员滑行腾跃的英姿；综合性的音响效果，象征着人们的携手共进，一起向未来……歌曲的伴奏，也体现出歌曲织体节奏的“简约特征”，给人清新的听觉感受，体现了“大音希声”的中国传统美学追求。

（2022年11月完稿，2023年2月3日《湖北日报》刊载）

尽力彰显文化自信自觉自为自强

——“土家稀奇哥”文艺现象感言

2022年度，来自湖北恩施州的“土家稀奇哥”在央视大舞台上，全方位地展示了土家族及鄂西南地区传统音乐的艺术魅力，多方面地展现了他们作为土家族非物质文化遗产传承人的艺术造诣，体现出充实的文化自信。他们在“星光大道”赛事活动中演唱曲目的各种音乐要素（音调动机、骨干音、音列、调式、曲体结构等），均凸显了民族、地域音乐文化的传统“基因”，透射了武陵山地域民族音乐高亢、激越、拙朴、直捷的风格特色，延续了民族、地域传统乐脉的悠长传承轨迹，体现出高度的文化自觉。他们在央视大舞台上展演的节目，坚持守正创新，注重与当代人的现实生活和不断提高的审美情趣结合，将当下流行的明快、错落、新奇的节奏类型引入到曲目的节奏布局；将多声部音乐作品的写作技法融汇于所演唱曲目之中，以丰满的音响、多彩的音色、奇妙的织体……增添了民族传统音调的艺术表现力和感染力。这种促进民族传统音乐迈入现代的意识，实现民族传统艺术“创造性转化、创新性发展”的实践，体现出强烈的文化自为。最终，“土家稀奇哥”们倾心投入、潜心磨炼、精心创造、勇于接受“挑战”而取得的不凡成绩，彰显出他们实现了文化自强。

壮哉！“土家稀奇哥”所彰显的文化意识！

美哉！“土家稀奇哥”所表现的艺术追求！

（2023年2月完稿，“湖北文艺网”2月25日发布）

弘扬传统精华　深掘题材内涵 着力现代创新

——湖北省民族歌舞团四个剧（节）目的音乐创作述评

中国特色社会主义进入新时代以来，湖北省民族歌舞团接连重磅推出了土家乡村音乐剧《黄四姐》、男声组合《土家稀奇哥》、音乐剧《太阳照进山窝窝》、民族歌舞大秀《西兰卡普》等富有乡土气息、地域特色、民族风格的剧（节）目力作（下文均简称为“这些作品”）。这些作品在各层级（国家级、省市州级及基层等）、多样性（舞台、电视、多媒体频道、旅游景点等）的文艺展示平台上展演后，获得了多种文艺奖项和学界专家的肯定、广大民众的赞誉，产生了广泛的社会影响。这些作品的音乐创作，突显了乡土、地域、民族文化的优势，而又超越乡土、地域、民族文化拘囿，展现出具有普遍性的以新时代乡土、地域、民族文化为主旨内容的剧（节）目音乐创作的探索经验、发展趋向。

对这些剧（节）目音乐创作的探索经验、发展趋向的总体印象，可以概括为：包括音乐创作在内的这些作品的创作者们，在潜心努力、追求实现乡土、地域、民族文化传统精华的现代式艺术呈现。这个总体印象可以从以下三个方面的分析中得以论证。

一、在这些作品创作中尽力弘扬乡土、地域、民族文化的传统精华

传统，是历史积淀的产物，是由历史沿传而来的。传统民间音调，是在历史沿传过程中积淀起来的一种音乐形态，是当代音乐人取之不尽、用之不竭的创作素材之源、作品灵魂之根。这些作品，没有沿袭旧瓶（即传统形式）装新酒（即新的内容）的老创作方法，而是走了一条将醇酒（即传统民间音乐之精华）承载于新瓶（即音乐剧、男声组合、民族歌舞大秀一类的艺术形式）之中的新路。这体现出这些作品的创作者秉持了“让传统走向现代”的创作理念，也使这些作品的音乐入耳（即好听），入心（即具有艺术感染力）。

这些作品弘扬乡土、地域、民族文化传统精华的具体创作方法是：

1. 运用最能体现乡土、地域、民族音乐特色的代表性音乐素材。通过完整呈现如《黄四姐》《六口茶》《筛子关门眼睛多》等传统民歌的原生状态，有如定海神

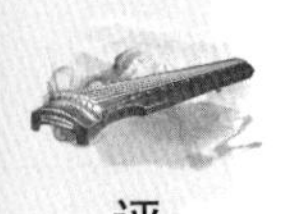

针一般，为各剧（节）目音乐定下基调，从而充分体现出这些作品的音乐，具有所传承地方的乡土性特征，具有鄂西南武陵山区的地域性特征，具有土家族音调的民族性特征，具有在人民群众中流传的传承性特征。

2. 运用最能代表乡土、地域、民族音乐特色的传统音乐基因。一是这些作品的音乐主题，都是从乡土、地域、民族音乐的代表性音型中提炼出来的。二是这些作品都运用了鄂西南土家族民歌音调中，以【La、Do、Re】【Sol、La、Do】两种核心腔格对比融合的编创手法。三是这些作品都运用了在这两种核心腔格基础上形成的【Sol、La、Do、Re】四声旋律音列，和对这个旋律音列进行【Re、Mi、Sol、La】的移调后形成的【Sol、La、Do、Re、Mi】五声音阶。四是这些作品都借鉴了具有鄂西南土家族音乐典型特点的“五句子”、“赶句子”、“穿插体”（俗称“穿号子”）等具有特色的曲体结构形式，使其成为这些作品音乐衍生发展的动力性因素。

总之，这些作品音乐创作中对乡土、地域、民族音乐文化传统“基因”的突显，对乡土、地域、民族音乐文化传统精华的弘扬，透射了乡土、地域、民族音乐高亢、激越、拙朴、直捷的风格特色，延续了乡土、地域、民族传统乐脉的悠长传承轨迹，体现出创作者们高度的文化自觉。

二、在这些作品创作中深掘乡土、地域、民族文化的题材内涵

题材，是作品力图反映、表现、伸张的思想、认识、意图、情感等之本。因此，这些作品的创作者，均“感于哀乐，缘事而发”，以见证历史的“在场”姿态，从“一斑”窥“全豹”，从“个别”到“一般”，从“特殊”到“普遍”，从“小视角”到“大情怀”。作品不是仅仅停留在对生活素材和事件的“反映”层面，而是对“简洁的素材”和“生动的事件”进行“拓展”，走向对时代的认知和人类的关怀，使作品从一般文艺叙事技巧层面，转向人类文化与思想的构建。

这些作品，都十分注重对作品题材内容的总体性深掘。如土家乡村音乐剧《黄四姐》，从一首表现民众情爱生活的民歌中，引申出人民大众对朴实、真挚爱情的追求和对美好生活向往的主题。又如通过男声组合《土家稀奇哥》对多首经典民间歌曲的演绎，呈现出对家乡故土的深情眷恋和“非物质文化遗产”具有强大的传承力量之主题。还如民族歌舞大秀《西兰卡普》，以土家族代表性的“非遗”项目为主线，以“一条清江河、一座武陵山、一段刻骨情、一幅幸福锦”作为创作核心，通过演绎以土家族为代表的各民族兄弟，用真心和真情化作金丝银线，共同编织美好幸福生活的精彩故事，展现了鄂西南地区的各族人民热爱家乡、崇尚自然、勤劳热忱的情怀，和对家乡民族文化遗产及绿水青山的自然环境执着守望的剧目主题。

使这部歌舞大秀成为具有乡土、地域、民族文化图腾意义的上乘之作。

尤其是以反映精准扶贫攻坚工作为题材的音乐剧《太阳照进山窝窝》，紧紧抓住剧中人田根生在精准扶贫开发实现小康进程中思想观念嬗变这根主线，将田根生陷入“穷疙瘩”的“思想穷根”而不能自拔，到解开“老疙瘩”融入扶贫开发奔小康的历史进程之中所实现的思想观念嬗变过程，艺术性地呈现于人们眼前。通过剧中主人翁受党的扶贫政策的感召、受革命历史基因教育的感悟、对扶贫现实成果的感叹、对扶贫“尖刀班”干部精细工作作风的感知、受扶贫干部献身扶贫伟业为保护群众而牺牲的感动、被爱情及父女情乡亲情所感化等多种“现实生活”细节及“戏剧表现”因素，艺术性地彰显了田根生在变革中实现思想观念嬗变的深层原因。从而显现了作品主题思想的普遍性和剧中人物性格塑造的鲜活度，提升了以剧中主人翁为代表的一批民众在变革中实现思想观念嬗变的可信度。同时，也体现了作品的主创者在我们正在经历的“百年未有之大变局”之时，力图运用文艺形式，深切反映、表现人类在面对并解决所面临的诸多冲突与危机（如人与自然冲突导致的生态危机；人与社会冲突导致的人文危机；人与人冲突导致的道德危机；人的心灵冲突导致的精神危机；不同文明间的冲突导致的价值危机等）时的思想、情感、壮举的创作追求。

就音乐创作而言，这些作品的创作者都注重了对作品音乐主题的发展性开掘。虽然各剧（节）目的音乐主创及其团队不尽相同，但仍可从这些作品的音乐创作实践所呈现出的音乐状态感受到、并梳理出，他们注重各剧（节）目音乐主题发展性开掘所运用的基本技法是：先根据剧（节）目题材内容的需要，从具有鄂西南武陵山区传统音调“基因”、核心腔格、基础音列中提炼出各作品的音乐主题，为各剧（节）目的总体音乐风格特色定下统一性的“基调”；再将各作品的音乐主题，进行调式交替、调性转换、节奏变换、织体铺设等多方面的变异发展，以展现音乐主题在统一性基础上发展的变异性，从而使作品音乐主题的发展性开掘与作品主题内涵的深掘相得益彰。

三、在这些作品的创作中着力乡土、地域、民族文化的现代创新

创新，既是促进艺术创作不断发展的动力，也是文艺作品创作者为标新立异、发挥“个性”特点而着意追求的目标。这些作品显示出，包括音乐创作在内的所有创作者们，都具有乡土、地域、民族文化的现代创新意识。就这些作品的音乐创作而言，这种现代创新意识主要表现在着力进行传统音乐表现语言的创新上。

一是运用调式调性变异、改变传统音调旋律线的进行方向等多种技法，着力进行传统音调的展衍、发展。代表性的乐段如土家乡村音乐剧《黄四姐》中的重点唱段：

《我在躲着你》《吊脚楼上盼哥还》《一辈子做你的小娇娇》等，通过对传统音调的“咏叹性”处理、创新性展衍，深化了传统音调的感染力，强化了传统音调的艺术张力。另如民族歌舞大秀《西兰卡普》中的《叫一声妹来喊一声郎》等，也都是将乡土、地域、民族传统音调进行表现语言创新，实现创造性转化、创新性发展的代表作。

二是改变传统音调线性发展为主的既有模式，着意加强传统音调的“层次感”，着力推进传统音调向“柱式”织体、“网状”织体的转变。代表性的乐段如民族歌舞大秀《西兰卡普》中的《守望》《哭嫁·祈福》等，均对传统音调进行了“器乐化”“交响性”展衍，既准确地表现了剧目的主题思想，又以“立体性”的音响，给观（听）众带来无与伦比的震撼。

三是在对传统音调进行多声部展衍的过程中，着意在音乐编配方面，着力加强音调功能性和声向色彩性和声的转变。如音乐剧《太阳照进山窝窝》中的不少唱段，不论是扶贫干部深情眷恋的吟唱，还是村民群众充满幸福和自豪感的高歌，都注重在提高多声部音乐表现力上着力：全剧音乐调式转换、调性变异频繁，音乐和声的动感性十足，经音乐编配形成的丰富音调（响）色彩，很好地衬托了全剧艺术性呈现人在变革中的思想观念嬗变这个主题，成为该音乐剧主题思想艺术呈现的重要支撑，起到了强化全剧音乐表现力的作用。

四是作为作品“二度创作”的演唱表演，着力对基于传统音调神韵的创新成果，予以风格性展现。如男声组合《土家稀奇哥》所演唱的曲目，将当下流行的明快、错落、新奇的节奏类型引入到作品的节奏布局；将多声部音乐作品的写作技法融汇于所演唱作品之中，以丰满的音响、多彩的音色、奇妙的织体……增添了民族传统音调的艺术表现力和感染力。七位演唱者着意改变传统民间歌曲主要用独唱、对唱的形式，经过他们的倾心投入、潜心磨炼、精心创造，蕴藏在各作品中的乡土、地域、民族传统音调的风格、神韵，被鲜明地呈现于观（听）众面前：气息丰盈、高亢激昂的“喊唱”，彰显了传统音调拙朴、明快、直捷的风格；气韵绵长、厚实蜿蜒的“吟唱”，突出了传统音调深沉、细腻、婉约的气度；层次清晰、交相辉映的“重唱”，显示了作品创造者们对音调对比性的追求；丰满凝重、变幻多样的“合唱”（“和唱”），传递出作品创造者们融汇、和谐（即“和而不同”）的创作理念……二度创作（艺术表演）对作品创新所起的作用不可低估。

总之，就这些作品运用的创作技法所体现出的创作思想、创作观念而言，是其创作者在潜心努力、追求实现乡土、地域、民族文化传统精华的现代艺术呈现的创作实践中，既弘扬中国传统乐学的优秀观念，也借鉴外来音乐思想的优秀成果。如由于对“和而不同”传统乐学观念的弘扬，使这些作品的艺术表现语言、形式、风格等既“各美其美”，也“美美与共”；由于对“情动于中，故形于声”的“表情说”的弘扬，使这些作品在人间共情的抒发上显得“登山则情满于山”，“观海则意溢于海”；由于将中国民族音乐中重演奏法、重音色、重节奏组合的传统气质，与现代西方认为的音乐构成要素已由“音高关系”变为“音色关系”和“节奏关系”的主张相结合，使这些作品的音响组合多样、色彩亮丽，节奏简繁有序、动感十足；由于坚持了民族音乐传统中的音平等观念，声、音、调、宫、均等乐学体系，并借鉴现代西方“十二音技术”注重音的平等及音高进行的自由等观念，使这些作品的音调旋律展衍，有了更宽阔的空间，音乐调式转换、调性变异更为自由……作品音乐给观（听）众带来的感觉也更加动听、美妙。

湖北省民族歌舞团推出的这四个剧（节）目的音乐创作，所运用的有创新意义的创作技法及所体现的创作观念，以及作品成果所彰显的探索经验，所表明的创作趋向，具有推进富有乡土气息、地域特点、民族风格的音乐（文艺）作品创作的普遍意义，即在进行新时代乡土、地域、民族题材和音乐创作，乃至建设中华民族现代文明题材的文艺创作过程中，要弘扬传统精华，深掘题材内涵，着力现代创新。

（2023 年 10 月完稿，发布于《湖北文艺网》《湖北省民族歌舞团》微信公众号）

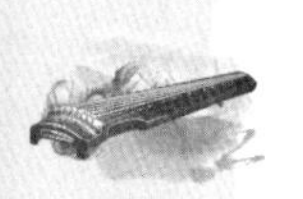

醇酒新瓶　入耳入心

——土家乡村音乐剧《黄四姐》音乐印象

土家乡村音乐剧《黄四姐》的音乐创作，没有沿袭旧瓶（即传统形式）装新酒（即新的内容）的老方法，而是走出了一条将醇酒（即《黄四姐》这首人们耳熟能详的传统民歌）承载于新瓶（即土家乡村音乐剧这样的艺术形式）之中的新路。它体现了该剧作曲方石对其一贯秉持的“让传统走向现代”创作理念的坚守，也使该剧音乐入耳（即好听），入心（即具有艺术感染力）。

该剧音乐，运用了广泛流传的，最能体现民族、地域音乐特色的代表性音乐素材。通过完整呈现《黄四姐》等传统民歌的原生状态，有如定海神针一般，为全剧音乐定下了基调：体现该剧音乐具有鄂西南武陵山区的地域性特征，体现该剧音乐具有土家族音调的民族性特征，体现该剧音乐具有在人民群众中流传的传承性特征。

该剧音乐，运用了最能代表民族、地域音乐特色的传统音乐基因。如：该剧主要剧中人物的音乐主题，就是从传统民歌《黄四姐》的代表性音型中提炼出来的。又如：作曲家运用了鄂西南土家族民歌音调中，以【La、Do、Re】【Sol、La、Do】两种核心腔格对比融合的编创手法，运用了在这两种核心腔格基础上形成的【Sol、La、Do、Re】四声旋律音列，运用了对这个旋律音列进行【Re、Mi、Sol、La】的移调后形成的【Sol、La、Do、Re、Mi】五声音阶。还如，作曲家借鉴了具有鄂西南土家族音乐典型特点的穿插体（俗称“穿号子”）的曲体结构形式，使其成为该剧音乐衍生发展的动力性因素。

该剧音乐，运用混融方法，创造了新的音乐表现语言。作曲家在把握、凸显民族、地域音乐特色的基础上，贴近当代人们的审美需求，将民族、地域传统音调与时尚、流行的音乐元素予以混融，特别是在音乐节奏上予以多样性的变异，给传统民歌音调赋予了新的生命力、表现力。另外，对剧中的重点唱段（如《我在躲着你》《吊脚楼上盼哥还》《一辈子做你的小娇娇》等）进行的“咏叹性”处理，也具有丰富、发展传统民歌音调，深化传统民歌音调的感染力，强化传统民歌音调艺术张力的意义。

该剧音乐的编配，形成了对主旋律的重要支撑，起到了强化全剧音乐表现力的作用。但如能在编配布局上做得更精细一些，在增强乐器音色表现力的方面做得更深入一些，在音响的对比度上安排得更起伏得当一些，将会使已装入新瓶的醇酒更为芳香宜人。

（2016 年 5 月完稿，6 月发布于“第五届少数民族文艺会演”简报）

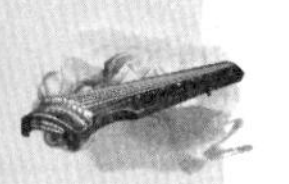

关于新时代的乡土音乐创作

——从湖北省民族歌舞团四个创作剧（节）目的音乐创作说开去

这次会议确定的“新时代的乡土文艺创作”主题，具有理论意义，也具有实践意义。如果说，文艺理论是对于文艺实践（尤其是文艺创作实践）的总结、提炼，那么，音乐理论就是对于音乐实践（尤其是音乐创作实践）的总结、提炼。如果说，文艺评论要以文艺实践（尤其是文艺创作实践）及其成果为依据，那么，音乐评论也应以音乐实践（尤其是音乐创作实践）及其成果为依据。同理，乡土音乐理论，是对于乡土音乐实践（尤其是乡土音乐创作实践）的总结、提炼。乡土音乐评论，亦应以乡土音乐实践（尤其是乡土音乐创作实践）及其成果为依据。

对作为乡土文艺组成部分的乡土音乐这个词汇内涵最浅显的理解是“思乡恋土题材”的音乐。由于乡土有地域范围的内涵，有民族属性的内涵，所以，乡土音乐应当具有乡土气息、地域特点、民族风格的广义内涵特征。这些特征也要求在进行新时代乡土音乐创作时，从认识上明了乡土音乐的根在何处？乡土音乐的魂在何方？乡土音乐创作的发展动力在哪里？实际上，音乐界许多人士在这些方面已经进行了多方面的探索，并试图以创作实践的成果来回答这些问题。

中国特色社会主义进入新时代以来，湖北省民族歌舞团接连重磅推出了土家乡村音乐剧《黄四姐》、男声组合《土家稀奇哥》、音乐剧《太阳照进山窝窝》、民族歌舞大秀《西兰卡普》等富有乡土气息、地域特色、民族风格的剧（节）目力作（下文均简称为“这些作品”）。这些作品的音乐创作，凸显了乡土、地域、民族文化的优势，而又超越乡土、地域、民族文化拘囿，展现出具有普遍性意义的以新时代乡土、地域、民族文化为主旨内容的剧（节）目音乐创作的探索经验、发展趋向，具有推进新时代乡土、地域、民族音乐创作的典型（普泛）性意义。主要表现为：

一、弘扬乡土、地域、民族音乐之根

在这些作品音乐创作中尽力弘扬乡土、地域、民族文化的传统精华。其具体创作方法是：①运用最能体现乡土、地域、民族音乐特色的代表性音乐素材。②运用最能代表乡土、地域、民族音乐特色的传统音乐基因。一是这些作品的音乐主题，

都是从乡土、地域、民族音乐的代表性音型中提炼出来的。二是这些作品都运用了鄂西南土家族民歌音调中，以【La、Do、Re】【Sol、La、Do】两种核心腔格对比融合的编创手法。三是这些作品都运用了在这两种核心腔格基础上形成的【Sol、La、Do、Re】四声旋律音列，和对这个旋律音列进行【Re、Mi、Sol、La】的移调后形成的【Sol、La、Do、Re、Mi】五声音阶。四是这些作品都借鉴了具有鄂西南土家族音乐典型特点的五句子、赶句子、穿插体（俗称“穿号子”）等的具有特色的曲体结构形式，使其成为这些作品音乐衍生发展的动力性因素。音乐创作者们在把握乡土、地域、民族音乐传统的基础上，融入个人的时代感悟，用当代音乐语言，进行了一场古今的心灵对话，一次隔空的感情交流，一种面向未来的文化传递。

二、深掘乡土、地域、民族音乐的题材内涵之魂

这些作品的创作者，均“感于哀乐，缘事而发”，以见证历史的“在场”姿态，从“一斑”窥“全豹”，从“个别”到“一般”，从“特殊”到“普遍”，从“小视角”到“大情怀”。作品不是仅仅停留在对生活素材和事件的“反映”层面，而是对“简洁的素材”和“生动的事件”进行“拓展”，走向对时代的认知和人类的关怀，使作品从一般文艺叙事技巧层面，转向人类文化与思想的构建。

如土家乡村音乐剧《黄四姐》，从一首表现民众情爱生活的民歌中，引申出人民大众对朴实、真挚爱情的追求和对美好生活向往的主题。又如通过男声组合《土家稀奇哥》对多首经典民间歌曲的演绎，呈现出对家乡故土的深情眷恋和“非物质文化遗产”具有强大的传承力量之主题。还如民族歌舞大秀《西兰卡普》，以土家族代表性的“非遗”项目为主线，展现了鄂西南地区的各族人民热爱家乡、崇尚自然、勤劳热忱的情怀，和对家乡民族文化遗产及绿水青山的自然环境执着守望的剧目主题。以反映精准扶贫攻坚工作为题材的音乐剧《太阳照进山窝窝》，紧紧抓住剧中人田根生在精准扶贫开发实现小康进程中思想观念嬗变这根主线，将田根生陷入“穷疙瘩”的“思想穷根”而不能自拔，到解开“老疙瘩”融入扶贫开发奔小康的历史进程之中所实现的思想观念嬗变过程，艺术性地呈现于人们眼前。

三、着力乡土、地域、民族音乐的现代创新。

这些作品音乐创作的现代创新意识，主要表现在着力进行传统音乐表现语言的“多义性呈现”创新上。一是运用调式调性变异、改变传统音调旋律线的进行方向等多种技法，着力进行传统音调的展衍、发展。二是改变传统音调线性发展为主的既有模式，着意加强传统音调的“层次感”，着力推进传统音调向“柱式”织体、“网

状”织体的转变。三是在对传统音调进行多声部展衍的过程中，着意在音乐编配方面，着力加强音调功能性和声向色彩性和声的转变。四是作为作品“二度创作”的演唱表演，着力对基于传统音调神韵的创新成果，统筹不同演唱样式，几乎囊括各种声部及类型，使音乐情感得到充分释放，音乐风格得以深刻展现。

追求实现乡土、地域、民族音乐（文化）传统精华的现代艺术呈现，必然涉及守正创新话题。这些作品创作者们的实践证明：守正是创新的前提和基础，创新是守正的目的和路径，两者辩证统一：既要守传统题材之正，创时代精神之新；又要守历史常情之正，创民众情趣之新；还要守体裁格调之正，创旋律展衍之新。

湖北省民族歌舞团推出的这些剧（节）目的音乐创作，所运用的有创新意义的创作技法及所体现的创作观念，以及作品成果所张显的探索经验，所表明的创作趋向，具有推进新时代富有乡土气息、地域特点、民族风格的音乐（文艺）作品创作的普遍性意义——即在进行新时代乡土、地域、民族题材的音乐创作，乃至建设中华民族现代文明题材的文艺创作过程中，要弘扬传统精华，深掘题材内涵，着力现代创新，做到传承不守旧，创新不离根。

（此文系 2023 年 10 月在“新时代乡土文艺座谈会”上的发言）

爱满满　情深深

——歌曲《满满的爱》赏析

当下受到民众喜爱的歌曲中，《满满的爱——致敬抗疫最美逆行者》（黎耀成词、周小峰曲、王喆演唱），是给我留下深刻印象的作品之一。

该作品的歌词，紧扣“逆行”切入点，以独特的视角、平实的语言，刻画了“逆行者”的壮举，塑造了“逆行者”的形象，揭示了“逆行者”们的“仁者之心”、大爱情怀。歌词前段着力于对“逆行者”感人作为的刻画，于简约中透出真诚、希望；歌词后段则着力于对“逆行者”美好心灵的赞颂，于升华中展现爱满满、情深深。整首词极具画面感，质朴的歌词中蕴含了“人民至上”、“生命至上”的时代理念和丰厚意韵。

该作品的音调旋律，与歌词的意韵如影随形。前乐段基于“动机”（乐汇）模进形成的并列性乐句，平缓而深沉，具有深情诉说的艺术表现功能；后乐段依据曲体发展原则形成的具有起承转合意味的曲体结构，伸张而激情，具有倾情宣泄的艺术感染力。该作品的旋律线具有较强的“代入感”，加上具有动力感的织体编配，很容易让人在聆听中产生感同身受、身临其境的审美“联觉”，伴随着“逆行者”的感人作为和壮烈之情而血脉偾张。该作品富有“匠心”的前奏、间奏，有力地展衍了作品的内涵，拓展了作品的艺术表现张力。而间奏中小提琴音色的突显，更是叩击着人们最柔软的那根心弦。

作为作品二度创作的演唱，给这首词佳曲妙的作品锦上添花。演唱者气息丰盈，咬字吐词清晰，音色圆润、清亮，声音具有穿透力和富有弹性的韧性感。演唱者在了解词曲作者的创作意图基础上，对该作品进行了或浓或淡、或轻或重、或急或缓、或刚或柔、或华或朴……的着墨染色，调动诸多声乐演唱技法、表现手段，声情并茂、“形神兼备”地将作品演绎成“有根之歌”、“有心之曲”，使作品鲜活地钻入到人们的耳中、脑中，取得了沁润人心的艺术效果。

总之，《满满的爱》是一首有认知高度、有情感温度、有艺术表现力、感染

力的作品。作品从两个维度反映了人世间的爱和情：既表现了“逆行者”们对人民大众满满的爱，深深的情，也表达了人民大众对“逆行者”们的爱满满、情深深。

（2020 年 6 月 14 日完稿，6 月 19 日刊载于《中国艺术报》及该报微信公众号，收入本书时做了修订）

托物寓意　寄景抒情

——聆听歌曲《唱给神女》随想

歌曲《唱给神女》是词作家胡适之、曲作家戴慧明以托物寓意、寄景抒情方式，联袂创作的佳作。整个作品以独到的视角，观照传承千古的神女峰传说故事，围绕“不恋天宫”、钟爱人间的主线，抒发出“万年痴心不改”、“守望人间爱”这一普适性的理念和情感，呼唤着对人间大爱的坚守和传承。

歌曲的词，物意相合、景情相融，在古今时空中自由穿越：时而看见现时的“烟云”“红叶织嫁衣”；时而听见瑶池中的辞赋、歌谣“入梦来”；时而直叙“望断天崖”“千年等待”的人生沧桑；时而畅抒“守望人间爱”“一万年痴心不改”的情怀。这种似“天马行空”般的“书写方式”，给人们在聆听歌曲时留下了展开想象、联觉翅膀的广阔时空领域。

歌曲的旋律，很好地表现了歌词所含的意韵，具有很强的音乐形象感：平缓、蜿蜒的音调，给人以源远流长、一往无前的形象联想；富有起伏的旋律线象征着烟云、水雾的涌动；靓丽的音色、沉稳的节奏意味着山的挺拔；音调的游移、变幻含蕴着朦胧中的变异、神秘；旋律中四度、五度、七度、八度的跳进进行，既是对神女峰在群山中异峰突起的描写，也是对歌曲所表达情感的抒发，更是对歌曲所阐发理念的突显……

聆听这首作品，还有一种人神共情的体验。与其说这首歌是《唱给神女》的，不如说是神女与人们共唱的。神女为什么“不恋天宫”“守望人间”？是因为她跟人一样，都拥有钟爱人间的共情：神人共同钟爱着人间的自然景观——雪山冰川、峡谷深涧、篝火烈焰、富庶平川……；神人共同钟爱着人间的人文景观——大禹治水、愚公移山、精卫填海、夸父逐日等传说，《高唐赋》《神女赋》等盖世华章，无数文人留下的千古佳作……神人共同钟爱着人间持续涌动的创造创新活力——社会进程的翻天覆地、国家建设的日新月异、民族复兴的精神激励……这些体现人间大爱的共情内涵，通过托物寓意、寄景抒情的方式，音乐性地呈现了出来，使歌曲所宣示的“钟爱人间”理念和抒发的“守望人间爱”情感，叩响着人们的心弦。

应当为《唱给神女》的词曲作者以艺术方式演绎神女文化，以现代意识诠释神女精神点赞！

（2022年3月完稿，发布于“北京音乐网”）

承传统乐(yuè)脉 咏时代新声

——《歌声飘过三十年——荆门优秀歌曲集》序

2020年底，荆门市音乐家协会主席亚芬将《歌声飘过三十年》通过电子邮件传给了我。当我吟读了这部书稿后，脑海中浮现的突出印象是，入编书稿的词曲创作者人数之多、创作者潜心歌曲创作的时间之长、原创作品数量之多……均体现出这部书稿是荆门市音乐家协会成立三十多年来，该市歌曲创作成就的集中展示；承传统乐脉，咏时代新声，是这部书稿的突出特点。

荆门，具有悠久的历史文化传统。在该地域内发掘出的新石器时代的屈家岭文化遗址，为其后的荆楚文化奠定了基础。作为先秦时期楚国郢都故地之一，荆门成为荆楚文化的繁衍之地，古代文献对作为荆楚文化传统重要组成部分的荆楚音乐舞蹈就多有记载。如《文选・宋玉对楚王问》给人们留下了有关荆楚音乐的重要信息：一是这段文字明确记载了当时荆楚地域所流传的六首歌曲名称；二是和（hè）声而歌，是当时荆楚地域连楚王都熟知的最有普遍性和典型性的歌曲演唱形式；三是从所谓“曲高和寡”的哲理，可知当时荆楚地域的歌曲已有文野高低之分；四是从“引商刻羽、杂以流徵（zhǐ）”的记载，可判断当时荆楚地域的歌曲或注重音调上的变化，或注重音乐调式调性的发展。见于其他史籍中的记载更是举不胜举，如《春秋左传注・庄公二十八年》记有楚文王、楚成王在宫中相继传演“万舞”；《史记・滑稽列传》记有楚庄王宫中有乐人优孟效故令尹孙叔敖声容演事、慷慨高歌的史实；《新论・言体篇》记有楚灵王“简贤务鬼，信巫祝之道……祀上帝，礼群神，躬执羽绂，起舞坛前”……上列这些文献史籍的记载，以及汉代兴起的“相和歌”与唐代流传于“荆、郢、樊、邓”间的“西曲歌”等，均表明了荆楚乐（yuè）舞传统的久远，表明了荆门地域自古以来就是一方能歌善咏的乐（lè）土、沃土、热土。

《歌声飘过三十年》的入编歌曲，承继荆楚传统乐脉中“游目”、“流观”的审美意识和爱国主义激情，对当今社会的多样性创作题材进行多视角观照，抒咏了时代新声。入编歌曲的题材选择、题材挖掘的切入角度是宽广、深入的，是“有感而发”、“由心而歌”的，体现出创作者浓烈的时代情怀和生活气息。入编歌曲的创作者以“个人化”的视角而又融入“共性化”的社会体验，通过“非语义”性的音乐（歌曲）形式，向人们传递着这个时代、这个社会、这里的人民应予歌颂的“语义”性主题，传递着对这个国家、这个时代、这个社会、这里的人民的深爱之情。入编作品中，有许多是对时代主题、社会发展题材（如实现中华民族伟大复兴、建设和谐社会、扶贫攻坚建成小康社会、生态建设、长江大保护及经济带开发、抗击新冠病毒等）的音乐记录，表明了词曲作者们对时代主题、社会发展题材的关切，体现了创作者强烈的使命承担意识，是歌曲创作者家国情怀的真心吐露。入编作品中，有许多歌曲是对现实生活题材的挖掘，成为人们现实情感的音乐记忆。这表明了只要歌曲创作者善于挖掘，所谓“小题材”，也会含蕴深意；所谓“老题材”，也会展现新意；所谓“地方性”题材，也具有普遍性意义。这类歌曲作品，突显出歌曲创作者立足荆门本土、“接地气”的意识，体现了词曲作者们对这片热土的厚爱和对荆门父老乡亲的深情。从对一首首歌曲的吟唱中，人们可以感受、领悟到生于斯、长于斯、奋斗于斯、奉献于斯的人民大众的现实生活状态，感受、领悟到荆门这片乐土、沃土、热土所养育出来的人们丰富多彩的情感风貌。

《歌声飘过三十年》的入编歌曲，承继荆楚传统乐脉中博采众长、兼容并蓄的气度和“惊彩绝艳”的艺术特色，在当代歌曲创作中，以发展变化的开放观念，创新艺术形式，抒咏了时代新声。中国民族音乐的传统观念中，有“情动于中，故形于声”的“表情说”，提出了“乐（yuè）者，心之动也；声者，乐（yuè）之象也；文采节奏，声之饰也”的命题，认为音乐既是声音的艺术，又是感情的艺术，音乐的本质特征是以有“文采节奏”之饰的音响形式表现人的内心活动，认为音乐的产生过程是“物至——心动——情现——乐（yuè）生”。入编歌曲的创作者，通过对现实生活的体验（所谓“物至”），通过对歌词内涵的感悟（所谓“心动”），通过对自身创作激情的调动（所谓“情现”），谱写了承载创作者真情实感的音调旋律（所谓“乐生”），体现了创作者对新的音乐表现语言的探寻与创造。入编歌曲的音乐表现语言，突显出曲作者们在创作实践中的“四个注重”：①注重在继承中华民族民间音乐传统基础上的探寻、创新、发展（如不少作品的音调素材直接取自当地的民间音调等）；②注重歌曲音调旋律在华美基础上的变异、创新（如注重对歌曲“动机”的变化“重复”及修饰，追求歌曲旋律的新颖、别致，追求歌曲调式、调性的变异、对比等）；③注重歌曲节奏的变异（如运用重复歌词的方式变吟诵节奏为歌唱性节奏形式，运用连续切分方式改变音调旋律的律动重音等）；④注重发挥多种歌曲体裁形式的表现功能（如入编作品中有独唱、对唱、合唱等多种歌曲演唱形式，有民族、美声、通俗以及童声等多种演唱音色（音响）呈现等）。这些都表明，入编歌曲的创作者，力图运用新的音乐表现语言，为歌词插上音乐旋律的翅膀，

增添歌曲的艺术表现力和感染力，强化歌曲的时代性特色。

总之，《歌声飘过三十年》展现了荆门歌曲创作的可喜成就和良好的发展态势，荆门的歌曲创作，已成为当地文化建设、文艺繁荣中的亮点。我相信，在实现“两个一百年”奋斗目标的历史节点上，在实现中华民族伟大复兴中国梦的进程中，从荆门飘出的承接了传统乐脉、抒咏的时代新声，一定会汇入中国特色社会主义新时代的音乐交响之中！

（2021 年 1 月 11 日完稿，收录于《歌声飘过三十年》）

曲为心声　乐为情至

——周曼丽歌曲旋律创作的特色分析

这是一本从周曼丽众多创作歌曲中精选出来的 11 首作品结集出版的歌曲选集。读吟这些歌曲的曲谱，给人留下的突出印象是：周曼丽歌曲旋律创作具有“曲为心声”、“乐为情至”的特色。

在中华民族音乐传统观念中，有“情动于中，故形于声”的“表情说”，提出“乐者，心之动也；声者，乐之象也；文采节奏，声之饰也”的命题，认为音乐既是声音的艺术，又是感情的艺术，音乐的本质特征是以有“文采节奏”之饰的音响形式表现人的内心活动，音乐的产生过程是“物至—心动—情现—乐生”，所以，“乐者，情之不可变者也”，“唯乐不可以为伪”，得出“情者，歌之根也”的结论。入选本书的作品，生动体现了周曼丽在歌曲创作中着力情感表现的目标追求，使入选作品成为“有根之歌”、“有心之曲”。

诗言志，歌咏怀，歌曲作为词曲作家观照时代、社会、生活的反映的产物，是其创作者思想、情感的艺术流露和表现，所以“曲为心声”。音乐是擅长抒情的，尤其是歌曲，由于它有歌词的明示，再配上动听的旋律，其情感抒发功能更是得以强化，所以“乐为情至”。歌曲抒情功能的发挥，最终还是得力于歌曲旋律的创作者发自内心的情感体验和自然流露的情感抒发。

旋律、节奏、和声，被称为音乐表现语言的基本要素，旋律更被称为歌曲的灵魂。在旋律中，每个音符在横向连接的起伏中，都隐含着严谨的组织关系和深刻的表现意义，其中高、低、升、降各不相同的音与音之间的排列关系与固有倾向，以及不同音区之间音频振动的音响差异，都不同程度地暗示着旋律在发展中的情感趋向。旋律中蕴藏着丰厚的内涵，旋律中诉说着音乐的主题，旋律作为人们感受和感情的符号影响着人们，旋律是音乐内容、风格和体裁的主要体现者。因此，曲作者无一不把旋律的新、美，作为歌曲创作追求的至境。入选本书的作品，明确地彰显了周曼丽歌曲旋律创作的特色。

周曼丽歌曲旋律创作的特色体现在：以宽广的音域、跳进性的旋律进行，抒发真情实感。周曼丽的歌曲旋律，往往运用较宽广的音域，给乐思的驰骋和歌曲旋律的跌

宕起伏，“预留”下广阔的空间，使得她歌曲的旋律线，有的犹如群山逶迤的山形，有的好像江河浩荡的水势，给人以大气、深沉之感。尤其是她的旋律中，经常出现或上或下的“跳进”进行（有时甚至是九度、八度、七度、六度的“大跳”），更是给人留下了其旋律或激越前冲、或深沉委婉的鲜明印象。她善于运用上行模进手法，不断增强着歌曲情感宣泄的力度。特别是能在将作品的情感宣泄推向高潮之前，有意识地“设计”一个“渐进”式的过程，使得这种旋律线方面的递进式“上行模进”，特别具有从“积蓄”到“释放”的情感表现意义，特别具有“一吐为快”的艺术表现功能。

周曼丽歌曲旋律创作的特色体现在：以歌曲旋律调式、调性的“自由”、“随性”变换，增强情感表现的意韵。她歌曲旋律的调式、调性变换频繁，收入本书的《歌·泉》所经历的从d小调到G大调再回归到d小调的调式，那调性变换，就是这一特点的明证。而收入本书的《移民恋曲》，在调式、调性方面的游离、“随性”，更是深切表现了三峡移民对家乡故土的依恋之情。周曼丽还时常在歌曲旋律中，运用变化音的“加入”，表现富有个性的情感体验，一些歌曲旋律中看似“自由”、“随性”的升Fa、降Xi、降Mi等变化音的出现，其实均是创作者追求细腻旋律情感表现的精细之笔。周曼丽一些作品的结尾处理也很有特点，如收入本书的《泥蒿菜》，就有意识地终止于调式的非主音上。她在作品结尾时，或作“离调”终止，或作力度、速度方面的对比处理等等，给人们留下了广阔的联想空间，让人们在音乐的世界里，展开想像的翅膀，或回顾，或憧憬，或展望，使被唤起的激情随着余音在心头缭绕。正是因为对歌曲旋律做了这种看似“自由”、“随性”，而实则体现创作者“有意识”、“有追求”的“处置”，增强了歌曲的艺术性、表现力、感染力，才使得人们能从周曼丽创作的旋律中，体验到“思古之幽情”（如收入本书的《古琴台》等），感悟到“当代之豪情”（如收入本书的《追梦》等），感受到“思乡之恋情”（如收入本书的《白云深处》等）。

周曼丽歌曲旋律创作的特色体现在：以连续性切分节奏的运用、歌词与音调逻辑重音的错落安排，营造歌曲情感宣泄的动力。节奏被称为歌曲的骨骼，不同的节奏类型，在歌曲旋律中具有相异的表现意义。周曼丽在歌曲旋律的创作中，在以“逆分型”节奏为主体的基础上，善于运用对旋律节奏的重复、变化重复方式，表达歌曲的意韵志向。尤其是对连续切分节奏的运用（其例可在收入本书的作品中信手拈来），成为她旋律创作的重要特点。运用连续的切分节奏加强歌曲旋律发展动力的“前冲性”，是她对时代、社会生活节奏体验、把握、提炼的结果，既准确表现了飞扬在歌曲旋律中的激情，又艺术性地应和了时代与社会前进的节奏鼓点。周曼丽比较讲究歌词词意与音调节奏的相互应和，努力做到在切分节奏情势下，歌词与音调逻辑重音错落安排的协调一致。而旋律中连续三连音的运用（如收入本书的《追梦》等），体现了对歌词所蕴含的坚定意志的强调，体现了情感、志向、憧憬表现的升华。

周曼丽歌曲旋律创作的特色体现在：以对旋律的精心修饰，不断增强旋律的表现力、感染力。歌曲旋律是由不同的音高在时间中有机结合而构成的，旋律中的每一个音符并不是随意的组合，而是经过曲作者深思熟虑后按照审美的原理精心创作的，其间渗透着曲作者的创作构思和创作倾向。读吟本书中的一首首旋律，深感周曼丽在对旋律的精心修饰方面是下了很大功夫的。我发表于2015年6月的对歌曲《白云深处》的个案分析（详见当年的《中国艺术报》），能证明这个判断。短评称：

> 这首歌的曲作者通过对旋律的精心修饰，多层面地运用音乐形式表现了歌词蕴含的丰富内容，抒发了对美好家园的深厚情感。歌曲第一乐段的各乐句，在统一的逆分（紧松）型节奏中，以变化音的引入，营造了飘逸、升腾的音乐形象。歌曲第三乐段中对感叹词“啊”的精到处理，及歌曲最后的终止方式，呈现给人们悠长、久远的意境。歌曲第二、第三两个乐段，在两个八度的宽广音域中，各段中的各乐句在保持旋律节奏统一的基础上，对音调则进行了承接基础上的变异，给人旋律调性有所游移的动感，给歌曲音乐形象的塑造增添了清新的气质。歌曲第四部分，则以变化重复的方式，以起伏跌宕的旋律线，展现了人们对美好家园的眷恋思绪。综合欣赏这首经过精心修饰的歌曲旋律，人们会联觉到白云深处美好家园的潺潺溪流、坦坦山路、巍巍群峰、呼呼林涛以及碧峰翠峦、白云缭绕、山水回声等绮丽景观，产生对大自然的崇仰、热爱之心，迸发出对美好家园的眷恋之情。

收入本书的《我哥回》，也体现了周曼丽对歌曲旋律精心修饰的追求。这首歌的歌词用拟人化的手法寄托人们的哀思，用一只啼血小鸟来承载对屈原的思念，赋予了人们渴望爱国主义精神的回归，角度新颖、词语动人。而歌曲旋律的创作，紧密应和了歌词意韵，用哀伤而沉郁的情感，表现美丽的传说。在音乐调式上，精细的变化运用了鄂西南特有的商、羽音调体系，旋律往返回转，曲调忧伤动人。尤其是歌曲前后段的连接处，用衬词“啊”及花腔音调来体现啼血小鸟连绵不断的叫声作铺垫，将歌曲推向高潮，将凄美婉转、深切缅怀的情感表现得淋漓尽致。

综上所述，周曼丽歌曲旋律创作的总体特色是：坚持以情感表现为旨归，曲为心声，乐为情至，努力为歌曲的音调旋律赋予当代气质，在歌曲旋律创作中，表现个体体验心境中的群体性情怀。

在这本歌曲选集出版之际，愿周曼丽能从心中涌流出更多更动人心弦的激情旋律！

（2020年6月22日完稿，《长江文艺评论》2020年第4期刊载）

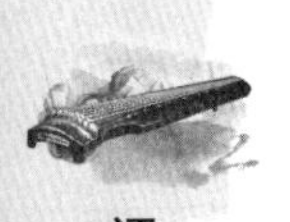

黄念清歌词作品艺术特点分析

——听《黄念清歌词作品演唱会》的感悟

2019 年 10 月 31 日，在新中国 70 华诞的幸福日子里，在第七届世界军运会的壮丽凯歌声中，《荆楚放歌——黄念清歌词作品演唱会》湖北剧院举行。随着演唱会的进行，聆听这场演唱会而产生的对黄念清歌词作品艺术特点的感悟，也在脑海中不断生发。

乐为心声，诗言志，歌咏怀，将言志的词与咏怀的曲结合，形成了歌曲形式及其艺术魅力。就歌曲所要表现的内容而言，文学性的歌词肯定比“非语义性”的音调旋律（曲），表达得更鲜明、清晰。所以，绝大多数情况下，歌词被认为是歌曲创作的基础。

歌曲作为一种直接呼唤、激发情感与意志的表现性、表情性艺术形式，所反映的社会生活，既表现了人民大众对客观规律的理解和运用，又显示了人民大众主观上的追求和愿望、意志和憧憬。歌曲中的意志表现形式，起着组织与协调人民大众意志行为的作用；歌曲中的情感表现形式，承担着传达与交流人民大众情感体验的功能。这表明，只有真切反映了人民大众所关注的题材内容、表现当代人民大众的心声、感情的歌曲，才能受到人民大众的喜爱。这也是歌曲创作的基本规律。

黄念清是一位充满文艺激情、不断追求艺术创作新高度，而且成果丰硕的歌词作家。如果用一句话概括黄念清歌词作品的艺术特点，那就是：他认识并把握到歌曲创作的基本规律，善于在歌词创作中，切实以“人”（而不是以己）为本，将个体性的艺术体验，融入群体性的意识之中。

黄念清歌词作品体现出的这种融入意识，一是表现为他能将群体性的题材，进行个体性的表达，实现“自我”与“大我”的有机结合。歌曲作品是对社会生活、主流意识、重大事态等进行审美观照的艺术创造物，其创作者理所当然地应当对社会生活、主流意识、重大事态等中的群体性主题予以特别关注，实现对社会现象观照的提炼，实现对时代群体精神的感悟，实现“个体性”体验向“群体性”抒发的升华。黄念清作词的《美丽中国》，就在从宏观上把握建设美丽中国这个时代性、群体性主题的同时，又将作者自己对美丽中国的感悟、体验，进行了“个性化”描述。作者心中的美丽中国，是“给世界带来惊喜”，“给人类带来福气”，“让世界充满魅力”，“让人类焕发生机”的中国；是在“漫漫长夜”、“滚滚红尘”中历练过的中国；是在“创造”、“探寻”中实现民族复兴“放飞梦想”的中国；是“把阳光洒向大地”、“把绿色织成锦绣”、“把希望播进土里”、“把梦想谱成旋律”的中国……这些从作者心中涌流出的词语，为群体性的主题内容，作了生动、形象、具体的表达。

黄念清歌词作品体现出的这种融入意识，二是表现为他能将群体性的意志，进行个体性的体验，并将群体性意志的表现，置于重要位置。言志，是歌曲具有的重要表现功能之一。这要求歌曲的创作者下功夫对群体性的意志具有深切的体验，并将这种体验收获转化为个体性的艺术表现语言——即体验表现的意志是群体性的，而艺术表达的方式是具有鲜明个性特点的。如黄念清创作的《中国新时代》中就具有个性特点的书写了“中国迈向新时代”，“旗更红，花更艳，道路宽阔人豪迈”，“五千年文明古国画境重开”，“一幅蓝图百年梦，美丽中国强起来”，“牢记使命为民族谋复兴，开创美好未来”等群体性意志。在他创作的另一首歌曲《走进春天里》，更是在深刻表现共产党人与人民群众密切联系、命运相连的同时，表达了为实现宏伟目标而全党全民共同“风来了迎上去”、“天塌了扛得起”、“中国龙再崛起”、“中国梦更美丽”的坚定意志。在插上音调旋律的翅膀之后，这些歌词确实起到了“组织与协调人民大众意志行为的作用”。

黄念清歌词作品体现出的这种融入意识，三是表现为他能将群体性的情感，进行个体性的展现。咏怀，是抒发、释放歌者发自心灵深处的情怀。这要求歌曲创作者深切体验时代的、社会的、主流的情感脉搏，首先自己被这种情感所感动，并切实将这种深切体验转化为富有个性特点的艺术表现语言，做到为人民群众真情放歌，并自觉将群体性情感的抒发，作为首要任务。黄念清创作的《白云深处》，通过对家乡具有文化符号意义的山、路、云、雾、水、树、花、鼓与“我”（既是创作者的自称，也是歌曲演绎者及接受者的泛称）的“魂魄”、“脚步”、“笑脸”、“泪珠”、“血液”、“筋骨”、“依恋”、“倾诉”的联想，生动地在“个体性”歌咏中，抒发了人人都具有的赞美、眷恋家乡的“群体性”情感。

黄念清歌词作品的第二个艺术特点，表现在他歌词作品的艺术表现语言，呈现出多样性开掘的状态。

他能在作品的艺术表现语言运用中，将歌曲主题，作为“文化符号”构思。如《哪门搞起》，就是将鄂西南土家族苗族自治州传承的乡土俚语，作为富有特色的“文化符号”，构思整首歌词的。作者用“哪门搞起”串联起“太阳和月亮”、“青

山和绿水”、“背篓和打杵”、“男人和女人”这些自然与社会现象，演绎出与这些现象对应的“东与西”、“高与低”、“顶与立”、“粗与细”，揭示出蕴含其中的“神秘”、“亲密”、“默契”、“甜蜜”，向人们展现了普通人民生活的“无穷乐趣”。这首词体现出作者对乡土俚语内涵的深透理解和丰富的想象构思能力。

他能在作品的艺术表现语言运用中，将歌曲主题，作为一种“情景”铺设。如《哥哥不来花不开》，这首歌剧《八月桂花遍地开》的主题歌词，紧紧把握住该剧的题材特色，紧紧把握住该剧以情感表现、情感抒发乃至情感宣泄为艺术表现手法的明显指向，向人们铺设了一种“情景”：剧中主人翁桂花，在大别山桂花乡的桂花岭“桂花树下望哥来”，“望哥来把桂花采”。此处多次出现的“桂花”，既是地名、人名，更有盼望“哥”（革命者）回来领导“革命”、“暴动”的隐喻。而后“八月桂花开，遍地花如海，风吹花海浪逐浪，浪里飞花香天外”等词，则是对这种隐喻的回应。这首主题歌词的“情景”铺设，实现了与歌剧总体布局的“合拍”，也有力地支撑了歌剧主题思想艺术呈现。

他能在作品的艺术表现语言运用中，将歌曲主题，作为一种文化状态强化。如《乡约荆楚》，这是作者为首届荆楚乡村文化旅游节创作的主题歌。该歌为人们强化了当今生活中的一种文化状态：“新绿道，生态园，农家乐，吊脚楼”，“洪湖水，龙船调，凤凰舞，赛龙舟”，“听的是乡音，喝的是老酒”，“恋的是乡土，忆的是乡愁”，“游的是乡村，品的是风流”，“梦的是田园，醉的是春秋”，平实无华的歌词中，既有对当今人们物质生活状态的描写，也有对当今人们精神生活层面的升华，道出了人们对当今生活状态的感怀。

他能在作品的艺术表现语言运用中，将歌曲主题，作为一种价值观念张扬。如《英雄本色》，这是作者献给共和国勋章获得者、时代楷模张富清的礼赞。这首歌用精炼的语句，颂扬了张富清的英雄事迹：“一枚枚勋章，深藏箱底将功名紧锁。一场场硝烟，枪林弹雨用生命拼搏。”“夙夜在公为百姓，爱洒人间动山河”。同时用平实而又具有丰厚内涵的语句，张扬了张富清事迹所体现出的价值观：“默默无言蜿蜒着坎坷”，“甘守清贫退伍不褪色”，“一片丹心献给党”，“坚守初心永葆英雄本色”。向人们揭示了英雄“默默无言”背后的惊天动地，“深藏”“紧锁”背后的崇高心境。

他能在作品的艺术表现语言运用中，将歌曲主题，作为一种意韵刻画。如《群星耀中华》，这首荣获第十届中国艺术节群星奖的作品，是作者献给群众文化工作者的赞歌，现已成为全国群众文化的主题歌。作者以“一颗心点亮一盏灯”、“一枝花引来百花开”、“一条路日夜在兼程”、“一团火温暖万颗心”起兴，营造出群众文化工作者担使命、承责任、尽义务、作奉献的意境，并相对应的用“万家灯火放光明”、“万紫千红总是春”、“山山水水留脚印”、“心心相印都是情”来体现群众文化工作者的工作成效与情怀，用“每一颗星都承载着梦想和光荣”、“每一颗星都绽放着青春和永恒”，来展现群众文化之星们的精神世界。通过层层递进式的刻画、描述，最终突显出“群星耀中华，中华耀群星”的歌曲主题。歌词写作中通过对主题的意韵刻画，把人们带入特定的景况之中，为其后引向高潮的情感抒发、主题呈现奠定了坚实的基础。

他能在作品的艺术表现语言运用中，将歌曲主题，作为一种文化风格张显。如《岁月静好人风流》，其词语、词体均表现出一种说唱艺术形式的风格韵味：“春去夏来不觉已是秋”，“春去夏来不觉又是秋”；“东边的茶岭翻绿浪，西边的小河荡扁舟”；“打工的哥哥踏上回乡路，追梦的幺妹情寄吊脚楼”。这类段落间句式的重复，这类对应排比句式的运用，明显的是对民间歌谣文化风格的继承、张显，从而也很好地突出了歌曲“岁月静好人风流”的主题。

总之，黄念清认识并把握到歌曲创作的基本规律，善于在歌词创作中，切实以“人”（而不是以己）为本，能将个体性的艺术体验，融入群体性的意识之中。并且，在歌词作品的艺术表现语言运用中，能对歌词表现对象进行抽象化、意境化、意向化、观念化、精神化的探索，其歌词作品的艺术表现语言，呈现出多样性开掘的状态，每首词作都能显现出别开生面的风格特征。

（2019 年 10 月 30 日完稿，《长江文艺评论》2020 年第 1 期刊载）

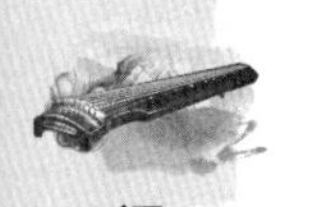

艺术性的呈现人在变革中的思想观念嬗变

——观音乐剧《太阳照进山窝窝》留下的深刻印象

音乐剧《太阳照进山窝窝》“感于哀乐，缘事而发”，以见证历史的“在场”姿态，从“一斑”窥“全豹”，从“个别”到“一般”，从“特殊”到“普遍”，从“小视角”到“大情怀”，通过演绎鄂西革命老区人民践行党和政府精准扶贫开发的战略部署、摆脱贫困实现小康的感人故事，对扶贫开发时代主题进行了艺术提炼。作品呼应了开展扶贫开发工作的紧迫性，记录了扶贫开发工作的艰辛历程，反映了鄂西革命老区在党的领导下发生的历史巨变，讴歌了扶贫开发工作的成就，彰显了扶贫开发工作对于全球减贫事业作出的重大贡献，弘扬了中华民族扶贫济困传统美德、友善互助社会主义核心价值观和对幸福美好生活的不懈追求和奋斗精神……其令人印象最为深刻的是：这部作品，艺术性地呈现了人在变革中的思想观念嬗变。

新时代的文艺作品，不能仅仅停留在对生活素材和事件的“反映”层面，而应当对“简洁的素材”和“生动的事件”进行“拓展”，走向对时代的认知和人类的关怀，从一般文艺叙事技巧层面，转向人类文化与思想的构建，使作品具有独特的创意和明晰的主题思想。而所谓“独特的创意和明晰的主题思想”，则是其创作者对作品表现对象（素材和事件）进行思维、判断、升华而后进行艺术呈现的结晶。无疑，《太阳照进山窝窝》的创作团队把握住了这一文艺创作出新的真谛。

该剧的创作团队，紧紧抓住剧中人田根生在精准扶贫开发实现小康进程中思想观念嬗变这根主线，将田根生陷入“穷疙瘩”的“思想穷根”而不能自拔，到解开“老疙瘩”融入扶贫开发奔小康的历史进程之中所实现的思想观念嬗变过程，艺术性地呈现于人们眼前。通过剧中主人翁受党的扶贫政策的感召、受革命历史基因教育的感悟、对扶贫现实成果的感叹、对扶贫“尖刀班”干部精细工作作风的感知、受扶贫干部献身扶贫伟业为保护群众而牺牲的感动、被爱情及父女情乡亲情所感化等多种“现实生活”细节及“戏剧表现”因素，艺术性的彰显了田根生在变革中实现思想观念嬗变的深层原因。从而显现了作品主题思想的普遍性和剧中人物性格塑造的鲜活度，提升了以剧中主人翁为代表的一批民众在变革中实现思想观念嬗变的可信度。同时，也体现了作品的主创者在我们正在经历的“百年未有之大变局”之时，力图运用文艺形式，深切反映、表现人类在面对并解决所面临的诸多冲突与危机（如人与自然冲突导致的生态危机；人与社会冲突导致的人文危机；人与人冲突导致的道德危机；人的心灵冲突导致的精神危机；不同文明间的冲突导致的价值危机等）时的思想、情感、壮举的创作追求。如同习近平在文艺工作座谈会上的讲话所指出的："只有眼睛向着人类最先进的方面注目，同时真诚直面当下中国人的生存现实，我们才能为人类提供中国经验，我们的文艺才能为世界贡献特殊的声响和色彩。"

这部作品在艺术性的呈现人在变革中的思想观念嬗变过程中，将时代主题、时代精神与民族地域文化基因进行混融的艺术表现（表达）方式亦令人印象深刻。除上述谈到的在剧本创作中对富有民族地域特色的"现实生活"细节的"戏剧性表现"和对富有特色的"方言俚语"运用外，该剧总体体裁形式——音乐剧之重要组成要素的音乐创作、歌舞创作，也都非常注重将民族地域文化基因与表现时代主题、时代精神相结合。

就这部作品的音乐创作而言，作曲者在该剧的开幕和结尾歌曲中，就充分展示了鄂西南武陵山区民族地域音调的基本风格和神韵，为全剧的总体音乐风格特色定下了基调；剧中主要人物的音乐主题，都基本符合剧中人物的性格特征和行为特点；剧中的不少唱段，不论是扶贫干部深情眷恋的吟唱，还是村民群众充满幸福和自豪感的高歌，都借鉴了当代音乐创作的"时尚""流行"元素，融入了当代人们的审美情趣。作曲者注重在提高音响表现力上着力：全剧音乐调式转换、调性变异频繁，和声效果的动感性十足，经音乐编配形成的丰富音响色彩，很好地衬托了全剧艺术性呈现人在变革中的思想观念嬗变这个主题，成为该音乐剧主题思想艺术呈现的重要支撑，起到了强化全剧音乐表现力的作用。

就这部作品的歌舞创作而言，编导者根据剧情需要，注重渲染典型场景境况下的民族地域文化意境，尽力挖掘、运用了如恩施耍耍、打莲厢、肉莲响、土家摆手舞等极具民族地域特色的歌舞形式，配之以具有土家族风格的服饰，将当地舞蹈具有的古朴豪放的舞风、乐舞合一的特征、飘逸灵动的特点、以"拢、顺、拐、颤"为风格特色的舞姿……全都运用于配合营造全剧的民族地域文化背景，和利于凸显艺术性呈现人在变革中的思想观念嬗变这个全剧的主题思想之中。既保证了全剧主题思想的统一，又增强了艺术性呈现人的思想观念嬗变的表现力。

愿这部作品伴随着已经"照进山窝窝"的"太阳"，日复一日地走进更多人的心中！

（2021年9月完稿，9月19日发布于"湖北文艺网""湖北省民族歌舞团"公众号）

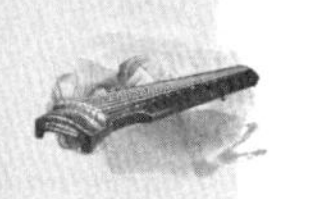

一部给人多方面启迪的长篇文化散文

——王玲儿著《龙船调——关于一首歌的非虚构记忆》读后感

我对王玲儿著的《龙船调——关于一首歌的非虚构记忆》，有着长久的关注。记得在这本书的构思阶段，就与作者有过一次长时间的交谈，从湖北省美术馆的一家咖啡厅，一直连续谈到东湖磨山脚下的一家“农家大院”餐厅；在这本书的初稿2017年出来后，我是这本书早期的浏览者之一，并与作者在黄鹂路、翠柳街“隐庐”餐厅附近的一家咖啡厅里，与作者一起分享过初稿成型后的快乐；在这本书交由出版社出版过程中（2018年7月），我又有幸成为这本书电子版的“先睹为快”者。所以，在这本书正式出版发行的时候，要对作者王玲儿表示祝贺！

我认为，《龙船调——关于一首歌的非虚构记忆》，是一部给人多方面启迪的长篇文化散文作品。我愿意在今天这个“以文会友”、“以书会友”的场合中，与大家分享一位老音乐工作者阅读王玲儿著《龙船调——关于一首歌的非虚构记忆》的感受。

《龙船调——关于一首歌的非虚构记忆》，以文学形式，书写了一首歌的传奇，书写了一个有代表性人物的群体（音乐工作者）的传奇，书写了一个民族（土家族）的传奇，书写了一个城市（或一个地域）的传奇。作者详尽地追忆了民歌经典《龙船调》的前世今生，并以此为主线，书写了一个（或一群）音乐人的人生命运，彰显了一个民族（土家族）的繁衍发展历程及民族性格，展现了一个城市（或一个地域）的繁荣兴盛。作者以极宽广的文化视阈，使其所叙述的一首歌的传奇故事、一个（或一群）人的传奇故事、一个民族的传奇故事、一个城市（或一个地域）的传奇故事，既具有时间性的历史纵深感（书中内容涉及公元前后共八千多年的时间跨度，涉及世界四大古代文明的起源地等），又具有空间性的地域广阔感（书中内容涉及“地球村”的各大洲及代表性国度等）。从而使人在阅读这本书时，会伴随着民歌经典《龙船调》那富有丰厚内涵的旋律，产生心旷神怡之感。

《龙船调——关于一首歌的非虚构记忆》，以文学形式，别开生面地书写了一部厚重的民族音乐学学术论文。作者明晰地陈述了民歌经典《龙船调》在历史的传承、展衍过程中的不同音乐形态，阐明了这首民歌经典与民族、地域、经济、风俗、人类意识、情感等多方面的紧密关系。作者以《龙船调》的传承展衍历程，实证了人民群众的劳动生活、社会生活是音乐（文艺）经典的源头，实证了民歌经典所具有的集体性特征、原生性特征、即兴性特征，揭示了《龙船调》所蕴含的地域性民族音乐（如音调、节奏、曲体结构、旋法等）方面的传统基因。作者对民歌经典《龙船调》多视角的文化解读，与民族音乐学研究的发展趋势和学科建设方向完全吻合，而其文学形式的表达方式及所营造的语境氛围，是值得从事民族音乐学研究的人们学习和借鉴的。

《龙船调——关于一首歌的非虚构记忆》，以文学形式，普及了非物质文化遗产的基础知识，记录了非物质文化遗产各类别的即时性生存状态。音乐属于依靠人的听觉感悟、非语义性的、非线性逻辑的时间性艺术门类。非物质文化遗产的基本特征在于它的“非物质性”——即所谓“无形”状态。《龙船调》这类民间歌曲，主要是依靠一代代、一辈辈人凭记忆口传心授传承至今的。音乐艺术通过记谱技术，使《龙船调》某时段的“无形”音响，“固化”为“有形”的曲谱形态，王玲儿则通过《龙船调——关于一首歌的非虚构记忆》，以文学形式、文学语言的表达方式，描述了《龙船调》在不同时期、不同环境中的传承、展衍状态。尤其是她对与《龙船调》相关的、与非物质文化遗产各类别相联系的内容都进行了如实（非虚构性）的、文学形式的记录。这本书在记录《龙船调》各即时性生存状态的同时，还记录了在利川传承的民间文学（民间歌谣及口述史故事等）、传统舞蹈（包括划龙船、玩狮子等在内的各种民间舞蹈形式）、传统戏剧（川剧、地戏等）、曲艺（利川小曲、三节板等）、传统技艺（民间灯节中的道具制作、戏服的制作、民居建筑、茶艺等）、民俗（各种民间节庆活动，婚丧嫁娶、红白喜事等民间礼仪活动等）即时性生存状态，生动描绘了利川地域内令人眼花缭乱的非物质文化遗产的整体画面，唤起了人们对于民族传统文化的自信。

《龙船调——关于一首歌的非虚构记忆》，以文学形式、夹叙夹议的手法，以及当代青年的思想眼光、思维方式，审视历史文化事象，很多带有思辨性的语句，能给读者带来人生启迪。王玲儿在夹叙夹议中，往往对所叙述的历史事项，注入自己的情感，进行独立的思辨，作出自己的价值判断。所以，阅读这本书，读者往往能很自然地进入到作者所营造出的审美状态、思辨状态、启迪状态之中。如文中说：“人生有时像极了一条河流，说不定就在哪个地方猛地拐了个弯儿，然后就往另一个方向流去了。这种不可预见，让每个人的人生都充满了一种悲剧性。但，如果真的能够预知未来的某些事情，人生是不是又失去了追求的冲动与快乐呢？矛盾着生活下去，是每一个人的现状。”（P61）又如文中说：“‘玩灯’，如今再难一见。现在

的我们，总是自称见多识广，……不去了解那些具有强烈乡土情怀的民间活动，更不曾明白，这种民间活动背后隐藏的那些故事。某些时候，人们在电视里看到这种情形，也会和老外一样惊为天人，殊不知，就是这些看似来自另外一个星球的美好景象，原本就散落在每个人的身边。却因为漠视，因为我们的自以为是，更因为不断的“拿来主义”和舶来品，而将这种融合了人与人之间的感情、又带有趣味的娱乐，渐渐地遗忘了，丢掉了。”（P72–73）还如文中说：“如今的人们，几乎再难看到这样的自我评价，如此的谦虚和敦厚。翻开现在的简介和评价，感觉人人都像是打不垮的机器人，上天入地，无所不能。每个人都是英雄，忙时能够拯救世界，闲时可以藐视宇宙。哪里还有低调可言？说到谦虚谨慎，它早已成了‘不自信’的代名词，也不再是一种美德。似乎，唯有更加精明才能够吸引外界的注意、受到人们的欢迎。所有的一切，都是以“秀”为目的，以利益为基础。”（P34–35）“恶并不是最大的、唯一的过错。那些对恶的无视、纵容甚至炫耀，才是最黑暗、最卑贱、最让人无法忍受的。”（P201）她还在文中指出：“一座城，就如一个人；一座城，就是一个人。万种风情也好，血性方刚也罢，都是这个人内在的气质。而那些传唱的民歌、传承的风俗、通俗的方言，便是一座城市、一个民族区别于其他城市和民族的具体表现。”（P44）此类例子可以在文中信手拈来。王玲儿在夹叙夹议中，无痕迹地实现了文意的时空转换，进行跨代际思维交流，引导读者进入审美、思辨状态。所以我认为，《龙船调——关于一首歌的非虚构记忆》，是一部给人多方面启迪的长篇文化散文作品。

（2019年8月30日完稿，系在王玲儿著《龙船调——关于一首歌的非虚构记忆》分享会上的发言）

乐海艺坛悟道

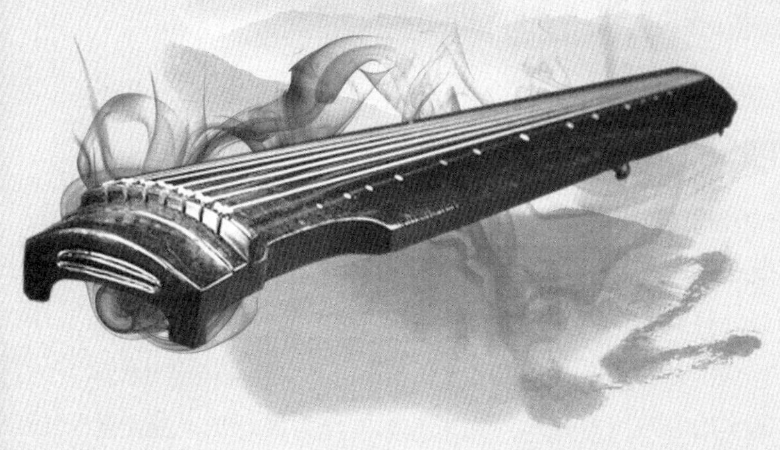

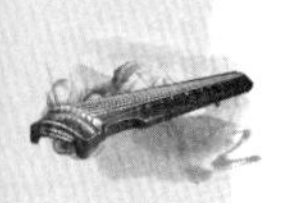

人民至上：新时代文艺价值取向的旨归

习近平《在中国文联十一大、中国作协十大开幕式上的讲话》（下文简称《讲话》），高屋建瓴，博大精深，直抵人心。《讲话》着眼于建党百年来中国发生翻天覆地巨大变化的历史成就，着眼于中华民族伟大复兴的历史使命，着眼于政治、经济、文化、生态建设协调发展的历史要求，着眼于百年未有之大变局的国际环境及世界文艺发展的历史规律，阐明了当代中国文艺工作者在民族复兴伟大事业中所肩负的重大职责。《讲话》是对马克思主义文艺观和中国共产党文艺思想、路线、方针、政策的创新阐释，是领航新时代文艺的思想指南。

《讲话》精辟指出："文艺事业是党和人民的重要事业，文艺战线是党和人民的重要战线"，"一百年来，党领导文艺战线不断探索、实践，走出了一条以马克思主义为指导、符合中国国情和文化传统、高扬人民性的文艺发展道路，为我国文艺繁荣发展指明了前进方向。"这凸显出：人民至上是贯穿《讲话》这篇重要文献的灵魂，表明了新时代文艺价值取向的宗旨与归宿。

一、以人民至上作为新时代文艺价值取向的旨归，是依据社会主义文艺所具有的人民性特征作出的判断

高扬人民性的文艺，在立场和价值取向方面，强调人民既是物质文明的创造主体，也是精神文明的创造主体，既是文艺的创造者，也是文艺的享有者。强调人民的社会生活是文艺创作的唯一源泉。强调文艺的繁荣发展必须紧紧依靠人民。强调人民是文艺工作者的母亲，要不断加强文艺家与人民的血肉联系……诚如毛泽东在 80 年前所说："一切种类的文学艺术的源泉究竟是从何而来的呢？作为观念形态的文艺作品，都是一定的社会生活在人类头脑中反映的产物。……人民生活中本来存在着文学艺术原料的矿藏，这是自然形态的东西，是粗糙的东西，但也是最生动、最丰富、最基本的东西；在这点上说，它们使一切文学艺术相形见绌，它们是一切文学艺术的取之不尽、用之不竭的唯一源泉。"（引自毛泽东《在延安文艺座谈会上的讲话》）毛泽东还在第一次全国文代会上热情洋溢地对文艺家们说："人民需要你们！"在第四次全国文代会上，邓小平也深情地对文艺家们说："人民是文艺工作者的母亲"，"人民需要艺术，艺术更需要人民。"（引自邓小平《在中国文联第四次代表大会

上的祝词》）习近平在《讲话》中明确指出：“源于人民，为了人民，属于人民，是社会主义文艺的根本立场，也是社会主义文艺繁荣发展的动力所在。”因此，作为肩负新时代文艺繁荣发展光荣使命的当代文艺工作者，应当具有以人民至上作为新时代文艺价值取向旨归的文化自觉。

二、以人民至上作为新时代文艺价值取向的旨归，就要坚守人民立场，在人民的历史创造中实现新时代文艺的创新发展。这是依据社会主义文艺所具有的历史性特征作出的判断

人类生活是永不间断的历史过程，文学艺术的发展之链也是不可以随意斩断的。但艺术家的生命却仅仅存在于整个历史过程的某一个阶段之中。因此，无论文艺的创建者是如何企图表现人类的永恒主题，但他所描绘和表现的，都总是带有他所处的那个历史时期的文化烙印。许多经典文艺作品被评论为是某某时期历史的缩影，现实的镜子等，正是对文艺具有历史性特征的注脚。这充分证明：“人民是历史的创造者”，“人民是文艺之母”。因此，新时代文艺应“坚守人民立场，书写生生不息的人民史诗”，在人民的历史创造中实现新时代文艺的创新发展。《讲话》指出：“现在，实现中华民族伟大复兴进入了不可逆转的历史进程”，“新时代新征程是当代中国文艺的历史方位。”《讲话》要求，“广大文艺工作者要树立大历史观、大时代观”，《讲话》期待，“广大文艺工作者要紧跟时代步伐，从时代的脉搏中感悟艺术的脉动，把艺术创造向着亿万人民的伟大奋斗敞开，向着丰富多彩的社会生活敞开，从时代之变、中国之进、人民之呼中提炼主题、萃取题材”。以人民至上作为新时代文艺价值取向的旨归，要求新时代文艺的创建者，作为历史的见证人，艺术性记录人民的伟大历史创举；站在人民的立场上，艺术性表现人民的奋斗之志；融入人民的情感之中，艺术性畅抒人民献身民族复兴伟业的历史豪情。

三、以人民至上作为新时代文艺价值取向的旨归，就要以塑造新时代人民的新形象作为新时代文艺的重要内容。这是依据社会主义文艺所具有的时代性特征作出的判断

文艺作为时代的号角，是对时代精神、风骨、神韵的提炼、反映和升华。时代大舞台的主角是创造与推动历史前进的人民，“广大文艺工作者不仅要让人民成为作品的主角，而且要把自己的思想倾向和情感同人民融为一体，把心、情、思沉到人民之中，同人民一道感受时代的脉搏、生命的光彩，为时代和人民放歌。”《讲话》指出：“文学艺术以形象取胜，经典文艺形象会成为一个时代文艺的重要标识。”纵观古今，所有文艺作品及其创建者塑造的文艺形象，都与时俱进地承载着不同时

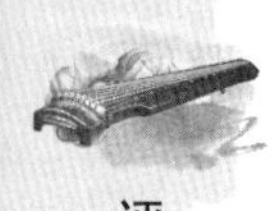

代的精神要旨、主题内容、审美要求。因之，新时代文艺应“聚焦”（而不是“发散”）无愧于新时代文艺的主题内容：向实现第二个百年奋斗目标，实现中华民族伟大复兴的主要任务聚焦；向为完成这项伟大任务而奋斗不息的主体对象——人民聚焦；向党和人民为实现新时代宏伟目标而坚定前行的主流意志聚焦；向党和人民在建设现代化国家的历史创造中迸发出的群体情感聚焦……新时代文艺应与戳力前行实现中国梦的大局“合拍”，与实现民族复兴不可逆转的历史进程大势“合拍”，与人民对美好生活的向往大情“合拍”。要“以更为深邃的视野、更为博大的胸怀、更为自信的态度，择取最能代表中国变革和中国精神的题材，进行艺术表现”，通过塑造栩栩如生的、源于生活又高于生活、能代表时代精神的新艺术形象，彰显新时代文艺的时代特征。

四、以人民至上作为新时代文艺价值取向的旨归，就是要以人民的喜闻乐见为指向，不断进行新时代文艺形式的创新。这是依据文艺本体理当具有的艺术性特征提出的必然要求

《讲话》指出：“古往今来，优秀文艺作品必然是思想内容和艺术表达有机统一的结果。”“一切创作技巧和手段都是为内容服务的。”这表明：文艺内容与文艺形式是文艺作品相辅相成的统一体，没有无形式的内容，也没有无内容的形式。随着社会变迁和时代发展而不断涌现的新内容，总是催生着与之相适应的新文艺形式的诞生。中外文艺的发展历程告知人们，中外古今异彩纷呈的各种类文艺形式，都是不同国度、不同民族、不同地域的人民创造的产物。相对于不断变化发展的内容，成熟的文艺形式也具有一定的稳定性。因此，就新时代文艺形式发展层面而言，由于当下历史任务与时代精神给新时代文艺注入了丰富的鲜活内容，这就必然催生与之匹配的新时代文艺形式的创新发展。这要求广大文艺工作者既要在继承优秀传统文艺形式的基础上，守正创新，弘扬优秀传统文艺形式蕴含的思想观念、人文精神、道德规范，又要“把艺术创造力和中华文化价值融合起来，把中华美学精神和当代审美追求结合起来”，以人民的喜闻乐见为指向，推动新时代文艺形式的创造创新，以拓展文艺作品的精神能量、文化内涵、艺术价值。

当下要特别注重在与当代高新科技、现代传媒平台的结合中，实现文艺形式的创造、创新。深受人民喜爱的以高新科技为支撑的互联网等现代传媒平台，已成为当代文艺的重要载体和全方位展示平台。网络文艺顺应时代发展、社会进步的历史潮流，深刻影响和带动着当代中国文艺的整体转型和发展面貌，已成为当代文艺发展中不可或缺、不容忽视的艺术形态。网络文学、网络剧、网络综艺、网络电影、网络音乐、网络动漫、网络游戏等新的文艺形态（式）和类型应运而生。短视频、微电影、网络音频、网络直播，以及在线展馆、VR（虚拟现实）/AR（增强现实）/MR（混合现实）、AI（人工智能），以及“云展演”、“云导赏”、“云解说”等文艺形态（式）也借助互联网力量而蓬勃发展。新时代文艺面临的这种全新发展情势，促使新时代文艺的创建者在构成艺术形式的诸要素——如作品结构、体裁、艺术语言、表现手法、传播方式等方面必须着意创造、创新，“在提高原创力上下功夫，在拓展题材、内容、形式、手法上下功夫，推动观念和手段相结合、内容和形式相融合、各种艺术要素和技术要素相辉映，让作品更加精彩纷呈、引人入胜。”（引自 2016 年 11 月 30 日习近平在中国文联十大、中国作协九大开幕式上的讲话）

五、以人民至上作为新时代文艺价值取向的旨归，就是要以被人民接受、让人民满意、受人民尊重为目标，实现新时代文艺创建主体自我意识的嬗变。这是依据人民对文艺创作主体的期待提出的根本要求

任何一个文艺家，不管他的自觉程度如何，不管他承认与否，实际上他总是要在某一种文艺观的指导、支撑下来体验、认识、评价社会生活和表达个人情感与愿望的。文艺与人民的关系问题，是文艺观的根本问题之一。新时代文艺坚持以人民为中心的创作理念，强调文艺与人民之间的血肉联系，要求文艺的发展、繁荣与人民相伴而行，以满足人民日益增长的精神文化需求为目的，召唤着文艺工作者自觉地踏着时代前进的鼓点不断探索、勇于创新，在人民的生活中汲取题材、主题、情节、语言、诗情和画意，真切反映人民最深刻的心灵呼唤和时代最迫切的前进要求，创作无愧于历史和人民的文艺精品力作。人民作为文艺作品的接受者、鉴赏者，往往通过作品接受对象的多寡和流传面的宽窄来评鉴作品的雅或俗；通过对作品艺术构思、表现手法技巧的判断来评鉴作品的高或低；通过分析作品对历史文化成果的掌握、继承、借鉴程度来评鉴作品的文或野；通过对作品与现实生活的关联度来评鉴作品的真或假；通过作品蕴含的思想内容、道德意识、社会价值观念来评鉴作品的善或恶；通过感受作品给接受者带来的特殊精神愉悦（即“美感”）来评鉴作品的美或丑。……人民往往以多视角的综合方式，观察、分析、判断、评鉴出文艺作品创建者的思想倾向、基本立场和秉持的文艺观。因此，新时代文艺作品应当以受到人民的喜爱，使人民爱听（即所谓“入耳”）、爱唱（即所谓“入口”）、受到感染和熏陶（即所谓“入心”）为基本艺术追求。

《讲话》指出：“文艺工作者的自身修养不只是个人私事，文艺行风的好坏会影响整个文化领域乃至社会生活的生态。”诚然，由于文艺作品是人民社会生活在

文艺家头脑中反映的产物，而文艺创作又具有明显的“个体性”、“主观性”特征，所以，新时代文艺的创建主体，理应在对现实生活全面观照、深切体验的基础上，发挥自己的艺术想象力和创造力，做到“群体性”、“客观性”、“理性表达”与“个体性”、“主观性”、“感性认知”的有机结合，走出个体的“小圈子”，融“小我”于时代、社会、历史的“大我”之中，以人民代言人的宽广心胸和社会视野，用创新性的文艺形式，为人民放歌，报人民之恩。《讲话》希望广大文艺工作者“在培根铸魂上展现新担当，在守正创新上实现新作为，在明德修身上焕发新风貌”，要求“立德树人的人，必先立己；铸魂培根的人，必先铸己”。这表明，作为社会一员同时又肩负新时代文艺创建使命的文艺家，不能回避文艺的社会作用问题，文艺家的内心深处，应当时常怀有“社会情结”、“艺德建设情结”。文艺家的价值，是通过他的作品和成果实现的；文艺家的人格力量，也主要体现在他的作品和成果之中。这需要的是脚踏实地的付出、辛劳和坚持不懈的奉献、追求，要经得起寂寞、甘苦，而来不得半点急功近利式的轻浮和随波逐流式的自我放任。文艺家在自己的人生目标追求上，要与求官索吏的“封疆王国”梦告别，要与追金夺银的“金元帝国”梦分手，要摆脱柔情蜜意般的情场、爱巢的羁绊……一句话，要明是非、辨善恶、修艺德、走正道，坚守住作为“人类灵魂工程师”所应具有的精神家园，坚守住作为文艺家的职业操守，“把个人的道德修养、社会形象与作品的社会效果统一起来，坚守艺术理想，追求德艺双馨，努力以高尚的操守和文质兼美的作品，为历史存正气、为世人弘美德、为自身留清名。”

（注：本文中除已在文中明确标注出处的引文，其他引文均引自习近平《在中国文联十一大、中国作协十大开幕式上的讲话》）

（2022 年 1 月 24 日完稿，入选中国文联“习近平总书记文艺工作重要论述理论研讨会”，收入该会论文集。刊发于《长江文艺评论》2022 年第 2 期）

庆祝党的百年华诞感怀

各位领导，各位共产党员同志，各位文艺界的同行：

连日来，庆祝中国共产党百年华诞高潮迭起。6 月 28 日，庆祝中国共产党成立 100 周年文艺演出《伟大征程》气势恢宏、流光溢彩、美轮美奂，让人激动不已。6 月 29 日，“七一勋章”颁授仪式上 29 名功勋党员的先进事迹，拨动了人们最柔软的那根心弦。今天上午，习近平总书记在隆重的庆祝中国共产党成立 100 周年大会上的重要讲话，更是直抵人心，尤其是党中央向全体共产党员发出的“85”字号召，将激励九千五百多万共产党员和亿万人民，踏上实现第二个百年奋斗目标的新征程。能在庆祝党的百年华诞的高潮中，参加省文联组织的这个座谈会，我感到十分开心，非常激动！

我是一名在党组织这个大家园里生活了 47 年的共产党员。回顾党的百年历史和自己的人生经历，我深深地感到：是党教育、培养我在人生途程中，不断追求真理、追随理想、确立信仰、坚定信念、锤炼党性、践行宗旨、承担使命；是党赋予我充满生机与活力的政治生命；是党引导我进行人生道路的正确选择……从而使我立下了感党恩、听党话、跟党走、为人民的志向。当下虽已银丝绕头，但如此志向始终不渝，我以“骏马奋蹄前行”自勉，决心跟随党和同志们向着第二个百年的目标奋进！

我是一名有 60 年学艺、从艺经历的党员音乐工作者。我豆蔻年华时期就在党的雨露滋润下选择了学习音乐艺术专业，风华正茂年代就在党的指引下从事了音乐艺术职业，其后就决意一辈子献身党的音乐艺术事业。在庆祝党百年华诞的日子里，回顾自己学艺、从艺的经历，我深切感到，作为生长在湖北这块“红色文化繁盛地”上的党员音乐工作者，在中华民族迈向民族复兴新征程的时间节点上，应当勇于新时代的使命担当：让党的历史在歌声中流淌，让党的初心在音乐里守望，让党的精神血脉在旋律中赓续，在蓬勃崛起的新时代，创作出反映时代变革，彰显信仰之美、崇高之美的精品力作，谱写无愧于新时代的“黄钟大吕”。尤其要深化对习近平总书记关于对台工作的重要论述的整体性、系统性、学理性研究和把握，善于将政治话语转化为文艺学术话语，将工作要求转化为文艺学术追求，紧紧围绕中华民族伟大复兴的世纪主题，为人民抒怀，为时代放歌，不断为党所领导的文艺事业繁荣兴盛奉献自己的心力。

我是一名与湖北文联有40余年“交集”的党员文联工作者。我亲历并见证了改革开放新时期以来文联组织的恢复、发展和日益壮大。我为自己能为文联组织的发展奉献微薄的心力感到荣幸，我为文联组织为党的文艺事业、为湖北的社会发展做出的一系列成绩感到自豪！作为文联工作者队伍中的一员，我相信在建党百年的新起点上，文联组织一定会坚持党领导下的文艺界人民团体、党和政府联系文艺界的桥梁和纽带、繁荣社会主义文艺事业的重要力量的固有性质，开创性地履行“团结引导、联络协调、服务管理、自律维权”的基本职能，积极探索推进不同层面文艺健康发展、各文艺门类文艺形式共同发展、各文艺业态协调发展、不同体制文艺创建群体和谐发展的新路子，在生动鲜活的文联工作实践中，把握新的文艺工作规律，在全面建设社会主义现代化国家的新征程上，向着第二个百年的奋斗目标，开拓文联工作的新局面，实现文联工作的高质量发展。

（此为2021年7月1日在省文联庆祝中国共产党成立100周年座谈会上的发言）

将人民至上的理念落实到文艺创作中

——学习习近平总书记“七一”重要讲话的点滴体会

习近平总书记“七一”重要讲话，高屋建瓴，博大精深，直抵人心，是对党一百年历史的科学总结，是向实现第二个百年奋斗目标、社会主义现代化建设国家、实现中华民族伟大复兴发表的政治宣言。对这篇马克思主义的文献，我们应当认真研学。

习近平总书记的讲话，从开篇的“庄严宣告，经过全党全国各族人民持续奋斗，我们实现了第一个百年奋斗目标，在中华大地上全面建成了小康社会，历史性地解决了绝对贫困问题，正在意气风发向着全面建成社会主义现代化强国的第二个百年奋斗目标迈进。这是中华民族的伟大光荣！这是中国人民的伟大光荣！这是中国共产党的伟大光荣！”到对“一百年来，中国共产党团结带领中国人民进行的一切奋斗、一切牺牲、一切创造，归结起来就是一个主题：实现中华民族伟大复兴。”——百年奋斗主题的揭示，再到对“形成了坚持真理、坚守理想，践行初心、担当使命，不怕牺牲、英勇斗争，对党忠诚、不负人民的伟大建党精神，这是中国共产党的精神之源。”——建党精神和党的精神之源的阐述，一直到讲话结束时“伟大、光荣、正确的中国共产党万岁！伟大、光荣、英雄的中国人民万岁！”的高呼，无不表明，“人民至上”的理念是贯穿习近平总书记重要讲话的红线之一，“人民”二字成了这一重要讲话中的高频词。所以，在今天的座谈会上，我相结合自己的工作实际，就“如何将人民至上的理念落实到文艺创作中”，谈一点自己粗浅的学习体会。

人民是真正的英雄，是历史的创造者，是决定党和国家前途命运的根本力量。习近平总书记说：“中国共产党根基在人民、血脉在人民。党团结带领人民进行革命、建设、改革，根本目的就是为了让人民过上好日子，无论面临多大挑战和压力，无论付出多大牺牲和代价，这一点都始终不渝、毫不动摇”。为中国人民谋幸福、为中华民族谋复兴是我们党的初心和使命。守初心，就是要始终牢记全心全意为人民服务的根本宗旨，解决好人民所关心的突出问题，推动党的路线方针政策落地生根。因此，文艺工作者应当牢记党和国家的基本要求，身体力行“人民至上”的理念，切实将“人民”作为文艺创作的主角，切实“以人民为中心”创作文艺精品，满足

人民日益增长的精神文化需求。

将“人民至上”的理念落实到文艺创作中，要做到“四个注重”，即：一是要注重多视角地表现人民群众关注的题材内容和真情实感。只有真切反映人民大众所关注的题材内容，表现当代人民大众心声、感情的文艺作品，才能受到人民大众的喜爱，才能使人民群众爱读（即所谓“入口”）、爱听（即所谓“入耳”）、爱看（即所谓“入眼”）、受到感染和熏陶（即所谓“入心”）。这要求我们在文艺创作中，凸显作品题材的时代性特征，提炼最具社会本质特点的主流意识；凸显深切体验、承载人民大众的群体性情感。二是要注重运用人民大众喜闻乐见的艺术表现语汇，坚持文化及文艺表现语言的自信、自觉、自为，善于将政治性话语转化为文艺学术话语，将工作要求转化为文艺学术追求，体现创作者在艺术表现语言方面的创新精神。三是要注重致力文艺作品与当代大众审美意识、审美情趣的结合。要从观念上解决如何正确理解、引导大众审美趣味的问题，追求艺术表现语言的当代性。四是要注重借助现代传媒平台张显文艺作品的价值和艺术张力。要通过互联网、手机、QQ、博客、播客、MSN 等即时通信手段，使文艺作品更直接地面对社会、面向大众，为人民大众提供多层面的精神文化需求选择。

总之，只要我们真正树立了“人民至上”的理念，就一定会在自己的文艺创作中，进一步扩充文艺作品的艺术价值和艺术张力，从而更好地满足人民群众日益增长的文化需求。

（此为 2021 年 7 月 25 日在省文联离退休干部学习习近平总书记在庆祝中国共产党成立 100 周年大会上的讲话座谈会上的发言）

建设中华民族现代文明中弘扬荆楚文化（艺术）精神

建设中华民族现代文明，是包括文艺工作者在内的所有现代文化建设者们，在奋力实现中国式现代化新征程中必须承担的文化使命。现代文明，是对历史、传统文明的承接、发展、创新，唯有全面深入了解、认识博大精深的中华文明历史，才能更有效地推动中华优秀传统文化创造性转化、创新性发展，更有力地推进中国特色社会主义文化建设，建设中华民族现代文明。

湖北，作为荆楚文化（艺术）的发祥地，在我国文化（艺术）历史上曾产生过重大影响。当我们站在屈家岭石器时代文化遗址、楚纪南城等古文化遗址上体味古代先民为创造可以与当时世界任何国家和地区比肩的、光彩照人的古代荆楚文化（艺术）所作的巨大牺牲和贡献时，当我们从荆楚先民惊彩绝艳的辞赋、五音繁会的乐音、轻柔飘逸的舞姿、层台累榭的建筑、笔致酣畅的帛画和漆画，以及巧丽的纹样和诡异的雕像中，感悟荆楚文化（艺术）博大精深的文化（艺术）精神内涵时，一种民族文化的自豪感和弘扬民族文化的使命感、责任感定会油然而生。时代变迁了，社会进步了，在人类文明和科学技术高度发展的今天，我们理应在中华民族现代文明的建设中，赓续荆楚文化（艺术）根脉，弘扬荆楚文化（艺术）的精神传统，谱写湖北现代文明建设的新篇章。

在建设中华民族现代文明中，弘扬荆楚文化（艺术）精神中洋溢的爱国主义激情，有利于激励文化（艺术）工作者们，坚持中华文明具有的统一性特征，依据“一个坚强统一的国家是各族人民的命运所系”，“国土不可分、国家不可乱、民族不可散、文明不可断的共同信念”，在以多样化的文艺形式满足人民群众多层次的文化需要的同时，高扬爱国主义的崇高精神，为实现中国式现代化和民族复兴的宏伟目标，提供精神动力和智力支持。

在建设中华民族现代文明中，弘扬荆楚文化（艺术）精神中“博采众长、兼容并蓄”的气度，有利于激励文化（艺术）工作者们，在建设中华民族现代文明中，坚持中华文明具有的包容性特征，以中华文化（艺术）对世界文明兼收并蓄的开放胸怀，大胆继承、借鉴、吸收人类一切先进的、科学的、有益的、有利于文化（艺术）发展的思想、观念、技法、手段，以融合的方式，创作受中国人民喜爱、具有中国风格、中国气派的崭新文化（艺术）形式，在建设中华民族现代文明的使命中，促进文化（艺

术）在新时代的大发展、大繁荣。

在建设中华民族现代文明中，弘扬荆楚文化（艺术）精神中“游目”、“流观”的审美意识，有利于激励文化（艺术）工作者们，在建设中华民族现代文明中，既仰望星空，依具有宇宙意识的宏观角度、发展变化的开放观念，对时代、对社会、对人类、对事物进行审美观照；又脚踏实地，到文学艺术唯一的最广大最丰富的源泉中去，到人民的现实生活中去。进而准确把握时代的脉搏、社会的本质、人类和事物的必然发展趋势，创作出具有高层次、深内涵、能打动人心的精品力作来。

在建设中华民族现代文明中，弘扬荆楚文化（艺术）精神中“发愤以抒情”的观念，有利于激励文化（艺术）工作者们，在建设中华民族现代文明中，以时代之子自勉，以“俯首甘为孺子牛”的精神，甘做人民的代言人，抒时代豪情、社会真情、人间深情，用自己在文艺作品中创作、塑造出的具有真情实感、有血有肉的艺术形象，去感染人、感动人、感化人、教育人、鼓舞人。

在建设中华民族现代文明中，弘扬荆楚文化（艺术）精神中“惊彩绝艳”的艺术特色和浪漫主义风格，有利于激励文化（艺术）工作者们，在建设中华民族现代文明中，切实尊重文化（艺术）发展规律，潜心钻研，在具有深厚生活体验的基础上，展开艺术想象力的翅膀，在广阔的艺术天地里翱翔，以高超的艺术技巧、创造性的艺术语言、崭新的艺术形式、独特的艺术风格、动人的艺术魅力、深厚的艺术含蕴，展示自己文艺作品的独特风采，努力实现对文化（艺术）已有成就的超越。

在建设中华民族现代文明中，弘扬荆楚文化（艺术）精神中“凤凰涅槃”的风范，有利于激励文化（艺术）工作者们，在建设中华民族现代文明中，坚持中华文明具有的创新性特征，“守正不守旧、尊古不复古”，不断实现创作主体的自我改造、自我完善、自我发展，使自己“涅槃”成具有先进的思想、高尚的情操、博学的知识、完善的人格力量的“人类灵魂工程师”。

总之，荆楚文化（艺术）及其所蕴含的文化（艺术）精神，是中华文化（艺术）传统中不可替代的重要组成部分，与建设中华民族现代文明具有不可分割的连续性。因此，在建设中华民族现代文明中，弘扬荆楚文化（艺术）精神，具有不可忽视的现实意义和影响深远的历史意义。

（2023 年 6 月完稿，20 日发布于“湖北文艺网”及公众号）

在现代文明建设中推进产（行）业文艺的创新发展

党的二十大，正式开启了实现中国式现代化、实现民族伟大复兴的新征程。2023年6月召开的“文化传承发展座谈会”强调，要坚定文化自信、担当使命、奋发有为，共同努力创造属于我们这个时代的新文化，建设中华民族现代文明。2023年10月召开的“全国宣传思想文化工作会议”，首次提出习近平文化思想。这些新的提法，在党和国家的宣传思想文化事业发展史上具有里程碑意义。

习近平文化思想，是新时代党领导文化建设实践经验的理论总结，是对马克思主义文化理论的丰富和发展，是习近平新时代中国特色社会主义思想的文化篇。全国宣传思想文化工作会议正式提出并系统阐述了习近平文化思想。这是一个重大决策，在党的理论创新进程中具有重大意义，在党的宣传思想文化事业发展史上具有里程碑意义。习近平文化思想的提出标志着党对中国特色社会主义文化建设规律的认知达到了新高度，表明党的历史自信、文化自信步入新的境界。习近平文化思想对新时代文艺工作具有重要的指导意义，为未来文艺评论、理论、研究与创作实践工作提升了站位、明确了立场、理清了脉络，提出了具体的方法论和路线图。

习近平文化思想涵盖哲学社会科学、意识形态工作、思想道德建设、新闻舆论、网络信息、文艺工作、文化遗产传承、对外文化交流等多个领域，串起了从一个思想点的原创性突破到多个思想点的原创性突破，再到思想理论体系整体性提升的思想发展轨迹，反映了新时代文化建设理论成果在体系化、学理化方面日益完善的实际，标志着我们党对马克思主义文化理论的原创性贡献达到了新的高度。习近平文化思想的提出，将会使文艺方向更加明确、文化立场更加坚定、实践路径更加清晰、方法办法更加有效。以习近平文化思想作指导，在实现中国式现代化的征程中，在现代文明建设中，推进包括产（行）业文艺在内的整个文艺事业的创新发展，是产（行）业文艺工作者应承担的历史使命。

产（行）业文艺这个词、这个概念，可以说是众所周知，但又众说纷纭。有的认为产（行）业文艺就是产（行）业的人创作的作品；有的说产（行）业文艺是产（行）业的“门面”和“窗口”；有的说产（行）业文艺是提高各产（行）业社会知名度的有效载体；有的说产（行）业文艺是产（行）业文化中有机的、不可分割的组成部分；等等，不胜枚举。

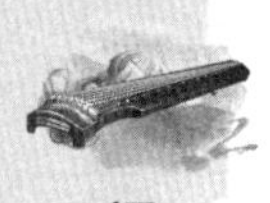

我拟从文化、文艺两个视角，谈谈在现代文明建设中，推进产（行）业文艺的创新发展问题。

一、以文化的视角，认识产（行）业文艺的丰富内涵

毋庸置疑，文学艺术属于文化的范畴。文化有广阔的领域，人类社会实践过程中所创造的物质财富和精神财富的总和构成了广义的文化概念。作为历史现象的文化，随着社会物质生产的发展而发展；社会物质生产的历史连续性是文化发展历史性的基础，也使文化具有了历史发展的连续性。作为意识形态的文化，是一定的政治和经济的反映。各民族、各地域的差别，使文化具有了民族性、地域性。

与文艺是人类社会生活在文艺工作者头脑中反映的产物一样，产（行）业文艺是产（行）业生活在文艺工作者头脑中反映的产物；属于产（行）业文化中精神层面范畴。产（行）业文艺，是一个具有丰富内涵的概念。

1. 从产（行）业文艺的词意方面分析这个概念的丰富内涵。从词面上来看，产（行）业的提法，就是由产业、行业两个词组成的联合词组。

按通常的认识，产业是指由利益相互联系的、具有不同分工的、由各个相关行业所组成的业态总称，尽管它们的经营方式、经营形态、企业模式和流通环节有所不同，但是，它们的经营对象和经营范围是围绕着共同产品而展开的，并且可以在构成业态的各个行业内部完成各自的循环。产业是社会分工的产物，是社会生产力不断发展的必然结果，是具有某种同类属性的企业经济活动的集合，是介于宏观经济与微观经济之间的中观经济，其含义具有多层性，随着社会生产力水平不断提高，产业的内涵不断充实，外延不断扩展。如农业、工业、交通运输业、邮电通信业、商业饮食服务业、文教卫生业等。传统的产业分类，按一二三产业区分之。而当下，已出现了高新科技产业、创意产业（又叫创意工业、创造性产业、创意经济等）。创意产业指那些从个人的创造力、技能和天分中获取发展动力的企业，以及那些通过对知识产权的开发可创造潜在财富和就业机会的活动。它通常包括广告、建筑艺术、艺术和古董市场、手工艺品、时尚设计、电影与录像、交互式互动软件、音乐、表演艺术、出版业、软件及计算机服务、电视和广播等等。此外，还包括旅游、博物馆和美术馆、遗产和体育等。

行业，从概念上讲，是指从事国民经济中同性质的生产或其他经济社会的经营单位或者个体的组织结构体系，如林业，汽车业，银行业等。从内容上讲，一般是指其按生产同类产品或具有相同工艺过程或提供同类劳动服务划分的经济活动类别，如饮食行业、服装行业、机械行业等。以上是从产业、行业词汇的内容层面做的分析。

从产业、行业的性质层面讲，两者存在的不同之处是它们在国民经济领域中，从着眼点的层次上是由高到低，概念上涉及的范围是由大到小。产业，是指对各类行业在社会生产力布局中发挥不同作用的称谓，主要指经济社会的物质生产部门，是介于宏观经济与微观经济之间的中观经济。行业，是反映以生产要素组合为特征的各类经济活动，指其按生产同类产品或具有相同工艺过程或提供同类劳动服务划分的经济活动类别。产业体现的是生产力，属于宏观经济范畴。行业体现的是生产要素，属于微观经济范畴。两者是经济领域的不同范畴。产业由行业组成，行业由企业或组织组成。行业、产业、经济存在着从属的关系：一个产业包括多个行业，但一个行业只能从属于一个产业，产业是行业的总和；经济活动是产业的总和。如，信息产业包括媒体行业、出版业、互联网行业，但后者都只能属于信息产业，不会属于其他产业。

2. 从产（行）业文艺所具有的基本特性方面分析这个概念的丰富内涵。

一是产（行）业文艺具有鲜明的产（行）业性特性。产生这一特性的外部原因，是社会分工的不同；其内在原因，则是产（行）业面貌、产（行）业精神等方面的差异。这从产（行）业文艺的生活基础、题材内容方面，引发、滋生了产（行）业文艺的这一最基本的特性。因此，应当充分展示产（行）业文艺的产（行）业特性及各产（行）业所具有的文艺优势。在产（行）业文艺中突出产（行）业特性，有利于形象化地宣传产（行）业、提高产（行）业的社会知名度；有利于扩大和丰富文艺创作的题材、体裁，促进文艺创作内容和形式的多样化；有利于推动各产（行）业发挥各自的优势、特点，着力推出精品力作。同时，产（行）业文艺骨干还可以通过发挥行业优势避免与其他人创作题材内容的雷同。

二是产（行）业文艺具有鲜明的社会性特性。产（行）业系统，是整个社会中最庞大、最有活力的系统，是推动社会前进的强大力量。产（行）业与社会系统间不可分割的关系，使产（行）业文艺，具有了鲜明的社会性特性。产（行）业文艺所着力描写、刻画、表现社会和时代大背景下的各产（行）业人们的形象、心态、情感，使产（行）业文艺聚集成人们观照整个社会的万花筒。由于产（行）业文艺创作者都具有较深厚的产（行）业生活基础，所以，产（行）业文艺的真实性，很容易调动起观照者的亲近感，也增强了产（行）业文艺的艺术感染力。所以，产（行）业文艺应当在坚持产（行）业特色性的同时，大力挖掘产（行）业特色生活、产（行）业人特有的形象、心态、情感所蕴含的普遍性社会意义，并提炼、创造新的产（行）业文艺语言表现之，扩大产（行）业文艺的社会影响力。

三是产（行）业文艺具有鲜明的服务性特性。产（行）业的根本任务是组织生产、

促进产（行）业的发展。产（行）业文艺无疑要围绕这个根本任务运转，为产（行）业实现这个根本任务服务。产（行）业文艺的服务性特性主要表现在：①产（行）业文艺要根据产（行）业的长远发展目标和产（行）业精神，通过潜移默化地持久工作，来提高产（行）业人员素质，为产（行）业发展提供精神动力和智力支持。②要在潜移默化中注重教育功能，寓教于乐、寓教于美，在产（行）业文艺中突出时代精神、产（行）业精神。

四是产（行）业文艺具有鲜明的群体性特性。产（行）业文艺的重要任务是体现产（行）业精神，建设产（行）业文化，而产（行）业精神和文化，是产（行）业全体职工共同创造和建设的群体性成果，这就为产（行）业文艺工作提出了群体性要求。根据这个特性，产（行）业文艺要十分珍视产（行）业职工对文艺活动日益增长的参与意识，要随时注意分析并顺应大多数职工的文艺层次及喜好，在做好普及工作的基础上做好提高工作。产（行）业文艺要十分注意群众审美活动中群体意见的采纳，要注重职工群体对产（行）业文艺成果的评价。

二、以文艺视角，着力推进产（行）业文艺的创新发展

由于产（行）业文艺是运用艺术眼光对表现对象进行观照，运用艺术手段对表现对象进行反映、描写、刻画……使其具有的艺术特性显露无遗。以文艺（学）视角，分析产（行）业文艺的艺术特性，是对产（行）业文艺的“审美”活动，是对产（行）业文化艺术价值作出判断，具有回顾产（行）业文艺成果、总结产（行）业文艺经验、前瞻产（行）业文艺发展的意义。

在实现中国式现代化、建设中华民族现代文明的情势下，如何着力推进产（行）业文艺的创新发展，是从事产（行）业文艺工作、产（行）业文艺创作的人们面临的新课题。我拟从文艺（学）视角，就这一课题提出以下几点拙见。

一是在现代文明建设中推进产（行）业文艺的创新发展，要自觉树立开放性的产（行）业文艺发展观念。

21世纪70年代以来，耗散结构理论，作为一门新兴学科发展起来。所谓耗散结构，是指在远离平衡区的非平衡状态下，系统与外界进行物质和能量交换而形成或维持的新的、稳定的、充满活力的结构。耗散结构理论，把各种宏观系统区分为与外界环境既没有物质交换、又没有能量交换的孤立系；与外界环境有能量交换，但没有物质交换的封闭系；与外界环境既有物质交换、又有能量交换的开放系。结合耗散结构理论，把产（行）业文艺作为一个系统来看，就会认识到自觉树立开放性的产（行）业文艺发展观念的重要性。

所谓开放性的产（行）业文艺发展观念，其基本内容为：随着社会和时代的不断发展，主动地、大力地促进产（行）业文艺与外界（含与其他艺术门类和社会的其他形态）进行物质与能量（含物质表现手段和表现内容）的交换，变纵向、线性延续为主的发展模式，为横向、网状融合为主的发展方向；促进产（行）业文艺内部的结构调整，建立起新的、开放性的、充满活力的产（行）业文艺的内部结构；鼓励艺术创新、探寻，不断解决产（行）业文艺发展中面临的新问题；促进产（行）业文艺加快迈入中国式现代化的步伐，大力介入现代社会和现代生活。不能搞孤立性地就事论事，不能就产（行）业文艺论产（行）业文艺，不能搞封闭性地“自我循环”。

如果用一句话概括“开放性的产（行）业文艺发展观念”，就是要在促进产（行）业文艺与现代文明建设接轨中，实现产（行）业文艺的创新发展。

二是在现代文明建设中推进产（行）业文艺的创新发展，要承继产（行）业文艺的优良传统。

传统，是历史积淀的产物，是由历史沿袭而来。产（行）业文艺的传统，由产（行）业文艺的发展历程积聚，由产（行）业文艺的实际成果证实，由产（行）业文艺人才创造，由产（行）业文艺的创新经验传承。

湖北的产（行）业文艺，经历了较长时间的历史发展过程。全国最早的产（行）业文艺组织，于20世纪50年代诞生于湖北（武钢、一冶）。20世纪80年代，伴随着改革开放的春风，湖北在全国率先开展了产（行）业文艺工作，建立产（行）业文艺组织、探索产（行）业文艺规律、总结产（行）业文艺特点、创建产（行）业文艺品牌，培养产（行）业文艺人才……使产（行）业文艺形成“气候”，形成“规模效应”。

湖北的产（行）业文艺，创造了许多引人注目的成果。具体表现为：①各文艺门类的产（行）业题材的文艺作品，数量难以统计。许多作品在国家级、省部级的展演平台上“亮相”，在国家级、省部级的文艺奖项评审中“披金摘银”，在国家级、省部级的出版物中刊载……②产（行）业文艺成果，展现出不同产（行）业单位、部门的文艺门类优势。如武钢的文学创作，一冶的美术（版画）创作，东汽的歌舞创作，邮电的歌舞曲艺创作，江汉油田的文学（诗歌）、曲艺、歌舞创作，武铁的音乐、舞蹈创作，电力的歌舞、电视剧创作，汉江集团的歌舞创作、长江委的“长江之春艺术节”品牌……产（行）业文艺这些引人注目的成果，应当成为当今在现代文明建设中推进产（行）业文艺的创新发展的动力。

湖北的产（行）业文艺，涌现了一批批优秀的文艺人才（文艺团队）。产（行）

业文艺的发展，有赖于从事产（行）业文艺创作的队伍。文艺人才是这支队伍的中坚力量。多年来，从产（行）业文艺队伍中，走出了一批批优秀的文艺人才。有不少人出版了自己的专著，有许多人获得了国家级、省部级的文艺奖项，有不少人走进了专业文艺队伍，还有人成为专业文艺单位、部门的领导者、某一文艺门类的带头人或某一文艺项目的担纲者。这是产（行）业文艺为整个文艺事业作出的贡献。

三是在现代文明建设中推进产（行）业文艺的创新发展，要跟紧产（行）业的发展步伐。

产（行）业文艺始终是伴随着产（行）业母体的发展而发展的，所以，跟紧产（行）业的发展步伐，是在现代文明建设中推进产（行）业文艺创新发展的题中应有之义。

当前，产（行）业文艺面临着传统产业升级、转型、重组，行业跨界，新兴产业（如高新技术产业、生态产业、创意产业等）不断出现的情势。而每一次产业升级、转型、重组，每一个新兴产业的诞生、发展，都会给人们的生活方式、思维方式带来深刻影响，都会给产（行）业文艺带来新的机遇、新的挑战。

因此，唯有跟紧产（行）业的发展步伐，直面产（行）业发展带来的新情势、新机遇、新挑战，将文艺思想的开放性，文艺作品多重价值实现的统一性，审美意识的多元拓展等，作为文艺思想观念更新的重要内容；将坚持民族文化立场，推进文化传统的现代发展，提高产（行）业文艺作品的文化含量和信息量等，作为所要解决的重要问题；将努力实现专业化、知识化、学者化，作为向产（行）业文艺人员提出的必然要求……才能达到在现代文明建设中推进产（行）业文艺创新发展目的。

四是在现代文明建设中推进产（行）业文艺的创新发展，要深掘产（行）业文艺的题材内涵。

虽然产（行）业文艺的题材具有特殊性，但其创作亦应遵循“感于哀乐，缘事而发”的规律，以见证历史的“在场”姿态，从“一斑”窥“全豹”，从“个别”到“一般”，从“特殊”到“普遍”，从“小视角”到“大情怀”。产（行）业文艺作品不应是仅仅停留在对产（行）业生活素材和事件的“反映”层面，而应是对产（行）业中“简洁的素材”和“生动的事件”进行“拓展”，在形象性、典型性的塑造中，揭示普遍性、社会性意义，走向对时代的认知和人类的关怀，使产（行）业文艺作品，从一般文艺叙事技巧层面，转向人类文化与思想的构建。

当今世界正经历百年未有之大变局，人类面临的各种问题多多。以文艺创作宏观视阈观照主要有：人与自然冲突导致的生态危机；人与社会冲突导致的人文危机；人与人冲突导致的道德危机；人的心灵冲突导致的精神危机；不同文明间的冲突导致的价值危机等。在现代文明建设中推进产（行）业文艺的创新发展，就应以这种宏观视阈，深掘产（行）业文艺题材内涵，运用产（行）业文艺形式，深切反映、表现人类在面对并解决这些冲突与危机时的思想、情感和壮举，“只有眼睛向着人类最先进的方面注目，同时真诚直面当下中国人的生存现实，我们才能为人类提供中国经验，我们的文艺才能为世界贡献特殊的声响和色彩。”

五是在现代文明建设中推进产（行）业文艺的创新发展，要着力创新产（行）业文艺形式，提升产（行）业文艺的艺术表现能力。

文艺的内容和形式，是文艺作品相辅相成的统一体，没有无形式的内容，也没有无内容的形式。随着社会的变迁，时代的发展，不断涌现的新内容，总是催生着与之相适应的新文艺形式的诞生。相对于不断变化发展的内容，成熟的文艺形式也具有一定的稳定性。就产（行）业文艺而言，在较长的一段时间里，产（行）业文艺作品的创建者“旧瓶装新酒”——运用传统的艺术形式反映、表现新的产（行）业文艺内容，使传统艺术形式产生“渐变”（如各文艺门类中各种体裁在产（行）业文艺创作中的运用）；近些年来，产（行）业文艺作品的创建者“醇酒装新瓶”——将经过深度挖掘的、具有当代意义的传统内容内涵，运用新的艺术形式予以反映、表现，使新的艺术形式得以“构建”（如《特快专递》实现了曲艺门类中“快板”体裁舞蹈门类中“劲舞”的结合，创造了“快板劲舞”新形式；如《琵琶弹唱》就是将音乐门类中的器乐演奏与曲艺门类的说唱形式融为一体形成的新形式；还有情景剧形式、情景朗诵形式的广泛运用等等）。“旧瓶装新酒”也好，“醇酒装新瓶”也罢，这两种方式，都体现出产（行）业文艺作品的创建者在艺术形式方面的创造、创新。

当下产（行）业文艺创作实践显现出，多样化手法与融合方式的运用，成为在现代文明建设中推进产（行）业文艺创新发展的主要趋势。现代文明建设的发展，引起人们审美心理和精神文化需求的变化，使单一题材、单一情绪、单一艺术形式的艺术表达方式远不能满足人们求新、求变、求美的精神文化需求，人们呼唤着多样化艺术表现手法的融合运用。所以，在现代文明建设中推进产（行）业文艺的创新发展，就应在对各种民族文化传统的形态轨迹、文化定位、和潜在魅力予以深度开掘的基础上，在文艺形式的嫁接、借鉴、利用的过程中，经过有目的、有追求、有意识的重构、整合、创造，新的文艺形式就会水到渠成。

（依据2023年11月在湖北省产（行）业文联文学讲习班上的讲座内容整理）

“创造性转化、创新性发展”的学理内涵及践行要义

摘　要：本文简述了“创造性转化、创新性发展”科学论述蕴含的“继承与发展”、“守正与创新”、“借鉴与融合”相统一的学理内涵。简述了在践行“创造性转化、创新性发展”的科学论述时，应把握注重紧扣实现中华民族伟大复兴的时代主题，关注人类发展面临的现实问题；注重追求文艺作品价值的全面实现；注重不断端正历史观；注重不断升华审美意识、弘扬人文精神；注重创新艺术形式、提升艺术表现（表达）能力等基本要义。

关键词：创造性转化　创新性发展　学理内涵　践行要义

继提出“为人民服务、为社会主义服务”的文艺方向，“百花齐放、百家争鸣”、“推陈出新”、“古为今用、洋为中用”等文艺方针以后，中国特色社会主义进入新时代的历史节点上，党和国家高屋建瓴地提出了“坚持创造性转化、创新性发展，不断铸就中华文化新辉煌”[1]的新理念。这一于宏观视野中推进社会主义文化繁荣兴盛的科学论述，是与党和国家长期坚持的文艺方向、文艺方针一脉相承、一以贯之，同时又结合新时代要求做出的理论概括，既为新时代中国特色社会主义文化事业的发展指出了新的方向，也为新时代文艺事业的繁荣开辟了广阔的前景，是蕴含着丰富学理内涵的文艺观念。

1.“创造性转化、创新性发展”蕴含着继承与发展相统一的学理内涵。

倡导“创造性转化、创新性发展”，目的是要推动当代文艺的历史转型，推动创作无愧于新时代的文艺作品。无愧于新时代的文艺作品，应当具有渊源于千百年中华悠久历史文化、借鉴汲取了人类文明成果、传承着近代中国革命文艺基因、扎根于当代人民现实生活的审美特征。这表明，新时代文艺的发展，离不开对优秀传统文化的继承，继承是发展的前提，发展是继承的必然要求。

“创造性转化、创新性发展”蕴含的这一学理内涵启引人们，要在继承的基础上发展，在创造创新中继承，在革故推陈中出新。在建设社会主义现代化强国的历史进程中，进行正确的文化选择，紧紧扣住“实现中华民族伟大复兴”这个时代主题，推动新时代文艺内涵、文艺形式的转化和发展。

2.“创造性转化、创新性发展”蕴含着守正与创新相统一的学理内涵。

守正是指恪守正道，行事正当，追求心正、法正、行正。创新是指勇于开拓，善于创造，不断革故鼎新。守正是创新的根基，创新是守正的发展，二者共生互补，辩证统一，相辅相成。

“创造性转化、创新性发展”蕴含的这一学理内涵启引人们，对新时代文艺赖以发展基础的民族文艺传统，应有全面、深刻的认识。民族传统文艺不单单是在历史封闭体中形成的文艺形态，而是既包括了近现代社会变革形成的新的文艺成分，又包括了与外来文艺相互作用而产生的开放性的文艺体系。应当在世界文艺体系中，用宏观的、辩证的、发展的眼光看待中国传统文艺，并紧密联系现实的社会历史发展，结合经济史、政治史、文化史、科技史等方面来揭示民族传统文艺的本质，鉴别民族传统文艺对社会变革的价值。一定的文艺是一定社会政治、经济的反映，任何一种优秀的文艺传统只有与时俱进，不断创新，才能保持旺盛的生命力。文艺传统是历代先人创新的结晶，创新是优良传统在新时代的发展。

3.“创造性转化、创新性发展”蕴含着借鉴与融合相统一的学理内涵。

文艺的交流、借鉴、融合，是促进文艺创新的重要途径。通过交流可以汲取其他地域、国家、民族的优秀文艺成果，发展本民族文艺；通过各地域、国家、民族文艺的相互借鉴，取长补短，能够促进各地域、国家、民族文艺的共同发展；通过实现各地域、国家、民族优秀文艺传统的融合，才能形成具有新特质、新形态的新文艺。

“创造性转化、创新性发展”蕴含的这一学理内涵启引人们，对“各美其美”的各地域、国家、民族文艺，应有尊重、包容的胸怀，施以促进其传承的举措，保护其赖以滋生、发展的文化土壤，使其能以独特的艺术魅力自立于人类文艺园地之中。同时也应以“美人之美”的心态，老老实实地向各地域、国家、民族的优秀文艺学习，认认真真地借鉴一切优秀的文艺形式、创作技法、文艺观念……踏踏实实地与本地域、国家、民族的文艺传统和当今时代的审美意识相融合，实现新时代文艺的“美美与共”，共创新时代文艺的辉煌。

倡导新时代文艺要实现“创造性转化、创新性发展”，基于对新时代文艺创作和文艺发展的新认识，彰显了繁荣兴盛新时代文艺事业的导向，是具有实践指导意义的科学论述。担负着创作无愧于新时代文艺作品光荣使命的文艺创建者，在践行“创造性转化、创新性发展”的科学论述时，应把握如下要义：

1. 在践行“创造性转化、创新性发展”科学论述中，注重紧扣“实现中华民族

伟大复兴”的时代主题，关注人类发展面临的现实问题，凸显实现新时代文艺的繁荣兴盛。

“创造性转化、创新性发展”的科学论述，明确提出了要在民族传统文艺基础上促进新时代文艺的现代化发展任务。这要求人们在践行“创造性转化、创新性发展”科学论述时，以积极面对和解决当代现实问题，作为实现民族传统文艺转化与创新的前提。

当今党和人民面临的伟大历史任务，就是实现中华民族伟大复兴，这与百余年来，“中国共产党团结带领中国人民进行的一切奋斗、一切牺牲、一切创造”[2]所围绕的世纪主题相一致。新时代文艺的创建者，应当牢牢把握与新时代的伟大任务紧密相连的新时代文艺工作主题，争当体现新时代文艺精神的“先觉者、先行者、先倡者”[3]，在努力实现民族传统文艺的现代发展过程中，以深邃的文化眼光，使自己创作的“有筋骨、有道德、有温度的文艺作品”[4]，将中国文艺现代性的发展同中国人民之心的演变紧密联系起来，为构建新时代共同的理想信念服好务；以清醒的文化自觉，使自己创作的高扬时代精神的文艺作品，“书写和记录人民的伟大实践、时代的进步要求，彰显信仰之美、崇高之美，弘扬中国精神、凝聚中国力量，鼓舞全国各族人民朝气蓬勃迈向未来。”[5]

当今世界正经历百年未有之大变局，人类面临各种问题多多。以文艺创作宏观视阈观照主要有：人与自然冲突导致的生态危机；人与社会冲突导致的人文危机；人与人冲突导致的道德危机；人的心灵冲突导致的精神危机；不同文明间的冲突导致的价值危机等。新时代文艺的创建者，应当在践行“创造性转化、创新性发展”科学论述中，运用文艺形式深切反映、表现人类在面对并解决这些冲突与危机时的思想、情感和壮举，“只有眼睛向着人类最先进的方面注目，同时真诚直面当下中国人的生存现实，我们才能为人类提供中国经验，我们的文艺才能为世界贡献特殊的声响和色彩。”[6]

新时代文艺的创建者是新时代文艺建设的主体，其自我意识的嬗变，是新时代文艺转化、发展的根本标志。因此，新时代文艺创建者应当具有自我意识嬗变的自觉性。以“创造性转化、创新性发展”方式建设新时代文艺，就是要实现对传统、对前人文艺的超越。在文艺创作的题材选择、主题突显等方面，必须张扬基于“道路自信、理论自信、制度自信”之上的“文化自信”，旗帜鲜明地抵制“去思想化”、“去价值化”、“去历史化”、“去中国化”、“去主流化”的主张。实现自我意识的嬗变，就是要在新时代文艺的建设中，能始终自觉地建构超越传统和西方文艺价值观模式的价值系统，充分依靠文化活动的现实基础，重视日常精神文化，从真正意义上实现文艺的当代创造、创新。

2. 在践行“创造性转化、创新性发展”科学论述中，注重追求文艺作品价值的全面实现。

由文艺作品的功能、目的、意义，作品的社会影响等构成文艺作品的社会价值；由文艺作品本身的艺术形式、语言、手法、技巧、风格、流派以及文艺思想、文艺观念等构成文艺作品的艺术价值；由文艺作品所带有的历史烙印、所具有的历史地位、所起的历史作用等构成文艺作品的历史价值；由文艺作品与市场的关系、所具有的商品属性、所实际存在的交换价值等构成文艺作品的经济价值……这表明，文艺作品的价值是由多重内容构成的。致力于新时代文艺的“创造性转化、创新性发展”，就应当注重追求文艺作品价值的全面实现。

文艺作品价值构成内容的多重性，使人们对其价值实现呈现出多角度思维态势。些许时候，由于思想观念的偏颇和认知能力的缺失，而在追求文艺作品价值实现过程中出现偏失的情况：有时过度强调文艺为政治服务，将文艺禁锢于政治范畴之内，使之成为“政治的工具”；有时由于有些人对文艺作品的社会价值关心和强调不够，对文艺的社会主义方向表示淡漠，对党和人民的革命历史和他们为建设现代化国家而奋斗的英雄业绩，缺少加以歌颂的热忱，使文艺的社会价值实现打了折扣；在市场经济的发展过程，又有人过度张扬文艺作品的经济价值，“一切向钱看”，把精神产品商品化，“被市场牵着鼻子走”[7]，使文艺变成“追逐利益的‘摇钱树’”[8]，成为“市场的奴隶”；在“消费时代”、“时尚新潮”、“释放个性”、“宣泄情感”等的鼓噪声中，许多地方和场合，文艺的娱乐功能被推到偏颇的位置，把文艺“当作感官刺激的‘兴奋剂’”[9]，出现了泛娱乐化倾向；“还有的热衷于所谓‘为艺术而艺术’，只写一己悲欢、杯水风波，脱离大众、脱离现实。”[10]……。文艺创作实践证明，不对文艺作品价值实现问题作整体性的系统思考，新时代文艺是不可能实现真正意义上的“创造性转化、创新性发展”的。

文艺作品价值构成的多重内容，表明从文艺观念、表现内容、艺术方法、传播方式、审美消费、特别是在价值取向等方面，都打破僵化封闭单一格局，不断走向自由开放多元发展的总趋势。但在肯定和鼓励当代文艺多元化发展的同时，我们也要坚持文艺的多元化价值观与主导性价值观的辩证统一，也应当在文艺价值取向方面有所倡导，强调以社会主义核心价值观作为新时代文艺“创造性转化、创新性发展”的支撑和引领。新时代文艺的创建者承担着以文化人、以文育人的神圣职责，其自身

的价值取向以及其作品所反映出的价值取向，直接影响着社会主流文化的思想意识，对能否彰显社会主义核心价值观的生命力、凝聚力和感召力，责任重大，所以更应自觉地在践行“创造性转化、创新性发展”科学论述中，注重追求文艺作品价值的全面实现。

3. 在践行“创造性转化、创新性发展”科学论述中，注重不断端正历史观。

文艺的发展本是一条无法割裂的历史之链，现在时的文艺，都是在过去时文艺基础上的发展。文艺作品的创建者必然依据对历史事件、历史人物、历史素材等的认识与把握，按自己奉行的历史观，对其进行分析、判断、取舍，并将其成果融入文艺作品中，创建者奉行的历史观也就在作品中折射出来了。

一些文艺作品在历史观方面出现的不良倾向主要是：①在看待历史发展规律的问题上，有的人对历史唯物主义持教条主义态度，把历史发展中的因果关系简单化、直线化，导致了作品的肤浅和公式化。有的人对历史的认识以“一次完成论”，无视历史研究的科学成果，用过时的某些结论去对待、剪裁文艺作品。又有的人受“新历史主义”思潮的影响，否定人类历史发展有规律可循，以偶然性、荒谬性去解构历史规律，以个体生命的瞬间感受去颠覆基本史实和历史精神。②在看待历史发展动力的问题上，有的人抛开生产方式变革这个终极原因，把属于社会意识范畴的所谓道义力量、个人品质和意志在历史发展中的作用强调到不适当的地位，走入了把历史道德化的迷途，使作品陷入简单和片面。有的人搞机械的经济决定论，否定人民群众的政治斗争和政治、文化变革在历史发展中的重要作用，使作品内容严重背离基本的历史事实和历史评价。③在看待揭示社会矛盾和反映时代本质的关系问题上，有的人创作思想上的无冲突论并没有消失，不敢或不愿意直面现实矛盾，减弱了作品的真实感和思想力度。有的人在非本质主义思潮影响下，人为地否定时代本质和生活主流的存在，或为了揭露而揭露，或把个人的困难和不幸渲染成对整个时代的失望，抹杀了新与旧两种社会、两种制度的本质区别。

作为人们对社会历史的根本观点、总体看法的历史观，涉及的基本问题是社会存在与社会意识之间的关系问题。为实现新时代文艺的“创造性转化、创新性发展”，要切实树立唯物主义历史观。在创作“中华民族伟大复兴”主题文艺作品时，要依据人类社会发展的客观规律，把握生产力是社会发展的最初源泉，把握当今“我国社会主要矛盾已经转化为人民日益增长的美好生活需要和不平衡不充分的发展之间的矛盾”[11]这一推动当今社会发展的动力，把握人民群众是推动社会发展的主要力量这一基本观点，认识、分析当代社会现实，判断、握准社会进步主流和发展总趋势。在创作革命斗争题材的作品时，要运用阶级史观（革命史观），揭示人类社会的基本矛盾在阶级社会里表现为阶级矛盾，分析不同历史阶段中不同主导阶级和各个阶级的发展状况对所在历史时期的影响，从阶级的视角去研究、表现历史。在创作表现人类文明演进题材的作品时，要运用文明史观，坚持以生产力的发展为标准，以对人类多元的文明类型为研究、表现基础，注重历史与现实的结合，从现实追溯历史，从历史联系现实，揭示人类文明的传承、发展规律。在创作以整个人类历史发展为题材的作品时，要运用全球史观（整体史观），关注全人类，并重点思考世界是如何从孤立走向一体的，加强理解新航路的开辟、殖民扩张、工业革命、世界市场、资本主义世界体系、全球化、人类命运共同体等问题。

4. 在践行“创造性转化、创新性发展”科学论述中，注重不断升华审美意识、弘扬人文精神。

对于真的认识价值，对于善的道德追求，对于美的愉悦需要，是构成文艺的基本价值所在，因此，文艺价值的根基是追求真善美的有机统一，“追求真善美是文艺的永恒价值”[12]。当今我国文艺创作发展的总体概貌，显示出的明显趋势，是在创作思想的美学追求、价值取向，以至具体的表现模式上，都力图与当代中国社会的现代化进程相吻合，在多重文化并置和多层文化需求的氛围中，呈现出审美追求的多元拓展。许多受到群众好评的文艺作品，已经体现出作为一部好作品应具备的审美意识基本要素：即在内涵上，要真正切入到人的生命精神动态之中，准确地把握并开掘人的深层心理变化，深刻地呈现出人的特定生存状态。在表现形式上，要找准当代人对艺术文化追求的契合点，并在实现作品内涵审美化的体现中，做到艺术呈示方式独到新颖，确实属于作品创建者之独创。而一些毫无节制地放大人的生理本能与原始冲动，描写丑恶的人性、阴暗的人心、病态的心理，极力渲染烦恼、仇恨和绝望的作品，一些以“审美无功利”为理由，标榜“纯文学”、“纯学术”，片面追求艺术性，反对文艺的社会功能和道德教化作用，鼓吹“去道德化”、“去价值化”的观念，受到越来越多的人抵制。这正反两方面的情势表明，新时代文艺的创建者在践行“创造性转化、创新性发展”科学论述中，注重了不断升华自己的审美意识。

作为独特精神现象的文学艺术，是人类智慧之花，是人类所特有的人文精神的载体。一部浩瀚而无穷尽的文艺史，就是一部人类不断认识自然、认识社会、认识人自身的心灵历程的形象化的历史。新时代文艺，应努力把握新时代精神的主流与本质，体验新时代人的精神世界脉动，构建并弘扬体现新时代文艺的人文精神。中华民族伟大复兴的中国梦以实现“国家富强、民族振兴、人民幸福”为目标，“两个一百年”奋斗目标体现的“人民至上”治国理念，都为新时代文艺弘扬人文精神，

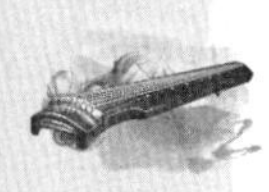

实施人文关怀，提供了广阔的平台。将启引新时代文艺的创建者，在践行"创造性转化、创新性发展"科学论述中，自觉坚持以人为本这个核心，切实以人为中心、为主体、为前提、为动力、为目的，对人的合理需求的满足、人的价值实现的要求、人的全面发展愿望等给予系统全面的关怀，把马克思主义的人文关怀思想推进到新的维度。切实以文艺为载体，通过突显文艺的人本性、情感性、和谐性、综合性等特征，以理性、情感、意志等意识形态和精神体验来展示和表现人的本质、人的生活、人的追求等人丰富的存在状态和内心世界，融通人的情感，激发人的兴趣，表达文艺对人的尊严、价值、命运的维护、追求和关切，强化人的自我完善意识，调动人的主观能动性，把自然、社会和人的发展统一起来，并在此基础上实现人的自由全面发展。

5. 在践行"创造性转化、创新性发展"科学论述中，注重创新艺术形式、提升艺术表现（表达）能力。

艺术内容与艺术形式是文艺作品相辅相成的统一体，没有无形式的内容，也没有无内容的形式。随着社会的变迁，时代的发展，不断涌现的新内容，总是催生着与之相适应的新艺术形式的诞生。相对于不断变化发展的内容，成熟的艺术形式也具有一定的稳定性。在较长的一段时间里，文艺作品的创建者"旧瓶装新酒"——运用传统的艺术形式反映、表现新的社会、时代内容，使传统艺术形式产生"渐变"；近些年来，文艺作品的创建者"醇酒装新瓶"——将经过深度挖掘的、具有当代意义的传统内容内涵，运用新的艺术形式予以反映、表现，使新的艺术形式得以"构建"。这两种方式，都体现出文艺作品的创建者在艺术形式方面的创造、创新。

新时代文艺的创建者，在践行"创造性转化、创新性发展"科学论述中，要特别注重在与当代高新科技、现代传媒平台的结合中，实现艺术形式的创造、创新。传统平面媒体在很长的时间里，为文艺的传播起到重要作用，广播电视的出现，给文艺插上了跨越时空的翅膀，以高新科技为支撑的现代传媒平台，更是为文艺作品的传播提供了无限大的空间，网络文艺逐渐发展为当代中国百花园中令人瞩目的新生力量。尤其是互联网以极大的容量，通过手机、QQ、博客、播客、MSN 等即时通信手段和 5G、4K/8K 等超高清技术，成为当代各文艺门类作品的重要载体和全方位展示平台。网络文艺顺应时代发展、社会进步的历史潮流，创作理念丰富完善，表现形式不断创新，作品数量持续走高，作品质量整体提升，深刻影响和带动着当代中国文艺的整体转型和发展面貌。尤其是在活力、规模、经验、潜能、前景等方面，已经成为整个文艺发展中不可或缺、不容忽视的艺术形态。网络文学、网络剧、网络综艺、网络电影、网络音乐、网络动漫、网络游戏等新的文艺形态（式）和类型应运而生。短视频、微电影、网络音频、网络直播，以及在线展馆、VR（虚拟现实）

/AR（增强现实）/MR（混合现实）、AI（人工智能），以及“云展演”、“云导赏”、“云解说”等文艺形态（式）也借助互联网力量而蓬勃发展。新时代文艺面临的这种全新发展情势，促使其创建者在构成艺术形式的诸要素——如作品结构、体裁、艺术语言、表现手法、传播方式等方面必须着意创造、创新，“在提高原创力上下功夫，在拓展题材、内容、形式、手法上下功夫，推动观念和手段相结合、内容和形式相融合、各种艺术要素和技术要素相辉映，让作品更加精彩纷呈、引人入胜。”[13]

在构成艺术形式的诸要素中，艺术表现语言是基本的要素，是体现人文精神的最佳语言。艺术表现语言能把人文精神中的理性和情感融合于形象之中，以具体可感而不是以抽象、概念化的方式来体现人文精神；而且，艺术语言的变异性使其能从多个角度体现同一人文精神，而使文艺作品蕴含的人文精神具备了情感、形象和理性三者融合的特点。因此，在践行“创造性转化、创新性发展”科学论述中，要注重提升艺术表现（表达能力）。在运用文艺作品表现新的世界、新的人物、新的时代、新的思想过程中，要有能力实现表现语言的转换，善于将政治话语转化为文艺学术话语，将抽象性、生活化的话语转化为形象性的、艺术化的话语，将工作要求转化为文艺学术追求。

在多样化文化相互竞争、共生共荣的情势下，众多文艺作品的创建者运用混融方式实现艺术表现语言的创造、创新。所谓混融，从形式层面讲，是不同素材、不同形式、不同遗传基因、不同种群等，相互混合交融而形成的新成果。从时间（历史）层面讲，是在对传统文艺保存的基础上促进其实现现代发展。从技法层面看，是创作实践的一种方式、手段。从结果层面看，是创作实践所产生的一种创造性、创新性成果。这种创造性、创新性成果，具有多元融聚的兼容性、开放性（既源于传统，又使之转化和激活、实现现代发展；既有别于西方，又借鉴西方现代优秀成果），雅俗趋同的时代性、先导性（高雅艺术大众化，大众艺术高雅化），和与时俱进的创新性、自觉性（具有依据社会发展情势促进文艺创作的追求和满足现代人审美情趣要求的价值取向）特征。对混融方式的运用，体现了新时代文艺的创建者，在践行“创造性转化、创新性发展”科学论述中，注重提升自己艺术表现（表达）能力的文化自觉。

总之，就文艺创作而言，“创造性转化”是要按时代特点和要求，对那些至今仍有借鉴价值的“过去时”文艺内涵和艺术形式加以改造，赋予其新的时代内涵和现代表达形式，激活其生命力。“创新性发展”是要按照时代的新进步新进展，对中华优秀文化的内涵加以补充、拓展、完善、创新，增强其影响力和感召力。践行“创造性转化、创新性发展”科学论述的关键是将“创造性转化、创新性发展”作为构

建新时代文艺创作的基本准则和必由之路，在提高文艺原创力上下功夫，实现艺术内容和形式相融合，观念和手段相结合，各种艺术要素和技术要素相辉映，锐意创造创新，不断续写新辉煌。

注释

[1][11] 习近平：在中国共产党第十九次全国代表大会上的报告

[2] 习近平：在庆祝中国共产党成立 100 周年大会上的讲话

[3][4][5][6][7][8][9][10][12] 习近平：在文艺工作座谈会上的讲话

[13] 习近平：在中国文联十大、中国作协九大开幕式上的讲话

（此文 2021 年 10 月在省文联举办的“习近平总书记文艺工作重要论述”座谈会上宣讲，后以《“创造性转化、创新性发展”的践行要义》为题刊发于《长江文艺评论》2022 年第 3 期）

推进民族（地域）传统音乐的创造创新

摘　要：本文以对“创造性转化、创新性发展”新理念及民族（地域）传统音乐的学理性内涵分析为基础，以对代表性曲目的评鉴为实例，提出了在新时代要提升对“创造性转化、创新性发展”新理念、民族（地域）传统音乐的认识；要在紧扣时代主题中、在实现表现（表达）语言的转换中、在音乐作品的内容与形式两个层面、以混融的创作方式等方面，推进民族（地域）传统音乐的创造创新。

中国特色社会主义进入新时代的历史节点上，党和国家高屋建瓴地提出了“坚持创造性转化、创新性发展，不断铸就中华文化新辉煌”的新理念。这一科学论述，与党和国家长期坚持的文艺方向、文艺方针一脉相承，为新时代中国特色社会主义文化事业的发展指出了新的方向。音乐工作者，应当勇于承担推进民族（地域）传统音乐的创造性转化、创新性发展的历史使命，思考并践行如何推进民族（地域）传统音乐的创造创新问题。

一、推进民族（地域）传统音乐的创造创新，要提升对“创造性转化、创新性发展”新理念的认识

“创造性转化、创新性发展”新理念蕴含着继承与发展相统一的学理性内涵。倡导“创造性转化、创新性发展”，目的是要推动创作无愧于新时代的音乐作品。而创作无愧于新时代的音乐作品，离不开对优秀传统文化的继承。继承是发展的前提，发展是继承的必然要求。因此，要在继承的基础上发展，在创造创新中继承，在革故推陈中出新。

“创造性转化、创新性发展”新理念蕴含着守正与创新相统一的学理性内涵。守正是创新的根基，创新是守正的发展。要认识到民族（地域）音乐传统不单单是在历史封闭体中形成的音乐形态，而是既包括了近现代社会变革形成的新的音乐成分，又包括了与外来音乐相互作用而产生的开放性的音乐体系。应当在世界音乐体系中，用宏观、辩证、发展的眼光看待民族（地域）音乐传统，并紧密联系现实的社会历史发展，来揭示民族（地域）音乐的本质，鉴别民族（地域）传统音乐对于实现新时代音乐创造创新的价值。

“创造性转化、创新性发展”新理念蕴含着借鉴与融合相统一的学理性内涵。这启引人们，对“各美其美”的各地域、国家、民族文化（文艺），既应有尊重、包容的胸怀，也应以“美人之美”的心态，向各地域、国家、民族的音乐学习、借鉴，实现新时代音乐的“美美与共”，实现新时代音乐作品的创造创新。

唯有提高了对“创造性转化、创新性发展”新理念的认识，才会产生推进民族（地域）传统音乐创造创新的自觉性。

二、推进民族（地域）传统音乐的创造创新，要提高对民族（地域）传统音乐的认识

民族（地域）传统音乐，是繁荣当代音乐事业和基础和根基。而目前存在的问题是，人们对民族（地域）传统音乐的认识，大多停留在“好听”、“有味”、“接地气”等感性认识层面，而对为什么好听、为什么有味、为什么接地气则说不出个所以然来。从根本上说，这就涉及对民族（地域）传统音乐的认识问题。

例如：民歌经典《龙船调》何以成为湖北的、中国的音乐名片？为什么有如此巨大的影响力？为什么外国人一听就认为它是中国音乐？为什么我国北方的人一听就认为是我国南方的音乐？为什么熟知的人一听就认为是湖北（或武陵山地区）的音乐？缘由可以说出很多，但最核心、最关键的一条是：《龙船调》集中体现了鄂西南及武陵山地区传统民间歌曲的鲜明特色，承载了湖北（鄂西南）、武陵山地区的传统音乐基因。（详论参见本书《论民歌《龙船调》的历史传承、艺术特色和启示》）

以“一斑观全豹”，应当说，目前仍在各地传承的民族（地域）传统音乐都承载着民族（地域）传统音乐的基因，其代表性的民间音调，都可以从中分析出其蕴含的民族（地域）传统音乐的基因来。只有认识和把握了各地不同的传统音乐基因，我们才能推进各地传统音乐的创造创新。

三、要在紧扣时代主题中推进民族（地域）传统音乐的创造创新

民族（地域）传统音乐是随着历史和时代的演进，而产生、展衍、变化、发展的。

例如：《月望郎》（民间歌手编唱）、《襄河谣》（吴群编创）、《洪湖水浪打浪》（梅少山、朱本和、潘春阶、张敬安、杨会昭、欧阳谦叔词，张敬安、欧阳谦叔曲）这三首歌曲，在音调上就有亲缘关系。这三首歌，都是以【Sol、La、Do、Re、Mi】五声音阶为框架的【Sol】徵调式，都以【Sol、Do、Re】为旋律骨干音行腔编曲，其节奏也都显得平缓、匀称，曲体结构也都呈现为依歌词句法而自然形成的分节歌的

样式。这体现了这三首歌在其产生、衍展方面的内在联系和统一性。相比较起来，《月望郎》这首传承已久的、反映民众爱情生活的民间小调，其音调最为简洁、质朴，曲体结构也单一，体现出原生性质。作为反映人们新生活的《襄河谣》，在曲调的“润腔”方面、节奏的对比方面、曲体结构方面等，都有了一些推进性的变化。《洪湖水浪打浪》则对原生性的音调，进行了大幅度的发展，其音调在依照原民歌旋律骨干音的基础上，进行了富有起伏的细腻处理。在曲体结构方面，更是进行了创新发展，全曲由三个乐段组成，形成有变化发展的三段式曲体结构。尤其是第一乐段的独（齐）唱、第二乐段的对（重）唱、第三乐段的重唱，以不同的形式，对传统音调基因作出了创新性转化和创造性发展。使这首歌成为将成熟的民族（地域）传统音调作为当今歌曲作品的创编素材，实现传统音乐基因的创新性转化和创造性发展的范例。

需要强调的是，这三首歌在音调方面的创造创新，是建立在紧扣时代主题的基础之上的。三首歌的音调发展，都紧密地配合了所企图表现的主题：《月望郎》属于传统民歌，其主题表现的是民间爱情生活，是对情郎的思念。《襄河谣》是反映襄河（汉水）两岸社会生活的重大变迁，受尽苦难的人民站起来，开始社会主义建设的时代主题。《洪湖水浪打浪》则是反映革命战争时期革命者（赤卫队员）对信仰的坚守、对理想社会的向往、追求之主题。这表明，紧扣时代主题，将成熟的民族（地域）传统音调作为当今音乐作品的创编素材，确实会推进民族（地域）传统音乐的创造创新。

四、要在实现表现（表达）语言的转换中推进民族（地域）传统音乐的创造创新

在我们思考推进民族（地域）传统音乐的创造创新问题的时候，最重要的思考角度是表现（表达）语言的转换问题。因为属于文艺范畴的音乐表现（表达）语言，有自己表现（表达）的独特方式和规律。在对时代主题进行表现（表达）时，一定要注重表现（表达）语言的转换。

例如，有一首流传甚广的传统民歌《门口在过兵》，如果按政治性语言表现（表达），一定会是人民军队奉行“人民至上”的宗旨、体现人民军队爱人民的风貌、人民军队践行铁一般的纪律、充分展示人民军队的战斗作风……等等，这种政治性表现（表达）性语言，具有抽象性、政治性、鼓动性的特征，也能达到一定的宣传、鼓动、动员效果。但是，《门口在过兵》这首传统民歌，却用文艺（音乐）性表现（表达）语言，对上述政治性语言表现（表达）语言进行了艺术性的转换，用“睡到半夜深，倾着耳朵听，只听脚板响，不见人作声，不要茶水喝，不惊老百姓，娃儿们不要怕，

媳妇快起来，门前点个灯，同志们好行军，这是贺龙军”的形象性、艺术化表现（表达）语言，来表现（表达）上述政治性表现（表达）语言所立意的主题，这种艺术表现（表达）语言以及在叙述（行为）性基础上的抒发性特征，达到了一种“润物细无声”的表现力和感染力。尤其是这首民歌小调改编为无伴奏合唱的形式，对音调进行了大幅度的发展、展衍，给单旋律加上了符合体现民族审美情趣的和声声部，使其表现力和感染力得到了大幅度的提升。

通过对《门口在过兵》的分析，应该说，在推进民族（地域）传统音乐的“创造性转化、创新性发展”过程中，要特别注重提升文艺（音乐）表现（表达）能力。在运用文艺（音乐）作品表现新的世界、新的人物、新的时代、新的思想过程中，要有能力实现表现语言的转换，善于将政治话语转化为文艺学术话语，将抽象性、生活化的话语转化为形象性的、艺术化的话语，将文艺（音乐）工作的要求转化为文艺（音乐）的学术追求。

五、要在音乐作品的内容与形式两个层面推进民族（地域）传统音乐的创造创新

内容与形式，是文艺作品赖以生存的两个相互依存的基本范畴，文艺作品内容的创造创新，必然带来形式的创造创新。

例如，传承至全国各地的革命历史民歌《八月桂花遍地开》，1929 年诞生于中国共产党领导下的鄂豫皖苏区，它是由当时的革命者，根据大别山区一首叫作“八段锦”的民间音调，为庆祝成立人民民主政权而填词编曲形成的，它彰显了革命根据地革命历史民歌的基本特征。从内容上来看，这首歌是对大别山地区那个特定时期革命斗争史实的记录和描写。从音乐风格上看，这首歌具有鲜明的鄂东北传统音调的地域性特色，与自古流传至今的大别山区传统民间音调相一致。从音乐表现语言方面看，具有简洁、明了、率真、铿锵、直抒胸臆和情感的特色，是那个特定时代音乐表现语言的生动写照。它既为中国共产党领导的人民革命史实提供了具有地域特征的史料，也为中国革命音乐运动和新音乐建设提供了具有强烈地域性特征的佐证。从艺术上看，它是给民族（地域）传统音乐赋予新的内容创造创新的产物。它是因中国共产党领导人民革命时期，常运用群众喜闻乐见的歌曲形式进行政治宣传、团结民众、鼓舞斗志，而成为人民革命史实的音乐记忆的结果。

还例如，湖北利川民歌精品《盼红军》，是一首在传统山歌声腔基础上，填入新词而产生的反应革命历史的民歌。这首歌以犀牛望月的形象比喻，以充满深情的商调式旋律进行，表现了人民与红军的鱼水相依之情。歌曲开头的一声衬字拖腔，

凝结着无尽的思念和急切的期盼。曲中节奏紧凑的回忆、叙述，贴切地表现了往事历历在目。随着难以言状的拖腔之再现，那切分节奏的安排，更是准确地表现了对红军最衷心的祝福。这首情真意切的民歌精品。

《八月桂花遍地开》出自传统民歌《八段锦》，《盼红军》出自山歌传统声腔和“连八句”的传统曲体结构，他们都是在给传统形式的基础上，注入新的内容而诞生的。我把这种在传统形式的基础上，注入新的内容而诞生的作品创编方式，比喻为“旧瓶装新酒”，这是经常被用到的推进民族（地域）传统音乐创造创新的具体手法之一，这种方式特别利于在传统形式基础上的内容创造创新。

与“旧瓶装新酒”，即在传统形式的基础上，注入新的内容而诞生的作品创编方式相对应的是“醇酒装新瓶”——即给传统内容赋予新的艺术形式而产生的作品创编方式。当下许多音乐创作者已运用这种创造创新方式创作了难以计数的好作品。例如《土家情歌——直尕思得》（贺沛轩词、方石曲），以坦诚、直白的歌词，以土家情歌为题，将土家人的生活状态、风情风俗以及民歌《黄四姐》《龙船调》所表现的典型情节等地域、民族文化元素巧妙提炼，有机整合，并以土家语“直尕思得”为鲜明的文化符号，从而充满了浓郁的土家味道，原汁原味地展现了迷人的土家族婚俗风情和情歌文化。歌曲音乐基调欢快、活泼，旋律朗朗上口，既具土家特色，又富时代气息，源于鄂西南土腔土韵【La、Do、Re】和【Sol、La、Do】为旋律骨干音的混融性音调，经火辣辣的演唱，充分展现了土家人豪放、洒脱的性格，彰显了土家女性质朴、爽朗的美好形象。歌曲旋律中几处游移式的调性处理，增添了歌曲清新的艺术表现力和感染力。使这首歌成为给传统内容赋予新的艺术形式而产生的、深受人们喜爱的新作品。

这些实例及“旧瓶装新酒”、“醇酒装新瓶”的创编手法，都表明：要推进民族（地域）传统音乐的创造创新，就应当在音乐作品的内容与形式两个层面着力，不可偏废。

以混融的创作方式推进民族（地域）传统音乐的创造创新。

在多样化文化相互竞争、共生共荣的情势下，众多音乐（文艺）作品的创建者运用混融方式实现了艺术表现语言的创造、创新。

所谓混融，从形式层面讲，是不同素材、不同形式、不同遗传基因、不同种群等，相互混合交融而形成的新成果。从时间（历史）层面讲，是在对传统文艺保存的基础上促进其实现现代发展。从技法层面看，是创作实践的一种方式、手段。从结果层面看，是创作实践所产生的一种创造性、创新性成果。

这种创造性、创新性成果，具有多元融聚的兼容性、开放性（既源于传统，又使之转化和激活、实现现代发展；既有别于西方，又借鉴西方现代优秀成果），雅俗趋同的时代性、先导性（高雅艺术大众化，大众艺术高雅化），和与时俱进的创新性、

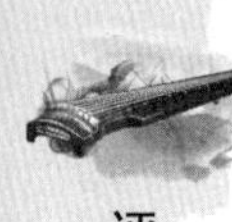

自觉性（具有依据社会发展情势促进文艺创作的追求和满足现代人审美情趣要求的价值取向）特征。对混融方式的运用，体现了新时代文艺的创建者，在践行“创造性转化、创新性发展”科学论述中，注重提升自己艺术表现（表达）能力的文化自觉。

例如《夷陵情歌》（明间词，黄中骏曲），就将峡江船工号子的音调、夷陵高腔山歌和采茶山歌的音调进行了混融，借鉴了融合五言四句子号头与七言五句子正词交融演唱的穿插体曲体结构，融合了五首原生态民歌的歌词，采用了融男女声独唱、对唱、和唱为一体的演唱形式，表现了人们真诚、朴实、深切的爱恋情感。

还例如获得楚天群星奖的表演唱《五虾闹鲇》（孙明庆词，周曼丽曲），也是运用混融方式获得民族（地域）传统音乐创造创新的成果。

“五虾闹鲇”俗称“虾子灯”，是传承于荆州地域民间社火活动中的歌舞形式。因“闹鲇”与“闹年”谐音，故“五虾闹鲇”有万物共荣、普天闹年之意。而表演唱《五虾闹鲇》系对这一传统民间歌舞形式进行创造性转化、创新性发展而成的全新作品。作品通过表现虾子、鲇鱼等生态渔业与荷塘水产的共生模式，凸显了洪湖革命老区人民发扬红色文化传统，建设社会主义新农村，实现乡村振兴，共同奔小康的时代主题，折射出人们奋力脱贫致富、向往美好生活的喜悦心情。作品的歌词创作，依据鲇鱼和虾子的生物特点，形象地勾勒出其形体动作，在幽默俏皮的语境中，着力突出“闹”字的意韵：闹出喜悦心境、闹出丰收年份、闹出太平盛世。作品的音乐创作，发展性地运用荆州本土的民间音乐素材，音调动机风趣灵动，说唱、拟声、节奏等元素的融入，使音调律动感十足，具有浓郁的水乡气息和江汉平原地方音调特色。演员表演方面，通过手持代表鲇鱼、虾子的角色手偶，配合了歌曲内容表达和情感抒发。多声部的演唱与角色模拟层次分明，艺术性地表现了虾、鲇两种水生生物和谐共存和人与自然和谐相处的情境。

总之，我对在新时代如何推进民族（地域）传统音乐的创造创新问题的总体看法是：要通过对民族（地域）传统音乐基因的学习、继承，提高当代音乐人的音乐文化自信；要通过做好民族（地域）传统音乐基因与当代原创音乐作品的连接、结合、混融，体现当代音乐人的音乐文化自觉；尤其要通过做好在当代音乐作品中体现民族（地域）传统音乐基因的特色，继承民族（地域）传统音乐基因的乐脉，实现民族（地域）传统音乐基因的创造性转化、创新性发展，展现当代音乐人的音乐文化自为。这是当代音乐人所应履行的义务，所应承担的使命。

（此文依据2021年11月在省文化和旅游厅举办的《支持艰苦边远地区和基层一线专题培训班》上的讲稿整理）

努力推进荆楚民间歌曲在现代文明建设中的转化和发展

在基本完成荆楚民间歌曲的收集、整理、编纂、抢救性保护等任务之后，在对荆楚民间歌曲的分析、研究取得阶段性成果之时，我们应当用宏观的、辩证的、发展的眼光看待具有地域文化特征的荆楚民间歌曲，并紧密联系当地现实的社会历史发展，结合当地经济史、政治史、科技史等方面，揭示荆楚民间歌曲的地域文化本质，鉴别荆楚民间歌曲对当代社会变革、发展的价值，推进荆楚民间歌曲在现代文明建设中的转化和发展。说到底，就是要解决在中国特色社会主义新时代，如何致力于荆楚民间歌曲由自在式传承向自为式衍展跨越的问题。

实现荆楚民间歌曲由自在式传承向自为式衍展的跨越，至少可从五个方面着力：

一是在实现荆楚民间歌曲由自在式传承向自为式衍展跨越的过程中，要充分借助群众喜闻乐见的荆楚民间歌曲形式，实现荆楚民间歌曲本体的自为式衍展。如：对现有荆楚民间歌曲的题材、体裁进行编创、衍展；用荆楚民间歌曲的核心基因作素材进行新作品创作；将荆楚民间歌曲的特色形式，运用到其他文艺门类的创作中去；进一步弘扬荆楚民间歌曲所蕴含的文化精神（如追求音调特色的原生性、追求节奏的变化、追求曲体结构的变异、追求旋律发展统一性基础上的对比等），使荆楚民间歌曲的功利性、艺术性、表现力、感染力得以提升。

二是在实现荆楚民间歌曲由自在式传承向自为式衍展跨越的过程中，要充分运用荆楚民间歌曲的传统形式，实现荆楚民间歌曲内容的自为式衍展。尤其要以社会主义核心价值观为指导，对荆楚民间歌曲内容予以创新。要在荆楚民间歌曲的传统形式中，注入具有时代特点的鲜活故事，注入新的思想观念和先进的价值观。要在建成小康社会、建设美丽乡村、实现乡村振兴的过程中，吸收、展示、凸显荆楚民间歌曲所具有的传统音乐基因和地域性音乐元素。通过开展培育乡村文化品牌、创作乡村歌曲、打造乡村音乐采风创作基地、组织乡村文艺辅导、举办乡村文艺惠民演出等实效性工作，为荆楚民间歌曲内容的自为式衍展，提供机遇与平台。

三是在实现荆楚民间歌曲由自在式传承向自为式衍展跨越的过程中，要切实抓住推进荆楚民间歌曲"创造性转化、创新性发展"的机遇，实现荆楚民间歌曲功能作用的自为式衍展。要继续充分发挥荆楚民间歌曲形式在营造民间民俗活动氛围、

维系群体思想观念、凝聚群体情感和意志、引导群体构建在想象力基础上的意象世界等功能。要在荆楚民间歌曲的保护传承工作中，实现民间歌曲演艺、培训、发展策划、制作等民间音乐业态的扩展性发展（如兴办荆楚民间歌曲传承人的讲习班、讲习所、工场、门店等）。特别要在传统农业产业转型升级的进程中，适时发挥荆楚民间歌曲形式的“助力”作用（如在发展观光、休闲农业中，为荆楚民间歌曲的传承、展示提供“平台”，在文化旅游景点中兴建荆楚民间歌曲的展示场所等）；在发展生态农业中，注入荆楚民间歌曲传承、衍展的文化生态环境“基因”，使生态农业产业发展与荆楚民间歌曲的传承、衍展所需生态环境相得益彰、互促互补（如兴办具有荆楚民间歌曲特色的村庄、乡镇等）；在发展文创农业（即“将科技和人文要素融入农业生产，进一步拓展农业功能、整合资源，把传统农业发展为融生产、生活、生态为一体的现代农业”）中，打好“荆楚民间歌曲之乡”牌，建立以此为主题的特色农庄（如荆楚民间歌曲农园、农社等），使农业产业和荆楚民间歌曲共同实现现代发展。

四是在实现荆楚民间歌曲由自在式传承向自为式衍展跨越的过程中，要注重提升、创新荆楚民间歌曲的表现（表达）能力。在较长的一段时间里，荆楚民间歌曲的表现（表达）方式，多为“旧瓶装新酒”——运用传统的艺术形式反映、表现新的社会、时代内容，使荆楚民间歌曲的传统艺术形式产生“渐变”；近些年来，荆楚民间歌曲的表现（表达）方式，采用了“醇酒装新瓶”——将经过深度挖掘的、具有当代意义的传统内容内涵，运用新的艺术形式予以反映、表现，使新的艺术形式得以“构建”。这两种方式，都体现出荆楚民间歌曲的表现（表达）方式的创造、创新。

五是在实现荆楚民间歌曲由自在式传承向自为式衍展跨越的过程中，尤其要注重在与当代高新科技、现代传媒平台的结合中，实现荆楚民间歌曲形式的创造、创新。以高新科技为支撑的现代传媒平台，为荆楚民间歌曲的传播、传承提供了无限大的空间。特别是互联网以极大的容量，通过手机、QQ、博客、播客、MSN 等即时通信手段和 5G、4K/8K 等超高清技术，成为包括荆楚民间歌曲在内的当代各文艺门类作品的重要载体和全方位展示平台。因此，荆楚民间歌曲应“在提高原创力上下功夫，在拓展题材、内容、形式、手法上下功夫，推动观念和手段相结合、内容和形式相融合、各种艺术要素和技术要素相辉映，让作品更加精彩纷呈、引人入胜。”在与当代高新科技、现代传媒平台的结合中，荆楚民间歌曲应当积极主动参与，决不能落伍、缺席、“失语”。

总之，努力推进荆楚民间歌曲在现代文明建设中的转化和发展，就是要通过对荆楚民间歌曲传统音乐基因及所承载意识、观念的学习、继承，提高当代音乐人的音乐文化自信; 要通过做好荆楚民间歌曲传统音乐基因与当代音乐创作的连接、结合、混融，体现当代音乐人的音乐文化自觉；尤其要通过做好在当代音乐创作、音乐生活中体现荆楚民间歌曲传统音乐基因的特色，继承荆楚民间歌曲传统音乐基因的乐脉，展现当代音乐人的音乐文化自为；最终通过推进荆楚民间歌曲传统音乐基因的创造性转化、创新性发展，实现荆楚民间歌曲的文化自强。这当是当代音乐人所应履行的义务，所应承担的使命。

（2023 年 8 月完稿，在省文联学习会上交流，刊发于《银龄之家》）

明是非　辨善恶　修艺德　走正道

——对倡导践行崇尚艺德之风的理性思考

时下娱乐圈内，有的从业人员逾越法律底线、背离公序良俗，受到法纪制裁；有的从业人员有违职业道德，“饭圈文化”喧嚣一时，畸形审美影响恶劣，污染了文艺生态，危害了行业发展；有的从业人员缺乏基本学养涵养修养，一夜成名后，被市场资本裹挟，脚下无底线，心中没红线，其行为最终受到行业抵制……艺德（文艺道德）的扭曲、丧失，是这些是非颠倒、美丑不分、价值观扭曲乱象的根源，因此，确有必要在文艺界，尤其是娱乐圈从业人员中，倡导践行崇尚艺德之风。

作为伦理学研究对象和社会意识形式之一的道德，系以善恶评价的方式调整人与人、个人与社会之间相互关系的标准、原则和范畴的总和，也包含那些与此相应的行为、活动。在伦理学意义上，“道”指人所共同遵循的普遍原则，“德”指合乎“道”的行为和品德。

就道德与文艺的关系而言，文艺是现实生活的反映，它在内容上往往涉及人与人之间、个人与社会之间的关系，其中包括道德的关系，所以，道德问题经常成为文艺作品的中心内容。道德以善恶范畴表述道德价值，文艺则用美丑范畴表述艺术价值。在人类文艺宝库中，有不少以道德为题材的优秀作品。由于其具有的艺术感染力，对人们的思想意识包括道德意识的影响极大。好的文艺作品，一般都有扬善抑恶的作用。从价值方面来说，善与美是统一的，善的都是美的，而不少美的也是善的。

艺德（文艺道德），属于职业道德建设的范畴，是社会道德的一个重要组成部分。它系指在文艺职业范围内所形成的比较稳定的道德观念、行为规范等之总和，其内容主要分为职业道德意识（包括职业道德原则、规范、范畴、观念、情感、意志、信念等）和职业道德活动（包括个人职业道德行为和职业道德评价、教育、修养等）两个方面。艺德（文艺道德）是调整文艺职业群体内部人员的关系以及与社会各方面关系的行为准则，是评价文艺从业人员的职业行为善恶、荣辱的标准，对文艺从业人员的思想和职业行为具有一种内在的特殊约束力量。

唯物史观认为：道德是在人类社会的一定生产方式或经济关系中产生的，它受着人们物质生活条件即经济关系的制约，并随着社会经济关系的变革而发生变化。因此，道德是一种具体的历史范畴，它是具体的，也是发展变化的。不同社会生产方式的变化，造就了道德的不同历史类型。因此，在中国特色社会主义新时代，倡导践行崇尚艺德之风，既是文艺道德建设历史发展之使然，也是新的时代对文艺道德建设的现实呼唤。

新时代倡导践行崇尚艺德之风的关键意义，是要求文艺从业人员在文艺所具有的多重价值中做出选择，进行价值判断。这涉及道德标准、道德选择、道德评价以及善恶观念等一系列问题，涉及树立正确的价值观。

道德标准，是判断道德行为善恶的价值尺度。它不是超历史、超现实、超人类的东西。在其直接意义上，它是一定社会所倡导或实际通行的道德原则和规范，是从一定社会、阶级和集团的利益和需要中引申出来的。正因为如此，不同社会、阶级和集团，往往有着不同的甚至根本对立的道德标准，有着不同的甚至根本对立的善恶观念。因此，包括文艺从业人员在内的所有社会成员，对道德标准的选择，都是其是否具有正确价值观的反映。道德标准是否具有科学性，主要看它所表达的经济关系和相应的利益需要，是否同社会发展的客观必然性相一致，是否反映了广大人民群众的利益和愿望。若是，则是善的、正确的；若否，则是恶的、不正确的。

道德选择，则是人们依据一定的道德标准，在多种可能的道德行为方式中，自觉地抉择自己行为方式的一种精神活动。人作为社会关系的产物，其行为不能不受客观必然性的制约。但具有认识必然性能力的人，只要认识了客观必然性及其反映在道德上的客观要求，就能在道德行为的多种可能性中自由地选择，并承担道德责任。因此，包括文艺从业人员在内的所有社会成员，正确认识自由和必然，以及个人利益和整体利益的关系是解决道德选择问题的基础，也是在道德选择中树立正确价值观的关键。提高人们道德选择能力的关键，在于使人们深刻认识社会历史发展的必然规律，并在实践中身体力行。这样，人们就能在各种道德矛盾和道德冲突中，自觉地选择对社会或他人有益的道德行为，抵制和批评各种不良的道德现象。

道德评价，是人们依据一定的道德标准对他人和自己的行为所作的一种善恶判断。它往往揭示某个行为的善恶价值，判明这些行为是否符合一定的道德原则和规范，从而形成一种巨大的精神力量，以调整人与人之间以及个人与社会之间的关系，进而帮助人们认清道德选择的方向，明确自己承担的道德责任。它同时也是人们对客观道德行为反复认识的一个过程，即是不断地把道德行为与道德原则和规范的要求相对照，看其是否相符合的过程。因此，包括文艺从业人员在内的所有社会成员，都必须依据一定的客观标准，对道德行为进行全面考察、分析，然后做出道德评价。

这无疑需要以正确的价值观作指导。

与道德标准、道德选择、道德评价密切相关的基本范畴，也是对人们的道德行为作肯定或否定评价的最一般的道德概念，是善恶观念。善是对符合于一定社会的道德原则和规范的行为或事件的肯定评价；恶是对违背一定社会的道德原则和规范的行为或事件的否定评价。善与恶反映在一定的社会经济关系中人们的利益和实践活动的要求，是在人们的社会生活中形成并随着社会经济关系的变化而不断发生变化的。因此，善恶判断，也是人们价值观的具体表现。以正确的价值观评价善恶，最终必须以是否符合社会历史发展的规律，符合广大人民群众的根本利益和要求为标准。

新时代倡导践行崇尚艺德之风的现实意义，是增强文艺从业人员的责任感、使命感。在文艺道德建设中树立正确的价值观，为包括文艺家在内的所有社会成员应尽的道德义务、道德责任所使然。在人类的道德生活中，道德义务是指一定社会经济关系所产生的道德要求。这种要求既表现在人们相互间的各种关系中，也表现在个人对民族、国家、社会等的关系中。道德责任是指人们在一定的社会关系中所应该选择的道德行为和对社会和他人所承担的道德义务。为了一定的利益和需要，社会总是向其成员提出和规定各方面的道德责任，用以调整人与人之间的道德关系。不管人们是否意识到，客观上都必然要求每个人履行他对社会、国家和他人所应负的道德责任，都必须认真地选择自己道德行为的动机，考虑自己道德行为的后果。因此，倡导践行崇尚艺德之风，就是要使文艺从业人员自觉增强社会责任感和历史使命感，切实做到“铁肩担道义，妙手著文章”，切实为人民和社会创造精神财富，传播先进文化，弘扬社会正气，倡导科学精神，陶冶人们情操，塑造美好心灵。

新时代倡导践行崇尚艺德之风的重要目的，是高扬文艺作品蕴含的人文精神。这要求文艺从业人员在满足人民日益增长的精神文化需求、促进文艺繁荣的过程中，坚持追求真理、反对谬误，歌颂美善、反对丑恶，崇尚科学、反对愚昧，坚持创新、反对守旧。作为坚持先进性为基本定位的文艺，作为促进健康高尚社会道德建设的文艺，在本质的意义上，应当对当代所表现出来的重大政治、经济包括人生的问题采取不回避的态度，充分把握并运用文艺作品以其自身固有的张力，反映人类社会精神生活与精神状态、反映现代人们心理的内在冲突、满足人们纾解与愉悦之心理需要的特点，把握人文文化具有的广泛性、丰富性和包容性（从理想信念、终极关怀到伦理规范、道德责任，从人生观、价值观到文明诚信、品德修养，其中无不浸润着人文文化的内涵。大到国家政治，小到一个人的言行举止，其背后无不有人文文化底蕴的支撑。它体现于哲学、艺术、文学等诸多人文科学领域，又渗透到一个人、一个民族的血脉之中）等特征，发挥文艺在人文文化建设中的特殊作用，引导人们在唯真、求是，解决对客观世界认识的同时，也唯善、求美，解决对精神世界的认识问题。要不断提升人文文化品位和素养，弘扬文艺的崇高精神。当前，要尤其注意改变因社会转型、文化世俗化倾向带来地对严肃的人文精神予以消解和享乐主义的负面影响，改变一些地方、一些人当中存在的重科学文化，轻人文文化；重物质利益，轻人文关怀；重科学技术的发展，轻人文精神的重建等现象。

在文艺道德建设中高扬文艺作品蕴含的人文精神，是对道德理想的张扬，是对道德原则和规范的坚守，是对道德情感的宣泄。作为道德意识内容之一的道德理想，是人们基于对一定社会基本道德要求的认识而自觉追求和向往的某种理想人格和理想社会中的道德关系。在文艺作品中张扬它，体现一种升华向上、追求崇高的导引。道德原则和规范，是一定社会根据其利益和需要并在道德生活经验中形成的、用以调节人们的行为和相互关系的道德准则。在文艺作品中坚守它，体现一种社会准则的尊严。道德情感，是人们依据一定的道德标准，对现实的道德关系和自己或他人的道德行为等所产生的爱憎好恶等心理体验。在文艺作品中宣泄它，体现一种对道德行为的评判。这样，人文精神对道德建设的促进作用，也会得到更大发挥。

新时代倡导践行崇尚艺德之风的根本任务，是培养文艺从业人员高尚的艺德。艺德，是文艺从业人员道德意识、道德修养、道德品质等的集中反映。文艺从业人员用艺术的眼光认识、反映世界，但同时也在这个过程中认识、展示自己。如果说文艺作品建构了一个斑斓的艺术世界，那它同时也建构了创作者的人格和灵魂。虽然文艺作为一种个性化的精神创造，要求具备相当的艺术创造能力。但这并不等于表明文艺就是私人化的东西，文艺创作要讲个性、独创性、需要拥有一个充分自由的心灵空间，但文艺本质上是一个有极强社会色彩的精神活动，它的出发点、创作过程、归宿，都离不开社会。因此，新时代的文艺从业人员不能回避文艺的社会作用问题，他们的内心深处，应当有一个社会情结，有一个道德建设情结，甚至也可以说要有一个“政治情结”。要在社会发展进步的过程中，坚守住作为“人类灵魂工程师”所应具有的“精神家园”，坚守住作为文艺从业人员的“职业操守”，真正做时代和人民的代言人。

文艺从业人员的艺德，是政治方向的坚定正确、道德人品的高尚完善、学术水准的高超独到等诸多因素的综合体现。它既表现在其日常生活的道德行为中，也浸透在其所精心创作的文艺成果里。“文如其人”，就深刻地说明了这个道理。所以，文艺从业人员，首先要具有很强的个人道德意识，注重自己的道德修养，注重培育高尚的艺德，做好一个“人”，再以强烈的社会道德意识，参与社会道德建设，用

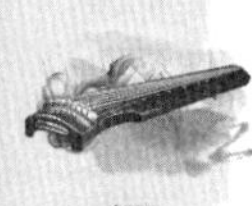

自己的行为，尤其是用自己奉献给人民和社会的精品力作，显示艺德的力量，展示个人的人格魅力。

尽善尽美，长期以来都是文艺创作追求的至境。而艺德培养，也要求真、求善、求美。所谓求真，就是依据客观规律性，真实地反映人民和社会生活，说实话，抒真情。要作为历史的见证人，抒历史真情；要站在人民的立场上，抒人民真情；要融入时代的大潮中，抒时代真情。所谓求善，就是自觉地以是否符合社会历史发展的规律，符合广大人民群众的根本利益和要求为标准，以社会道德原则和准则来规范自己的行为，尽自己的职业义务，履行自己的道德责任。所谓求美，就是善于运用文艺形式，艺术化地反映真、表现善。从哲学层面上来认识，美是人类改造世界的实践创造活动及其成果对人的自由的肯定形式，美感则是对这种自由的感性直观所引起的一种特殊的精神愉快。由于人类改造世界的实践活动不能脱离对客观世界规律的掌握和应用，所以美不能脱离真（即客观世界的规律性），但美中之真，是已经通过实践主体化了的真（即和人的目的相适应，并成为人的自由的肯定的真）。人类的实践不能脱离一定的社会目的，这目的虽然各不相同，但只有和人类整体进步发展的普遍利益相一致的目的性的活动，才具有客观历史的价值。这样的目的性的活动就是最高的善。美既然是人类生活的感性的实践创造对人的自由的肯定，它就不可能脱离善。但美中之善是在主体的实践创造中获得了客体化的善（即和主体的自由发展相一致并完满地实现了的善）。所以，从美与真和善的关系来看，美又是真和善在人类生活的实践创造基础上的统一。只要文艺家在艺德培养方面以求真、求善、求美“自律”，就一定能对新时代的艺德建设起到提高、升华的促进作用。

（2021 年 9 月 27 日完稿，发布于“湖北文艺网”及微信公众号）

从艺赏艺都要力行正道

——谈谈正确认识乐（lè）与乐（yuè）的关系

时下娱乐圈出现的一些乱象，究其思想认识上的原因，是没能正确认识乐（lè）与乐（yuè）的内涵和关系。乐作为一个多音字，既可读乐（lè），也可读乐（yuè）。乐（lè）与乐（yuè）的关系，在中国古代《乐论》中多次论及。

荀子在《乐论》中说："乐（yuè）者，乐（le）也，人情之所必不免也。"意即乐（yuè）就是快乐，是人的感情所需要而不能自止的。又说："君子乐（lè）得其道，小人乐（lè）得其欲。以道制欲，则乐（lè）而不乱；以欲忘道，则惑而不乐（lè）。故乐（yuè）者，所以道乐（lè）也。"意即君子乐（lè）于通过乐（yuè）提高道德修养，小人却乐（lè）于通过乐（yuè）满足声色欲望。如果用道德来约束欲望，就能得到快乐而不致迷乱；如果为满足欲望而忘了道德修养，则只会迷乱而得不到快乐。所以，乐（yuè）是用来引导快乐的。

文艺具有认识、教育、审美、娱乐等多种功能作用，用古代《乐论》中的"和观念"来认识文艺所具有的多种功能，就是协调文艺多种功能的相互关系，使文艺的多种功能得以全面实现。古代《乐论》中关于乐与礼关系的论述，更多的是对文艺认识功能、教育功能的强调。在过去一个较长的时间里，我们也更多地凸显了文艺的认识和教育功能，以至一度使文艺成为"政治的工具"，而完全忽视了文艺的审美功能、娱乐功能。这实际上是在文艺功能实现的层面上，丢弃了古代《乐论》中的"和观念"。进入改革开放新时期后，随着思想的解放和观念的更新，文艺的多种功能作用被人们所承认，寓教于乐，寓美于乐，使人们在审美和娱乐过程中接受教育、提高认识成为社会共识。但是，在"消费时代"、"时尚新潮"、"释放个性"、"宣泄情感"等的鼓噪声中，在许多地方和场合，文艺的娱乐功能又被推到了偏颇的位置。为乐（lè）而乐（yuè）、乐（yuè）视乐（lè）为唯一、以乐（yuè）取乐（lè）等等，都给乐（yuè）（即文艺）多种功能的实现，带来了颠覆性的后果。如有的从业人员为取乐（lè）而调侃、搞笑、恶搞、媚俗、甚或以色情方式诱引等现象的出现；有的从业人员有违职业道德，导致"饭圈文化"喧嚣一时；有的从业人员缺乏基本学养涵养修养，一夜成名后，被市场资本裹挟，脚下无底线，心中没红线，公然逾越法律底线、背离公序良俗……

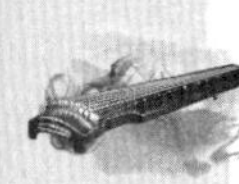

这些乱象都严重背离了在乐（yuè）（即文艺）功能上的“和”观念，即文艺多种功能的相互协调和全面实现。

《论语》说：“益者三乐（lè），损者三乐（lè）。乐（lè）节礼乐（yuè），乐（lè）道人之善，乐（lè）多贤友，益矣；乐（lè）骄乐（lè），乐（lè）佚乐（lè），乐（lè）宴乐（lè），损矣。”意即有益的快乐有三种，有害的快乐也有三种。以得到礼乐的调节为乐，以称道他人的优点为乐，以多交贤德的朋友为乐，便是有益的；以恃贵骄人为乐，以游荡无度为乐，以饮食无节为乐，便是有害的。这段话提出了两个方面的告诫。一是求乐（lè）者（赏艺者）是应当区分损益的，要乐（lè）得其所、乐（lè）得其益，而不要乐（lè）得其损、乐（lè）极生悲。二是乐（yuè）者——文艺从业人员在发挥文艺娱乐功能的时候，要把握好度数，要通过乐（yuè）（即文艺）功能的“和”（多种功能的融合与实现），使求乐（lè）者（赏艺术者）得益避损，达到荀子在《乐论》中所说“乐（yuè）行而志清，礼修而行成……美善相乐（lè）”的目的。意即正乐（yuè）推行了，人们的志趣就纯洁了，礼仪完备了，人们的德行就高尚了……就会美善相得益彰，从中得到无穷的快乐了。

对求乐（lè）者（赏艺者）来说，以乐（yuè）求乐（lè），是一个审美过程。对乐（yuè）者（文艺从业人员）来说，在乐（yuè）（文艺）中“和”入乐（yuè）（文艺）的娱乐功能，则是一个创作过程。如何使乐（yuè）者（文艺从业人员）创作的具有多种功能的乐（yuè）（文艺），在求乐（lè）者（赏艺者）的审美过程中得以实现，乐（yuè）者（文艺从业人员）与求乐（lè）者（赏艺者）的共通点就在审美情趣的共同构建上。

《论语》载：“子曰：‘《关雎》乐（lè）而不淫，哀而不伤。’”意即孔子说：“《关雎》快乐而不失去节制，悲哀而不危害身心。”《邢疏》称：“乐（lè）不至淫，哀不至伤，言其正乐之和也。”朱熹《四书集注》说：“淫者，乐之过而失其正也；伤者，哀之过而害于和也。《关雎》之诗……盖其忧虽深而不害于和，其乐虽盛而不失其正，故夫子称之如此，欲学者玩其辞，审其音，而有以识其性情之正也。”这些都表明乐（yuè）（文艺）对乐（lè）的表现和对乐（lè）的功能的发挥是要适度的；求乐（lè）者（赏艺者）对乐（yuè）（文艺）所具有的乐（lè）的功能的认识和通过乐（yuè）（文艺）来满足求乐（lè）的欲望，也是要有所节制的。正如《吕氏春秋·大乐》所说：“声出于和，和出于适。”意即声音无不和谐，和谐来自适度。

娱乐圈一些乱象的出现，说明在如何发挥文艺娱乐功能当中，确实有一个对大众审美情趣的认识和引导问题。大众审美趣味是随着时代、社会的不断发展而不断变化、发展、提高的，不能把大众审美趣味理解成是经典文艺趣味的某一低级层次或原始阶段，不能简单随意地把所谓内容的通俗性、功能的娱乐性、形式的不完善性等当作大众审美情趣的“统一特征”。尤其不能将这些被误解的“大众审美情趣”，当作文艺创作所追求的唯一目标。而应当发挥文艺的渗透性特点和引导性功能，切实寓教于乐、寓美于乐，这才是从艺赏艺的正道。

（2021 年 10 月完稿，刊发于 10 月 8 日《长江日报》“江花”文艺评论周刊）

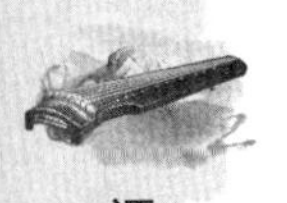

喜人进步引发的启示

——在2023年度湖北音乐精品创作生产座谈会上的发言

湖北近三年的音乐创作取得了喜人的进步，主要表现在三个方面：

一是音乐作品创作的数量大幅增长，题材内容广泛、主题鲜明突出，如三年来，仅在中宣部学习强国平台发布的湖北原创歌曲计有292首，所涉及的题材有抗击疫情、圆梦小康、建党百年、喜迎“二十大”、聆听长江、百年辉煌、村村有歌、礼赞新时代等。音乐创作运用的体裁形式增多，除各类别的歌曲体裁作品外，交响乐体裁（如管弦乐作品《2020序曲》、声乐交响曲《献给2020》、钢琴协奏曲《长征》等），室内乐体裁（如《巍巍江汉关——为钢琴与武汉锣、编钟等民族室内乐而作》等），编钟及民族器乐体裁（如《涅槃》等），歌剧体裁（如《白衣天使》《张富清》等），音乐剧体裁（如《太阳照进山窝窝》等），都进入到音乐作品创作者的视野和艺术实践之中。且各类别、各体裁的音乐作品质量明显提高，音乐创作向相关艺术门类（如舞蹈音乐、戏曲音乐、曲艺音乐、电影电视音乐）扩展，成果明显。

二是音乐创作主体成长方兴未艾，新生音乐创作力量崭露头角。不同体制的音乐创作者协同共进，不同组合的音乐创作主体、群体不断涌现，中青年音乐创作人才担起了使命，接上了茬，呈现出良好的发展势头。尤其可喜的是音乐创作“湖北队”的成批人才，已经进入到音乐创作“国家队”的行列，湖北音乐人才具有了更宽广的施展才华的平台。

三是音乐作品获奖数量、获奖层次实现新突破。国内的“五个一工程”、“文华奖”、“金钟奖”、“听见中国听见你”、“中国梦”、“百年百首”、中国歌剧艺术节、全国少数民族文艺会演等重大评奖、赛事中，湖北的音乐作品屡有斩获。在国际性的音乐作品评奖、赛事活动中，湖北音乐作品也金榜题名。同时，湖北音乐作品的实际呈现面——即作品产生的社会影响、作品的艺术张力，得到了“跨越式”拓展。湖北音乐作品已经走上了国家大剧院、中央电视台、国家艺术基金年度资助项目榜单、中国歌剧艺术节、北京国际音乐节等国家级的展示平台，走向了国外多个音乐艺术殿堂（如肯尼迪艺术中心、卡内基音乐厅等）。

湖北音乐创作取得的进步，给人带来欣喜，也给人带来启示。近三年湖北音乐创作方面可喜进步给人们引发是多方面的，除我经常谈到过的如“要注重多视角地表现时代主题和人民的真情实感”，“要注重对各地域（地方）性音乐语汇的扩散、发展”，“要注重致力于传统特色音调与当代大众审美意识、审美情趣的结合”，“要注重借助现代传媒平台彰显音乐作品的价值和艺术张力”等外，还要强调以下两点：

1. 音乐精品创作要注重对时代主题、现实生活体验的深度。音乐创作具有明显的个体化、“主观性”特征，作品的产生往往要经历“物至—心动—情现—乐生”的过程。这要求音乐作品的创作者，既要有对时代主题、现实生活的“感性”“主观性”认知，更要有对时代主题、现实生活的“理性”、“客观性”升华，要求音乐作品的创作者，对时代主题、现实生活具有深切的体验。因为“没有感性的理性”不深刻，“没有理性的感性”不感人。唯有通过对时代主题、现实生活的深切体验，深切反映群体关注的主题，凝聚群体的意志，勃发群体的激情，引发群体的共鸣，真正做到“自我”与“大我”的结合，其作品才能反映时代的要求和人民的愿望。

2. 音乐精品创作要注重音乐作品应当具有的艺术表达精度。所谓艺术表达的精度，是指音乐作品创作者要坚持“曲为心声”，“乐为情至”，努力为音乐作品赋予当代气质，以新颖的艺术表现语言，畅抒人民情怀。仅从湖北近年来歌曲作品创作而言，不少歌曲的创作者，就从以下几个方面对歌曲的旋律音调进行了努力探索：或以较宽广的音域、跳进性的旋律进行，升华时代主题内涵；或以重复（变化重复）、模进（上行模进）手法，不断增强作品情感宣泄的力度；或运用旋律节奏的新、奇，应和时代与社会前进的鼓点；或以多彩的音乐织体表现丰富的人类情感……

总之，湖北音乐工作者要牢记湖北音乐创作“永远在路上”，遵循音乐创作的规律，善于将时代主题、现实生活中的政治话语转化成音乐艺术话语，善于将党和政府对文艺工作的要求转化为进行音乐创作的艺术追求，在实现中国式现代化的新征程中，尽心尽力地创作无愧于新时代的黄钟大吕，谱写湖北音乐创作事业的新乐章。

（2023 年 2 月完稿，系在“2023 年度湖北音乐精品创作生产座谈会”上的发言，发布于“湖北文艺网”及公众号，收入本书时做了修订）

树立开放性的长江主题音乐创作观念

——对“长江主题”音乐创作的多视角思考

音乐创作是社会生活在音乐家头脑中反映的产物，是音乐创作者对社会生活的审美活动。音乐创作观念是从事音乐创作的导引，音乐创作者往往依据一定的音乐创作观念，选定作品创作的方向、路径，选择作品创作的题材、体裁，选取创作作品的相关资源、素材，选用创作音乐作品的手段、技法……所以，音乐创作观念的确立，对音乐创作实践的影响甚大。

在首届“长江音乐周”的“长江主题”音乐创作座谈会上，提出“树立开放性的长江主题音乐创作观念”这个题目，是基于长江流域音乐文化的现实基础。长江流域音乐文化的概念，是对长江流域各地方、各地域、各民族音乐文化等概念的拓展性成果，长江流域音乐文化概念，比地方、地域、民族音乐文化概念具有更宏观的意义。长江流域音乐文化本身就是一个开放的系统。仅从文化地理学的视角切入，从长江水系范围（地理方位）看，这个系统含括了青、藏、滇、黔、川、渝、鄂、湘、皖、赣、苏、浙、沪等省（区、市）宽广地域的所有音乐文化现象，仅此就证明了这个系统具有的开放性。所以，在进行长江主题音乐创作的时候，应当与之相适应，树立开放性的创作观念。当前有的“长江主题”音乐作品创作者中，是否存在封闭、孤立、静止、片面认识、理解“长江主题”音乐创作的创作观念？这是一个值得所有“长江主题”音乐作品的创作者们思考的问题。

从哲学的一般性、特殊性这对基本范畴切入，可以看出，在音乐创作的词汇之前冠以“长江主题”的定语，表明我们将要从事的不是一般性（普遍性）意义的音乐创作，而是具有特殊性（有具体指向、主题性）意义的音乐创作。这要求长江主题音乐的创作者们，以开放性的创作观念，经历具象（自然界中客观现实的长江）——抽象（经作品创作者感悟、体验形成的主观印象中的长江）——形象（所创作作品展现出的长江）的创作思维过程，经历中国古代乐论所表述的“物至—心动—情现—乐生”的创作过程，运用非语义性特点突出的音乐艺术表现语言，扣长江之题，叙长江之事，抒长江之情，会长江之意，塑长江之形。在当前“长江主题”音乐作品创作思维过程和创作过程中，是否存在用一般性（普遍性）意义的音乐创作观念替代特殊性（有具体指向、主题性）意义的“长江主题”音乐创作的倾向？是否在创作思维中存在对“长江主题”音乐作品“具象”、“抽象”、“形象”把握“失度”“失衡”的问题？是否在创作观念上存在“超级写实主义”、“非理性主义”、“非意识形态化”、“泛意识形态化”等文艺思潮的影响？等等。这些都是需要“长江主题”音乐创作者坚持运用辩证唯物主义理念，从创作思想、创作观念上弄明白、想清楚的课题。

从美学的视角切入，可以看出，长江流域各地方、各地域、各民族的音乐，展现出各自鲜明的个性特征和独特的风格特色，具有不可替代的原生性特质，显现出音乐艺术的自然、拙朴之美。长江流域音乐的整体性美学特征，是由该流域各地方、各地域、各民族音乐的个性特征和风格特色汇集而成的，具有极强的包容性和丰富的美学内涵。概括地说，长江流域音乐整体性美学特征（相对性的）包含了长江源头地域音乐所体现的古朴、粗犷、豪放、热烈的总体风格；长江上游地域音乐所体现的清新、甜美、细腻的风格特质；长江中游地域音乐所体现的直捷明快格调、流畅跌宕特点和极强的兼容、融合性风格特色；长江下游地域音乐所体现的均匀、整齐、内在、洒脱的气韵和曼丽婉曲的总体风格。因此，在进行长江主题音乐创作时，创作者当树立开放性的创作观念，既要各美其美（坚持所在地方、地域、民族音乐的个性特征、风格特色等），也要美人之美（赞扬、认识、学习其他地方、地域、民族音乐的个性特征、风格特色等），更要美美与共（致力于长江流域各类音乐的融合、共生、共荣），从而促使长江主题音乐创作达到美不胜收的新境界。各美其美，往往体现音乐作品创作者的音乐文化立足点（立场）准不准、稳不稳；美人之美往往体现音乐作品创作者的音乐文化眼光宽不宽、远不远；美美与共往往体现音乐作品创作者的音乐文化追求高不高、新不新；美不胜收往往体现音乐作品创作者所力求达到的创作目的实不实、全不全。

从文化学的视角切入，依据文化起源的多元说和中华文化南北二元耦合的观点，可以认识到，作为中华母亲河的长江、黄河两大流域音乐文化，由于其产生的诸多背景（如地理、语言、社会、民族、民俗，尤其是早期古代文化等）因素存在着许多差异，所以，两大流域音乐文化的形态特征迥然不同，实际上形成了各自纷繁、绚丽多彩的体系。诸多著作、文论，对此均有揭示。就长江、黄河两大流域音乐这个命题来讲，南北差异也是明显存在的。已成音乐学界一般性的共识是：从音乐风格讲，南方细腻委婉，北方粗犷奔放；从音列运用讲，南方多用五声，北方多用七声；从旋法特征讲，南方多级进，北方多跳进；从音调在一定流传范围形成的特色讲，南方变异多，故而音调特色区丰富多彩，北方变异少，故而音调特色区也较为统一。因此，在进行长江主题音乐创作时，创作者当树立开放性的创作观念，承继中国传

统乐学理论中“和而不同，同则不继”的“和合”观念，在准确把握中华音乐文化共同特质的同时，彰显长江流域音乐文化的独特风采，展现长江流域音乐形态特征与中华音乐形态的“同中之异”，实现在长江主题音乐创作中的标新立异。

从音乐学，尤其是从民族（或传统）音乐学的视角切入，可以发现，长江流域蕴藏着在本流域生发、经历史展衍，且极为丰富又呈开放性状态的音乐资源。仅从音乐创作层面观察，整个长江流域的音乐，尤其是其中的民族（传统）音乐，所展现的：简洁精当的乐思、五音繁会的旋法、多姿多彩的音列（调式）、自由变换的调性、不同类型的节奏、新奇绝妙的曲体、变幻多样的体裁、八音合鸣的音响（音色）、气势恢宏的乐制、自成体系的乐律……这些在几乎覆盖音乐创作必然涉及的所有音乐构成要素方面取得的建树，为人们提供了包容全面、开放性强、可资借鉴的音乐创作资源库。因此，在进行长江主题音乐创作时，创作者当树立开放性的创作观念，紧紧抓住长江流域音乐本体，从音乐的各构成要素入手，整体性地了解、认识、把握长江音乐文化体系，从而推动长江流域音乐表现“语境”的拓展，实现长江流域音乐艺术表现“语系”的“创造性转化、创新性发展”。

将开放性的“长江主题”音乐创作观念，纳入“长江主题”音乐创作的组织、策划工作中思考，启引人们在组织、策划工作中要处理好组织创作活动与推出音乐作品的关系，既要通过广泛性的开展“长江主题”音乐创作活动，形成共识、凝聚力量、发挥合力、营造“长江主题”音乐创作的氛围，更应遵循音乐创作的基本规律，以推出“立得住、传得开、留得下”的“长江主题”音乐精品、佳作为终极目的。任何一件独立的音乐作品，都是其创作主体（“个体”或“团队”）精心创作的成果；都有其所运用的音乐体裁、结构形式的“内在”规定性，不是任何意义上的着意“拼接”、“组装”。所以，“长江主题”音乐创作从组织、策划开始，就应凸显作品的主题意识、体裁（结构）意识、质量标准意识和重点创作主体意识，从而做到对“长江主题”音乐创作活动的方向性引导，对“长江主题”音乐创作精品佳作的质量性保证。

总之，用开放性的音乐创作观念认识音乐创作中的“长江主题”，其作品的创作者将会理解到“长江主题”的广泛内涵，感悟到“长江主题”的深刻寓意，从而自觉地、潜心地用音乐艺术手段，开放性地从多个视角表现母亲河——自然（界）属性的长江、生态视域下的长江、历史长河中的长江、现代巨变中的长江、革命年代的长江、建设时期的长江、情感中的长江、精神层面的长江、人文领域的长江……从而使涓涓细流般的“个体”性“长江主题”乐思，汇入到滚滚东去的“群体”性“长江主题”“音流”；使各方“支流”状的“长江主题”音乐独奏、重唱，聚集成“主流”性的“长江主题”音乐的合唱、交响；谱写出不同凡响的新时代“长江主题”

音乐新乐章。

愿“怒吼吧，黄河”所迸发的民族解放激越心曲，与“奔腾吧，长江”所焕发的民族复兴时代强音，在中华大地上交相辉映！愿无愧于新时代的“长江主题”人籁、地籁、天籁，响彻国际乐坛！

（2023 年 3 月完稿，依据在“聆听长江·首届长江音乐周‘长江主题’音乐创作座谈会”上的发言内容整理，发布于“湖北文艺网”及公众号）

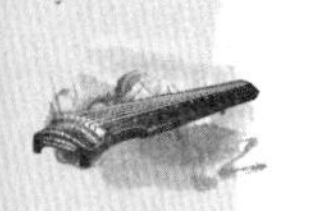

人民和社会需要怎样的疫情防控歌曲

——疫情防控时期歌曲创作的启示

党中央指出：疫情防控不只是医药卫生问题，而是全方位的工作，各项工作都要为疫情防控工作提供支持。音乐工作者对疫情防控工作体现出强烈的责任感和使命担当，做出的反应是迅速的，疫情防控题材的歌曲创作尤为丰富。但无须讳言的是，疫情防控题材歌曲创作的数量虽多，但质量参差不齐。在大量具有思想性、艺术性、感染力的歌曲作品之外，也出现了些许苍白空洞、投机应付之作。疫情防控时期歌曲创作的现实状况，给音乐工作者提出了严肃的考题：疫情防控时期，人民和社会需要怎样的疫情防控歌曲？

乐为心声，诗言志，歌咏怀。将言志的词与咏怀的曲结合，形成了歌曲形式及其艺术魅力。正因为歌曲形式的这种属性，使之成为民众喜闻乐见的艺术类型之一。疫情防控时期的歌曲，当然应当具有这一特殊时期的特别要求。就总体特征而言，人民和社会需要的疫情防控题材歌曲，应当具有斗志激发的鼓动性，群体意志的凝聚性，深沉情感的宣泄性，滋润人心的艺术性。这种总体特征，又具体地表现在四个维度上。

一是疫情防控题材歌曲应当具有主题思想提炼的高度。疫情防控题材歌曲无疑应以对病毒的防控、抗击为主题，直接书写疫情的肆虐和人们对疫情的抗争，从而生动讲述疫情防控一线的感人事迹，讲好疫情防控的中国故事，凝聚众志成城疫情防控的意志，抒发人们同舟共济、英勇奋发的情感。疫情防控题材歌曲更应在对疫情灾难的书写、表现中，不断为人类和社会提炼进步的思想观念。这有赖于创作者提炼作品主题思想高度的能力。从目前受到人民群众欢迎、在社会上流传开来的一些歌曲来看，疫情防控题材歌曲的创作者们，已经从多个方面，提升了这类题材主题思想的高度。他们已经对生与死、危险与安全、隔离与牵挂、团聚与分离等题材及其这些题材所引发的对人们生存境况的关注、对人生命状态的深思等，进行了艺术表现。有的作品如《多难兴邦》（周立荣词、孟文豪曲）等歌曲，就将疫情防控主题与实现民族复兴中国梦的主题联系起来，从国家发展层面，升华了疫情防控题材歌曲的主题思想高度。有的作品如《每个人的战斗》等歌曲，直面疫情时期人的精神状态问题，赞扬了逆向而行、风雨兼程、“各尽所能就是新的长城”的疫情防控精神，实现了该题材思想高度的提升。有的作品如《生命之歌》（方石词曲）等，以人与自然、人与社会、人与自身的关系为宏观视阈，对疫情防控题材所蕴含的主题思想进行深度开掘，从而拓展了疫情防控歌曲的思想价值。

二是疫情防控题材歌曲应当具有对现实生活体验的深度。歌曲创作具有明显的个体化、“主观性”特征，作品的产生往往要经历“物至—心动—情现—乐生”的过程，疫情防控题材歌曲的创作也概莫能外。其创作者，既要有对疫情防控题材的“感性”“主观性”认知，更要有对疫情防控题材认识方面的“理性”、“客观性”升华，这要求其创作者，对当下的现实生活具有深切的体验。因为“没有感性的理性”不深刻，“没有理性的感性”不感人。感性与理性，是相互交织、难以绝对分割的。疫情防控题材歌曲在质量上的参差不齐，体现出创作者在对现实生活体验方面的差距。疫情防控题材歌曲创作者对现实生活体验的深浅，又具体表现在能否做到依人民心声，将个体体验融入到民众的群体意识之中。这要求疫情防控题材歌曲的创作者，既能将群体性的意志进行个体性的体验；也能将群体性的题材进行个体化的艺术表达。只有通过对现实生活的深切体验，深切反映群体关注的主题，凝聚群体的意志，勃发群体的激情，引发群体的共鸣，真正做到“自我”与“大我”的结合，其作品才能取得群体的认可。

三是疫情防控题材歌曲应当具有情感表现的温度。歌曲是擅长情感抒发的。疫情防控时期，各类人员的情感表现是直观的、深沉的、集中的、迸发性的。目前疫情防控题材歌曲情感表现的温度，主要体现在：对人城一体、家国同运的家国情怀的弘扬，如《多难兴邦》（周立荣词，孟文豪曲）《武汉力量》（田清泉词，罗秦川曲）等；对疫情防控一线医务人员、科研人员、军队人员等崇敬之情的颂扬，如《天使在人间》（周兵词，子荣曲）《最亲的人》（冰洁词，孟勇曲）等；对民众参与疫情防控、万众一心克服时艰的担当精神的张扬，如《每一朵小花》（唐跃生词，巫定定曲）等；对疫情造成的分离、不幸、创伤等悲悯情怀的抚慰，如《妈妈，你去哪儿啦》（杨玉鹏词，焦明曲）等。总之，疫情防控题材歌曲对人心向善、构筑人类情感的大情大爱发出了呼唤。疫情防控题材歌曲的情感表现温度，来源于创作者对现实生活真切体验而产生的真情实感。“乐者，情之不可变者也”，这启示我们，只有在对客观世界认识唯真、求是的基础上，进一步解决精神世界认识的崇善、求美问题，才能使作品具有催人泪下的艺术感染力。“唯乐不可以为伪”，在充满情感表现温度的抗疫歌曲面前，那些缺情少意、虚情假意、矫揉造作，甚至无情无意的“作品”，显得多么苍白无力。

四是疫情防控题材歌曲应当具有艺术表达的精度。歌曲的艺术感染力，除了依赖歌词给予人们的明确意义指向外，更依赖给歌词赋予翅膀的音调旋律。歌词与音调旋律创作，是歌曲创作者艺术表达的基础手段。当前疫情防控题材歌曲质量上的参差不齐，表现出与其创作者的艺术表达能力密切相关。某些应景式的、蹭热点的、作秀炫技般的、苍白空洞的歌曲，除了缺乏主题思想提炼的高度、现实生活体验的深度、情感表现的温度之外，轻视、忽视艺术表达也是一个重要原因。聆听那些被人们认可、在社会上产生影响的疫情防控题材歌曲，可以发现，提出疫情防控题材歌曲应当具有艺术表达的精度，实质是要求其创作者，依据疫情防控的主题，依据人民和社会的需求，依据人民大众的审美情趣，尽可能精准地进行艺术表达。仅就音调旋律的艺术表达而言，当前疫情防控题材歌曲中，或以动听的旋律进行抒发真情实感，或以对旋律“动机”的重复表达意韵、志向，或以对音调主题作精心修饰增强旋律的表现力、感染力……这些在疫情防控题材歌曲的创作中，对艺术表达精度的追求，是值得鼓励和肯定的。

为音乐工作者创作疫情防控题材歌曲，为疫情防控做实际贡献的作为点赞！愿更多更优秀的疫情防控题材歌曲的问世，伴随人们取得疫情防控工作的胜利！

（2020年2月完稿，刊载于2月20日《光明日报》，《中国文艺评论》公众号及百余家网站转发，收入本书时做了修订）

疫情防控文艺的题材选择与艺术呈现

近来,广大文艺工作者响应党和政府的号召,积极投身疫情防控的主题文艺创作,用各种艺术形式,创作大量文艺新作,记录疫情防控的历程,礼赞疫情防控中涌现出的英雄,讴歌疫情防控所体现出的民族精神,显示出文艺工作者对祖国、对人民的强烈责任感及使命担当,体现出疫情防控文艺作品所具有的斗志激发的鼓动性,群体意志的凝聚性,深沉情感的宣泄性,滋润人心的艺术性等总体特征,为疫情防控提供了精神支撑。但是,在大量具有思想性、艺术性、感染力的疫情防控文艺作品之外,也出现了些许苍白空洞、投机应付的“自我表现”之作。造成这种现象的根本原因,是创作者背离了正确文艺观的指引。

文艺观,系指人们对文艺一系列重大问题的根本看法。任何一个作家和艺术家,不管他的自觉程度如何,不管他承认与否,实际上他总是要在一定的思想理论指导、支撑下来体验、认识、评价社会生活和表达个人情感与愿望的。在作家艺术家头脑中这种起指导、支撑作用的,是以特定文艺理论、美学理论和以哲学理论、文化理论为内容的文艺观。

疫情防控文艺创作中显现出的一些倾向,表明有必要加强正确的文艺观对疫情防控文艺创作的指导,尤其应在以下几个方面着力。

一、疫情防控文艺与以人民为中心的创作理念

文艺与人民的关系问题,是文艺观的根本问题之一。文艺创作坚持以人民为中心的创作理念,强调文艺与人民之间的血肉联系,要求文艺的发展、繁荣与人民相伴而行,以满足人民日益增长的精神文化需求为目的。一切进步的文艺工作者的艺术生命,在于他们同人民群众之间的血肉联系。践行以人民为中心的创作理念,召唤文艺工作者自觉地踏着时代前进的鼓点不断探索、勇于创新,在人民的生活中汲取题材、主题、情节、语言、诗情和画意,真切反映人民最深刻的心灵呼唤和时代最迫切的前进要求,创作无愧于历史和人民的文艺精品力作。

由于文艺作品是人民社会生活在文艺家头脑中反映的产物,而文艺创作又具有明显的“个体性”、“主观性”特征,所以,其创作者理应在对现实生活全面观照、深切体验的基础上,发挥自己的艺术想象力和创造力,做到“群体性”、“客观性”、

“理性表达”与“个体性”、“主观性”、“感性认知”的有机结合。文艺创作中，感性与理性是相互交织、难以绝对分割的，“没有感性的理性”不深刻，“没有理性的感性”不感人。以人民为中心的创作理念，激励文艺创作者走出个体的“小圈子”，融“小我”于时代、社会、历史的“大我”之中，以人民代言人的宽广心胸和社会视野，用创新性的文艺形式，为人民放歌，报人民之恩。

以人民为中心的创作理念，使文艺的审美性与社会功利性得到了辩证统一，启引文艺工作者在文艺创作中，既要尊重艺术规律，发挥文艺的审美性特征，又要注重文艺作品的创作目的、社会作用、情感内容等所必然带有的社会功利倾向，不要以“纯审美”“纯艺术性”自诩，不要把技巧第一、形式至上、观赏优先等作为文艺创作的唯一追求。

在疫情防控的伟大实践中，党和政府提出了“坚定信心、同舟共济、科学防治、精准施策”“早发现、早报告、早隔离、早治疗”的防控要求和“集中患者、集中专家、集中资源、集中救治”的救治原则，部署落实了全面、严格、彻底的防控举措，有力彰显了党和政府秉承的人民至上执政理念，彰显了人民利益高于一切，人民生命重于泰山的价值理念。这也为创作者树立并践行以人民为中心的创作理念，注入了鲜活的内容，启引文艺创作者在疫情防控文艺作品的创作中，坚定人民立场，畅抒人民情怀。

在疫情防控工作中，众多文艺创作者表现出来的责任意识和使命担当，已经实证了他们对以人民为中心的创作理念的自觉践行。许多具有吸引力、感召力、凝聚力的疫情防控文艺作品，既将群体性的疫情防控意志，进行了个体性的体验；又将群体性的疫情防控题材，进行了个体化的艺术表达。其作品真实反映了疫情防控中的民众心声，真切关注了疫情防控中的民众命运，热情赞颂了疫情防控中的奋斗精神，温情抚慰了疫情灾难带给民众的悲悯情感和心灵创伤，大力弘扬了疫情防控激发出来的家国情怀，有力地引领了人民群众在时期的精神生活。

但是，也有的少数疫情防控题材的文艺作品，由于创作者客观上很少有亲赴疫情防控的经历，主观上又没能真正跳出“小我”的圈子，沉溺于以“自我”为中心构筑的“朋友圈”中，在无限宽广的“信息天地”中，仅占有相对狭窄的“信源空间”，造成所能掌握的“信息资源”（文艺创作素材）的贫乏。加上创作者在创作过程中，对所获“信息资源”的判断不准确、不精细，对所知“信息资源”所涉及的事之场景缺乏深入的了解、人之情感缺乏深刻的体验，任凭个人的“感性”和想象，在文坛艺苑中“随心”而写，“随性”而作。这样的作品不可能反映疫情防控期间人情的真实和事象的本质，也不可能真正受到人民的欢迎。

二、疫情防控文艺创作主题的时代特征

疫情防控文艺与其时代性特征相关联。任何文艺作品，都是反映时代内容、时代活力、时代精神、时代审美要求的。文艺家唯有以时代之子的高度，规划自己的人生和艺术道路，始终与时代同行，把握社会发展的正确方向，捕捉人民前进的准确信号，发现时代变革的风气之先，其作品才能真正体现文艺的时代性特征。

体现文艺作品时代性特征的关键之举，是处理好揭示不同历史时期的社会矛盾和反映时代本质之间的关系。疫情防控作品，应当直接书写疫情的肆虐和人们对疫情的抗争，生动讲述疫情防控一线的感人事迹，讲好疫情防控的中国故事；应当通过对疫情防控所发生的文艺创作题材（如生与死、危险与安全、隔离与牵挂、团聚与分离等）的艺术表现，关注人类的生存境况，深思人类的生命状态；应当将疫情防控主题与实现中华民族伟大复兴的中国梦主题联系起来，从国家发展层面，升华作品的主题思想；应当直面疫情防控时期人的精神状态问题，赞扬逆向而行、风雨兼程、众志成城、同舟共济、共克时艰等疫情防控精神；应当以人与自然、人与社会、人与自身的关系为宏观视阈，对疫情防控创作主题予以深度开掘，凸显疫情防控文艺作品的时代性特征。

可是某些文艺作品的创作者，自觉不自觉地忽视因疫情防控所引发的对人类生存境况、对人们生命状态问题的关注与深思；忽视疫情防控时期各种举措对拯救人类生命、保障民族命运、促进国家发展的深远意义；忽视疫情所引发的对“人与自然、人与社会、人与自身的关系”等宏观思考所产生的思想价值。有的创作者无意对病毒对全人类的挑战进行全面了解、深入认识、深刻体验，而刻意对疫情防控过程中出现的某些事件、某些情绪、某些现象、某些方式等，作“效应放大”式处置，将个别扩展为一般，并否认经过自己“艺术处理”以及赋予了自己“价值取向”。凡此现象，虽然在疫情防控文艺创作中所占比重不大，但其在创作思想和文艺观问题上，给社会带来的不良影响，应当引起重视、并予以引导。

树立疫情防控是这一时期文艺创作主题的观念，就是要在多样性疫情防控文艺的题材中，明确创作题材选择的主要方向，“聚焦”（而不是“发散”）这一时期的文艺创作主题。一是向疫情防控时期的主要任务聚焦。防控病毒是这一时期的主要任务，在疫情防控文艺作品中，对病毒肆虐给人类带来的灾难和悲情、给社会发展带来的破坏、给经济建设带来的损失等方面的描述，以及对某些防控不力行为的批评等，都应紧紧围绕有利于万众一心、团结合作开展疫情防控工作而展开。二是向疫情防控时期的主体对象聚焦。人民群众是疫情防控的主体，而这个主体的代表，

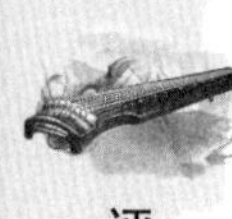

是疫情防控时期的“逆行者”：身处疫情防控最前线的医护人员、科技人员、医疗设施的建设者、医务后勤保障人员，维护疫情防控时期社会安全稳定的公安干警、城市管理者，参与疫情防控的志愿者、下沉社区的党员干部，以及那些乐于不计名利、默默奉献的平凡劳动者。疫情防控文艺作品应向疫情防控主体的代表性对象聚焦，记录、描述、表现他们的奋斗经历、奉献精神、敬业态度、仁者之心、大爱之情。三是向疫情防控时期的主流意志聚焦。病毒的肆虐，摧残着人的生命，威胁着人的健康，考验着人的意志。面对人类的突发灾难，是束手就擒、俯首认命？还是奋力一搏、求生谋胜？几个月来的疫情防控历程展现出，众志成城防控疫情，是这一时期的主流意志。疫情防控文艺作品，应当责无旁贷地向这种主流意志聚焦，通过在作品中真实反映、深切表现主流意志，实现主流意志的凝聚，引发所有疫情防控参与者的共鸣。四是向疫情防控时期的群体情感聚焦。疫情带来的群体性情感是多样的：因病痛、死亡造成的悲切、凄惨情愫，因隔离、封闭导致的牵挂、孤独情绪，被相关举措激发出的“人城一体、家国同运”的家国情怀，在面对痛苦时生发的“同舟共济、共克时艰”的情谊，受疫情防控奋斗者们的事迹和精神感动产生的崇敬英雄的情感，等等。多样的情感交汇，构筑起这一时期人心向善、大情大爱的群体情感基调。疫情防控文艺作品，应当义不容辞地向群体情感聚焦，对悲切、凄惨的情愫给予抚慰；对牵挂、孤独情绪给予安抚；对“人城一体、家国同运”的家国情怀给予弘扬；对“同舟共济、共克时艰”的情谊给予礼赞。归结为一句话就是，向所有参与疫情防控的人们示以最浓烈、最深情的人文关怀。

三、疫情防控文艺创作动机与效果相统一

疫情防控文艺与其社会价值相关联。文艺作品的价值，本呈现于社会的、艺术的、历史的、经济的等多重要素之中。文艺作品的社会价值，由文艺与社会的关系决定，包含着文艺作品的功能、目的、意义、社会影响等多方面的内容。文艺作品的创作者应本着力求把最好的精神食粮奉献给社会的创作动机，认真严肃地考虑自己作品可能产生的社会效果，树立创作动机与效果相统一的思想认识，实现文艺作品的社会价值，达到创作动机与效果相统一的目的。

文艺作品的社会价值能否实现，一方面取决于创作者的创作动机，取决于作品能否深刻体验、生动表现社会生活，能否准确地把握、艺术地揭示社会发展规律，能否推动社会进步，能否高扬社会主义核心价值观及时代精神；另一方面则取决于作品取得的社会效果，取决于作品接受者能否领悟、认识到作品的思想内涵，能否意识到作品应有的教育、认识功能，能否接收到作品给人以启迪、给人以熏陶的作用。

实质上，文艺作品社会价值的实现，是作品创作者与接受者共同作用的结果。

从疫情防控文艺作品的现实情况看，大多数疫情防控文艺作品基本实现了创作动机与社会效果的统一——创作者有好的创作动机，其作品也获得了好的社会效果，受到了社会的欢迎。但是，也确实出现了有的作品创作动机与社会效果不一致现象——创作者声称具有良好的创作动机，而其作品受到了社会非议和批评。究其原因，主要是创作者所秉持的创作动机，与社会对其作品的评鉴标准“不合拍”。具体来讲，疫情防控时期的某些文艺作品，之所以受到社会非议和批评，一是因为创作者的创作动机与疫情防控的大局“不合拍”。疫情防控，拯救人的生命，保障人的健康，是这一时期的主要任务，也是疫情防控文艺作品的创作主题。而某些受到社会非议和批评的文艺作品，却显现出对疫情防控大局、对疫情防控文艺作品创作主题的游离。二是因为创作者的创作动机与疫情防控的大势“不合拍”。病毒对整个人类的挑战，表明疫情防控的大势是实现大至国家、民族，小至地方、群体的团结合作、同舟共济，合力防而控之。疫情防控文艺作品应当顺应这个大势，为汇聚防控力量，凝聚防控共识，鼓舞防控斗志贡献心力。而某些受到社会非议和批评的文艺作品，却显现出对疫情防控大势的偏离。三是因为创作者的创作动机与疫情防控的大情“不合拍”。病毒的蔓延，使人类面临着共同的挑战，承担着共同的任务，凝聚着共同的认识，宣泄着共同的情感。这样的境况，要求疫情防控文艺作品的创作者，秉持人类的大情大爱情怀，向这个时期的人们传递最深情的人文关怀。而有的创作者却有意无意地轻视、忽视这种要求，执意以个人主观意志和欲望为本，渲染个人随机性的情感和即时性的观念，显现出对主题的疏离。

个人的创作动机与作品的社会效果、创作自由的权利与承担的社会责任、履行职业义务与时代赋予的使命等，往往相辅相成，不可分离，要求文艺创作者正确处理创作动机与效果的关系，实现其作品创作动机与效果的统一。

四、疫情防控文艺与精准运用艺术表达方式

文艺创作是一种需要发挥文艺家个人创造性的精神劳动。创作者往往通过精益求精的艺术创新意识，追求在艺术形式、语言、手法、技巧、风格、流派以及艺术思想等方面的标新立异，运用各种艺术表达方式，展现文艺作品独创性的艺术价值。疫情防控文艺作品创作者应依据疫情防控的主题、人民和社会的需求、大众的审美情趣，尽可能精准地进行艺术表达，以提高疫情防控文艺作品的质量，增强作品的艺术表现力和感染力。然而在现实中，有的创作者却为博眼球，以极不严肃的调侃、搞笑、媚俗方式，对待疫情防控这个严肃主题；有的创作者，则以“自我表现”的

心态，以空洞、苍白的“表现语言”，乃至虚情假意来“反映、表现”疫情防控工作，其作品当然不具备足够的艺术表现力和感染力。

当前，关于疫情防控文艺创作中有些作品的艺术表达方式的争论，比较集中体现在运用歌颂还是暴露的艺术表达方式上。其实，歌颂与暴露，只是多种文艺表达方式中的一对范畴，两者并非二元对立的关系。虽然两者的艺术表达功能和产生的艺术效果不同，但在文艺创作实践中，表达方式的选择，终究是由创作者依据创作主题，对创作素材作出选择和价值判断后决定的。当歌颂的就歌颂，当暴露的就暴露，是创作者的使命担当；该歌颂的不歌颂，该暴露的不暴露，则是创作者职责的失落。以疫情防控文艺作品为例，对在疫情防控工作中迎着风险“逆向而行”的医护人员，对迎难而上克艰攻关的科研人员，对与时间赛跑抢建医疗设施的建设者，对维护社会安全稳定的公安干警和城市管理维护人员，对无数不计名利、默默奉献、共度时艰的平凡劳动者，甚或包括为疫情防控提供精神支撑、给予人文关怀的文艺工作者，难道不应满腔热情地予以歌颂吗？而对在疫情防控工作中出现的应对失当、举措不力、贻误战机，甚至回避、逃离等问题，难道不应毫不留情地予以暴露吗？

关于在艺术表达方式上歌颂还是暴露的争论，凸显了两种值得思辨并需要加以引导的倾向。一种倾向是，有的创作者不敢或不愿直面现实矛盾，或把以正面宣传为主变成了只写好人好事，或把反映时代本质变成了回避矛盾冲突的“莺歌燕舞”，导致了作品真实感和思想力度的减弱。另一种倾向是，有的创作者不承认时代本质和生活主流的存在，或是为了揭露而揭露，热衷于表现社会现实生活中的负面因素；或是把个体的困难和不幸渲染成对整个时代的失望，实际上抹杀了不同时代、不同社会制度的本质区别，背离了文艺作品作为时代号角的功能。问题的关键不在于运用何种艺术表达方式，而在于运用艺术表达方式的精准度。艺术表达方式的运用，适度则得，过度则失。在歌颂或暴露的表达方式上“行走偏锋”，只歌颂不暴露，恐有掩盖矛盾、粉饰太平之嫌；只暴露不歌颂，恐会带来放大问题、抹黑现实的后果。这两种艺术表达方式均背离了文艺创作必须真实地反映、表现现实社会生活的基本原则，由于在对现实社会生活所提供的艺术创作素材选择、判断上的失真，导致了在艺术创作中表达方式运用的失度。所以，倡导树立精准运用艺术表达方式的意识，其精义在于：要将艺术创作的崇善、求美，牢固地建立在唯真、求是的基础之上。

艺术表达方式运用得是否精准，是由作品接受者来评鉴的。一般情况下，作品的接受者往往通过作品接受对象的多寡和流传面的宽窄来评鉴作品艺术表达方式的雅或俗；通过对作品艺术构思、表现手法技巧的判断来评鉴作品表达方式的高或低；通过分析作品对历史文化成果的掌握、继承、借鉴程度来评鉴作品艺术表达方式的文或野；通过对作品与现实生活的关联度来评鉴作品艺术表达方式的真或假；通过作品蕴含的思想内容、道德意识、社会价值观念来评鉴作品艺术表达方式的善或恶；通过感受作品给接受者带来的特殊精神愉悦（即“美感”）来评鉴作品的美或丑。艺术表达方式与艺术评鉴范畴，就是如此紧密地联系在一起。

鉴于运用什么样的艺术表达方式，是经创作者对创作素材选择、判断后决定的，文艺作品的接受者，往往能通过其作品承载、显现的艺术表达方式，观察、判断、评鉴该作品创作者的思想倾向、基本立场和秉持的文艺观。这表明，艺术表达方式不单单是完全由创作者自由决定的文艺创作技法问题。创作者应当在创作过程的始终，坚持通过精准的艺术表达方式，体现自己的信仰、立场、情怀和担当。

（2020年5月完稿，刊载于《中国文艺评论》2020年第6期，收入本书时做了修订）

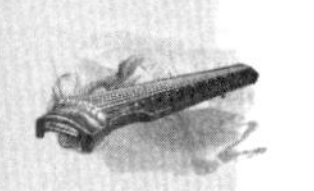

和而不同　同则不继

中国传统文化，贯穿有一个“和合”的思想脉络。古代文献中的“和观念”，是中国礼乐文化中最核心的范畴之一。应当继承传统文化中的“和观念”，认识“和观念”在构建新时代文学艺术中的当代意义，发挥“和观念”对新时代文学艺术事业建设的促进作用。

和与同，是古代乐论“和观念”中一对非常重要的范畴。孔子有“君子和而不同，小人同而不和”的名论。《国语·郑语》中史伯说：“和实生物，同则不继。以他平他谓之和，故能丰长，而物归之；若以同裨同，尽乃弃矣。……声一无听……”这是说：和，能生殖事物，同，则使事物不能繁衍。不同的事物互相交合称为和，哪里有和哪里就会有事物繁衍不息；如果以相同的事物补凑，那么这一事物用完了这类事物也就消亡了。……单一的声音不动听。《左传·昭公二十年》中晏子也说和与同相异。他说：“和如羹焉，水、火、醯、醢、盐、梅以烹鱼肉，焯之以薪，宰夫和之，齐之以味，济其不及，以泄其过。……若以水济水，谁能食之？若琴瑟之专一，谁能听之？同之不可也如是。”意即和就像做羹汤一样，用水、火、醯、醢、盐、梅烹调鱼肉，用柴炊烧，厨师进行调和，为使味道适中，调料不足的就增补些，过多的就冲淡些。如果用水去调剂水，谁爱吃它呢？如果琴瑟音调单一，谁愿听它呢？同一之所以要不得，也就是这个道理。这生动地表明，和与同的差异在于，和，乃多样的调和，同，乃单一。

和而不同、同则不继的思想，蕴含了深层次的哲学方法论内涵，它说明系统内多种要素和合协调，而又相异互补，则充满生机。而与和相对的同，表明事物同到单一，其结果是逐步走向衰亡。所以，把古代文献中的和、同内涵上升到哲学认识论和方法论的高度来认识，和而不同、同则不继的观念，就是提倡多样化，反对单一化。

和而不同、同则不继这对范畴的丰富内涵，为我们构建当代文学艺术事业新辉煌，提供了本民族历史生活的沃土，提供了弥足珍贵的思想文化资源。把“和、同”范畴引申至当代文艺建设，可以认识到：

新时代文艺应当是多样化文化相融的文艺。在多重文化相互激荡的大背景下，多种文化的共同发展，应是当代文学艺术事业的题中应有之义。多种文化的共生、共存、共荣，是当代文学艺术事业建设的基础，因此在当代文艺的建设中，应营造鼓励多种文化在交流、碰撞、竞争中争奇斗艳、各展风姿的良好氛围，实施借鉴、吸取、融入多种文化的优秀传统、优秀成果的有效途径。而在其中把握好对文化传统的继承与艺术创新关系的度，把握好中外文化的借鉴与发展关系的度是关键之举。

新时代文艺应当是各文艺门类、品种、体裁、风格等协调发展的文艺。文艺系统，是由各门类、各品种、各种体裁、各种风格等组织起来的“交响乐队”，各门类、各品种、各种体裁、各种风格等，以其各自的特点，满足着人民群众多样化的精神文化需求和审美愿望，它们都是文艺系统必要的组成部分。虽然它们相互间的发展并不平衡，甚至还存在有较大的荣枯差异，但是，唯有通过加强交流、协作、沟通乃至扶持，促进其发展，才能体现文艺发展的整体性，才能实现文艺事业协调发展的总目标。

参照古代文献中和而不同、同则不继的基本思想，混融，是当代文艺创作中富有创新意义的手法。所谓混融，从文艺形式层面讲，就是不同素材、不同形式、不同遗传基因、不同种群等，相互混合交融而形成的新文艺成果。从空间（地域）层面讲，就是对不同地域、民族（包括中外）文艺的优秀成果予以继承、综合、交流、扬弃、超越；从时间（历史）层面讲，就是在对文艺传统保存的基础上促进其实现现代发展。诚然，在文艺创新方面，基于单一素材的发展和基于多种素材的混融这两种方法都是可行的，但从已有的实际效果看，综合性的混融方式要优于单一素材的发展方式。这是因为，如果说单一形态的素材有作为原生性的“种”的意义，那么，两种形态的素材之并列交替，则具有以对比促发展的意义；三种及三种以上素材形态的融合应用，其发展的空间及实际成果可能会出现的“质”的变化就更大了。混融方式能以更多的文化信息量满足当代人们的精神文化需求。

参照古代文献中和而不同、同则不继的基本思想，在当代文艺创作中进行传统文化基因的混融，意义重大。这是因为，传统文化在自然封闭状态下的传承，是一种“静态保存”，具有“保种”的意义；而在文艺家创作中的运用、混融，则是在当代艺术创作中的“动态保存”，具有发展和形成新的基因的意义。对传统基因的继承、扬弃，体现了传统基因的历史延续性；对传统基因的混融、超越，体现了传统基因的历史积淀过程。

参照古代文献中和而不同、同则不继的基本思想，从创作技法的层面看，混融是文艺创作实践的一种方式、手段。从创作结果层面看，混融是文艺创作实践所产生的一种成果。采取混融方式形成的混融性文艺成果，具有既源于传统，又使之转化和激活、实现现代发展，既有别于西方，又借鉴西方现代优秀成果之多元融聚的

兼容性、开放性特征；具有高雅艺术大众化、大众艺术高雅化之雅俗趋同的时代性、先导性特征；具有依据社会发展情势促进文艺创作的追求和满足现代人审美情趣、价值取向之与时俱进的创新性、自觉性特征。一句话，混融，从创作实践和创作思想两个方面，体现了古代文献中和而不同、同则不继基本思想的当代意义。

（2020 年 5 月完稿，载于《湖北文艺界》2020 年第 1 期）

群众性音乐作品创作应做到“四个注重”

摘　要：本文应对当前群众性音乐作品创作的实际，提出在促进和推动群众性音乐作品创作中，要注重多视角地表现人民群众关注的题材内容和真情实感；要注重对各地域（地方）性音乐语汇的扩散、发展；要注重致力于传统特色音调与当代大众审美意识、审美情趣的结合；要注重借助现代传媒平台张显群众性音乐作品的价值和艺术张力。

社会学科分类的细化，导致包括音乐在内的艺术学科分类的精细，使主旨在面向群众文化的群众性音乐作品创作，具有了特殊的内涵和指向：群众性音乐创作，既要像所有音乐作品创作一样，努力践行以人民为中心的创作导向，更要以人民大众爱听爱唱为追求目标。应当如何促进张扬群众性音乐作品所具有的特殊内涵？应当如何推动实现群众性音乐作品创作所追求的目标呢？以对历年历届“群星奖”音乐类获奖作品的分析，和自己相关的音乐创作实践，感到当前在促进和推动群众性音乐作品创作中，尤应做到“四个注重”：

一是要注重多视角地表现人民群众关注的题材内容和真情实感。音乐作品作为一种直接呼唤、激发情感与意志的表现性、表情性艺术形式，所反映的社会生活，既表现了人民大众对客观规律的理解和运用，又显示了人民大众主观上的追求、愿望、意志和憧憬。群众性音乐作品创作实践经验告诉我们：只有真切反映人民大众所关注的题材内容，表现当代人民大众的心声、感情的音乐作品，才能受到人民大众的喜爱，才能使人民群众爱听（即所谓“入耳”）、爱唱（即所谓“入口”）、受到感染和熏陶（即所谓“入心”）。基于此，就尤其应当在群众性音乐作品创作中，凸显音乐作品题材的时代性特征，真切地分析、提炼最具社会本质特点的主流意识；凸显深切体验、承载人民大众的群体性情感，抒时代激情、历史豪情、人间真情。从而在表现时代主题和抒发群体性情感过程中，展示群众性音乐作品的艺术魅力，展示群众性音乐作品创作者的艺术才华和艺术个性。

二是要注重对各地域（地方）性音乐语汇的扩散、发展。不同地域（地方）性音乐语汇，导致了不同地域（地方）性的音乐表现语言特色。在群众性音乐作品创作中，运用人民大众喜闻乐见的不同地域（地方）性音乐语汇，是致使音乐作品获得人民

大众爱听爱唱效果的根基。近些年群众性音乐作品创作中显现出的对各地域（地方）性音乐语汇的扩散、发展趋向是：在对成型的地域（地方）性音乐语汇的运用方式得以巩固、发展的基础上，对地域（地方）性特色音调“基因”和传统音调“神韵”的领悟取得“突破性”进展。其具体内容主要包括：注重对各地域（地方）传统音乐文化中核心腔格的运用、发展；注重对各地域（地方）传统音乐文化中习惯性音列的运用、扩展；注重对各地域（地方）传统音乐文化中调式、调性转移手法的弘扬；注重对各地域（地方）传统音乐文化中曲体结构方面的借鉴等等。归结为一句话，就是注重了各地域（地方）性音乐语汇的“混融”。在群众性音乐作品表现语言方面，坚持地域（地方）性风格特色音乐语汇的扩散、发展，体现了创作者对群众性音乐作品表现语言母语的认同、坚持和发展，体现了创作者在多样化语境的情势下，对地域（地方）音乐表现语系的张扬，体现了创作者对悠久中华传统文化的自信、自觉、自为。

三是要注重致力于传统特色音调与当代大众审美意识、审美情趣的结合。人民大众的审美意识、审美情趣，是随时代的发展而不断变化、提高的。在多样文化相互争艳的情势下，如何满足人民大众日益增长的精神文化需求？如何适应人民大众不断变化、增强的审美意识、情趣？是致力于谱写群众性音乐作品创作者面临的新课题。近些年群众性音乐作品的创作实践，在这方面显现出的成功经验主要是：1. 要从观念上解决如何正确理解、引导大众审美趣味的问题，切不可把大众审美趣味理解成为经典艺术趣味的某一低级层次或原始阶段，切不可简单随意地把所谓内容的通俗性、功能的娱乐性、形式的不完善性等性质，当作大众审美趣味的统一特征，尤其不可将这种被误解了的大众审美趣味，当作自己艺术创作所追求的目标。2. 在创作手法上，要在学习、把握、继承地域（地方）性传统特色音调的基础上，强烈追求群众性音乐作品艺术表现语言的当代性：注重音乐作品音调旋律在华美基础上的变异；注重音乐作品节奏在强烈律动中的切换；注重音乐作品调式、调性的自由、“随意”变换；注重将新的音响组合作为音乐作品创作创新的着力点；注重借鉴与其他音乐形式（如前辈音乐家的音乐主题、甚或爵士、摇滚、吟诵性方式等）的结合；注重在音乐创作中更多地注重写情、写意，追求新境界等。这些实践和探索，生动地体现了群众性音乐作品创作者强烈的创新意识和与时俱进姿态，是值得提倡与弘扬的。

四是要注重借助现代传媒平台张显群众性音乐作品的价值和艺术张力。鉴于音乐所用的物质材料结构（声波振动）的非语义性特点和抽象性特征，音乐作品往往需要通过各种渠道进行传播。传统平面媒体在很长的时间里，为音乐的传播起到重要作用，广播电视的出现，给音乐插上了跨越时空的翅膀，以高科技为支撑的现代传媒平台，更是为音乐作品的传播提供了无限大的空间。尤其是互联网以极大的容量，通过手机、QQ、博客、播客、MSN等即时通信手段，成为当代包括音乐在内的各文艺门类作品的重要载体和全方位的展示平台，使包括音乐作品在内的文艺创作，走出了“纯专业化”的“圈子”，更直接地面对社会、面向大众，为人民大众提供了多层面的精神文化需求选择。这种在无限时空中的传播，扩充了音乐作品的价值和艺术张力。人民大众自主地通过“点击率”，表达对音乐作品的喜好度，通过“传唱面”来彰显音乐作品的影响力。所以，群众性音乐作品的创作者们，理应借助现代传媒平台，使自己的创作成果借助现代科技手段，接受人民群众的选择、评鉴，发挥作品的艺术张力，扩展作品的艺术价值。

（依据2021年6月在中国文化馆协会音乐创作委员会2021年会上的发言整理，刊发于2021年7月21日《中国艺术报》）

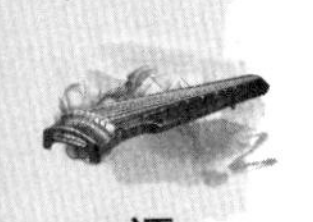

推动新时代民歌文化之乡建设工作之管见

这次论坛的主题——民歌之乡文化生态保护与乡村振兴非常有意义。

民歌文化之乡建设工作，促进了文化生态保护和乡村振兴，成果显著，意义重大。

进一步推动新时代的民歌文化之乡建设工作，还需要在三个方面下功夫。即要强根（强壮各民族、各地、各村民歌文化之根脉）、弘优（弘扬各民族、各地、各村民歌文化之优势）、激活（激发各民族、各地、各村民歌文化之活力）。

所谓强壮各民族、各地、各村民歌文化之根脉，就是一要切实把握各族、各地、各村民歌文化资源的现状（如文化资源的历史及现存状况、品种、数量、覆盖面、影响力、可持续性等）。二要充分认识各民族、各地、各村民歌文化资源的特色（如文化资源的原生性、唯一性、不可替代性，尤其要注重对文化资源本体性的形态分析）。三要尽力挖掘各民族、各地、各村民歌文化资源的价值（如非遗传承价值、艺术价值、人类学民俗学文化学等多学科价值，以及文化产业价值等）。

所谓弘扬各民族、各地区、各村民歌文化之优势，就是要在全面把握、深入分析文化资源的基础上，突显其自身优势，做到一扬各民族、各地、各村民歌文化资源中的“同中之异”（避同扬异）。二扬各民族、各地、各村民歌文化资源唯一性之风格、特色。三扬各民族、各地、各村民歌文化资源的悠长历史品牌、品种（对现有品牌、资源进行艺术性的表现、文化性的阐释）。

所谓激发各民族、各地、各村民歌文化之活力，就是一要在继承各民族、各地、各村民歌基因、特色、风格、神韵基础上，激发各民族、各地、各村民歌文化资源的活力，处理好彼时彼地产生的传统形式与此时此地现实社会生活的关系，不能仅仅停留在对民歌文化资源的传统素材、形式的继承、展示层面上。二要在创造性转化、创新性发展中激发各民族、各地、各村民歌文化资源的活力。而追求音乐表现语言的新颖，是激发各民族、各地、各村民歌文化资源活力的关键之举。就音乐方面对民歌文化资源的激活、创造、创新而言，其基本内容有：①在充分运用民歌素材资源的基础上，向民歌体裁、形式方面的激活、创造、创新方向拓展。②依赖对民歌文化资源所蕴含的传统音乐基因的判断及把握，更精准地提炼民歌音调的基本“动机”。③努力实现传统民歌音调单一性的调式、调性向多样性、丰富性的当代音调调式、调性的转换。④将传统民歌的节奏类型向符合当代人们生活节奏的方向转换。⑤将传统民歌音调的旋律线特征向符合时代精神的旋律线类型转换。三要在实现社会时代主体任务中，激发各民族、各地、各村民歌文化资源的活力，实现传统民歌的传承发展与社会进步时代发展同步。如积极介入社会发展主题、高扬时代精神、围绕民族复兴的中国梦、精准扶贫、全面建成小康社会等，以及为传统农业向现代农业（如观光（休闲）农业、生态农业、创意（文创）农业）的转型，提供精神动力和智力支持。四要在满足人民日益增长的精神文化需求中，激发各民族、各地、各村民歌文化资源的活力，为传统民歌形式，注入新的内容，表现当代人的思想、观念、价值观，做到与当代人民群众的审美情趣“合拍”。

总之，新时代的民歌文化之乡建设工作，要通过在“自在式”继承（强根）的基础上，实现“自觉式”认知（弘优），“自为式”推动（激活），最终实现民歌文化之乡建设工作的创造性转化、创新性发展。

（此文系 2019 年 9 月在“山歌唱开遍地花”主题论坛上的发言提纲）

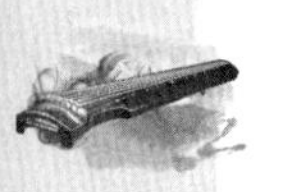

发挥“文化驿站”的功能作用 为美丽乡村建设助力

——为大悟县宣化店镇陈河村“文化驿站”建言

在大悟县宣化店镇陈河村建立“文化驿站”，是省文联在精准扶贫工作中做的一件大好事、实事。但“文化驿站”物质基础的建成，只是一个阶段性的成果。文化驿站的“硬件”方面还有待进一步完善、补强，环境建设尚需花费时间和精力。

要把好事办好、实事办实，“文化驿站”在具备物质基础后的运行、经营、发展，就是值得人们筹划的现实而又重要的问题。仅就这个问题，谈两点不尽成熟的意见，作为抛砖引玉，就教于大家。

总体想法是：切实借助“文化驿站”这个平台，做好乡村文艺事业发展的相关工作。具体建议：

一是要建立“省、市、县、镇、村”上下联动的策划、运行，乃至经营机制。

省文联要在文化驿站的建设方向、工作总体策划方面加强指导；在文化驿站的工作（任务）安排方面给予倾斜；在文化驿站的工作指导方面树立为乡村文艺（文化）建设“培根壮苗”的意识、树立向基层送艺术（文化）的同时，播种艺术（文化）种子的观念；要加强对文化驿站推荐文艺志愿者（尤其是文艺培训师资）的工作等。

孝感市文联要加强对文化驿站的帮扶；要有对文化驿站开展文艺业务（任务）工作的制度性安排；要树立变为乡村文艺（文化）建设输血，为乡村文艺（文化）建设培育造血功能的观念等。

大悟县文联要将文化驿站的建设发展，作为县文联工作的重要着力点；要将文化驿站作为县文联工作、活动场所新的支撑点；要指导文化驿站开展基层群众喜闻乐见的、经常性的文化（文艺）活动；要注重发挥文化驿站对本地域内文化（文艺）发展的促进作用、辐射作用等。

镇宣传文化部门、文化站是“文化驿站”最直接的支持者；也是“文化驿站”运行、发展，乃至经营的参与者；要成为“文化驿站”的直接帮扶者及相关文艺（文化）活动项目的组织实施者等。

“文化驿站”自身则是文化驿站直接的运行者、实施者、经营者；应具有守土有责的责任意识；要有开放的运行、经营意识；要有“借力”（文联系统、文化系统、投入整个社会的发展大潮等）实现自我发展的举措；要有以文化产业方式办“文化驿站”的勇敢实践；挂了牌子，就要建立班子，实现制度化管理（建章立制、责权利的确定）等。

二是要明确“文化驿站”功能建设的目标。

①将文化驿站逐步建成为文艺工作者深入生活的平台（基地），向文艺家们深入生活敞开大门。

②将文化驿站逐步建成文艺（文化）人员的培训平台（基地），与社会各方面的文化培训工作结合，开展不同文艺门类、不同年龄层面文艺人员（文艺爱好者）的培训工作。当前尤可以本村及邻近村落的文艺人员作为首选。

③将文化驿站逐步建成文艺创作、研究平台（基地）。要重视实施主题性的创作设想（规划），要注重主题性文艺创作、研究项目的时代性、群众性、艺术性。

④将文化驿站逐步建成乡村文艺和当地非物质文化遗产的传承、发掘、创新平台（基地）。开展对当地传统文化资源的调研工作；积聚当地“非遗”传承人，开展“非遗”项目的传承保护工作；开展对当地文化资源及“非遗“项目的研究、传播、发展、创新工作等。

⑤将文化驿站逐步建成本村及邻近村落群众文艺交流、娱乐、休闲、消费等的平台（基地）。开展经常性的文艺（文化）活动，提升“文化驿站”的向心力、凝聚力；注重发挥本村人文艺（文化）建设参与的积极性、创造性。

“文化驿站”功能建设的根本宗旨是：服务乡村人民群众；服务乡村文艺（文化）发展；服务文艺工作者贴近生活、贴近群众、贴近时代，促进整个文艺事业的繁荣兴盛。

三是要把开发乡村各文艺业态作为“文化驿站”的工作抓手。如：

发展乡村文艺演艺业，可考虑组织业余文艺团队、乡村剧团，及“非遗”系统内的传承人文艺队（组），开展演艺活动。

发展文艺培训业，可考虑常年开办各文艺门类、不同年龄层次的文艺培训班。

发展文艺制作业，可考虑开办摄影（影像）制作、书画作品制作、民间手工艺品（刺绣、根雕、盆景、竹编、藤编等）制作工坊等。

发展文艺策划（设计）业：在重大节庆活动时开展乡村文艺（文化）活动的策划；开展传统民俗礼仪活动中的创新性策划，注入传统民俗礼仪活动新的时代内容；开展各类（国有、集体、民营、个体）企业的开业等庆典策划；等等。

四是提高“站位”，在传统农业产业转型、建设社会主义新农村、建设美丽乡村的大背景下，发挥“文化驿站”的助力作用。具体内容有：

“文化驿站”的策划、运行，乃至经营，要紧贴时代主题，具有宏观介入意识。之所以突出艺术宏观介入乡村建设的意识，主要是因为艺术是人类从心中流出的情感的表现形式，是人类文化的可视性，可感性的符号，其所有的表达都是直指人类心灵的。同时，文艺家的行为比其他学科的专家更容易得到民众的认同，而且，文艺家的情感式介入，能够召唤更多的民众热情。所以，我们的“文化驿站”，要通过组织文艺家紧贴时代主题、介入新时代农村、农业的巨变进程，使文艺家们关注农业、关心农村、关爱农民，重新发现乡村价值，修复乡村文化生态，通过艺术的形式激活传统乡村的生命力，通过对乡村传统文化（艺术）的创造性转化、创新性发展，修复重建当代中国人的“生活状态”，塑造新时代乡村人的“体、形、魂”，推动传统农业的现代化转型，为乡村建设助力。

2、“文化驿站”特别要在传统农业产业转型升级、建设社会主义新农村、建设美丽乡村的进程中，尽力发挥文艺（文化）的“助力”作用。在发展观光、休闲农业中，为文艺的展示、传统文化形式的传承提供“平台”；在发展生态农业中，注入文艺（文化），尤其是传统文艺（文化）传承、衍展的文化生态环境“基因”，使生态农业产业的发展与文艺（文化）传承、衍展所需的生态环境相得益彰、互促互补；在发展文创农业（即“将科技和人文要素融入农业生产，进一步拓展农业功能、整合资源，把传统农业发展为融生产、生活、生态为一体的现代农业”）中，可打文艺（文化）牌，建立有当地文艺（文化）传统特点为主题的特色农庄（农园、农社）等，使农业产业和文艺（文化）均实现现代发展；在社会主义新农村和美丽乡村的建设中，组织专业人员在深入调研的基础上，为新农村建设、美丽乡村建设作文艺性的整体规划、布局；在当地传统民间文艺（文化）的挖掘、收集、整理、研究、传承、发展方面发挥生力军作用……需要特别指出，文化驿站在乡村建设、精准扶贫工作中的助力作用，主要通过扶志、扶智、塑（造精）神来体现，主要是为农业、农村、农民的现代发展提供精神动力与智力支持。

（此文系 2019 年 4 月 10 日在“扶贫点”文化驿站建设座谈会上的发言提纲）

发挥文艺在校园文化构建中的功能与作用

校园文化所具有的丰厚内涵，表明校园文化具有物质文化层面、制度文化层面、精神文化层面等多种构成要素。

作为观念形态的文艺，是社会生活在人们头脑中反映的产物，是人类文化的重要组成部分。校园文艺，是校园生活在人们头脑中反映的产物，也是校园文化重要的组成部分，在校园文化构建中具有不可替代的功能与作用。因此，当我们思考并推行校园文化构建的过程中，要高度重视并切实发挥文艺在校园文化构建中的功能与作用。

一、文艺可在校园文化构建的物质层面发挥提升作用

物质文化是一种直观性的文化，能直接表现出校园的文化氛围。物质层面的文化通常指校园的所谓“硬件”，包括校园布局、建筑装饰、教学设施、环境卫生等。

发挥文艺在校园文化构建物质层面中的提升作用，主要是说校园的“硬件”建设要体现艺术追求和校园文化内涵，寓校园文化、校园精神于“有形”之中，使校园文化内容与校园“硬件”形式完美结合，富有艺术性的高雅情趣，给人一种美的享受。

具体地讲，物质层面的校园文化建设，应从创建优美的校园环境入手。如校园整体布局的优雅宜人，楼馆建筑及装修的独特风格，校园环境的绿化、美化、净化、静化等，均能在校园文化构建中体现艺术性的追求，提升物质层面校园文化的水平。

二、文艺可在校园文化构建的制度层面发挥倡导作用

制度层面的校园文化建设，是为了保障学校教育的有章、有序和有效，目的是先用其来强化，而后用情境来内化，是为了达到自觉地无意识境界而采取的一种有意识手段。学校应遵循教育规律，依据教育方针和教育法规，健全各种规章制度。

制度层面的校园文化，要求学校的规章制度要在充分发扬民主的基础上，体现出三个特点：一是全，做到事事有章可循，如行政管理制度、德育管理制度、教学管理制度、总务管理制度、体制管理制度等；二是细，要求内容具体明确，操作性强，如量化管理制度等。三是严，做到刑赏有序，赏罚分明。

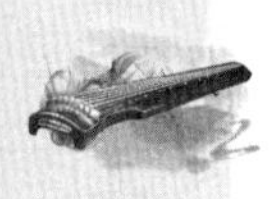

发挥文艺在校园文化构建制度层面中的倡导作用，主要是说发挥文艺对于校园制度文化的宣传引导作用，善于运用文艺形式，使广大师生了解、掌握学校的各项规章制度，形成自我激励、自我约束、自我管理的制度文化环境。通过多种文艺形式，倡导师生践行校园制度文化所体现的“行为准则”和价值观。

三、文艺可在校园文化构建的精神层面发挥激励作用

精神层面的校园文化，是学校精神、学校价值观、学校行为模式的集中体现，含有校风塑造、道德培养、价值观引领、人际环境优化、美育评鉴等多方面的内容。

发挥文艺在校园文化构建精神层面中的激励作用，主要是说要在校园文艺创作、校园文艺活动、校园文艺社团工作中，弘扬校园文化精神，凸显校园文化价值观，激励师生树立正确的世界观、人生观、价值观，尽力实现人的自由全面发展。特别要在以下四个方面着力：

1. 要通过校园文艺创作、校园文艺活动、校园文艺社团工作，促进优良校风的建设。校园文艺要利于学校领导作风、教师教风、学生学风的培养。要利于学校领导加强修养，提高自身素质，发挥好带头作用；利于教师从精神风貌、道德修养、学识水平甚至仪表风度、言谈举止、生活起居等都起到为人师表的作用；利于学生具有远大理想和抱负，勤奋攻读，立志成才，从而使整个校园充满浓厚的积极向上的文化氛围，增加凝聚力，形成学校的特有精神和校风。

2. 要通过校园文艺创作、校园文艺活动、校园文艺社团工作，促进校园良好人际关系的建立。人际关系是一种高级形式的校园文化，校园人际关系主要包括学校领导集体的人际关系，教师集体的人际关系和学生集体的人际关系等方面。师生关系是学校教育过程中最基本的人际关系，所谓“亲其师”才会“信其道”，所以，校园文艺要利于师生间融洽和谐关系的建立，既倡导教师具有较高的师德修养，精湛的教学艺术，也倡导学生尊敬教师，勤学守纪。校园文艺要有意识地强调守纪、理解、团结、互助的基本原则，倡导奋发、向上、健康、务实的集体意识，克服嫉妒、自卑、自傲、自私的不良心理，重视心理疏导，实施人文关怀，实现校园人际关系的和谐。

3. 要通过校园文艺创作、校园文艺活动、校园文艺社团工作，促进高尚道德的培养。文艺对道德建设的引领和促进作用是毋庸置疑的，因此，校园文艺要利于陶冶情操、规范行为、培养集体意识和协作精神，促进人们的心理健康。要发挥文艺“润物细无声”的功能与作用，在校园文化构建中，引导人们践行社会主义核心价值体系，自觉遵守并践行社会公德、职业道德、家庭美德，自觉加强自我思想修养和情操锻炼，

增强校园文化创建的影响力。校园文艺要通过对集体意识和协作精神的形象化展现，使人们在充满共同理想和奋斗目标、充满团结友好气息的集体中，感受到集体的温暖和集体力量的伟大，在丰富多彩的校园文化中，获取具有个性的精神生活的满足，并树立起真实、完整、积极的自我形象。

4. 要通过校园文艺创作、校园文艺活动、校园文艺社团工作，促进人的智力发展和审美能力的提高。文艺对于人的智力发展和审美能力的提高所具有的促进作用，已被无数实践所证明。因此，校园文艺要利于开发人们的“智商”，开发人们无限的想象力空间，激发出人们基于想象力基础上的创新能力；要利于通过审美能力的培养，提高人们的艺术素质和综合素养；要利于通过艺术欣赏、评鉴焕发出的“情商”，促进人与自然、人与人及人自身的和谐发展。

总之，校园文化建设是一项系统工程。文艺作为文化不可分割的组成部分，是校园文化构建的重要组成要素，因此，我们应当高度重视并切实发挥文艺在校园文化构建中的功能与作用，以促进校园文化建设健康、深入地开展，促进校园文化建设的科学发展。

（2010 年 11 月 20 日完稿，为在“校园文化建设”座谈会的发言提纲）

在实践中总结　在研究中提高

——“湖北地方戏戏歌的演唱及相关教学”座谈会发言要点

春茸和学校邀请我参加今天举行的这个座谈会，我感到很荣幸。其实，12 月 3 日春茸和学校邀请我观摩《楚风汉韵湖北调——湖北地方戏戏歌教学汇报展演》后，我就从中学到了不少关于戏歌、戏歌演唱、戏歌演唱教学方面的新知识，同时也引发了我对学校组织开展的、由春茸领衔的团队所进行的 2020 年度教学改革项目《湖北地方戏戏歌的演唱及相关教学》的很多思考。我也很愿意在今天的座谈会上，将自己观摩汇报展演后的所思所想、所感所悟，与各位作个交流，就教于大家。

首先谈谈对《湖北地方戏戏歌的演唱及相关教学》这个课题（项目）的总体看法。

从汇报展演所呈现出的实际成效看，我对这个项目的总体看法是：大家所进行的这个项目，具有丰富的学理内涵和实践意义。可以从三个层面的分析，作为这样一个总体看法的支撑。

1. 从什么是戏歌的概念层面看。戏歌概念似乎众所周知，但又似乎众说纷纭。如有的认为，戏歌是运用普遍性（通行）的、被称为声乐的歌唱方法演唱戏曲唱段；有的认为，戏歌是运用戏曲声腔作为乐汇（动机）创作的歌曲。这两种看法都道出了戏歌的一些基本特征，但似乎又都不太完整、准确，似乎还缺乏学理高度。我认为，戏歌是传统戏曲声腔与当代流行歌曲相融合产生的音乐样式，是传统审美习惯与现代审美意识相结合产生的音乐体裁，是多重文化相互碰撞、交流、融合而形成的音乐形式。你们所从事的这个项目，正是在对戏歌这种音乐样式、音乐体裁、音乐形式的研究和实践中，体现出丰富的学理内涵。

2. 从戏歌演唱的层面看。用什么样的方式方法演唱戏歌，是一个与对戏歌概念的理解密切相关的问题，也存在各不同认识角度而进行的多种多样的实践探索。应当肯定，各种戏歌演唱方式方法的实践探索都是有益的，建设性的。但是，如果大家认可戏歌是以融合性为主要特征的音乐样式、音乐体裁、音乐形式，那么，我感到对戏歌的演唱，既不能运用纯传统戏曲的演唱方式方法，也不能运用纯普遍性（通行）的、被称为声乐的歌唱方式方法，而应该是运用具有戏（曲）与歌（曲）融合性特征的新的演唱方式方法。而这也正是你们这个项目所具有的实践意义：探索甚至创立一种符合戏歌这种音乐样式、音乐体裁、音乐形式特点的戏歌演唱法。

3. 从戏歌演唱教学的层面看。随着戏歌这种音乐样式、音乐体裁、音乐艺术形式的不断成长，随着对戏歌演唱方式方法实践经验的不断总结，必然给戏歌演唱教学内容、教学形式、教学方式方法提出新要求，带来新改变。不断探索适应这些新要求、新改变的戏歌演唱教学方式方法，以促成符合戏歌这种音乐样式、音乐体裁、音乐形式特点的戏歌演唱法的建构，应是你们实现这个项目学理内涵的提升和实践意义加强的最强动力。

其次，对《湖北地方戏戏歌的演唱及相关教学》这个项目的继续推进提三点期待。

1. 期待突显课题（项目）研究与实践的体系性。如前所述，戏歌这种音乐样式、音乐体裁、音乐形式，已形成一个独立的系统。戏歌这个系统，涉及戏歌创作、戏歌演唱、戏歌教学、戏歌评论、戏歌理论研究等方方面面。你们的项目是研究湖北地方戏戏歌现象，就汇报展演的情况看，主要涉及湖北的汉剧、楚剧、黄梅戏三个剧种。而这三个剧种本身，又各自具有各自的生成发展历程，形成了各自的体系。就你们这个项目所关注的戏歌演唱，所涉及剧种的声腔体系又各不相同，汉剧属于皮黄声腔体系，楚剧、黄梅戏属于打锣腔声腔体系，尤其是不同声腔体系的剧种在演唱方法上有各自不同的特点。所以，只有在研究工作、尤其是戏歌创作中，以体系性的宏观视阈，对所研究的对象、对所运用的素材做出整体的把握、精准的判断，才能更明晰地体现你们所从事的这个项目的学理高度与实践意义。还要注意克服在戏歌演唱教学中可能出现的“碎片化”知识传授现象，对戏歌进行全面性的体系研究和知识传授。

2. 期待突显课题（项目）研究与实践的多样性。你们这个项目的归依，是戏歌的演唱及相关教学，戏歌如何演唱和如何教学，是这个项目的终极方向，探索演唱戏歌的、具有戏与歌融合性特征的新的演唱方式（方法）是这个项目的重要目标。鉴于歌曲（声乐）演唱方式方法是多样的（中外差异，古今变化，美声、民族、通俗唱法的差别等等），鉴于戏曲演唱方式方法是纷繁的（性别年龄演唱方式的区别，行当演唱方式的区别，流派演唱的区别等等），所以，在进行课题（项目）研究与实践中，要注意突显对多地性问题的探索、分析、研究、传授。要分析研究戏歌演唱方式方法方面产生的“冲突”现象，处理解决不同演唱方式方法融合过程中出现的各种问题（如男女声同度音高的问题，真假嗓音的过渡问题，共鸣腔体位置的前后高低问题，普通话语调与方言声调的处理问题等等）。要着力避免声乐（演唱）界曾经出现过的“独尊一门一派”、“千人一声”的现象。总之，要在对戏歌演唱方式方法多样性的探索、实践中，以精准表现戏歌作品所力图表现的内容和情感为

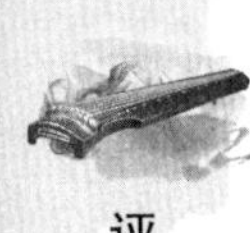

旨归，将实际存在的、多样性的演唱方式方法进行整合、重构，力图在突显多样性的基础上，探索出具有戏与歌融合性特征的新的演唱方式（方法）。如果能够达到这个目的，就将会使你们进行的这个课题（项目）研究和实践成果，成为对推动民族声乐（歌唱）事业的一个贡献。

3. 期待突显课题（项目）研究与实践的学理性。既然把戏歌作为一种独立的音乐样式、音乐体裁、音乐形式来认识和分析，就一定要明确地阐释其之所以能“独出一门”的学理基础。就戏歌而言，对戏歌创作实践的总结，是形成戏歌学理基础的重要着力点。要从学理上阐明戏曲唱腔设计与戏歌创作（作曲）的内在联系与区别，也要阐明歌曲作曲（创作）技法与戏曲声腔典型性展衍手法的内在联系与融合。（如歌曲的分节歌体式与戏曲的板腔变换体式、曲牌连缀体式的关系；歌曲创作中乐汇（动机）发展手法与戏曲声腔展衍方式的关系；歌曲调式调性布局与戏曲典型性声腔的变化发展的关系；歌曲节奏布局与戏曲板式变换的关系等等）。就戏歌演唱而言，要从学理上弄清并阐明戏歌演唱方式方法与戏曲演唱、歌曲演唱方式方法的内在联系与区别。（如气息要深、呼吸要匀、口腔要打开，喉头要放松等基本演唱技法具有共性要求，而前面提到的演唱中真假嗓音的过渡问题，共鸣腔体位置的前后高低问题，普通话语调与方言声调的处理问题等等，则具有区别）。就戏歌演唱教学而言，既要传授戏歌演唱之专技，更要传授戏歌演唱之学理。老师要教应该怎样怎样演唱，也应该教为什么应该怎样怎样演唱。学生既要学会应该怎样演唱，更要明了为什么应该怎样演唱。（如为什么要气沉丹田？为什么某个咬字和共鸣点要靠前或后？为什么必须运用某种而不是另一种演唱方式方法才能实现“字正”的艺术追求？怎么样通过对力度、气息、发声体等自觉的、有度的“控制”，获取“腔圆”的艺术效果？等等）。唯有不间断地对上述这些在戏歌演唱实践中经常遇到的演唱方式方法问题、演唱技法问题进行学理性的梳理、总结、提炼，戏歌的演唱及相关的教学，才会不断地“水涨船高”。

我以《在实践中总结 在研究中提高》为题，在各位老师和专家面前，说了些我对戏歌、戏歌演唱、戏歌演唱教学三个层面的随机性思绪，属姑妄言之，亦请各位姑妄听之。这些看法的不当之处，恭请批评、指正。

（此文系依据 2021 年 12 月在“湖北地方戏戏歌的演唱及相关教学”座谈会上的发言整理）

研究戏歌教学的阶段性成果

——湖北地方戏戏歌教学选曲（一）序

戏歌及其演唱，是近些年来在文艺领域出现的一种值得关注的音乐现象。

从音乐艺术学理层面认知，戏歌是传统戏曲声腔与当代流行歌曲相融合产生的音乐样式，是传统审美习惯与现代审美意识相结合产生的音乐体裁，是多重文化相互碰撞、交流、融合而形成的音乐形式。所以其艺术学理意义不言自明。

从戏歌演唱层面研究，戏歌的演唱方式方法，是一个受各不同认识角度而进行的多种多样的实践探索问题。如果大家认可戏歌是以融合性为主要特征的音乐样式、音乐体裁、音乐形式，那么戏歌演唱的方式方法，就应该主要是运用具有戏（曲）与歌（曲）融合性特征的新的演唱方式方法。因此，探索甚至创立一种符合戏歌这种音乐样式、音乐体裁、音乐形式特点的戏歌演唱方式方法，就具有了创新性的、建设性的实践意义。

从戏歌演唱教学的层面分析，随着戏歌这种音乐样式、音乐体裁、音乐艺术形式的不断成长，随着对戏歌演唱方式方法实践经验的不断总结，必然给戏歌演唱教学内容、教学形式、教学方式方法提出新要求，带来新改变。不断探索适应这些新要求、新改变的戏歌演唱教学方式方法，以促成符合戏歌这种音乐样式、音乐体裁、音乐形式特点的戏歌演唱方式方法的建构，成为实现提升戏歌演唱教学学理内涵的驱动力。

明代王骥德著《曲律》卷二中论腔调第十曰：“乐之框格在曲，而色泽在唱。”此言道出了音乐艺术的一度创作——“曲”与二度创作——“唱”的相辅相成关系，道出了“唱”在整个音乐艺术创作过程中的重要作用。湖北艺术职业学院音乐学院以陈春苴领衔的团队，领悟了此言的丰厚内涵，结合学校教学改革项目“湖北地方戏戏歌的演唱及相关教学”的实践，探索、总结、编选了《湖北地方戏戏歌教学选曲（一）》这本教材，这是值得庆贺的。

这本教材突显出较强的地域性特征。鉴于戏歌是在传统戏曲声腔基础上衍生、发展而出的一个系统，故本教材的编纂者突显学校所在地的地域特色，仅编选了在湖北这块文化沃土中传承悠久、蕴含丰厚的楚剧、汉剧、黄梅戏声腔基础上创编出来的代表性曲目（选段）。这既彰显了运用楚剧、汉剧、黄梅戏声腔创编“戏歌”的独特风韵，也扩展了“戏歌系统”概念的内涵，揭示了“地域性风格戏歌”的普遍性意义。

这本教材突显出较强的专业性特征。就戏歌创作层面而言，本教材入选的楚剧声腔曲目（选段）10首（段），汉剧声腔曲目（选段）7首（段），黄梅戏声腔曲目（选段）8首（段），均代表了各剧种声腔衍生、发展的历史状况，系可以作为“乐之框格”之“曲”。分析、研究这些曲目的成功实践经验，对于戏歌的创作、对于剧种声腔的发展，无疑具有学术意义。就戏歌演唱层面而言，入选的25首（段）曲目，涉及三个剧种、多个行当的传统演唱方式、方法，如何在体现戏歌“色泽”之“唱”中，得以各展其技、融合共荣的专业性问题。分析、研究、解决不同剧种、不同演唱方式方法融合过程中出现的各种问题（如男女声同度音高的问题，真假嗓音的过渡问题，共鸣腔体位置的前后高低问题，普通话语调与方言声调的处理问题等等），有利于避免声乐（演唱）界曾经出现过的“独尊一门一派”、“千人一声”的现象，有利于探索出具有戏与歌融合性特征的新的演唱方式方法。

祝贺作为研究戏歌教学阶段性成果的《湖北地方戏戏歌教学选曲（一）》编纂成功！期待编纂团队在戏歌教学中取得新成果！

（2023年9月完稿，收录于《湖北地方戏戏歌教学选曲（一）》）

先行者　奠基者　传道者

——感佩杨匡民先生对民族音乐事业所作的贡献

摘　要：在杨匡民先生百年华诞之际，本文以杨匡民先生不平凡的艺术人生经历为轴，以杨匡民先生对湖北民间歌曲所做的开创性工作及笔者的亲身经历、感受为主要内容，围绕杨匡民先生作为收集、编纂、研究湖北民间歌曲先行者、湖北民间歌曲研究理论奠基者、民族音乐事业传道者的定位，感佩杨匡民先生为民族音乐事业所作的贡献。

关键词：杨匡民　湖北民间歌曲　民歌集成湖北卷　民歌研究　民族音乐学

杨匡民——一个与湖北民间歌曲研究紧密相连，与民族音乐事业密切相关的闪亮名字。在杨匡民先生百年华诞之际，回顾杨匡民先生音乐艺术生涯的不平凡经历，感念杨匡民先生为湖北民间歌曲收集、编纂、研究所付出的心血与智慧，感佩杨匡民先生为民族音乐事业作出的贡献，对于促进民族音乐研究工作的开展、深化，对于加强民族音乐学学科队伍建设和人才培养，对于推动新时代民族音乐事业的繁荣兴盛，具有重大意义。

杨匡民先生1920年9月生于福建厦门，在动荡的岁月里，颠沛流离地度过了少年儿童时期。因父亲英年早逝，两个姐姐也年少夭折，他自幼即随母亲“下南洋”到缅甸谋生。军国主义日本发动全面侵华战争后，刚成年的杨匡民即在缅甸加入了地下党领导的“民族解放先锋队”，参加抗日救亡宣传活动。太平洋战争爆发后，杨匡民参加了由张光年、赵沨、李凌等领导的“旅缅华侨战时工作队”，紧随战事一路宣传北上回国，后在云南担任教员工作。1944年，杨匡民考入在四川江安县的“戏剧专科学校”乐剧科，抗战胜利后，转入重庆青木关“音乐学院”学习理论作曲。1947年4月，杨匡民加入中国共产党。1948年8月19日，杨匡民遭国民党当局“特别刑事法庭”传讯、扣押、逮捕。11月下旬经党组织营救获释放。此劫后，杨匡民经组织批准，回缅甸仰光寻母。1949年2月抵仰光后，先后在“缅甸华侨中学”“南洋中学”教书。1951年6月，杨匡民回国到广州，在华南人民艺术学院教“中国民歌”课。之后，参加土地改革工作。1953年，杨匡民调任武昌“中南音专”（后改名为“湖

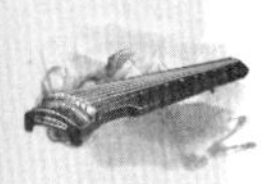

北艺术学院”、“武汉音乐学院”）工作，直至逝世。

杨匡民先生曾成长在伊洛瓦底江江畔，自小就有丰富且特殊的异国经历，还承受过战火洗礼，经历过各种政治运动，加上他自幼热爱并潜心研究民族音乐，所以，在杨匡民先生不平凡的人生经历中，与湖北武汉、与武汉音乐学院、与湖北民间歌曲有着六十余年的“交集”，占去了他人生经历的绝大部分时日。正是在具有悠长发展历史的荆楚文化沃土上，在武汉音乐学院这样的高等学府里，杨匡民先生成为收集、编纂、研究湖北民间歌曲的先行者，湖北民间歌曲研究理论的奠基者，民族音乐事业的传道者。

收集、编纂、研究湖北民间歌曲的先行者

杨匡民先生在少年时期，就显现出自己的音乐天赋，他很早就参与了抗日救亡的歌咏活动。青年时期，更是显现出对民族音乐的热爱，1942 年，他就创作有歌曲作品《龙潭水》《思乡》。1943 年，在云南建水县建民中学教英语和音乐课，其间就组织学生到周边村镇收集民歌，校方还将其成果油印成了《习作集》。1944 年，考入“戏剧专科学校”乐剧科后，他与几位同学秘密组织了一个“歌咏队”，宣传抗日救国，同时策划编印了一本刊有 22 首歌曲的《民歌集》，其中收载有由他的同窗室友、来自湖北恩施的邓毅所唱，由杨匡民记谱的《清江河》。抗战胜利后，杨匡民从“戏剧专科学校”乐剧科转入重庆青木关“音乐学院”学习理论作曲。他参加了由作曲科学生自发组织的音乐社团——“山歌社”，不仅随社团收集、整编民歌，举办民歌演唱会，还参与了为《中国民歌选（第一辑）》编配钢琴伴奏的工作。在音乐学院从重庆迁回南京这期间，他们还将 348 首民歌分省排好，命名为《中国分省民歌选》，缮印成册，成为极具保存价值的民间歌曲曲谱资源。1949 年 2 月杨匡民抵仰光后，在“缅甸华侨中学”“南洋中学”教书期间，也很注意观察、学习缅甸民歌。他通过懂缅语的老华侨和会讲中文的缅甸人，记录了一些具有缅甸传统韵味的曲目，如儿歌《小白鹭》，民歌《雨季》《海鸥》，古代歌曲《雀鹤》等。他的文稿《试谈缅甸民歌》也被刊于《新仰光日报·人民日报》上。在“音乐学院”的学习经历和在缅甸的工作经历，使杨匡民养成了随时抄录民歌曲谱的习惯，并逐步将注意力转移到按民歌旋律形态、节奏特征等方面进行分类归纳，分析研究不同地域、不同民族民歌的差异上来，为其今后在民族音乐事业的平台上大显身手，打下了坚实的根基。

1949 年 10 月，赶走乌云见太阳，全国人民大解放。新中国成立之初，毛泽东指出：“随着经济建设高潮的到来，不可避免地将要出现一个文化建设的高潮，中国人被

认为不文明的时代已经过去了，我们将以具有高度文化的民族出现于世界。”这一重要断言导致人民的思想观念悄然改变，社会面貌也焕然一新。社会各界迅速行动起来，1952年，中共中央宣传部颁发了《关于搜集整理民间民族文化艺术遗产的通知》，一场在全国范围内开展的、对包括民间歌曲在内的民间民族文化艺术遗产进行普查的工作由此展开。为落实这个文件，时任湖北省宣传文化部门的领导，还提出了“调查、搜集民间文化艺术遗产资料和寻找民间艺人”的总要求。在这样的社会大背景下，杨匡民先生回到了祖国。

1951年6月，杨匡民受聘于广州“华南人民艺术学院”，教“中国民歌”课，开始了归国执教的新生活。其间，因教学需要，他从那本手抄本《中国分省民歌选》（348首）内，挑选出80首民歌，编写了名为《民歌唱本》的教材——这应该是杨匡民先生归国后编的第一本民间歌曲教材。1953年秋，杨匡民调任武昌“中南音专”（今“武汉音乐学院”）工作，从此，与湖北结下了深缘。

杨匡民先生在学校担任大学及附中的民间音乐教学任务。1954年10月，他为学校附中的民间音乐课编写了一批《中国民歌选》教材——这应该是杨匡民先生到湖北后编的第一本民歌教材。1956年6月，学校成立“民族音乐研究室”（简称“民研室”），由几个相关专业的教师、学生和民歌手（如方妙英、杜棣生、蒋桂英、刘正维等）组成，杨匡民先生出任该室主任。“民研室”一“挂牌”，就正式开始工作了。10月份，杨匡民就带领学生到天门、洪湖采风，收集民歌——这应该是湖北省对本省民歌进行的第一次有组织、有目的的采风活动。此次采风的成果，于1957年春，被编成《绣个武汉修铁桥》的民歌集。不久，学校将“民研室”与器乐系的民乐组合并，设立三年制的民族音乐专修科，杨匡民出任该科主任。从此，民族音乐尤其是湖北民间歌曲的教学，进入到更为规范的时期。

1952至1959年，系湖北省民族音乐尤其是湖北民间歌曲工作的初始时期。在此期间，进入而立之年的杨匡民先生，勇于担当，行动迅速。一是身体力行，率先深入到田边地头，实地进行民歌收集、调研工作，使采风工作取得了开创性的成果。当年由基层音乐工作者周叙卿、黄业威在湖北利川柏杨坝收集到的、现今已蜚声世界的《龙船调》的前身《种瓜调》，已进入到杨匡民先生的视野，就是实证。二是因应教学的紧迫要求，及时编写教材，使包括湖北民间歌曲在内的中国传统民歌，成规模地进入到音乐学府的课堂。三是及时培养民族音乐及演唱湖北民歌的优秀人才。蒋桂英由民间歌手破格吸收进学校“民研室”作为研究生培养，就是这方面的实例。四是对湖北民间歌曲的研究获得初步进展。如1957年8月，杨匡民先生撰写的《民歌分析·民间划分句子的方法》在湖北省艺术馆举办的干部训练班上宣讲，并被收

入培训班的资料集。还如 1958 年 12 月、1959 年 3 月，《长江歌声》分别刊载了杨匡民先生撰写的《怎样记录民歌》《关于民歌填词的问题》等文论。

1960 年 8 月，中国音乐家协会、中国音乐研究所和人民音乐出版社，共同发起编辑《中国民间歌曲集成》的活动，得到了全国音乐界的广泛响应和支持。1961 年 4 月，中国音协武汉分会（即 1980 年代改称的中国音协湖北分会，下同）召开“音乐理论创作会议”，商讨《集成·湖北卷》的编纂工作，决定成立《集成·湖北卷》工作组，指定杨匡民提交工作组《工作计划》和《民歌编选尺度标准》的策划方案——这应该是杨匡民先生第一次站在了收集、编纂湖北民间歌曲的最前线。工作组随即进行了集中培训，通过学习上级有关文件，为后续的采风工作奠定牢靠的思想基础。同时进行系统化的专业知识学习，通过对当年收集到的本省及邻省民歌资料的梳理，有针对性地制订民歌编选要求、曲谱记录的基本标准。当年 5 月初，工作组以采风小组的形式，分头赴宜昌、恩施等地，开始了湖北文化发展历史上第一次有组织、有目的的全省民间歌曲普查。

这次历经八个月的普查工作，取得了令人鼓舞的成果：一是通过对全省民间歌曲即时状态的普查，收集、校订了 3000 多首具有一定质量的民歌，其中，200 多首有录音资料。二是对收集到的民歌进行了初步的歌种分类，认定全省有 60 多个民歌歌种。三是通过调研，收集、整理了一批关于湖北民间歌曲的文字资料。四是初步将这批资料按湖北省当时的行政区划排定成册。

普查工作初战告捷后，《集成·湖北卷》工作组进入到紧张、有序的编辑工作中。1962 年 5 月，湖北省文化局、中国音协武汉分会编辑成《湖北民间歌曲》（上、下册），包括 603 首民歌曲谱和杨匡民设计的《湖北民歌歌种、革命民歌分布示意图》、梁思孔设计的《编辑小组活动路线示意图》，形成了《集成·湖北卷》的雏形。

经对《湖北民间歌曲》（上、下册）的调整补充，1963 年 5 月，《集成·湖北卷》的初稿油印出来，这套油印资料共收录了 622 首民歌（上册包括新民歌 185 首，下册包括传统民歌 437 首）。1964 年 6 月，湖北省向中国音协提交了《集成·湖北卷》的初稿。而定稿问题，却一直未获得肯定性的反馈意见。后因“文革”爆发，《集成·湖北卷》第一阶段的编纂工作被迫停止。

眼见即将收获的成果被迫停止，杨匡民先生的心境可谓是大起大落。他心疼自己和众多音乐干部所付出的心血和艰辛。杨匡民先生曾对笔者讲：20 世纪 60 年代，国家经济正处于困难时期，交通建设也不发达，文化事业经费的投入也十分有限。当时到基层、到农村去收集民歌，交通很不便利，生活条件也很差。到一些偏僻的乡村去，基本上都是靠步行，吃住基本上都是在农民家。在当年的条件下，经举全省各级领导干部之力、历时八个月、覆盖当时全省 12 个专区、72 个县进行的那次大规模民歌普查工作，参与者所面临的艰辛、所克服的困难是后人们难以想象的。他还谈到：当时国家仅能给每个省配一至二台钢丝录音机，又大又重，这给采集工作带来很大麻烦。由于当时许多偏僻的地方没有通电，费了好大精力扛上山去的钢丝录音机、却派不上用场。在一些条件相对好一些的乡村，好不容易录上了音，但在后期处理时，钢丝易乱、易断，一不小心就会造成以前所做的工作白费，因而失去了宝贵的音像资料。他动情地说："但是，那是一个事业，没有决心和毅力，是搞不下去的。"

而令杨匡民先生感到欣慰的是，通过这几年对湖北民间歌曲收集、编辑工作的实践，积累了一批湖北民歌的资料，培养了一批专业人才，探索了民歌收集、编辑工作的经验：

杨匡民先生在谈到编纂《集成》的宗旨时称："本书主要的读者对象是我国文艺工作者——特别是音乐工作者，换言之，是为他们学习、欣赏、研究（包括教学）民歌提供有代表性的资料，其中部分的曲目也可以作为推广演唱之用。"[1]

针对民歌收集、编辑工作中的困难，杨匡民先生指出："一、民歌涉及生产斗争、阶级斗争、劳动生活面很宽，民歌的艺术结构复杂，蕴藏量大，而我们对全省民歌并不都熟悉，缺乏实际感受；二、编选小组对与民歌有关的湖北的历史、社会经济及劳动人民的生活不熟悉；一大箱民歌曲谱中，很多记录得不够完善，不是记录得不够准确就是残缺不全。小组同志们觉得就民歌曲谱材料编选民歌，实无法编出一本质量较高的民歌（集）来。"[2]

杨匡民先生强调民歌记录的准确性，他指出：民歌的"记录准确是技术上的问题。所谓记录的技术，就是要记准和记对。要在平时的学习和工作中，提高对音调的辨别能力和正确熟练的记谱能力。例如有的人记民歌，听觉很好，但由于不熟悉记谱法，因此产生用错符号、音符不对等等毛病。有的听辨音调能力比较差，当然也会把音记错。以上两方面的问题解决了，记录民歌才能准确。"[3]

杨匡民先生强调民歌调查、记录的完整性，他说："常有这么一种情况：同一个歌曲者（笔者按：指民歌手），他接待了不少采集者，有的（采集者）采了一、二首，觉得没什么就走了；而有的（采集者）却从他身上采集到不少东西。又常有这么一种情况：同样的民歌由同一个人歌唱，如《湖北民间歌曲集》356 页《赶号子》，……有的（采集者）仅采（集）到它开头的一部分，就把它当成完整的一首（如此歌的"梗子"部分）；有的则采（集）到它后面的一部分，也当作一首（如此歌的"五句子"部分）；其实只有把这两部分都采（集）到了，才是完整的一首（民歌）。这就是

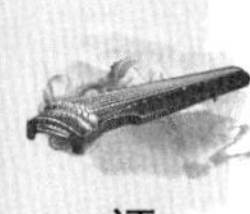

没有仔细调查的缘故。（这一次编辑小组还发现这首《赶号子》是一个大套曲中的一段，所以才把它的全部采集出来了。见 352 页“长阳薅草锣鼓”）。”[4]

凡此等等，杨匡民先生发出的这些真知灼见，为日后湖北民间歌曲的收集、整理、研究，为《民歌集成》编纂工作的复苏，为民族音乐学的学科建设，奠定了坚实的基础。

1979 年 4 月，文化和旅游部和中国音乐家协会向各省区市文化厅（局）发出《收集整理我国民族音乐遗产规划及关于编辑 <中国民间歌曲集成> 计划》等文件，开启了文化遗产抢救工程，《民歌集成》的编纂工作进入到崭新的时期。

1980 年 4 月，湖北省成立《集成・湖北卷》领导班子，杨匡民先生再度领衔，出任编委会主任。步入耳顺之年的杨匡民先生精神焕发，他说：我们现在编纂“民歌集成的成绩，一定要大大地超越 60 年代的水平。因为我们已经进入 80 年代了，相隔二十年了。”[5]

即刻起，杨匡民先生率先垂范，亲率省编辑组成员，到全省所有地市及部分县举办音乐干部培训班，提高基层音乐工作者的能力、素质和水平，推动各地的民歌收集、编辑工作。到边远、偏僻的乡村进行调研，开辟民歌收集的“新领地”，弥补《集成》编纂工作第一阶段留下的缺憾。此时的杨匡民先生虽已年逾六旬，但仍赴神农架、恩施、房县、通山等地现场收集、调研。在神农架调研时，一条溪流挡住去路，杨先生把鞋一脱，卷起裤脚，光脚淌过小河。

与《集成》编纂工作第一阶段工作相比，20 世纪 80 年代兴起的《集成》编纂工作，规模更大，成效更高，用时更短，质量更好。《集成》编纂工作第二阶段采集的民歌资料，累积到 30000 多首，系《集成》编纂工作第一阶段掌握民歌资料的 10 倍。经反复斟酌、比较、挑选，1982 年 8 月，《集成・湖北卷》初稿完成，入选民歌由《集成》编纂工作第一阶段的 622 首陡增至 1380 首。还大量增加了《集成・湖北卷》的文字量，载入了杨匡民先生撰写的《湖北民歌概述》，姚运才、黄振奋整理撰写的《湖北各地风土及其民歌》，黄中骏整理撰写的《湖北民歌歌种简介》，以及《湖北省行政区划图》《湖北方言声调分布图》《湖北民歌歌种示意图》等图表和众多代表性湖北民歌歌种的照片。此初稿报北京后，经《民歌集成》终审委员会审定，于 1983 年 11 月发稿，最终于 1988 年 12 月，由人民音乐出版社作为全国十大音乐《集成》浩瀚工程的首卷出版。

在《集成・湖北卷》第二阶段的编纂工作期间，杨匡民先生除殚精竭虑为《湖北卷》作为全国《民歌集成》的范本付出心血和智慧外，他还于 1978 年 4 月，担负了中国音乐研究所举办的出版《中国民歌》丛书“湖北民歌”篇的组稿、编辑任务——这应该是湖北民歌第一次迈进国家级系列音乐书籍出版物。其间，他撰写的《湖北民歌简介》作为该书“湖北篇”的序言。后又借调中国音乐研究所协助《中国民歌》丛书的编辑出版工作，直至1979年3月编完《中国民歌》丛书四卷后，才返回湖北。其后，还应邀到江西、福建、湖南、广西壮族自治区等省、区举办讲座，帮助培训民歌收集、整理、编辑人才。

综上所述，杨匡民先生在收集、编纂、研究湖北民歌工作中的诸多“第一次”，表明他确是收集湖北民间歌曲的带头人、编辑湖北民间歌曲的领军人、研究湖北民间歌曲的探索者，他无愧于收集、编纂、研究湖北民间歌曲先行者的定位。

湖北民间歌曲研究理论的奠基者

在杨匡民先生众多的学术成就中，以在湖北民间歌曲收集和编纂《集成·湖北卷》的过程中产生的理论创见最为突出。仅从对民间歌曲形态研究这一个方面来看，至少可以从以下五个方面看到杨匡民先生对湖北民间歌曲研究的学术创见。

（一）关于民间歌曲的“歌类、歌种”说

按传统的民间歌曲分类观点，是将民间歌曲分为号子、山歌、小调三类。杨匡民先生根据掌握的湖北（及大量其他地方）民间歌曲资料和在“田野作业”中获取的大量信息，认为传统的分类观点，难以准确地含括湖北以及我国南方地域民间歌曲的客观状况。他提出应当按照民间歌曲产生的环境和人们的生产方式、生活方式给民间歌曲分类。在发动调研、反复认证的基础上，将湖北民间歌曲分为号子、山歌、田歌、灯歌、小调、风俗歌、儿歌、生活音调八大类，并在“歌类”概念下，依照具体民歌的演唱场合及得以产生的生产、生活条件，细分为近百个“歌种”。我在他的指教下整理撰写的《湖北民歌歌种简介》载入《中国民间歌曲·湖北卷》后，在全国民族音乐学界产生了积极反响，认为杨匡民先生的湖北民间歌曲“歌类”、“歌种”的划分法，客观、科学，不仅是对传统民间歌曲分类方法的突破，而且将过去许多“跨类”歌种（如《薅草锣鼓》过去或被划入“号子”，或被划入“山歌”；《陪十姊妹》《陪十兄弟》或被划入“山歌”，或被划入“小调”；“灯歌类”中的诸多“歌种”或被划入小调，或被划入山歌等），准确地划归到所属的“歌类”之中。

这种按民间歌曲产生的环境和人们的生产方式、生活方式划分民间歌曲类、种的方法，坚持了民间歌曲的原生性、客观性原则，坚持了民间歌曲与其创造者生产方式、生活方式紧紧相连的观念，是唯物史观在民间歌曲研究中的具体运用。三四十年前依照这种划分民间歌曲类、种的方法，用文字记录出的各歌种形态，已经把非物质性的“无形”民间歌曲，变成了可查阅、可观看的“有形”资料，成为当今非物质文化遗产名录评鉴工作的重要参考依据，可见杨匡民先生民间歌曲“歌类、

歌种”说的理论创见，所具有的深远意义。

（二）关于民间歌曲的“旋律骨干音”说

民间歌曲是人民群众在生产、生活中即兴、自由编创的产物，对其音调、旋法的分析研究，一直是民间歌曲形态研究的重要内容。但是，较长时间以来，人们往往运用音乐调式体系研究中的调式音阶、调式主音、调式功能音等概念来对民间歌曲的音调、旋法进行分析研究，使得对民间歌曲的旋律形态研究与对音乐调式体系的研究混为一谈了。杨匡民先生根据在民间歌曲收集工作中发现的、以各种不同音程结构“行腔”的三音歌之实际情况，提出了“三声歌调”（“三声腔”、“三音歌”）的概念，并将在以四音、五音（或多音）“行腔”的民歌中起主导作用的三音称为“旋律骨干音”。显然，“旋律骨干音”的概念，是不能与“调式功能音”、“调式色彩音”相混淆的。“旋律骨干音”探讨的是民间歌曲旋律形态中以某几个音为主“行腔”的问题，而“调式功能音”、“调式色彩音”探讨的是调式主音与各音的关系及各音对于调式主音的地位和作用问题。杨匡民先生还根据“三声歌调”不同的音程结构关系，将其细分为六类八种样式：大韵（大三度加小三度），小韵（小三度加大三度），宽韵（纯四度加大二度、大二度加纯四度），窄韵（小三度加大二度、大二度加小三度），近韵（大二度加大二度），减韵（小三度加小三度）[6]。

在杨匡民先生民间歌曲“旋律骨干音”说的启引下，许多对民间歌曲旋律形态研究的文章接连问世。拙文《湖北民歌宫调分析》[7]以“旋律骨干音”说为基点，提出了民间歌曲旋法中的“腔格”概念——腔格以民间歌曲旋律骨干音相互间的音程关系为基础，系民间歌曲旋律骨干音构成的某种形式，并将《中国民间歌曲集成·湖北卷》收载的71首自然形态的三音民歌归结为11种“腔格”样式及13种表现形态，并就“腔格”对民间歌曲的音调色彩及调式相互渗透所带来的影响作了阐述。继而在此基础上，提出民间歌曲传统音调在传承与流变的过程中，呈现出原生态、并生态、融生态三种状况，并对湖北民间歌曲的融合性特点作了归纳[8]。可见，杨匡民先生民间歌曲“旋律骨干音”说的理论创见，有力地推动了民间歌曲的旋律形态分析和研究。

（三）关于民间歌曲的“旋律音列”说

在编纂《中国民间歌曲集成·湖北卷》的过程中，杨匡民先生根据自己多年对民间歌曲研究的经验，提议在每首民歌的左上角标记该首民歌的“旋律音列”。这个提议得到了有关领导部门的肯定和赞许，也得到民族传统音乐学界专家、学者的重视。“旋律音列”是将该首民歌旋律中所出现过的音由低到高、顺序排列起来，并将该首民歌的终止音用圆括号（ ）标明的标记符号，其主要意义是客观地反映某一首民歌的终止音状况、音域状况，以及相应地反映音阶状况和调性状况等，这对民歌旋律形态的分析研究，无疑具有重要价值。

"旋律音列"说的提出和实践，有利于考究民间歌曲音调的地方特点，有利于探讨民间歌曲音调与方言、地理、情感、民俗等方面之间的关系，有利于揣摩民间歌曲音调的传承、

沿革及演变过程，有利于比较同一调式民间歌曲的不同色彩，有利于借鉴民间歌手的音乐思维因素……[9] 在民间歌曲"旋律音列"说的启引下，我通过对《中国民间歌曲集成·湖北卷》所载 1333 首民歌"旋律音列"的分析研究，提出了民间歌手的音思维习惯是：各音都处于平等的供选择地位；主音概念居次要地位；音观念浓于音列观念。还根据湖北民间歌曲以自然型音列为主创腔编曲的实际，和湖北民间歌手宫调实践中的音思维习惯，阐述了民间歌手们的音思维，并不局限于传统理论所认为的五音范围，而是具有非常广阔的领域的。指出从宏观方面综合起来看，民间歌手的演唱，在实际效果上已形成十二个半音俱全的音思维体系[10]。可见杨匡民先生民间歌曲"旋律音列"说的理论创见，对深化民间歌曲形态研究所起的作用。

（四）关于民间歌曲的"地区音调特色区"说

在对民间歌曲旋律特点进行分析的基础上，杨匡民先生提出民间歌曲"地区音调特色区"说，其基本内容包括：不同的地理、历史、方言、民俗等自然与文化背景，造就了各个地方相异的民间歌曲音调特点；自然与文化背景相近地方连成的区域形成民间歌曲"地区音调特色区"；自然与文化背景相距越远，民间歌曲的音调特点相距越大；相异的民间歌曲"地区音调特色区"，其民间歌曲音调特点呈"彩虹颜色"般的渐变状态；民间歌曲"地区音调特色区"腹地的民间歌曲音调，最具该"地区音调特色区"的代表性；湖北省可分为五个民间歌曲"地区音调特色区"……[11]

杨匡民先生创见的民间歌曲"地区音调特色区"说，建立于对民间歌曲音调旋法的分析研究之上，并以文化学研究作为基础，综合借鉴了地理学、语言学、历史学、考古学、人类学、民俗学等多学科的研究成果，以客观、据实的比较分析研究方法，对民间歌曲进行中观、宏观研究。以此说为基础，杨匡民先生研究了民间歌曲的历史性、地域性、古今传承性，归纳了荆楚（湖北）歌乐舞艺术的九条"文化风貌"，阐述了进行综合性比较研究的七条"可能性"与"可靠性"，即研究方法的"依据"[12]。

民间歌曲的"地区音调特色区"说，开阔了民间歌曲研究的新天地，在其启引下，以系统比较分析的研究方法对民间歌曲进行文化学探究，几乎成为 20 世纪 80、90 年代的主轴。拙文《论传统民间音调的传承与流变》《论民歌音调与歌词在异步流传中的发展》[13] 等，探讨了民间歌曲的传承性与交融性问题，探讨了民间歌曲音

调的原生性和融合性问题。在拙作《湖北传统乐舞概论》[14]中，也对湖北传统音调与我国北方传统音调，湖北传统音调与长江上游、下游的传统音调进行了比较探究，这些都得益于杨匡民先生创见的民间歌曲“地区音调特色区”说。

（五）关于民间歌曲的“曲体结构”说

在对民间歌曲旋律形态分析研究的同时，杨匡民先生对民间歌曲的曲体结构形态，也进行了卓有成效的分析研究。他的民间歌曲“曲体结构”说创见，从民间歌曲存在、流传的客观实际出发，以对民间歌曲的词、曲句法（尤其是词体节奏形态）及段落分析研究为基础，以对民间歌曲“和声”（即众人唱和之声，多为衬词、衬句、号头）的分析研究为突破口，以古籍文献史料的记载为参照系，详细地分析研究了民间歌曲词的“言体节奏”、音调的“和歌体态”、穿插体民歌及民歌套曲的结构形态等等[15]，具有极强的实证性，阐明了纷繁多样且独具特色的民间歌曲曲体结构形式。

民间歌曲“曲体结构”说的意义，在于揭示了各具特色的民间歌曲音调，是在相对稳定的民间歌曲曲体结构框架内得以传承的，曲体结构是民间歌曲形态最基本的构成要素。在民间歌曲“曲体结构”说的启引下，撰文《湖北田歌套曲与古代大曲的曲体结构比较探究》，探寻了湖北田歌套曲与唐代燕乐大曲、汉代相和大曲的渊源关系，提出了“民间音乐（含田歌套曲）的曲体结构是古代大曲的发展土壤”，“由散－慢－快三个部分组成的曲体结构……确实是我国民族民间音乐中具有代表性的一种曲体结构”的推论[16]。拙文《论穿插体民歌的历史渊源及其统一性与对比性》，在对湖北穿插体民歌穿插方式进行归纳后，将其与古代《西曲歌》、《吴歌》的体式进行比较分析，继而对穿插体民歌巧穿妙插、相映生辉的艺术特色及穿插体民歌词、曲各自具有的统一性与对比性表现意义予以了阐述[17]。拙文《湖北民歌曲体结构与〈楚辞〉体式因素》探寻了湖北穿插体民歌及田歌套曲与《楚辞》体式因素（“乱”、“少歌”、“倡”及语助词“兮”）的联系，阐述了两者相关体式因素的艺术表现意义[18]。

总之，杨匡民先生在民间歌曲研究方面的学术创见是开放性的、基础性的。这些学术创见，影响了一大批从事民间歌曲收集、整理、编辑、研究工作的同仁，既启引并推动了湖北民间歌曲研究的开展与深化，也促进了民族音乐学的学科建设。20世纪80年代初，杨匡民先生在全省性民间歌曲干部培训班上有句话我至今记忆犹新，他说：“对民间歌曲研究中的理论问题，我们要敢于纠正过去一些错误的观点，勇于补充一些不够完善的观点，善于提出一些新的观点。”杨匡民先生这种在实际工作和学术研究中不断求索的精神，使他的一系列发端于20世纪50、60年代的理论创见，既具有解决现实问题的针对性、指导性，又具有民族音乐学术的专业性、理论性，更具有面向民族音乐学科发展的前瞻性、长久性。杨匡民先生无愧于湖北民间歌曲研究理论奠基者的定位。

民族音乐事业的传道者

杨匡民先生的人生经历，表明他坚守并践行了中国传统文化中的“抱一”理念：他与湖北、与武汉音乐学院结缘六十余年，可谓“从”一地一世；他从事湖北民间歌曲收集、编纂、研究工作，献身民族音乐事业一辈子，可谓“专”一事一生。这种“专心固守不失其道”的精神风范，是值得后学员们学习和弘扬的。

杨匡民先生系武汉音乐学院的资深教授，长年在学院任教，“桃李满天下”是不争的事实。笔者 1961 年考入湖北艺术学院附中读书时，就手持杨匡民先生编印的民间音乐讲义，聆听过先生的课程讲述，至今，他那带有福建口音的普通话声调还留存于耳中。笔者还目睹过他带领本科学生赴农村采风、收集民间音乐素材的活动。在那个年代里，学校（含本科及附中）的所有师生，几乎每年都有短则十天半月、长则月余的下农村（或城镇基层）的艺术实践活动，而这类活动中对湖北民间音乐（尤其是民间歌曲）的收集工作，均是由杨匡民先生任主任的学校“民研室”策划、主导的。可以说，全校所有学生，均接受过杨匡民先生的教导。至于改革开放新时期以后，进入武汉音乐学院音乐学系学习的学生，和考入杨匡民先生名下的研究生们，接受杨匡民先生的教诲就更规范、更系统化了。

杨匡民先生除了在高等音乐学府倾心尽力地进行教学外，他呕心沥血地为培养、提携、造就民族音乐研究人才而进行的社会培训工作，则更令人感佩。从 20 世纪 50、60 年代起，杨匡民先生结合《民歌集成·湖北卷》的编纂工作，直到 20 世纪 80 年代，在社会上开办的民间音乐干部培训班，班次总数和参训受培人员总数都是难以计数的，可以说，当年全省县级以上文化部门从事民间音乐工作的所有干部，都接受过杨匡民先生的教导。

笔者至今仍清晰地记得杨匡民先生当年办培训班时的工作状态和精神境界。当年，参加培训的学员来自四面八方，音乐知识水平、业务能力参差不齐。杨匡民先生的讲学，就不厌其烦地从音高判断、音程关系、时值符号等最基本的内容讲起，逐步进入到详尽解析前文所提到的、他所创立的一系列学术见地，对一些重要知识点则反复宣讲，毫不吝啬地将自己多年积累的民歌采编工作的知识和经验传授给大家。每次培训班，杨匡民先生都用满用足讲学的时间，每天的讲学均达到 8 小时以上的时长。讲学时，他总是飞扬着激情，连说带唱，甚至手舞足蹈，以他自己全身心地投入，调动学员们的学习热情。有时由于连续讲学时间长，加上教室里又无扩

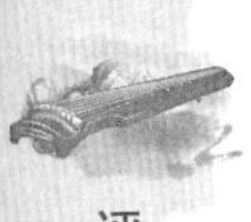

音设备，他就示意学员们尽量保持室内安静，用嘶哑的嗓子讲述课程内容。在咸宁地区办培训班的那一次，他在感冒发烧的情况下，带着年逾六旬的病体，坚持完成了5天的讲学任务，令学员们感动不已。

杨匡民先生十分注重以解决实际问题为本，采取“互动”教学方式传授民族音乐知识。通过教与学的“互动”方式，集思广益，取得教学互长的效果。如在讲述记谱规范时，有学员询问，民间歌手在演唱中，有运用真假嗓音，突然翻高八度演唱的情况，这在记谱中应当如何标记？确实，如果只按实际音高，采取在音符上加高音点的办法，不是不可以，但是这种记法却无法标识出民间歌手对于演唱中真假嗓音的运用方式。杨匡民先生依据自己的学识和经验，提出用在音符上加小转圈（即记谱法中的泛音标记符号）加在曲谱后予以注释的办法，解决这一实际问题，获得了大家的认可，并在日后的《民歌集成》编纂工作中得到了实际运用。又如，在杨匡民先生详细解析了他的“三声歌调”（“三声腔”、“三音歌”）学术创见后，有学员提出，湖北民间歌曲中，存在一种【La、Do、bMi】音程关系的三音歌，它应该归于哪一类型呢？杨匡民先生解释道：民间歌曲的旋律骨干音，是对民歌音调、旋法分析研究的结果，“三音”行腔为歌，是对民间歌手演唱民歌时即兴创腔编曲实践的归纳，对不同音程结构的“三音歌”进行分类，是对民间歌手这种实践活动的分析、提炼。民间歌手的实践活动是即兴的，自由的，富有创造性的，所以，我们应当善于发现、分析他们在艺术实践活动中创造的各种“形式”，并不断对我们自己的分析、归纳、研究进行补充、丰富。他当即表态说，这位学员提出的“三音歌”形态，可称之为“减韵”。果然，杨匡民先生于1997年12月由湖北教育出版社出版的《荆楚歌乐舞》中，对湖北民间歌曲旋律骨干音中的“三声歌调”（“三声腔”、“三音歌”）的形态分类中，就列有大韵、小韵、宽韵、窄韵、近韵、减韵六种形式。

杨匡民先生在培训班上倾心尽力地为大家传授开展民间歌曲收集、编纂、研究工作的“真经”,具体内容除坚持音乐学本体的学术知识传授外,主要体现在以下的“三个强调”上。

一是强调树立以深入的田野调查为基础的理念。杨匡民先生指出，对于民间歌曲的编纂、研究是从对民间歌曲的采集开始的，因此要高度认识田野调查工作的重要性，切实把它作为民间歌曲收集、编纂、研究工作的基础。他教授大家进行田野作业的具体方法，提出在采风之前，就要做好预案，设定目标，做到有目的性地进行田野调查工作。他认为，在现场调查田野作业工作中，要尊重当地领导和干部群众，加强与基层音乐干部的合作。他特别强调要搞好与民间歌手（现今叫“传承人”）的关系，他不止一次地以自己的经验“现身说法”：“当时到下面（各乡镇）去，我就告诉那些农民，我们是来学习的，要将他们唱的歌作为例子，以后改编成更多的音乐给大家听，取得他们的信任。不然（他们）会觉得我们（城里人）笑话他们，那样就不太好了……”他还希望大家：“你们要学习用（已学）会的歌去引（他们）唱新歌。他们刚见到一个新人来，会不好意思唱歌，怕羞，因为他们唱的多数是情歌。（而）他们听了你唱的歌就知道是不是他们当地的歌……只要你真心地到一个地方跟他们学唱，学的不像不要紧，只要老老实实跟他们学，他们就晓得我（你）是他们的知心人啊，他们就会掏出来，他们都会唱给你听。不然他们不会（唱）给你，然后滔滔不绝地说出来，会很客气，唱一首调子以外，其他他就不唱了，敷衍你……所以要看态度，不要怕脸皮厚。我们对待歌手态度很诚恳，才能捞到东西，不然什么都得不到。”[19]

他还教授大家在田野作业中应当调研的多方面内容：①他认为在民歌音调采集方面，绝不能停留在民歌旋律的记录这一点上，还应当调研歌名、曲调名的来源及可能的衍变，民歌演唱、运用的场合，民歌的演唱形式（独唱、对唱、和唱、边唱边舞、有无伴奏或有伴奏中的乐器组合及演奏形式等），民间歌手之间流传的一些俚语、俗语的内涵等等。②他要求着力了解歌师傅（民歌传承人）的身世，包括歌手的姓名、性别、年龄、祖籍、职业、文化程度、爱好等，以及跟谁学的？传给了谁？有无迁徙经历？等等。③他要求尽力调研采集地的文化背景，了解当地自然条件、社会历史、经济生活、风俗习惯、民俗节庆、方言特点等内容。④他要求一定要记录采风的时间（具体明细到用公历的年月日）、地点（具体明细到公社、大队、生产队）。⑤他对进行采风者的总体要求是客观理性、兼顾统筹、讲究实效[20]。

以上记述的事例，证明了杨匡民先生早在20世纪50、60年代和80年代初，就既有“局外人”对田野作业内容和意义的高度认知，又有“局内人”对民间歌曲真心实意地“体验”，站在了民族音乐学的学科前沿，体现出一位民族音乐研究者超高的学术素养。

二是强调音乐文献研读与传承人口述史调研并重。杨匡民先生在要求进行田野作业时重视对传承人口述史调研的同时，也要求参与采风的人员，一定要在民歌采集期间，注重查阅采集区域的地方志书等文史资料。他还寄望大家进行中国古代音乐文献的研读，要求大家自觉地将收集到的鲜活民歌材料，与音乐文献、方志史料进行比较分析，以达到收集的民歌材料真实性与准确性的统一。

杨匡民先生要求大家尊重民间歌师傅的口述材料，并切实弄懂各地民众习惯性的俚语、俗语的意义和内涵，再做出分析和归纳。如湖北民歌田歌类中的薅草锣鼓，是一个形式相对一致（即众人在进行务农劳作时，由歌师傅领唱，由劳作者帮腔和唱，

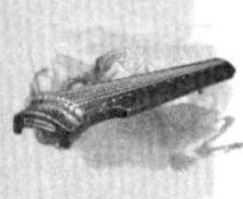

有锣鼓伴奏、起催工娱人作用的套曲）的庞大歌种群，但各地民众为了凸显各不相同的演唱场合、演唱形式，而为其起了不同的俗称。“薅草锣鼓”表明是在薅草的时候演唱，“栽田鼓”表明是在栽秧田的时候演唱，“挖地鼓”表明是在旱地里干活时演唱，“挖山鼓”表明是在山间劳作时演唱，“斫柴歌”表明是在上山打柴的时候演唱。“打单鼓”表明只用一只鼓（或一套锣鼓组合）伴奏，“打担鼓”表明要用两只鼓（或两套锣鼓组合）伴奏，“吹锣鼓”表明伴奏乐器中包括有唢呐，“花锣鼓”表明演唱内容中包括了套曲之外的一般民间传承的“情歌”……杨匡民先生告诉大家，民间歌手中传承的许多俚语、俗语，往往包含有重要的民间音乐信息，所以一定要通过田野调研搞明白，从内涵上弄懂它。

还如在20世纪50、60年代，在鄂西南恩施地区收集的民歌资料中，有一些被记为“川号子”的歌曲，这样的命名有什么内涵呢？有一种解释为，恩施地区与四川接壤，历史上两地民众交往频繁，系四川民众在交往中带过来的民歌。杨匡民先生认为此种说法虽不失为“理由”之一，但仍带着疑问，对此说进行了深究。他通过对古代文献中记录的竹枝词、杨柳枝词的体式研究，对照当时被记为“川号子”的民歌曲体构成，指出应当将此类歌曲更正命名为“穿号子”。原来所记“川号子”的“川”，是对歌手方言口音“川”“穿”不分的误记。进而，他用经常演唱“穿号子”民歌手们的俚语、俗语——“梗子”“叶子”的内涵，分析认定了穿插体曲体结构的基本形态是：“梗子”（也被称为“号头”）为一段歌词，“叶子”（也被称为“正词”）为另一段歌词，两段互为独立的歌词，在“领唱”与“和唱”的形式中，穿插演唱，形成了穿插体这样一种奇特的曲体结构。他通过这个例子的“现身说法”告诫大家，田野调研工作一定要认真细致，切不可一晃而过，更不能仅凭听觉“生义”，对民间歌手的俚语、俗语做出主观判断。

鉴于民间歌曲是经过一代又一代的人传承下来的非物质文化形态的文化遗产，经历了长期的发展演变历程，所以，杨匡民先生要求大家加强对中国古代音乐文献的研读，加强对采集地方志资料的调研，探寻古代文献、方志资料中所蕴含的音乐信息，从这些“死资料”中探寻现今民歌这种音乐“活化石”所具有的历史价值，促进当今民间歌曲的收集和民族音乐的研究。

如我在参加《民歌集成·湖北卷》的通阅工作中，发现入选的钟祥市民间歌曲中，有“扬歌”、“三声子”、“五声子”等提法，而不清楚这类提法的“究理”。后来，在杨匡民先生的指导下，在《湖北通志》中的《钟祥县志》篇，发现有“郢州风俗同荆州然，清明节乡落唱水调歌”的记载；又在《寰宇纪案·甲乙存稿》中，看到了“扬歌，郢中田歌也。其别为三声子、五声子、一曰噍声，通谓之扬歌；一人唱，和者以百数，音节极悲，水调歌或即是类”的记载，“一头雾水”顿时开朗，原来，至少在名称叫法上，现今流传在钟祥市的一些田歌，具有千百年的传承历史。

还如我遵循杨匡民先生要善于通过对古代文献和史料的研读，发现其中的古代音乐信息的交会，对不足 80 字的《文选·宋玉答楚王问》所记录的古代荆楚音乐的重要信息作了如下归纳：一是和声而歌，是当时荆楚地域连楚王亦熟知的、最有普遍性和典型性的歌曲演唱形式；二是从“曲高和寡”的哲理，可得知当时荆楚地域的歌曲已有文野高低之分；三是从“引商刻羽、杂以流徵”的记载，可判断当时荆楚地域的歌曲或注重音调上的变化、或注重音乐调式调性的发展，已具有很高的艺术水准；四是这段文字明确记载了当时荆楚地域所流传的 6 首代表性歌曲的名称，为我们考察先秦时期荆楚音乐提供了曲目依据。[21]

以上举不胜举记述的事例，均证明了杨匡民先生在民间歌曲的收集、编纂、研究工作中，倡导音乐文献研读与传承人口述史调研并重，体现了他作为民族音乐学家的严谨治学态度。

三是强调应当具备多学科参照的学术视野。上文提到他要求大家重视对古代文献的研读，已经体现了他重视文献学研究与包括民间歌曲在内的中国传统音乐的关联。杨匡民先生希望大家运用更多学科方法论，分析研究民间歌曲所具有的多学科价值。他以自己学术创见与不同学科的联系，开启大家的学术视阈：

他向大家讲述民间歌曲音调特色区与文化地理学的关联，分析自然条件、气候环境、交通状况、地（疆）域变迁等文化地理学范畴的方方面面，对民间歌曲的发生、传承、展衍、流变所造成的影响，启引大家从地域文化、区域文化、流域文化的角度以及文化生态学的视域，分析研究民间歌曲。

他向大家讲述民间歌曲，尤其是其中的风俗歌类、灯歌类民歌与民俗学的关联，从各地风俗习惯、民俗仪式以及传统节庆活动等与民间歌曲的关系，阐明民间歌曲在不同文化空间中的呈现状态、所发挥的功能作用，启引大家分析研究民间歌曲所具有的揭示民风和文化关系的价值。

他向大家讲述民间歌曲的创腔编曲与语言学的关联，重点依照民间歌手以各地方言“依字行腔”、创腔编曲的实际，进行各地方言声调的分析研究，启引大家探讨方言声调对民间歌曲音调旋律的影响。

他向大家讲述民间歌曲与历史学的关联，考证民间歌曲歌词内容中涉及的一些历史事件的真伪，启引大家以求真务实的态度，运用唯物史观辩证看待产生于“革命时期”的民间歌曲中留存的“那个时代”的标语、口号和行动。

他向大家讲述民间歌曲与人类学的关联，阐述民间歌曲与生产方式、生活习惯、

人类繁衍、基因遗传、人口迁徙以及传统音乐的传承等等人类活动，与民间歌曲产生、传承、发展、衍变的关系，启引大家分析研究包括民间歌曲在内的传统文化的传承力量、文化传统的影响力，和蕴含在文化传统中的、不同时期人们的文化价值取向。

杨匡民先生如此多学科的学术倡导，体现出他始终关注着与民族音乐学相关的各种学科的最新发展，站立在民族音乐学学科研究方法论的前列，也彰显了他学术思想的超前性、学术成果的先进性。

最令人感佩的是，杨匡民先生特别注重激励、提携后学，促进学术传承。如杨匡民先生支持来自基层的学者王庆沅对“兴山特性三度”音程民歌的研究所付出的心力，就是生动的实例。

早在20世纪60年代，有一部分音乐工作者在对湖北地区的民歌进行田野调查时，发现了民间歌手三度音程“唱不准”的问题。到20世纪80年代初，又有一部分基层音乐学者反映了民间歌手“唱不准”的现象。杨匡民先生即刻组织省编辑组的同志，对这一“现象”进行讨论。来自兴山县文化局的王庆沅有过收集三度音程“唱不准”民歌的困惑，他凭在兴山县收集民歌时的现场听觉感受认为，“唱不准”的三度音程，是一种唱三大度时感觉比习惯性的听觉感受要“小”，而唱小三度时，感觉比习惯性的听觉感受要“大”，是一种介乎于大、小三度习惯性听觉感受之间的音程。他揣测这是否是音程关系中的“新生事物”呢？王庆沅的这种认识和揣测，得到了杨匡民先生和时任音乐学院副院长谢功成等人的鼓励。杨匡民先生更是在“湖北省民族民间音乐研讨会上”，明确表示“我国南方的人唱大三度都有偏小的现象”，支持王庆沅的观点，并建议将这种类型的三度音程暂时命名为“兴山三度”。湖北方面对“唱不准”问题的讨论和研究，引起了音乐学界国家级专家的重视，中国音乐研究所、中国音乐学院的黄翔鹏、乔建中、何昌林、樊祖荫、董维松等专家教授，均对这个论题表示出极大的兴趣。黄翔鹏先生从律学的研究角度，对这个问题提出了自己的研究视角。何昌林教授还亲赴兴山现场采风。此种情势下，杨匡民先生大力支持王庆沅加紧进行该论题的研究。1985年10月，杨匡民先生亲自与黄翔鹏先生联系，让王庆沅赴京边学习测音方面的知识，边在黄翔鹏先生的指导下，对收集到的兴山民歌录音资料测音。经过精确的统计，兴山民歌演唱中大三度的音分值为350±15音分，兴山民歌演唱中小三度的音分值为300±10音分。此次测音，科学地证明，兴山民歌的三度音程，其音分差介于十二平均律大小三度音分差之间。这一测音结果也证明，中国传统音乐的民歌演唱中，存在着一种与五度相生律、纯律的律制之外的一种民间律制。与此同时，武汉音乐学院的童忠良教授在研究曾侯乙编钟律制的时候，发现“甫页——曾”律学体系当中三度音程的音分差，与黄翔鹏先生在北京主持测音的兴山民歌的三度音程的音分差相似。后来，杨匡民教授参照文物考古的命名方式，将这种特殊的三度音程，命名为“兴山特性三度”。1987 年，王庆沅以此论题的研究过程与研究结果撰写的论文，《湖北兴山特性三度民歌研究》发表于《中国音乐学》上。取得如此成果后，杨匡民先生又建议王庆沅将论题引向纵深，支持王庆沅进一步研究“兴山特性三度”音程的历史传承轨迹。1987 年，何昌林教授在福建永安市丰田村的田野调查中，发现永安大腔戏中存在与“兴山特性三度”相类似的音调。杨匡民先生立即帮助王庆沅赴闽调研。王庆沅在当地文化干部和音乐工作者的帮助下，掌握了丰田村人的族谱，采访了大腔戏艺人熊德树，查阅了熊姓家谱，考察了熊姓家族的迁徙史，收集了熊姓家族迁徙到福建永安市丰田村落脚后所繁衍的子孙们所演唱的民歌，并将兴山和丰田两地的民歌进行了比较分析，发现两地民歌的音阶结构、音调特点等方面都十分吻合。又经过对大腔戏唱腔录音资料的测音，证明其演唱中的三度音程与“兴山特性三度”音程的音分值也很吻合。如此丰硕的调研成果，拓展了发现“兴山特性三度”音程的意义：①传统音调是可以依人的迁徙而跨地域传承的。②“兴山特性三度”音程的传承历史，通过此次调研，至少可以向前推进六百年。

笔者也亲身经历过杨匡民先生的激励、提携。1980 年 6 月，我被从咸宁地区歌舞剧团抽调到《民歌集成・湖北卷》工作不久，有一天，杨匡民先生给我递过来一摞材料对我说：“这些材料和书先借给你，你先好好看看这些材料和书吧，对我们的工作会有帮助的。”我过细一看，一本是他在学校教学用的部分民歌教材文稿，一本是他刚刚应约参加中国音乐研究所主持编辑的《中国民歌》湖北篇的入选民歌曲目及他撰写的序言《湖北民歌简介》，一本是杨匡民先生自己收藏的杨荫浏先生 1944 年出版的《中国音乐史纲》。我如获至宝，感激之情油然而生。月余后，我将教材和《中国民歌》湖北篇两份材料奉还给他时，他又对我说：“《中国音乐史纲》是杨荫浏先生的心血之作，在中国古代音乐史学史上占有重要地位。这本书史料翔实，论述详尽，在学术成果上为后人指引了研究方向。你要好好地研读啊！”言简意赅、充满期待的话语，激励我从那时起，就开始了自己在音乐人生路上，从热衷于音乐演奏、音乐创作向倾力于民族音乐分析、研究的“转移”。我认真研读了《中国音乐史纲》，将其重要内容做了三本摘抄笔记。1982 年，杨匡民先生送给了我一套 1981 年由人民音乐出版社出版的杨荫浏先生的新著《中国古代音乐史稿》，还附赠他与杨荫浏先生的合影一幅，我深感到其中寄望于学术传承的意味甚浓。此举让我铭记一生，激励我读原文、学精义、悟道律，伴随着我走上我所理解的民族音乐学“学者”——“学者，即学习者也”——之路。

杨匡民先生乐于鼓励后学的学术发现。1989至1990年间，我在撰写《湖北民歌宫调分析》时，运用了杨匡民先生"旋律骨干音"的学术创见。但感到他对"三声歌调"（"三声腔""三音歌"）不同的音程结构关系的六类八种样式（大韵类一种、小韵类一种、宽韵类二种、窄韵类二种、近韵类一种、减韵类一种）的归纳，有进一步细致分析的必要，且归类名称也可考虑改换。我跟他讲了我的看法，并具体分析到：目前您归于宽韵的两种形态【Sol、do、Re】【Sol、La、Re】和归于窄韵的两种形态【Sol、La、Do】【La、Do、Re】，在歌手实际的创腔编曲中，呈现出来的音调色彩还是有差别的。另外，您将民歌中依据三音列【Sol、Do、Mi】音程结构行腔的民歌，归入到【Do、Mi、Sol】音程结构的"大韵"，表现出分类标准的不一致。既然所有"三音列"都可以作为"三声歌调"（"三声腔""三音歌"）的旋律音列来分析，何不统一思维逻辑，全都按"三声歌调"（"三声腔""三音歌"）自然形成的音程结构关系，进行其色彩、气韵的分类呢？我建议将统一分类标准后的三音音程结构关系，命名为"腔格"——即"腔格以民间歌曲旋律骨干音相互间的音程关系为基础，系民间歌曲旋律骨干音构成的某种形式"。杨匡民先生非常高兴且大度地肯定了我的分析，支持了我的建议，使我在他学术创见的启引下，完成了这篇论文的写作。

总之，为推动湖北民间歌曲的收集、编纂、研究工作，为民族音乐事业的队伍建设，杨匡民先生诲人不倦润后学，孜孜不倦传真经。杨匡民先生无愧于民族音乐事业传道者的定位。

综上所述，我感佩杨匡民先生的双眼一生仰望着星空——求索、追随着民族音乐学寥廓、深邃、无穷尽的真理，将心灵栖息、依偎在民族音乐学博大的学术天地之中，在超越现实的束缚中探寻实现梦想之路。我感佩杨匡民先生的双脚一世实踏着大地——以对民族音乐学、对湖北民间歌曲永恒的炽热情怀，以行者的姿态出现于民族音乐学界和荆楚大地之上，用自己的心血、智慧、双手使梦想变为现实。愿杨匡民先生为湖北民间歌曲所做的开创性工作、为民族音乐事业所作的贡献及体现出的令人感佩的精神，烛照后学者在新时代民族音乐事业中继往开来，乘风破浪前行！

注释

[1] 见1961年9月中国民族音乐集成编辑办公室编《<中国民间歌曲集成>编辑计划补充说明》内部资料

[2] 见《民歌采集编选工作笔谈》载于《长江歌声》1979年10月第1期

[3] 见《民间歌曲采编方法上的一些问题》收录于1963年9月《中国民间歌曲集成编辑工作参

考资料》第 4 期

[4] 见 1963 年 9 月中国民族音乐集成编辑办公室编《< 中国民间歌曲集成 > 编辑工作参考资料第四辑》油印本

[5] 见《歌乐探析》武汉出版社 2010 年 9 月版

[6] 详见《荆楚歌乐舞》湖北教育出版社 1997 年 12 月第一版 287 页

[7] 见《黄钟 · 武汉音乐学院学报》1990 年第 3 期

[8] 详见拙文《论传统民间音调的传承与流变》载《中国音乐学》1993 年第 3 期

[9] 详见拙文《关于对民歌旋律音列研究的几个问题》1985 年 1 期《湖北音讯》

[10] 详见拙文《湖北民歌宫调分析》载《黄钟 · 武汉音乐学院学报》1990 年第 3 期

[11] 详见《中国民间歌曲集成 · 湖北卷》之《湖北民歌概述》人民音乐出版社 1988 年版及《荆楚歌乐舞》湖北教育出版社 1997 年版

[12] 详见《荆楚歌乐舞》湖北教育出版社 1997 年版

[13] 见《湖北民间歌曲探论》中国国际广播出版社 1992 年 12 月版

[14]《湖北传统乐舞概论》长江文艺出版社 2000 年版

[15] 详见《荆楚歌乐舞》湖北教育出版社 1997 年版

[16] 详见《中国音乐学》1986 年第 4 期

[17] 见《时代音乐》1987 年第 4 期

[18] 详见《文艺研究》1990 年第 4 期

[19] 此内容摘自周怡良在读硕期间对杨匡民先生的采访笔记

[20] 此内容摘自笔者对杨匡民先生的授课记录

[21] 详见《黄钟 · 武汉音乐学院学报》2011 年第 4 期

（2020 年 3 月完稿，发表于《黄钟——武汉音乐学院学报》2020 年第 2 期和该学报微信公众号）

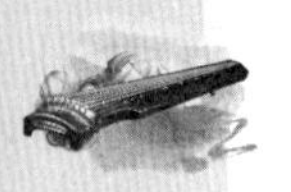

忆杨匡民先生民族音乐教学风范

——答毕子叶同学问

毕子叶问：黄中骏老师，您1961年就进入了湖北艺术学院附中学习，之后又在杨老师的指教下从事湖北民间歌曲的收集、整理、编辑、出版工作。您在跟随杨匡民老师学习的过程中，杨老师平时的教学有什么让您印象深刻的事情吗？

黄中骏答：杨匡民先生在民歌的收集、整理、编辑、出版以及民族音乐的教学中给人留下的印象是多方面的。我印象深刻的主要有二点：

一是杨先生对民歌的收集、整理、编辑、出版以及民族音乐的教学，始终充满热情。无论是给湖艺附中的学生上课，还是给湖艺大学部的同学们讲授；也无论是给基层音乐工作者做学科普及工作，还是给有关行政管理部门的负责人作报告，他都是充满激情的讲授状态。虽然他的声音带有天然的沙哑，但讲授时的音响状态却总是十分高亢，给他带有福建口音的普通话，增添了“穿透力”。他教学时，常常“引吭高歌”，有时还配以“肢体动作”，可谓是神采飞扬、引人入胜。其工作和教学热情感人至深。

二是杨先生对民歌的收集、整理、编辑、出版以及民族音乐的教学，坚持亲力亲为。二十世纪五六十年代，学校每年都组织师生到基层去采风，时任学校“民族音乐研究室”主任的杨先生，从“民研室”一“挂牌”，就正式开始工作了。当年10月份，杨先生就带领学生到天门、洪湖采风，收集民歌。在以后进行的多次采风活动中，杨先生均身体力行，率先深入到田边地头，实地进行民歌收集、调研工作，使采风工作取得了开创性的成果。比如，当年由基层音乐工作者周叙卿、黄业威在湖北利川柏杨坝收集到的、现今已蜚声世界的《龙船调》的前身《种瓜调》，在这个时期已进入到杨先生的视野，就是实证。

杨先生曾对我讲：20世纪60年代，国家经济正处于困难时期，交通建设也不发达，文化事业经费的投入也十分有限。当时到基层、到农村去收集民歌，交通很不便利，生活条件也很差。到一些偏僻的乡村去，基本上都是靠步行，吃住基本上都是在农民家。在当年的条件下，进行民歌普查工作所面临的艰辛、所克服的困难是很大的。他还举例说：当时国家仅能给每个省配一至二台钢丝录音机，又大又重。但是由于当时许多偏僻的地方没有通电，费了好大精力扛上山去的钢丝录音机、却派不上用场。他动情地说：“但是，那是一个事业，没有决心和毅力，是搞不下去的。”

杨先生在二十世纪五六十年代，就亲编了多本《民歌教材》，供学校在各层级的教学中使用。在二十世纪 80 年代进行的《民歌集成》工作中，杨先生登神农架、涉香溪河、上武当山九宫山……有时还带病深入到湖北的许多县市基层，收集、考察民歌的传承状况，其亲力亲为的举动感人至深。这类例子举不胜举，这都充分地表明，杨先生无愧于收集、编纂、研究、教授民歌的“先行者”。

毕子叶问：回想以往，请问您对杨老师“欲出书先育人”的教学思想有什么感受？

黄中骏答：我认为杨先生的教学思想或教学理念的核心，是不断促进民族音乐学的学科建设，即通过教学，培养出民族音乐学学科人才——所谓育人，通过推进多出民族音乐学科研究的成果——所谓出书，达到促进民族音乐学学科发展的目的。培养学科人才（所谓育人）和推进多出成果（所谓出书），是相辅相成的同一问题的两个方面。这两个方面统一于促进民族音乐学的学科建设这个教学理念的根本目的上，统一于致力于民族音乐学学科理论的发展和建设的人身上。对你提出的这个问题，谈三个亲身经历的感受吧。

1. 杨先生非常重视育人。除了对从事民族音乐事业的人们在民族音乐学科专业知识、理念方面的培育外，他常告诫大家要“敬畏”具有几千年传承展衍历史、形成博大精深体系的民族音乐传统；希望大家要尊重民族音乐的传承人（歌手、艺人），要与他们“搞好关系”，要不耻下问向他们“请教”；要求大家遵守真实、完整、规范的田野作业程序、规矩；鼓励大家在学术研究中“要敢于纠正过去一些错误的观点，勇于补充一些不够完善的观点，善于提出一些新的观点”；引诫大家克服浮躁、急功近利等心态，潜心献身民族音乐事业……这些融入教学过程的内容，已经大大超出了学术知识传授的范围，扩展到做一名合格的民族音乐工作者的“人格”规范范畴了——而这也正是育人教学的根本。其实，杨先生以他福建省出生的人士、缅甸归国华侨、在湖北从事了一辈子民族音乐研究和教学工作并取得丰厚成果的身体力行，成为了活生生的“育人”榜样。

2. 杨先生也非常乐意指导、帮助学界新人出成果，促进学术传承，推动学科建设的深入发展。杨先生支持来自基层的学者王庆沅对“兴山特性三度”音程民歌的研究所付出的心力，就是一个生动的实例。

早在 20 世纪 60 年代，有一部分音乐工作者在对湖北地区的民歌进行田野调查时，发现了民间歌手三度音程“唱不准”的问题。到 20 世纪 80 年代初，又有一部分基层音乐学者反映了民间歌手“唱不准”的现象。来自兴山县文化局的王庆沅凭

在收集民歌时的现场听觉感受认为，“唱不准”的三度音程，是一种介乎于大、小三度习惯性听觉感受之间的音程。这种认识，得到了杨先生的鼓励，并建议将这种类型的三度音程暂时命名为“兴山三度”。杨先生支持王庆沅加紧进行该论题的研究。并与中国音乐研究所的黄翔鹏先生联系，让王庆沅赴京边学习测音方面的知识，边在黄先生的指导下，对收集到的兴山民歌录音资料测音。经过科学测音证明：兴山民歌的三度音程，其音分差介于十二平均律大小三度音分差之间，属于与五度相生律、纯律的律制之外的一种民间律制。杨先生参照文物考古的命名方式，将这种特殊的三度音程，命名为“兴山特性三度”。其后杨先生又建议王庆沅将论题引向纵深，支持王庆沅进一步研究“兴山特性三度”音程的历史传承轨迹。他帮助王庆沅赴闽调研。通过查阅村史、族谱、家谱，考察家族迁徙史，对两地民歌进行比较分析，发现两地民歌的音阶结构、音调特点等方面都十分吻合。又经过录音资料的测音，证明其演唱中的三度音程与“兴山特性三度”音程的音分值也很吻合。如此丰硕的调研成果，拓展了发现“兴山特性三度”音程的意义：①传统音调是可以依人的迁徙而跨地域传承的。②“兴山特性三度”音程的传承历史，通过此次调研，至少可以向前推进六百年。

3. 杨先生非常乐于鼓励后学的学术发现。1989 至 1990 年间，我在撰写《湖北民歌宫调分析》时，运用了杨匡民先生“旋律骨干音”的学术创见。但感到他对“三声歌调”（“三声腔”“三音歌”）不同的音程结构关系的六类八种样式（大韵类一种、小韵类一种、宽韵类二种、窄韵类二种、近韵类一种、减韵类一种）的归纳，有进一步细致分析的必要。我跟他讲了我的看法，提出既然所有“三音列”都可以作为“三声歌调”（“三声腔”“三音歌”）的旋律音列来分析，何不统一思维逻辑，全都按“三声歌调”（“三声腔”“三音歌”）自然形成的音程结构关系，进行其色彩、气韵的分类呢？我还建议将统一分类标准后的三音音程结构关系，命名为“腔格”——即“腔格以民间歌曲旋律骨干音相互间的音程关系为基础，系民间歌曲旋律骨干音构成的某种形式”。杨先生非常高兴且大度地肯定了我的看法，支持了我的建议，使我在他学术创见的启引下，完成了这篇论文的写作。

总之，我认为，杨先生始终坚持不断促进民族音乐学的学科建设的核心教学思想（教学理念），为培养出民族音乐学学科人才（育人）和推进多出民族音乐学科研究的成果（出书），达到促进民族音乐学学科发展的目的呕心沥血，他不愧是民族音乐事业的“传道者”。

毕子叶问：当时杨老师在办培训班时，您也是跟着一起去的，在培训班时的教学和在学校的教学有什么不同吗？

黄中骏答：杨先生的人生经历，表明他坚守并践行了中国传统文化中的“抱一”理念：他与湖北、与武汉音乐学院结缘六十余年，可谓“从”一地一世；他从事湖北民间歌曲收集、编纂、研究、教学工作，献身民族音乐事业一辈子，可谓“专”一事一生。这种“专心固守不失其道”的精神风范，是值得后学员们学习和弘扬的。

杨先生系武汉音乐学院的资深教授，长年在学院任教，“桃李满天下”是不争的事实。我要指出的是，杨先生除了在高等音乐学府倾心尽力地进行教学外，他呕心沥血地为培养、提携、造就民族音乐研究人才而进行的社会培训工作，则更令人感佩。可以说，从20世纪50、60年代起，直到20世纪80年代，当年全省县级以上文化部门从事民间音乐工作的所有干部，都在《民歌集成·湖北卷》的编纂工作中，接受过杨先生的教导。尤其是杨先生开展的社会培训工作于20世纪80年代，扩展到京、闽、苏、赣、湘、桂、川、皖、冀等多个省（区、市），受教的人员就更多、更广泛了。

你问到杨先生在培训班时的教学和在学校的教学有什么不同，其实其根本宗旨都是一样的，都是为了促进民族音乐学的学科建设。当然，在具体的教学方法上也有一些区别。这种区别主要表现在：学校的教学强调学术理论的体系性、理论性，强调对多学科学术知识的系统掌握、钻研后，分析、探寻民族音乐的现时境况等。而培训班的教学则侧重于从解决民族音乐在客观状态下存在的各种现实问题入手，结合具体的工作任务（如编纂《民间歌曲集成》等民族音乐文献），有针对性地运用各种学科学术知识、理论分析民族音乐的实际存在状况，提高参与培训者民族音乐学科的理论意识等。

具体地讲，杨先生在培训班上的教学方法，与在学院里的教学方法，有以下几点区别可以做个介绍。

一是他注意反复宣讲民族音乐学科知识的基本内容。针对当年参加培训的学员来自四面八方，音乐知识水平、业务能力、民族音乐学科的基本素养参差不齐。杨先生的讲学，就不厌其烦地从音高判断、音程关系、时值符号等最基本的内容讲起，逐步进入到详尽解析民族音乐学科的理论知识层面。对他自己创立的一系列学术见地，对一些重要知识点则深入浅出地反复宣讲，毫不吝啬地将自己多年积累的民歌采编工作的经验和相关学科知识传授给大家。基于在培训班上对民族音乐学科知识基本内容的反复宣讲，使对民族音乐本体、尤其是对民族音乐形态的分析，成为培训班教学的主要方向，而对民族音乐进行多学科方法论的“观照”，则是以启引、渗透方式进行的。直白地说，学校教学注重先读懂弄通理论后，再去分析、研究具体问题。而培训班教学则是注重在对具体问题的分析、研究基础上，掌握、学会某

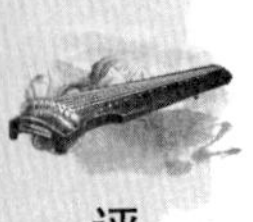

种理论观点、方法。培训班教学与学校教学的这种区别，是因为参与培训人员的知识层面、基本素养不一所使然。

二是他十分注重以解决实际问题为本，采取“互动”教学方式，传授民族音乐学科知识，通过教与学的“互动”方式，集思广益，取得教学互长的效果。比如在讲述记谱规范时，有学员询问，民间歌手在演唱中，有运用真假嗓音，突然翻高八度演唱的情况，这在记谱中应当如何标记？确实，如果只按实际音高，采取在音符上加高音点的办法，不是不可以，但是这种记法却无法标识出民间歌手对于演唱中真假嗓音的运用方式。杨先生则提出用在音符上加小转圈（即记谱法中的泛音标记符号）加在曲谱后予以注释的办法，解决这一实际问题。又如，在杨先生详细解析了他的“三声歌调”（“三声腔”、“三音歌”）学术创见后，有学员提出，湖北民间歌曲中，存在一种【La、Do、bMi】音程关系的三音歌，它应该归于哪一类型呢？杨先生解释道：民间歌曲的旋律骨干音，是对民歌音调、旋法分析研究的结果，“三音”行腔为歌，是对民间歌手演唱民歌时即兴创腔编曲实践的归纳，对不同音程结构的“三音歌”进行分类，是对民间歌手这种实践活动的分析、提炼。民间歌手的实践活动是即兴的，自由的，富有创造性的，所以，我们应当善于发现、分析他们在艺术实践活动中创造的各种“形式”，并不断对我们自己的分析、归纳、研究进行补充、丰富。他当即将这位学员提出的“三音歌”形态，称之为“减韵”。解决了又一个实际问题。

三是强调民族音乐学理论知识与民族音乐实际存在境况的相互印证。他强调树立深入进行田野调查的理念，高度评价参与培训人员所具有的基层音乐工作经历，现身说法式的向大家传授如何深入进行田野调查的具体方法、及应当在田野调查中完成的多方面内容，他要求大家既要有“局外人”对田野作业内容和意义的高度认知，又要有“局内人”对民族音乐真心实意地“体验”；要求大家自觉地将收集到的鲜活民歌材料，与音乐文献、方志史料进行比较分析，以达到收集的民歌材料真实性与准确性的统一……同时他也希望大家进行古今音乐学文献的研读，不断提升自己的学术视野，提高解决民族音乐实际传承境况中存在的各种问题。

比如，杨先生告诉大家，民间歌手、艺人中传承的许多俚语、俗语，往往包含有重要的民间音乐信息，所以一定要通过田野调研搞明白，从内涵上弄懂它，并通过查阅、研读音乐文献作出印证，做符合学术规范的表述。

还比如，杨先生启引大家运用更多学科方法论，分析研究民族音乐所具有的多学科价值。他根据参与培训人员所提的问题，以自己学术创见与不同学科的联系，开启大家的学术视阈：他讲述民间歌曲音调特色区与文化地理学的关联；讲述民间歌曲与民俗学的关联；讲述民间歌曲的创腔编曲与语言学的关联；讲述民间歌曲与历史学的关联；讲述民间歌曲与人类学的关联……启引大家以多学科视阈，分析研究民间歌曲在内的民族传统音乐的宝贵价值。

总之，我认为杨先生是非常善于通过因时、因地、因人施教，通过不同的教学方法，去实现他自己一以贯之的教学理念和所追求的教学目的。

（2022 年 5 月根据采访内容整理）

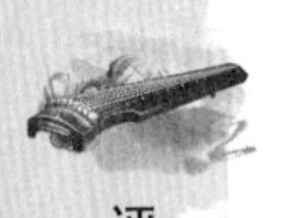

后　记

自我步入“七〇”后的五年间，应相关文化艺术单位、音乐院校之邀，参加过多项民族音乐研讨、“非遗”（传统音乐）项目保护、音乐教学培训、文艺评审评奖、图书编纂出版等工作，其间留下了一些文字资料。这本文论集，就是2019至2023期间，发表于国家级、省级报纸杂志及网络平台上的音乐研究、文艺评论文章及相关讲学、培训内容的结集。其中，“民族音乐研究”是对荆楚传统民间歌曲文化学、传承学、音乐形态学等多视角的论析；“乐艺佳作评论”是对同时期有重大题材意义、有代表性和对当代创作有启示意义的音乐（文艺）新作的评鉴；“乐海艺坛论道”是对这一时期重大文艺方针、政策，及当下相关文艺工作、文艺现象等议题的论点。这本文论集，展现了我在“银发时期”的民族音乐研析成果和文艺审美视角。

至于这些文稿是否体现出我所践行的在音乐理论、评论工作中“要尽力做到‘三时统一’（既是对‘过去时’的音乐状态或音乐形态的承接，也是对‘现在时’音乐状况的推进，还是对‘未来时’音乐发展的前瞻）”？是否体现出我所主张的在音乐理论、评论工作中“要做到‘三观并行’（从宏观视野层面突显音乐理论评论学科的综合性特点，从中观视野层面突显音乐理论评论学科研究课题的民族、地域特色，从微观层面突显音乐形态研究这个音乐理论评论学科的基础，并使宏观、中观、微观三个层面互为观照，依存并行）”？是否具有“视域融合”的眼光？是否具有“比较”研究的视角？是否体现出对促进民族音乐学科建设的拳拳之心？是否体现出对推进当代文艺创作和建设中华民族现代文明的殷殷之情？……就交由读者们见仁见智吧！我欢迎大家的阅批、辨校、指正！

感谢湖北省文联对出版文论集的大力支持！

感谢长江出版社为文论集出版所做的大量细致的工作！

黄中骏

2024 年 5 月 23 日